Les mystères de Salem

Megan Chance

Les mystères de Salem

Traduit de l'américain
par Dorothée Zumstein

J'ai lu

Ce livre est une œuvre de fiction historique. Afin de donner une idée de l'époque, certains noms de lieux ou de personnages réels sont cités. Toutefois, les événements décrits ici sont inventés, et les faits ou personnages non historiques sont le fruit de l'imagination de l'auteur ou sont utilisés de manière fictive. Toute ressemblance avec des événements ou des personnes réels, passés ou présents, serait pure coïncidence.

Titre original :
SUSANNAH MORROW

À Kany, Maggie et Cleo
Sans vous, il n'y a pas d'histoire

À son flanc pendait la clé fatale
Triste instrument de tous nos malheurs,
Le péché s'en saisit ;
... La fait tourner dans la serrure au mécanisme compliqué,
Et chaque verrou chaque barre,
Fer et pierre massive,
Cèdent aisément...

Elle les a ouvertes,
Mais refermer les portes [de l'Enfer] est au-dessus de ses forces,
Et les voilà grandes ouvertes...

John MILTON,
Le Paradis perdu

Ne pas croire en la sorcellerie
Est la plus grande des hérésies.

Heinrich KRAMER et James SPRENGER
Malleus Maleficium

Première partie

Charity

L'illusion

Nous marchions dans le brouillard,
sans pouvoir distinguer la route

John Hale,
Courte étude sur la nature de la sorcellerie

1

Salem-Village, Massachusetts – 22 octobre 1691

J'ai rêvé que le bébé mourait.

La vision était encore présente à mon esprit lorsque je me suis réveillée, inquiète et moite de sueur, dans la nuit où gémissait le vent du nord-est. J'ai pensé qu'il n'y avait rien à craindre, et suis restée étendue là, les yeux grands ouverts, à écouter le frémissement des pins, les cliquetis et les grincements du toit. Devant la porte d'entrée, les branches du grand chêne claquaient au vent.

La chambre était froide, l'obscurité trop épaisse pour qu'on pût y distinguer des ombres. Dans le lit gigogne, Jude, ma sœur cadette, dormait à poings fermés. Mais, bien sûr, Jude n'était pas comme moi : elle ne percevait pas, dans le bruit du vent, les plaintes des âmes. À six ans, elle était trop jeune pour connaître les calamités causées par le vent du nord-est : les bêtes perdues, les maisons détruites, les hommes emportés par la mer. À quinze ans, toutes ces choses ne m'étaient pas inconnues, et la tempête ne donnait que plus de force à mon rêve.

Comme chaque personne de mon entourage, je croyais aux prémonitions. Dieu nous envoyait sans cesse des signes. C'eût été pécher que de les ignorer. La rouille qui avait attaqué le blé quelques années plus tôt, l'épidémie de variole qui s'était abattue sur notre ville un oiseau qui construisait son nid au mauvais moment.. C'étaient là autant de marques de Son mécontentement, auxquelles une bonne puritaine comme moi se devait de prêter attention. Mais je ne savais que faire de celle-ci. Je me glissai hors de mon lit et, frissonnante, tâtonnai jusqu'à la porte de la chambre. J'hésitais à réveiller ma mère lorsque j'aperçus de la lumière entre les lattes du plancher.

Il était trop tôt pour que quiconque fût debout.

Les planches – disposées en une seule épaisseur – étaient fines et suffisamment espacées pour qu'on puisse avoir un bon aperçu de la pièce du bas. Je m'agenouillai là où l'écart était le plus marqué, et y collai mon œil. Je vis ma mère penchée au-dessus du feu et mon père qui, assis à la table voisine, enfilait ses bottes avec précipitation. Le vent hurlait à présent. Sans hésiter une seconde de plus, je sortis de la chambre et dévalai l'escalier.

Mais, à la dernière marche, je m'arrêtai et demeurai plongée dans l'ombre. Ma mère, le dos tourné, allumait un feu dans la gigantesque cheminée tandis que mon père, qui ne regardait pas de mon côté, protestait d'une voix calme :

— Je n'ai vraiment pas le temps, il vaut mieux que je parte tout de suite si je veux être de retour dans la journée.

— Ce n'est pas encore l'aube, répliqua ma mère. Nous avons de longues heures devant nous.

Les flammes jaillirent. Elle se redressa et eut un mouvement de recul, son ventre énorme se détachant à la lueur du feu. Elle n'était pas en travail, pas encore. Soulagée, je m'adossai au mur. Le bébé ne devait pas naître avant un mois et tout allait bien. Ma vision n'était qu'un mauvais rêve, et non une prémonition.

Mais soudain elle se mit à haleter. Elle porta une main à son ventre et, de l'autre, s'agrippa au manteau de la cheminée. Je ne pus retenir un cri. Horrifiée, je plaquai la main sur ma bouche pour étouffer le son. Trop tard. Mes parents dirigèrent tous deux leurs regards vers l'endroit où je me tenais, dans l'ombre de l'escalier.

— Charity ? demanda ma mère d'une voix douce. C'est toi, mon enfant ?

Je me précipitai vers elle.

— Oh, dis-moi que le bébé n'est pas déjà en train de venir !

Elle sourit. Je savais qu'elle voulait être rassurante, mais l'effort que cela lui coûtait était visible. Sur son visage, je lus à la fois l'espoir et la peur.

— Si.

Elle tendit les bras vers moi et me serra contre elle pour que je puisse sentir bouger l'enfant, à travers sa jupe. Sa main posée sur mes cheveux, je fermai les yeux, réconfortée par sa caresse et son odeur – mélange familier de feu de cheminée, de menthe, et de ce sucre qu'elle faisait brûler dans l'âtre pour parfumer la pièce. Elle adressa un signe de tête à mon père, toujours assis devant la table.

— Ton père va se rendre en ville.

Troublée, je me dégageai.

— En ville ?

— Il va chercher ta tante, expliqua ma mère d'une voix douce. Le *Sunfish* est arrivé hier. Elle attend.

Je me tournai vers mon père.

— Et la... et la tempête ? Qui appellera Prudence Way ? Et les autres ?

— Ne t'inquiète pas de la tempête, répondit Père. Assiste ta mère.

En proie à la panique, je lançai :

— Mais j'ai rêvé...

— Chut, chut, fit maman, tendant à nouveau les bra vers moi.

Comme je résistais, elle poussa un soupir.

— C'est la tempête qui t'a troublée, mon enfant, rieı de plus. Tu n'as aucune raison de te faire du souci. Avant de partir, ton père va passer prévenir Prudence Way. Elle amènera les autres. Tout ira bien. Mais c'est une bonne chose que tu sois réveillée : tu vas pouvoir m'aider à faire le pain d'épice.

Je m'adressai à mon père :

— Tante Susannah ne peut-elle pas attendre un jour de plus ? Au moins que le bébé soit né et que la tempête soit passée ?

Père me jeta un regard que je ne connaissais que trop – un regard qui me fit rougir, bredouiller, et regretter d'avoir ouvert la bouche en dépit de mon inquiétude. Je n'avais pas droit à l'objection. Je détournai les yeux, toujours désireuse de protester, mais ravalant mes paroles.

Ma mère émit un sifflement de douleur.

— Tu devrais t'asseoir, maman, dis-je.

— Rester debout fait venir l'enfant plus vite, affirmait-elle quand elle put à nouveau respirer.

Elle sourit mais, s'adressant à mon père, ajouta :

— Faudrait que tu demandes à Prudence de se dépêcher.

Mon père se figea.

— Mieux vaut peut-être que je reste ici, Judith. Ta sœur patientera un jour.

— Non, non, rétorqua maman. Nous avons déjà laissé passer dix-huit années. Je n'accepterai pas une heure de plus.

Je retins mon souffle, attendant que papa se rappelle les autres accouchements de maman et les terribles petites tombes qui parsemaient l'herbe grasse et abondante du cimetière. *Il va refuser d'y aller.* C'était une grosse tempête, les accouchements de maman étaient toujours difficiles, et voilà qu'à présent le bébé venait trop tôt. De toute mon âme, je souhaitais le voir rester.

— Je ferai de mon mieux pour être de retour au plus vite.

Il s'arrêta sur le seuil et regarda par la fenêtre, tout en saisissant sa cape et son manteau.

— On dirait que Dieu a posé sa main sur le soleil, murmura-t-il.

Puis, en un éclair, il fut dehors, dans la nuit, et ma mère et moi nous retrouvâmes seules devant la grande cheminée, où tombait en grésillant un filet d'eau de pluie, tandis que de petits courants d'air faisaient claquer contre mes jambes l'étoffe mince et rêche de ma chemise.

— Habille-toi, Charity, dit ma mère. La tempête va bientôt s'achever et nous devons faire cuire le pain d'épice.

Les heures s'écoulèrent, jusqu'au début de l'après-midi, mais ni la tempête ni ma terreur ne s'étaient calmées. Même l'arrivée de Prudence Way accompagnée des autres femmes du village – décoiffées par le vent, grelottantes et trempées jusqu'aux os –, ne me rassura pas.

Elles s'assirent ensemble, mangèrent du pain d'épice, burent de la bière dans les chopes en étain que nous avions posées sur la table. Elles plaisantaient et s'exclamaient, stupéfaites de constater à quel point Jude avait grandi. Mais, pour moi, les préparatifs d'une naissance avaient depuis longtemps cessé d'être une fête, et j'avais hâte qu'elles retournent chez elles. Je ne souhaitais qu'une chose : voir mon père repasser le seuil de la maison.

Il n'aurait pas dû partir. Nous n'attendions pas cette tante, que je n'avais jamais rencontrée, avant au moins deux semaines. Le *Sunfish* avait fait le trajet depuis Douvres bien plus rapidement que prévu, surtout à cette période de l'année. Cela n'aurait pas gêné grand monde de la faire patienter un jour de plus.

Peu à peu, les douleurs de ma mère augmentèrent. Je l'observais avec attention, guettant les premiers signes alarmants. L'expérience m'avait appris qu'il y avait toujours un moment où tout basculait, où les choses commençaient à aller mal. Mais les heures continuèrent de filer – jusqu'à celle du souper. Comme les contractions de ma mère s'étaient faites de plus en plus fortes, nous étions passés dans la chambre où se dressait, menaçant, le grand lit qu'elle partageait avec mon père, et pourtant ce moment n'arrivait toujours pas. Prudence Way n'avait pas encore commencé à hocher lentement la tête d'un air inquiet, geste pour moi aussi familier que le battement de mon propre cœur.

Le soir revint, et je couchai Jude. Elle avait le sommeil profond, les hurlements de maman ne suffiraient pas à la réveiller. La tempête s'apaisait ; les femmes se retirèrent une à une, emmenées par leurs enfants ou leurs époux. Prudence Way les laissa partir car, l'accouchement de maman traînant en longueur, leur présence était inutile. Maintenant qu'elles n'étaient plus là pour me chasser comme une enfant alors que j'étais déjà presque une adulte, je pouvais me rapprocher de ma mère. Je m'assis au pied de son lit et lui pris la main. Elle serra mes doigts de toutes ses forces.

— Le bébé ne veut pas sortir, me déclara-t-elle avec un sourire tremblant. Il doit déjà savoir quelles peines l'attendent en ce monde.

— Cela m'a tout l'air d'être un bon garçon robuste, répliquai-je en espérant dire vrai. Je crois que j'aimerais bien avoir un frère.

Maman esquissait un nouveau sourire lorsque la douleur l'envahit. Elle se mit à gémir. Pressa ma main à la broyer. La sueur ruisselait sur son visage, trempant ses cheveux emmêlés.

— Tu peux te remettre à marcher, Judith ? demanda Prudence Way, qui était assise à l'autre bout du lit, entre les jambes de ma mère. Ça aiderait.

Maman hocha la tête et saisit mon bras. Mais à peine fut-elle hors du lit que ses genoux chancelèrent et qu'une tache rouge se répandit brusquement sur sa chemise de nuit. Son ventre ondula et se déforma sous l'effet des contractions et je sus... qu'il était arrivé, ce moment tant redouté. Levant les yeux, je surpris le regard de Prudence Way – et ce lent branlement de tête. Mon rêve était en train de se réaliser – : le bébé allait mourir. J'en étais malade, en pensant à l'espoir que maman avait placé en lui. Aurait-elle la force d'enterrer un autre bébé ?

J'aidai ma mère à se recoucher et m'efforçai de sourire. Je fixai la fenêtre sans rien voir que les ténèbres au-delà, et priai pour qu'apparaisse la silhouette de mon père. Mais il n'arrivait pas, et les heures continuaient de s'écouler, leur silence tout juste rompu par la pluie et les râles de ma mère.

Prudence Way se pencha entre ses jambes et posa les mains sur son ventre.

— Pousse encore une fois, Judith, dit-elle d'une voix enrouée à force de répéter toujours les mêmes mots.

Ma mère essaya, mais faiblement. Son gémissement était à peine audible.

— Je t'en supplie, maman, murmurai-je.

Prudence Way marmonna une prière avant de se rasseoir et d'essuyer ses mains ensanglantées sur la serviette posée au bout du lit.

Je dégageai le visage de ma mère des cheveux qui s'y emmêlaient.

— Tout va bien se passer, maman.

J'avais déjà dit ces mots une dizaine de fois. Je levai les yeux vers la sage-femme.

— On ne peut rien faire d'autre ? demandai-je.

— Rien qui dépende de moi, mon enfant, répondit-elle d'une voix douce.

— Qu'est-ce qui peut bien retenir Père ? Salem-Ville n'est pas si loin que ça.

Elle haussa les épaules.

— La nuit est noire. Sur les chemins, la boue doit être profonde. Et s'il transporte une autre personne... son cheval va sûrement au pas.

— Il a dit qu'il serait de retour au plus vite.

— Cinq miles à parcourir à l'aller et cinq au retour... Il ne risque pas de faire vite, crois-moi. Ta tante a bien choisi son jour pour arriver !

Prudence Way secoua la tête. Des mèches s'échappèrent de sa coiffe et vinrent frémir contre sa joue.

— Ton père n'aurait jamais dû s'absenter dans un moment pareil.

Maman se remit à gémir. Son ventre ondula – légèrement, cette fois-ci, comme si le bébé était las de lutter. Elle ouvrit les yeux.

— Est-ce que ton père..., lâcha-t-elle dans un souffle.

Je me penchai vers elle.

— Chut, maman, chut. Il va rentrer d'un instant à l'autre. Garde tes forces.

— Non... ce n'est plus la peine. Jude... elle est déjà couchée ?

— Oui.

— Ne la réveille pas... Dis-lui juste...

Elle referma les yeux.

— Qu'est-ce que je dois lui dire, maman ? Qu'est-ce que je dois dire à Jude ?

— J'ai peur que... que le bébé et moi... que Dieu... que Dieu nous reprenne.

Je sentis ses doigts contre les miens et les serrai plus fort, craignant soudain de relâcher mon étreinte. Je savais que le bébé risquait de mourir, mais je n'avais jamais pensé que je pourrais perdre ma mère.

— Non, maman. Non...

— Dis à Jude... Soyez gentilles avec votre... votre père. Et toi, occupe-toi bien d'elle.

Je m'efforçai de retenir mes larmes, mais elles ruisselaient sur mes joues, et ma vision devint floue. Juste au moment où je voulais tant la voir clairement !

— Ne dis pas de bêtises, maman. C'est juste quelques mauvaises heures à passer. Papa va arriver, d'un instant à l'autre. Et Tante Susannah sera avec lui...

— Il... il t'aime, Charity. Tu... ne dois jamais l'oublier. Et Dieu... Dieu t'aime, lui aussi. Tu dois... lui être fidèle. Si le Christ...

Si le Christ ne règne pas sur ton âme, c'est que tu vis sous le règne du Diable.

J'entendis les mots qu'elle n'avait plus la force de prononcer. Je pouvais les réciter sans qu'on me les souffle. Elle me les répétait presque chaque jour, depuis plusieurs mois. Je serrai ses doigts entre les miens et m'exclamai frénétiquement :

— Père ne va pas tarder. Il ne va pas tarder. Je t'en supplie, maman !

Lorsque ma mère gémit, son cou parut se désarticuler. Si elle en avait eu la force, elle aurait crié. Je jetai à la sage-femme un regard désespéré.

Prudence Way poussa un soupir. Elle se souleva péniblement de son siège, laissant ma mère jambes tendues et écartées sur le lit. Traversant la pièce, elle s'avança vers la fenêtre.

— Qu'est-ce que vous faites ? m'écriai-je. Revenez ici.

— Elle est entre les mains de Dieu désormais...

Elle se pencha, colla son œil à la vitre.

— Oh, Dieu miséricordieux... Ils sont là !

Jetant à terre la serviette ensanglantée, elle se précipita à la porte.

Le soulagement me rendit euphorique. Père était de retour ; tout danger était écarté. Il ne laisserait pas mourir maman.

— Ils sont là, maman, murmurai-je. Ils sont enfin là.

Prudence Way ouvrit si violemment la porte qu'elle claqua contre le mur.

— Tu ferais mieux de te hâter, Lucas ! cria-t-elle.

Le vent renvoya sa voix dans la pièce, avec des gouttes de pluie et une poignée de feuilles mortes.

Par la fenêtre, je ne distinguais que la pluie. Je perçus les pas de mon père au-dehors, ainsi que ceux de quelqu'un d'autre. Puis deux personnes apparurent à la porte. Leurs ombres, enveloppées dans des habits gorgés d'eau qui sentaient le cheval et le mouton mouillé, la boue et la sueur, se découpèrent sur le ciel gris. Les chuchotements de la sage-femme me parvinrent, et je devinai ce qu'elle était en train de leur annoncer – que ma mère allait mourir.

— Père, dis-je en me relevant. Cela ne va pas si mal. Je...

Il s'avança, me bousculant au passage ; m'avait-il seulement vue ? Il était trempé jusqu'aux os. L'eau s'écoulant de son chapeau à haute calotte roulait en filets sur son visage, et celle qui ruisselait de sa cape formait de petites flaques sur le sol, au pied du lit de maman. Ses gants étaient noirs de pluie, mais il ne prit même pas le temps d'en retirer un avant de saisir sa main – celle que j'avais lâchée à l'instant où il s'était précipité vers elle.

— Judith ! s'écria-t-il. Pardonne-moi d'arriver si tard.

Les yeux de maman clignèrent aussitôt.

— Lucas, dit-elle. Mon... chéri. Je... n'ai pas peur.

Mon père désigna le seuil, éclaboussant le lit de gouttes d'eau. Son geste avait quelque chose de désespéré, où je reconnus ma propre peur.

— Je t'ai amené ta sœur.

Maman s'efforça de tourner la tête. Son visage était luisant de sueur, son regard dénué d'expression.

— Où... Où ça ? Sus... annah ?

— Je suis là, Judith.

La voix était douce et grave. Pour la première fois, je regardai la femme qui était entrée avec mon père. Ma tante Susannah.

À la lueur des bougies, je ne percevais qu'une masse de vêtements : une sombre cape de laine dont le capuchon dissimulait son visage, des jupons bruns alourdis par l'eau. Elle s'approcha, chacun de ses pas laissant une flaque sur le sol, mais elle demeurait tout en ombres. Seule la lueur de la bougie révélait un détail ici ou là : une pommette, le nez...

Son odeur, un mélange de poisson et de citron, de feuilles mortes et de pluie, accentuait celle de sang qu'exhalait ma mère. Elle s'avança entre mon père et moi. Il recula pour lui céder la place et lui donna la main de maman. Comme ma tante portait des gants noirs, les doigts livides de ma mère semblaient flotter dans les ténèbres.

— Judith, reprit-elle. Judith, j'ai fait tout ce chemin... Je t'en supplie, ne me quitte pas maintenant.

Elle prononça ces mots sur un ton calme, comme si tout allait bien. *Elle est en train de mourir, vous ne le voyez pas ?* avais-je envie de lui hurler.

Mais alors ma mère sourit, et ce n'était pas un de ces pauvres sourires qu'elle nous avait adressés, à mon père et à moi. C'était le premier vrai sourire que je voyais sur son visage depuis le début des contractions. Ses yeux s'emplirent d'une lumière qui me stupéfia, et fit naître dans mon âme un espoir aveuglant.

— Oh, ma sœur ! répondit-elle. J'ai tellement attendu de pouvoir... te revoir.

Je jetai un coup d'œil à Susannah, pour essayer de comprendre comment cette tante inconnue réussissait à produire un tel effet sur ma mère, mais le capuchon cachait toujours ses traits. Mon père fit signe à Prudence Way, et la sage-femme, quoique l'air sceptique, se réinstalla aussitôt entre les jambes de ma mère.

— À ce qu'il paraît, tu as un bébé sur le point de venir au monde ? demanda Susanna. Qu'est-ce que tu en penses, Judith ? On essaie encore une fois ?

Une heure plus tôt, ma mère était incapable de faire un geste. Dix minutes plus tôt, elle avait assuré que Dieu allait les reprendre, le bébé et elle. Mais, à présent, voilà qu'elle tentait de se redresser. Mon père la souleva, l'aidant à se caler sur le traversin. Elle appuya ses coudes sur le lit de plumes, son visage se crispa, tout son corps se raidit. Elle poussa un hurlement. Je me précipitai pour l'aider.

— Charity, lança mon père d'une voix dure. Va-t'en. Ce n'est pas un endroit pour une enfant.

— Mais, Père... elle a besoin de moi.

— Ta mère a Susannah, à présent. Va-t'en.

Je ne pouvais me décider à partir. Je ne pouvais me décider à laisser ma mère. L'espoir était revenu, mais je savais combien il était fragile. Tout risquait de basculer d'un instant à l'autre, et je redoutais de m'éloigner.

— Encore une fois, Judith, répétait doucement Susannah.

Je tendis la main et touchai la jambe dénudée de ma mère. Sa peau était couverte de sueur.

— Laisse-nous, Charity ! gronda mon père.

Prudence Way regarda Susannah.

— Dites-lui de se dépêcher, ou nous allons perdre l'enfant. S'il n'est pas déjà trop tard.

Susannah se pencha vers sa sœur et lui murmura quelque chose. Je ne voyais plus le visage de ma mère, je ne voyais plus que le dos de ma tante, la tache sombre de son capuchon gorgé d'eau. Je reculai vers Prudence

Way parce que j'y étais bien obligée – Susannah prenait toute la place –, et les rideaux de lit me retombèrent sur les épaules et les bras. Je songeai que si je demeurais là, à demi cachée, mon père m'oublierait peut-être. Or, levant la tête, je croisai son regard furieux.

— Ne m'oblige pas à la quitter, Père, le suppliai-je.

Mais, à cet instant précis, maman poussa un cri, et le peu de clémence qui subsistait dans les yeux de mon père disparut. Je m'écartai du lit.

— Encore ! hurla Prudence Way.

Le cri que ma mère avait poussé était terrible. Il me cloua sur place alors que je m'agitais, prête à m'élancer vers son chevet. Puis je distinguai les pleurs d'un bébé, faibles et saccadés, mais si tranquilles qu'ils semblaient provenir de l'au-delà. Le bébé était né. C'était un miracle. Un miracle que maman ait survécu, un miracle que le bébé pour moi déjà mort fût là, à pleurer dans cette pièce sombre et suffocante. L'espace d'un instant, je restai sans voix. Prudence Way souleva l'enfant, il remua bras et jambes, et mon cœur déborda de gratitude envers la bonté de Notre Seigneur. *Merci, Seigneur. Sois béni, Seigneur...*

Puis ce fut le silence. Interrompant mes prières, je jetai un coup d'œil à mon père, dont les yeux étaient rivés non sur le bébé, mais sur ma mère.

Elle leva la main. J'en fus soulagée, puis constatai que ce geste semblait lui coûter ses dernières forces. Dans le silence qui s'ensuivit, le « Susannah » qu'elle murmura parut assourdissant. Mon père détourna la tête. Ma tante se baissa pour écouter les paroles à peine audibles de ma mère. Soudain, je compris.

Ma mère était à l'agonie. Tout le proclamait dans cette pièce : le moindre signe, le moindre geste. Il y eut un souffle d'air – son esprit s'échappait de son corps – et je sus que Dieu l'avait emportée afin de me punir.

Seule cette pensée me retint de crier : *Non !* lorsque ma tante releva la tête.

— Elle est partie, dit Susannah.

Mon père restait figé sur place. Il ferma les yeux et ses lèvres bougèrent : *Seigneur, bénis ma pauvre Judith*.

— Non, chuchotai-je.

— Je suis désolé, Charity...

Je secouai la tête et, chancelante, me rapprochai de ma mère. Ils reculèrent pour me laisser place, mais je leur aurais marché sur le corps pour parvenir jusqu'à elle. Je m'effondrai sur le lit, les yeux si pleins de larmes que je distinguais seulement des formes vagues autour de moi, puis je m'agenouillai sur le sol.

— Maman..., dis-je d'une voix étranglée par les sanglots.

Je cherchai sa main et, après l'avoir trouvée, la serrai de toutes mes forces. Je la tenais pour qu'elle ne me quitte pas.

— Maman...

Je n'avais pas l'impression d'avoir pleuré bien longtemps lorsque je sentis la main de mon père sur mon épaule, et qu'il me déclara d'une voix calme :

— Ça suffit, Charity. C'était une femme vertueuse. Elle était sans péché. Elle est avec Dieu, désormais.

Elle était sans péché.

Mon sang se glaça. Dieu l'avait emportée, mais c'était moi qui avais péché. *Je n'étais pas sans péché*, alors qu'elle-même avait juste gardé le silence afin de me protéger.

Je pressai la main trop mince de ma mère et la portai à mes lèvres, goûtant sur ses doigts le sel de mes propres larmes. Puis je la reposai délicatement sur le couvre-lit et m'éloignai, les larmes me brouillant toujours la vue. J'entendais résonner dans mon esprit les derniers mots qu'elle m'avait adressés : *Tu es aimée de Dieu*. Je savais que ce n'était pas vrai. Elle était morte, t par ma faute. Dieu ne m'aimait pas, sinon Il aurait pargné ma mère pour prouver qu'Il pouvait pardonner une fille aussi sotte que moi d'avoir péché.

— La voilà enfin délivrée de la misère de ce monde, Charity, ajouta mon père d'une voix apaisée. Pourquoi pleurer une telle bénédiction ?

On ne me permit pas de pleurer davantage ma mère, et je fis comme si cela me suffisait. J'aurais voulu tomber à genoux et vider mon corps de ses larmes, le visage enfoui dans son cou... Mais j'étais trop grande pour laisser voir un tel chagrin. Mon père avait toujours la main sur mon épaule. Je le sentais fier de ma retenue et me délectai de son approbation, même si j'étais à deux doigts de me trouver mal.

Puis mon père joignit les mains de ma mère sur sa poitrine. Lorsqu'il s'agenouilla au pied du lit, je vins me placer à son côté. Prudence Way tendit le bébé à Susannah avant de nous rejoindre. Nous restâmes tous trois ainsi, tandis que la prière de Père résonnait dans le séjour.

« Seigneur bien-aimé, nous n'étions qu'agneaux dans les ténèbres, et cette femme nous a pris par la main. Elle a été Ta servante en paroles et en actes. Nous célébrons son retour en Ton sein et prions pour que Tu montres le chemin à Tes serviteurs demeurés sur Terre... »

Je remarquai que ma tante ne s'était pas agenouillée avec nous, mais retirée près du feu. Elle n'écoutait même pas les paroles de mon père : elle faisait sautiller le bébé dans ses bras et arrangeait la couverture dans laquelle Prudence Way l'avait enveloppé, en poussant des petits gloussements. Soudain, elle rejeta la capuche de sa cape, et son visage m'apparut pour la première fois.

Je ne parvins pas à détourner les yeux, alors même que mon père psalmodiait sa prière. Les cheveux de ma tante n'étaient pas recouverts d'une coiffe, mais relevé derrière la tête en une masse épaisse. Des mèches lu retombaient sur les épaules, telles des ombres noires.

Elle était belle.

J'en restai stupéfaite. Je m'attendais qu'elle soit âgé – après tout, ma mère m'apparaissait comme une vieille femme, avec ses yeux fatigués et ses cheveux où le gris l'emportait sur le brun. Mais Tante Susannah n'avait rien d'une vieille femme. Elle était si belle que, en cet instant, j'eus l'impression qu'elle était éclairée, non par la lueur du feu, mais par son propre feu intérieur. Son éclat était si vif que je compris tout à coup comment ma mère avait eu le courage de donner naissance au bébé. Cette force, elle l'avait puisée dans le visage de Susannah Morrow. Je m'étonnai que cela n'eût pas suffi à la maintenir en vie.

Comme si ma tante avait senti mon regard, elle pivota vers moi. Nous restâmes un moment les yeux dans les yeux et elle me sourit. Un sourire tendre, triste et familier. Le sourire de ma mère.

J'en fus si frappée que je détournai le regard. Au cours des derniers mois, maman avait cette même expression, chaque fois qu'elle me considérait... Ce terrible et triste sourire me rappelait que j'avais frôlé la damnation et que toutes les prières du monde ne pourraient suffire à attirer sur moi le pardon de Dieu.

2

Mon père et moi veillions ma mère en silence. Attentive au bruissement de l'eau et aux piaillements du bébé, que Prudence Way lavait près du feu, j'avais prié Dieu pour qu'il me donne de la force. Jude s'était réveillée, bien qu'on fût au milieu de la nuit. À présent, blottie sur le banc, elle serrait dans ses petites mains l'une des chemises de ma mère.

— Maman est allée voir Dieu ? C'est vrai, Charity ?

Le minuscule visage de Jude, pâle et creusé, ne se colorait qu'aux endroits où les larmes, à la lueur des bougies, paraissaient dorées.

Mon père émit un son – que je ne sus interpréter. Lorsque je levai les yeux vers lui, son impression était impénétrable. Je tendis les bras en direction de ma sœur et assurai d'une voix calme :

— C'est vrai, Jude. Maman est au côté de Dieu.

— Il va emporter notre sœur aussi ? Comme il a fait avec Isaac ?

Isaac était notre frère, mort deux ans plus tôt – quelques jours à peine après sa naissance. Ces quelques jours, il les avait passés à hurler. Dans mon sommeil, il m'arrivait encore d'entendre ses cris, accompagnés des incessants « *Chut, chut, mon bébé* » de maman. Je ne savais que répondre à Jude. Trop de bébés n'avaient pas vécu. Je me souvenais comment, à l'arrivée de Jude, j'avais longtemps refusé de la prendre dans mes bras, de crainte que Dieu ne l'emportât elle aussi.

— Dieu fera selon Sa volonté, dit Père d'une voix tendue.

Susannah s'agenouilla devant Jude. Son sourire plein de bonté donnait à ses beaux traits un éclat indéniable.

— Elle restera avec nous, Jude, il faut y croire, déclara-t-elle. Espérons que Dieu...

— Dieu fera selon Sa volonté, répéta mon père sur un ton sévère. Il te faut garder la foi, mon enfant. Les voies du Seigneur sont impénétrables.

Jude hocha la tête, les yeux écarquillés. Je l'enviai. Elle n'avait aucun mal à accepter ses réprimandes. Mais Jude était une enfant sage et facile. Elle endurait les punitions sans ciller, et les oubliait aussitôt. Je n'avais jamais décelé chez elle une attente semblable à la mienne, moi qui ne cessais d'espérer, avec avidité, un mot tendre de mon père.

Susannah tourna la tête vers Prudence Way et ma nouvelle sœur.

— Il va falloir lui trouver un prénom, dit-elle.

Père aspira une longue bouffée d'air.

— Elle va vivre ?

— On dirait.

— Maman aimait bien le prénom Délivrance, dis-je aussitôt. Je pourrais l'appeler Livvy, Père ? Mme Hobbs se prénomme Délivrance et Mme Abbott l'appelle comme ça.

Père secoua la tête.

— Nous l'appellerons Faith. Faith, répéta-t-il dans un murmure, comme s'il essayait le nom du bout de la langue, et lui trouvait bon goût. Oui. Ça nous rappellera qu'un peu plus de foi ne ferait pas de mal à ce foyer.

— Tu as intérêt à lui trouver une nourrice, Lucas. Ou toute la foi du monde ne suffira pas à la garder en vie, lança Prudence Way depuis la cheminée.

— Une nourrice ?

Père fronça les sourcils et appuya la tête sur la colonne du lit. On aurait dit que les mots de Prudence Way l'avaient épuisé. En quelques secondes, il nous avait de nouveau échappé, il était de nouveau distant.

— Que Dieu me vienne en aide, je ne peux vraiment pas y penser maintenant.

Je bondis presque du lit, tant j'étais désireuse de l'aider.

— Il y a du lait dans la cave. Je vais le chercher ?

Il hocha la tête, et je me précipitai vers l'escalier étroit qui se trouvait juste à l'entrée. Je saisis la première lanterne venue. La lumière se mit à danser autour de moi, projetant mon ombre déformée devant mes pieds. Comme toujours, la cave était sombre et l'air chargé de toutes sortes d'odeurs. Celles de la bière qui fermentait, du cidre et des oignons, des pommes séchées et poussiéreuses pendues à des ficelles, du fromage en train de vieillir. Et celle, légèrement acide, du lait.

C'est à moi qu'était dévolue, chaque matin, la tâche de traire Buttercup et de verser le lait dans des pots peu profonds, afin que la crème remonte à la surface, et, même dans la pénombre, je l'accomplissais vite. Au-dessus de moi, j'entendais des voix étouffées et inintelligibles à travers le plancher. Je me hâtai, décidée à prouver mon efficacité à mon père. Je ne m'étais pas sentie aussi utile depuis que maman était entrée en couches.

Je venais de reposer le pot à lait sur l'étagère quand mon attention fut attirée par un bruit léger, semblable à un soupir, et néanmoins suffisamment fort pour qu'on pût le distinguer malgré le chuintement du cidre en fermentation. Je m'arrêtai, tendis l'oreille... et alors je sentis sur ma joue comme un souffle qui fit hérisser imperceptiblement le duvet de ma nuque. Il y avait une présence non loin de moi, et pourtant c'est sans crainte aucune que je me tournai lentement vers les tonneaux de petite bière alignés contre le mur du fond.

Là se tenait ma mère.

J'eus le souffle coupé, redoutant de croire à cette vision, et davantage encore de ne pas y croire.

— Maman, chuchotai-je.

Elle tenta de me dire quelque chose, mais je ne pus distinguer ses paroles. Je tendis les mains vers elle... Elle avait disparu.

Mes doigts tremblaient, sur la poignée du seau. Les larmes coulaient le long de mes joues. Je fixai le mur de terre, espérant voir reparaître ma mère.

— Reviens, maman, suppliai-je. Reviens !

Mais à cet instant la petite Faith se mit à pleurer, au-dessus de moi. Un gémissement strident qui ne me disait rien de bon, comme si elle ne parvenait pas à faire pénétrer assez d'air dans ses poumons. Mon père cria : « Charity ? Qu'est-ce qui te prend tellement de temps ? » Après un dernier coup d'œil à l'endroit où s'était tenu l'esprit de ma mère, je remontai le lait.

Lorsque j'atteignis l'entrée, Prudence Way me regarda bizarrement.

— Que t'arrive-t-il, mon enfant ? Tu es toute pâle.

— Elle vient de perdre sa mère. Cela suffit à justifier sa pâleur, vous ne pensez pas ? demanda Susannah.

Je m'efforçai de reprendre mes esprits.

— Je vais bien, dis-je précipitamment, ajoutant un mensonge à tous mes autres péchés. Je vous assure.

— Eh bien, dans ce cas, apporte-nous le lait, me lança Prudence Way. Tu as un chiffon ? Attention, faut qu'il soit propre.

Je courus lui en chercher un. Ensuite, la sage-femme s'assit sur le banc et approcha le pot de lait. Je la regardai tordre le chiffon, en tremper l'extrémité dans le liquide et essayer de le faire tomber goutte à goutte dans la bouche du bébé. Mais il coula presque entièrement sur ses petites joues rouges, et Faith pleura de plus belle.

— Tu devrais commencer à y songer dès à présent, Lucas, déclara Prudence Way. Même si elle s'y habitue, cela ne lui permettra pas de survivre. Pour grandir, elle a besoin de lait maternel.

Je voyais si rarement mon père désemparé ! Je levai les yeux vers lui. Il se tenait là, près du lit qu'il avait partagé avec ma mère, et derrière les rideaux qui paraissaient gris dans l'obscurité, le corps de cette dernière n'était plus qu'une tache sombre. Je crus déceler de l'hésitation, de l'incertitude, dans son regard. Et de la peur, chez mon père qui n'avait peur de rien, de la crainte, chez cet homme à qui je ne connaissais d'autre crainte que celle de Dieu...

Il paraissait tellement accablé ! Je mourais d'envie de le consoler, d'être consolée par lui.

Peut-être ressent-il la même chose que moi ?

Cette pensée m'avait soudain traversé l'esprit. Je le regardai... Oui, il avait besoin de moi maintenant que maman n'était plus là. Peut-être en aurait-il tellement besoin qu'il en arriverait enfin à m'aimer ?

— N'y a-t-il personne qui ait eu un enfant dernièrement ? demanda Susannah.

— Hannah Penney, dis-je. Son Johnnie a à peine un mois.

Mon père sursauta. Fronça ses sourcils sombres.

— Aucun de mes enfants n'ira dans cette maison.

Une fois de plus, je l'avais fâché.

— Qui est Hannah Penney ? s'enquit Susannah.

— Une voisine, répondit mon père.

— Charity a raison, Lucas, dit Prudence Way.

Sa voix calme me rappela la façon qu'avait ma mère de s'adresser à lui, avec ce ton patient qui ne manquait jamais de l'apaiser et de le rendre attentif. Un ton que je n'aurais jamais pu imiter – et dont je n'aurais jamais osé faire usage, de toute manière.

— Hannah est désormais soumise à son mari.

— George Penney est à la botte de Tom Putnam, répliqua mon père. Le père d'Hannah a trop misé sur Putnam pour laisser son gendre prendre tout seul ses décisions. D'après toi, grâce à qui George a-t-il pu acquérir les trois acres qui jouxtent les terres de Putnam ? Grâce à John Tyler. Il fourre son nez dans tout ce que fait George.

Prudence Way poussa un soupir.

— Lucas...

— George et Sam Nurse se sont chamaillés à propos d'une histoire de bornage, la semaine dernière. Sûr que Tom Putnam est aussi impliqué là-dedans. Et il y a du ressentiment, entre Sam et lui.

— Tout cela, c'est du passé ! protesta Prudence Way.

— Oui. Mais ça va faire des vagues au comité de village, et il y a déjà assez de chamailleries ici. Je ne veux pas que ma fille y soit exposée.

Je regrettais d'avoir ouvert la bouche.

Prudence Way se contenta de hausser les épaules : elle avait entendu si souvent ces histoires qu'elles ne lui faisaient plus aucun effet.

— C'est toi qui vas allaiter le bébé, Lucas ? Il sera en de bonnes mains avec Hannah, et juste à quelques centaines de mètres de toi. Thomas Putnam ne mêlera pas les enfants à ça, et tu le sais parfaitement. Envoie ta fille chez Hannah, Lucas. Il n'y a rien d'autre à faire.

Mon père ne répondit pas. Il considéra une nouvelle fois le corps de maman, me jeta ensuite un coup d'œil en se frottant le peu de barbe qu'il avait sur le menton, soupira comme si ma vue l'importunait, et j'eus envie d'aller me cacher dans un coin. Mais alors il se tourna vers Prudence Way et admit à contrecœur :

— Très bien. Nous la déposerons chez Hannah quand je te raccompagnerai chez toi. Seulement, il va falloir attendre que l'orage soit passé. Avec ce temps, on n'aurait pas fait un mile que le bébé serait déjà noyé.

Prudence Way hocha la tête.

— C'est la meilleure solution, Lucas.

— Ainsi, l'enfant a une chance de s'en sortir, affirma Susannah d'une voix douce.

Sa voix était grave, comme celle de ma mère, et ses inflexions similaires. Si bien que j'eus un moment de vertige. Je me surpris à chercher des yeux l'esprit – j'entendais ma mère et je voyais Susannah, sans parvenir à associer les deux.

Mon père se tourna encore une fois vers l'obscurité, vers ma mère. Il nous avait déjà oubliées – Jude, moi et même ma nouvelle sœur, Faith. Je le devinais à sa manière de se tenir, une attitude qui m'était familière. Je ressentis ce que j'avais ressenti à treize ans, lorsque, rentrant un jour à la maison, il m'avait informée que j'allais être envoyée chez les Andrew, à Salem-Ville, et qu'il avait pris toutes les dispositions nécessaires en ce sens. J'étais désormais assez grande pour quitter la maison, et le ménage Andrew avait besoin d'une domestique. J'avais pleuré et l'avais supplié de revenir sur sa décision osant même m'élancer vers lui et entourer ses genoux de mes bras pour le contraindre à m'écouter. L'espace d'un instant, j'avais cru l'avoir fait changer d'avis. Il m'avait semblé fléchir, m'avait caressé les cheveux. Mais ensuite il m'avait repoussée et était sorti, refermant sans bruit la porte derrière lui.

Je me rappelle m'être alors adressée à ma mère, demeurée silencieuse, et lui avoir crié, entre deux sanglots, qu'il ne m'aimait pas, qu'il ne nous aimait pas. Elle m'avait réprimandée d'une voix dont la douceur avait produit beaucoup d'effet sur moi, et assuré :

— Il t'aime, Charity. Bien plus que tu ne le crois.

Puis elle l'avait rejoint dehors. Je n'ai jamais su ce qu'elle avait dit ou fait, mais je n'étais pas allée chez les Andrew et il n'avait jamais plus menacé de m'y envoyer.

Cette scène me revenait à présent, aussi nette que si elle était arrivée la veille, et le vide laissé par ma mère me frappa de plein fouet. Un courant d'air glacé parut traverser l'atmosphère humide et enfumée de la salle commune et peut-être Faith y fut-elle sensible car elle se tut, si bien que lorsque papa reprit la parole sa voix parut trop forte.

— Je vais fabriquer le cercueil moi-même. Il y a une bonne réserve de pin blanc dans la grange.

Maman avait toujours aimé l'odeur et le contact de ce bois, raboté par mon père. Quelques jours plus tôt, elle s'extasiait encore sur un meuble d'angle qu'il venait de fabriquer. À ce souvenir, j'eus à nouveau envie de pleurer. Je croisai le regard de mon père, et il hocha la tête comme s'il se le rappelait lui aussi. Cette communauté de pensée nous rapprocha un instant tel un baiser, réveillant en moi un impétueux besoin de tendresse ; puis le charme fut rompu.

— Il faut la préparer, dit-il.

Plissant les yeux, je retins mes larmes.

— Je vais lui passer la robe verte...

Mon père sembla stupéfait.

— Ce n'est pas une tâche pour une enfant.

— Je ne suis plus une enfant. J'ai presque seize ans.

Je m'avançai jusqu'à mon père et tendis la main vers la couverture dissimulant le corps de ma mère. Ma voix tremblait, tant il me semblait important de le convaincre.

— Je peux m'en occuper, papa. Tu verras, je...

Il m'adressa un regard triste et soucieux, qui me fit taire. Avança la main... Peut-être allait-il enfin me prendre dans ses bras ? Je laissai la couverture et me tournai vers lui. Sa main retomba le long de son corps, et sa voix était un peu rauque lorsqu'il dit :

— Tu n'es encore qu'une enfant. Laisse ta tante se charger de ça.

Les larmes me vinrent aux yeux. Je ne pus rien pour les retenir. Une fois de plus, je m'étais fait des illusions : malgré tous les efforts du monde, je ne serais jamais la fille bonne et vertueuse qu'il aurait voulu avoir. La conscience de mon insuffisance était inscrite en moi, comme une tache que seuls lui et moi étions en mesure de distinguer.

— Tu peux m'aider, Charity, suggéra ma tante.

Je secouai la tête. C'était une bien piètre consolation.

— Non. Papa a raison, répondis-je amèrement. Je ne suis qu'une enfant.

— Charity ! fit Père, d'une voix sévère.

Je ne pouvais en endurer davantage. J'avais tellement besoin qu'il me console que c'en devenait insupportable. Je quittai la pièce en courant, et me réfugiai dans la chambre glaciale que je partageais avec Jude, furieuse que mon père me traite toujours en petite fille, qu'il ne me permette pas de faire des choses qui me revenaient de droit... Mais, plus encore, j'en voulais à ma mère d'être morte, de m'avoir abandonnée là sans alliés ni amis. L'enfer n'était pas le feu éternel que prétendait le pasteur Parris : il était froid comme la glace et stérile comme l'hiver, et je ne le connaissais que trop bien. L'enfer, c'était la distance que je voyais dans les yeux de mon père, à chaque regard qu'il posait sur moi.

Le lendemain, l'orage s'était éloigné, emportant les nuages et le vent, laissant un temps glacial et un ciel dégagé. En me réveillant, j'eus l'impression d'un matin comme les autres. Puis je me remémorai Susannah, et m'aperçus que Jude n'était pas dans le lit gigogne mais pelotonnée près de moi dans mon lit. Je me rappelai alors que le monde avait changé, en quelques heures.

Maman n'était plus là.

Je me souvins de la cave et du triste regard que son fantôme avait jeté sur moi. Après une bonne nuit de sommeil, je fus forcée d'admettre que j'avais fait un rêve éveillé, et j'en éprouvai une terrible tristesse. Je ne pouvais m'imaginer le monde sans elle.

Je me levai, tombai à genoux et priai, cherchant désespérément un réconfort dans l'évocation de Dieu. Mais je ne le trouvai pas. Le cœur meurtri, je réveillai alors Jude, et nous nous habillâmes pour descendre.

Mon père était déjà parti, et Prudence Way aussi, avec le nouveau bébé. Susannah s'apprêtait à préparer maman. Elle versa de l'eau dans une bassine, qu'elle souleva. Cependant, sur le seuil de la chambre, elle se figea, et me jeta un coup d'œil par-dessus son épaule.

— Tu viens ?

Elle voulait que j'assiste aux préparatifs. Les tâches qui m'incombaient m'étant interdites, la pensée que je pourrais au moins veiller à ce que ma tante ne commît pas d'erreurs me consola. Je la suivis donc dans la chambre. On n'avait pas allumé le feu, pour retarder la décomposition du corps, si bien que la pièce était sombre et froide. Allumant une bougie, je constatai que le drap était froissé, comme si quelqu'un s'était allongé à côté de maman. Je me demandai alors où mon père avait dormi la nuit précédente, et s'il avait passé toutes ces heures à serrer son corps sans vie en priant pour le salut de son âme. Je ne parvenais pas à me l'imaginer.

Ma tante installa la bassine près du lit. Dans la pénombre, maman paraissait endormie. Je sentis les larmes monter une nouvelle fois, mais je les retins : le temps des pleurs était passé. Jude m'avait emboîté le pas. Elle avait l'air brisé. Je ne parvenais pas à la regarder, aussi je me tournai vers ma tante et me décidai à suivre les opérations.

Susannah ne fit d'abord rien. Elle parcourut le corps des yeux, et je l'entendis marmonner quelque chose, une prière sans doute. Puis elle pivota vers moi.

— Tu ferais mieux de t'y mettre, déclara-t-elle. Tu as intérêt à avoir fini avant le retour de ton père.

Je la fixai, ignorant comment réagir.

D'un geste de la main, elle désigna le lit.

— Je crois que tu n'as pas beaucoup de temps, Charity, ajouta-t-elle.

— Mais je... Père...

— C'est ton droit, comme tu l'as rappelé. Il s'agit de ta mère.

— Il a dit que je ne pouvais pas, que j'étais une enfant.

— Eh bien, tu n'en es plus une, n'est-ce pas ?

Elle sourit, et cela me surprit. Je ne m'attendais pas à ce cadeau de sa part, et ne savais comment l'accepter avec grâce. Je n'étais pas sûre de pouvoir même l'accepter. Mon père avait été inflexible : je devais laisser ma tante préparer ma mère.

Mais j'y tenais tellement – c'était la dernière chose que je pouvais faire pour cette mère qui m'avait tant aimée, et qui avait su si bien me garantir contre ma propre faiblesse. Elle n'y était pour rien si j'avais fini par succomber au péché.

— Allez, Charity, vas-y, reprit Susannah avec un sourire.

Puis elle jeta un coup d'œil à Jude, derrière moi.

— Et toi... Ne va pas raconter ça à ton père. Pas besoin de le mettre en colère pour une si petite chose.

Jude hocha la tête.

Je luttais avec ma conscience. Ce n'était pas bien, de lui désobéir ainsi. Il serait furieux, s'il venait à le découvrir. Mais j'étais dans mon droit et, lorsque

Susannah me fit signe d'y aller, je n'eus pas le sentiment de mal agir.

La présence de ma tante était, comme celle de ma mère, réconfortante. Je m'y attachai avec avidité, me sentant soudain moins seule. Voilà ce que le spectre de maman avait tenté de me dire : Susannah serait mon nouveau guide. J'avais un tel besoin d'y croire que j'oubliai mon père, sa désapprobation et la nécessité de lui obéir. Je m'approchai du bord du lit, contemplai le visage endormi de ma mère et dis :

— Sa plus belle robe, c'était la verte.

Susannah recula de quelques pas et m'observa, tandis que je levais les bras de ma mère et lui retirais ses vêtements. Je n'aurais pas imaginé que ce serait une telle épreuve, de toucher une peau dénuée de chaleur, de déplacer des jambes et des bras n'offrant plus aucune résistance. J'avais aimé ce corps. À présent, je le vénérais, tandis que je la lavais et la coiffais. Ma tante demeurait à mes côtés, pas trop près mais prête à intervenir si j'en avais besoin. Constatant que des larmes brillaient sur ses joues, je sus qu'elle aussi avait aimé maman. La force de son amour me rapprocha d'elle.

Ensemble, nous vêtîmes ma mère de la robe en laine habituellement réservée aux offices du dimanche. Puis Susannah affirma :

— Elle est magnifique. Tu as fait du bon travail.

Je reculai et regardai ma mère. Je ne pourrais jamais raconter la vérité à mon père, mais j'avais un tel besoin de son approbation que je la cherchai même à travers Susannah.

— Vous croyez qu'il le pensera, lui aussi ?

— Oui, fit-elle en hochant la tête. Sûr qu'il ne va pas manquer de me remercier.

Elle eut un nouveau sourire, auquel je répondis. Mon cœur bondit vers elle. Elle me comprenait comme maman m'avait comprise. Quel soulagement de pouvoir me laisser aller, après m'être maîtrisée pendant toutes ces heures ! Mes larmes se remirent à couler. Père n'était pas là pour les voir, et la tendresse de ma tante occupait si bien l'espace autour de moi que je ne me souciais pas de les retenir. Ma tante me regarda avec une douceur qui me fit redoubler de sanglots, puis elle me prit dans ses bras et me serra contre elle. Son parfum n'était pas celui de ma mère, mais la sensation était la même : ses mains vinrent comme d'instinct se placer au bon endroit, juste au-dessous des omoplates, et elle me frotta le dos exactement de la même manière.

— C'est bien, Charity, murmura-t-elle. Ça soulage de pleurer.

Non, ce n'était pas bien, j'en étais sûre. Je secouai la tête et me débattis, lui faisant lâcher prise. Ensuite, je m'essuyai les yeux avec le bord de ma jupe.

— Elle est avec Dieu, dis-je. Elle est désormais plus heureuse qu'elle n'aurait jamais pu l'être avec nous, j'en suis sûre...

— Oh, mon enfant !

— ... seulement, elle me manque tant ! Et je... je ne sais pas comment je vais pouvoir me passer d'elle. Elle était si forte alors que je...

Susannah parut entendre ce que je n'avais pas le courage de formuler à voix haute.

— Tu es forte, répliqua-t-elle. Tu ne dois pas en douter.

Je secouai la tête.

— Non, ce n'est pas vrai. Maman disait tout le temps...

— Charity, il faut que je te raconte une histoire.

Je me frottai les yeux.

— Je suis trop vieille pour ça.

— Pas pour celle-là. La fille dont il est question dans cette histoire avait ton âge. C'était une sotte qui se mettait toujours dans des situations impossibles, au désespoir de tout le village. On la disait impulsive et désobéissante, et elle méritait cette réputation. Elle avait un cœur faible, et pas un sou de jugeote. Mais cette fille avait une sœur, et cette sœur était bonne, généreuse et forte. Sans elle, la fille aurait mal tourné.

Je levai les yeux vers Susannah.

— La fille, c'était moi, précisa-t-elle. Et la sœur, ta mère.

— Mais vous... vous n'êtes pas faible.

Elle sourit.

— Nous avons tous notre part de faiblesse, tu ne crois pas ? Simplement, certains savent mieux la combattre que d'autres. Quand j'ai quitté ta mère, j'avais l'impression que je n'y survivrais pas. Et pourtant, j'ai survécu. Et tu survivras toi aussi, Charity. Ta mère t'a élevée pour ça. Souviens-t'en. Souviens-toi qu'elle t'a appris à être forte. La force est là, en toi. Je le sais.

Elle me fascinait. Levant les yeux vers son visage, je remarquai la lumière qui en émanait et y puisai de la force ainsi que ma mère l'avait fait. Susannah était un cadeau du ciel et, comme elle paraissait avoir repris le flambeau de ma mère, j'avais le sentiment que nous ne nous connaissions pas depuis des heures, mais depuis des années. Elle me remplissait d'espoir. Si ma tante avait réussi à survivre, je le pourrais sans doute aussi. Comme elle l'avait dit, nous étions pareilles.

3

Lorsque revint mon père, tard ce soir-là, il paraissait fourbu et accablé.

Jude et moi le suivîmes des yeux tandis qu'il pendait sa cape et traversait la pièce, pour se laisser tomber sur une chaise, devant la table toute tailladée. Il y avait encore du potage dans la marmite ; je lui en versai aussitôt quelques louchées dans une écuelle, et lui coupai du pain. Mais quand je les posai devant lui, il secoua la tête et les repoussa.

— Où est ta tante ? demanda-t-il.

— Ici.

Susannah se tenait sur le seuil, entre les deux pièces, une couverture pliée dans les bras.

— Vous avez l'air épuisé, mon frère. Vous devriez vous reposer.

Je la trouvais si attentionnée et, dans sa manière de s'inquiéter de la santé de Père, si semblable à maman ! Mais Père se contenta de hausser les épaules et détourna les yeux.

— Il y aura tout le temps pour ça plus tard. J'ai parlé avec le pasteur et affiché les avis de décès. Judith sera enterrée samedi.

Il paraissait si seul, assis à cette table, comme entouré d'un mur invisible ! Mon père pouvait paraître seul dans une pièce pleine de monde sans donner le sentiment que ça venait d'un quelconque orgueil. À l'heure présente, ça lui donnait simplement l'air perdu. J'aurais tant voulu aller vers lui et l'entourer de mes bras ! J'eus la vision de nous quatre, assis sur ce banc, nous consolant les uns les autres. Mais lorsque je clignai des yeux, elle s'évanouit et la scène m'apparut telle qu'elle se présentait – une salle pleine de gens distants les uns des autres, et mon père ne faisant rien pour y remédier.

— Faith sera baptisée dimanche, dit-il.

Susannah fronça les sourcils.

— Si vite ? protesta-t-elle.

— C'est le premier dimanche après sa naissance.

— L'enterrement un jour, et le baptême le lendemain ? Ce ne serait pas un crime de laisser passer une semaine.

— Satan sait déjà si bien s'emparer du cœur des enfants. Faut-il lui faciliter encore la tâche ?

— Je ne vois pas en quoi un bébé pourrait tenter le Diable.

Mon père se renfrogna.

— Les enfants n'ont pas la volonté qui permet de le combattre. Particulièrement les nouveau-nés. Après tout, elle est encore humide du péché d'Adam...

— Plutôt humide d'avoir tété, répliqua Susannah. Je ne crois pas que ma sœur...

— Votre sœur était une bonne épouse, la coupa sèchement Père. Une femme qui savait obéir à son mari.

Quand il prenait ce ton-là, je n'avais qu'à m'incliner. Je m'attendais que Susannah en fasse autant – ma mère aurait hoché la tête en silence.

— Malheureusement, insista Susannah, j'ai passé trop peu de temps avec ma sœur pour en être sûre. Mais je vous le certifie, la femme que j'ai connue...

— ... n'existe plus, acheva Père. Vous avez partagé cette petite maison du Lancashire il y a bien des années ; et, à en croire Judith, vous étiez trop... occupée...

alors, pour bien la connaître. Où avez-vous passé le temps, depuis ?

Ma tante se raidit.

— J'aimais ma sœur.

— Je n'en doute pas.

Père aspira une longue bouffée d'air. Il baissa les yeux sur la table.

— Elle vous aimait elle aussi. Mais nous ne sommes pas en Angleterre, et ma femme est morte. J'exige la déférence de ceux qui vivent sous mon toit.

— J'en fais partie ?

— À moins que vous ne préfériez errer dans les bois, madame.

Ma tante s'immobilisa un moment, puis hocha la tête et retourna dans la chambre, où ma mère était étendue. Dans la salle commune, on n'entendait plus que le crépitement du feu. Jude, qui s'était glissée derrière moi, passa les doigts dans ma ceinture.

Je restai les yeux fixés sur le seuil. Je ne supportais pas que Père soit si furieux contre ma tante, après ce qu'elle avait fait pour moi. Ce sentiment, associé à ma nervosité, me fit perdre toute retenue, et je lâchai :

— Vous devriez voir maman, Père ! Elle paraît tellement en paix...

Je m'interrompis, avec le sentiment d'avoir parlé trop fort, de ne savoir dire que des sottises.

Mais Père se contenta de soupirer, et il se leva.

— Alors, il faut que j'y aille.

Il se dirigea vers la chambre et je le suivis, impatiente d'avoir son avis, d'entendre les compliments qu'il ne manquerait pas de faire. J'avais fait du beau travail, avec le corps de maman. Susannah me l'avait dit, et j'en étais convaincue.

La chambre sentait le suif et il y planait une légère odeur de décomposition. Lorsque nous entrâmes, ma tante était penchée au-dessus de maman et lissait un pli de sa jupe. Elle ne nous vit pas immédiatement, et je l'entendis dire :

— Je n'aurais jamais imaginé cela, Judith. Te revoir ainsi, après tout ce temps... Ah, ce n'est pas ce que j'espérais !

Père se racla la gorge. Elle sursauta, puis leva les yeux. Sans un mot, elle s'écarta, se glissant entre les chandelles qui éclairaient le corps de ma mère.

Mon père me dépassa et s'avança vers le bord du lit. Il se tint là, les mains délicatement posées sur le fin couvre-lit écarlate, les yeux rivés sur le visage de maman. Je l'observai, tandis qu'il laissait errer son regard sur elle : sur sa robe, sur ses mains silencieuses, sur ce visage que j'avais lavé avec tant de soin, en prenant mon temps... L'air frais et l'eau ne pouvaient pas lui faire de mal, maintenant qu'elle ne risquait plus de prendre froid. Père redressa la tête. Le soupir qu'il poussa fit vaciller la flamme de la bougie voisine.

— Elle a l'air en paix, déclara-t-il à Susannah.

Elle hocha la tête, mais c'est moi qu'elle regarda, et non lui. Et quand elle dit : « Merci, Frère », je sentis la louange dans ces mots et ne pus m'empêcher de lui sourire puisque, grâce à elle, il m'avait fait un compliment – même s'il l'ignorait. J'étais pleine de joie et de gratitude, ayant enfin réussi quelque chose. Je n'étais pas près d'oublier ces mots que mon père avait dits à ma tante.

C'est à cette consolation que je m'accrochai lorsque mon père quitta la salle commune sans ajouter un mot. J'éprouvais une telle reconnaissance envers ma tante que, beaucoup plus tard dans la nuit, alors qu'étendue dans mon lit j'écoutais le vent s'engouffrer en sifflant par une fente de la fenêtre et le sinistre hululement du hibou perché sur le chêne, je tendis le bras afin de lui prendre la main. J'avais peur de ne pas la trouver, peur de m'être assoupie, peur qu'elle en ait profité pour s'enfuir... Quand nos doigts se touchèrent, elle murmura quelque chose et serra ma main, dans un geste ferme et rassurant.

À mon réveil, je la tenais toujours. L'aube rose pâle s'insinuait dans la pièce à travers les carreaux, et je m'écartai de ma tante, soulagée et un peu gênée. Je ne voulais pas qu'elle voie ce que j'avais fait, je ne voulais pas de ses questions. Je n'aurais pas su comment lui expliquer que j'avais souhaité la garder près de moi, que je ne supportais pas l'idée qu'elle puisse filer, m'abandonner comme l'avait fait ma mère, et me laisser me débrouiller seule avec mon père.

À l'enterrement de ma mère, l'air était frais, pur, et le vent cinglant tandis que nous accompagnions son cercueil jusqu'au cimetière.

Je marchais juste derrière, tenant la main de Jude ; ma tante Susannah et le pasteur Parris suivaient quelques pas plus loin. On aurait dit que tout le village s'était rassemblé. Ma mère avait toujours été appréciée. En dépit des choses qu'avait dites mon père – et sans doute aussi parce que la petite Faith avait été confiée aux bons soins d'Hannah Penney –, George Penney portait l'un des coins du cercueil, recouvert d'un épais drap pourpre. Joseph Putnam faisait également partie du groupe des porteurs. Mon père et lui étaient amis depuis de longues années. Fils préféré du vieux Putnam, Joseph était devenu à la mort de son père – alors qu'il n'avait pas dix-huit ans – l'un des hommes les plus fortunés du village. En effet, à peine avait-il vu le jour – premier-né d'une seconde épouse – que le vieux Putnam s'était pris de passion pour lui. C'était comme si le Joseph de la Bible était revenu, avec son manteau chatoyant – ici sous la forme d'une riche propriété – et ses frères aînés pleins de mépris pour lui. Au village, nul n'ignorait l'animosité existant entre Joseph Putnam et son aîné Thomas, à qui l'héritage aurait dû revenir de droit.

Thomas Putnam marchait avec sa femme et ses enfants, à bonne distance. Il n'adressait pour ainsi dire plus la parole à son frère Joseph, depuis que ce dernier avait encore envenimé leur relation en épousant une fille Porter. Personne n'en parlait jamais franchement, et on ne pouvait guère le soupçonner en les entendant discuter lors des services religieux, mais les Porter et les Putnam se querellaient depuis des lustres. Et Joseph avait choisi son camp.

Cela n'avait pas vraiment causé de scandale. Nous n'avions pas de scandales, à Salem. Nous avions des *histoires*. J'avais grandi avec. Je ne me souvenais même pas comment je les connaissais, mais j'aurais pu vous raconter, à propos de n'importe laquelle des personnes présentes, avec qui elle était fâchée et à quand remontait son ressentiment. Il était difficile d'éviter les conflits, dans un village comme le nôtre. Nos vies étaient trop liées : nous avions sans cesse besoin les uns des autres.

Je remarquai que le pasteur s'adressait à Susannah. Elle hochait la tête et paraissait écouter, mais je me demandai si elle ne faisait pas semblant, et si elle n'était pas plutôt en train de penser à son foyer londonien. Je priai pour que ce ne fût pas le cas. Elle n'avait plus vraiment de raison de s'attarder maintenant que maman était partie... sinon pour moi, qui avais tellement besoin d'elle. Tout en l'observant, je réfléchissais à ce que je pourrais lui dire pour la convaincre de rester. J'étais si occupée à chercher mes mots que, lorsque Jude me serra fortement la main, je sursautai.

Je la regardai, pensant qu'elle avait trébuché sur le sol caillouteux. Mais elle se contenta de me désigner un point, à l'écart de la foule.

— Regarde, Charity. Mary est là.

J'oubliai ma tante Susannah. J'aurais dû m'attendre à voir Mary Walcott. Pourtant, je n'y étais pas préparée. Elle marchait à côté d'Elizabeth Hubbard, qui était tout l'inverse de moi – ronde, gentille et âgée de dix-sept ans. Elles discutaient comme si elles étaient les plus vieilles amies du monde.

J'aurais dû comprendre, en apercevant Thomas Putnam et sa femme, que Mary serait là aussi : elle était leur nièce, et vivait et travaillait chez eux comme servante depuis que son beau-père, prétextant un manque de place, l'avait jetée dehors. Cela faisait des mois que je n'avais pas parlé avec elle. Depuis que maman était alitée. Et voilà qu'il me semblait, à nouveau, entendre la voix de ma mère : *Lorsque tu ouvres la porte au Diable, mon enfant, il ne manque jamais d'entrer.*

J'aurais voulu être invisible. Mais, à l'instant où je me faisais cette réflexion, je vis Mary murmurer quelque chose à Elizabeth, puis me dévisager. Son regard en biais, sournois, m'incita à détourner les yeux pour me concentrer sur le cercueil de ma mère, recouvert d'une vaste étendue d'étoffe pourpre aux contours flous. Je pressai le pas, jusqu'à ce que Jude se mît à protester.

Cependant, il en fallait davantage pour tenir Mary à distance. Je ne fus pas surprise de la sentir s'avancer derrière moi. Elle tira sur ma cape, si fort que mon capuchon tomba sur mes épaules. Je le remis aussitôt en place et gardai les yeux rivés droit devant moi. D'un ton aussi calme que possible, je déclarai :

— Mary... Quel plaisir de te voir ! Je te suis reconnaissante d'être venue.

— Ma tante était une grande amie de ta mère...

Mary s'avança à mon niveau, si bien que je pus distinguer son sourire.

— Elle a tellement de chagrin, tu comprends...

Je jetai encore un coup d'œil à la femme du sergent Putnam, qui marchait toute recroquevillée au côté de son époux, tandis qu'Annie, leur fille aînée, guidait la troupe des autres enfants. Mme Putnam paraissait pâle et malingre, mais elle avait toujours cet air-là. Maman avait coutume de dire qu'il était impossible de déterminer, à sa physionomie, si Ann Putnam était malade ou en bonne santé.

Mary se pencha vers moi.

— Mais en vérité, elle mourait d'envie de rencontrer ta mystérieuse tante. Tu sais que tout le village en parle... On raconte qu'elle était actrice, à Londres. Dis, c'est vrai ?

Je me figeai et la regardai droit dans les yeux.

— On raconte qu'elle était *quoi* ?

— Actrice.

Mary se remit à sourire. Elle me faisait penser à un chat, avec son sourire méprisant, son regard faux, et sa petite langue qui pointait entre ses dents. Le gris de son capuchon encadrant son visage rendait l'image encore plus frappante.

— Tu sais, une mime, quelqu'un qui joue sur scène, une...

— Je sais ce qu'est une actrice, rétorquai-je.

— Alors, c'est vrai ?

Mary dirigea son regard vers ma tante. Son capuchon recouvrait l'épaisse chevelure de Susannah, mais la beauté de ses traits ne pouvait passer inaperçue. À la lumière du jour, sa cape était d'un ton franc de bleu foncé, qui ne ressemblait en rien aux tons fades que je voyais tous les jours. Elle se détachait, parmi mes voisins, tel un paon au milieu des poules.

— Bien sûr que non.

— Tu m'as l'air très convaincue.

— Je suis convaincue. Ce n'est pas possible. J'ai parlé avec elle. C'est une femme vertueuse...

— Vraiment ? Elle a prié avec vous, alors ?

Des images me revinrent à l'esprit sans que je les aie suscitées. Susannah se tenant devant la cheminée, refusant de venir écouter mon père dire le sermon du soir... Et encore : Susannah s'écartant et chuchotant à l'oreille de Faith, tandis qu'agenouillés au chevet de ma mère nous recommandions son âme à Dieu.

— C'est une femme vertueuse, répétai-je d'un ton aussi ferme que possible.

Ce n'était pas un mensonge, mais pas non plus une réponse, et Mary s'en rendit compte. Je décelai dans ses yeux une expression de triomphe.

— Parce que tu imagines, si c'était vrai ? insista-t-elle. Regarde le pasteur lui parler. Il a l'air fou d'amour, tu ne trouves pas ? Ah, j'aimerais bien voir sa figure quand il découvrira la vérité... Une actrice ! À Salem !

— Chut, Mary ! Ce n'est pas vrai, à ce que je sache. Et qu'on te surprenne à raconter des mensonges à son sujet serait bien pire.

— Tu n'es pas sûre que ce ne soit pas vrai, n'est-ce pas, Charity ? Tu n'en es pas absolument sûre ?

— Je suis sûre. J'ai parlé avec elle...

— C'est une actrice. Elle a pu te jouer la comédie.

Je secouai la tête.

— Non. Je la connais. Et même si je me trompais, mon père n'aurait jamais toléré...

— Il ne sait peut-être pas, dit Mary.

— Il s'en rendrait compte.

— Pourquoi ? Tu ne crois pas que ton père peut lui aussi être trompé ?

Cette question était inattendue. Je fus incapable d'y répondre, et affligée de le laisser paraître à Mary.

— Peut-être qu'elle l'a trompé. Qu'elle ment.

Son regard était redevenu sournois. Je songeai que le mieux à faire était de l'ignorer. Mary m'avait déjà révélé sa véritable nature. Ayant été ma meilleure amie, autrefois, je n'ignorais pas qu'elle était capable de salir les choses les plus innocentes, et qu'elle avait facilement prise sur moi. Je luttai contre son influence, ainsi que ma mère me l'avait fortement conseillé.

Elle ne pouvait insinuer le doute en moi que si je le permettais, et je ne le lui permettrais pas.

Je savais ce que mon père et les prêtres disaient des acteurs. Le théâtre, c'était l'Enfer sur Terre et les acteurs étaient les serviteurs du Diable. Nul doute que mon père n'eût jamais toléré une actrice sous son propre toit.

Je me tournai vers Mary, fermement décidée à le lui assurer, lorsqu'un fait me revint à l'esprit... Sans être important, il n'en était pas moins dérangeant. Puis vint une image, et encore une autre : la sécheresse avec laquelle mon père s'adressait à Susannah, comme si sa seule présence le mettait en colère. La manière dont elle lui parlait, sans égard ni respect, comme quelqu'un qui n'a peur de rien. Ma mère n'avait pas vu sa sœur depuis dix-huit ans. Pourquoi donc ?

Impatiente de voir son visage et d'être rassurée par son sourire, je jetai un coup d'œil vers ma tante, qui marchait toujours au côté du pasteur Parris. Elle me tournait le dos, tandis que le pasteur continuait de lui parler. Je sentis le doute germer dans mon cœur, telle une petite graine.

— Et si tu t'en assurais ?

Mary m'adressa un sourire de conspiratrice. Cette marque de complicité, autrefois, m'eût fait chaud au cœur.

— Tu pourrais lui poser la question, poursuivit-elle.

— Non, rétorquai-je d'une voix faible. Je ne ferai jamais ça.

— Non. Bien sûr que non.

— Qu'est-ce que tu veux dire par là ?

Mary haussa les épaules.

— Tu ne croiras jamais que ta tante puisse être quelque chose d'aussi horrible qu'une actrice, pas vrai ? Non, bien sûr que non. Tu es *tellement* innocente.

Incapable de réagir, je la fixai des yeux, cherchant à savoir si elle se moquait de moi, et attendant le coup de grâce. Mais elle se contenta de sourire, et constata :

— Betty m'appelle, je ferais mieux de la rejoindre.

Elle s'éloigna d'un pas, puis s'arrêta, et ajouta :

— Oh, Charity, voilà des semaines que je voulais te demander... C'est tellement bizarre... comment Sammy a disparu ! Du jour au lendemain. À croire que le Diable l'a emporté, tu ne trouves pas ? Ou bien... il y a peut-être une autre explication. Mais j'imagine que tu la connais mieux que moi.

Après avoir éclaté de rire, elle disparut avec une pirouette. J'étais tellement stupéfaite que je m'arrêtai brusquement, et Jude se cogna contre moi. À ce seul nom prononcé par Mary, les images que je m'étais si bien efforcée d'oublier m'avaient submergée, comme si elles n'attendaient que ce moment. Sammy se penchant vers moi, ses mains sur mon corps, la tiédeur de son souffle...

— Allez, Charity ! protesta Jude. Pourquoi tu t'es arrêtée ?

Mes yeux s'emplirent de larmes. Je les essuyai d'un geste et refoulai les suivantes de toutes mes forces. Je fis comme si Mary ne m'avait pas ébranlée avec ses rumeurs et ses insinuations, ou avec ce nom dont j'aurais tant voulu qu'il ne me troublât plus. J'aurais tout donné pour que ma mère soit là, près de moi... ou même juste son fantôme, si je n'avais plus droit qu'à lui. *Oh, maman !* songeai-je. *Pourquoi m'as-tu quittée* ?

Le trajet jusqu'à la fosse me parut interminable. Le trou était profond et mouillé par l'orage, la boue s'accumulait au fond. L'idée que l'on mît ma mère à l'intérieur m'était insupportable. J'aurais détourné les yeux si mon père ne s'était, à cet instant précis, placé près de Jude et moi. Il me posa la main sur l'épaule.

— Venez, dit-il calmement en nous entraînant tout au bord de la fosse. Baissez les yeux et pénétrez-vous de ce que vous voyez. Voilà ce qui nous attend tous. N'oubliez jamais comment votre mère est morte. Priez pour que Dieu vous bénisse, afin qu'il vous accorde une mort aussi radieuse que la sienne.

Les petits doigts de Jude se crispèrent sur les miens.

Le pasteur Parris s'avança et posa la main sur le drap qui recouvrait le cercueil de maman. Ses cheveux sombres lui tombaient sur les yeux, et le vent les rejeta en arrière, dégageant ses pommettes saillantes, son visage anguleux.

— Bien-aimés paroissiens, commença-t-il. Toute sa vie, Judith Fowler a donné l'image d'une femme vertueuse et discrète, sincère et humble, dotée d'une grande patience, et pleine de vie. Lequel d'entre nous pourrait lui reprocher un mot blessant ? Lequel d'entre nous s'est-il jamais vu refuser son aide lorsqu'il la lui a demandée ? Judith était à la fois humaine et sainte, et sa piété était sans bornes. Elle m'a souvent confié qu'elle n'était pas certaine de son salut. Si seulement, tout en doutant comme elle, nous étions capables d'autant de foi et de charité ! Comme Jésus-Christ...

Il poursuivit, mais toute mon attention se concentrait à présent sur ma tante, qui se tenait derrière lui, de l'autre côté de la fosse. Elle ne l'écoutait pas. Les yeux rivés sur le cercueil, elle marmonnait – une prière, apparemment, sauf que je n'en reconnaissais pas les paroles – et ses mains étaient jointes, paume contre paume, sur sa poitrine. Je m'aperçus que Mary Walcott et Elizabeth Hubbard la regardaient fixement en se chuchotant des réflexions à l'oreille. Je sentis mes joues s'enflammer, et fus forcée de détourner les yeux. *Une actrice* ! Ces mots occupaient tout mon esprit. C'était impossible, absolument impossible. Ma mère, si bonne, n'aurait jamais fait venir Susannah ici. Être actrice était un tel péché ! Elle savait que mon père ne pourrait jamais l'accepter.

Mais peut-être mon secret n'était-il pas le seul que maman eût gardé ? Cette question me troubla.

Le pasteur Parris conclut son oraison, et les porteurs s'avancèrent pour retirer le drap et faire basculer le cercueil dans la fosse. Je ne songeai pas à reculer, jusqu'à ce que le bois manque de m'effleurer les orteils. Ils poussèrent la bière, qui atteignit le fond de la fosse avec un craquement et un léger bruit d'eau. Le beau pin blanc était constellé de gouttes de boue et le cercueil s'était mis tout de travers, mais nul ne semblait s'en soucier. Ils le recouvraient de pelletées de terre, avec un tel empressement qu'ils en eurent fini en un tournemain et que mon père se dressa devant moi, en sueur malgré le vent glacial. Il retira son chapeau et, d'un bras, s'essuya le front. Ses cheveux bouclés étaient plaqués sur sa tête.

— Il est temps de rentrer, dit-il à Jude et moi. Allez-y, toutes les deux. Vous aiderez votre tante et les autres femmes à recevoir les gens du village.

Je ne bougeai pas, pétrifiée.

Mon père fronça les sourcils.

— Que se passe-t-il, Charity ?

Je ne savais par où commencer. Mes pensées me taraudaient, et je n'avais personne d'autre vers qui me tourner.

— Tu crois qu'il y avait du péché en elle ? murmurai-je.

Mon père me dévisagea. Notant son inquiétude, je fus remplie d'un fol espoir. Et mon besoin si fort d'être rassurée me donna le courage de poursuivre :

— Si elle avait gardé... des secrets... ce ne serait pas un si grand péché, non ? Ce ne serait pas grave ?

Son expression changea, devenant indéchiffrable. Sans me quitter des yeux, il répliqua :

— Si elle avait caché des choses infâmes, alors oui, ce serait un péché. Dieu ne tolère pas les faiblesses... Rien ne distingue les petites des grandes.

Sous l'effet de la déception, les larmes me vinrent aux yeux.

Je me retournai et faillis me cogner contre ma tante. Susannah se tenait juste derrière nous, le bleu de sa cape étincelant dans les frais rayons du soleil, le froid rosissant son nez fin et droit, et dessinant deux ronds rouges sur ses joues. Elle fixait des yeux mon père, et posa une main sur mon épaule.

— Venez, commanda-t-elle d'une voix dure. Vos voisins se dirigent déjà vers chez vous.

Nous avions à peine fait un pas que le pasteur apparut devant nous. Il sourit à Susannah avant de nous lancer distraitement, à Jude et moi :

— S'il y a jamais eu une femme élue de Dieu, c'est bien votre mère.

Il nous dépassa sans attendre de réponse, puis glissa à mon père d'une voix mielleuse :

— Ah, Lucas, je sais qu'il s'agit d'un simple oubli de votre part...

Je jetai un coup d'œil par-dessus mon épaule. Fronçant les sourcils, mon père plongea la main dans sa poche, et en tira un objet enveloppé dans un morceau d'étoffe qu'il tendit au pasteur. Le pasteur défit le petit paquet avec des doigts avides. Je vis l'or briller au soleil, et compris qu'il s'agissait d'un anneau funéraire – un cadeau pour les paroles qu'il avait dites sur la tombe de maman et pour le sermon qu'il ferait dimanche.

Le visage de mon père était tendu, ses yeux froids. Le pasteur Parris reprit :

— Les pasteurs de Boston reçoivent aussi des gants, désormais...

— Je n'ai pas d'argent à dépenser pour des frivolités, rétorqua mon père d'un ton brusque. Les gants sont pour les hommes plus riches que moi et pour les femmes plus importantes qu'elle. Je vous remercie de vos prières, pasteur, mais je vous ai suffisamment payé pour elles, et n'allez pas imaginer qu'elles changent quoi que ce soit à nos rapports.

Je ne distinguais pas le visage du pasteur. Il s'inclina et fit volte-face, en murmurant un mot que je n'entendis pas.

Cet échange m'avait tellement absorbée que je sursautai quand ma tante me toucha de nouveau l'épaule et lança :

— Alors, on y va ?

Elle dirigea son regard vers mon père, comme si elle cherchait à voir ce qui avait absorbé mon attention, et lorsqu'elle le reposa sur moi j'y lus de la curiosité.

— Votre pasteur est un homme intéressant, constata-t-elle d'une voix douce.

— Papa ne l'aime pas, répliqua Jude.

Susannah sourit.

— Ah oui ? Pourquoi donc ?

— Il dit qu'il n'apprécie pas ses prêches.

— J'imagine que votre père a une quantité d'opinions sur ce chapitre.

Sa remarque insultante me causa un choc. Je n'arrivais pas à croire qu'elle ait pu la formuler.

— Mon père éprouve le plus grand respect pour la parole de Dieu, rétorquai-je.

Susannah me caressa la joue, la frôlant de sa main si douce.

— Bien sûr. Ce que j'ai dit est sans importance, Charity.

Elle me sourit, et j'oubliai aussitôt ce qui m'avait tellement contrariée.

— Il faut qu'on y aille, si on ne veut pas qu'ils soient là-bas avant nous.

Il ne nous fallut pas longtemps pour atteindre la maison. Telle fut du moins mon impression, car les pensées se pressaient dans ma tête. Nous avions été bien inspirées en sortant la nourriture et les tonneaux de bière et de cidre avant de partir, car les voisins s'étaient déjà regroupés devant la maison, prêts à manger et à boire à la mémoire de ma mère. Soudain, je songeai comment, à peine quelques jours plus tôt, j'avais aidé celle-ci à préparer le pain d'épice. Et voilà que nous étions là, à nous en gaver, comme du pain et de la viande du banquet funéraire, alors qu'elle était partie pour toujours. Si loin de moi que je ne sentirais plus jamais la tendre caresse de sa main dans mes cheveux, que plus jamais nous ne préparerions le dîner ensemble, et que je ne l'entendrais plus me demander gentiment : « Passe-moi les œufs, Charity, ma chérie. »

Une telle tristesse s'abattit tout à coup sur moi que je fus incapable de faire un pas de plus. Ma tante s'empressa d'aller accueillir les invités qui arrivaient. Je lâchai la main de Jude. Elle remonta en courant l'allée qui menait chez nous, en appelant l'une de ses amies qu'elle venait d'apercevoir près de la porte, tandis que je restais plantée là, écrasée par le poids de mon chagrin.

Le bois sombre, derrière la maison, me parut soudain attirant. Mais je savais que l'obscurité viendrait bien assez vite, et que sur les sentiers étroits les ombres s'allongeraient jusqu'à prendre la forme de démons et de bêtes sauvages. La nuit était une chose mauvaise, et qui plus est dangereuse. Ces derniers temps, des rumeurs circulaient, au sujet d'attaques indiennes non loin de notre village.

J'allai jusqu'à notre demeure en traînant les pieds. La porte était ouverte et, le seuil franchi, je fus surprise de voir plus de gens que je n'aurais imaginé. Dans un coin, passant une chope de bière à Jude et à sa petite camarade Polly, se tenait Elizabeth Hubbard. Je n'eus pas besoin de chercher bien longtemps pour apercevoir, juste derrière elle, Mary Walcott. Je reculai de quelques pas, espérant pouvoir disparaître dans l'ombre avant qu'elle ne m'ait remarquée.

Je cognai violemment ma hanche contre quelque chose – un meuble qui n'était pas placé à cet endroit auparavant. Désorientée, je fis volte-face. Ce n'était pas un meuble. Là, juste derrière la porte, se trouvaient deux grandes malles richement sculptées et peintes de couleurs vives. Sur l'une d'entre elles était posé ce que j'avais heurté, un petit objet rectangulaire recouvert d'un morceau de toile.

Je tendis lentement la main pour ôter cette toile, découvrant les touches brillantes d'un clavier d'ivoire... Un instrument de musique. C'était un virginal et je savais à qui il appartenait, tout comme je savais que ces malles contenaient des vêtements acheminés depuis Londres... et en bien plus grande quantité que je n'en avais possédé, ou que n'en avait jamais possédé quiconque dans ma famille.

Levant les yeux, je croisai le regard méchant de Mary Walcott, qui fit une petite révérence, à la manière d'une comédienne. Ses paroles me revinrent à l'esprit : *À ce qu'on raconte, elle est actrice*. Et, cette fois-ci, elles s'imprimèrent en moi... Tous ces vêtements, la musique, l'instrument...

Soudain, la peur m'envahit. J'ignorais ce que j'étais censée faire ou éprouver ; mais, comme je me tournais vers la porte, mon père entra et je guettai sa réaction. Il me jeta un coup d'œil.

— Ça va, mon enfant ?

Lorsque j'eus hoché la tête sans conviction, son regard se dirigea vers les malles et le clavier du virginal qui brillait à la lueur des bougies. Je retins mon souffle. Cependant, ses yeux glissèrent sur ces objets comme si leur vision ne l'affligeait guère, ou comme s'il ne les avait pas remarqués, bien qu'il fût impossible de les ignorer. Traversant la pièce, il s'approcha de notre voisin Samuel Nurse, qui buvait un bol de bière, et lui donna une tape sur l'épaule en signe de bienvenue, sans paraître autrement affecté.

Je jetai un nouveau coup d'œil par-dessus mon épaule. Peut-être m'étais-je trompée, peut-être avais-je eu des visions... Mais le virginal était bien là. Je passai un doigt sur une touche de son clavier. Au lieu d'être froid, l'ivoire était lisse et tiède ; on aurait dit que quelqu'un venait d'en jouer, et j'en fus tellement déconcertée que je reculai. C'était un objet mauvais, je le savais, et pourtant il n'avait pas eu l'air de troubler mon père. Je n'arrivais pas à concilier ces deux éléments. Maman m'avait dit un jour que mon père était capable de discerner le mal en n'importe quel homme, et je l'avais crue. Je savais qu'il le percevait en moi. Pourquoi, sinon, aurait-il passé toutes ses soirées à me seriner des prières, à me cuirasser contre le Diable ? S'il le voyait en moi, pourquoi ne pouvait-il pas le voir en Susannah ?

Je regardai ma tante, qui retirait un rôti du feu. Le moindre de ses gestes me rappelait maman et cette constatation me soulagea. Mary avait tort : il n'y avait rien à craindre d'elle. Le seul mal qu'il y eût dans cette maison était en moi.

4

Il était tard quand les gens commencèrent à se retirer, mais leur départ n'avait pas de rapport avec l'heure tardive. Je connaissais la plupart d'entre eux depuis toujours. Il y avait eu des éclats de voix et j'avais surpris par bribes, çà et là dans la maison, de vives discussions sur ce qui agitait les esprits depuis des mois : des rumeurs circulaient selon lesquelles Increase Mather n'était pas parvenu à obtenir du roi et de la reine d'Angleterre le renouvellement de la charte ; on s'inquiétait de la révocation de titres de propriété et de l'augmentation constante des impôts provoquées par la guerre avec les Indiens et les Français, choses qui ne m'importaient pas le moins du monde. Nos voisins pouvaient en débattre longtemps après le coucher du soleil. Il leur arrivait fréquemment de le faire. C'était une distraction fort prisée des villageois.

C'est pourquoi le silence qui salua l'entrée du pasteur produisit un effet très étrange. Il arriva si tard que je ne croyais plus à sa venue. Mon père était attablé avec quatre autres membres du comité de village. Lorsque Parris franchit le seuil accompagné de sa famille, ils le dévisagèrent et les paroles moururent sur leurs lèvres. Le pasteur ne sembla pas troublé par ce silence délibéré. Il resta là, souriant, jusqu'à ce que mon père fût forcé de se lever pour l'accueillir. Après quoi, le banquet funéraire ne tarda pas à s'achever. Le soleil s'était couché.

Le bois projetait son ombre sur le sentier, et la menace d'une attaque des Indiens paraissait plus tangible que jamais. Les hommes parlaient de repartir par petits groupes, leurs fusils à portée de main, leurs doigts crispés sur leurs cornets à poudre.

Jude et les quelques enfants encore présents déambulaient dans l'entrée. Étourdis par la bière, ils se cognaient aux rouets et aux tonneaux de sel qui s'entassaient dans les coins, contournaient la baratte à beurre et les baquets en poussant des gloussements. Les filles que j'avais autrefois appelées mes amies s'attardaient et, tout sourires, jetaient des coups d'œil en direction des garçons du village. Je les observais, en ne me souvenant que trop bien du temps où j'agissais comme elles. Lorsqu'il ne resta plus que la lie dans le dernier bol de bière, et, éparpillées sur la table, les miettes des gâteaux que nous avions préparés, les visiteurs qui s'étaient attardés partirent enfin. J'en fus contente. Sur le seuil, mon père les écouta lui souhaiter au revoir et lui murmurer des paroles rassurantes quant au salut de l'âme de maman. Le pasteur et sa famille furent les derniers à prendre congé.

— Il n'y a pas lieu de vous lamenter, Frère Fowler, affirma le pasteur Parris en serrant le bras de mon père. Notre sœur bien-aimée est désormais auréolée de la gloire de Dieu.

Mon père hocha la tête, mais ce mouvement, à peine perceptible, sembla contraint. Lorsque le pasteur prit le bras de sa femme et appela sa nièce Abigail afin qu'elle rassemble les trois autres enfants, mon père parut soulagé. Il referma très vite la porte derrière eux, avant que le vent froid ne s'engouffre dans la maison, et le silence qui s'ensuivit nous fit un étrange effet, après l'agitation de la journée.

— Il se fait tard, dit mon père. Les enfants, au lit. Demain est le Jour du Seigneur, et l'on baptise le bébé.

Son regard glissa sur moi et s'arrêta sur Susannah, qui était occupée à attiser le feu.

— Il vaudrait mieux que vous montiez vous aussi vous coucher, ma sœur. Une longue journée vous attend.

Elle répondit avec un petit sourire :

— Oui... d'autant plus longue que c'est votre pasteur qui est chargé de l'office.

Les yeux de Père ne reflétèrent pas la moindre trace d'humour.

— Dans le désert, la parole de Dieu est toujours la bienvenue.

— Je n'ai jamais dit le contraire, mon frère.

Il parut sur le point de faire une remarque cinglante, mais se contenta de se diriger vers la chambre.

— Comme vous voudrez... Maintenant je vous souhaite une bonne nuit. La journée a été éprouvante.

Ma tante hésita, puis se redressa et lança :

— Mon frère...

Mon père se retourna.

— J'ai perdu une sœur. Cependant, je n'oublie pas pour autant que vous venez d'enterrer une épouse, et sans doute... Enfin, je sais que ça n'a pas été chose facile. Je vous souhaite... une bonne nuit de repos.

À ces mots, mon père sembla se détendre ; j'ignore d'où me vint cette impression, en fait, car son attitude ne se modifia en rien. Cependant, l'expression d'apaisement que je lus sur son visage était peut-être réelle, et non une illusion provoquée par le faible éclairage des chandelles vacillantes. Cette pensée me rassura. J'avais eu raison d'étouffer mes soupçons au sujet de Susannah.

— Oui, répondit-il. Charity, Jude, il est tard, insista-t-il en nous voyant toujours plantées là.

Je connaissais ce ton de voix. Jude aussi. Je la vis se lever du banc sans se faire prier, et avancer en vacillant comme une ivrogne jusqu'à l'escalier. Je la suivis, abandonnant à ma tante la tâche d'attiser le feu pour la nuit.

Notre chambre était froide. Le vent du nord-est avait laissé dans son sillage un goût d'hiver. L'air s'engouffrait par une fissure de la fenêtre, et je me souvins à quel point cette pièce avait été glaciale l'hiver précédent, quand le givre recouvrant les vitres ne fondait presque pas de la journée. J'allai à la fenêtre, où je retrouvai le chiffon que j'y avais coincé alors et qui s'effrita au contact de mes doigts. Jude, après s'être déshabillée pour ne garder que sa chemise, se glissa entre les draps tissés à la main du lit gigogne.

— Il fait froid, Charity, se plaignit-elle. J'ai les orteils glacés.

Je renfonçai comme je pus le chiffon et me dis qu'il me faudrait en trouver un autre le lendemain. Puis, me penchant, je collai mon œil à la vitre. La lune se levait, pleine et brillante, et le ciel était dégagé. Les branches du chêne venaient griffer et frapper les bardeaux.

— La nuit sera glaciale, je te le garantis.

Jude sanglotait dans son oreiller, à présent. Des sanglots étouffés, qui faisaient peine à entendre.

— Ça va aller, Jude, dis-je d'une voix douce. Tout va bien se passer.

— Maman me manque.

— Je sais. À moi aussi.

— Elle n'aurait pas permis que mon lit soit froid.

Je tressaillis. Le vide laissé par ma mère me parut soudain impossible à combler.

— Je suis désolée. J'aurais dû songer à réchauffer ton lit. Demain, je n'oublierai pas.

Les sanglots de Jude redoublèrent et elle lâcha, entre deux hoquets :

— Je ne veux pas que tu y songes. Je veux que ce soit maman qui le fasse.

— Elle est avec Dieu, maintenant, Jude. Tu le sais.

— Oui. Elle est avec Dieu.

En entendant ces mots, je fis volte-face, n'en croyant pas mes oreilles. L'esprit était sans doute revenu, et me parlait avec la douce voix de ma mère... Mais c'était ma tante qui se tenait sur le seuil de la chambre. Je respirai un grand coup pour recouvrer mon calme, puis m'aperçus qu'elle apportait la bassinoire qui avait si souvent servi, et je lui fus reconnaissante d'y avoir pensé, d'avoir deviné que cela faisait partie des habitudes de ma mère. Tout comme je m'en voulus de ne pas y avoir pensé moi-même.

Elle entra et, presque sans un bruit, se dirigea vers le lit gigogne.

— Ta maman ne t'a pas vraiment quittée, Jude. Souviens-toi bien de ça.

Jude se frotta les yeux en hochant gravement la tête. Susannah lui fit signe de quitter le lit, et ma sœur s'empressa de se lever. Elle serra les bras contre son corps, toute frissonnante, tandis que notre tante relevait les couvertures et faisait passer la bassinoire sur les draps en insistant sur le pied du lit.

— Dépêche-toi ! lança enfin Susannah en se reculant. Recouche-toi avant que les draps ne soient de nouveau froids.

Jude s'exécuta sans un mot. Elle se blottit dans le lit, s'y enfonçant tellement que seule sa natte reposant sur l'oreiller comme la queue d'une souris fut bientôt visible.

Aussitôt, Susannah glissa la bassinoire entre les draps du lit que nous partagions, elle et moi. Puis elle s'agenouilla près de Jude et tapota la petite masse arrondie que formait le corps de ma sœur. De sous les couvertures nous parvenaient toujours des sanglots.

— Chhh... Chhh... Tu as raison de pleurer, Jude. Il n'y a pas de mal à ça.

— Père dit que ce n'est pas bien, répliqua Jude d'une voix étouffée.

— Tu te rappelles ce qu'a dit aussi ton père ? Qu'il fallait se réjouir, parce que ta mère est avec Dieu ?

Dans le lit, la masse se figea. Puis la natte de Jude bougea, comme si ma sœur hochait la tête.

— C'est vrai, poursuivit Susannah. Je crois que ta mère est heureuse à présent. Mais je sais qu'elle te manque, et ce n'est pas une mauvaise chose de pleurer pour cette raison.

Les couvertures retombèrent, dévoilant le petit visage crispé de Jude, ses yeux et son nez rougis par les pleurs. Susannah lissa les cheveux châtains de ma sœur, remettant délicatement en place les mèches que les larmes avaient collées à ses joues. À condition de garder les yeux fixés sur ses mains, je pouvais m'imaginer que c'était ma mère qui était assise là, à consoler ma sœur comme elle l'avait si souvent fait. À la différence près que maman n'aurait jamais déclaré à Jude qu'elle avait raison de pleurer.

— Il faut que Jude apprenne à retenir ses larmes, dis-je, corrigeant doucement ma tante. Tout ce qu'elles vont lui valoir, c'est de mettre Père en colère.

Susannah cessa ses caresses et leva les yeux sur moi. La pitié que j'y lus me déconcerta.

— Ah oui, murmura-t-elle. Mieux vaut ne pas le mettre en colère.

Cette réponse me mit mal à l'aise. J'eus à nouveau l'impression qu'elle insultait mon père, mais je n'aurais pu expliquer en quoi, car ses mots n'avaient rien d'offensant. Dans un soudain désir de le défendre, je me dirigeai vers l'étagère où était posée la chandelle, près du lit, et me saisis de ma bible.

— C'est là que nous devons chercher le réconfort. Viens, Jude.

— Je ne veux pas sortir du lit, Charity, gémit ma sœur. Père est allé se coucher sans nous demander de...

Je désignai le sol, au pied de mon lit.

Jude soupira puis s'arracha à la tiédeur de la couche. J'eus un pincement au cœur en pensant à ce à quoi je l'obligeais et regrettai de ne pas être moi-même blottie sous les couvertures, à réchauffer mes pieds au contact de la bassinoire pleine de braises. Mais je savais ce que Père attendait de nous. Lorsque Jude fut agenouillée au pied du lit, je me plaçai à son côté. Le sol était dur et froid sous mes genoux. J'ouvris la bible au hasard et commençai à lire.

— « Mais nous ne sommes qu'impureté, et toutes nos vertus ne sont que haillons crasseux ; et nous nous fanons comme la feuille ; et nos péchés, tel le vent, nous emportent au loin... »

— Oh, Charity ! m'interrompit Susannah. Pourquoi ne cherches-tu pas le réconfort, et non la condamnation, dans les paroles du Seigneur ? Votre mère a été enterrée aujourd'hui. Laisse parler ta peine.

Je trébuchai sur les mots suivants, puis le texte se brouilla devant mes yeux. Je ne parvenais plus à lire. Je vis Jude se pencher vers moi, mais son visage était également flou, et je fus forcée de détourner le regard.

— Je *cherche* le réconfort dans les paroles du Seigneur, rétorquai-je.

Mais j'eus beau prendre un ton aussi convaincant que possible, mes mots, étouffés par les larmes, sonnaient creux.

— Assez prié pour ce soir, vous ne trouvez pas ? lança Susannah. Votre père n'en saura rien si on ne lui en parle pas. Vous voulez que je chante pour vous endormir ?

Je la regardai, stupéfaite. *Votre père n'en saura rien.* Je pensai à la veille, à la manière dont elle m'avait poussée à préparer le corps de ma mère, à ce qu'elle avait conseillé à Jude : *Ne va pas raconter ça à ton père*. Et j'en conçus une impression d'inconfort et de fausseté.

— Que tu chantes ? demanda Jude. Tu veux dire... un psaume... comme à l'office ?

— Si c'est ce que tu souhaites. Ça te ferait plaisir, non ? dit Susannah tout en tapotant le lit gigogne. Allez, Jude. Au lit !

Ma sœur suivit l'appel de cette main chaleureuse, me laissant seule agenouillée près du lit. Le froid rendait mes mains si rigides que les doigts serrés sur ma bible me semblaient ceux d'un squelette.

Susannah borda Jude qui, après un frisson, lui adressa un sourire plein de gratitude, oubliant déjà ses larmes. Puis, après avoir posé une main sur les cheveux de ma sœur, Susannah se mit à chanter. Sa voix était douce et agréable. Elle chantait comme quelqu'un qui en a l'habitude. Cela ne ressemblait en rien à notre façon de beugler les psaumes à l'office, chacun partant sur un ton différent et tous n'ayant en commun que de chanter faux. Les mots de Susannah étaient limpides. Il me semblait presque distinguer l'accompagnement du virginal. « *Sous le feuillage d'un arbre, qui aime reposer près de moi et faire passer son chant joyeux dans le gosier du bel oiseau...* »

Je ne pouvais détacher mes yeux de ma tante, remarquant la grâce qui l'animait tout entière... un geste de la tête, un battement de la main. Comme si elle interprétait la chanson, la mimait, pour notre plaisir. J'essayais de ne pas y penser ; mais plus je luttais contre, plus cette pensée s'imposait. « *Viens par ici, viens par ici, viens par ici : Par ici, nul autre ennemi que l'âpre bise et le vent d'hiver*. »

Je l'imaginais sur une estrade, en train de chanter en s'accompagnant du virginal et en souriant au public rassemblé à ses pieds.

J'entendis le Diable dans sa voix.

— Ça suffit ! dis-je, mais pas assez fort, car elle continua de chanter jusqu'à ce que je me mette presque à crier :

— Ça suffit !

Elle leva les yeux et mit un doigt sur ses lèvres pour me faire taire, en me désignant Jude qui s'était déjà endormie. Puis elle termina la chanson, les derniers mots s'évanouissant en cadence. « *Viens par ici, viens par ici, viens par ici : Par ici, nul autre ennemi que l'âpre bise et le vent d'hiver.* »

— Que se passe-t-il, Charity ? demanda-t-elle ensuite en quittant le chevet de Jude pour venir s'asseoir sur mon lit. La chanson ne te plaît pas ?

J'avais peur. Lorsque je la regardais, à présent, je voyais le mal. À nouveau, j'avais été séduite – tout comme maman me l'avait prédit. Dans ma douleur, j'avais docilement pris la voie que Susannah m'avait ouverte : les mensonges à mon père, les secrets... Le Diable la gouvernait et, connaissant par avance mes désirs, il avait su les devancer. Elle était bien ce que je redoutais – une actrice capable de mentir sur commande. Elle n'était pas ma mère. Je priai pour trouver la force de la repousser, mais mes mains tremblaient. *Si le Christ ne règne pas sur ton âme, c'est que tu vis sous le règne du Diable.* Je m'efforçais de dire les mots, mais c'était à croire que j'en avais oublié le son.

— Je me fais du souci pour toi, Charity, dit-elle d'une voix calme. Il n'est pas bon que tu te retiennes à ce point d'éprouver du chagrin. Ta maman n'aurait jamais exigé de toi un tel héroïsme.

Ses yeux marron paraissaient si doux, si sensibles dans la pénombre ! Mais maintenant que je l'avais percée à jour, ma conviction me rendait plus forte. Il m'était plus facile de combattre le Diable, sachant à quoi il ressemblait. Je ne me laisserais pas si facilement tromper, cette fois-ci.

— Comment pouvez-vous savoir ce qu'elle aurait exigé de moi ? J'ai entendu ce qu'a dit papa... Vous ne vous étiez pas vues depuis des années.

Elle tressaillit.

— En effet. Mais elle m'écrivait chaque mois. Je connaissais bien ma sœur.

— Ma mère.

— Oui. Ta mère, admit Susannah avec un soupir. J'aurais fait n'importe quoi pour elle. C'est pourquoi je suis ici : elle m'a appelée, et je suis venue.

J'en fus étonnée.

— Elle vous a demandé de venir ?

Susannah hocha la tête.

— Pourquoi ?

Ma tante hésita.

— Elle avait envie de me voir, j'imagine. Tout comme moi j'avais envie de la voir.

— Elle ne nous parlait jamais de vous. Je pense que vous ne lui manquiez pas du tout. Pourquoi vous avoir fait venir après tant d'années ?

Susannah eut une expression pensive qui me rendit nerveuse, et je regrettai d'avoir été si méchante.

— Je crois qu'elle avait peur, répondit-elle sans me quitter des yeux.

— Peur ? Peur de quoi ?

— Je l'ignore. Peut-être... peut-être que tu connais la réponse, toi. J'ai entendu ce que tu as demandé à ton père aujourd'hui... Dis-moi, Charity, c'était quoi, ces secrets que ta mère tenait cachés ? De quoi aurait-elle pu avoir peur ?

Sa question m'alarma. Forcément. Je me rappelai le jour où j'avais parlé de Samuel à maman. Je me rappelai le parfum de l'hellébore blanc que nous avions cueilli, l'odeur humide et moisie du bois sombre, la puanteur des arums bananiers qui nous parvenait depuis le marais. J'étais certaine que je n'oublierais jamais le regard de ma mère, et cette peur qui m'avait arraché des larmes lorsqu'elle m'avait brusquement murmuré de me taire, m'avait accusée de courtiser le Diable, et ordonné de ne jamais répéter ce que je venais de lui révéler. Ni à elle, ni à moi-même, ni à personne d'autre...

Je dévisageai ma tante avec tout le sang-froid dont j'étais capable.

— Je ne sais pas de quoi elle avait peur, répondis-je.

Elle s'aperçut que je mentais. Un moment encore, elle m'observa, puis soupira et se releva.

— Eh bien... Nous attendrons demain pour le découvrir. Ou après-demain. Ce n'est pas le temps qui va me manquer.

— Vous restez, alors ?

— Oui. Ta mère a fait appel à moi. J'ai effectué tout ce voyage pour lui apporter mon aide. Et, ajouta-t-elle avec un sourire amer, je ne retournerai pas à Londres. La vie que j'y ai menée... je préfère l'oublier.

À peine deux heures plus tôt, je me serais réjouie d'une telle nouvelle. Or, à présent, je souffrais le martyre. Elle ne repartirait pas. Les efforts de Satan pour s'emparer de mon âme ne cesseraient pas. Voilà qu'elle restait pour me tenter. Je me remis debout, serrant, tel un bouclier, la bible contre ma poitrine. J'en avais assez d'elle, et de cette conversation. J'avais de nouveau peur, et bien plus qu'auparavant. Hier encore, j'avais puisé de l'assurance dans ses paroles – je me souvenais clairement avoir songé qu'elle et moi étions pareilles ; et j'avais pu espérer que grâce à elle, je trouverais encore de la bonté, quoique maman fût partie.

À présent, la vérité m'apparaissait : oui, Susannah *était* exactement comme moi. Mais c'était la faiblesse et non la bonté qu'elle avait trouvée lorsque maman était partie. Comme moi, elle avait emprunté le chemin que lui indiquait le Diable.

— Je suis fatiguée, dis-je.

Lorsque je reposai la bible afin de me déshabiller, je me sentis nue et vulnérable. Je la repris donc et me fourrai entre les draps, étendant les pieds vers la bassinoire. Et, le corps crispé, je gardai cette bible serrée contre mon cœur, quand Susannah se glissa près de moi.

Elle souffla la bougie et la pièce fut soudain plongée dans le noir. M'efforçant de me réfugier dans les ténèbres rassurantes de l'aveuglement, je fermai les yeux et me mis à prier. Mais les mots se perdaient dans mon esprit, et je ne savais plus où j'en étais. Je demeurai éveillée longtemps après que Susannah eut cessé de bouger, et que son souffle régulier me parvint aux oreilles comme réglé sur celui de Jude, juste au-dessous, dans le lit gigogne. Étendue là, je songeais à ces choses qu'elle avait dites, ces choses qu'elle savait. Je croyais que ma crainte d'elle m'empêcherait de dormir. Mais ce qui me tint éveillée dans la nuit, presque jusqu'à l'aube, fut plutôt cette question toute simple qui avait ravivé mes souvenirs : *Dis-moi, Charity... de quoi ta mère aurait-elle pu avoir peur ?*

Mon cœur connaissait si bien la réponse que je craignais de l'exprimer à voix haute.

C'est de moi que ma mère avait peur.

5

Je me réveillai en entendant prononcer mon prénom, un appel pressant qui me parvint depuis un rêve aussitôt oublié. *Charity. Charity.* Ouvrant soudain les yeux, je constatai qu'il était très tôt. L'aube gris pâle commençait tout juste à poindre derrière les fenêtres, et des ombres bleues et fantomatiques flottaient dans la chambre. Jude dormait à poings fermés, et nul bruit ne me parvenait des pièces du dessous. Mon père n'était pas encore éveillé. Personne ne m'avait appelée, personne ne se tenait près de moi, et pourtant j'étais incapable de me rendormir.

J'entendis à nouveau mon prénom. Pas dans ma tête, cette fois-ci, mais à côté de moi. Je me mis sur le flanc et... Elle était là, tout près, et son expression était triste et aimante. Je sentis sa chaleur. Je sentis le poids de son corps sur le lit de plume.

— Maman...

J'aurais voulu rester immobile, mais ce fut plus fort que moi : tendant la main comme vers un oiseau sauvage et vif, je touchai ses cheveux. L'espace d'un instant, je les reconnus – fins et frisés, reprenant leur forme sous mes doigts...

Puis ma mère disparut, et à la place je vis Susannah. Sous mes doigts, ses cheveux épais, bruns et soyeux n'étaient pas gris du tout. Ma tante ouvrit des yeux ensommeillés où se lisait la surprise, et je ne pus le supporter.

Je roulai sur le côté, lui tournant le dos. Des larmes de déception me montèrent aux yeux. Pensant qu'elle allait me toucher, me dire quelque chose, j'attendis.

Elle n'en fit rien. J'étais nerveuse, et figée au point de sentir vibrer l'air. Elle eut un soupir, puis se détendit, et son souffle régulier m'indiqua qu'elle s'était rendormie.

Il me fallut un bon moment pour me décontracter moi aussi. Je revoyais le visage de ma mère, et la rapidité avec laquelle il avait été remplacé par celui de Susannah, son esprit dans le corps de Susannah... Mais, cette fois, je compris ce que l'esprit s'efforçait de me dire. C'était un avertissement : ma tante Susannah était mauvaise, elle ne ferait que m'attirer encore davantage dans les bras de Satan. *Ton cœur est une porte ouverte, Charity. Ne laisse pas le Diable y pénétrer*.

Je rejetai les couvertures, m'habillai en hâte et descendis dans l'obscurité. Dans sa chambre, mon père marchait. Debout de bonne heure, tout comme moi. J'allumai le feu pour préparer le petit déjeuner. Lorsqu'il entra enfin dans la salle commune, l'air hagard et les yeux rougis comme qui vient de passer une nuit blanche, il s'assit près de moi à table.

— Bonjour mon enfant, dit-il d'une voix douce.

Nous mangeâmes, et attendîmes Susannah et June. Je songeai à lui parler de ce que j'avais vu, des choses que je savais désormais, au sujet de Susannah... Mais mon père paraissait si perdu, si lointain, que je ne pus m'y résoudre. Je gardai donc mes pensées pour moi. Puis ma sœur et ma tante descendirent, et nous nous mîmes en route pour l'office.

Le temple se dressait au milieu d'une grande clairière, en lisière d'une forêt, près de la taverne des Ingersoll. Le poste de gué dominait la rue, ses murs épais sous la surveillance permanente d'un des gardes du village armé d'un fusil à silex, et prêt à faire feu à la moindre alerte. S'il était un lieu où je me sentais en sécurité, c'était bien le temple. À supposer que Salem-Village eût un cœur, c'était ce bâtiment ; et pourtant certains – dont mon père – prétendaient qu'il s'agissait plutôt d'un trognon pourri.

Le temple avait cessé depuis des années d'être un objet de fierté. Les lourds volets pendaient de guingois, et au moins deux des fenêtres, brisées, étaient obstruées par des planches. Il était situé à la limite d'un terrain marécageux, si bien que les moustiques étaient légion, tant à l'intérieur qu'à l'extérieur. À présent, le marais était immobile et glacé. Les arbres perdaient leurs dernières feuilles. Fouettées par le violent vent d'automne, elles tombaient à terre en tourbillonnant. Des lambeaux de papier – bans de mariage, nouvelles lois, avis de vente ou de naissances – voletaient du mur criblé de traces de clous, à côté de la porte du temple. L'annonce la plus récente, celle de la mort de maman, était froissée par le givre en train de fondre, mais pas encore déchirée ; l'écriture de mon père y était demeurée parfaitement lisible, et l'encre avait conservé sa teinte rouille.

Père nous guida jusqu'à la porte. Ma tante cheminait derrière lui en portant deux chaufferettes. Les charbons luisaient faiblement à travers les trous percés dans le bois dur. Hannah Penney se tenait à l'entrée du temple avec Faith serrée contre son cœur, emmitouflée dans des couvertures. Lorsque mon père la salua, elle lui tendit le bébé en lui disant quelques mots que je ne parvins pas à saisir. Il secoua la tête et recula, si bien qu'elle présenta l'enfant à ma tante à la place.

Susannah posa les chaufferettes à terre et prit la petite dans ses bras.

— Ah, ce qu'elle est jolie ! murmura-t-elle.

Elle pressa si fortement Faith contre elle que je ne pus distinguer ni le visage de ma sœur ni aucune partie de son corps, hormis un petit pied chaussé de laine grise. Susannah leva vers Hannah Penney son visage lumineux, comme habité d'un feu secret. Mais je savais à quoi l'attribuer, désormais. Je l'observais avec attention et amertume.

— Quel genre d'enfant est-elle, Hannah ? Est-ce qu'elle a bon caractère ?

— Oh, le meilleur qui soit, assura Hannah Penney. Et elle a de l'appétit, pour sûr. Plus que mon bébé à moi.

La façon dont ma tante tenait l'enfant ne me plaisait pas. Je me méfiais de la facilité avec laquelle elle l'avait prise dans ses bras. Le Diable était habile, et Faith si vulnérable ! Je jetai un coup d'œil à mon père, n'arrivant pas à croire qu'il puisse, lui aussi, être dupe. Mais son expression ne laissait rien paraître et je compris que Susannah l'avait également trompé.

Susannah rendit ma sœur à Hannah Penney tout en paraissant répugner à s'en séparer ; ses yeux s'attardèrent dessus tandis que la nourrice rajustait la couverture autour d'elle en faisant de légers bruits de langue pour la calmer.

— Il est temps que nous entrions, dit mon père. L'office va commencer.

Puis il nous quitta et, fendant la foule, se dirigea vers le côté ouest du temple, réservé aux hommes.

Je le suivis en toute hâte, traînant Jude après moi et laissant Susannah derrière. Dans ce lieu, au moins, j'étais sûre que Dieu tiendrait compte de mes prières.

À l'intérieur, l'obscurité était à peine atténuée par la faible lueur filtrant à travers les fenêtres et par l'unique bougie brûlant sur une applique, à côté de la chaire. Les lourdes poutres du plafond étaient presque indiscernables. Les planches mal assorties des murs vieillissaient mal – si irrégulières que les unes étaient plongées dans l'ombre tandis que la lumière en caressait d'autres. Au-dessous des galeries existant de part et d'autre, la pièce était tellement sombre qu'on voyait à peine les visages de l'assistance réunie sur ses bancs.

Quelque temps plus tôt, j'avais été autorisée à quitter le fond de la galerie, où les enfants étaient tenus de s'asseoir. Et Jude était si calme et si bien élevée que maman nous gardait avec elle. Ce jour-là, je repris ma place habituelle. Notre famille n'était pas riche, mais mon père ayant maintes fois fait partie du comité de village, et ma mère ayant souvent assisté le pasteur dans ses œuvres de charité, nous nous installions à quelques bancs seulement de la chaire. Comme nous étions au centre, nous ne pouvions prendre appui sur les hauts rebords situés à chaque extrémité – quoique cela ne changeât pas grand-chose ; le bedeau chargé de la quête ne tarderait pas à piquer les nonchalants de sa longue perche et c'est d'un pas vif qu'il arpentait les bas-côtés. Depuis ma place, je distinguais tout le temple à l'exception du fond, où les gens étaient tassés dans l'obscurité.

Susannah plaça les deux chaufferettes devant nous sur le sol, il était déjà si froid que je sentis à peine la chaleur, même à travers mes bottes usées. Dans l'air humide et rance, mes narines s'emplissaient d'odeurs mêlées – bois gorgé d'eau, moisissure et laine mouillée. Le vent gémissait au travers des planches qui recouvraient l'une des fenêtres et, à côté de la chaire, la flamme de la bougie tremblait et fumait. Nous nous installâmes, couvrant nos jambes de plaids et nous redressant sur les bancs dépourvus de dossier, et, petit à petit, les conversations se firent moins nombreuses, plus étouffées. Lorsque la salle fut silencieuse et que le diacre Ingersoll se fut levé de son siège, derrière la chaire, pour nous annoncer quels psaumes chanter, je baissai la tête et m'efforçai d'entendre la voix de Dieu, dans les ténèbres épaisses de mon âme.

Je chantai sans prêter attention aux paroles. J'écoutai à peine le sermon du pasteur Parris, tant j'étais plongée dans ma propre quête du Seigneur. Quand l'office se termina par une dernière prière, je levai les yeux vers l'immense sablier, devant le diacre Putnam. Il s'était écoulé un peu plus de deux heures – le sermon avait été court – et je n'avais encore trouvé ni soulagement ni consolation.

Le baptême de Faith devait avoir lieu pendant l'office de l'après-midi, et nous avions deux heures à perdre avant qu'il ne débute. Tout en suivant mon père dans le jour froid et ensoleillé, j'entendais les gens parler de l'endroit où ils iraient, de ce qu'ils feraient. Ceux qui étaient venus de loin avaient laissé leurs chevaux au refuge du pâturage marécageux. La plupart se rendraient chez Ingersoll, tout comme nous le ferions, et comme nous l'avions toujours fait. Maman avait coutume de préparer un repas à emporter que nous mangions en silence devant ce qui passait pour une place, face à la taverne, en évitant les moutons que le lieutenant Ingersoll gardait parfois là. Je n'avais pas apporté de nourriture, ce jour-là. Comme je m'apprêtais à m'en occuper, mon père m'avait dit que nous achèterions quelque chose à la taverne.

Sitôt franchi le seuil de la taverne, je vis Mary Walcott et Betty Hubbard serrées autour d'une longue table en compagnie de la maigre et médisante Mercy Lewis, elle aussi employée chez les Putnam ; et de Mary Warren, qui travaillait pour les Proctor dans la taverne qu'ils tenaient, en retrait d'Ipswich Road. Mes anciennes camarades gloussaient, tandis que les fidèles assis aux tables alentour fronçaient les sourcils en signe de désapprobation. À notre entrée, Betty et Mary se mirent à rire de plus belle et, se penchant, chuchotèrent entre elles.

Je détournai les yeux. Mon père les considéra, puis me regarda, moi.

— Ce sont des sottes, Charity. Estime-toi bénie de ne plus faire partie de leur groupe.

Son attention me réchauffa le cœur et réveilla en moi un brûlant besoin de tendresse. Mais, lorsque je me tournai vers lui, il avait déjà le regard ailleurs, m'avait déjà oubliée.

Il nous conduisit à une table où nombre de nos voisins s'étaient rassemblés. Parmi eux, Francis Nurse, qui était le père de notre voisin Samuel et faisait partie, comme mon père, du comité de village. Susannah sourit, les éblouissant sans peine. Le pouvoir du mal était si grand. Les femmes furent bientôt suspendues à ses lèvres, tandis qu'elle leur racontait sa traversée de l'océan, à l'approche de l'hiver.

Je n'écoutai pas. Je ne pouvais cesser de penser aux rires moqueurs qui avaient accueilli notre entrée. Même à présent, je sentais, aux frissons me parcourant la nuque, que mes anciennes amies continuaient à parler de nous. Je ne supportais pas l'idée que les ragots de Mary soient vrais. C'est avec embarras que je me rappelais avoir pris la défense de Susannah. Je répugnais à reconnaître que je m'étais trompée.

Je n'avais pas l'intention d'aller vers elles. Simplement, je ne supportais plus de rester assise là plus longtemps à regarder ma tante ensorceler mes voisins, alors que je savais à quoi m'en tenir à son sujet. Je voulais juste me diriger vers les fenêtres donnant sur la place... Ce n'était pas ma faute si la taverne était tellement exiguë, ou les filles assises aussi près de la porte. Mais quand je fus à côté d'elles, je m'immobilisai. Parce que, quoi qu'il en soit, leur rencontre m'avait donné un sentiment de solitude et je n'ignorais pas que la solitude était un fléau, maman m'ayant suffisamment mise en garde à ce sujet.

Par les petites fenêtres en losange, je contemplais les champs et le village, qui se déployait sous mes yeux comme les rides sur les mains de Dieu. Cependant je voyais sans voir. Malgré toutes mes bonnes intentions, je me rapprochai de Mary Walcott. Peut-être était-ce la force de l'habitude, qui sait ? Mais, à la vérité, je m'étais toujours sentie attirée vers elle. Elle avait un je ne sais quoi de désarmant, et une manière de s'ouvrir à vous et de vous écouter comme si ce que vous disiez était sacré et qu'elle buvait la moindre de vos paroles. Il m'avait fallu des années pour me rendre compte qu'elle collectionnait mes confidences sans jamais en perdre un mot, et qu'elle dévoilait au compte-gouttes, tels des trésors, mes secrets à d'autres. Qu'elle était même prête à me faire commettre des actes que je ne souhaitais pas, à seule fin d'avoir quelque chose à raconter. Elle s'était accrochée à moi comme Job à sa foi et, lorsque j'en avais enfin pris conscience, il était trop tard pour me libérer d'elle.

À présent j'étais là, à ronger le croûton sec que j'avais pris à table, en faisant mine d'écouter d'autres conversations, de sourire à d'autres gens. Mais quand Betty Hubbard m'aperçut et me fit signe de m'avancer, je n'hésitai pas longtemps. Jetant un bref regard par-dessus mon épaule, je vis mon père en grande discussion avec Francis Nurse et ma tante occupée à écouter attentivement Mary Sibley. Seule Jude me regardait, mais cela ne m'inquiétait pas.

Je me dirigeai vers la table des filles tout en me disant que je n'y resterais qu'un instant, pas même le temps de répondre à leurs questions. Mary Walcott leva sur moi ses yeux de fouine, tandis que Mary Warren se contentait de hocher sa vilaine tête en signe de salut et que Mercy Lewis haussait les sourcils, comme si elle était surprise de me voir là.

— Charity, lança Betty en étalant le beurre en couche épaisse sur son pain. Dis-nous ce que tu penses de ça. Est-ce que tu ne trouves pas bizarre que la femme du pasteur Parris soit toujours aussi pâle ? Tiens, aujourd'hui, j'ai cru qu'elle n'arriverait pas à marcher jusqu'à son banc.

Je haussai les épaules.

— Elle est maladive. Ça ne date pas d'hier.

— D'après mon oncle, elle n'est pas de constitution si fragile...

Betty était la nièce du Dr Griggs et elle l'accompagnait souvent dans ses visites.

— ... il dit qu'il y a quelque chose de louche là-dedans.

— Elle s'affaiblit de jour en jour, assura Mercy Lewis.

Elle se pencha vers nous, appuyant son coude osseux sur la table. Ses yeux sombres paraissaient immenses, dans son visage décharné.

— Elle dépérit, à ce qu'il paraît. Peut-être qu'on est en train de l'empoisonner.

— L'empoisonner ? demandai-je, choquée par cette supposition. Sûrement pas ! Tout de même, c'est la femme du pasteur.

Les autres se mirent à glousser. Mary Walcott dissimula son sourire derrière sa main. Il y avait autre chose. Quelque chose qu'elles savaient toutes et que j'ignorais, et je me demandai ce que c'était. Mais Mary était mauvaise, et les autres n'avaient rien de mieux à faire que de chercher le mal partout. Mieux valait que je m'en aille.

Je m'apprêtais à leur tourner le dos lorsque Mary murmura, à sa manière si irritante :

— Chut ! Ne lui dites pas. Elle courrait le raconter à son papa. Elle n'aime pas lui faire des cachotteries pas vrai, Charity ?

À l'autre bout de la pièce, ma tante riait. Je vis mon père la regarder ; sur son visage passa une expression qui s'effaça avant même que j'aie pu en saisir ou en deviner la nature. Mais elle ne m'en remua pas moins désagréablement l'estomac, me rendant nerveuse.

Je m'entendis répondre, d'une voix sourde :

— C'est quoi, ces secrets que tu ne veux pas révéler, Mary ?

— Oh-oh, elle désapprouve, commenta Betty.

— On ne peut pas vraiment l'en blâmer, railla Mercy à voix basse. Son père est pieux comme un pasteur.

— On ne doit pas connaître les mêmes ! s'exclama Mary Walcott.

Là aussi, elles éclatèrent toutes de rire d'un air entendu. Leurs gloussements me rendaient vulnérable, comme si le moindre coup menaçait de laisser des bleus sur ma peau. Je m'étais accoutumée à vivre sans elles, au cours des derniers mois. Je m'étais accoutumée à passer mes journées avec ma mère, à la servir tandis qu'elle tenait le ménage de la maison depuis son lit. Ç'avait été un signe de Dieu, m'avait assuré maman, qu'elle eût besoin de moi à ce moment précis, alors qu'il me fallait me détourner de mes amies.

Mais si Dieu avait veillé sur moi, pourquoi donc avait-il emporté ma mère ? Pourquoi avait-il permis au Diable de nous envoyer Susannah pour me tenter ? Cela m'avait coûté de quitter Mary et les autres. Si ma mère n'était pas tombée aussi malade, je ne suis pas certaine que j'aurais réussi à me tenir éloignée d'elles.

Elles étaient toutes penchées au-dessus de la table, leurs têtes se touchant presque, tandis qu'elles riaient toujours et que, Dieu m'en garde, j'aspirais à faire partie de leur groupe. Je me sentais tellement seule, depuis quatre jours que maman était morte !

— Qu'y a-t-il ? demandai-je. Qu'est-ce qui vous amuse autant ?

— Eh bien, je ne crois pas qu'on puisse t'en parler.

Mary Warren dit cela sans la méchanceté des autres. Cette Mary-là, davantage suiveuse que meneuse, avait un caractère plus proche du mien. Elle était timide et bonne, et à l'entendre j'eus le sentiment qu'elle redoutait de me dire la vérité, non qu'elle cherchait à m'appâter avec des secrets.

— Je ne répéterai rien, promis-je.

Mercy secoua la tête.

— Je ne te crois pas.

Betty soupira.

— Tout le monde sait que tu es incapable de tenir ta langue, et vu que...

— Attends, la coupa Mary Walcott.

Betty se figea et fronça les sourcils. Mary plissa les yeux, comme si elle réfléchissait, mais elle jouait la comédie. Je la connaissais assez bien pour m'en rendre compte. Mary ne faisait, ou ne disait jamais rien qu'elle n'eût soigneusement décidé auparavant. Elle tapota le banc où elle était assise.

— Charity s'est montrée si dévouée envers sa pauvre mère, au cours des derniers mois ! Il serait injuste de ne pas la reprendre dans notre cercle, au moment où elle a le plus besoin de nous.

Je la regardai d'un œil prudent.

Elle me sourit.

— Viens, Charity. Assieds-toi avec nous.

— Tu ne vas pas lui raconter, dis, Mary ? gémit Mercy.

— Eh bien... Charity va peut-être pouvoir nous aider.

Elle savait me prendre. Elle savait que je serais incapable de résister à pareille déclaration. Je m'assis à côté d'elle et, par ce simple geste, fis à nouveau partie de leur groupe. C'était tellement simple. Je sentis leur camaraderie se refermer autour de moi comme une toile d'araignée, me retenir prisonnière. J'étais si faible, après tout.

J'avais succombé si facilement.

6

— Il faut que tu jures de ne rien répéter à personne, Charity, me prévint Betty.

Pâle et visiblement mal à l'aise, Mary Warren ne cessait de promener son regard dans la pièce, l'air de craindre que quelqu'un ne nous entende et ne se précipite vers nous.

— Mon maître va me battre, si jamais il découvre...

— Il y a pire qu'une raclée, répliqua Mary Walcott d'un ton méprisant.

Mercy hocha la tête.

— Oui. L'enfer, par exemple.

— L'enfer ? demandai-je. Qu'est-ce que vous racontez ?

— Ce n'est pas nous qui avons tenté le Diable, dit Betty. Ce n'est pas à nous qu'il faut jeter la pierre.

— Taisez-vous !

Le murmure de Mary était si impérieux que les autres s'interrompirent et la fixèrent des jeux.

— Tu es folle ou quoi, Betty ? Regarde où tu es.

Betty rougit et rejeta nerveusement en arrière une mèche blonde échappée de sa coiffe.

— C'est Mercy qui a commencé.

Mary ne se laissa pas fléchir.

— On va se faire battre à cause de vous deux, si vous n'êtes pas plus prudentes.

J'avais changé d'avis : je ne voulais pas être mêlée à ça, quoi que ce fût. Ces histoires d'enfer et de secrets...

J'avais déjà bien assez de péchés sur la conscience. Je ne pouvais me permettre d'en rajouter un.

Mon visage dut refléter mon état d'esprit, car à ce moment précis Mary sourit, se pencha vers moi, et me tapota la main pour me rassurer.

— Ne crains rien. Betty ne tourne pas rond aujourd'hui. Hier soir, le Dr Griggs l'a enfermée dans la cave alors qu'elle n'avait même pas dîné, et elle n'en est pas encore remise.

— Il ne l'a pas fait exprès, murmura Betty.

— Quelques heures sans manger ne peuvent pas de te faire de mal, siffla Mercy.

Je jetai un coup d'œil vers la table où était assise ma famille. Mon père n'avait pas remarqué mon absence, ni ma tante, selon toute apparence. Mais Jude m'observait, les yeux écarquillés et les sourcils légèrement froncés. Je me redressai.

— Il faut que j'y retourne. Mon père va me chercher.

— Il n'a pas seulement remarqué que tu étais partie, répliqua Mercy en regardant dans sa direction.

— Je dois quand même...

— Rassieds-toi, Charity. On ne voulait pas t'effrayer.

J'obéis, sachant qu'elles se moqueraient de moi si je m'en allais.

— Je n'ai pas peur.

— Il n'y a pas de quoi avoir peur. On plaisantait, rien de plus.

Elles s'esclaffèrent de nouveau, mais cette fois leurs rires trahissaient une tension. Je me dis que j'étais à l'abri, parmi mes amies, et me lançai :

— Qu'est-ce qui est une plaisanterie ?

Elles restèrent silencieuses. Mary serra sa chope de cidre, l'approcha de sa bouche comme pour en boire une gorgée mais n'y trempa même pas les lèvres. Soudain, elle prit une expression très sérieuse.

— Si nous t'en parlons, tu dois jurer de ne rien répéter à personne.

— Tu l'as déjà dit. Je suis toujours là, non ? Ça signifie que j'accepte.

Mary m'étudia un moment, son regard félin paraissant scintiller et devenir de plus en plus perçant à la lueur des chandelles. Puis elle le promena sur la tablée, passant de la timide Mary Warren aux grands yeux de Mercy, pour finir par Betty.

— Très bien, déclara-t-elle enfin. Mais on ne peut pas te le dire ici, et pas aujourd'hui.

— Pourquoi ?

— Parce qu'on est le Jour du Seigneur.

Elle rit doucement. Sa voix faiblit, et j'eus du mal à distinguer ses paroles.

— Ce serait un péché d'en parler. Retrouve-nous demain après-midi au presbytère.

J'étais désorientée.

— Pourquoi au presbytère ?

Mercy gloussa en se cachant la bouche d'une main.

— Tu comprendras une fois là-bas.

Mary la fit taire.

— Raconte à ton père que tu dois apporter quelque chose à la femme du pasteur Parris. Une miche de pain ou un seau de bière. Elle est malade, vois-tu. Le pasteur sera sûrement sorti. En général, c'est le cas.

— Demain après-midi, répétai-je lentement.

Je lus le message secrètement contenu dans le regard de Mary, ce silencieux *Ne nous déçois pas*. Il me rappela les défis qu'elle avait coutume de me lancer :

— Tu n'as pas le courage de le faire, pas vrai, Charity ? Tu es une telle oie blanche...

Je lui adressai un petit signe de tête. Elle serra les lèvres et, me quittant des yeux, considéra un point au-dessus de moi. Je me tournai pour suivre son regard, et découvris ma tante juste derrière moi. L'air de la taverne était à présent chauffé et empuanti par la présence de tous ces corps, et Susannah avait retiré sa cape. Les vêtements qu'elle portait contrastaient violemment avec les verts, les bruns et les bleus boueux de mes voisines – un corsage de taffetas écarlate et de lourdes jupes du plus beau vert sapin. Même dans la pénombre de la taverne, ces couleurs, si vives et éclatantes en étaient presque aveuglantes.

— Ton père m'envoie te chercher, dit-elle.

Mais lorsque, regardant derrière elle, je constatai que mon père était toujours en grande discussion avec Francis Nurse, je sus qu'elle mentait.

— Je n'ai pas entendu le tambour, répliquai-je.

C'était insolent de ma part de lui parler ainsi. Même Mercy Lewis en parut surprise. Mary dévorait Susannah du regard, fixant d'un air fasciné les belles étoffes colorées.

Ma tante me posa la main sur l'épaule, un tendre et maternel rappel à l'ordre qui eut pour seul effet de me contrarier. Je dégageai mon épaule, sans brusquerie excessive, mais pour lui faire comprendre que je ne voulais pas d'elle ici. Elle laissa lentement retomber sa main le long de son corps, apparemment peu troublée, et sourit à mes amies. Et je les vis se laisser prendre à ce sourire, se laisser ensorceler par ce visage sur lequel Satan avait répandu la beauté.

Mary aussi tomba dans le piège, même si elle se remit plus vite que les autres, et m'adressa un sourire satisfait qui me rappela ces rumeurs dont je connaissais désormais la véracité. Je saluai mes amies.

Mon père leva les yeux, comme ma tante et moi approchions de sa table.

— Ta mère ne voulait pas que tu fréquentes ces filles, me lança-t-il. Tu suivras son désir sur ce point.

Francis Nurse ajouta, de sa voix basse et bourrue :

— Ces jeunes effrontées ! Tom Putnam mérite bien les deux qu'il a.

Je fus sauvée par le roulement de tambour qui nous enjoignait de retourner au temple.

Pendant l'office, je ne parvins guère à penser à autre chose. Le pasteur Parris poursuivait son sermon, mais mon esprit ne cessait de me ramener à Mary. Je savais que mon père avait raison, que je ferais mieux de me tenir éloignée de mes anciennes amies. Mais aujourd'hui, je prenais conscience du vide qu'elles avaient laissé et de l'ampleur de ma solitude.

Alors que le jour commençait à faiblir, le sermon toucha à sa fin. On lut la liste des péchés commis par mes voisins, et l'on décida de leurs punitions. La liste, courte cette semaine-là, se limitait à deux cas : la trop bavarde Hannah Dow devait être mise une heure au pilori, pour avoir raconté des sornettes au sujet son voisinage ; l'apprenti du meunier, être condamné à trois heures de pilori pour avoir volé un client, et avoir menti à son maître à ce propos. Une fois qu'on eut prié pour le salut de leurs âmes, Hannah Penney tendit Faith à mon père, qui s'avança vers le chœur afin que le pasteur la baptisât.

Je ne me souvenais pas que papa eût jamais pris Jude dans ses bras lorsqu'elle était bébé. Ma mère, qui adorait les nourrissons, les portait toujours, et je suppose donc que lui n'avait pas à le faire. La manière dont il tenait à présent Faith révélait son inexpérience en la matière. Ma sœur gigotait dans ses bras lâches et maladroits. Il donnait l'impression d'avoir saisi un chat sauvage prêt à griffer et à mordre ; mon père s'efforçait d'être tendre tout en restant prudent.

À peine avait-il atteint le chœur que Faith se mit à pleurer. Lorsque le pasteur Parris commença à parler, elle hurlait comme toutes les armées célestes réunies, si bien qu'il était presque impossible de distinguer ses paroles, tandis qu'il la faisait pénétrer dans le Royaume de Dieu, et lui souhaitait la bienvenue au nom du

Christ. Le pasteur haussa la voix, et elle pleura encore plus fort, jusqu'à le rendre cramoisi et bafouillant. L'eau dont il l'aspergea la fit crier de plus belle. Dans la galerie, à l'autre bout de l'église, des enfants déjà agités suivirent en braillant eux aussi. Père paraissait perplexe. Rien de ce qu'il faisait ne semblait la calmer. Ma sœur s'agitait et se tordait dans tous les sens, poussant à présent des hurlements aigus.

Hannah Penney remonta précipitamment la nef, et mon père eut l'air honteux et soulagé en lui tendant Faith pour qu'elle la prenne dans ses bras. La nourrice la serra contre elle et la berça doucement, mais ma petite sœur ne voulait pas se laisser consoler, ce jour-là. Même lorsque Hannah Penney défit son corsage et tenta de lui donner le sein, Faith se contenta de détourner la tête et de battre l'air de ses minuscules poings.

Je vis la bouche d'Hannah Penney former les mots : *Du calme, bébé, tout va bien*. Elle berçait, faisait sautiller Faith, mais celle-ci hurlait toujours pendant que le pasteur tripotait sa bible en essayant de placer un mot.

Si mon père m'avait jeté ne serait-ce qu'un regard d'impuissance, j'aurais accouru à son aide, pris la petite dans mes bras, et lui aurais fredonné la berceuse que nous chantait ma mère. Mais il ne me regarda pas ; je demeurai donc assise sur le banc, le visage rouge et brûlant car tous ceux qui nous entouraient commençaient à nous toiser comme si nous étions responsables en quelque manière de la mauvaise conduite de ma sœur.

C'est Susannah que mon père regarda.

Avec stupeur, je la vis se précipiter vers lui. Lorsque, sans un mot, elle retira Faith des bras d'Hannah Penney, j'aurais voulu que le bébé crie de toute la force de ses minuscules poumons. Je m'imaginai que Susannah ne parviendrait pas à le calmer, et que mon père n'aurait alors pas d'autre recours que de se tourner vers moi. Je m'avancerais ; dans mes bras il se tairait, et mon père me regarderait avec reconnaissance et amour.

— Hurle, Faith ! ordonnai-je à ma sœur dans un murmure trop faible pour que quiconque pût l'entendre. Continue de hurler !

Au lieu de cela, elle se tut. Dès l'instant où Susannah la toucha, Faith se calma. Ses pleurs se réduisirent à de petits hoquets, et ma tante la fit sauter délicatement contre son épaule en lui tapotant le dos en cadence. Comme si Faith n'était que la dernière d'une longue lignée de bébés réconfortés par elle. J'entendis des soupirs de soulagement autour de moi et, dans le temple, la tension retomba. Une ou deux femmes rirent et chuchotèrent entre elles, l'air de dire : *Ah oui, je me rappelle comment c'était* ; les hommes échangèrent des grognements et se calèrent dans leurs sièges.

Sous l'effet de la reconnaissance et du soulagement, les traits de mon père s'étaient adoucis. Quant à moi, j'avais si froid que je ne sentais plus ma peau. Mais, jetant un coup d'œil par-dessus mon épaule sur l'assemblée des fidèles, je croisai deux yeux noisette, des yeux de chat qu'accompagnait un léger sourire. Je sus alors que j'aurais un endroit où me réfugier, quelqu'un vers qui me tourner, quelqu'un qui comprenait.

Mary n'était pas dupe de ma tante Susannah.

Le lendemain, mon père partit tôt le matin afin de livrer un rouet. Il fut presque trop facile de mentir à ma tante, quant à ma visite au presbytère. Maman ne m'aurait jamais permis d'y aller sans un millier de questions et aurait plus volontiers apporté elle-même le pain à Mme Parris, me laissant garder Jude. Mais Susannah ne m'interrogea pas du tout. Elle me demanda simplement de donner également, de sa part, une tarte à la femme du pasteur.

Le vent lui-même paraissait me pousser dans le dos tandis que je quittais la maison en toute hâte. Il faisait froid, les nuages étaient bas et lourds ; l'air sentait déjà l'hiver, la neige et le givre. Je rabattis mon capuchon sur mon visage, et pressai mon panier contre mon cœur pour me protéger du vent en coupant par les champs de maïs en jachère. Distant d'un peu plus d'un mile, le presbytère se trouvait juste après la Taverne Ingersoll, caché entre les arbres. Le court sentier le reliant à la route était sombre et caillouteux. Au bout de quelques mètres, il s'ouvrait sur une clairière au milieu de laquelle se dressait la maison du pasteur, avec, au-delà, les vergers, le jardin et la grange.

C'était une demeure aux vastes proportions, comprenant quatre pièces et un appentis. J'en connaissais beaucoup, au village, qui désapprouvaient de voir huit personnes vivre dans une habitation assez grande pour en contenir bien plus. D'autres – parmi lesquels mon père – n'avaient pas apprécié qu'elle eût été donnée au pasteur Parris en dépit de la résolution la déclarant propriété du village à jamais. Cela expliquait en partie pourquoi je n'étais pas allée au presbytère depuis longtemps, et je n'aurais jamais pu m'y rendre ce matin-là, si mon père avait été à la maison.

Je me dirigeai vers la lourde porte d'entrée et inspirai profondément avant de frapper. Aucun son ne me parvenait de l'intérieur et, comme l'endroit était désert, je craignis un instant de m'être trompée de jour, ou d'avoir été le jouet d'une méchante farce. Mais alors j'entendis un pas traînant derrière la porte, et, lorsque celle-ci s'ouvrit, le visage de Tituba, l'esclave indienne des Parris, apparut.

Elle était vêtue de gris, portait un tablier taché, et ses mains d'un brun foncé étaient couvertes de farine. Elle ne parut pas étonnée de me voir. Ses yeux sombres me détaillèrent de pied en cap. Il y avait dans son attitude une impatience qui me fit perdre mes moyens.

— J'ai... j'ai entendu dire que Mme Parris était malade déclarai-je en bafouillant, aussi nerveuse que si j'avais la reine d'Angleterre, et non une esclave, en face de moi.

— Elles sont juste là, ma fille, répondit Tituba avec un fort accent de la Barbade.

Elle recula d'un pas et m'indiqua d'entrer. Je sentis ses yeux peser sur moi et cela ne me plut guère, mais je fis ce qu'elle me demandait. La journée avait beau être grise, il faisait plus clair dehors qu'à l'intérieur de la maison. Il me fallut m'arrêter un moment pour accoutumer mes yeux à la pénombre. Sur un des côtés de la lourde porte d'entrée, des marches menaient à la cave. Au-delà se trouvait la salle commune. Je n'y distinguais rien d'autre que l'immense cheminée, où brûlait un feu ardent – même si, là où je me tenais, le froid régnait autant qu'à l'extérieur. La pièce était basse de plafond, et la grosse poutre maîtresse qui courait sur toute la longueur de la maison était sombre et enfumée.

— Entrez donc, dit Tituba. Vous faites sortir la chaleur.

Lorsque je pénétrai dans la salle commune, je les trouvais assises à la grande table, devant la cheminée : Mary Walcott et Mary Warren, Mercy Lewis, Betty Hubbard étaient là, en compagnie de Betsey, la fille cadette des Parris – à peine âgée de neuf ans – et de sa cousine Abigail, qui avait onze ans. Je ne l'avais jamais vraiment fréquentée ; elle avait le regard du gris le plus glacial qui fût. Dans un coin de la pièce, l'aînée des Parris était en train de balayer. Quant à son petit frère, il n'était visible nulle part.

Les filles étaient penchées au-dessus de la table, et aucune ne parlait. Elles fixaient quelque chose : un bocal rempli d'eau avec, posée juste à côté, une bougie allumée à la flamme vacillante. La pièce sentait la fumée et l'humidité. J'hésitai, l'esclave sourit.

— Allez-y. Joignez-vous à elles, dit-elle. Il n'en manquait plus qu'une pour faire apparaître le Diable en personne.

— Le Diable ? répéta vivement Betsey Parris, levant son petit visage maladif aux sourcils froncés.

Elle regarda d'un œil inquiet l'esclave restée près de moi.

— Ce n'est pas vrai, hein, Titibee ? Tu avais dit que...

— Il existe des esprits de toutes sortes, mon enfant, répondit la femme, avant d'ajouter d'une voix douce : Tu n'as rien à craindre aujourd'hui.

Tituba traversa la pièce en direction du feu, tenant le panier qu'elle m'avait retiré des mains sans même que je m'en rende compte. J'eus l'impression que les murs se refermaient sur moi ; la pièce ne fut plus que ténèbres et feu, et au centre de ces ténèbres brûlait une bougie dont la lueur dansait sur le visage de mes amies.

Mary se rassit en soupirant.

— De toute façon, le charme est rompu maintenant, Betsey. Il va falloir que tu apprennes à te taire.

— Oui, tu te tais ! renchérit Abigail en levant la main comme pour frapper, et Betsey eut un brusque mouvement de recul.

Abigail laissa retomber sa main avec un sourire méchant et ajouta :

— On a déjà assez peu de temps comme ça. Si en plus tu viens tout gâcher...

— Laisse cette enfant tranquille, lança Tituba depuis la cheminée, alors qu'elle avait le dos tourné. Vous avez bien assez de temps pour vos sortilèges.

Je retrouvai la voix :

— Des sortilèges ? Vous faites de la sorcellerie ? Dans la maison du pasteur ?

— S'il est un endroit où l'on est protégé du Diable, c'est bien celui-ci, dit Mercy avec un léger rire.

À ces mots, Mary fronça les sourcils.

— Silence, Mercy.

Elle me regarda.

— Oh, Charity, il n'y a rien de si terrible ! Betty voulait juste savoir à quoi ressemblerait son futur époux. On fait de la voyance, rien de plus.

— Les sortilèges sont bons pour les sorcières, affirmai-je. C'est un péché...

— Si tu es venue nous sermonner, tu peux t'en aller tout de suite, grogna Betty. Tu n'aurais pas dû lui dire de nous rejoindre, Mary. Elle va tout gâcher.

— Non, je vais rien gâcher. Mais je...

— Approche, Charity, demanda Mary d'un ton pressant. Ne me dis pas que tu n'as pas envie de connaître l'avenir. Ma main à couper que, toi aussi, tu voudrais savoir certaines choses.

Il faisait encore jour au-dehors, et pourtant il me sembla distinguer le hululement d'un hibou, dont le cri aigu et lugubre jaillit des arbres, derrière la fenêtre. Du coin de l'œil, je vis quelque chose remuer, parmi les ombres... la lumière me jouait des tours. J'eus la chair de poule et resserrai ma cape autour de mon corps, me rappelant soudain l'époque lointaine où Mary, moi-même et certaines des filles présentes allions cueillir des baies dans les bois en lisière du village. Une fois nos seaux remplis, nous passions le reste de l'après-midi à jouer à colin-maillard dans la pénombre humide de la forêt. Même en été, la forêt était sombre comme au crépuscule, et il était facile de voir un Indien dans n'importe quelle silhouette. Alors on s'en retournait en hurlant vers les autres, la nuque parcourue de frissons, le cœur battant à tout rompre, les jambes en coton.

La peur que je ressentais à présent était du même genre – un mélange de frayeur et d'excitation – mais l'impression de danger était d'un tout autre ordre. L'Indien n'avait été qu'un jeu ; là on agissait pour de bon. Et pourtant... impossible de résister.

Mary se déplaça un peu sur le banc ; Betty également, bien qu'elle me parût le faire à contrecœur.

— La semaine dernière, Abigail a juré avoir aperçu un homme en train de fabriquer un rouet. On pense que son mari va être charpentier. Assieds-toi avec nous.

Je me dirigeai lentement vers la table. Lorsque je pris place sur le banc, entre elles, je remarquai que la bougie se reflétait dans l'eau du bocal, qu'on aurait dit rempli d'or fondu. Le feu flamboyait dans l'âtre, non loin de moi, mais, malgré sa chaleur dans mon dos, j'avais froid.

Mercy Lewis se pencha en avant et ferma les yeux. Son visage anguleux en devint presque doux. Autour de la table, les filles se figèrent tandis que le silence s'installait.

— Montrez-moi mon mari, dit-elle d'une voix étouffée. Montrez-moi mon amour.

C'est ainsi que tout commença.

7

Après cette journée au presbytère, le monde me sembla différent, comme si tout avait été pris d'un grand frisson, puis s'était figé dans l'attente de quelque chose. Chaque jour était plus froid que le précédent ; l'hiver avait décidé de s'installer. Le matin, le sol était tapissé d'un givre dur, épais, qui, en certains points abrités, ne fondait pas de la journée. La silhouette des arbres dépouillés de leurs feuilles se découpait sur un ciel de plomb. Même lorsque le soleil daignait percer à travers les nuages, ses rayons ne chauffaient pas. Les villageois commençaient à parler, sur un ton plein d'effroi, de longs hivers, de signes de grand froid – les chenilles avaient des rayures très marquées, les castors bâtissaient des digues solides.

Je me rassurais en me disant que mon impression ne tenait qu'à cela, mais au fond de moi je savais que tout avait changé après la journée au presbytère. Il me fallut pourtant attendre la Nuit du Pape pour le reconnaître. Alors seulement j'eus lieu d'avoir peur.

Lorsque nous rentrâmes à la maison, après l'office du jeudi, les coups de canon tirés depuis Salem-Ville résonnaient tel un roulement de tonnerre lointain, et le faible éclat des feux de joie baignait l'horizon de lueurs crépusculaires. Nous n'avions pas pris part à la célébration. Nous ne le faisions jamais, même si j'avais entendu maintes descriptions des festivités. La plupart des villageois étaient d'accord avec mon père pour trouver frivole la Nuit du Pape. Il y avait trop de travail pour festoyer. Mais dans les villes les plus grandes – comme Boston et, désormais, Salem-Ville – les marins et les étrangers se rassemblaient pour brûler les effigies de Guy Fawkes, du pape et du Diable sur les rivages proches des quais, et tiraient des coups de canon qui résonnaient dans la nuit.

J'aurais aimé m'y rendre. Betty y était allée une fois, avec son oncle qui devait faire une visite en ville, et elle nous avait tout raconté. Cependant, je devrais me contenter de contempler le rougeoiement distant des feux de joie. Lorsque Père m'envoya chercher la vache qui fourrageait dans la clairière, derrière la maison, je me précipitai, follement impatiente de passer quelques minutes seule et espérant parvenir, qui sait comment, à profiter un tant soit peu de la fête, en fixant attentivement la ligne d'horizon.

Je contournai la maison en toute hâte, m'efforçant déjà de plonger mon regard au-delà de la clairière. Notre terrain était situé sur une petite élévation, et je savais qu'une fois parvenue en haut de la butte je pouvais, en me juchant sur une souche et en me penchant légèrement en avant, voir la large Crane River dérouler son cours jusqu'aux champs situés à l'extrême nord de Salem-Ville. La rivière était calme à présent, et sa surface d'un gris lumineux semblable à l'étain poli. Je ne distinguais pas grand-chose, au-delà de ses rives ; si les arbres avaient perdu leurs feuilles, les bois restaient trop épais pour le permettre. Mais mon esprit vagabondait dans les rues boueuses et éclairées des torches et des feux de joie de Salem-Ville, au milieu des odeurs de feu et de paille enflammée, et des silhouettes fugaces des danseurs. Autant de choses auxquelles une fille pieuse n'était pas censée penser. Je me rappelais l'année précédente : depuis ma fenêtre, j'avais regardé Sammy filer dans l'obscurité pour aller danser autour des feux de joie, et j'avais tellement regretté de ne pouvoir l'y accompagner !

Derrière moi, Buttercup cassa une brindille et, me retournant, je m'aperçus qu'elle était plongée dans l'ombre. Les couleurs s'étaient éteintes, et le monde était bleu, noir et gris. J'entendis le hululement précoce d'un hibou... pas celui qui nichait dans notre chêne, mais un autre, que je ne connaissais pas. Soudain, l'atmosphère changea, comme ce fameux jour au presbytère : l'air devint pesant, la tension palpable, on aurait dit que quelque chose allait se passer.

Il y avait quelqu'un derrière moi. J'en étais aussi certaine que si je m'étais trouvée en pleine rue au milieu de la ville. Sans doute mon père, songeai-je, qui venait me chercher. Mais avant même de faire volte-face, avant même de lever les yeux, je sus que je me trompais. Il était là, le fantôme de ma mère – traînant son linceul, pâle comme la brume, me tendant les mains dans un geste implorant –, et je me figeai à la vue de la terrible souffrance qui se lisait sur son visage. Je ne vis pas parler maman, mais sa voix me parvint, forte et claire : *Je ne peux pas partir. Je ne peux pas partir. Prends garde...*

Je ne l'avais jamais entendue s'exprimer sur un ton aussi angoissé, et cela me fit peur. Je la regardai, horrifiée, incapable de bouger ou de détourner les yeux. On aurait dit qu'elle me tenait prisonnière.

— Je... je ne comprends pas, bredouillai-je. Maman, je ne comprends pas.

Prends garde, répéta-t-elle, si fort que je plaquai mes mains sur mes oreilles, sans pour autant réussir à étouffer le son de sa voix. Et puis, sous mes yeux, elle s'évanouit parmi les arbres, parmi les ombres. Mais je sentais toujours sa présence autour de moi. Ses mains sur moi. Ses sanglots dans ma tête. Terrassée par le chagrin, je ne souhaitais qu'une chose : son retour.

J'avais tant voulu la revoir et écouter ses conseils, et voilà qu'elle était là. Cependant sa souffrance était intolérable, et je savais d'instinct que je ne pourrais la soulager si elle ne m'expliquait pas, ne me disait pas... Un gémissement me parvint... C'est moi qui l'avais poussé.

— Reviens, maman... Reviens !

Buttercup se mit alors à meugler et les sons rassurants du crépuscule se manifestèrent aussitôt : le trottinement d'un écureuil sur une branche d'arbre ; les coups de marteau frappés par mon père derrière la grange ; le gargouillis du ruisseau, juste au-dessous.

La prairie était vide, le fantôme parti. Il n'y avait rien pour me le rappeler, et pourtant la terrible angoisse du spectre planait encore dans l'air, tout comme sa mise en garde. Et soudain, je compris, comme si on m'avait retiré des yeux le bandeau qui m'aveuglait. Je compris ce qu'elle essayait de me dire : l'esprit de ma mère ne trouverait pas le repos tant que Susannah ne serait pas repartie... et c'était à moi de faire en sorte qu'elle s'en aille.

J'étais la seule à l'avoir percée à jour. Il fallait que je protège ma famille. Tel était l'avertissement de ma mère. Mais c'était une si lourde tâche, et j'ignorais comment la mener à bien. Tout en ramenant Buttercup à la grange, je tremblais de la tête aux pieds.

Je retournai à la maison d'un pas vif. Susannah était devant la cheminée et Jude avait le nez dans son abécédaire. Aucune ne leva la tête à mon entrée. Ma tante mettait la soupe à chauffer sur la crémaillère. À cet instant précis, il y eut un coup de canon étouffé, et elle fit un curieux petit pas dont je ne saisis pas bien le détail. Toujours est-il qu'elle pivota sur ses talons et balança tellement des hanches que ses jupes ocre tournoyèrent autour de ses chevilles, échappant de justesse à une langue de feu jaillie de l'âtre.

Ce fut comme si le reste de la pièce s'était tout bonnement évanoui. Je ne voyais plus qu'elle, et le foyer devint un gigantesque brasier, crachant des étincelles et des branches crépitantes. Elle était là, devant le feu, telle une ombre dansante, et se trémoussait en riant tandis que ses jupes se relevaient sur ses jambes. Ses cheveux noirs retombaient librement sur ses épaules, et elle tendit la main à un homme qui dansait près d'elle. Un homme si noir et si bien entouré d'ombre qu'aucune lueur ne l'effleurait.

J'étais au bord du malaise et j'avais la bouche sèche lorsque la vision s'évanouit. Elle avait beau être surgie de mon imagination, elle persista dans la lumière du feu reflétée par la bouilloire et par les chopes en étain sur la table. Je reculai et allai à la fenêtre, comme poussée par une force inexplicable.

Mon père revint de la grange. Je le regardai retirer la longue blouse de toile qu'il portait par-dessus ses vêtements et en secouer la sciure. Il leva les yeux et fronça les sourcils quand je croisai son regard au travers de l'épaisse vitre verdâtre de la fenêtre. C'est alors que je pris la décision de lui parler de Susannah. Cette pensée me rendit si nerveuse que je tordais ma jupe entre mes mains avant même que Père eût franchi la porte.

— Le dîner est prêt ? demanda-t-il aussitôt.

Susannah détourna à peine les yeux du feu.

— Il manque encore une minute. Je viens juste de mettre la soupe à chauffer.

Se dirigeant vers la table pour se servir une chope de bière, il l'engloutit en quelques gorgées, s'en versa une autre, et s'assit sur le banc avec un gros soupir. En bout de table, Jude était toujours plongée dans son abécédaire. Quant à moi, j'attendais dans la pénombre. Je crois que j'aurais pu rester là toute la nuit si, jetant un coup d'œil par-dessus mon épaule, mon père ne m'avait lancé :

— Que t'arrive-t-il, enfant ? Il n'y a rien que tu puisses faire pour aider ta tante ?

— Qu'elle se distraie donc un peu, intervint Susannah. C'est un spectacle peu fréquent que celui des feux de joie. Pourquoi ne les regarderait-elle pas, si elle en a envie ?

Je tressaillis. Mon père s'essuya la bouche du revers de la main et fronça cette fois furieusement les sourcils.

— Charity !

Je m'éloignai de la fenêtre avec une telle précipitation que je trébuchai.

— Je... je ne regardais pas les feux de joie.

Il m'ignora. Considéra Susannah.

— Dieu indique les jours d'actions de grâces et les jours d'humiliation. Les autres jours fériés ne sont que prétexte à la frivolité et au gaspillage.

— Dieu lui-même ne peut pas s'attendre à ce que l'homme évite tout divertissement, dit-elle.

Je remarquai qu'un léger sourire flottait sur ses lèvres, comme si elle le taquinait ou lui faisait une farce.

— Nous avons le dimanche pour cela, dit Père.

— Ah oui, pour être une fête c'est une fête !

Ma tante se tourna de nouveau vers le feu, et ses paroles planèrent un moment dans la pièce. Une nouvelle fois, je crus y déceler une pointe d'ironie, sans parvenir à en trouver. Mon père garda les yeux fixés sur Susannah, mais, dans la pénombre, son expression était difficile à décrypter. Je me dis qu'il avait lui aussi perçu ce reproche sous-jacent, dans ces mots qui ne signifiaient pas tout à fait ce qu'ils semblaient signifier.

C'est le moment, pensai-je alors. Il se méfiait d'elle, je n'en doutais pas. Le moment de toucher son épaule, de lui dire que je devais lui parler de quelque chose. Je m'approchai de lui par-derrière, tendis la main...

— Vous vous y entendez en chiffres, ma sœur ? demanda-t-il à ma tante.

La question semblait surgie de nulle part. Il était si absorbé par Susannah qu'il ne m'avait même pas vue. Je laissai retomber mon bras le long de mon corps. Le moment était passé, à une telle vitesse. Je pris conscience qu'il n'avait pas saisi le reproche contenu dans sa voix, et j'eus du mal à le croire. Soudain plus sûre de rien, je m'écartai de lui pour mieux observer son visage.

Susannah lui jeta un coup d'œil par-dessus son épaule. Elle ne portait pas de coiffe et, à la lueur du feu, sa chevelure sombre avait des reflets roux.

— Un peu. Judith avait le génie des chiffres, c'est certain.

Mon père hocha la tête et poussa un soupir.

— Oui. Je la laissais s'en charger, et elle le faisait trop bien pour qu'on aille changer ça. Mais à présent... j'arrive à peine à lire son écriture.

— Je jetterai un coup d'œil aux livres de comptes, si vous voulez. Voilà dix-huit ans que je lis les lettres de ma sœur. Je pourrai au moins déchiffrer.

Mon père baissa les yeux sur sa bière et parut si triste en cet instant que mon cœur sombra avec lui.

— Je vous en serais reconnaissant.

Susannah se retourna complètement.

— Je n'ai pas besoin de votre reconnaissance, mon frère. Si je dois rester ici, il est normal que je participe aux tâches pour en gagner le droit.

Père leva de nouveau les yeux. Bien qu'il ne me regardât pas, j'y lus quelque chose alors, et j'eus la forte impression que tous deux avaient déjà eu cette conversation... même si je ne voyais pas quand.

— La vie n'est pas facile, ici. On n'est pas à Londres.

Elle rit. Mais ce rire n'avait rien de joyeux.

— Je ne regrette pas Londres.

— On ne connaît pas les raffinements, ici.

— Ma sœur s'en est passée pendant des années. Ça ne va pas me manquer.

— Vous devriez bien y réfléchir, dit mon père. Judith n'aurait pas exigé de vous un tel sacrifice.

Ma tante paraissait curieusement mélancolique, et j'en fus troublée jusqu'à ce que je me souvienne que le Diable avait plus d'un tour dans son sac.

— J'ai eu des mois pour y penser, déclara-t-elle. Ma décision est prise. Ne me dites pas que vous n'allez pas avoir besoin d'aide, avec les enfants.

— Mais je suis là pour ça ! lançai-je sans réfléchir.

J'ignorai leur expression de stupéfaction.

— Je ne suis pas une enfant, ajoutai-je en m'adressant à ma tante. Inutile que vous restiez pour moi. Et je suis assez grande pour m'occuper de Jude et de Faith.

— Silence, Charity, m'ordonna Père. Il n'y a pas une quinzaine que ta mère est partie. Crois-tu qu'elle approuverait une telle insolence ?

— N... non, bien sûr, fis-je, la tête baissée, les doigts tremblants. Je... je suis désolée... Père. Je... je ne pensais pas...

— Oui. Tu ne penses pas, Charity. C'est bien le problème.

Mes yeux s'embuèrent de larmes, et je n'osai pas le regarder. Mes pleurs ne feraient que renforcer sa colère, je le savais, et je ne pouvais lui en expliquer la raison ni lui dire que Susannah était dangereuse, qu'elle encourageait la désobéissance en moi, que nous devions la renvoyer. Il ne me croirait pas. Pourtant, il me fallait d'une manière ou d'une autre briser son aveuglement. Lui ouvrir les yeux.

— Demande pardon à ta tante, ajouta-t-il.

— Je suis désolée, fis-je, la gorge serrée.

— Charity !

Je fis ce qu'il désirait : je levai la tête et la regardai droit dans les yeux, afin de parler avec la sincérité qu'il attendait de moi. Et soudain, mes yeux furent secs et un grand froid s'empara de mon âme. Ma tante m'observait avec une prudence pour moi aussi visible que les petits tourbillons de la rivière là où elle faisait un coude, devant notre ferme. Dans ses yeux, je distinguais son cœur et, dans son cœur, il était là : le sourire du Diable.

Elle était dangereuse. Il me fallait résister à son pouvoir, ce qui ne m'empêchait pas d'en sentir la force. J'avais beau voir clair en elle, j'aspirais à ce qu'elle me console. Satan ne me connaissait que trop bien ; il savait de quoi j'avais désespérément besoin, ce que je désirais plus que tout.

Je priai pour que Dieu éloignât Susannah. Peu importait comment.

— Je vous demande pardon, bafouillai-je enfin. Je suis désolée de vous avoir parlé comme ça.

— Je ne suis pas un monstre, me répondit-elle. Je ne suis pas entrée dans ta vie pour te prendre ta place, Charity. J'attends de toi que tu me dises ce que tu ressens. Après, seulement, nous éprouverons du respect l'une pour l'autre.

Je fus sensible au silence de mon père, et à la tentation que contenaient ces mots. Je n'avais jamais vu d'actrice auparavant, mais je me figurais qu'elle devait être parmi les meilleures. Si j'avais ignoré sa véritable nature, j'aurais accordé à ses paroles une foi totale. Je lui aurais fait confiance comme j'avais fait confiance à ma mère : de toute mon âme. Elle savait exactement de quels arguments user pour me faire entrer dans son jeu, et je n'avais pas d'autre issue que de sourire et de feindre de coopérer.

C'est donc ce que je fis.

— Je ferai des efforts, je le jure.

Ce petit mensonge était avant tout destiné à mon père. Car j'étais loin d'être aussi bonne actrice qu'elle, et je voyais bien qu'elle n'y croyait pas vraiment.

Elle n'en hocha pas moins la tête, et pivota pour ajuster la crémaillère où était suspendu notre dîner. Je jetai un coup d'œil à mon père.

Il la regardait avec une expression d'une grande intensité. Ses doigts étaient si fermement crispés autour de sa chope que, même à la lueur du feu, la blancheur de ses articulations ressortait. J'eus le sentiment d'avoir surpris un moment si intime que lui-même n'avait pas conscience de son existence. Je détournai vivement les yeux, honteuse et troublée, sans parvenir à dire pourquoi. De manière inexplicable, je repensai à Sammy et à ses grandes mains aimantes. Je me surpris à le regretter.

La fenêtre de mon âme s'ouvrait toujours davantage, et voilà que j'avais également peur pour mon père. Je savais désormais pourquoi on surnommait le Diable « le Prince de l'air ». Je percevais sa présence dans chaque souffle de vent.

Le lendemain, je m'éveillai avec une angoisse dont je n'arrivai pas à me débarrasser. Le souvenir de la veille restait ancré en moi. Je ne pouvais regarder Susannah sans voir ma propre damnation dans son sourire sournois. Je me sentais perdue. Mon père était sorti de bon matin, mais je savais que, même s'il avait été là, je n'aurais pas trouvé le courage de l'aborder. Mes pensées se tournèrent vers Mary et les autres. Elles sauraient m'écouter. Elles sauraient me comprendre. Comme la matinée avançait, je me mis à y croire de plus en plus, et mon envie de rencontrer Mary devint si forte que j'étais prête à inventer n'importe quel mensonge pour réussir à le faire.

Il se trouva que je n'eus même pas besoin de mentir. Je finissais à peine de moucher les bougies lorsque Susannah me demanda de courir au village. La belle-mère de Mary Walcott disposait d'une longueur de coton pour langes dont elle ne s'était jamais servi, et proposait de l'échanger contre un nouveau seau en bois. Quelques petites minutes plus tard, j'étais dehors, traînant Jude à bout de bras avant que Susannah ait pu s'en apercevoir et protester. Le seau que mon père avait fabriqué pour Mme Walcott était posé près de la grange. Je forçai Jude à s'en saisir et nous filâmes toutes deux.

Je marchais vite, pressée d'arriver. Jude suivait avec difficulté, trébuchant et courant pour me rattraper. Blottie dans sa cape, elle se plaignit pendant tout le chemin, mais je l'entendais à peine. Les trois kilomètres séparant la maison des Walcott de celle des Putnam ne constituaient pas une si grande distance. Ma mauvaise humeur me quitta. C'était comme si j'avais déjà retrouvé Mary.

Le capitaine Walcott et sa famille ne vivaient qu'à quelques mètres du presbytère. Lorsque nous l'atteignîmes, j'hésitai, me demandant s'il valait mieux nous rendre tout de suite chez les Putnam et repasser ici sur le chemin du retour, ou s'y arrêter maintenant. Pour finir, la décision s'imposa d'elle-même – et ce fut une chance, car j'avais presque décidé de continuer ma route. Mme Walcott, nous voyant grimper la colline, nous fit en effet de grands signes, depuis le jardin, où elle arrachait des plantes grimpantes.

— Viens, dis-je à Jude dans un soupir. On n'a plus qu'à y aller, maintenant. Elle nous a vues.

Jude fronça les sourcils, déconcertée.

— Mais de toute manière on allait là, non ?

J'ignorai sa question. Jude ne savait pas garder un secret. Si je l'avais emmenée, c'était uniquement pour ne pas la laisser seule avec Susannah. J'avais prévu de la réduire au silence avec les pires menaces que je pourrais imaginer, mais il ne fut pas nécessaire d'y recourir. Car, comme nous gravissions la colline, Mary sortit de la maison. Je me figeai sous l'effet de la surprise, retins ma respiration, et manquai de tomber à genoux pour remercier Dieu de me rendre la tâche aussi aisée. C'est à croire qu'Il m'avait désignée à son regard : « Charity ! » cria Mary Walcott en me faisant signe de la main. Je parcourus en toute hâte les quelques mètres qui me séparaient d'elle ; j'étais essoufflée lorsque je la rejoignis.

Je devais avoir une expression des plus étranges, car son sourire s'effaça et son regard noisette s'assombrit.

— Quoi ? Qu'est-ce qui se passe ?

— Je te cherchais, dis-je à voix basse.

— J'étais chez le sergent. Tu le sais, non ?

— C'est pas facile, pour moi, d'aller chez eux.

— Et difficile, pour moi, d'en bouger.

Elle jeta un coup d'œil en direction de sa belle-mère, qui se redressait et essuyait ses mains sales sur son tablier.

— Mère m'a demandé de l'aider à faire les confitures.

Elle dit cela sur un ton un peu sec, trahissant du ressentiment. En effet, Mary n'aimait pas sa belle-mère. Je crois qu'elle ne lui avait jamais pardonné de l'avoir envoyée travailler chez les Putnam, quoique la décision parût toute naturelle ; la mère de Mary était morte depuis longtemps et son beau-père n'aurait eu aucune raison de s'encombrer de la fille de sa première femme. Thomas Putnam était le frère de Mme Walcott. Père de nombreux enfants et marié à une femme de santé fragile, il avait besoin d'être assisté, ce qui n'était pas le cas de Mme Walcott – elle avait les quatre demi-frères et demi-sœurs de Mary pour l'aider à s'occuper de ses propres enfants.

— Dieu merci, tu ne t'es pas fait attendre, Charity ! me cria Mme Walcott. Voilà des jours que j'ai besoin de ce seau.

— Père l'a fini ce matin.

Donnant un petit coup de coude à Jude, je lui dis :

— Ne reste pas là... Vas-y, apporte-le-lui.

J'attendis que Jude se fût suffisamment éloignée, et me tournai vers Mary.

— Je peux te parler un moment ?

Elle regarda sa belle-mère, puis hocha la tête.

— Viens dans la maison. J'ai de la gelée sur le feu... Mère ! appela-t-elle. Charity m'a demandé du cidre !

— Elle vient de loin. Sers-en aussi à la petite ! répondit Mme Walcott d'une même voix forte.

Je suivis Mary à l'intérieur. La salle commune était une étuve, et un parfum de canneberge et de sucre me fit saliver lorsque j'y pénétrai. Sur le feu, la bouilloire émit un sifflement. Mary se précipita vers elle avec un cri, mais se calma en constatant qu'il n'y avait pas encore ébullition. Elle prit une cuillère à long manche et remua. La vapeur s'éleva, lui monta au visage, et fit frisotter les mèches de cheveux qui s'échappaient de sa coiffe. Une pensée jalouse me traversa l'esprit : Mary était si jolie que la rougeur moite de son visage devait elle aussi être sucrée.

Mais, en matière de douceur, Mary ne faisait pas longtemps illusion. Je m'en rendis compte au moment où elle tourna vers moi son visage, à l'implacable regard félin et aux lèvres pincées.

— Très bien. On n'a que quelques minutes. Alors ? Ce n'est pas au sujet de l'autre jour, au moins ? Qu'est-ce que tu as fait, Charity ? Tu es allée tout raconter à quelqu'un ?

— Non. Non, bien sûr que non. J'ai donné ma parole.

— Ce ne serait pas la première fois que tu oublierais ta promesse.

Son ton méprisant me piqua au vif.

— Cette fois-ci, je n'ai rien dit.

— Qu'est-ce qu'il y a, alors ?

— Il s'agit de... Il s'agit de ma tante.

— Ta tante ? demanda-t-elle, surprise. Qu'est-ce que j'ai à voir avec ta tante ?

— Tu avais raison à son sujet, lâchai-je dans un souffle, en jetant des coups d'œil à la porte pour m'assurer que personne n'entrait. Je crois que c'est une actrice.

— Pour de bon ? fit Mary, soudain intéressée, avec un petit sourire satisfait. Je le savais. Ton père est au courant, alors ?

— Je ne pense pas. C'est ce qui m'inquiète.

— Eh bien, voilà qui est surprenant. Je n'aurais pas imaginé qu'il puisse laisser passer une chose pareille.

Elle s'interrompit et éclata de rire, visiblement très amusée.

— Mais, après tout, il ne s'est jamais douté que sa propre fille jouait les putains avec son apprenti...

— Mary !

Il était rare qu'elle s'exprime de manière aussi grossière.

— C'était un compliment, Charity. Quand tu as envie de garder un secret, je dois reconnaître que tu y parviens.

— Je... je n'ai jamais voulu que ce soit un secret.

— Non, bien sûr que non... Tu ne t'es jamais demandé, Charity, pourquoi Sammy tenait tant à ce que ça en reste un ? J'aurais pensé qu'il ferait sa cour ouvertement, au lieu de te voler ta vertu dans une grange.

Elle parlait si fort et faisait de telles réflexions que j'aurais voulu disparaître sous terre.

— Baisse la voix, Mary ! murmurai-je. Quelqu'un pourrait nous entendre.

Elle haussa les épaules.

— Personne n'est assez près pour nous entendre.

— Si on entrait...

— Dis-moi, Charity...

Mary se pencha aussi près de moi qu'il lui était possible sans cesser de remuer la gelée.

— ... ces choses que Sammy souhaitait que tu fasses... Tu les as faites ? Ça lui a plu ?

Elle haussa les sourcils de manière suggestive.

Je voulais me dégager de son emprise. Je regrettais d'être venue. Tout ce qu'elle me disait ravivait des souvenirs si précis qu'ils en étaient douloureux. J'étais sûre qu'il lui suffisait de me regarder pour deviner ce que nous avions fait ensemble, Sammy et moi. Ce qu'elle m'avait pressé de faire, puisque c'est à elle que j'étais allée demander conseil. Mary m'avait joyeusement recommandé de céder à Sammy. *Si tu l'aimes, Charity, accepte tout ce qu'il te demande. Tu n'as pas envie qu'il t'abandonne pour quelqu'un qui saura lui accorder ce que toi, tu lui refuses ?*

Je me détournai, décidée à partir. Mary éclata de rire et déclara :

— Je suis jalouse, Charity, rien de plus. Nous le sommes toutes. Tu es la seule d'entre nous, à part Marcy, a avoir été touchée par un homme, pas vrai ?

— Je ne l'aurais pas laissé faire si tu ne me l'avais pas conseillé, avouai-je d'une voix si faible qu'elle se confondit avec le sifflement de la bouilloire.

— Mais tu ne le regrettes pas, n'est-ce pas ? Tu recommencerais, si tu en avais l'occasion ?

— Non, rétorquai-je en secouant violemment la tête. Non, je ne recommencerais pas.

— Si Sammy revenait en ville...

— Il ne reviendra pas.

— Ah oui ?

Elle s'interrompit. Je sentais ses yeux songeurs peser sur moi, mais n'osais pas lui rendre son regard.

— Comment tu le sais ?

— Je... je n'en sais rien, mentis-je.

— Alors... tu t'es réveillée un beau matin, et il était parti. Il a disparu dans la nuit ? C'est cela, la fin de l'histoire ?

— C'est ce qui s'est passé, dis-je.

J'ignore si Mary était consciente de ce nouveau mensonge. J'ignore ce qu'elle voyait. Toujours est-il qu'elle laissa tomber la longue cuillère en bois dans la gelée et s'avança vers moi, posant sur mon bras une main chaude de vapeur, brûlante contre ma peau fraîche. Son visage était empreint d'une telle compassion que j'oubliai la méchanceté de toutes ces piques qu'elle m'avait lancées.

— Oh, ma pauvre Charity ! s'exclama-t-elle. Tu as dû être tellement triste quand il est parti ! Rien d'étonnant à ce que tu n'aies pas voulu qu'on l'apprenne. Tiens ! Il s'est servi de toi et puis il t'a quittée. Et qu'est-ce qu'il te restait à faire, à part te demander en quoi tu avais bien pu lui déplaire ?

— Oui, parvins-je à bafouiller.

En un sens, elle n'avait pas tort effectivement : il n'avait pas fallu grand-chose pour inciter Sammy à partir. À l'inverse de ce que j'avais espéré.

— Eh bien, je ne dirai rien, murmura-t-elle. Ce sera notre petit secret. Mais tu dois me promettre de faire quelque chose pour moi.

J'eus un mouvement de recul, à nouveau méfiante.

— Quoi ?

— Ce corsage rouge que ta tante portait à l'office. Tu peux me l'apporter ?

— Tu... tu ne veux quand même pas que... je le vole ?

— Mais non, espèce de bécasse. Je ne te demande pas de le voler. Juste de... Tu pourrais l'emprunter, non ? Seulement pour un soir. Il y a un homme...

— Je ne peux pas te prêter ce qui n'est pas à moi, Mary.

— Oh, ne fais pas ta sainte-nitouche ! Ne me dis pas que tu ne l'aurais pas volontiers emprunté toi-même. Si Sammy était encore là... tu n'aurais pas hésité une minute à le prendre. Imagine... ce que tu serais jolie avec !

— Je ne l'aurais pas pris.

Mary me foudroya du regard.

— Tu sais, Charity, il m'arrive vraiment de me demander pourquoi je t'aime bien. Mercy n'hésiterait pas une seconde. Betty a emprunté une coiffe en dentelles, la semaine dernière. Mais toi... Tu te crois tellement meilleure que nous.

— Ce n'est pas vrai ! protestai-je. Je ne crois pas ça !

— Dans ce cas, prouve-le.

— Mary, il ne faut pas...

— Ce n'est pas si terrible, ce que je te demande de faire. L'emprunter, juste pour un soir. Je te le rendrai le lendemain. Promis. Elle ne s'en apercevra même pas.

— Ce serait un péché de le prendre comme ça.

— Et alors ? Tu n'es pas à un péché près.

Mary sourit, mais son sourire n'avait rien de spontané, et je sus que je l'intéressais de moins en moins.

— Je ne veux pas l'emprunter, dis-je d'une voix désespérée. Je ne veux même pas le toucher. Elle est mauvaise. Tu n'as pas entendu ce que je t'ai dit ? C'est une actrice, je le sais. Et cette manière qu'elle a de me regarder... comme si le Diable était en elle, et qu'il cherchait à me prendre au piège. Hier, j'ai même vu... Je crois que j'ai vu... Mary... je...

La bouilloire crépita et le liquide déborda. Mary fit brusquement volte-face. Avec un cri, elle se précipita et saisit la cuillère en bois. Les muscles de son bras saillirent et se tendirent tandis qu'elle essayait, en tournant la cuillère, de faire baisser le niveau de la gelée.

— Mary !

La voix de Mme Walcott nous parvint depuis le seuil. Je sursautai et me tournai vers elle. Elle me sourit et s'avança d'un pas affairé, traînant Jude après elle. Le seau en bois était plein de racines et de branches desséchées.

— Ne me dis pas que tu as laissé la pauvre Charity plantée là pendant tout ce temps, sans lui servir son cidre ?

Posant son seau, elle se dirigea vers la table pour nous servir une chope, à Jude et à moi.

Elle me la tendit d'abord, mais je n'avais pas soif. J'avais l'estomac si noué que je pensais ne pas pouvoir boire sans vomir, mais je réussis tout de même à avaler quelques gorgées de cidre, avant de le passer à ma sœur. Mme Walcott aida Mary à tirer la bouilloire hors du feu. Lorsque Mary renversa de la gelée en tentant de la répartir entre les récipients assemblés sur la table, sa belle-mère lui prit la louche des mains.

— Espèce de maladroite ! gronda-t-elle. Rends-toi utile, à présent. Monte me chercher le tissu que j'ai mis de côté pour la mère de Charity. Allez, file !

Mary se renfrogna, mais ne s'empressa pas moins de faire ce que lui commandait sa belle-mère. Quand elle redescendit en portant une pièce de tissu pliée et nouée avec une ficelle, je la lui pris sans croiser son regard et dis au revoir à Mme Walcott.

— Mary va te raccompagner à la porte, décréta-t-elle. Remercie ton père pour ce beau seau. Un pareil ouvrage mérite des félicitations.

Je ne voulais pas que Mary nous accompagne à la porte. Je savais qu'elle allait recommencer à me parler du corsage, et j'ignorais ce que je devais faire. Cette faveur qu'elle me demandait était toujours là, entre nous, je le sentais ; c'était une épreuve incontournable. Je ne voyais vraiment pas comment y échapper. Une fois sur le seuil, Jude partit en avant. Je saluai Mary et tentai de m'esquiver promptement. Mais elle me retint par la manche et me ramena à elle avant que j'aie eu le temps de m'éloigner.

— Rappelle-toi ce que je t'ai dit, murmura-t-elle. Apporte-le-moi lundi prochain.

— Mary, je ne peux pas...

Elle sourit.

— Charity, dit-elle lentement. Tu imagines comme Mercy va se moquer de toi, quand elle découvrira quelle poule mouillée tu fais. Tiens, je ne serais pas étonnée qu'elle insiste pour que tu ne viennes plus à nos réunions. Si on ne peut pas se fier à toi...

— Bien sûr que vous pouvez me faire confiance ! protestai-je d'un ton si empressé que j'en fus presque honteuse : je tremblais de perdre son estime. Vous pouvez me faire confiance, répétai-je.

— Eh bien. Moi, je te crois, évidemment. Mais les autres, je n'en suis pas sûre. Il se peut qu'elles demandent un genre de preuve...

— Un corsage rouge, dis-je d'une voix absente.

Elle eut un nouveau sourire.

— On se retrouve lundi après-midi au presbytère. Ne sois pas en retard.

8

J'effectuai le trajet du retour au pas de course, traînant après moi la pauvre petite Jude. Le ciel était gris et le vent s'était à nouveau levé, chargé de fumée et parsemé de cendres de cheminée qui retombaient sur mes joues, tels des flocons de neige secs et soyeux. Mais pendant ce temps, je ne pensais qu'à une chose : que ces feux se nourrissaient du feu de l'Enfer.

Maman disait toujours que j'étais incapable de distinguer le bien du mal, que j'étais trop facilement induite en erreur. À écouter Mary, tout paraissait simple : les autres passaient leur temps à faire ce genre de choses : ce n'était pas un crime que d'emprunter un corsage ; il serait restitué le lendemain, et nul ne se douterait de rien... Mais moi je savais que c'était mal de prendre ce vêtement, ne serait-ce que pour une heure. Tout comme je savais avoir eu tort de suivre les conseils de Mary, à propos de Sammy.

J'accélérai encore le pas. Mon souffle devenait haletant. Jude portait le tissu que Mme Walcott nous avait donné, et elle le laissa tomber deux fois en s'efforçant de suivre le rythme. Je ne pouvais me résoudre à ralentir, bien qu'elle ne cessât de m'en prier. Lorsque nous arrivâmes enfin devant la maison, je m'arrêtai. J'étais revenue presque en courant, et voilà que je ne me décidais pas à franchir le seuil.

Jude me regarda comme si j'étais folle et, passant devant moi, alla jusqu'à la porte.

— Tu vas rester plantée là toute la nuit, Charity ? Je croyais que tu étais pressée de rentrer ?

— Oui. Je vais rentrer.

Elle poussa un soupir exaspéré.

— Il fait trop froid pour moi.

Ouvrant la porte, elle s'engouffra dans la maison. Je demeurai à l'extérieur, le vent me brûlant les joues et pénétrant au travers de ma cape.

C'est alors que j'entendis un bruit, un claquement de sabots, le crépitement d'une roue. Je sursautai, me rappelant l'apparition du fantôme, la veille au soir. Quand une silhouette se déplaça dans le bois derrière notre maison, je me figeai – convaincue que le fantôme de ma mère revenait me voir. L'angoisse me prit au ventre. Mais à cet instant un cheval émergea d'entre les arbres et je découvris mon père marchant à son côté.

À n'importe quel autre moment, je ne l'aurais pas attendu. Cependant, lorsque mon père, mon sauveur, sortit des bois, au lieu d'une vision spectrale j'eus l'impression que le doigt de Dieu me montrait la direction à prendre. Il me semblait presque entendre la parole du Seigneur résonner dans mon esprit : Parle-lui. À présent, il te croira.

Guidée par cette voix, je me précipitai vers mon père, le cœur battant. Néanmoins, je faillis perdre tout mon courage quand il arrêta Saul et me considéra comme si j'avais perdu la tête. Et j'eus le sentiment qu'il n'avait peut-être pas tort, qu'il ne me croirait jamais, et que c'était pure folie de tenter de le convaincre.

— Que se passe-t-il, Charity ? me demanda-t-il tandis que je me plaçais devant lui. Pourquoi n'es-tu pas dans la maison ? Il commence à faire sombre.

— Je souhaiterais vous parler, Père, dis-je.

J'eus tout d'abord l'impression qu'il ne m'avait pas entendue, car il resta sans répondre. Mais alors il me regarda, et une image fugitive me traversa l'esprit –

j'ouvrais les yeux dans mon sommeil et je le trouvais à mon chevet, le visage plein de douceur et de tendresse tandis qu'il me regardait dormir. Soudain, je fus dans l'incapacité de parler. C'était insupportable de ne pas savoir si ma vision était vraie ou si j'avais tout imaginé.

Ses traits reprirent leur expression habituelle. Je me demandais toujours si j'avais vraiment vu ce que j'avais vu, ou si le désespoir me jouait des tours.

Il soupira.

— Viens, maintenant, ma fille. Il fait froid.

— Oh, Père, murmurai-je. Père... Je crains que nous n'ayons été horriblement trompés.

— Trompés ? Comment cela ?

Je remarquai qu'il m'écoutait avec attention, et je... Quelle chose étonnante, de susciter un tel intérêt chez lui !

— C'est le Diable, Père.

Les mots avaient jailli de ma bouche avec une telle force que je n'avais pu les retenir. Il m'écoutait, et j'avais confiance en lui. Il était tellement plus sage que moi ; il saurait ce qu'il fallait faire ! Je poursuivis :

— Elle essaie de nous faire croire qu'elle nous aime, mais elle ment. Elle espère nous livrer à Satan... C'est une actrice, Père. Une actrice !

Il avait l'air perdu.

— Qu'est-ce que tu racontes ?

— Je ne savais pas comment vous le dire. J'ai vu le fantôme, j'ai eu tellement peur...

— Charity...

Il avait prononcé mon nom lentement. Je me tus. Il me saisit le coude et le secoua légèrement.

— Moins vite. Redis-moi ça calmement. Qui est actrice ? Qui es-tu en train d'accuser ?

Tout ce que j'avais voulu lui exposer me sortit de la tête, sous l'effet d'une seule pensée : il me touchait. Il me touchait et, même si ses doigts me faisaient mal, j'avais si souvent et depuis si longtemps espéré semblable geste que je ne pouvais supporter l'idée qu'il me lâche. Je restai là, silencieuse et stupéfaite, incapable de prononcer le moindre mot, de crainte que cela ne se produise.

Il émit un grognement impatient.

— Alors, Charity ?

— Susannah, dis-je.

Son nom m'échappa dans un souffle. Je me sentis aussitôt affaiblie, comme si, lui seul m'ayant donné de la force, celle-ci m'avait quittée dès que je l'avais prononcé.

— Susannah ?

Mon père me lâcha le coude et, chancelante, je m'abandonnai contre sa poitrine. Je sentais l'odeur de la sueur et des copeaux de bois sur la laine épaisse de sa cape, la chaleur de son corps contre ma joue. Je fermai les yeux pour mieux me pénétrer de sa présence, et il me laissa faire. Durant une minute, je parvins à croire qu'il voulait m'avoir ainsi contre lui. Je parvins à croire à la réalité de sa tendresse. J'étais sensible à son souffle régulier, à la légère caresse de sa main. Mais j'allai trop loin : je l'entourai de mes bras. C'est alors qu'il me repoussa, et je demeurai là, tel un faible roseau ballotté au gré du vent.

— Ta tante n'est pas une actrice, Charity, dit-il doucement.

J'aurais aimé me laisser persuader, mais sa voix calme me faisait penser au vent qui précède un orage : les courants cachés que j'y percevais me poussèrent à regarder mon père de plus près. Ce que je lus dans ses yeux réduisit mon espoir à néant. Il n'essayait pas de me rassurer... Il ne me croyait pas, tout simplement !

— Père, dis-je sur un ton désespéré, elle vous a trompé. Elle nous a tous trompés. C'est une actrice.

— Elle ne trompe personne. Ce n'est pas une actrice.

— Elle veut vous en convaincre...

— Crois-tu que je ne sache pas voir la vérité par moi-même ? Que je sois incapable de voir le mal, lorsqu'il est sous mon nez ?

Il y avait un tel mépris dans sa voix ! Repensant aux choses que j'avais faites, à mes propres péchés, je fus effrayée : mon père pouvait être abusé, je le savais. Je restai plantée devant lui, lui bloquant le passage pendant que le cheval exhalait par les naseaux des nuages de vapeur et claquait des sabots sur le sol comme s'il avait hâte qu'on le reconduise à la grange.

— Le Diable arbore souvent un séduisant visage, déclarai-je prudemment.

Il émit un petit son, un bref ricanement, et secoua la tête.

— Oui, et je peux t'assurer que je l'ai souvent croisé dans ma vie !

Il me reprit le bras, cette fois-ci pour m'ôter de son chemin, et, d'un claquement de langue, signifia au cheval de repartir.

— Père ! criai-je après lui. Je vous en prie !

Il me jeta un coup d'œil par-dessus son épaule tandis que le cheval avançait toujours.

— Ça suffit, Charity, lança-t-il d'un ton las. Rentre !

Il ne me croyait pas. Je fermai les yeux et m'efforçai de retenir mes larmes, l'esprit assailli par de multiples images : le fantôme de ma mère tendant les mains, Susannah chantant à Jude une berceuse, le regard félin de Mary, la flamme vacillant dans un bocal rempli d'eau.

Et Tituba. Tituba : *Allez-y. Joignez-vous à elles. Il n'en manquait plus qu'une pour faire apparaître le Diable en personne.*

J'ouvris brusquement les yeux. Regardai mon père conduire Saul à l'étable. L'obscurité s'abattit sur moi, et j'entendis à nouveau la voix de ma mère : *Prends garde !*

Dès lors, je fus résolue à emprunter le corsage. Si je répugnais toujours à le toucher, et continuais de penser que c'était un grand péché de le prendre, j'y voyais à présent le moyen de gagner les bonnes grâces de Mary : je lui apporterais le corsage, et elle serait forcée de m'aider avec Susannah.

La question, maintenant, était de savoir à quel moment m'en emparer, et comment. Je ne tenais pas à ce que ma tante s'en aperçût, et ne pouvais donc le garder très longtemps. J'avais prévu d'agir le samedi soir, mais aucune occasion ne se présenta et, bien qu'il me déplût de commettre un acte aussi répréhensible le Jour du Seigneur, je n'avais visiblement pas le choix. Mais Susannah alla se coucher presque aussitôt après notre retour de l'office – je songeai alors qu'une journée entière à feindre la piété avait dû l'épuiser. Elle avait le visage pâle et fatigué, et quand Père lui proposa de se joindre à nous pour les prières du soir, elle rétorqua qu'elle ferait mieux d'aller se reposer, et disparut dans l'escalier.

À l'exception du virginal, – demeuré dans l'entrée, coincé derrière le rouet –, les effets de Susannah avaient tous été transportés dans notre chambre, déjà bien encombrée. Avec ces malles imposantes, il était devenu difficile de se déplacer dans la pièce. Elle rangeait la plupart de ses vêtements dans le coffre posé tout contre son lit, et je n'osais y fureter lorsqu'elle était là, même si elle était profondément assoupie.

Dans la nuit de dimanche, je dormis mal. J'avais les nerfs à vif. L'échéance du lundi après-midi se rapprochait à grands pas. Étendue dans le lit auprès de ma tante, je me reprochais d'avoir trop tardé ; les heures passant, mon désespoir s'accrut au point que je faillis aller fouiller dans sa malle. Mais à ce moment, elle bougea et, impuissante, je me laissai retomber sur le matelas.

Le matin venu, je tentai de rester dans la chambre après elle. Je traînai en enfilant ma robe, tripotai mes cheveux et ma coiffe à n'en plus finir. Mais elle ne quitta pas la pièce et je sus qu'elle ne m'y laisserait pas seule lorsqu'elle me lança :

— Dépêche-toi, Charity. Nous avons une journée chargée aujourd'hui. Il y a le barattage, et hier ton père a rapporté du malt de la ville, pour la bière.

Mon cœur se serra. Si nous brassions la bière aujourd'hui, il était peu probable que j'aie un moment à moi avant l'après-midi et, même alors, je ne trouverais certainement pas le temps d'aller au presbytère. Cette pensée aurait dû me soulager : après tout, s'il m'était impossible de me rendre là-bas, il m'était également impossible de donner à Mary le corsage que je n'étais pas parvenue à « emprunter ». Cependant, je savais qu'elle me soupçonnerait de l'éviter délibérément, et je la connaissais trop bien pour douter de ce qu'elle raconterait aux autres. Mais, plus que tout, je ne supportais pas l'idée de laisser davantage traîner les choses. La conversation que j'avais eue avec mon père m'en avait convaincue : contre Satan, il me fallait un bouclier. Je n'avais d'autre choix que de trouver le moyen de me rendre au presbytère, corsage ou pas.

Comme nous quittions la chambre, Jude nous emboîta le pas. Dans l'escalier, elle me poussa et se rapprocha de Susannah.

— Vous m'apprendrez un nouveau point pour ma broderie, aujourd'hui, ma tante ? lui demanda-t-elle en la tirant par la manche.

J'en loupai une marche, et fus contrainte de poser une main sur le mur pour ne pas tomber. *Ma tante*. Je n'avais jamais entendu Jude l'appeler comme ça auparavant, et c'est un regard riant et plein de tendresse que ma petite sœur levait vers elle. Jude avait toujours détesté la broderie. Maman devait se perdre en réprimandes pour l'obliger à rester tranquillement assise à son ouvrage. Je me souviens que, la semaine précédant la mort de notre mère, Jude s'était exclamée : « Malédiction ! » tandis qu'elle brodait, et que maman l'avait contrainte, en guise de punition, à passer une heure de plus sur son ouvrage. Ma sœur s'était mordu la lèvre jusqu'à la faire saigner en s'efforçant de dénouer un point raté.

— Oui, on en essaiera un nouveau, lui répondit Susannah.

Elle étendit le bras, et posa une main câline sur les cheveux châtain clair de Jude. Il y avait dans ce geste une possessivité qui me terrifia.

— Peut-être que tu devrais d'abord te familiariser avec celui que je t'ai déjà appris.

Je bafouillai :

— Mais... mais, Jude, tu détestes broder !

— J'aime ça, maintenant, me dit-elle. Depuis que Tante m'a appris une chanson à chanter en brodant. Tu veux l'entendre ? C'est comme ça...

— Non, répliquai-je sèchement. Non, je n'ai pas envie d'entendre une chanson. Et à ta place, je ferais en sorte que papa ne l'entende pas non plus.

Susannah me jeta un rapide coup d'œil par-dessus son épaule. Je vis clairement, dans ses yeux, un éclair de triomphe. J'étais désespérée. J'avais essayé de ne pas laisser Jude seule avec notre tante... mais c'était arrivé, bien que rarement. Le Diable était puissant et, comme mon père l'avait souligné, les enfants étaient bien démunis face à lui. Cela rendait ma tâche plus difficile et plus pressante, mais je devais coûte que coûte trouver le moyen de m'emparer du corsage et de me rendre au presbytère.

Quand nous arrivâmes en bas, mon père était déjà là, en train d'enfiler ses bottes. Il se tenait près de la porte, comme s'il brûlait d'impatience de sortir, et pourtant les fenêtres étaient couvertes d'une épaisse couche de givre et, dans la salle commune, de la buée s'échappait de nos bouches à chaque souffle.

— Bonjour, Frère, lança Susannah d'une voix douce.

Il sursauta comme si elle lui avait fait peur, alors que nous n'avions pas cessé de parler dans l'escalier, et qu'il nous avait sans doute entendues.

— Bonjour, répondit-il en nous jetant à peine un regard.

Il mit son chapeau mais pas sa cape, et je compris qu'il allait seulement à la grange. Étrange de partir ainsi, avant même d'avoir pris son petit déjeuner.

Dépassant ma tante, je me saisis du moulin à maïs placé sur le dessus de la cheminée.

— Je vais vite préparer le petit déjeuner.

Mon père secoua la tête et écarta ma proposition d'un geste de la main.

— J'ai déjà mangé, répliqua-t-il d'un ton sec.

Sur la table se trouvaient la chope de cidre à moitié vide et les miettes du morceau de pain – sans beurre, puisque nous devions encore le baratter – qui avaient constitué tout son petit déjeuner. Sans nous laisser le temps de protester, mon père ouvrit la porte et sortit. J'entrevis un monde d'une blancheur translucide, aux arbres gelés et au sol luisant de givre, avant qu'il ne referme la porte derrière lui.

Je restai pétrifiée, la main posée sur le moulin à maïs. Depuis que je l'avais informé de mes soupçons au sujet de Susannah, il refusait tout ce que je me proposais de faire pour lui, l'air d'être troublé par ma présence. Et maintenant, voilà qu'il ne me regardait même plus. Je versai du maïs dans le moulin et tournai la manivelle avec une telle hargne – comme si je voulais moudre mon désespoir – que ma tante, occupée à dépouiller des anguilles pour le dîner, me lança un regard étonné.

J'établis mon plan pendant que nous mangions. Puis, tout en me hâtant d'exécuter mes tâches, je regardai Susannah remuer le malt infusé destiné à la bière. C'était une opération délicate, que maman n'aurait jamais eu idée de me confier. Si le malt chauffait trop, la bière tournait à l'aigre. S'il ne chauffait pas assez, elle n'avait pas de goût. Susannah s'en chargeait avec sa compétence habituelle. Pour cela aussi, je lui en voulais : elle faisait tout à la perfection. On aurait dit qu'elle n'avait jamais connu d'autre existence que celle-ci. Bien vite, une vapeur nauséabonde envahit la salle commune. Sous l'effet de l'humidité et de la chaleur, des mèches de cheveux s'échappaient de ma coiffe et les joues de Jude luisaient de sueur tandis qu'elle agitait la batte de la baratte. Susannah, elle, était toujours aussi fraîche et, lorsque des mèches bouclées s'échappèrent d'invisibles épingles pour venir se balancer contre sa joue, elle était d'une beauté si incroyable que mon ressentiment se transforma en haine, une haine puissante à m'en donner la nausée. Elle paraissait en être consciente, et savourer le pouvoir qu'elle avait sur moi, car elle souriait chaque fois qu'elle me confiait une nouvelle tâche. Comme si elle connaissait mes plans et espérait les déjouer. « Va chercher le vin cuit et le houblon dans la cave. » « Rapporte-moi un potiron et découpe-le, qu'on le mette à bouillir pour ce soir. » « Descends me ramasser de la levure dans le vieux tonneau à bière, et prends-en aussi pour les anguilles... »

Lorsque je mis le dernier morceau de potiron dans le coquemar, j'étais en nage, je frissonnais et mon esprit bouillonnait. Père n'allait pas tarder à rentrer déjeuner ; peut-être pourrais-je le supplier de me confier quelque course, et m'enverrait-il en ville... ?

— Le beurre ne veut pas prendre, se plaignit Jude, alors que je baratte depuis des heures.

— Il fait froid, expliqua ma tante. Ça risque de mettre du temps, aujourd'hui.

— C'est trop long ! J'ai mal aux bras.

Susannah lui jeta un coup d'œil par-dessus son épaule.

— Tu devrais essayer ça, Jude... ça fera passer le temps plus vite. Chante : « *Viens, beurre, mon joli beurre ! Pierre est à la cuisine, qui attend sa tartine ! Viens, beurre, mon joli beurre !* » C'est magique, tu vas voir !

Jude soupira.

— « *Viens, beurre, mon joli beurre...* »

— Jude ! m'exclamai-je en m'écartant brusquement du coquemar. Il ne faut pas dire des choses pareilles. C'est de la sorcellerie !

Je compris aussitôt que je m'étais trahie. Susannah se tourna vers moi en prenant son temps, comme si elle savait que j'étais prête à attendre la journée entière un seul de ses regards. Elle avait une expression de douceur mais, au-delà, je voyais le mensonge.

— Il n'y a pas de mal à chanter, Charity, dit-elle. Laisse Jude tranquille.

— Non ! rétorquai-je. Vous lui apprenez des sortilèges.

— Une comptine, rien de plus.

— Le beurre a pris ! s'écria Jude. Regardez, ma tante, ça a marché ! Il a pris !

Je fis volte-face, saisie d'horreur.

— Vous voyez ! hurlai-je. Il s'agit bien d'un sortilège.

— Charity ! s'exclama Susannah. Charity, ne sois pas sotte !

Je savais qu'elle allait me raconter un autre mensonge – pour me rassurer, me faire taire... – et c'était plus que je n'en pouvais supporter. Je laissai bouillir le potiron et grimpai jusqu'à notre chambre, ignorant ses cris lorsqu'elle me rappela. Je claquai la porte derrière moi puis guettai, tremblante de terreur, le bruit de ses pas dans l'escalier.

Susannah ne vint pas me chercher. Je ne savais qu'en penser, mais je n'hésitai pas : j'allai à sa malle et en soulevai le couvercle, toujours attentive au moindre son provenant de l'escalier. À l'intérieur, ses vêtements étaient soigneusement pliés. D'abord je les fixai, bouche bée, éblouie par l'éclat des couleurs et la richesse des étoffes. Ensuite je fouillai rapidement la malle pour trouver le corsage rouge, le sortis, et remis les autres habits en place en espérant que ma tante ne se rendrait compte de rien. Je glissai le corsage sous le lit, refermai la malle et restai assise là à guetter un bruit... qui ne venait toujours pas.

Enfin, une fois apaisé le battement de mon cœur, je m'approchai de l'endroit où les lattes du plancher étaient espacées et m'agenouillai pour regarder par l'interstice. Je vis Jude et Susannah assises à la table. La seconde malaxait le beurre dans un bol d'eau claire, en s'adressant à la première d'une voix douce et patiente. Je me demandai comment je pouvais les laisser ensemble, et combien de temps il fallait au Diable pour décréter sienne l'âme d'un enfant. Mais je savais que je ne pourrais rien faire, ce jour-là, pour empêcher ça.

Après un moment interminable, Susannah finit par tasser le beurre dans un pot, et essuya ses mains sur son tablier. Puis elle dit quelque chose à Jude avant de se diriger vers la porte de la cave. J'entendis le grincement lorsqu'elle l'ouvrit puis la referma.

C'était le moment ou jamais. Tendant le bras sous le lit, j'en extirpai le corsage que je fourrai sous ma jupe. Ensuite je descendis à vive allure. Le craquement des marches fit lever les yeux à Jude.

— Qu'est-ce qui t'arrive, Char...

— Chut ! sifflai-je. Tais-toi !

— Mais...

Je m'approchai d'elle, m'arrêtant à quelques centimètres de son visage. Jude eut un mouvement de recul ; cependant, je lui saisis le bras, la contraignant à s'immobiliser.

— Je sors, lui lançai-je en la regardant droit dans les yeux. Si tu dis un mot à qui que ce soit, je jure de te faire regretter d'être en vie quand je rentrerai.

— Mais, Charity...

— Je parle sérieusement.

J'aurais voulu pouvoir attendre d'être sûre qu'elle garderait le silence, mais je n'osais pas. Il ne me restait plus qu'à espérer qu'elle le ferait. Je lui lançai mon regard le plus menaçant, puis me précipitai jusqu'au seuil et me glissai dehors. Je restai tapie dans l'ombre le temps de vérifier que Père n'était pas en train de revenir de la grange. Après quoi, aussi rapidement que possible, je parcourus le sentier jusqu'à atteindre la route, serrant le corsage sous ma jupe, respirant enfin.

9

Lorsque j'arrivai au presbytère, elles y étaient déjà toutes réunies, mais Tituba n'était nulle part en vue. C'est Abigail qui m'ouvrit la porte et me détailla de la tête aux pieds, de ses yeux d'un gris glacial, avant de me faire signe d'entrer.

— On n'a pas beaucoup de temps et il ne faut pas faire de bruit, me déclara-t-elle. Mon oncle est allé rendre visite au sergent Putnam et ma tante est en haut, avec la fièvre.

Je jetai un coup d'œil sur l'escalier plongé dans l'ombre.

— Tant mieux, répliquai-je. Personne ne sait que je suis ici.

— Tu es sortie en cachette, Charity ? demanda Mercy Lewis depuis le seuil de la salle commune, son visage mince et osseux empreint d'une expression moqueuse.

— Oui.

Elle pouvait en penser ce qu'elle voulait. Tout ce qui m'intéressait, à ce moment-là, était de mener ma tâche à bien.

— Où est Mary ? repris-je.

Mercy recula pour me laisser passer, j'entrai dans la salle commune et les vis, serrées autour de la table. Mais cette fois-ci, il n'y avait pas de bocal rempli d'eau ; et Mary, Betty et Mary Warren chuchotaient et gloussaient discrètement entre elles. La jeune Betsey Parris, assise au bout du long banc, avait les yeux écarquillés, le visage inquiet. Le petit Parris s'amusait avec une cuillère en bois près de la cheminée. Sur un rythme irrégulier, il en frappait le banc, le sol et un plat retourné, et tous ces sons creux résonnaient inlassablement dans la pièce : *bang bing bong*...

Je me retournai vers Abigail.

— Où est votre domestique ?

Elle haussa les épaules. Ses yeux pâles étaient effrayants, dans la pénombre de la pièce.

— Tu veux dire Tituba ? Elle ne doit pas être loin.

— Oh, te voilà, Charity ! cria Mary depuis la table, avant d'ajouter sur un ton faussement chaleureux, voire blessant : Je me demandais si on te verrait aujourd'hui.

— J'avais pourtant dit que je viendrais, non ?

Je m'avançai dans la pièce. Le corsage, roulé en boule sous ma jupe, pesait lourdement sur mes jambes et semblait me brûler la peau.

— Tu as vraiment cru que je ne viendrais pas ?

— Je n'étais pas sûre.

Elle s'approcha de moi. Son regard se posa sur ma jupe.

— Eh bien, Charity, qu'est-ce que tu caches sur ton ventre ? Enfin, j'espère que tu caches quelque chose et que cette grosseur n'a pas d'autre raison d'être.

Mercy éclata de rire. Je rougis et passai la main sous ma jupe afin d'en sortir le corsage.

— Tiens, dis-je en le lui tendant et, à ma grande consternation, je constatai que mes mains tremblaient. Prends-le !

Mary sourit. Elle saisit le vêtement avec une délicatesse que je ne lui connaissais pas, caressant le taffetas avec un soin tout particulier, tournant l'étoffe entre ses doigts de manière à faire chatoyer la soie à la lueur de la bougie.

— Ah, il est aussi beau que dans mon souvenir, dit-elle calmement. Où crois-tu qu'elle ait trouvé une telle merveille ?

— À Londres, répondis-je. Elle a plus de vêtements que je n'en ai jamais vu dans ma vie.

Je vins tout près d'elle et lui glissai d'une voix basse, de façon que les autres n'entendent pas :

— Mary, il faut que je te demande une faveur...

— Ah ! Ce qu'il est beau !

Mary Warren s'était levée et regardait par-dessus l'épaule de Mary. Celle-ci pressa le corsage contre sa poitrine et pivota sur ses talons.

— Qu'est-ce que vous en pensez ?

— Il fait ressortir le brun de tes yeux, dit Mercy.

Betty approuva :

— Le rouge s'accorde si bien à ton teint.

— Vous croyez qu'il me remarquera, si je porte ça ?

— Si ce n'est pas le cas, c'est qu'il est aveugle, lui assura Betty.

— Mary, dis-je. Si je pouvais te parler un...

— Qui est aveugle ? demanda Abigail en me bousculant. De qui est-ce que vous parlez ?

— Mary s'est entichée de Robert Proctor, répondit Mercy d'un ton railleur. Un homme aussi âgé !

Mary rougit.

— Il n'est pas si vieux. Après tout, il n'a que trente ans.

— Et il tient à ses habitudes. À ma connaissance, il ne cherche même pas à se marier.

— Il ne cherche peut-être pas, mais j'ai bien l'intention de lui montrer ce qu'il pourrait trouver, répliqua Mary en effectuant un petit pas de danse, avec un délicieux rire léger qui me rappela à quel point elle était attirante, et comme j'avais été jalouse, autrefois, de la manière dont Sammy la regardait. Je repensai à ce qui m'amenait là. J'étais prête à tout pour capter son attention, mais elle ne se souciait pas de moi. Elle s'amusait avec les autres tandis que Mary Warren déclarait d'un air avisé :

— C'est vrai que M. Robert est bel homme. Et pas vraiment vieux. Il ne s'entend pas bien avec son père, cela dit. À mon avis, ce ne doit pas être facile d'avoir John Proctor comme beau-père.

— Non, tu préférerais l'avoir comme mari ! lui lança Mercy en plaisantant, ce qui la fit rougir.

— Eh bien, Robert est le fils aîné, dit Mary, se remettant à caresser le corsage comme si elle ne pouvait cesser de le toucher. Et Proctor père a presque soixante ans.

Betty éclata de rire.

— Oui. Tu l'enterrerais volontiers demain. Je vois que tu as déjà jeté ton dévolu sur sa propriété d'Ipswich.

— Ça me sortirait de ce patelin, ricana Mary. Ne me dites pas que vous n'en avez pas toutes envie.

— Pas au point d'épouser un vieillard, répliqua Abigail. Tu l'imagines, te touchant avec ses vieilles mains ridées...

— J'imagine que tu apprendrais à tout supporter, pour avoir le droit d'être appelée « Madame ».

— Tout sauf ça, affirma Abigail en frissonnant.

— Tu es encore jeune, rétorqua Mary avant de me jeter un coup d'œil et d'avoir un petit sourire entendu. Le temps viendra où ça te semblera pas si terrible. Peut-être même que tu trouveras ça drôle. Pas vrai, Charity ?

Répondre à son sourire eût été un aveu.

— C'est ce qu'on raconte, parvins-je à bafouiller.

Obsédée par l'urgence de ma mission et le risque que j'avais encouru en subtilisant le corsage, j'avais envie que Mary arrête de parler et que les autres retournent à leurs divinations, pour enfin me donner l'occasion de discuter avec elle. J'avais envie qu'elle laisse ce vêtement tranquille. Il me paraissait luire et frissonner chaque fois que je le regardais, comme s'il avait une vie à lui. Je ne pouvais m'empêcher de penser à ma tante devant la table de la Taverne Ingersoll, et à son visage au rayonnement si particulier. Un semblable éclat me semblait émaner à présent du corsage, et je frissonnais à la pensée qu'une partie d'elle était présente ici, me regardait, me hantait...

Mary jeta un coup d'œil à Mary Warren.

— Tu es sûre que Robert est à la taverne ? Il est arrivé d'Ipswich hier soir ?

Mary Warren hocha la tête.

— Il est là-bas. Tu aurais dû entendre la dispute qu'il a eue avec son père. J'aurais juré qu'il repartirait aujourd'hui. Mais il a déclaré qu'il resterait jusqu'à demain.

— Alors, c'est forcément pour ce soir.

— Qu'est-ce qui est forcément pour ce soir ? dis-je.

Mary tourna la tête vers moi.

— Eh bien, une visite à la taverne des Proctor.

— Tu n'oseras pas.

— Et comment !

Elle éclata de rire et, à l'excitation perçant dans sa voix, je sus qu'elle allait le faire. Elle parcourrait les kilomètres jusqu'à la route d'Ipswich vêtue de ce corsage rouge dans le seul dessein d'être remarquée par Robert Proctor, même si elle savait que son maître devait s'en apercevoir et que cela lui vaudrait une bastonnade, même si elle savait que la taverne des Proctor était un havre pour les étrangers à notre communauté. Elle n'était autorisée qu'à servir les voyageurs empruntant la route d'Ipswich, et non les villageois. Personne de notre connaissance ne s'y rendait jamais.

Mary n'avait peur de rien. Je l'admirais pour cela. Et j'aurais tant voulu, à ce moment-là, qu'elle me donne un peu de son courage et de son ingéniosité !

— Que dira le sergent quand il découvrira que tu es partie ?

— Il ne le saura pas, affirma Mary. Je lui ai raconté que j'allais chez mon père aujourd'hui.

— Et s'il t'envoie chercher ?

— Il ne le fera pas. Mme Putnam s'est querellée avec ma belle-mère et ne lui parle plus. Elle m'a dit : « Bon débarras » quand je lui ai demandé la permission de m'y rendre.

Mary plia le corsage et nous désigna la table.

— À présent, avant que je ne parte, voyons un peu ce que me réserve l'avenir.

Nous prîmes toutes place, moi la dernière. J'avais l'estomac noué... Je croyais qu'il me faudrait affronter le bocal plein d'eau, cette fois-ci, et je ne voulais pas avoir à y plonger les yeux. Déjà nerveuse, je ne souhaitais pas laisser à mon pressentiment une chance de s'exprimer. Je fus soulagée de constater qu'il n'y avait pas de bocal, en fait – juste une paire de ciseaux et une passoire attachée à un morceau de ficelle.

Mary posa soigneusement le corsage sur le banc et s'empara des ciseaux.

— Alors, qui veut tenir l'autre bout ? lança-t-elle, et son regard noisette passa de l'une à l'autre.

J'avais hâte que tout ça soit fini, et continuais d'espérer obtenir une minute en tête à tête avec Mary, le temps de lui demander son aide.

— Moi, je vais le tenir, proposa Abigail.

Elle s'avança et tendit la main vers les ciseaux. Mary les lui arracha des mains et secoua lentement la tête, avec un sourire en coin.

— Non, pas toi, fit-elle.

Elle me regarda.

— Charity, c'est mieux. Charity va tenir l'autre bout. Pour ça, je préfère quelqu'un qui ait de l'expérience.

À nouveau ce ton plein de sous-entendus. Je n'avais jamais rien fait qui ressemble à de la divination ; elle ne faisait donc pas allusion à ce genre d'expérience. Je regardai les autres, et vis que la plupart d'entre elles l'avaient comprise.

Je ne pus m'empêcher de rougir. Je saisis les ciseaux, passant le doigt dans l'un des anneaux. Mary demanda ensuite à Abigail d'y attacher la passoire, de manière qu'elle pende entre les deux pointes des ciseaux. Me baissant, je murmurai à l'oreille de Mary :

— Il faut que je te parle.

Elle me jeta un rapide coup d'œil, fronça les sourcils, et ses lèvres formèrent le mot *Pourquoi ?* Je secouai légèrement la tête pour lui indiquer que ça devait rester un secret.

— Silence ! ordonna Abigail au petit garçon qui tambourinait toujours devant la cheminée.

Il cessa de tapoter, et se recroquevilla comme s'il s'attendait à recevoir un coup, mais elle l'avait déjà oublié.

— C'est prêt, dit-elle à Mary en s'écartant de la passoire.

— Charity, tu tiens de ton côté en restant aussi immobile que possible, et je fais pareil du mien. Si la passoire oscille vers toi, la réponse est non. Si elle oscille vers moi, la réponse est oui. Et maintenant, la question...

Mary aspira une longue bouffée d'air et ferma les yeux. Lorsqu'elle se remit à parler, c'était d'une voix forte et assurée.

— Mon amour me remarquera-t-il ce soir ?

Elle rouvrit les yeux. La pièce se figea. Nul ne fit un geste. Nul n'émit le moindre son. Je nous sentais toutes penchées vers la passoire. La qualité de l'air avait changé. D'abord chargé de fumée et d'une innocente tension, il s'était alourdi de la puissance de nos regards. Il me semblait s'épaissir, au point de ne plus parvenir à mes poumons. Je connaissais cette sensation... Soudain, j'eus peur. Mais cette fois-ci, aucun spectre ne m'apparut. En revanche, et bien qu'il n'y eût pas dans la pièce le moindre souffle d'air, la passoire se mit à se balancer lentement. D'abord vers moi, puis vers Mary, avant de se stabiliser au centre. Je veillais à ce que ma main restât parfaitement immobile et pourtant, sans que je puisse expliquer ce qui provoquait le mouvement, la passoire oscilla ensuite vers moi.

La petite Betsey Parris en eut le souffle coupé. Jusque-là, elle avait fait si peu de bruit que j'avais oublié sa présence. Mais, lorsque je la regardai, elle avait les yeux fixés sur la passoire et sa bouche en cœur tremblait comme si elle venait de voir le Diable en personne. Je sus qu'elle aussi sentait quelque chose dans l'air et comprenait à quel point c'était un jeu dangereux.

Mary m'arracha les ciseaux des mains et les jeta par terre. Ils glissèrent près du banc, entraînant la passoire qui finit par se prendre dans une latte mal ajustée et y resta. Avec la ficelle tendue entre les ciseaux et la passoire, on aurait dit un « Y ». Mais l'ombre projetée, elle, était semblable à... une croix ! Nous la fixâmes toutes un moment en silence. Puis Mary lança :

— Je déteste ce jeu. Il est complètement idiot.

— Ça ne marche jamais, avec la passoire, lui assura Betty. On aurait dû se servir du bocal rempli d'eau.

Betsey secoua la tête.

— Je n'aime pas l'eau. Ça me fait encore plus peur.

— Personne ne se soucie de ce que tu penses, rétorqua Abigail.

— On devrait peut-être essayer autre chose, suggéra Mercy. On pourrait poser des questions avec la bible...

— Au sujet de l'amour ? railla Mary. Tu parles d'une idée... C'est idiot, de toute manière : comment est-ce qu'il pourrait ne pas me remarquer dans ce corsage ?

Betty hocha la tête.

— Ça voulait peut-être juste dire que, sans lui, il ne te remarquerait pas... On a mal formulé la question. Pose-la de nouveau.

Mais Mary répondit, d'une voix songeuse et un peu hésitante :

— Non. Pas aujourd'hui.

Elle gardait les yeux rivés sur la passoire et je me demandais à quoi elle pensait, ce qu'elle était en train de manigancer. Elle saisit le corsage.

— Il y a un seul moyen de le savoir.

En toute hâte, elle défit les lacets de son modeste corsage marron, puis le retira et le laissa retomber en tas sur le sol. En jupe et en chemise, elle palpa la précieuse étoffe rouge du corsage de Susannah, puis l'enfila avec une délicatesse infinie.

Il était trop grand pour elle – Susannah avait une féminité plus affirmée –, mais pas de façon choquante une fois les manches attachées aux emmanchures et les ailerons ajustés sur ses épaules. Betty et Mercy l'aidèrent à s'habiller. Je me tenais en retrait. J'avais bien assez touché ce vêtement. Lorsqu'elles en eurent fini, je fus forcée de reconnaître que Mary avait vu juste : le corsage faisait paraître ses yeux plus vifs et plus sombres, et le rouge rehaussait son teint. Elle irradiait. Je comprenais désormais pourquoi les femmes du village ne portaient que des couleurs ternes, laissant de si riches et éclatantes étoffes à celles qui ne se soumettaient pas à la loi du Seigneur.

« La vanité dans la toilette est signe d'un esprit vaniteux. »

Combien de fois n'avais-je entendu cette admonestation ? Elle prenait soudain pleinement son sens à mes yeux. Mary avait l'air d'une séductrice aguerrie, d'une créature faite pour le péché. Elle était tout ce contre quoi les femmes du village nous mettaient en garde, depuis notre plus jeune âge.

— Ce qu'il te va bien ! s'exclama Betty.

Mary sourit. Elle caressait inlassablement le corsage, un fascinant sourire rêveur aux lèvres.

— Deux crevés... il est parfait, dit-elle en tournant le bras pour admirer la manière dont sa chemise se révélait au travers des deux fentes.

— Tu es sûre de vouloir faire ça, Mary ? lui demandai-je. Penses-y, il n'y aura pas que Robert Proctor pour te voir, là-bas. Qu'est-ce que les gens vont penser ?

Mary fronça les sourcils.

— Je n'ai pas envie de moisir ici toute ma vie. Qu'est-ce que ça peut me faire, ce que pensent les gens ?

— Quand même...

— Regardez-moi cette sainte-nitouche ! Venant de toi, ça m'étonne, Charity. Alors que tout le village sait ce que tu as fait avec Samuel Trask.

— Mary...

— Elle a fait quoi, avec Sammy ? demanda Mercy, me dévisageant de ses yeux avides, comme si elle allait me manger toute crue. Elle a fait quoi ? C'est vrai, alors ? C'est vrai ?

— Ne sois pas sotte, rétorquai-je sèchement.

Je fixai du regard Mary et, en silence, la suppliai de ne pas en rajouter, puis je lançai :

— Dis-leur, Mary. Qu'est-ce que tu attends ? Dis-leur que je me suis simplement crue amoureuse de lui.

Nous restâmes un moment – qui me parut une éternité – les yeux dans les yeux. Puis elle soupira et lâcha d'une voix forcée :

— Je plaisantais, c'est tout.

Je fus frappée par le manque de sincérité avec lequel elle prononça ces mots, mais les autres ne semblèrent pas s'en rendre compte et n'insistèrent pas. Je respirai. Mais mon soulagement prit fin dès que Mary déclara :

— Eh bien, il est temps que j'y aille. Si je n'arrive pas chez les Proctor avant le départ de Robert, il se peut que je sois obligée de garder le corsage jusqu'à son retour, dans quelques jours, voire une semaine.

— Tu ne peux pas faire ça ! protestai-je, en proie à la panique.

Betty éclata de rire.

— La pauvre Charity est en train de nous faire une crise, Mary, tu ne devrais pas la tourmenter ainsi... Vas-y, à présent. Je rentre aussi. Il est bientôt l'heure du dîner.

— Oui. Tu ne voudrais pas rater ça, se moqua Mercy.

Betty rougit, et croisa les bras sur sa poitrine imposante comme si elle pouvait la cacher.

— Si je ne reviens pas à temps pour le préparer, je peux être sûre que le docteur me donnera le fouet.

— Bon, je m'en vais, annonça Mary. Souhaitez-moi bonne chance.

Elle allait filer alors que je n'avais pas eu l'occasion de lui parler, mais je ne pouvais passer un jour de plus sans ses conseils, sans son aide... M'élançant vers elle, je lui saisis le bras. Elle me regarda avec stupéfaction.

— Non, tu ne peux pas partir tout de suite. Je... Tu te souviens ? Je...

— Ah oui, tu as besoin de me parler. Ça ne peut pas attendre demain ?

— Non.

— Tu veux lui parler de quoi ? me lança Mercy. Pourquoi tu ne peux pas le faire devant nous toutes ?

— Ce n'est rien, dis-je. J'ai besoin de ses conseils au sujet d'une... au sujet d'une jupe. Elle est la seule à l'avoir vue.

Mary me regarda bizarrement.

— Une jupe ? Voyons, Charity, je n'ai pas de temps à perdre.

Ne la quittant pas des yeux, je lui lançai, aussi rapidement et fermement que possible :

— Tu me le dois ! Sans moi, tu n'aurais rien pour éblouir ton Robert ce soir.

Mary hésita.

— Très bien. Viens avec moi.

— Où ça ?

— Si tu veux me parler, accompagne-moi jusqu'à la route d'Ipswich.

— Je ne peux pas. C'est trop loin.

— Je croyais que tu étais partie en cachette ? Si ton père ignore que tu es sortie, il ne saura pas combien de temps tu es restée dehors.

Je songeai à Jude, me demandai si elle garderait longtemps le secret. Combien de minutes me restait-il avant qu'ils ne montent à ma chambre, ou que Jude ne leur avoue qu'elle m'avait vue m'enfuir ? Jusqu'au dîner ? Peut-être pas. Sans doute s'étaient-ils déjà aperçus de mon absence. Il fallait que je rentre.

Pourtant, il me fallait vraiment parler tout de suite à Mary. Je ne devais pas songer à la colère de mon père, au châtiment qui m'attendait, mais plutôt à l'aveuglement que j'avais lu dans ses yeux. « Ta tante n'est pas une actrice. »

— Très bien, dis-je à Mary.

Les autres rentrèrent chez elles. L'espace d'un instant, je craignis que Mary Warren ne nous accompagne. Après tout, elle était servante chez les Proctor et devait rentrer chez eux. Heureusement, elle avait une course à faire auparavant ; Mary et moi nous dirigeâmes donc seules vers la route d'Ipswich.

— Oh, Charity, je n'arrive pas à y croire ! s'exclama Mary. Je suis sûre que Robert va enfin me remarquer.

— Le rouge te va bien.

— Oui, on peut le dire.

— Ne le salis pas.

Mary grimaça.

— Oh, ma pauvre Charity ! Tu crois que ta tante t'infligera une grosse correction, si c'est le cas ?

Ma tante... J'étais si soulagée qu'elle ait mentionné Susannah !

— Justement, je voulais te parler de cela.

— Je ne le salirai pas, Charity, promis. Je ne tiens pas à me priver de la possibilité de l'emprunter à nouveau.

— Non, non, c'est sans importance. Il s'agit... Mary... j'ai peur. Je ne sais pas quoi faire, pour ce qui est de ma tante.

Mary sourit.

— Ne t'inquiète pas. À nous deux, on trouvera bien quelque chose à lui raconter. Si elle te surprend avec le corsage...

— Écoute-moi donc ! m'écriai-je. Je ne parle pas du tout de ça... C'est une actrice. Tu avais raison. Tout ce que tu as dit... est vrai !

— C'est ce que j'ai cru comprendre. Eh bien, quel scandale, tu ne trouves pas ? Imagine ce que vont raconter les vieilles commères, quand ton père la renverra, déclara Mary tout en palpant le corsage amoureusement. Il me paraît même presque dommage de...

— Je ne crois pas qu'il va jamais la renvoyer.

Mary fronça les sourcils.

— Qu'est-ce que tu veux dire ?

— Je lui ai révélé qu'elle était actrice, et il ne me croit pas. Si seulement tu avais vu son visage, Mary ! Je pourrais jurer que... Il n'a pas voulu écouter un seul mot contre elle. Elle l'a ensorcelé, d'une manière ou d'une autre, j'en suis sûre. Le Diable a coutume de le faire. Il peut tenter le meilleur d'entre nous.

— Tu es sûre qu'elle est si mauvaise, Charity ? Elle paraît trop... trop belle. Il est clair que Dieu l'a gâtée.

— C'est une *actrice*, rétorquai-je. Comment douter de sa dépravation ! Comme M. Parris nous le répète tout le temps, « le Diable arbore souvent un séduisant visage ».

Mary hésita.

— Oui, mais... mais... les apparences peuvent être trompeuses, Charity. Elle n'a pas l'air si méchante... Tu ne pourrais pas faire l'effort de... Enfin, imagine les histoires qu'elle pourrait raconter. Une actrice, ici, à Salem-Village ! Ce doit être si intéressant d'entendre parler du monde, et pas juste de ce patelin boueux !

C'est alors que j'aurais dû faire demi-tour. Nous ne nous étions pas encore beaucoup éloignées, nous sortions à peine du village. Rien n'eût été plus simple que de laisser Mary partir seule et de rentrer chez moi. Il était clair qu'elle ne me comprenait pas. Nos manières de penser étaient si différentes – j'aurais dû garder ça en mémoire. Mais je n'avais pas le courage d'affronter la colère de mon père. J'aurais volontiers toléré la punition si j'avais obtenu ce que je désirais. Cependant, la pensée de devoir endurer un sermon interminable en plus de ma déception... c'était plus que je n'en pouvais supporter. Et devoir regarder Susannah en face, en étant forcée d'admettre qu'elle avait eu l'avantage sur moi... cela aussi était au-dessus de mes forces. Je continuai donc de marcher avec Mary, en l'écoutant dire que ma tante s'y entendait sûrement pour ce qui était de satisfaire un homme.

— Tu devrais peut-être lui demander conseil, de ce côté-là, Charity...

Tout en regardant le ciel s'encombrer de lourds nuages sombres, je songeai : *Peut-être va-t-il pleuvoir ? Je me retrouverai trempée jusqu'aux os et mourrai de la fièvre...* Ce sort me paraissait plus enviable que celui qui m'attendait.

Néanmoins, l'orage n'éclata pas, et Mary était toute frémissante d'excitation lorsque nous parvînmes à la taverne. Celle-ci était légèrement en retrait de la route d'Ipswich. Devant, il y avait deux charrettes et deux chevaux attachés. Je ne reconnus ni les uns ni les autres, mais le contraire eût été surprenant. Il n'y aurait que des étrangers à l'intérieur et, pis encore, des étrangers venus de Salem-Ville et d'Ipswich. La belle-mère et le beau-père de Mary auraient tous deux été horrifiés de la savoir là. Quant à mon père... mieux valait ne pas y penser.

Rien de tout cela ne dérangeait Mary, semblait-il. Comme nous atteignions le seuil et que me parvenaient des voix du dedans, l'ombre de la maison me parut cacher le ciel et je frissonnai, de plus en plus certaine que j'avais eu tort de venir. Mais déjà Mary était à l'intérieur. Il ne me restait plus qu'à la suivre.

Lourde et épaisse, après l'air pur du dehors, l'odeur de la bière et de la sueur me prit à la gorge. Il y avait une longue table au centre de la pièce, et, à notre entrée, les hommes assis autour nous fixèrent du regard. Tout au fond de la salle, Elizabeth Proctor versait de la bière dans une chope. Troisième épouse de John Proctor, elle n'avait que trente et quelques années – quand lui en avait soixante –, et une beauté un peu fanée. Elle était généralement agréable, mais, ce jour-là, elle fronça les sourcils en nous apercevant. Elle apporta la chope à l'un des hommes et, tout en s'essuyant les mains sur son tablier, vint vers nous.

— Je n'aurais pas pensé vous voir ici, lança-t-elle. Est-ce... est-ce qu'on vous envoie chercher quelque chose ?

— Non, répondit Mary. On est venues boire une bière.

Elle rejeta la tête en arrière et déboutonna sa cape, pour laisser apparaître le corsage rouge vif.

Je lus la stupéfaction, puis le questionnement dans le regard d'Elizabeth Proctor.

— Ton oncle sait que tu es ici, Mary ?

À son honneur, je dois admettre qu'elle rougit.

— Il se soucie de moi comme d'une guigne, répliqua-t-elle sans se démonter, et elle regarda Elizabeth Proctor droit dans les yeux, comme pour la défier de nous jeter dehors.

Loin de paraître perturbée par cette attitude, la femme se tourna vers moi pour demander :

— Et toi, Charity ? Ton papa sait que tu te trouves sur la route d'Ipswich ?

Je ne sus que répondre, mais n'eus pas à le faire, pour finir, car l'un des hommes assis à la table se leva et s'avança vers nous. Tout d'abord, je ne pus l'identifier. Puis, à ses yeux et à l'angle de sa mâchoire, je reconnus le fils de son père : Robert Proctor.

— Il y a un problème, Elizabeth ? demanda-t-il calmement.

Sa belle-mère pinça les lèvres. Elle secoua vivement la tête.

À côté de moi, Mary souriait.

— Eh bien, monsieur Proctor, voilà longtemps que nous n'avons pas eu le plaisir de votre compagnie, lança-t-elle. Qu'est-ce qui vous amène ici aujourd'hui ?

Il lui jeta un coup d'œil, et le coup d'œil se prolongea. Le corsage rouge avait capté son attention. Il ne pouvait cesser de le... de la regarder, visiblement sous le charme.

— Pardonnez-moi. Est-ce que nous...

— Mary Walcott, dit-elle avec un petit hochement de tête. Nous avons beaucoup marché, et mon amie et moi souhaitions simplement étancher notre soif. Si j'avais su qu'il y avait ici tant d'hommes importants, nous aurions poursuivi notre chemin sans vous déranger.

— Et c'est ce que vous allez faire, dès que vous aurez fini votre bière, l'interrompit Elizabeth Proctor.

Mary la foudroya du regard.

— C'est bien dommage, fit remarquer Robert Proctor. Bien dommage.

Il alla se rasseoir à sa table, mais en prenant son temps. Et une fois assis, il ne cessa de jeter des coups d'œil à Mary qui, dans son corsage rouge, se pavanait comme un rouge-gorge au printemps. Elle et moi nous assîmes côte à côte sur un banc, contre le mur. Elizabeth

Proctor nous apporta nos bières et, se penchant, nous murmura :

— Dépêchez-vous, à présent. Je n'ai pas envie d'être écorchée vive par vos parents pour avoir accepté de vous servir. Buvez, et allez-vous-en.

J'étais prête à m'exécuter. Nous avions beaucoup marché, j'avais la gorge sèche, et pourtant je n'avais pas soif du tout. Je parvenais à peine à avaler. Mais je m'obligeai à engloutir la moitié de mon verre, ce qui me réchauffa et me fit tourner la tête. Je regardai Mary ; elle sirotait lentement sa bière, et lorsqu'un peu de la mousse légère et amère lui resta sur la lèvre, elle la lécha avec sa petite langue délicate et pointue. Dans le même temps, ses yeux ne quittaient pas ceux de Robert Proctor. Il la fixait avec ce regard avide que je ne connaissais que trop bien : je l'avais vu chez Sammy, et je savais ce qu'il signifiait. Bien que ce regard ne me fût pas destiné, j'eus une sensation de chaleur dans le bas-ventre et le rouge me monta aux joues.

— Allons-nous-en, chuchotai-je à Mary. Nous n'aurions jamais dû venir ici.

Elle ne m'accorda pas même un coup d'œil.

— La mère Proctor devra me mettre elle-même à la porte, pour me faire partir. Tu as vu comment il me regarde ?

Je baissai les yeux sur ma bière. Le roulement du tonnerre me parvint, pas tellement lointain.

— Il va y avoir un orage. Si on ne file pas maintenant...

— Va-t'en, si le cœur t'en dit. Moi je reste ici.

Mary se leva soudain. Je la suivis des yeux, tandis qu'elle se dirigeait vers la table où Robert Proctor était assis avec des hommes que je ne connaissais pas. Elle se pencha pour lui murmurer quelque chose. Il éclata de rire, et dit ensuite aux autres hommes de se pousser, ce qu'ils firent – laissant assez de place à Mary pour s'asseoir à côté de l'homme sur qui elle avait jeté son dévolu. Depuis la cheminée, Elizabeth Proctor observait la scène d'un œil sombre.

L'orage se rapprochait. Le tonnerre me résonnait dans la tête. Je n'aspirais qu'à disparaître et pouvoir remonter dans le temps, de manière à ne jamais avoir mis les pieds dans ce lieu où je n'aurais pas dû être. Je priais pour que Proctor ne juge pas bon d'en informer mon père.

J'entendis Mary rire, puis un autre homme – plus jeune – se dressa de table. Je crus qu'il s'en allait, car il se dirigeait vers la porte. Mais en fait, comme j'étais assise sur un banc tout proche, c'est vers moi qu'il s'avançait. Je me figeai, ma chope à la main, quand je réalisai cela, et levai les yeux vers lui tandis qu'il me considérait avec un sourire.

— Ton amie ne veut pas que tu restes seule, dit-il. Allons, viens t'asseoir avec nous.

J'avalai ma salive. C'étaient des hommes, à cette table, et non les garçons du village auxquels nous étions habitués. Tous étaient plus âgés que Sammy et, à vingt ans, celui-ci allait déjà beaucoup trop vite pour moi : à chaque pas fait avec lui, je m'étais sentie perdre pied. Je ne voulais pas penser à ce que Mary était en train de faire, au danger qu'elle courait. Robert Proctor avait trente ans – il devait savoir tant de choses qu'elle ignorait ! Elle aurait dû être terrifiée. Aussi terrifiée que je l'étais à la vue de cet homme planté devant moi.

— Je n'ai pas envie, dis-je, honteuse de m'entendre répliquer d'une voix aussi faible, presque un murmure.

— Sûr que tu as envie ! Allez, viens là !

Il tendit la main, et ses doigts fermes et tièdes se crispèrent sur mon bras. Une vision me traversa l'esprit : Sammy, me saisissant de la même manière, et m'obligeant à m'agenouiller...

Je me dégageai avec une telle force que ma bière éclaboussa son pantalon. Son sourire mourut sur ses lèvres.

— Regarde ce que tu as fait, grogna-t-il. Je devrais te...

Je vis ses lèvres bouger, mais un roulement de tonnerre retentit, couvrant sa voix. Un souffle de vent me glaça jusqu'aux os, et pourtant j'étais à l'intérieur – comment pouvait-il y avoir du vent ?

Déconcertée, je me tournai vers la porte, qui s'était ouverte. Quelqu'un entrait. Une femme...

Ma tante Susannah.

10

Un silence effrayant plana sur la taverne. Seul se distinguait le hurlement du vent, soufflant par rafales. Susannah referma la porte et, aussitôt, j'entendis la pluie s'abattre, comme si elle avait attendu que ma tante soit à l'abri pour se mettre à tomber.

Ma tante ne parut s'apercevoir de rien – ni de la pluie ni du silence. Son visage était calme et serein, et tous ses cheveux parfaitement en place lorsqu'elle retira le capuchon de sa cape d'un bleu si vif. Elle sourit, et ce sourire me soulagea. Je me recroquevillai dans le coin plongé dans l'ombre, en priant pour qu'elle ne regarde pas par là. Si elle allait droit vers Elizabeth Proctor, je pourrais filer avant qu'elle ne m'ait aperçue.

L'homme qui se tenait devant moi se déplaça. Et, à ce moment, je perdis tout espoir : Susannah commença à pivoter vers lui. Je retins ma respiration comme si cela pouvait me rendre invisible, mais Robert Proctor se leva alors. Elle lui jeta un coup d'œil, et j'en aurais pleuré de soulagement. Elle ne m'avait pas remarquée. Pas encore. Si cela ne dépendait que de moi, elle ne me remarquerait pas. Si elle voulait bien se retourner complètement, ne serait-ce qu'une seconde, peut-être pourrais-je atteindre la porte et...

C'est alors que je la vis se raidir. Je vis ce que j'avais oublié. Et pourquoi il n'y aurait pas, ce jour-là, d'échappatoire... Susannah avait les yeux rivés sur Mary, et sur le resplendissant corsage rouge.

Robert Proctor adressa à ma tante un large sourire.

— Vous avez évité l'averse, à ce qui semblerait. Que diriez-vous de vous asseoir à notre table ? Il nous reste une place.

Susannah quitta Mary des yeux. Elle sourit à Robert Proctor avec un air de totale indifférence et secoua la tête.

— Je vous remercie, mais non. Je ne vais pas m'attarder.

Robert Proctor porta une main à sa poitrine.

— Ah. Quelle déception ! Qu'est-ce que je pourrais vous dire pour vous convaincre ?

— Rien, j'en ai bien peur.

Elle désigna Mary d'un signe de tête.

— Mais il semble que vous ayez déjà quelqu'un ici pour vous aider à vous remettre de votre déception.

Robert Proctor jeta un coup d'œil à Mary et répliqua :

— Oh, elle... N'allez pas imaginer des choses. Elle buvait juste une chope avec nous.

— Eh bien, je suis contente de l'entendre. C'est rassurant, de savoir qu'un homme de votre expérience ne va pas baguenauder avec une jeunesse pareille.

Elle prononça ces mots sur un ton mielleux, mais Robert Proctor s'empourpra. À côté, Mary suffoqua et devint presque aussi rouge que le corsage.

Susannah s'avança lentement vers la table. Elle regarda Mary droit dans les yeux.

— Je serai à la maison demain après-midi. Je t'y verrai ?

Mary ne m'avait jamais paru aussi mal à l'aise. Ma tante sourit et répéta :

— Demain ?

— Oui, lâcha Mary, l'air renfrogné.

Je ne l'avais pas vue aussi en colère depuis des années. Pas depuis que sa belle-mère – alors que nous étions encore enfants – l'avait corrigée devant un jeune et beau Joseph Putnam, pour avoir renversé un seau de baies. Le lendemain, Mary avait rendu à sa belle-mère la monnaie de sa pièce en lâchant la vache dans le jardin pour qu'elle le piétine. Je me demandai comment elle se vengerait de cette nouvelle humiliation et qui, de ma tante ou de moi, devrait payer.

Susannah se redressa.

— Charity, il est temps de rentrer à la maison, lança-t-elle sans un regard vers moi.

Je n'en éprouvai aucune surprise. Ç'aurait été un miracle qu'elle ne me voie pas, et je la soupçonnais d'avoir su qu'elle me trouverait ici avant d'entrer dans la taverne. J'avais la désagréable impression que le corsage nous avait trahies et qu'il l'avait conduite jusqu'à nous – même si je n'aurais pu expliquer comment. Dieu accomplissait sans cesse des miracles. Quant à Satan... quels pouvoirs devait-il conférer à ceux qui lui livraient son âme ?

Je reposai ma bière et me levai pour la suivre, n'osant jeter un dernier coup d'œil à Mary. Susannah ne chercha pas à s'assurer que j'étais sur ses pas, tandis qu'elle rabattait son capuchon et se dirigeait vers la sortie.

Elle ouvrit la porte, et la pluie cessa. Comme ça, brusquement. Un rayon de soleil perça les nuages gris pour projeter sa faible lueur sur le sol détrempé, puis disparut à nouveau, ne laissant qu'un ciel sombre et un méchant vent qui gonflait la cape de Susannah – la seule tache de couleur visible à la ronde. À l'extérieur attendait Jack, muni de deux selles, et je considérai le mulet avec stupéfaction. Nous le montions si peu souvent, nous rendant partout à pied puisque le mulet et le cheval étaient réservés au labeur... La présence de Jack signifiait que mon père était au courant de ma disparition ; je n'avais pas cru qu'il pourrait en être autrement, mais je ne pus retenir mes larmes.

— Est-ce que papa est très en colère contre moi ?

Susannah claqua la porte derrière nous et me regarda.

— Il croit que je suis allée ramasser le lin, et je n'ai pas l'intention de le détromper.

Je fixai sur elle des yeux écarquillés.

— Quoi ?

Elle se mit en selle et me tendit la main pour me hisser sur la selle arrière.

— Viens. On n'a plus beaucoup de temps.

Je la regardai et pris peur. Je ne comprenais pas comment mon père pouvait ignorer mon absence ; pourquoi ne l'en avait-elle pas informé ? Mon soupçon devint certitude : c'était le corsage qui l'avait menée jusqu'à moi.

Susannah eut un soupir d'impatience.

— Dépêche-toi, Charity. Sauf si tu préfères que ton père se rende compte de ta disparition.

— Comment vous m'avez retrouvée ? demandai-je encore, obstinée.

— Jude se faisait du souci pour toi. Lorsque je t'ai appelée pour le dîner et que tu n'es pas descendue, elle m'a avoué que tu étais partie.

— Elle ne savait pas que je viendrais ici.

— Non, mais alors que je te cherchais, j'ai croisé ton amie Mary Warren, répondit Susannah avec l'ombre d'un sourire. Elle ment très mal, et ça l'a soulagée de pouvoir dire à quelqu'un où vous étiez allées.

Mary Warren. Qui avait des courses à faire. Je me rappelai avec quel air de désapprobation elle avait regardé Mary, quand nous avions parlé de Robert Proctor.

Tout s'expliquait. Et pourtant...

— Ce n'était pas le corsage ? insistai-je.

Le sourire de ma tante s'évanouit.

— Il est vrai que ce corsage et moi avons du mal à nous perdre de vue. Mais dans ce cas précis... c'était Mary Warren, Charity... Allez, filons maintenant. Avant qu'il ne se remette à pleuvoir.

Je m'accrochai à ma peur et à mes soupçons, en dépit de ces explications rassurantes. Je savais à quel point Susannah était rusée. C'est donc avec méfiance que je lui saisis la main pour prendre place sur la selle arrière.

Elle fit aller Jack au trot, de telle manière qu'il nous fut impossible de parler pendant le trajet. Cela me convenait parfaitement, même si j'étais agitée par toutes sortes de craintes et de questions.

La route changeait de direction et traversait les bois, encore assombris par le ciel orageux. Je m'attendais que Susannah fît trotter Jack encore plus vite, pour filer à vive allure à travers cet endroit hanté par des ombres et des démons, pour ne diminuer l'allure qu'une fois atteints les champs et la route dégagée. Au lieu de quoi, elle ralentit le pas du mulet et me lança, par-dessus son épaule :

— À présent, Charity, tu veux bien me raconter ce qui s'est passé ?

— Je ne vous dois aucune explication. Je préfère en parler avec mon père.

— Ah, tu veux donc tout lui dire ?

— J'ai désobéi. Mieux vaut que j'endure son châtiment et que je prie pour mon pardon.

Elle demeura un instant silencieuse.

— Ton châtiment..., répéta-t-elle d'un air pensif. Ton père te punit souvent, alors ?

Je perçus à nouveau une critique dans son ton, et rétorquai violemment :

— C'est parfois nécessaire.

— Ah oui ?

— Les enfants sont par nature mauvais...

— Je vois. Mais tu n'es plus une enfant, Charity. Ou du moins c'est ce que tu prétends.

Elle m'avait déconcertée. Je ne comprenais pas ce qu'elle voulait. Je répliquai prudemment :

— Aucun de nous n'est véritablement bon. Nous devons tous combattre notre nature méprisable, dès que nous en avons la possibilité. Nous portons le péché d'Adam...

— Je connais le texte, Charity. Ce que j'ignore, ce sont les péchés que tu t'attribues. Et pourquoi ils te terrifient au point que tu penses mériter une volée de coups.

Mon sang se glaça.

— Ou bien ce n'est pas une volée de coups que tu penses mériter, poursuivit-elle, mais rien moins que la damnation.

— Ce n'est pas vrai !

— Ces filles – tes amies – se soucient-elles de toi, Charity ? Ou ont-elles simplement besoin de quelqu'un qui fasse tout ce qu'elles lui demandent ? Aujourd'hui, il ne s'agit pas de grand-chose... voler un corsage. Mais demain, de quoi sera-t-il question ?

— Mary ne m'a pas demandé de le voler. Je l'ai simplement emprunté pour la soirée.

— Oui. Cette fois-ci. Mais la prochaine, ce sera quoi ? Deux soirs ? Une semaine ? Est-ce qu'un jour, en ouvrant ma malle, je découvrirai qu'il manque la moitié de mes vêtements ?

— Je ne ferais jamais ça.

— Peut-être que non. Peut-être que oui. En es-tu seulement sûre toi-même ?

Je repensai aux paroles de Mary : *Il se peut que je sois obligée de garder le corsage jusqu'à son retour, dans quelques jours, voire une semaine*. Et aussi : *Je ne tiens pas à me priver de la possibilité de l'emprunter à nouveau*. Mes mains, agrippées à la taille de Susannah, étaient moites, et je dus lutter contre mon désir de la lâcher pour sauter de notre monture et partir en courant. Je sentais le bois se refermer autour de moi, les branches noueuses m'enserrer la tête pour m'empêcher de penser. Mes doigts se mirent à trembler. Je les crispai encore davantage pour qu'ils restent immobiles.

Susannah ne semblait pas s'en apercevoir.

— Pour ton propre bien, Charity, tu devrais suivre les conseils de ton père et éviter de fréquenter ces filles. Je sais que ta mère le souhaitait aussi.

Nous avions déjà presque atteint les champs de mon père et la route qui passait devant notre maison. Lorsque nous parvînmes au sentier qui menait à la clairière en coupant à travers bois, Susannah arrêta Jack d'un coup de bride. Elle se retourna sur sa selle pour me faire face et me déclara :

— Je ne vais rien raconter à ton père. Et je te conseille d'en faire autant. Tu n'as pas besoin d'une correction, pas aujourd'hui. Il pense que tu ne te sens pas bien, et Jude a promis de garder le silence.

Je fus comme brûlée au fer rouge par l'intensité de son regard.

— Voilà ce que je veux que tu fasses, continua-t-elle. Tu vas attendre ici pendant que j'entrerai dans la maison. Je demanderai à ton père de venir dans l'étable pour m'aider avec le mulet, et toi, pendant ce temps, tu fileras à l'intérieur. Tu monteras dans ta chambre et tu y resteras, jusqu'à ce que je t'appelle pour dîner.

C'était un mensonge qu'elle attendait de moi. Un terrible mensonge. Mais mon esprit était plongé dans les ténèbres, je n'arrivais pas à penser et j'étais sous le pouvoir de ses yeux. Elle dut desserrer mes doigts crispés autour de sa taille – j'étais incapable de la lâcher – et m'aider à descendre. Même alors, j'étais si effarée qu'elle me saisit le bras et le secoua doucement.

— Tu as bien compris, Charity ?

— Oui.

J'attendis donc. Je me cachai derrière un arbre et restai là, jusqu'à ce que me parviennent le claquement sourd des sabots de Jack dans l'allée et le craquement des brindilles lorsque la jupe de Susannah s'y accrochait. Je l'entendis appeler :

— Mon frère ! La bride s'est emmêlée, pourriez-vous m'aider ?

Le bruit d'une porte qu'on ouvre et referme m'arriva aux oreilles. Puis la voix de mon père s'éleva :

— Vous n'êtes pas mouillée. Vous avez pu vous abriter, alors, pendant l'orage ?

— En fait, répondit-elle, le champ de lin y a complètement échappé.

Leurs voix se firent plus distantes, tandis qu'ils s'acheminaient vers la grange. Au pas de course, je remontai l'allée et m'engouffrai dans la maison. J'aperçus Jude assise à table, mais ne lui adressai pas un mot. Grimpant les marches quatre à quatre, je me précipitai dans notre chambre. Là, j'allai à la fenêtre et regardai le bois aux arbres dépouillés, aux formes effrayantes. Ils me paraissaient vivants tandis qu'ils ployaient sous le vent et que leurs branches s'étendaient. Et entre elles... un mouvement, une ombre. Je retins ma respiration avec la ferme intention de m'éloigner, de détourner le regard. Mais, sous mes yeux, l'ombre se mua en présence – prit corps.

Le fantôme de maman.

Elle me faisait des signes et parlait, même si je ne parvenais pas à distinguer ses paroles. Je m'y efforçais en vain, et le fantôme semblait désespéré de ne pas réussir à m'atteindre. Les arbres se pressaient autour de maman, se refermaient sur elle en recourbant leurs branches crochues comme des mains.

Je regardais le spectre lutter et je savais : tout était ma faute. C'était mon péché qui animait ces branches ;

la puissance de mon mensonge ; la manière dont, une fois de plus, je m'en étais remise à Susannah...

Mes propres sanglots me firent l'effet d'un gémissement lointain. Bien après que la vision se fut évanouie, alors que j'entendais mon père et Susannah revenir de la grange, je ne pouvais toujours pas quitter des yeux l'endroit où le spectre m'était apparu. Les arbres restaient dans mon esprit comme des ténèbres vivantes.

11

Là était mon plus grand péché : avoir vu ces choses, reçu ces avertissements et, malgré cela, être trop faible et trop craintive pour oser tenir tête à Susannah. Lorsqu'elle m'appela pour dîner, ce soir-là, je prétendis avoir été malade. Mon estomac était tellement noué que je n'avais pas besoin de feindre un manque d'appétit. Quand mon père nous fit asseoir pour dire les prières du soir et réciter nos leçons, j'avais si mauvaise conscience que je me sentais sur le point de tomber vraiment malade. Mon état moral empira encore quelques minutes, après, car il me renvoya dans ma chambre.

— Tu ferais mieux d'aller te coucher, Charity. Tu es pâle comme la mort.

En vérité, en dépit de ma mauvaise conscience, j'étais reconnaissante à Susannah de me décharger de cette obligation. Je ne pouvais supporter d'être assise là à écouter mon père, sachant qu'il ignorait tout de ce que j'avais fait cet après-midi. Les malédictions de ma tante m'auraient été moins cruelles. Je regrettais qu'elle m'ait retrouvée et, en regardant son visage calme, je voyais se refléter dans ses yeux mes propres secrets.

Tout avait changé dans la maison, jusqu'à l'air que nous respirions : j'y sentais une présence maléfique. Le lendemain, je me réveillai alors que les premiers flocons de neige recouvraient le sol et les arbres dépouillés. On entrait au plus froid de l'hiver, mais ce n'était rien comparé au froid qui me glaçait les os.

Une fois habillée, je descendis. Cependant, à la vue de Susannah, penchée sur le coquemar plein de bouillie de maïs, et de Jude, déjà plongée dans son ouvrage de tapisserie, je me figeai sur l'une des marches, tant il m'en coûtait de les rejoindre. Lorsque, venant de la chambre, Père entra, je ne pus que lui dire bonjour.

Il sursauta au son de ma voix, comme s'il avait l'esprit vraiment ailleurs.

— Ça a l'air d'aller mieux aujourd'hui, dit-il. Tu as bien meilleure mine.

Il paraissait soucieux, et j'avais trop mauvaise conscience pour supporter cette marque d'attention. Je me tordis les mains dans mon tablier car elles s'étaient remises à trembler.

— Oui, murmurai-je.

Susannah retira le coquemar du feu. Elle l'apporta à table, le posa avec un bruit sourd, et commença à verser des louchées de bouillie dans les écuelles. Mon père se dirigea vers la fenêtre et je sentis son agitation, tandis qu'il regardait tomber la neige.

— Charity, à table, dit Susannah. Jude, lâche ton ouvrage et viens manger. Vite, avant que ça n'ait refroidi.

Maman n'avait jamais eu à lui dire deux fois de quitter sa broderie, mais, là, Jude soupira et s'attarda dessus avant de la reposer enfin. Je vis, sur le haut de l'ouvrage, plein de nœuds et de fils qui dépassaient – les premières lettres de la devise dont maman avait tracé les contours pour ma sœur et qui, bâclées et irrégulières, paraissaient avoir été défaites et refaites dix fois : *Judith Fowler est mon nom / L'Angleterre ma nation / Salem-Village ma maison / Et le Christ mon salut*. Puis je constatai avec surprise que les lettres figurant au-dessous étaient parfaitement exécutées. Pas un seul nœud, des points nets et soignés. Je compris combien ma tâche était désespérée. Comment lutter contre cela ? Comment lutter contre l'orgueil qu'avait désormais Jude de son ouvrage, et contre la patience que Susannah manifestait à son égard ? Que pouvais-je dire... Que c'était le Diable qui rendait les doigts de Jude si agiles, que l'enseignement dispensé avec tendresse et constance par Susannah n'était pas dicté par Dieu ?

Je me mis à table, et ma tante poussa mon assiette vers moi. Lorsque nos regards se croisèrent, je lus dans le sien la satisfaction qu'elle éprouvait à me savoir enfin en son pouvoir. Mes mains tremblaient si fort que j'eus du mal à saisir ma cuillère.

Depuis la fenêtre, mon père constata :

— C'est une petite chute de neige. Ça ne devrait pas tarder à s'arrêter.

Susannah leva les yeux.

— Alors, vous allez tout de même vous rendre au village.

— Oui. Il y a une autre réunion du conseil de village.

Encore des questions politiques. Voilà, sans aucun doute, ce qui le préoccupait ce matin.

— Peut-être pourriez-vous emmener Charity avec vous ? suggéra Susannah.

Surprise, je redressai la tête. Je ne savais si, devant une telle proposition, je devais éprouver de la reconnaissance ou de l'ennui. Ma mauvaise conscience était si grande que passer une heure de plus avec mon père me serait une torture. Mais, dans le même temps, j'avais envie qu'il me rassure et me guide silencieusement à travers le bois obscur, et je voulais essayer de lui redire à quel point Susannah était dangereuse.

— Charity a déjà des tâches à accomplir. Il n'y a aucune raison qu'elle aille au village.

— Je voudrais qu'elle me rapporte quelque chose, répliqua Susannah. J'ai donné mon corsage à Mary Sibley afin qu'elle y couse un morceau de dentelle. Il doit être prêt, à présent.

Mon père secoua la tête.

— Envoyez-la le chercher quand elle aura d'autres courses à faire. Ce serait du gâchis de n'y aller que pour ça. Et la réunion pourrait bien durer des heures.

— J'ai vraiment besoin de ce corsage, protesta Susannah.

Mon père la regarda. Je sentis une nouvelle fois quelque chose passer entre eux... quelque chose de dérangeant et d'étrange, un affrontement dont la nature m'échappait. Deux volontés se combattaient et, bien qu'ignorante des intentions de Susannah, j'étais en proie à une terrible crainte ; je savais que si elle parvenait à faire changer mon père d'avis, cette crainte se transformerait en effroi.

Mon père répondit d'une voix forte et ferme :

— Pas aujourd'hui.

Je fus grandement soulagée de son refus. Il résistait encore à l'influence de ma tante ; sa volonté appartenait toujours à Dieu. Susannah le fixa un instant, puis sa décision sembla prise. Elle abandonna la partie, et j'en ressentis une telle joie que je baissai les yeux sur mon assiette pour dissimuler mon sourire.

Elle changea de sujet.

— J'ai beaucoup avancé, pour ce qui est des livres de comptes.

Je pris une cuillerée de bouillie et la gardai en bouche sans l'avaler.

— Bonne nouvelle, dit mon père.

— Ce n'est pas aussi dur à déchiffrer que je l'aurais cru. Mais il y a quelques noms qui ne signifient toujours rien pour moi. Israel Porter, par exemple.

— On lui a acheté du bois. Il possède la scierie.

— Ah. Je me disais bien qu'il y avait une raison... Sibley ?

— On lui a échangé un demi-cochon contre du maïs.

— Il y en a encore un...

Susannah plongea la main dans sa poche bourrée et en tira une page arrachée à l'almanach de maman.

— Ah... Voilà ! Samuel Trask. Qui est-ce ? Je n'ai jamais entendu parler de lui.

J'avalai de travers. Mon père me jeta un regard soucieux, puis détourna les yeux lorsque je saisis ma chope de cidre pour ne pas m'étrangler.

— Sam ? demanda-t-il, le front plissé par la perplexité. Qu'est-ce qu'il fait dans les livres de comptes ?

Susannah haussa les épaules.

— Je ne sais pas. Qui est-ce donc ?

— Mon apprenti. Il s'est enfui il y a quelques mois.

— Eh bien, c'était...

Susannah consulta de nouveau son morceau de papier.

— Judith lui a versé cinq livres en septembre. Le paiement est inscrit à la date du 8. Quand est-il parti ?

— Le 9, répondit mon père. Il a disparu le 9.

J'avais les yeux plongés dans mon assiette lorsqu'un souvenir me traversa l'esprit. Concernant ma mère – et non Sammy. Le jour où je lui avais annoncé que j'aimais Sammy, que je voulais l'épouser. *Mais tu n'as que quinze ans, Charity*, avait-elle répliqué. *Qu'est-ce que tu peux comprendre à l'amour ?* Je lui avais avoué que je m'étais donnée à lui, croyant que la vérité la forcerait à trouver le moyen pour que nous restions ensemble, Sammy et moi. Il n'y avait pas d'autre possibilité : nous avions commis un péché que seul le mariage était susceptible de réparer.

Je revis la fureur sur son visage, cette fureur qui m'avait tant stupéfiée. Et, bien que sa voix fût demeurée calme, j'entendis ses mots qui m'avaient fait mal : *Ma pauvre enfant, tu ne te rends pas compte de ce que tu as fait ? Tu ne te rappelles pas ce que je t'ai dit ? Satan a trouvé en toi une porte ouverte. Et tu l'as laissé y entrer !*

C'est une faute. Tu ne peux pas épouser Sam. Il faut que tu le comprennes.

Ce fut tout. Il n'y eut ni raisons ni explications, en dépit de toutes les larmes que je versai. Je pensais que ma mère changerait d'avis – comment pouvait-il en être autrement, après ce que je lui avais révélé ? Mais les choses ne se passèrent pas ainsi. Le lendemain matin, Sam était parti, et maman avait séché mes larmes avec des gestes tendres et des paroles consolantes. *C'est mieux ainsi Charity. Tu le comprendras quand tu seras plus vieille. Ce n'était pas un homme pour toi – s'il t'avait aimé autant que tu le prétends, il aurait fallu plus de cinq livres pour le convaincre de s'en aller.*

Elle avait promis de n'en parler à personne. J'avais eu le cœur brisé à la fois par le départ de Sam et par le fait de m'être si facilement méprise sur son compte, et la noirceur de mon âme m'horrifiait. Mais j'étais reconnaissante à ma mère de m'avoir sauvée du péché et conservé l'estime de mon père.

Et voilà que par la faute de Susannah, tous ces efforts semblaient soudain réduits à néant. Transie de peur, je jetai un coup d'œil à ma tante puis à mon père – m'attendant qu'il découvre enfin la vérité dans mes yeux.

— Cinq livres, dit Susannah. C'est une grosse somme à donner à un apprenti, non ?

— Oui, admit mon père sur un ton lugubre. Pour quelle raison a-t-elle bien pu le faire ?

— Aurait-il pu voler cette somme ?

— Ça ne lui ressemblait pas.

— Mais vous avez dit qu'il s'était enfui. Est-ce que ça lui ressemblait ?

Père secoua la tête.

— Alors peut-être qu'il s'était aussi mis à voler, insista Susannah.

— Judith m'en aurait informé, s'il avait volé l'argent. On ne se cachait rien.

Je fis tout mon possible pour garder un visage impassible. Susannah me regarda, et j'eus cette fois encore l'impression qu'elle devinait mes pensées.

— Sais-tu quelque chose à ce propos, Charity ?

— Que pourrait-elle savoir ? demanda mon père. Ce n'est qu'une enfant.

— Si vous le dites, répliqua Susannah, avec une expression pensive.

— Qui sait pourquoi elle lui a donné cette pièce ? s'interrogea mon père. Judith était une âme charitable. Peut-être l'a-t-elle vu s'en aller et la lui a-t-elle donnée pour qu'il s'achète du pain. Enfin, elle est désormais dans la tombe, et elle y a emporté son secret.

Mon père prononça ces mots sur un ton définitif, et je pensai avec soulagement que le débat était clos. Mais Susannah ne me quittait pas des yeux et soupçonnait visiblement quelque chose qui échappait à mon père. Je ne pus avaler une seule bouchée.

Mon père termina son petit déjeuner et sortit pour se rendre au village. En me retournant, je me retrouvai face à l'ennemi. La table était débarrassée, Jude penchée sur sa broderie, et Susannah assise à côté d'elle. Elle hocha la tête, tandis que ma sœur lui montrait un point. Mais ses yeux étaient rivés sur moi.

— Descends me chercher des oignons à la cave, tu veux bien, Jude ? lui demanda-t-elle.

— Mais je veux te montrer...

— Tu me montreras plus tard.

Elle posa affectueusement ses mains sur celle de ma sœur.

— Si je ne commence pas bientôt à préparer le déjeuner, on sera forcés de manger encore de la bouillie de maïs.

Jude se montra curieusement docile. Lorsqu'elle eut disparu à la cave, Susannah me fixa de nouveau du regard.

— C'est bizarre que ta mère ait donné cinq livres à un apprenti, tu ne trouves pas ?

— Peut-être lui a-t-il déclaré qu'il se rendait au marché, et lui a-t-elle demandé de lui rapporter quelque chose...

— Oui, concéda-t-elle, hésitante. Mais il n'est jamais revenu avec, pas vrai ? Et ton père a dit que ce n'était pas un voleur.

Je restai silencieuse.

— Que sais-tu de cette affaire, Charity ?

— Puisque vous prétendez si bien me connaître... vous devriez avoir la réponse.

En lui jetant ces mots, je demeurai crispée dans l'attente de sa réaction, craignant qu'elle ne me lance la vérité à la figure et ne me prouve ainsi la puissance du lien l'unissant au Diable. Je me demandais ce que je ferais si tel était le cas.

Elle m'adressa un long, un étrange regard, et constata d'une voix calme :

— Je vois. Je crois que je commence à comprendre de quel genre d'ennuis ta mère parlait dans ses lettres.

Je ne saisissais pas le sens de ses paroles, mais elles me procuraient une désagréable sensation de malaise. Je tordis mes mains tremblantes dans ma jupe, et m'efforçai de chasser d'un battement de cils les arbres qui revenaient hanter mes pensées, avec au milieu le spectre de maman en train de se débattre.

Les coups frappés à la porte nous prirent toutes deux au dépourvu. Susannah sursauta légèrement, avant de me jeter un regard interrogateur et de se lever.

— Qui peut bien être dehors par un temps pareil ? demanda-t-elle.

Elle se dirigea vers la porte et l'ouvrit. Mary Walcott se tenait sur le seuil, grelottante dans sa cape gris foncé, le regard brûlant.

Susannah la pria d'entrer et Mary s'exécuta, quoique visiblement à contrecœur. Ses yeux se posèrent ensuite sur moi et je la saluai d'un signe de tête.

— Tu veux du cidre ? proposa Susannah. Ou bien quelque chose de chaud ? C'est un long chemin à parcourir, et par ce froid...

— Non merci, m'dame, répondit Mary d'un ton poli mais glacial.

Des plis de sa cape, elle tira le corsage et le posa sur la table. Il était plié et emballé avec beaucoup plus de soin que lorsque je le lui avais apporté, roulé en boule sous ma jupe.

— Je suis venue vous rendre ça.

— Ah oui, le corsage, dit Susannah comme s'il lui était sorti de la tête.

Elle le prit et l'étala sur la table. Je fus surprise de son aspect insignifiant... Entre ses doigts, il paraissait à présent aussi terne que celui que je portais : nul reflet ne dansait sur l'étoffe soyeuse, à la lueur des bougies le rouge était foncé et sans éclat... En somme, il n'avait rien de remarquable.

Je jetai un coup d'œil à Mary et me demandai si elle pensait comme moi : le corsage ne méritait pas les ennuis qu'il nous avait valus. L'air renfrogné, elle regardait Susannah déplier les manches et examiner l'étoffe pour s'assurer qu'elle n'avait pas été tachée ou déchirée.

— Je ne l'ai pas abîmé. J'en ai pris autant soin que s'il était à moi, affirma Mary.

— Mais il n'était pas à toi, n'est-ce pas ?

Susannah replia le corsage et s'en désintéressa.

— Non, m'dame. C'était mal, de le prendre.

— Et mal de mêler Charity à ça.

Mary me jeta un bref regard.

— Je l'ai pris de mon plein gré, dis-je. Personne ne m'y a forcée.

Susannah ignora mes paroles. Elle ne quitta pas Mary des yeux.

— J'ai décidé que ce n'était pas grave, pour cette fois. Le corsage semble en bon état, et il n'a pas disparu plus d'une journée. Mais j'espère que cela ne se reproduira pas.

— Non, m'dame, rétorqua Mary, cette fois-ci avec insolence.

Susannah fixa mon amie avec cet air pensif qu'elle avait souvent.

— Tu es une jolie fille, Mary, observa-t-elle. Pourquoi penses-tu donc avoir besoin d'un tel corsage pour attirer l'attention d'un garçon ?

Elle sourit après avoir dit cela, d'un ton complice et amical, le genre de ton qui donne envie de se confier.

Mais Mary n'était pas comme moi. Elle ne se laissait pas si facilement abuser. Serrant les dents, elle répondit :

— J'ai été sotte, c'est tout.

Susannah hocha la tête.

— Oui. Permets-moi de te donner un conseil, Mary, en connaissance de cause : la prochaine fois que tu voudras faire valoir tes atours, essaie auprès des garçons du village, et non auprès des hommes. Tu auras sans doute plus de succès.

— Ça se passait bien pour moi, avant que vous arriviez. Vous pouvez avoir tous les hommes du village. Pourquoi vous a-t-il fallu choisir celui que je veux ?

— Celui que tu veux ? répliqua Susannah, avant d'éclater de rire. Mon enfant, tu te trompes sur mes intentions.

Mary plissa les yeux.

— Ah oui ? Vraiment ?

— Où est ta mère ? Pourquoi ne t'aide-t-elle pas à trouver un prétendant convenable ?

— Elle est morte.

— Eh bien, si elle était encore là, elle te dirait comme moi : Mène tes affaires tout près de chez toi, et tu ne seras pas déçue.

Mary ne prit pas la peine de répondre. Elle se contenta de foudroyer Susannah du regard. J'étais par avance désolée pour la prochaine personne qu'elle croiserait, en retournant chez elle.

— Je peux m'en aller, maintenant ?

Ma tante hésita. Puis elle soupira et congédia Mary d'un geste de la main.

— Oui, tu peux partir. Accompagne ton amie à la porte, tu veux bien, Charity ? Je crois que tu as quelque chose à lui dire.

Je savais ce que ça signifiait : je devais annoncer à Mary que je ne la verrais plus. Je n'en avais pas l'intention, mais je me hâtai de rejoindre Mary, qui fonçait sans attendre vers la porte. Une fois dehors, je refermai soigneusement derrière moi.

On gelait. Je ne portais rien hormis ma robe ; le vent me glaçait jusqu'aux os et la neige me cinglait le visage. Je me collai à la porte pour profiter du maigre abri qu'offrait le seuil, et me frottai les mains et les bras pour me réchauffer.

Mary se retourna si rapidement pour me faire face que sa cape se souleva comme des ailes, répandant une pluie de flocons autour d'elle. Ses yeux étincelaient.

— Je comprends ce que tu voulais me dire à son propos, Charity. C'est un démon.

— Oui...

— Tu l'as entendue ? Elle m'a parlé comme à une enfant ! « Mène tes affaires tout près de chez toi », répéta Mary d'un ton railleur. Qui croit-elle être pour me parler comme ça ! Qui est-elle pour nous donner des leçons de morale ?

— C'est ce que je te disais.

— Tu as remarqué comment Robert la regardait, hier ? Il avait les yeux qui lui sortaient de la tête ! Après son départ, il n'a plus posé les yeux sur moi. Pas une seule fois. Alors qu'avant son arrivée, il me regardait comme si j'étais une chope de bière, et lui un homme sur le point de mourir de soif.

— J'ai remarqué, répondis-je, transie, me frottant les bras encore plus fort.

— Ne me dis pas qu'elle n'a pas elle aussi des vues sur lui. C'est le meilleur parti du village.

Mary tapait du pied, mettant la terre à nu, sous la fine couche de neige recouvrant le sol glacé.

— Elle cherche à me le voler !

— Comment tu peux en être aussi sûre, Mary ?

— J'en suis sûre ! Et même si ce n'est pas le cas, elle m'a humiliée devant lui ! Elle va payer pour ça, tu peux me croire !

— Elle est rusée, Mary. Cette fois-ci, tu ne pourras pas te venger en lâchant juste une vache dans un jardin.

Mary n'avait cessé de tourner en rond, comme en proie à la folie. Soudain, elle se figea, avec un sourire plein d'amertume qui me glaça bien plus que la neige ou le vent.

Je cessai de me frotter les bras.

— Quoi ? Qu'est-ce qu'il y a ?

— Les sortilèges...

— Quels sortilèges ?

— Ceux qu'on pratique au presbytère.

— Qu'est-ce qu'ils ont ?

— Tituba appelle ça nos « tours de magie anglais »... Elle dit que ce n'est pas avec nos tours de magie anglais que nous allons faire venir les esprits.

De tels propos me rendaient nerveuse.

— Et alors ?

— Eh bien, l'autre jour Betsey m'a dit que Tituba pouvait prédire l'avenir. Que parfois, en regardant fixement un bocal plein d'eau, elle voyait des choses qui se réalisaient après.

— Tu veux dire qu'elle est un peu magicienne ?

— Plus que ça, à ce qu'il semblerait.

Mary s'approcha de moi, suffisamment pour que je distingue les paillettes dorées de ses yeux noisette.

— Abigail prétend qu'elle connaît des vrais sortilèges.

— Des tours ?

— Non, Charity : des sortilèges. Comment rendre des animaux malades, par exemple... ou jeter des malédictions sur...

— Non ! protestai-je. Ce serait demander au Diable de nous défendre contre lui-même.

— Ne sois pas sotte. Ça n'a rien à voir.

La neige tourbillonnait autour de Mary ; des flocons tombaient sur ses épaules et sur mon visage.

— Il doit y avoir un autre moyen, affirmai-je.

Mary secoua la tête.

— Il lui a fallu moins d'une heure pour déchiffrer les secrets de mon âme et pour me la voler. Combien de temps ça lui prendra, tu crois, de deviner tes secrets à toi ? Tu penses qu'elle hésitera à tout révéler à ton père, pour Sammy et toi ?

Les paroles de Mary m'atteignirent de plein fouet. Je revis, en esprit, les événements de la matinée. Les questions de Susannah, ses yeux qui paraissaient me percer à jour. *Que sais-tu de cette affaire, Charity ? Qui est Samuel Trask ?* Ma propre détresse s'accrut, tandis que le regard de Mary brillait de haine. Mon esprit fut englouti par les ténèbres.

— Qu'est-ce qu'on va faire ? murmurai-je.

Mary sourit. Dans la blancheur pâle de la neige, elle paraissait une ombre.

— On va demander à Tituba.

12

Mon père s'était trompé, au sujet de la neige : elle ne cessa pas ce jour-là, ni le jour suivant. Les lourds flocons blancs devinrent plus légers et plus secs, l'air plus froid ; il se forma sur les fenêtres, à l'intérieur comme à l'extérieur, une épaisse couche de givre. La chaleur du feu s'échappait par la cheminée sans toucher la pièce au-delà d'un minuscule périmètre. Il faisait chaud à un seul endroit : juste devant le foyer. Mais se placer là signifiait se brûler le visage et se glacer le dos, si bien qu'il n'y avait pas vraiment moyen de se sentir au chaud où que ce fût, sinon couché dans un profond lit de plumes.

La neige nous emprisonnait dans notre propre maison. Nous ne pouvions plus sortir. Je me mis donc à filer. Ma mère m'avait bien transmis son savoir en la matière. J'étais capable d'obtenir un fil très fin, comme la plupart des matrones du village. Jusqu'à cet hiver, cette tâche ne m'avait guère dérangée. Il y avait quelque chose d'apaisant à regarder tourner le fuseau et la roue. L'année précédente, j'avais travaillé bercée par de douces rêveries. Le hurlement du vent devant notre maison devenait la voix caressante de Sammy et j'avais l'impression, en actionnant la pédale, d'effectuer les pas d'une danse galante. Je ne me souvenais ni de la froideur de l'air, ni d'avoir eu les mains engourdies – cet hiver-là, mes rêves d'amour m'avaient réchauffée.

Je connaissais désormais la nature diabolique de telles pensées. Et le rouet ne faisait que me rappeler mes péchés. Filer la laine me permettait néanmoins de me tenir dans la même pièce que Susannah pour voir comment elle se comportait avec Jude, tout en feignant de me concentrer sur mon travail. Je me mis donc à l'ouvrage. Au début, j'observai ma tante, mais l'atmosphère était si paisible et silencieuse que je me retrouvai vite à fixer distraitement la roue, le fuseau, ou la longueur de laine fine et tendue qui, en tremblotant, se transformait en fil de laine.

Lorsque j'entendis l'éclat de rire, je le confondis d'abord avec le ronronnement du rouet. Puis il se fit de plus en plus fort. Je levai les yeux, et découvris avec stupeur Susannah qui s'esclaffait devant moi, vêtue du corsage rouge. Elle me tendit la main, j'esquissai un mouvement de recul. En vain : j'étais comme figée sur place. Désespérée, je jetai un coup d'œil à la fenêtre et là, j'aperçus ma mère, le visage collé à la vitre, les yeux écarquillés. Derrière elle se tenait l'homme noir, la pressant contre lui.

Je suffoquais, et les arbres envahissaient ma tête, me rendant aveugle à toute lumière, sourde à tout son. Je laissai tomber la laine et portai les mains à ma gorge...

Un bruit retentit, soudain et sonore, et la vision s'évanouit brusquement devant moi, comme la vapeur par un jour d'été. Ma vue se rétablit, je retrouvai mon souffle. Aussitôt, je me rendis compte que Susannah avait lâché la pelle en bois ; qu'elle se tenait devant le foyer, vêtue non du funeste corsage rouge mais d'un corsage vert mousse et d'une jupe couleur feuilles mortes. Et qu'elle n'avait pas quitté son poste.

Je dirigeai lentement mon regard vers la fenêtre, craignant ce que j'allais y voir. Le fantôme de maman s'y était tenu, il n'y était plus, et n'avait laissé nulle trace de son passage. Il n'y avait plus d'homme si noir que la lumière ne le touchait pas. Rien que le blanc de la neige, découpée par les vitres en losange en motifs vacillants.

Je me ruai hors de la salle et me précipitai à l'étage, incapable de demeurer plus longtemps en place.

Une fois dans la pièce qui nous servait de grenier, je m'assis sur un baquet, rangé dans un coin, et fixai les boisseaux d'avoine, de seigle et de pois, et la morue séchée qui pendait aux murs. J'aurais tant voulu retrouver ma banale vie d'autrefois. J'aurais tant voulu être une villageoise ordinaire, avec une mère et un père aimants !

De nouveau confrontée à la vision de Susannah et du tourment enduré par ma mère, je me mis à trembler. Ma gorge se serra. Je plongeai la tête dans mes mains et priai Dieu de m'aider à m'en sortir, à échapper au Diable et à en préserver ma famille.

Comme en réponse me parvinrent les mots de Mary : *On va demander à Tituba.*

Je ne pus me rendre au presbytère ni ce jour ni le suivant. La neige s'entassait dans l'allée et s'amoncelait au pied des murs extérieurs. Les paysages hivernaux, bien que stériles et tout de noir et de blanc, m'effrayaient moins que ceux d'été, lorsque les feuilles donnaient aux bois un aspect luxuriant, peuplant d'ombres leurs ténèbres opaques, et que l'air paraissait de plus en plus dense, à force de moiteur. En été, il était facile de croire aux démons – eux aussi préféraient les températures plus chaudes.

Certes, en hiver, la nuit tombait plus tôt et durait plus longtemps. Mais l'on n'était pas tenté d'ouvrir les fenêtres pour laisser entrer l'air frais – et les humeurs nocturnes qui venaient avec. Des engelures apparaissaient déjà sur mes doigts et mes orteils. Cependant, j'étais prête à supporter le froid, si la neige pouvait faire disparaître les ombres et ouvrir le monde.

Seulement, il ne semblait pas si ouvert que cela, aux alentours de la maison. Malgré toute cette neige, il n'y avait pas d'échappatoire. J'avais proposé à mon père de l'aider à la grange, mais il m'avait rétorqué qu'un tel travail ne convenait pas à une fille bien éduquée, et que Susannah avait besoin de moi dans la maison. Je fis donc selon sa volonté.

À chaque tâche que me confiait ma tante, je la haïssais davantage. Et ma peur grandissait à mesure que j'endurais sa compagnie. Au bout d'une semaine, je me surpris à souhaiter qu'il cessât de neiger. Dans chaque ombre, je la revoyais en train de rire. Dans chaque fenêtre, j'imaginais le visage de ma mère collé à la vitre, ses yeux suppliants.

Lorsqu'un matin, au réveil, j'aperçus un ciel bleu dégagé, et un sol blanc scintillant comme un ciel étoilé, j'eus du mal à contenir mon soulagement. J'ignorais si Mary et les autres seraient au presbytère – Mercy et elle devraient parcourir près de deux miles dans la neige pour y parvenir –, mais cela m'était égal. Abigail serait là pour me conduire à Tituba. Je priai pour que le pasteur ne fût pas là. Sans doute aurait-il, par ce premier jour sans neige, de bonnes œuvres à accomplir ?

Il ne me fut pas facile de m'en aller. La neige s'entassait devant la porte et seul un sentier étroit, frayé par nos pas, reliait la maison à la grange, permettant à Père de travailler dans l'air glacé, et à moi de traire Buttercup. Ce matin-là, mon père avait décidé qu'il valait mieux dégager complètement le passage, et il avait passé deux heures à l'élargir. Je ne pouvais pas partir tant qu'il était devant la porte, et l'activité était telle que cela m'eût été impossible de toute façon : Susannah s'était mis en tête de nettoyer la maison tant qu'on pouvait entrer et sortir.

Mais, une fois le déjeuner fini, alors que nous débarrassions la table et que je désespérais de trouver le moyen de m'enfuir, on frappa à la porte. C'était Hannah Penney qui, la petite Faith dans ses bras, venait nous rendre visite. L'expression de joie qui passa sur le visage de ma tante à la vue du bébé acheva de me désespérer. Je mentis donc. Comme Père était dans la grange, je déclarai à Susannah qu'il m'avait demandé d'apporter quelque chose au village et, distraite par Hannah Penney et le bébé, elle ne mit pas ma parole en doute. J'enfilai ma cape, et décampai avant qu'elle n'eût la présence d'esprit de me poser la moindre question. Par crainte qu'elle ne se lançât à ma poursuite, je parcourus le premier mile en courant dans le froid piquant, glissant et dérapant sans cesse sur le sol gelé.

Il faisait beaucoup plus froid que je ne l'aurais cru. L'air me brûlait les poumons et, à chaque souffle, j'exhalais des nuages de vapeur glacée. Ma cape et mes bottes étaient trop fines, et je frissonnai tant que je ne sentais plus ni mes mains ni mes orteils en arrivant au village. Je frappai à grands coups à la porte du presbytère. Aucun son ne me parvenait de l'intérieur et j'étais sur le point de fondre en larmes sur le seuil à la pensée qu'il n'y avait personne. Mais j'entendis alors des pas, et la porte s'ouvrit dans un grincement, révélant le visage d'un homme à la peau sombre : le mari de Tituba, John Indian, également esclave des Parris. Il sourit à ma vue, dévoilant de grandes et larges dents d'un blanc éblouissant, et dit, avec son fort accent des îles :

— Ah, vous, les filles ! Vous vous surveillez les unes les autres... Comment vous faites pour savoir ?

Je le regardai sans comprendre ; il sourit de nouveau, et recula pour me laisser passer.

— Elles sont ici, les autres... À peine qu'il cesse de neiger... Bing ! Peuvent pas attendre d'essayer de nouveaux maléfices.

Jetant un coup d'œil par-delà sa silhouette massive, je les aperçus, rassemblées dans la salle commune –

Mary et Mercy Lewis, Mary Warren, Betty, Abigail et la petite Betsey. Et encore quelqu'un : une fille blonde et mince, poussée en graine. Annie Putnam.

Ignorant John Indian, j'entrai et, tout en m'avançant, retirai ma cape. La pièce était réchauffée par cette forte présence humaine et par le feu, dressé si haut que les flammes léchaient la hotte de la cheminée. Dans le foyer, des marmites pendaient à la crémaillère. Devant se tenait Tituba. Elle se frottait les bras comme si elle avait froid pendant que, très près d'elle, le petit Parris jouait avec un bocal rempli de boutons.

Mary leva les yeux à mon approche, et m'adressa un sourire qui me fit chaud au cœur.

— Par ici, Charity, lança-t-elle en me faisant signe.

Elle me jeta un coup d'œil averti puis me désigna Tituba du regard, comme pour marquer notre complicité. C'était un soulagement pour moi de savoir que je n'étais pas isolée et pas l'unique ennemie de Susannah.

Annie Putnam était assise à côté de Mary. Elle me jeta un regard sournois. Avec sa chevelure blond clair, elle avait été une belle enfant. Mais sa gracilité lui conférait désormais un aspect presque maladif. Sa peau était trop pâle ; elle avait sous les yeux des cernes sombres.

— Mercy a amené Annie, m'expliqua Mary. Elle menaçait de tout raconter à son père si on n'acceptait pas. Pas vrai, mon petit ange ?

Elle sourit du bout des lèvres à Annie et lui pinça le bras. Celle-ci sursauta et gémit de douleur.

— Elle fait des cauchemars, reprit Mary. Elle s'imagine que les morts lui apparaissent... C'est sa mère qui croit ça, conclut-elle en étouffant un gloussement.

— Maman s'inquiète de ma tante et de ses trois bébés, expliqua Annie avec le plus grand sérieux. Ils viennent la tourmenter la nuit.

Le village entier connaissait l'histoire. La tante d'Annie était décédée peu de temps après s'être installée à Salem-Village, et ses trois enfants l'avaient presque aussitôt suivie dans la tombe. Ma mère avait coutume de dire qu'Ann Putnam mère ne s'était jamais véritablement remise de ces pertes, et qu'elles la tourmentaient au point de la rendre malade, malgré les six enfants qu'elle avait eus pour soulager son désespoir.

— Elle veut parler aux morts, précisa Mary.

À ces mots, Betsey Parris sursauta, et ses grands yeux bleus s'écarquillèrent sous l'effet de la peur.

— Parler aux morts ? Mais c'est un péché ! On ne va pas parler aux morts, hein ?

— On ne saurait pas le faire, espèce de bécasse, répliqua Abigail. Pour ça, on a besoin de Tituba... Tu as dit qu'elle savait, elle – pas vrai, John Indian ?

Je ne l'avais pas vu se glisser dans la salle commune. Mais soudain, il était là, près de moi, son corps massif exhalant une odeur de foin, de bétail et de sueur.

— Eh oui, petite maligne. Elle en est capable.

— Ferme ta bouche, monsieur John, lui lança Tituba depuis la cheminée. J'ai prévenu ces enfants qu'il y aurait pas de causerie avec le Diable aujourd'hui.

— Mais c'est pour ça que je suis venue ! protesta Annie.

— Ce n'est pas vrai, hein, Tituba ? demanda Betsey, si effrayée qu'elle semblait au bord des larmes. Ce n'est pas vrai, que tu peux parler aux morts ?

Tituba tourna la tête et lui adressa un sourire rassurant.

— Ne t'inquiète pas, petite. Tu n'as rien à redouter.

Je remarquai qu'elle n'avait pas démenti, et frissonnai à cette pensée. Mais alors, je constatai que Mary souriait. Je savais ce qu'elle avait en tête : si Tituba avait le pouvoir de parler aux morts, elle pouvait sans nul doute maudire les vivants. Soudain, j'eus comme un étourdissement.

— On peut continuer, s'il vous plaît ? lança Betty qui, en bout de table, était agenouillée sur le banc pour mieux plonger les yeux dans le bocal plein d'eau posé là. J'ai pris une heure, mais je vais bientôt devoir repartir.

Abigail hocha la tête.

— Pose la première question.

John Indian éclata de rire et s'éloigna en secouant la tête.

— Va-t'en rire ailleurs. C'est pas l'ouvrage qui manque ! lui jeta Tituba.

Il se dirigea vers la porte, la frôla au passage, et lui plaqua sa grosse main sur la hanche jusqu'à ce qu'elle le congédiât d'une tape.

Cet homme me mettait mal à l'aise. Il était trop envahissant, trop bavard. Tituba m'inquiétait parce que son regard sombre recelait des forces obscures ; mais John Indian était tout bonnement un imbécile, et il était impossible de deviner ce qu'il était capable de faire ou de dire. Cependant, je l'oubliai lorsque Betty eut un rire et se rapprocha du bocal.

— Avec qui je vais me marier ? murmura-t-elle, si près de l'eau que la surface frémit au contact de son souffle.

Puis elle saisit le bol que lui tendait Abigail, et entreprit de verser dans le bocal son contenu. À la lueur de la bougie, celui-ci miroita se tortilla et glissa hors du bol. Du blanc d'œuf.

Le silence était tel que nous paraissions toutes avoir cessé de respirer.

Les regards étaient rivés sur le blanc d'œuf qui remuait et prenait peu à peu sa forme dans le bocal.

— On dirait que c'est un poisson ! s'exclama Abigail. Je crois que c'est un poisson, Betty. Regarde comment il bouge !

— C'est un poisson, confirma Mercy.

— Un poisson !

Le visage rond de Betty s'éclaira d'un sourire.

— Un pêcheur ! Ce sera un pêcheur !

Mary paraissait impressionnée.

— Ça gagne bien.

— Je vais peut-être m'installer à Salem-Ville, alors ! soupira Betty. Je ne serai pas domestique ma vie durant. Moi qui me voyais servir mon oncle jusqu'à la fin de mes jours !

Elles éclatèrent toutes de rire, mais je frémis, et constatai que la pauvre petite Betsey paraissait, elle aussi, effrayée et inquiète. Annie Putnam se pencha en avant, et les autres firent de même.

— À mon tour, maintenant. À mon tour !

— Comment ça, à ton tour ? C'est la première fois que tu daignes venir. Il va te falloir attendre, répliqua Mercy.

Mary Warren soupira.

— Oh, laisse-la essayer.

— Pas tout de suite, décréta Mary en secouant la tête. D'abord toi, Charity... Vas-y, pose une question.

— Je n'ai rien à demander.

— Bien sûr que si, insista Mary. Pourquoi ne demanderais-tu pas... Oh, je ne sais pas. Pose une question sur ton avenir, ou, non, attends... plutôt sur ta tante.

— Sa tante ? intervint Betty. Qui se soucie de sa tante ?

Mary haussa les épaules.

— Elle fait souffrir Charity. Elle pourrait demander simplement ce que le futur lui réserve, et combien de temps sa tante va rester ici.

— Ce n'est pas Charity qu'elle fait souffrir, rétorqua Betty dans un éclat de rire. C'est toi qui lui en veux, pour t'avoir surprise avec son corsage chez les Proctor.

Le visage de Mary se contracta.

— Je lui en veux, en effet. Mais pas à cause de ça. Tu aurais dû voir comment Robert la regardait.

— Il est trop vieux pour toi, de toute manière, lança Mary Warren.

Mary la foudroya du regard.

— Elle m'a humiliée devant lui. Je ne le lui pardonnerai pas.

— Ce n'est pas bien de lui en vouloir autant, glissa Mary Warren.

— Tais-toi. On n'a pas de temps à perdre avec tes leçons de morale, rétorqua Mary.

Elle me regarda.

— Vas-y, Charity. Lis son avenir. Pose la question à la « boule de cristal ».

— Prenez garde, déclara Tituba d'une voix grave qui vibra dans la pièce, tel un battement de cœur, longtemps après qu'elle eut parlé. Les esprits sont malins. Ils cherchent, parmi les gens qui posent des questions, ceux qui sont animés de mauvaises intentions.

J'hésitai, mais Mary répéta :

— Vas-y, Charity !

Je me dirigeai donc vers la table. Abigail vida le bocal d'eau et en apporta un autre. Betty cassa un œuf et sépara le blanc du jaune. Puis elle me tendit le bol contenant le blanc, avec une lueur mauvaise dans les yeux, comme si elle me défiait d'oser continuer.

Je respirai un grand coup, plongeai ensuite les yeux dans le bocal. Je ne vis rien. Juste de l'eau et, au travers, le grain du bois. À cet instant, tout cela me parut un jeu bien innocent. Rapprochant mon visage de l'eau, je demandai :

— Que va-t-il advenir de ma tante Susannah ?

Je versai lentement le blanc d'œuf dans le bocal, retins ma respiration.

L'eau miroita, à la lueur de la bougie. À la surface, le blanc d'œuf, brillant comme de l'or fondu, tournoyait et formait un motif changeant, se séparant ici, se rejoignant là. Au début, il ne m'évoqua rien. Puis ses contours se figèrent, se précisèrent : des angles aigus, des lignes droites apparurent. À côté de moi, Betty suffoqua, sous l'effet de la surprise.

— Un cercueil ! s'exclama-t-elle. C'est un cercueil !

— Mais non, rétorquai-je.

Je ne reconnaissais pourtant que trop bien la forme en train de se préciser sous mes yeux. Betty avait raison : c'était un cercueil. Il n'y avait pas le moindre doute là-dessus.

Je plongeai aussitôt la main dans le bocal – avec une telle vigueur que le blanc d'œuf et l'eau giclèrent, se répandant sur la table. J'agitai encore la main dans le liquide restant, pour être sûre de détruire le funeste motif. Sur le banc, Betsey se mit à trembler puis, Abigail lui ayant donné une tape sur le bras, à pleurer pour de bon. Elle se glissa hors du banc et se précipita vers Tituba, qui la serra dans ses jupes. Après quoi, on n'entendit plus que les pleurs de Betsey, tandis que nous nous regardions toutes, sous le coup du choc et de la peur.

— C'est juste un jeu, s'exclama Betty, mais sa voix tremblait. Ça ne veut sans doute rien dire.

— Les prévisions n'étaient même pas justes, la dernière fois, en ce qui concerne Mary, renchérit Mercy. Robert Proctor l'a remarquée, alors qu'elles affirmaient le contraire.

— C'était avec la passoire, espèce de bécasse. Ça n'a rien à voir.

— Après tout, ce n'est qu'un tour, insista Betty.

Mary Warren était au bord des larmes. Elle serrait ses bras comme si elle avait froid.

— Tu es sûre qu'il s'agissait d'un cercueil ?

Betty hocha la tête.

— Je l'ai vu. Charity aussi. Pas vrai, Charity ?

— Oui, murmurai-je. Un cercueil.

— Peut-être pas, dit Annie Putnam. Pose à nouveau la question.

Je secouai la tête.

— Je ne veux pas. C'est lui donner trop de pouvoir.

Mary se figea. Les autres me regardèrent avec étonnement.

— Donner trop de pouvoir à qui ? demanda Mercy.

— À Satan.

Je n'avais pas élevé la voix, mais, dans l'atmosphère corrompue de la pièce, ce mot à peine murmuré résonna. Et n'échappa pas à Tituba, qui leva les yeux et me fixa.

— Le Diable n'a que faire ici, mon enfant, dit-elle. Les seuls esprits présents sont ceux de l'air et de l'eau. Ils vous donnent ce que vous désirez, rien de plus. Votre homme noir n'a rien à y voir.

Mais j'étais convaincue qu'elle avait tort. Connaissant les effets de sa présence, je sentais Satan ici, dans cette pièce. Je l'apercevais dans les yeux de mes amies, dans la lueur vacillante de l'unique bougie. Betsey Parris cessa de pleurer, et les autres filles demeurèrent silencieuses jusqu'à ce que l'on ne distinguât plus, dans le presbytère, que le terrifiant vacarme de l'air, et le hululement, au loin, d'un hibou poussant son cri en plein jour. Nous nous regardâmes les unes les autres, et la peur était palpable, autour de nous, de même que l'esprit du mal. Je sais que nous le ressentions toutes.

Nous partîmes presque aussitôt après, en murmurant des excuses et en nous efforçant de dissimuler notre effroi.

— Il ne s'agit que de magie blanche, affirma Betty.

Je hochai la tête et jetai un coup d'œil à Mary, qui arborait un petit sourire satisfait.

Les mots de Betty résonnaient dans ma tête, tandis que je fuyais cette maison. Je laissai claquer derrière moi la lourde porte de bois, franchis l'allée en courant, et parcourus le bois en vitesse pour rentrer chez moi.

Cette nuit-là, je dormis à poings fermés. J'étais brûlante, quoique la pièce fût si froide que Susannah et Jude avaient toutes deux tiré les couvertures au-dessus de leurs têtes. Mes rêves furent sombres et dérangeants, et j'avais toujours le cri de maman dans les oreilles lorsque je m'éveillai, à l'aube. Je me dirigeai vers la fenêtre, et plongeai mon regard sur ce monde blanc que j'aimais tant. Mais je n'y découvris que noirceur. Il y avait sur la neige des ombres que je n'avais jamais remarquées auparavant, des ombres qui surgissaient devant moi pour railler ma candeur. Et des arbres si envahissants qu'ils finissaient par me masquer tout – excepté mon rêve de cette nuit-là, et la vision d'une longue caisse en pin blanc : un cercueil que l'on transportait dans les rues de Salem-Village.

DEUXIÈME PARTIE

Lucas

L'obsession

L'enfer n'a pas de bornes, n'est pas circonscrit
En un lieu précis ; car là où nous sommes est l'Enfer
Et là où est l'Enfer, nous devons être, pour l'éternité.

Christopher MARLOWE
Doctor Faustus

13

J'aimais ma femme. Je ne crois pas le lui avoir jamais déclaré, mais c'est la vérité. Je me rappelle le jour où je l'ai vue pour la première fois. Elle se tenait au fond de l'arrière-salle d'une taverne du Lancashire pendant que mon maître prêchait. L'assemblée des fidèles était bruyante et indisciplinée. Seule Judith semblait écouter de toute son âme.

Elle s'y entendait pour calmer mes plus violents accès d'humeur ; au seul contact de sa main, je prenais conscience de la brutalité de mes passions, et je me tempérais. Judith était mon sauveur, je le dis sans intention blasphématoire ; s'il est quelque chose que Dieu puisse comprendre, c'est bien cela. Elle était, en tous points, l'épouse idéale. Pas une seule fois je ne l'ai regardée sans sentir aussitôt s'apaiser mes agitations intérieures.

Lorsqu'elle mourut, je me désolai de la misérable existence qu'il allait me falloir vivre désormais. Que Judith fût l'une de ces créatures élues de Dieu, je n'en doutai pas un instant. Elle était avec Dieu, mais moi... j'étais si seul sans elle, amputé du meilleur de moi-même ! J'avais un devoir envers mes enfants – comment pouvais-je leur demander de célébrer triomphalement sa réunion avec Notre Seigneur si j'étais incapable de leur montrer l'exemple ? Je retins mes larmes, cachai ma douleur, et exigeai de mes filles qu'elles fassent de même. Et pourtant, quand elles furent endormies, je me glissai à côté de Judith dans le lit, et serrai son corps raide et froid comme si je pouvais lui insuffler une nouvelle fois la vie. Au lieu de quoi je me réveillai avant l'aube, tenant un cadavre dans mes bras – un corps sans l'esprit de ma Judith. Je fus horrifié par mon acte et par la noirceur de mon âme. Je l'avais placée trop haut, plus haut que Dieu lui-même.

Je fis alors le vœu, dans notre lit que les sombres rideaux tirés tout autour plongeaient dans l'obscurité, de ne jamais oublier nos derniers moments passés ensemble, de toujours me souvenir de sa souffrance et de sa mort.

Cela me fait du bien de repenser à son ultime journée. Je revois les fenêtres laissant apparaître un ciel d'orage ; Judith s'affairant devant le foyer pour préparer le petit déjeuner, pendant que je m'apprêtais à partir. Je me rappelle l'expression inquiète de Charity et ses yeux bleu pâle écarquillés par la peur à l'idée de mon départ. Je ne voulais pas la peiner, mais je ne pouvais pas non plus gâter cette enfant que j'aimais en me laissant fléchir par ses prières. C'était ma tâche de faire en sorte qu'elle restât pure de cœur et forte d'esprit.

Je campai donc sur mes positions, abandonnai à Judith le soin de la consoler, et priai le Seigneur de m'accorder la force tandis que je quittais la maison, et sortais sous cette pluie battante et ce ciel d'Enfer. Si j'avais su ce qui m'attendait une fois parvenu à destination, j'aurais fait demi-tour, quitte à affronter la déception de mon épouse. Je n'y serais pas allé. Ni ce jour-là ni un autre.

La route avait été longue, jusqu'à Salem-Ville. Le sentier n'était plus qu'un torrent de boue où Saul s'enfonçait jusqu'aux genoux, et à peine avions-nous parcouru quelques mètres qu'il était déjà épuisé. Je détachai la charrette et la laissai au bord de la route. Un éclair déchira le ciel, le tonnerre retentit tout autour de moi, et je maudis la ponctualité du *Sunfish*, ainsi que Judith pour avoir tant voulu voir sa sœur qu'il me fallait aller la chercher par une telle tempête.

Lorsque j'atteignis Salem-Ville, l'après-midi touchait déjà à sa fin. J'étais inquiet pour ma femme, et je me reprochais de l'avoir quittée. Je ne cessais de penser à ses autres accouchements : les douleurs de l'enfantement, l'angoisse de Judith, puis le chagrin quand l'enfant mourait. Au fil des ans, mes cahiers se remplissaient de diatribes contre Dieu, suite à la mort de ces bébés. J'étais un bien mauvais serviteur, qui ne s'en remettait pas totalement à Dieu. Ma vie était pour Lui un livre ouvert, il la connaissait mieux que je ne pouvais espérer la connaître moi-même. Judith, elle, savait affronter ces deuils avec stoïcisme. Comme toujours, elle était, même dans la douleur, meilleure chrétienne que moi.

Mon cheval luttait contre le vent et la pluie cinglante lorsque nous pénétrâmes dans Salem-Ville. Nous dépassâmes les maisons presque collées les unes aux autres et, devant le temple, le pré boueux et piétiné où se détachaient, sous la pluie, les affreuses et sombres silhouettes du pilori et le poteau des condamnés au fouet. Les chiens du chenil voisin hurlaient, effrayés par la tempête. Dans l'air se mêlaient l'odeur du savon en train de bouillir, la puanteur tenace du poisson mis à sécher dehors sur les tréteaux qui jonchaient le rivage, et les effluves nauséabonds de la tannerie qu'aucun vent du nord-est n'aurait pu emporter.

La mer était partout, à Salem-Ville. Elle s'insinuait de tous les côtés. Le port coupait la ville en deux, ses eaux grouillant de voiles et de gréements. Il y avait peu de quais. À marée basse, la coque des bateaux se couchait dans la vase. Mais maintenant, la marée était haute, et les bateaux dansaient et s'inclinaient au gré des vagues.

Sur les quais, des tonneaux vides roulaient comme des ivrognes, poussés par le vent. Le port était devenu un tourbillon de bois, d'écume, d'algues, et de décombres rejetés vers le rivage et plantés dans la boue par la pluie battante. Tout était gris : le ciel, la pluie, la silhouette des navires. Leurs gréements noirs et fantomatiques se perdaient dans des nuages bas pour reparaître lorsque l'éclair dansait sur leurs cordes. C'était pure folie que d'être dehors par un temps pareil. Personne ne m'en aurait voulu de rester chez moi, avec une épouse qui avait besoin de moi. Qui pouvait s'attendre que je vienne ?

Personne, hormis la sœur de ma femme. Cette seule pensée m'exaspérait tant que, tout en me dirigeant vers la boutique appartenant au capitaine du *Sunfish*, j'étais prêt à la renvoyer aux marins, si elle me donnait le moindre motif de mécontentement.

Les embruns et la pluie m'aveuglaient presque tandis que j'approchais la petite cabane battue par la tempête. Les routes étaient si mauvaises que j'avais mis pied à terre, et Saul tirait sur la bride et suivait de si mauvaise grâce qu'il faillit me déboîter le bras.

Je n'étais plus qu'à quelques mètres de la cabane quand une silhouette enveloppée d'une cape sombre en surgit. Il s'agissait d'une femme, mais je n'aurais pu en dire davantage sur elle. Elle ne fit pas un geste pour s'abriter de la pluie ; elle se contenta de rester là, à m'observer. Avant même de l'avoir rejointe, je savais que c'était elle, la personne que j'étais venu chercher.

— Lucas Fowler, lança-t-elle d'une voix douce. C'est vous, n'est-ce pas ?

Je m'arrêtai et m'essuyai les yeux, quoique la pluie continuât à ruisseler du bord de mon chapeau. Saul piétinait nerveusement.

— Oui, dis-je. C'est moi.

Elle retira son capuchon et se tourna vers moi, de façon à me montrer son visage. Judith m'avait dit que Susannah était belle. J'en avais douté, car Susannah était sa sœur, et une femme est souvent plus belle vue par les yeux de sa sœur que par ceux du voisin. Je savais laquelle des deux possédait la plus belle âme et, dans ma naïveté, je n'étais pas parvenu à admettre que Dieu ait pu donner de plus beaux traits à celle qui manquait de foi.

Mais, comme je regardais la femme qui se tenait en face de moi, le capuchon baissé, le visage et les cheveux trempés, je dus admettre que Judith avait dit vrai. J'étais stupéfait par la beauté de Susannah Morrow.

Elle désigna la cabane.

— Mes malles...

— Je n'ai nulle part où les mettre, déclarai-je sur un ton plus sec que je ne l'aurais souhaité.

Elle eut une expression de surprise, puis jeta un coup d'œil au cheval.

— C'est à cause de la tempête, expliquai-je. Si j'avais pris la charrette, vous auriez attendu deux jours de plus.

— Je les enverrai chercher, décida-t-elle. On y va ?

— Il va peut-être falloir quelques jours, avant que quelqu'un puisse vous les porter. Vous avez le nécessaire ?

— Si besoin est, je suis sûre que Judith me prêtera ce qui me manque.

Elle rabattit son capuchon, leva le visage vers le ciel et ajouta :

— Il va pleuvoir encore longtemps, d'après vous ?

— Aussi longtemps que Dieu le voudra. Dépêchons-nous. Ma femme est sur le point d'accoucher.

— Sur le point d'accoucher ? Déjà ?

Je hochai la tête, et l'amertume du matin me revint en mémoire, avec mon inquiétude.

— Un mois avant terme.

— Votre cheval paraît exténué. Vous pensez qu'il va tenir ?

— Dieu fera selon Sa volonté.

Susannah était légère et facile à hisser sur la selle. Mais Saul était trop éreinté pour nous porter tous les deux. Le tirant par la bride, je le guidai hors du quai. Nous dépassâmes les maisons et la place au pilori, et laissâmes Salem-Ville derrière nous. La boue qui avait ralenti le cheval ne me réussissait pas davantage ; à certains endroits, elle était si épaisse et gluante que je faillis y laisser une botte. À d'autres, des flaques peu profondes d'aspect se révélaient de véritables mares que je faisais franchir à Saul tout en étant embourbé jusqu'à mi-cuisses, tandis que Susannah relevait les pieds en poussant de petits cris. Je remarquai ainsi qu'elle ne portait pas de bonnes bottes de marche, mais des bottines à bout carré, en chevreau de couleur claire, repoussé de bleu et d'or. Elle n'avait visiblement pas changé depuis que Judith l'avait vue pour la dernière fois. Je n'osais penser à ce que cela pouvait signifier.

La nuit tomba rapidement, par une telle journée, et nous fûmes bientôt plongés dans l'obscurité. J'avais ma carabine en bandoulière, sous mon manteau, ainsi qu'une corne de poudre ; mais l'air était si humide que je doutais de réussir à l'allumer. Je restai donc l'œil aux aguets, à scruter les bois autour de nous pour déceler la présence éventuelle d'Indiens ou de voleurs.

Le vent se remit à souffler, la pluie à tomber. Nous ne parvenions plus à nous parler, ce qui me convenait tout à fait. Mon angoisse grandit au fur et à mesure que nous approchions de la maison, et mon bras commença à me faire mal tant j'avais tiré sur la bride de Saul pour le contraindre à accélérer le pas. J'ignorais ce que nous allions trouver en arrivant, et je priais pour qu'il ne fût pas trop tard.

Mais il était trop tard lorsque la maison surgit enfin devant nous, silhouette noire aux fenêtres faiblement éclairées. Je guidai Saul dans la cour.

C'est alors que la porte d'entrée s'ouvrit brusquement, et que Prudence Way apparut sur le seuil, ses jupes claquant sur ses mollets, son tablier souillé de taches sombres dans lesquelles je reconnus du sang. Je tendis la main à ma belle-sœur ; elle la prit et sauta à terre, trébuchant avant de trouver un appui stable. Je n'avais pas le temps de m'occuper du cheval qui avait été si brave, et regrettais d'avoir à le laisser ainsi, sellé, écumant, et forcé de s'en retourner seul à la grange. Je prendrais soin de lui plus tard.

Je ne peux oublier la vision qui m'attendait une fois à l'intérieur, ni la forte odeur de sang et de fumée. Lorsque je vis Judith s'agiter faiblement sur le lit, sous le regard baigné de larmes de Charity, je sus que ma femme allait mourir.

Le chuchotement de Prudence ne fit que le confirmer :

— Elle n'en a plus pour longtemps. Et le bébé non plus. Il ne te reste qu'à leur rendre plus doux l'accès à Dieu.

Le monde s'effondra autour de moi. En me dirigeant vers le lit, je ne voyais plus que le visage pâle de Judith. Elle me saisit la main. J'étais si tourmenté par la pensée de sa mort, si désemparé à l'idée de devoir vivre sans elle, que je restais figé. Dieu me pardonne de n'avoir songé qu'à moi-même, face à la souffrance de ma femme. Je constatais qu'elle perdait ses forces, je remarquais le sang sur les draps, et je me maudissais d'être la cause de sa souffrance. Je n'avais pas su réfréner le désir impie de profiter de son corps, alors qu'à l'évidence elle ne pouvait en supporter les conséquences inévitables – les douleurs de l'enfantement.

Plus tard cette nuit-là, tandis que la maison était plongée dans le silence, je regardai le visage paisible de ma femme dormant de son sommeil éternel, et m'efforçai désespérément de me réjouir du salut de son âme. Mais je ne ressentis que panique devant l'écrasante responsabilité qui m'incombait désormais. Sans elle, j'étais perdu.

En me glissant dans le lit et en prenant dans mes bras le cadavre de ma femme, je lui murmurai les mots que je n'avais pas été capable de lui dire de son vivant.

Ma femme était morte, mais je l'avais aimée. Oui, je l'avais aimée.

Judith et moi habitions Salem-Village depuis la naissance de Charity, dix mois après notre mariage. Les parents de Judith répugnaient à la laisser quitter le Lancashire, surtout pour aller aussi loin, car il était clair qu'ils ne la reverraient jamais. Susannah étant partie l'année précédente, à l'âge tendre de quinze ans, pour suivre le fils d'un hallebardier qui avait décidé d'aller chercher fortune à Londres, ils n'avaient donc plus de filles pour les assister dans leurs vieux jours. Je n'avais jamais rencontré Susannah, mais Judith en parlait avec un mélange d'amour et d'amertume. Elle m'avait dit qu'elle avait toujours protégé cette sœur si ingrate, et je ne doutais pas de sa loyauté à son égard, puisque je comptais moi-même m'attacher cette loyauté pendant une vie entière.

Je n'eus jamais à regretter mon mariage avec Judith ; et si son ventre se révéla fragile et inhospitalier, c'était la volonté de Dieu. Il me fallait l'accepter, même si j'avais souhaité de nombreux enfants. Pour finir, j'en éprouvai en fait de la reconnaissance, car mon cœur tendait à être aussi faible que la constitution de Judith était délicate. À peine un de mes enfants sortait-il, vagissant et couvert de sang, du ventre de ma femme que je débordais d'amour. Je craignais, pour ces frêles petites âmes, d'être prêt à tous les sacrifices.

Si je les avais gâtées comme je l'aurais souhaité, mes filles seraient sans aucun doute devenues mauvaises. Tenant les rênes de la situation, je maintenais mon amour d'une main ferme. Je ne voulais même pas laisser voir à Judith à quel point je les vénérais, parce que j'en avais honte. Dans cet amour, il n'y avait plus de place pour Dieu, et je savais qu'un tel sentiment était sacrilège. Mon âme était si vile que je privilégiais mes enfants sur le Seigneur.

Une nuit où je les regardais dormir, Judith était apparue dans l'embrasure de la porte et m'avait lancé, après m'avoir observé avec des yeux pleins de tristesse :

— Ne reste pas ici, Lucas. Va-t'en avant que le Seigneur ne te punisse de ton orgueil.

J'étais sorti sans jeter un dernier coup d'œil à mes filles, et m'étais efforcé, dès lors, de rester stoïque chaque fois que Judith les consolait et les regardait en souriant. Elle était leur mère ; moi j'étais leur... guide spirituel, et il était de mon devoir de veiller à en faire des servantes respectueuses du Seigneur. Je ne pouvais prendre le risque, aveuglé par mon amour, de ne pas exiger suffisamment d'elles. Comme le temps passait, cela devint plus facile. Mais si je savais tout de leur évolution spirituelle, leur développement physique et émotionnel demeurait pour moi un mystère. C'étaient mes enfants, et pourtant je ne les connaissais pas.

Voilà pourquoi la mort de Judith me terrifiait tant : pas simplement parce que je redoutais d'être privé de sa présence apaisante, mais aussi parce que je lisais, dans les expressions enfantines de Charity et de Jude, la peur, le chagrin, et l'espoir qu'elles mettaient en ma personne. Je savais qu'elles se tourneraient vers moi, et qu'à moins de les marier au plus vite ce serait mon devoir de les épauler dans cette épreuve et, plus tard, de guider leurs pas vers l'âge adulte. Et je n'avais pas les qualités requises pour ce faire.

J'aurais dû me montrer plus fort, mais j'avais peur. Dans les jours qui suivirent la mort de Judith, alors qu'il m'incombait de prendre mes filles en main, je les abandonnai à Susannah. Je n'aurais pas dû, seulement j'étais accablé de chagrin, et ne pouvais le laisser voir à mes filles tout en les incitant chaque soir à célébrer la mort de leur mère.

Je passais des heures dans la grange, à raboter du pin blanc pour lui donner un poli parfait et à fabriquer un cercueil aussi ajusté qu'un tambour. Quand Susannah vint m'y trouver, j'étais trop désespéré pour la renvoyer à Londres comme il l'aurait fallu.

J'étais couvert de sueur et de poussière. En la voyant apparaître vêtue de son corsage vert vif et de sa jupe marron, je me sentis gauche et grossier. Je cessai de raboter, me redressai et m'essuyai les mains.

— Que se passe-t-il ? Il y a un problème ? Est-ce que les enfants...

— Les enfants vont bien.

Elle s'avança dans la grange, s'arrêtant pour repérer, dans l'obscurité, les formes sombres des charrues et des jougs, la hache, les fourches et les scies qui pendaient à des crochets fixés au mur. Il n'y avait pas de fenêtre. La seule lumière provenait de la porte ouverte et des deux lanternes accrochées au mur, et que je devais constamment surveiller de crainte que l'huile, en débordant du godet, ne provoquât un incendie.

— Que se passe-t-il ? répétai-je.

— Judith n'est plus là désormais, répondit-elle. Je me demandais quelles étaient vos intentions.

— Mes intentions ?

— Oui. En ce qui concerne les filles.

— Je ne comprends pas.

— C'est pourtant clair. Vous êtes un homme seul, avec deux filles encore jeunes.

— Trois.

Elle hocha la tête.

— Trois. Mais Faith est chez les Penney, jusqu'à ce qu'elle soit sevrée. Pour elle, il n'y a pas de souci à se faire tout de suite, mais les deux autres... Vous allez les envoyer servir chez quelqu'un ?

Je songeai au projet que j'avais eu de placer Charity chez les Andrews, aux cris et aux pleurs qu'avait suscités ma décision. Je ne supportais pas l'idée de l'éloigner, mais j'avais pensé que ce serait la meilleure solution, pour nous tous – car la garder si près de moi, de l'orgueil égoïste, était un péché. Je me rappelai les paroles de Judith, si douces à mon oreille : *Peut-être n'as-tu pas suffisamment soigné son éducation, mon époux ? Il est clair qu'elle n'a appris ni le respect ni l'obéissance. Tu ne vas pas l'envoyer chez les Andrews, pour qu'ils découvrent à quel point son éducation a été imparfaite ?*

À présent, regardant Susannah, je secouai la tête.

— Non, mes filles resteront près de moi.

— C'est ce qui convient le mieux, vous pensez ?

Elle dit cela sur un ton désapprobateur, avec une insupportable familiarité.

— Vous êtes gentille d'être venue voir votre sœur, répliquai-je aussi froidement que possible. Mais, comme vous l'avez dit vous-même, elle n'est plus là. Rien ne vous oblige à vous soucier plus longtemps de ma famille.

— Jude et Charity sont mes nièces. Ne l'oubliez pas...

— ... bien qu'elles ne vous aient jamais rencontrée avant aujourd'hui.

— Ce n'est pas moi qui en ai décidé ainsi.

— Qui, alors ?

Elle ne me répondit pas. Je lui tournai le dos dans l'espoir qu'elle comprendrait le message et me laisserait en paix.

— Lorsque ma sœur m'a écrit pour me demander de venir, elle m'a parlé d'un problème, déclara-t-elle.

— Oui, des problèmes, elle en avait, répliquai-je. Une malformation et un bébé qu'elle craignait de voir mourir.

— Certes. Mais je faisais allusion à autre chose.

— Il n'y avait rien d'autre.

— Dans ce cas, pourquoi aurait-elle prétendu le contraire ?

Il y avait, dans sa manière de parler, des insinuations que je ne saisissais pas, une accusation qui m'échappait, et cela me rendit furieux. Je ripostai en la regardant bien en face :

— Que vous a-t-elle dit ? Allez-y, ma sœur. Je suis curieux de l'apprendre. De quels problèmes elle vous a parlé ?

— Elle n'a rien précisé. Voilà justement ce qui m'intrigue.

— Peut-être ne l'a-t-elle pas fait parce qu'il n'y avait rien à dire. Elle s'inquiétait, tout simplement. Elle avait rêvé que le bébé mourrait. Elle vous en a parlé ? N'avait-elle pas le pressentiment de sa propre mort ?

— Comme n'importe quelle femme dont les accouchements sont laborieux, rétorqua Susannah.

Je me remis au travail.

— Oui. Il ne devait pas y avoir autre chose...

— Même si c'était le cas...

Elle s'interrompit suffisamment longtemps pour que je lève de nouveau les yeux vers elle. Elle fixait la planche, sous mes mains, avec une expression pensive.

— Même si c'était le cas, je crois que je vais demeurer quelque temps ici. Vous me le permettez ?

— Si je vous le permets ?

— C'est votre foyer.

— Mon foyer est pareil aux autres : la famille n'a pas besoin d'invitation.

Il me fallait de l'aide pour m'occuper des filles, jusqu'à ce que je sois prêt à choisir une nouvelle épouse. Et puis, Susannah faisait bien partie de la famille ; ç'eût été un péché que de la jeter dehors.

— Vous êtes la bienvenue, si vous décidez de rester. Mais ici, ce n'est pas Londres. Ni la vie à laquelle vous êtes habituée. Je vous conseille d'y réfléchir, avant de prendre une décision.

— C'est déjà tout réfléchi, répliqua-t-elle sur un ton triomphant.

Et, comme elle quittait la grange, j'eus le sentiment qu'elle estimait avoir gagné cette bataille, et qu'elle s'armait pour la guerre.

14

Certains se posaient la question de savoir pourquoi je lui permettais de rester : après tout, elle était suffisamment belle pour que cela n'échappât à personne. Et du jour où, après le baptême de Faith, Susannah avait calmé l'enfant avec un tel savoir-faire, l'on commença à jaser sur la place qu'elle occupait dans mon foyer, bien qu'elle fût la sœur de Judith, et par conséquent la mienne. Je le sais parce que Samuel Nurse, qui était un bon ami, s'empressa de couper court aux rumeurs lorsqu'elles lui parvinrent aux oreilles, et qu'il m'en tint informé. Mais, en dépit du fait que la beauté de Susannah était source de commérages, j'étais soulagé qu'elle fût là pour s'occuper de mes enfants. J'avais d'autres devoirs à accomplir : au début de l'automne, j'avais été élu au comité de village, et les affaires le concernant occupaient désormais une bonne partie de mon temps.

Notre problème majeur, c'était le pasteur Samuel Parris. Depuis que Salem-Ville nous avait permis de construire un temple, vingt ans plus tôt, le village se livrait à une polémique acharnée pour savoir qui serait le futur pasteur, et qui le choisirait. Lorsque nous nous étions installés, Judith et moi, la question divisait déjà les gens. La situation s'était aggravée avec le défilé des pasteurs – chacun d'eux se révélant pire que son prédécesseur et tous n'étant bons qu'à envenimer la discorde. Leur incapacité à ramener la paix au village avait en effet contribué à accroître les tensions. Aucun de ces pasteurs n'étant ordonné, les personnes qui souhaitaient recevoir la communion devaient se rendre le dimanche à Salem-Ville. Ce fut donc un soulagement, pour le village, de pouvoir fonder une église ; cependant, ce soulagement fut gâté par le pasteur qui fut retenu. Nombre de mes voisins et moi-même pensions en effet que Samuel Parris n'était pas digne d'une telle fonction.

Les discussions entourant sa nomination avaient été âpres et enflammées – nous aurions dû nous douter, alors, qu'il servirait bien mal notre village. Mais Tom Putnam, son plus ardent partisan, avait de l'influence – si néfaste fût-elle – et peu d'autres candidatures se présentaient. Salem-Village était réputé pour son esprit querelleur, et cette réputation était justifiée. Jusqu'à Samuel Parris, nous n'avions jamais gardé un pasteur plus d'un ou deux ans.

Dans mes moments les moins charitables, je me disais que le village, avec lui, n'avait que ce qu'il méritait. Nous autres villageois n'étions pas parvenus, durant toutes ces années, à trouver un accord. J'étais aussi coupable que les autres, même si je m'efforçais d'aimer mon voisin. Là aussi, Judith était pour moi un modèle, car elle se montrait invariablement bonne et compréhensive avec tous, tandis que j'en étais incapable. Combien de fois avait-elle répété que le pire ennemi des hommes comme Tom Putnam, c'étaient eux-mêmes, et qu'il fallait le plaindre de son aigreur au lieu de la lui reprocher ? J'essayais, mais j'avais du mal à passer plus de quelques instants en sa compagnie. Tom était un perpétuel mécontent qui souhaitait voir le village s'affranchir de tous ses liens avec Salem-Ville, et je ne pouvais l'accepter. Presque toute ma pratique me venait de la ville, si Putnam arrivait à ses fins, j'étais condamné à la pauvreté. En sorte que j'assistais aux offices à

Salem-Village, mais restais membre de l'église de Salem-Ville, où je recevais la communion. Je ne pouvais m'imaginer avoir accès à Dieu par le canal de Samuel Parris – un homme rigide et impitoyable, qui ne cessait de réclamer un meilleur salaire, prêchait des sermons pleins d'amertume et propres à semer la zizanie, demandait des chandeliers en or pour l'autel alors que le temple lui-même paraissait sur le point de s'effondrer au premier coup de vent... Je jugeais un tel homme indigne de diriger une congrégation, quelle qu'elle fût.

Judith me désapprouvait sur ce point. N'étant pas portée sur les longs déplacements jusqu'à Salem-Ville pour recevoir la communion, elle fut l'une des premières à rejoindre l'église du village. Je m'efforçai vainement de la remettre dans le droit chemin ; cependant, lorsqu'elle me fit part de son désir de quitter l'église de Salem-Ville pour rallier celle du village, je ne tentai pas de l'en dissuader. Elle était mon épouse, non mon esclave, et son âme savait déjà ce qui serait bon pour elle.

Mais il me fallait moi aussi suivre mon inclination. Je n'avais pas confiance en Parris, et n'éprouvais nulle affection à son égard. Depuis des mois, comme nombre de villageois, je refusais de payer l'impôt destiné à son salaire. Quand j'avais été élu au comité de village, en même temps que Francis Nurse, Daniel Andrew, Joseph Putnam et Joseph Porter – tous hostiles à Parris –, l'une de nos premières décisions avait été de ne pas fixer le montant de l'impôt destiné au salaire de Parris. Ce n'était pas une décision hâtive : nous en avions discuté pendant des mois. Jusque-là, nous avions utilisé des moyens plus discrets pour le contraindre à démissionner, mais nos efforts avaient été soit ignorés, soit violemment contestés. Désormais, nous avions renoncé à toute diplomatie.

Judith m'en voulait de prendre part à cette polémique. Il était important, disait-elle, que je montre l'exemple aux filles. Or, comment pourrait-elle prétendre que je n'avais aucune part dans les conflits du village, quand j'y étais mêlé de façon aussi évidente ? Elle finit par se rendre à mes arguments, mais, je le savais, elle n'était pas d'accord avec ma démarche.

Avait-elle raison ? Je l'ignore. Toujours est-il qu'au cours des premières semaines suivant sa mort je me sentis de plus en plus perturbé par les dissensions villageoises, même si mes propres problèmes m'en tinrent à l'écart. Je me souciais surtout de savoir comment j'allais pouvoir élever trois filles sans les conseils d'une mère. Je n'avais qu'une vague idée de l'évolution de la situation : les membres du conseil paroissial avaient demandé au comité de prélever une taxe pour le salaire de Parris, Joseph Porter ne reviendrait pas sur son refus. Je pensais que ça s'arrêterait là. J'espérais que ce serait le cas. Or, une semaine plus tard, Francis Nurse invita le comité à se réunir de toute urgence.

Le jour où nous devions nous rencontrer, je me réveillai tôt. Mais lorsque je sortis de la chambre, Susannah était déjà levée, et s'affairait au foyer.

Elle jeta un coup d'œil par-dessus son épaule. La lueur des flammes éclairait son visage.

— Asseyez-vous, mon frère. Le petit déjeuner est presque prêt.

— Je vais chez les Nurse.

— Vous avez le temps d'avaler quelque chose avant que la réunion ne commence.

Je ne m'attendais pas qu'elle tente de me dissuader, et n'avais donc préparé aucune excuse. Elle avait raison : il était encore tôt. Joseph Putnam venait lui aussi de loin. J'avais largement le temps.

Je m'assis donc. Elle se tourna de nouveau vers le feu. Je cherchai que dire, en vain. Jamais, de toute ma vie, je ne m'étais senti aussi intimidé par une femme. J'avais été fortement impressionné par Judith, au début, mais pas au point d'en perdre la parole. J'avais honte.

Je tirai la cruche vers moi et humai à pleines narines l'odeur du malt et du houblon, espérant ainsi me rafraîchir les idées.

— Vous allez bien, mon frère ? demanda-t-elle.

Levant les yeux, je la vis qui, à côté de la table, me regardait attentivement.

— Oui, dis-je.

Elle posa une écuelle de bouillie de maïs devant moi, s'assit en face avec la sienne. Je l'entendis mâcher discrètement, avaler presque sans bruit. Soudain, elle lança :

— Je me fais du souci pour Charity.

Ces mots me parurent prononcés dans une langue étrangère, tant j'étais perdu dans mes pensées.

— Elle paraît perturbée, continua Susannah. Vous n'avez pas remarqué ?

— Perturbée ?

— Plusieurs fois, en me réveillant au milieu de la nuit, je l'ai vue qui regardait par la fenêtre. Elle semble avoir l'esprit... l'esprit un peu troublé.

— Elle a toujours eu beaucoup d'imagination.

— Vous pensez qu'il s'agit juste de ça ?

— Elle est très sensible, depuis quelque temps. Judith disait que c'étaient de simples crises de croissance.

Susannah rit, mais elle ne paraissait pas du tout amusée.

— Les crises de croissance sont bien différentes, je vous le garantis.

— Vous pensez y voir plus clair que sa propre mère ?

— Moi aussi, j'ai été une jeune fille. Je ne suis pas aveugle.

— Judith ne l'était pas non plus, rétorquai-je sèchement.

Susannah approuva de la tête, mais elle n'en avait pas fini. Elle eut une hésitation, puis lança :

— Charity a-t-elle un soupirant ?

— Un soupirant ? Ce n'est qu'une enfant.

— L'avez-vous regardée récemment, mon frère ? C'est déjà une jeune femme... peut-être même davantage. Son regard n'a rien de candide.

— Quelle absurdité !

Elle se contenta de pencher la tête vers moi.

— Ah oui ? Eh bien, regardez mieux !

Je pensai à ma fille, à ses yeux bleu pâle si pleins d'adoration. À la façon dont elle m'assistait à la grange, quand elle avait six ans, jusqu'à ce que sa mère y mît bon ordre en l'initiant aux travaux d'aiguille.

— Vous la connaissez depuis moins d'un mois et vous osez me parler de son regard, à moi qui l'ai toujours connue !

— En effet, répliqua Susannah, avec entêtement.

— Oui. Ça ne m'étonne pas de vous.

Mes paroles étaient délibérément cruelles et, lorsqu'elle rougit, j'éprouvai un mélange de satisfaction et de honte.

— Vous vous occupez beaucoup de vos enfants, mon frère, hormis pour les punir ?

Je la regardai avec incrédulité.

— Vous m'accusez de les négliger ?

— Vous le sauriez, si tel était le cas.

— Je passe presque toutes les heures du jour avec mes filles. Je ne prends pas à la légère le devoir que j'ai de veiller sur leurs âmes.

Elle balaya mes propos d'un geste de la main.

— Là n'est pas la question. Savez-vous qu'elle s'est remise à fréquenter ces filles, ses amies ?

Mon visage se figea. *Elle s'est remise à fréquenter ces filles*. Je me souvins du jour où Faith avait été baptisée ; je revis Charity assise à la table de ces bonnes à rien, chez Ingersoll. Les paroles de Judith me revinrent à l'esprit : *Nous devons lui donner suffisamment à faire pour qu'elle n'ait pas de temps à perdre avec elles.*

— Je lui ai défendu de les rencontrer, dis-je.

— Eh bien, elle vous a désobéi.

— Charity est une fille respectueuse, répliquai-je, furieux. Que vous l'accusiez de désobéissance...

— Oh, Lucas, maintenant, l'aveugle, c'est vous !

Il y avait du mépris dans ses paroles. Je repensai aux histoires que Judith m'avait racontées au sujet de sa sœur et à présent, en la regardant, je n'avais aucun mal à les croire. Repoussant mon écuelle, je me levai et ripostai :

— Vous devriez faire attention à vos paroles, madame. Vous êtes mal placée pour nous juger, moi et mes filles.

— Vous vous méprenez sur mes intentions. Je ne voulais pas...

— Quand vous avez quitté vos malheureux parents pour courir après ce fils de hallebardier, vous étiez consciente de l'humiliation que vous alliez leur infliger ? Vous avez songé à ce qu'ils deviendraient sans vous ?

Elle devint livide.

— Cela ne vous regarde pas, lâcha-t-elle d'une voix tendue.

— Et vous, ça ne vous regarde pas non plus. Je n'ai pas besoin de vous pour m'occuper de ma fille.

Me dirigeant vers la porte, je saisis ma cape, pendue à un crochet, et la balançai sur mon bras. Je ne pris pas la peine de m'en couvrir les épaules et de l'attacher sous le cou avant d'être sorti de la maison, et suffisamment loin de Susannah.

Tandis que je guidai Saul jusqu'au sentier, je m'efforçai d'oublier ses paroles. Mais en vain. Je commençai à m'interroger : m'étais-je montré négligent ? Ma fille aînée était-elle en train d'échapper à mon autorité ? Je décidai que non. Comment aurait-ce pu être le cas ? Tous les soirs, je priais et lisais les évangiles avec mes enfants. Susannah ne connaissait rien de notre foyer. Elle n'était que de passage.

Le trajet me parut court jusqu'à la maison des Nurse, tant j'étais plongé dans mes pensées. La demeure de Francis était parmi les plus belles du village. Elle se dressait en l'un de ses points les plus hauts, sur une terre fertile descendant jusqu'à la prairie, avec des murs de pierre et des barrières bien entretenues, tout comme les vergers qui s'étendaient jusqu'à la forêt de pins et de bouleaux. Le champ de lin était plein de lin coupé que l'on laissait pourrir dans l'air humide en attendant de le ramasser. Bien que Francis Nurse fût déjà âgé et son épouse chétive, ils étaient plus travailleurs que nombre de mes voisins.

Je conduisis mon cheval à la grange et empruntai la longue allée en courbe menant à la maison. Là, je frappai à la lourde porte de chêne incrustée de clous d'ornement. Je levais les yeux vers le cadran solaire sculpté dans le mur, juste au-dessus, lorsque Francis m'ouvrit.

— Ah, Lucas ! C'est une bonne chose que tu sois venu. Entre.

Il me précéda dans la salle commune, avec sa vaste cheminée et son superbe parquet. Les autres étaient déjà installés autour de la table, y compris Joseph Putnam, que j'avais pensé prendre de vitesse.

— Alors, c'est moi le dernier arrivé, dis-je.

— De peu, m'assura Joseph. J'arrive à peine. Comment ça va, Lucas ?

— On fait aller, répliquai-je.

— Ah... Eh bien, c'est une épreuve difficile, j'imagine. Heureusement que tu as une femme pour t'aider, dit Daniel Andrew.

Je le vis jeter un coup d'œil à Joseph et, surprenant le regard qui passa entre eux, je rougis. Ainsi, eux aussi avaient parlé de Susannah – mes propres amis...

— Juste pour quelque temps, précisai-je en m'asseyant et en prenant la chope de bière que me tendait Francis. Où est Rebecca ?

— Elle est un peu souffrante en ce moment, répondit Francis. L'humidité.

— Oui. Pour ça, l'année s'annonce mal, j'en ai bien peur, observa Joseph Porter en frottant sa barbe grisonnante. Je le sens dans mes os.

— L'année est mauvaise sous tous les rapports, lâcha Daniel d'une voix sinistre.

Cet homme encore jeune était un avocat qui assumait aussi – contrairement à nous autres – la charge de conseiller municipal à Salem-Ville. Il passa la main dans sa chevelure blond roux et secoua la tête en ajoutant :

— Et pour ce qui est de l'église, la situation ne cesse d'empirer.

Je pris une gorgée de bière.

— Vraiment ? Dites-moi, alors... Comment les membres du conseil paroissial ont-ils pris notre refus de prélever la taxe destinée au salaire de Parris ?

Tous se regardèrent – j'étais le seul à ne pas avoir participé à la dernière réunion.

— Qu'est-ce qu'il y a ? demandai-je, soudain inquiet. Que s'est-il passé ?

— C'est pour cela que nous avons convoqué le comité, m'expliqua Francis. L'Église a engagé un procès contre nous.

— Contre qui ?

— Contre le comité.

— Mais c'est ridicule !

— Je le leur ai dit, fit remarquer Daniel. Mais ils ont déposé une plainte au tribunal du comté la semaine dernière.

— Qui l'a signée ? m'enquis-je, tout en étant déjà sûr de la réponse.

— Nate Putnam, Tom Putnam et Thomas Wilkins, répondit Daniel.

J'avais bien deviné.

— Tom est comme un chien qui a trouvé un os, dis-je.

— Il suffit qu'on soit contre le pasteur pour que mon frère le soutienne, renchérit Joseph Putnam avec un petit sourire. Tom préférerait me voir mort plutôt qu'être d'accord avec moi. Et l'oncle Nate ne vaut pas mieux que lui.

— Il serait préférable que le problème soit juste là, remarqua Francis. Mais tu es trop jeune pour être à l'origine du conflit.

— Qu'est-ce qu'on fait, alors ? demanda Daniel. Je vous préviens, vous risquez d'avoir à y aller de votre poche. Si le tribunal tranche en leur faveur, nous encourrons une amende pour non-respect de nos devoirs.

— La probabilité est grande que ça se produise ?

Le visage de Daniel s'assombrit.

— J'aimerais pouvoir te dire que non, mais le tribunal du comté n'est pas très indulgent, ces derniers temps, avec tous ceux qui contestent les lois édictées par le conseil général. Et les dissensions entre Salem-Village et Salem-Ville sont nombreuses et bien connues. J'ai peur que la situation ne nous soit pas favorable.

— Mais, par principe...

— Avec les hommes qui ont des principes, ils se montrent encore moins tolérants, interrompit Daniel d'un ton sec. Tout ce qu'ils verront, c'est que l'on a refusé de fixer la taxe destinée au salaire de Parris... autrement dit, de remplir la principale fonction de ce comité, instauré il y a vingt ans.

— On ne peut pas garder cet homme ! lança Joseph Porter d'une voix pleine de colère. Il exige du bois de chauffage, de l'or pour l'autel, et il ne s'agit que d'un début... Lucas, tu as dit toi-même qu'il t'avait réclamé des gants devant la tombe de notre chère Judith. Et d'autres ont raconté la même chose. Des gants ! Il se croit à Boston, ou quoi ? Le principal souci de Parris est son confort personnel. À l'évidence, il ne fait pas grand cas de ses fidèles. Il a déjà brisé le contrat qui le liait à nous.

— Ils ne verront pas les choses sous cet angle, répliqua Daniel en soupirant. Mais je ferai de mon mieux pour les convaincre, vous le savez.

Nous hochâmes tous la tête. Mais les nouvelles étaient effectivement mauvaises. J'étais furieux et, comme les autres, je votai pour le maintien de notre ligne de conduite – les principes que nous défendions valaient bien la menace de n'importe quelle amende.

Pendant la réunion, j'étais parvenu à oublier Susannah et la dispute que nous avions eue. Mais, dès que nous nous levâmes de table pour partir, je me remis à y songer.

Je n'étais pas pressé de rentrer chez moi. Je pris donc mon temps, et pourtant j'avais des choses à faire : un autre rouet à finir, ainsi qu'un placard commandé par un client de Salem-Ville. Toutefois, les inquiétudes de Susannah me taraudaient. À nouveau, je me sentis écrasé par la responsabilité que Judith avait laissée peser sur mes épaules. Et de savoir que sa sœur était là pour m'aider avait soudain cessé d'être un soulagement. Ma conscience était tourmentée. Quand j'émergeai des bois, par le sentier menant à la maison, je découvris Charity plantée devant notre porte, et elle me fixait des yeux comme si elle avait aperçu le Diable dans mon ombre.

Charity est perturbée. L'espace d'un instant, quelque chose, dans le regard de ma fille, me fit penser que Susannah avait raison. Puis je me demandai si j'avais bien vu.

Charity me lança :

— Je souhaiterais vous parler, Père. Je crains que nous n'ayons été horriblement trompés.

Elle avait toujours été une enfant rêveuse, impressionnable. À présent, elle employait des mots si sérieux, si graves. Ses yeux avaient une intensité que je ne leur avais pas vue depuis des années, et je me demandai pourquoi. Était-ce simplement qu'elle avait passé l'âge où un chariot cassé provoquait un désespoir infini et une bourrasque de neige des exclamations de stupeur ? Ou bien y avait-il autre chose qui m'avait échappé ?

Elle s'était remise à parler, trop vite pour que je comprenne. Jusqu'à ces mots :

— C'est une actrice, Père. C'est une actrice.

— Charity ! répliquai-je sur le ton que j'utilisais souvent quand, enfant, elle piquait une colère ou fondait en larmes ; et, lui prenant le coude pour la forcer à m'écouter, j'ajoutai : Qui est actrice ? Qui es-tu en train d'accuser ?

Je croyais qu'elle allait nommer l'une de ses amies, ou quelqu'un vivant en dehors du village ou sur la route d'Ipswich. Lorsqu'elle répondit « Susannah », je ne m'y attendais pas.

Je demeurai stupéfait. Puis je compris que les rumeurs avaient dû suivre Susannah jusqu'à Salem-Village. Je me demandai comment cela était possible... Qui donc était au courant ?

Je mis un bon moment à me rendre compte que je serrais Charity contre moi. Je ne l'avais pas tenue ainsi depuis qu'elle était bébé. J'espérais que Dieu me pardonnerait de la garder encore un peu sur mon cœur. Puis je sus que je ne pouvais risquer de la gâter. Il était de mon devoir de faire en sorte qu'elle restât forte.

Je la repoussai délicatement, et lui dis la vérité avec les mots les moins durs que je trouvai :

— Ta tante n'est pas une actrice, Charity.

C'était une enfant, prisonnière d'un mélodrame qu'elle avait inventé de toutes pièces. Elle était trop sensible. Le monde la taillerait en morceaux, si je manquais à lui donner la force de le combattre. Je durcis donc la voix, mis fin à ses accusations et exagérations, et la laissai là.

Mais l'expression blessée de ma fille ne me quitta pas. Ses paroles demeuraient gravées dans mon esprit, tout comme l'image de mes voisins discutant entre eux, et ce regard que Joseph Porter et Daniel Andrew avaient échangé. Les rumeurs avaient désormais atteint le village, et il me fallait intervenir afin de les faire cesser. Pour mes filles, me répétai-je. Afin de protéger leur innocence de ces insinuations d'immoralité. Afin qu'aucune tache ne rejaillisse sur leur avenir. Pour mes filles.

15

J'attendis que les enfants soient couchées, après la prière du soir. Par cette nuit obscure, la maison paraissait l'être encore davantage, la lueur du feu opposant un rempart bien incertain aux ombres qui s'insinuaient par les fenêtres et gagnaient le plancher. J'allumai une chandelle, puis une autre. Lorsque Susannah me regarda d'un air surpris, je lui désignai l'une des bottes de Jude et mon nécessaire de cordonnerie, prêt à me mettre à l'ouvrage.

— Il n'y a pas assez de lumière pour ça, lui dis-je.

— Ça fait du bien, un peu de lumière, approuva-t-elle en récurant les écuelles. Il fait toujours si... si sombre ici, à ce qu'on dirait. Mais je suis étonnée que vous soyez encore debout, mon frère.

— J'ai des chaussures à réparer.

Elle resta un moment sans répondre. Lança ensuite un simple « Oui », dont le ton indiquait clairement qu'elle n'était pas dupe de mon explication. Je me demandai pourquoi je n'avais pas dit la vérité, pourquoi j'hésitais. J'étais là parce qu'il me fallait parler avec elle. Pourquoi ne pas le lui déclarer tout de suite et en finir le plus vite possible ?

— Et puis...

Je retournai entre mes doigts la botte de Jude, remarquant l'usure du cuir, une couture distendue, l'empreinte sombre que son petit pied laissait sur le cuir.

— Et puis... je voudrais m'entretenir avec vous.

— Ah. Sans que les enfants soient là pour entendre ?

— Oui.

— Ce doit être terriblement important, s'il faut épargner leurs oreilles.

Levant les yeux, je vis qu'elle me regardait. Elle tenait une écuelle devant elle, comme un bouclier. L'ustensile était encore mouillé, et l'eau gouttait sur la cheminée de brique, mais le crépitement du feu en couvrait le bruit.

— Elles ont déjà été suffisamment blessées comme ça, dis-je.

— Blessées ?

Elle fronça les sourcils, posa l'écuelle et se dirigea vers moi, s'arrêtant au bout de la table avant d'ajouter :

— Je ne comprends pas.

— Quand je suis rentré, aujourd'hui, Charity m'a dit qu'elle avait entendu des rumeurs, en ville.

— Des rumeurs ? Quel genre de rumeurs ?

— Des rumeurs selon lesquelles vous seriez montée sur les planches.

— Oh ! fit-elle en se laissant tomber à l'autre extrémité du banc.

Je sentis le banc s'ébranler sous son poids, puis se stabiliser.

— Je n'aurais pas cru que cela me poursuivrait jusqu'ici.

— Peut-être n'êtes-vous pas aussi bien protégée que vous le pensiez.

Elle me foudroya du regard.

— Je n'y suis pour rien et j'ai déjà eu bien assez d'ennuis à cause de ça. Mais c'est si vieux ! Je ne vois pas l'intérêt d'y revenir.

— Apparemment, tout le monde ne pense pas comme vous.

— Oui, répliqua-t-elle pensivement. De toute évidence.

— Qui cela peut-il être ?

— Quelqu'un en a parlé directement à Charity ? Vous, peut-être ? Ou Judith ?

Je secouai la tête, choqué par une telle pensée.

— On ne parlait presque jamais de vous.

Un son étranglé sortit de sa gorge. Je l'avais blessée. La souffrance que je lus sur son visage me fit un drôle d'effet, comme si je l'avais crue incapable d'une telle expression. J'en savais, sur Susannah Morrow, beaucoup plus qu'elle ne pouvait l'imaginer. Judith n'oubliait pas facilement les vieilles blessures, même quand elle aimait. Voici ce que je savais : Susannah était insatisfaite par nature et avait, depuis longtemps, quitté le droit chemin. Je n'avais jamais songé qu'elle eût pu regretter ce qu'elle avait abandonné... jusqu'à ce que je la voie baisser les yeux et joindre posément ses mains dans sa jupe.

— Vous avez des frères et sœurs, Lucas ?

— Je n'ai plus qu'un frère. Enfin, je crois...

— Vous croyez ?

— Il y a des années que je ne l'ai revu.

— Où est-il ?

Sa voix était curieusement pressante. Devant mon regard perplexe, elle insista :

— Vous avez des nouvelles de lui ?

— Non, rétorquai-je en secouant la tête. Pas depuis que je suis venu en Nouvelle-Angleterre.

À la vérité, cela faisait plus longtemps. Lorsque j'avais quitté la maison, le seul frère qui me restait avait à peine cinq ans. J'aurais été surpris qu'il se souvînt seulement de moi. Je ne pouvais que lui souhaiter d'être encore en vie : c'était loin d'être certain, vu le caractère brutal de mon beau-père. Quant à ma mère, j'espérais qu'elle était morte depuis longtemps, et qu'elle avait trouvé un repos bienheureux dans l'éternité, elle qui avait été si rudoyée de son vivant.

Mais je n'en dis rien à Susannah. Cela ne la concernait pas, et je me méfiais des raisons de sa curiosité. Je gardai donc le silence.

— En avez-vous parlé avec vos filles... de votre famille ?

— Ma famille est dispersée aux quatre vents. Je n'ai aucune envie de retrouver ce qu'il en reste.

— Et je vous inspire les mêmes sentiments, n'est-ce pas ?

Je soupirai avec impatience.

— Rien ne sert de...

— Si ! m'interrompit-elle. Vous avez dit que Judith et vous ne parliez jamais de moi à vos filles. Vous en aviez tellement honte ?

— Oui. Oui, bien sûr, répliquai-je en désignant la pièce d'un geste du bras. Jetez un coup d'œil autour de vous. Vous êtes dans une famille pieuse, qui vit dans la crainte de Dieu. Il n'y a pas de place pour le péché, ici.

— Et je suis une pécheresse ?

— Vous prétendez le contraire ?

— Je n'ai jamais été actrice.

— Vous avez vécu avec des acteurs, accusai-je. Vous avez forniqué avec eux...

— Il n'y en a eu qu'un. Un seul. Il s'appelait Geoffrey.

J'eus un rire incrédule.

— Et puis, vous l'avez quitté pour un autre.

— Robert n'était pas acteur. Il était cordonnier.

— Vous avez vécu avec lui.

Ses yeux jetèrent un éclat.

— Oui. Je l'aimais.

— Mais vous ne l'avez jamais épousé. Vous n'en avez jamais épousé aucun.

Elle se leva et donna une grande tape sur la table. Se pencha vers moi pour me lancer :

— Des hommes comme vous, j'en ai connu, mon frère. Toujours les premiers à jeter la pierre, toujours les premiers à crier au péché. Et une fois rentré chez vous, vous allez vous satisfaire dans un coin sombre, et vous vous vengez de vos frustrations sur tous ceux que vous croisez. Vous croyez que je ne vois pas clair en vous ? Vous croyez que je n'ai pas compris ? C'est de vous que Judith se plaignait dans ses lettres !

— De moi ?

Je la fixai, furieux. Sans y penser, je lui saisis le poignet pour l'obliger à se taire.

— Je n'ai donné à Judith aucune raison de se plaindre de moi. Quant au fait qu'elle vous aurait confié ses pensées les plus intimes alors que vous l'aviez trahie sans la moindre hésitation, ça reste pour moi un mystère.

— Comme la plupart des choses, visiblement !

Elle ne fit pas un geste pour me repousser ou pour échapper à l'étreinte de ma main. Et puis, soudain, toute colère disparut de son regard. Ce que j'y lus à la place me causa un choc.

Comme si l'on m'avait arraché le voile qui recouvrait mes yeux. Je lâchai son poignet.

— Pardonnez-moi, murmurai-je.

Je me laissai tomber sur le banc, et plongeai le visage dans mes mains.

— Pardonnez-moi. Je n'aurais pas dû dire ces choses.

— Moi non plus, reconnut-elle, visiblement ébranlée.

Je ne la regardai pas. Je l'entendis s'écarter, attiser le feu.

— Je vais... oublier vos paroles, ajouta-t-elle d'une voix presque inaudible. Il est inutile que nous nous fâchions.

— Oui. N'y pensons plus.

— Bien. Alors... je vous souhaite une bonne nuit.

— Bonne nuit.

Elle se figea de nouveau, puis hocha la tête et monta l'escalier, ne laissant derrière elle que le bruit de ses pas.

Je ramassai la chaussure de Jude, tombée à terre, et la reposai sur la table. Puis je mouchai les chandelles et me dirigeai dans l'obscurité vers la chambre, au fond de laquelle le lit que j'avais partagé avec Judith dressait sa sombre silhouette. Je me déshabillai et me glissai entre des draps froids comme la tombe, sans bassinoire pour me faciliter la tâche. Je désirais cet inconfort. Je voulais prendre conscience de ma condition de mortel, et sentir ce froid sur mon âme. Mais, étendu dans mon lit, je brûlais.

C'était un tourment insupportable. Je me relevai, remis ma chemise et allai à mon bureau, dans un coin de la pièce. J'allumai l'unique bougie, et cherchai le réconfort dans la pile de livres entassée sur le sol. J'en pris un, et il s'ouvrit à une page que je connaissais bien, froissée par le contact de mes doigts. « À peine nous levons-nous le matin qu'il nous faut combattre deux géants puissants : le monde et le Diable. Et qu'emportons-nous avec nous ? La faible chair, cette traîtresse sans cesse prête à succomber aux assauts de l'ennemi. »

Je fermai les yeux et pensai à Judith : ses mains froides ; son corps tout raide au-dessous du mien ; son regard patient. Petit à petit, en moi, le feu s'apaisa. Petit à petit, je retrouvai mon souffle. J'achevai la lecture du sermon, soufflai la bougie puis tâtonnai jusqu'à mon lit, autour duquel je tirai les rideaux. J'étais fatigué. Il était tard. Je pensais que j'allais vite sombrer dans le sommeil, mais je rêvai de Judith et ces visions me hantèrent jusqu'à l'aube, où je m'éveillai épuisé au-delà de toute expression. Je me sentais tel Jonas, « banni du regard de Dieu ».

Vinrent les premières neiges, suivies d'autres qui s'amassèrent devant notre porte, nous empêchant de sortir, hormis pour aller à la grange. Charity, surtout, paraissait en souffrir. Elle était devenue pâle et mélancolique, au cours des dernières semaines ; elle passait son temps à regarder par la fenêtre en rêvassant au lieu de travailler, et à m'observer avec une intensité qui me mettait mal à l'aise. Et puis, un matin, je me levai tôt. Ma nuit avait été mauvaise. Dans le lit trop froid et trop vide, des rêves imprécis et vaguement voluptueux avaient troublé mon sommeil. Susannah n'était pas encore debout. Quand j'entendis des pas dans l'escalier, j'avalai une dernière gorgée de bière et m'apprêtai à sortir. C'est alors que je vis apparaître non Susannah, mais Charity.

Je me figeai, et me surpris à étudier ma fille. Je remarquai la fatigue qui se lisait sur son visage, ses yeux cernés, sa peau trop pâle. Soudain, je me remémorai cette conversation, quelques jours plus tôt... Et la question étrangement insistante posée par Susannah, au sujet de mon ancien apprenti Samuel Trask qui, un beau jour, avait disparu sans un mot. *Que sais-tu de cette affaire, Charity ?*

Je n'avais repensé ni à Sam ni aux cinq livres qu'il avait prises. Or, voilà que je sentais soudain sa présence et, chose troublante, que cette présence était liée à ma fille. Je revis Judith devant moi, et sa bouche qui formait des mots... « Sam »... « Charity »... Les termes précis m'échappaient, et même la substance de ses propos... *Tu vas lui parler, n'est-ce pas, Lucas ?* m'avait-elle demandé, et j'avais promis de le faire. Mais mon attention était tellement concentrée sur les tâches à accomplir dans la journée que je n'avais pas bien compris de quoi ma femme voulait que je parle avec Sam, et que j'avais presque aussitôt oublié ma promesse. Et voilà que ce détail me revenait en mémoire, chargé d'une vague menace.

— Bonjour, Charity, dis-je.

— Bonjour.

Elle s'assit à table et versa de la bière dans une chope en courbant l'échine, visiblement lasse.

— Tu es malade, mon enfant ? demandai-je.

Elle leva les yeux, comme surprise par le son de ma voix.

— Non, Père.

Il me sembla voir son âme dans ses yeux, et j'y lus une telle détresse que mon cœur se serra.

— Qu'est-ce qui te perturbe ? insistai-je – malgré moi, car je redoutais sa réponse.

Elle avança la chope vers elle, mais ne but pas.

— Comment le Diable vient-il ?

Je m'étais attendu qu'elle me parlât de Samuel. Je restai donc un moment perplexe, les sourcils froncés, puis je répondis :

— Par tous les moyens possibles. C'est notre tâche, que de le reconnaître lorsque nous le voyons.

— Je me souviens quand notre voisine a raconté à maman qu'elle l'avait vu. Qu'il s'était assis sur elle pendant la nuit.

Je hochai la tête.

— Un cauchemar. Elle a prié, et la vision est partie.

— Et si elle n'était pas partie ?

— Elle est partie.

— Mais si..., poursuivit-elle après avoir respiré un grand coup. Mais si, après qu'on a prié et prié, il est toujours là ?

Sa question n'aurait pas dû me soulager, et pourtant ce fut le cas. Cela n'avait rien à voir avec Sam, après tout : ma fille s'inquiétait simplement pour le salut de son âme – ce qui était naturel, après la mort de sa mère.

— Écoute-moi bien, Charity. La plus grande ruse de Satan, c'est de nous faire croire que nous avons perdu Dieu. Lui donneras-tu ce pouvoir ?

— Je ne le veux pas. Mais j'ai... j'ai peur.

— Tu dois prier pour trouver le réconfort, mon enfant. Dieu ne t'a pas abandonnée. Pense à cela lorsque tu as peur.

Elle hocha la tête, puis sembla hésiter. Je me souvins alors de ce que Susannah avait dit, au sujet de ces filles que Charity avait autrefois appelées ses amies. C'était dans un moment comme celui-ci, où sa foi était si vacillante, que mon enfant avait le plus besoin de conseils. Avec leurs sottises, ces filles ne pouvaient que l'égarer davantage. Je continuai prudemment :

— Le Diable a de nombreuses apparences, Charity. Prends garde à ne pas placer ta confiance en n'importe qui.

Elle écarquilla les yeux. Je compris qu'elle savait à quoi je faisais allusion, et sa surprise me satisfit. J'avais eu raison d'en parler. C'étaient effectivement ses amies qui avaient insinué le doute dans son esprit.

— On m'a raconté que tu continuais à voir ces filles, en dépit de mes avertissements. Tu ne me laisses pas d'autre choix, je le crains, que de t'interdire, à l'avenir, de les fréquenter.

Elle eut l'air alarmé.

— Mais, Père...

— C'est mieux ainsi, déclarai-je d'un ton ferme. Ta mère pensait qu'elles avaient une mauvaise influence sur toi, et je dois dire que je suis d'accord.

Elle restait silencieuse, mais je la voyais lutter.

— Tu trouveras d'autres amies, ajoutai-je. Des amies qui ne courtisent pas le mal. Entendu ?

Elle garda les lèvres serrées, mais hocha la tête.

— Très bien. À présent, va prier devant le feu. Je suis sûr que Dieu t'accordera le réconfort dont tu as besoin.

Je la suivis des yeux, tandis qu'elle allait du banc à la cheminée, et s'agenouillait devant un feu que je venais à peine d'allumer. Elle baissa la tête, et ses lèvres bougèrent au rythme de la prière. Je sentis la paix descendre sur mon âme. Mon enfant me rappelait la grâce de Dieu et, pour la première fois depuis des semaines, j'avais le cœur serein. Je fis le vœu de rentrer tôt, ce jour-là. Nous passerions la soirée à prier et à lire les évangiles, jusqu'à ce que ses peurs, et les miennes, aient disparu.

Comme je m'apprêtais à sortir, je perçus un mouvement dans l'escalier. Levant les yeux, je vis Susannah qui, à demi cachée dans la pénombre, observait Charity.

Tout le calme que j'avais réussi à rassembler disparut. Elle me jeta un coup d'œil et nos regards se croisèrent furtivement. Puis je fis volte-face et sortis précipitamment.

Je ne priai pas avec Charity ce soir-là. J'oubliai ses peurs et mon propre réconfort. Je demeurai dans la grange très longtemps, jusqu'à ne plus rien distinguer dans l'obscurité à peine éclairée par la flamme vacillante de la lampe, jusqu'à avoir les doigts trop gelés pour continuer à travailler... comme si le froid pouvait apaiser mon âme.

16

Les jours qui suivirent, je continuai de travailler très tard. Je ne rentrais que pour les repas et les leçons du soir, et me retirais de bonne heure. Je m'entourais de sermons, d'une bible feuilletée jusqu'à l'usure, et ne cessais de me répéter les commandements divins.

Ce rythme et ces habitudes me réconfortaient et me permettaient de garder la tête froide, et je n'aimais pas que l'on trouble mon humeur. C'est pourquoi le soir où, revenant après le souper, je trouvai Charity assise à table, au bord des larmes et jetant à sa tante des regards haineux, j'en fus irrité. Je ne voulais pas être mêlé à leurs querelles. Je n'avais aucun talent pour ce genre de situation.

Je m'aperçus néanmoins que Susannah, assise sur le banc près de Jude pour l'aider dans sa broderie, ne semblait pas avoir remarqué la détresse de Charity. Au début, j'en éprouvai du soulagement – il n'y avait pas eu querelle –, puis je me rappelai la dernière conversation que j'avais eue avec Charity. Ce souvenir s'accompagna d'un sursaut de mauvaise conscience : je l'avais trop négligée, depuis. Elle avait encore besoin de mes conseils. Judith n'était morte que depuis deux mois et elles avaient été très proches.

Je me dirigeai vers ma fille.

— As-tu appris les leçons du jour, Charity ?

Elle s'essuya vite les yeux.

— Oui.

— Récite-moi... Isaïe. Psaume 55, verset 7.

Elle avala sa salive.

— « Que l'homme cruel renonce à ses usages, et l'homme corrompu à ses pensées, et qu'il revienne au Seigneur qui aura pitié de lui, et à Notre Dieu, dont l'indulgence est infinie. "Car mes pensées ne sont pas tes pensées et mes usages ne sont pas tes usages", a dit le Seigneur. Car de même que... »

Je levai la main pour l'interrompre. Elle avait parfaitement récité le texte. Et pourtant, son regard était si froid que j'en éprouvai de l'inquiétude.

— Comment interprètes-tu ces paroles ?

— Comme vous l'avez dit, Père : Dieu pardonne même à l'homme le plus vil, s'il se tourne vers lui.

C'était ce que je lui avais enseigné. Et pourtant...

— Et ces paroles t'ont-elles apporté du réconfort ?

— Oui.

— Dans ce cas, pourquoi pleures-tu ?

Je touchai sa joue ; elle pencha le visage vers ma paume, comme si elle avait soif de sentir la tiédeur de ma main. Un tel besoin de tendresse ne fit que renforcer mon inquiétude, et je retirai ma main.

— Il y a de la laine à filer, dis-je d'une voix douce. Ou bien j'ai rêvé, quand je vous ai vues carder tout l'automne, ta mère et toi ?

Charity blêmit.

— Je ne veux pas... Je ne peux pas filer.

— Pourquoi ça ?

— Parce que... parce que je me suis blessée à la main.

— Demande à ta tante qu'elle te mette du baume.

— Je peux le faire moi-même.

Son ton trahissait une aversion profonde pour Susannah. Je poussai un soupir.

— Ta mère n'aurait pas apprécié que tu te méfies ainsi de ta tante. Il vaudrait mieux que tu acceptes les choses comme elles sont.

Mon regard tomba sur Susannah qui, au même instant, levait les yeux. J'ordonnai à mes filles de s'asseoir sur le banc, pour y écouter la leçon du soir. Mais je ne parvins qu'à bafouiller le sermon que j'avais préparé pour elles.

Je ne pus en supporter davantage. Après avoir lu une dernière prière, j'envoyai mes filles se coucher, m'efforçant de ne pas voir la détresse de Charity tandis qu'elle montait lentement l'escalier d'un pas accablé, en traînant Jude derrière elle. Dès qu'elles eurent disparu, j'allai à ma chambre, sans avoir adressé la parole à Susannah.

Dans la pièce, mon lit était sombre et froid, les rideaux à demi tirés. Un petit feu avait été allumé, mais le bois était humide, il fumait plus qu'il ne flambait. Je m'approchai de la fenêtre, et plongeai mon regard sur les arbres aux branches dépouillées et sur la neige que la faible lueur d'un croissant de lune faisait briller.

J'étais perdu et effrayé. Depuis la mort de Judith, je ne maîtrisais plus la situation. Ces dernières semaines, il y avait sous mon propre toit des turbulences dont la nature m'échappait. Je ne comprenais pas l'inimitié entre Charity et Susannah, ni pourquoi Charity se montrait inconsolable. Mon foyer, si bien dirigé jusque-là, était en train de sombrer, et je ne savais comment y remédier. De plus je ne pouvais me débarrasser du sentiment persistant que Susannah en était responsable.

Je priai jusqu'aux premières heures du jour, à la recherche de réponses, d'un réconfort. Enfin, je me déshabillai et allai me coucher, tirant les rideaux vert sombre autour du lit avant de me glisser entre les draps glacés. Ils conservaient l'odeur de Judith : savon, menthe, et ces herbes qu'elle mettait entre nos vêtements.

Je levai les yeux, dans l'obscurité, vers les bouquets de monarde et de camomille qu'elle avait accrochés aux colonnes afin de parfumer discrètement notre sommeil, et l'un de ses dictons préférés me revint en mémoire : *Dieu y pourvoira*. Las comme je l'étais, ces mots me rassurèrent. Oui, Dieu me montrerait la voie. Je devais cesser de douter. Grâce à cette pensée réconfortante et à la présence de Judith dans mon cœur, je m'endormis.

J'ignore ce qui me réveilla. J'étais plongé dans mes rêves et soudain, hébété et haletant, voilà que j'écarquillais mes yeux dans l'obscurité.

Au pied du lit, les rideaux s'écartèrent, tirés par une main invisible. Bien qu'il n'y eût ni lumière, ni bougie, ni le moindre rayon de lune filtrant par la fenêtre, je la vis qui se tenait là comme en plein jour, tant elle irradiait.

Susannah.

Son visage était lumineux, ses longs cheveux bruns tombaient librement sur ses épaules. Elle était vêtue d'un corsage rouge – celui qu'elle portait au baptême de Faith, trop vif pour une personne honnête, trop écarlate pour ne pas être signe de vanité.

Il semblait rayonner pendant qu'elle marchait vers moi. Les rideaux se refermèrent derrière elle et elle se mit à ramper vers la tête de lit, toujours plus près, toujours plus près, jusqu'à ce que le terrible feu de son corsage embrasât le dessus-de-lit, et tout ce qui m'entourait...

Je sentis son poids sur mes pieds, puis sur mes tibias, mes genoux, et mes cuisses – où elle s'arrêta, s'asseyant lourdement dessus. La gorge nouée, à peine arrivais-je à respirer, tandis qu'elle me chevauchait.

— Que... que faites-vous ? articulai-je enfin, d'une voix à peine audible.

Elle eut un sourire mauvais et se pencha lentement en avant, jusqu'à peser sur moi de tout son poids. Ses seins étaient contre mon torse, son bassin collé au mien ; ses cheveux se défirent, s'accrochant à mes joues mal rasées. J'étais dans l'incapacité de parler ou de faire un geste, malgré tous mes efforts. La tentation me donnait le vertige. *Pourrais-tu supporter de vivre une demi-heure dans le feu et, sinon, comment pourras-tu supporter de vivre en Enfer pour l'éternité ?*

Les paroles du sermon me parvinrent tel un message divin et, avec elles, je retrouvai ma force.

— Non ! hurlai-je et, la saisissant par les épaules, je la repoussai. Elle se redressa aussitôt avec un éclat de rire, tandis que ses mains avançaient jusqu'à ma gorge. Elle me serrait à m'étouffer, et j'étais cloué au lit par sa force, une force surnaturelle. Ce n'était qu'une femme, et elle n'avait que ses mains délicates pour me maintenir immobile. Pourtant, j'étais son prisonnier.

Elle était de plus en plus lourde. Et puis, alors que je me sentais incapable d'en endurer davantage, elle me murmura avec une extrême douceur, dans un souffle : « Je t'aurai ! »

Elle était partie. Après avoir été là, de façon très tangible, elle m'avait brusquement quitté. Les rideaux de lit n'avaient même pas frémi. Mon corps m'appartenait à nouveau, mes gestes n'étaient plus contrôlés par elle. Je portai la main à ma gorge, persuadé que son étreinte était toujours sensible, que ses doigts avaient marqué ma peau au fer rouge. Mais il n'y avait rien. J'étais à présent en mesure de respirer, de bouger.

Je m'éveillai, suffoquant tel un homme qui se noie, tremblant de terreur. C'était un rêve, juste un rêve. Je m'efforçai de retrouver mon calme, mais cela avait paru si réel, aussi réel que le moment présent. Je ne pus m'empêcher d'écarter les rideaux et de scruter la pièce plongée dans la pénombre, cherchant à l'apercevoir. Nu, je me déplaçai, à pas feutrés, dans le froid intense. La fenêtre était ouverte alors qu'elle avait été fermée au loquet depuis la fin de l'été. L'air glacial pénétrait dans la maison, comme chassé par un vent nocturne et soudain. Des nuages sombres traversaient le ciel, se frottant au passage au mince croissant de lune. Des flocons gelés me frôlèrent le visage.

Je refermai la fenêtre d'un coup sec, si fort que les vitres vibrèrent. Les mains tremblantes, je la verrouillai, une fois, deux fois ; pour m'assurer qu'il n'y avait plus de jeu, je martelai le châssis du poing. Puis, frissonnant, je me traînai jusqu'à mon bureau et, de mes doigts raidis par le froid, saisis la bible. Elle s'ouvrit à la page des Psaumes, où j'avais laissé mon signet. Je murmurai les phrases comme une conjuration destinée à éloigner le Diable. « Il n'est rien à quoi j'aspire, sur cette terre, en dehors de Toi. Ma chair et mon cœur sont faillibles, mais Dieu est le rempart de mon âme... J'ai mis ma foi en Jésus-Christ, pour pouvoir louer Ta création. »

Cependant, j'avais tellement répété ces mots qu'ils me semblaient avoir perdu leur sens. Alors je marmonnai ensuite une vague prière :

— Seigneur Dieu, aide-moi, guide-moi. Protège-moi de la tentation... Je suis ton humble serviteur... Ô Seigneur...

Aux premières lueurs de l'aube, j'étais toujours à mon bureau, glacé jusqu'aux os. Je ne sentais plus mes mains toujours en train de feuilleter la bible ; ma gorge et ma langue étaient desséchées par mes prières fiévreuses. Ma peau me paraissait couverte d'une couche de givre. Et pourtant, je ne bougeai pas avant d'avoir entendu le grincement de la crémaillère, signal infaillible que Susannah était réveillée et qu'elle préparait le petit déjeuner.

J'enfilai mes vêtements à la hâte, mes doigts engourdis s'empêtrant dans les boutonnières et les lacets, mes pieds comme des blocs de glace dans mes bottes. La vision de la veille n'était qu'un rêve, une tentation envoyée par le Diable, et non une femme en chair et en os. Ma raison l'admettait sans peine.

Or, une seule pensée m'animait : j'étais en train de céder à la tentation. Cette nuit m'en avait apporté la preuve. Malgré toutes les bonnes raisons s'opposant au départ de Susannah, je n'avais donc plus le choix. Bientôt – aujourd'hui même –, j'allais devoir déclarer à la sœur de ma femme qu'elle n'était plus la bienvenue sous mon toit.

Ce n'est qu'une fois le soir venu que je trouvai le courage de le faire. J'entrai dans la maison, prêt au combat, mais je me figeai aussitôt car des voix entremêlées de rires m'arrivaient aux oreilles. Parmi ces rires, celui, reconnaissable entre tous, d'Hannah Penney. Cela n'aurait pas dû me surprendre : Hannah nous rendait désormais souvent visite avec Faith ; toutefois, je ne m'attendais pas à la trouver chez nous à une heure aussi tardive.

Jude battait le beurre près de la cheminée, pendant que Charity astiquait de l'étain sur la planche à laver. Hannah était assise à table, et Susannah, en face d'elle, faisait sauter Faith sur ses genoux.

Je me tins discrètement sur le seuil.

— On fait un bésigue ? proposa Susannah à Hannah.

Je vis alors, dans la main qui ne tenait pas Faith, un jeu de cartes.

Hanna secoua la tête.

— George me mettrait dehors, s'il l'apprenait.

— On ne misera pas d'argent, la pressa Susannah.

Hannah parut hésiter. Puis Faith commença à s'agiter et, levant la tête vers elle, Hannah m'aperçut.

Elle demeura un instant pétrifiée. Ses yeux s'écarquillèrent dans son visage livide et elle déclara, en secouant vigoureusement la tête :

— Non, pas de bésigue. George ne tolère que le whist, et il nous manque deux joueurs.

— Le whist ! s'exclama Susannah. Il n'y a rien de plus ennuyeux !

Hannah secoua de nouveau la tête.

— Même votre frère n'a rien à redire contre le whist. Pas vrai, Lucas ?

Je m'avançai dans la pièce, tout en redoutant de trop m'approcher.

— Je désapprouve tous les jeux de cartes, déclarai-je avec un calme feint tandis que je retirais mes gants.

Susannah posa le jeu de cartes sur la table et se retourna, serrant Faith contre son cœur comme si elle craignait que je la lui arrache.

— Vous censurez un jeu que pratique la reine Marie elle-même ?

— Ce n'est pas la reine qui me dicte mes critères de moralité, madame, rétorquai-je. Seul Dieu est à même de le faire.

— Je ne me souviens pas que Dieu ait dit quoi que ce soit au sujet des cartes. Peut-être n'avons-nous pas lu la même bible ?

— J'ignore quelle bible vous est familière, à supposer qu'il y en ait une. Mais il n'y a aucun doute là-dessus : Il n'approuve pas qu'on joue pour de l'argent.

— Ah, lâcha-t-elle avec un sourire. Ainsi, Dieu nous autorise le plaisir du whist, mais pas du bésigue !

Cette pique fit glousser Hannah. Susannah inclina la tête, fière de sa finesse d'esprit ; j'eus même l'impression qu'elle se moquait de moi.

Tendant le bras vers la table, je saisis le jeu de cartes, puis traversai la pièce à grandes enjambées et les jetai au feu. Les bords dorés rebiquèrent ; les flammes dansèrent et jaillirent, trop haut pour un si pauvre combustible, et avec une telle force que je reculai et que Jude sursauta devant la baratte. Charity émit un gémissement étranglé.

— Quand je pense que ces cartes ont fait tout le chemin depuis Londres ! dit Susannah.

— Il y en a sans nul doute encore un monceau là-bas, rétorquai-je impulsivement, toujours en proie à la colère. Elles seront là pour votre retour.

Un silence s'ensuivit. Je n'avais pas eu l'intention de dire cela, du moins pas ainsi. Je savais que Susannah avait saisi le sens de mes paroles et je m'attendais à une réaction de colère, voire de résignation. Non, à la voir clouée sur place, et à sentir qu'elle avait peur.

Pour la première fois, je songeai qu'elle devait avoir autant de raisons de désirer rester ici que j'en avais de vouloir la renvoyer. Je n'avais pas cherché à savoir pourquoi elle avait entrepris un tel voyage en cette période de l'année. La mer était mauvaise. Rares étaient les voyageurs s'aventurant à naviguer à la fin de l'automne et en hiver. De plus, Judith lui avait auparavant proposé plusieurs fois de nous rendre visite, mais Susannah ne l'avait jamais fait. Pas jusqu'à ce jour.

— Vous avez l'intention de retourner en Angleterre ? demanda Hannah sur un ton posé. Je croyais que vous souhaitiez demeurer ici.

Charity se retourna brusquement. Jude cessa de battre le beurre.

Le silence parut tirer Susannah de sa torpeur.

— N'arrête pas de battre, Jude. Charity, continue de frotter !

— Vous n'allez pas partir, ma tante ? s'enquit Jude d'une toute petite voix.

J'y perçus de l'inquiétude. Je remarquai qu'elle écarquillait ses grands yeux bleus, et que ses mains serraient la batte au point de rendre ses articulations toutes blanches. Charity, elle, trahissait ses espoirs de façon si apparente que c'en était presque dérangeant.

— Il va bien falloir qu'elle rentre tôt ou tard, fis-je remarquer.

Mais Jude réagit :

— Vous aviez dit que vous resteriez ici ! lança-t-elle à sa tante sur un ton de reproche.

— Tu dois la laisser repartir si elle en a envie, Jude, répliquai-je sur un ton plus sec que je ne l'aurais souhaité.

— Ai-je le choix, mon frère ? demanda Susannah d'une voix calme, tandis qu'Hannah Penney me foudroyait du regard, que Jude était au bord des larmes, et que l'attente de Charity devenait presque insoutenable.

Susannah me tenait. Je lisais aisément dans son jeu : elle faisait de moi le méchant de l'histoire. Si je lui disais de s'en aller, je devrais assumer ma décision : Hannah était là et ne ratait pas un mot. Elle répéterait tout à son mari, qui ferait de même avec Tom Putnam, lequel en informerait Parris. C'était une décision bien peu charitable que je prenais. Cette fois-ci, le village ne se contenterait pas de suppositions, mais saurait avec certitude si j'avais chassé ma belle-sœur ou si elle était partie de son plein gré.

Cependant, la vision de la veille me hantait encore, traversant ma conscience tel un délire fiévreux. Je n'avais pas le choix.

J'ouvris la bouche... mais alors Faith se mit à pleurer. Comme si elle avait pressenti ce que je m'apprêtais à faire, elle poussa un hurlement déchirant. Aussitôt, Susannah berça le bébé contre son cœur. Je m'avançai vers elle.

— Donnez-la-moi, dis-je sèchement, en songeant qu'il me fallait apprendre à consoler le bébé tout seul, si je comptais renvoyer Susannah.

Celle-ci eut un moment d'hésitation. Puis elle me tendit Faith. L'enfant gigotait dans tous les sens et, le visage violacé, jetait des cris stridents qui me perçaient les oreilles. Elle était lourde et tiède, et sa tête encapuchonnée de coton tenait tout juste dans ma main. Je me sentis comme le jour du baptême, dépassé et impuissant. Je la berçais, mais elle étendit les bras, serra ses petits poings, et ses hurlements redoublèrent.

— Allons, allons..., murmurai-je, ne sachant si je devais la serrer plus ou moins fermement.

Je tentai de la caler au creux de mon bras. Elle ne voulut pas y rester.

— Essayez de la mettre contre votre épaule, Lucas, suggéra Hannah.

J'affrontai au contraire le regard mi-clos de ma fille. Même déformé par la colère, son visage me rappelait celui de Judith : même forme, même mâchoire volontaire. Je l'entourai de mes bras et m'efforçai de la faire se tenir tranquille, en lui imprimant un léger sautillement, comme j'avais souvent vu Judith procéder, du temps où Charity et Jude étaient bébés.

Tournant le dos aux autres, je me dirigeai vers la cheminée. J'étais déterminé à calmer mon enfant, même si je devais y passer l'après-midi. Je continuai de la faire sautiller, mais cela ne suffisait pas.

— Allons, Faith, répétais-je. Tais-toi, à présent !

Soudain, je perçus derrière moi la présence de Susannah.

Elle se pencha au-dessus de mon épaule et me glissa d'une voix douce :

— Vous devriez lui parler, mon frère. Je crois que ça lui ferait du bien.

— Je lui ai parlé.

Avec un rire bienveillant, Susannah répliqua :

— Elle est trop jeune pour comprendre vos sermons. Et ce n'est pas ce qu'elle veut maintenant.

— Elle est trop jeune pour savoir ce qu'elle veut – ou ce qui est bon pour elle.

— Eh bien, récitez-lui une prière, suggéra Susannah avec un petit sourire. Mais dites-la à voix basse.

Je regardai le visage de Faith. Ses hurlements me déchiraient les tympans et j'étais prêt à tout pour les faire cesser. Je suivis donc, à contrecœur, les conseils de Susannah. Collant la bouche à l'oreille de ma fille, je lui murmurai un psaume. D'abord des mots, la poésie du chant divin. Puis une mélodie me revint en mémoire, affleura dans ma voix, et je me retrouvai à fredonner cet air à la gloire de Dieu. Cela ne m'avait jamais paru aussi beau au temple, lorsque la voix de tous mes voisins se mêlait à la mienne. Moi qui pensais ne pas avoir l'oreille musicale, j'avais bien mieux retenu la mélodie que je ne l'aurais cru. Et je la lui chantai.

Faith se tranquillisa aussitôt. Je constatai avec stupeur qu'elle pouvait m'entendre dans sa colère. Ses yeux s'ouvrirent, et elle me considéra comme si elle me voyait pour la première fois. Ses sanglots s'interrompirent. On aurait dit que ma voix l'avait envoûtée.

C'était une belle enfant aux joues rouges et au visage rond. Le duvet sombre de ses cheveux dépassait, sous son capuchon blanc. J'aimais sentir le poids de son corps, et son visage me subjuguait tout comme celui de mes autres enfants l'avait fait auparavant. J'étais enchanté par le regard qu'elle fixait sur moi, par le gazouillis qui sortait de sa bouche, par la manière dont elle tendait ses petits doigts boudinés pour essayer de saisir ma barbe, en mésestimant les distances. Elle avait cessé de pleurer, mais les larmes avaient laissé des traces sur ses joues, et luisaient encore entre ses cils minuscules.

J'avais oublié les autres. En ce bref instant, nous fûmes seuls au monde, Faith et moi. J'étais conscient d'en tomber amoureux, sans vouloir le reconnaître, tout comme j'étais tombé amoureux de Jude et de Charity. Mon émotion était telle que mon cœur me semblait sur le point d'éclater. Lorsqu'elle émit un gargouillis et avança de nouveau la main vers mon menton barbu, je lui souris. Et je serais prêt à jurer qu'elle me sourit en retour.

Et puis... derrière moi, quelque chose remua ; j'aperçus une tache de couleur, et je revins à la réalité. Levant les yeux, je vis Susannah, qui me dévisageait fixement. Elle avait été témoin de mon orgueil. Elle avait été témoin de ma faiblesse.

— Vous avez un bon sourire, mon frère, dit-elle.

Je ne sus que lui répondre. Lorsqu'elle avança les bras pour me reprendre Faith, j'hésitai. Susannah eut un sourire. Il n'y avait aucune trace de méchanceté dedans, juste du réconfort.

— Passez-la-moi, insista-t-elle, me désignant d'un léger signe de tête Hannah, qui fronçait les sourcils comme si elle me jugeait incapable de veiller sur une âme aussi délicate.

C'est alors que je me rendis compte – et la bizarrerie de cette découverte me stupéfia – que Susannah s'efforçait de me protéger du regard jaloux d'Hannah.

Je lui tendis Faith, comme si cela ne me faisait rien. Mais, une fois séparé d'elle, je fus traversé d'un frisson. J'avais le sentiment que son petit corps ferme avait imprimé sa tiédeur contre ma peau. Je regardai Susannah, la manière dont elle la tenait dans ses bras, dont elle la berçait. Ma fille serrait son doigt avec un joyeux babil ; Susannah lui répondait – dans un langage qui leur était propre, que je ne comprenais pas. Il était clair que je ne pourrais pas la renvoyer à Londres. Elle était là désormais, pour le meilleur et pour le pire, et faisait partie de la famille. Quelles que soient les tentations du Diable, à l'avenir, je devrais me résoudre à les affronter seul.

17

Le lendemain, lorsque j'eus fini de lire les prières du soir, je remarquai de nouveau avec quelle mauvaise grâce Charity allait se coucher. Je la regardai se retirer en traînant les pieds et, devant son attitude étrange et résignée, sentis croître mon inquiétude.

Je la suivis longuement des yeux. Puis la voix de Susannah s'éleva, depuis la cheminée :

— Elle va de plus en plus mal.

Nous étions seuls. Cette situation me prit au dépourvu – comment avais-je pu la laisser s'installer sans m'en rendre compte ?

— Elle était très proche de sa mère, dis-je.

— C'est ce que vous m'avez dit. Mais, à mon avis, il y a d'autres raisons.

Elle fixait l'escalier désormais vide. Je ne voyais que son profil. Elle avait l'air pensif, fronçait un peu les sourcils.

Puis elle tourna vers moi son visage rayonnant de beauté et de douceur. Et d'une voix mal assurée, elle me demanda :

— Vous êtes dur avec vos enfants ?

J'hésitai à me confier à elle. À contrecœur, j'admis :

— Judith s'y entendait mieux, pour ce qui est de punir.

— Elle les battait ?

— Elle n'était pas aussi indulgente que moi.

— Indulgente ?

— Si mes enfants ne respectent pas suffisamment Dieu, c'est ma faute et non celle de Judith : elle ne leur laissait rien passer.

Susannah me considéra un instant, puis éclata de rire.

— Peut-on être aussi stupide ! s'exclama-t-elle en secouant la tête sans cesser de rire, de se moquer.

Je me dirigeai vers la chambre.

— Je ne supporterai pas d'être ainsi insulté.

— Non, non, vous ne comprenez pas...

Elle tendit la main vers moi, m'incitant à m'arrêter.

— Ce n'est pas de vous que je parlais, Lucas, mais de moi. C'est moi qui ai été stupide.

J'étais perdu.

— Je... je ne vous saisis pas bien...

— Je suis venue ici parce que Judith m'avait laissé imaginer que vous la battiez.

Subitement, l'effet de ses paroles me fit oublier sa présence. Je songeai à ma femme, si dure malgré sa douceur apparente.

— Pourquoi aurait-elle raconté une chose pareille ?

— Elle ne m'a rien dit de tel... du moins, pas en termes aussi clairs. Je crains de m'être figuré qu'elle voulait dire cela, m'expliqua Susannah, avec un petit sourire. Je suis soulagée de constater que j'ai eu tort. J'ai cru que... Oh, et puis, quelle importance !

— Qu'est-ce que vous avez cru ?

— Elle m'a écrit qu'elle avait des problèmes, et j'ai cru que... Notre père nous battait, voyez-vous, et la façon dont la lettre était rédigée... C'est ainsi qu'on s'exprimait, entre nous, quand on était jeunes filles : par énigmes.

— Votre père vous...

Je fronçai les sourcils, m'efforçant d'intégrer cette information. Judith ne m'en avait jamais rien dit. Sans doute Susannah exagérait-elle ?

— C'est le devoir de tout père de corriger ses enfants, constatai-je.

— De les battre jusqu'au sang aussi, d'après vous ? Au point qu'ils n'arrivent plus à tenir debout ? Vous n'avez jamais vu ces cicatrices, sur le dos de votre femme ? Vous ne vous êtes jamais posé de questions à leur sujet ?

— Bien sûr, répliquai-je calmement. Elle m'a dit avoir fait une chute de cheval.

— Nous étions beaucoup trop pauvres pour posséder des chevaux. Si vous aviez mieux regardé, vous sauriez que je ne vous raconte pas d'histoires.

Des images me vinrent à l'esprit avant que j'aie pu songer à les contenir : Judith allongée sur le dos, la chemise qu'elle refusait d'enlever remontée jusqu'aux hanches, et couvrant donc ses seins... Judith raide comme une morte pendant que je prenais mon maudit plaisir.

— Que se passe-t-il, Lucas. Qu'y a-t-il ?

Je clignai des yeux.

— Rien. Je... Sachez que je n'ai jamais levé la main sur elle ni sur mes enfants.

Susannah hocha la tête.

— Je le sais à présent.

Nous demeurâmes ainsi, immobiles et silencieux.

La bible tomba de ma main et, en la ramassant, je rompis le charme. Je recouvrai mes esprits.

— Bonne nuit, lançai-je.

Sans attendre sa réponse, je me retirai dans la chambre... et lui claquai la porte au nez. Mais j'étais si troublé que je m'en aperçus seulement après.

Je ne pouvais m'empêcher de la regarder. En revenant de la grange, au lieu de rentrer tout de suite dans la maison, je restais devant la fenêtre à la chercher des yeux. Je ne la distinguais jamais nettement : elle devenait une silhouette déformée par le verre épais et dépoli, quadrillée par le plomb des carreaux, réduite à des losanges de couleurs ternes et délavées. Elle devenait un esprit qui n'avait pas de corps et à peine davantage de formes, un pur produit de mon imagination. Je ne comprenais pas ce qui la rendait aussi irrésistible, elle dont l'histoire était tellement lamentable.

Je ne trouvai qu'une manière de ne pas céder à la tentation de la contempler : je partis pour plusieurs jours. Les fortes chutes de neige diminuèrent, remplacées par de la pluie, et la température se radoucit. Le dégel s'annonçait, la terre respirait. À la mi-janvier, on se serait cru au printemps. Les routes se transformèrent en bourbiers, avec une boue visqueuse comme de la colle. Il était difficile de voyager, mais je fis autant de livraisons que possible avant que la glace et la neige ne reviennent. Dieu avait jugé bon de m'accorder ce temps de répit, pour rassembler mes forces. J'en profitai avec reconnaissance.

Je parvins à m'absenter plusieurs jours de la maison. Cependant, il était fatigant d'être loin de chez soi, et je rentrai au village épuisé de corps et d'esprit. C'est le hasard – ou l'intervention divine – qui me fit prendre la route où se dressait la taverne des Proctor. Mais aussi, sans doute, le désir de prolonger mon voyage, même si je me refusais à l'admettre. Toujours est-il que je tombai sur Daniel Andrew.

— Heureux de te voir, Lucas ! s'exclama-t-il en s'avançant vers moi, après que je lui eus fait signe. Je suis passé chez toi, mais ta sœur m'a dit que tu étais parti et qu'elle ne savait pas quand tu rentrerais.

— J'avais des courses à faire en ville.

— Ah... fit Daniel, poussant un long soupir. Francis a de nouveau convoqué les membres du comité de village.

J'en fus surpris.

— Le tribunal a rendu son jugement ?

— Non. Non. C'est juste que... Parris a d'autres exigences. Le bois manque... et vu la rigueur de l'hiver...

— Qu'est-ce qu'il attend de nous ? Qu'on trouve une forêt pour lui fournir son chauffage ?

Daniel haussa les épaules.

— Je jure qu'il est plus facile de s'entendre avec une meute de conseillers municipaux querelleurs qu'avec ce pasteur-là !

— Une réunion, donc..., approuvai-je. Où ça ?

— Comme l'état de santé de Rebecca s'est aggravé et qu'elle a besoin de calme, on ne va pas se réunir là-bas, commença Daniel. Quant à Putnam, il habite trop loin...

— Chez moi ! le coupai-je aussitôt. Retrouvons-nous chez moi.

Daniel n'hésita pas.

— Très bien. Je vais prévenir les autres. Cet après-midi ?

J'acquiesçai, et nous nous séparâmes. C'était absurde, mais il me semblait plus facile de retourner chez moi en sachant que les autres m'y rejoindraient quelques heures plus tard. D'ici-là, le temps passerait vite.

Lorsque j'arrivai, Susannah était agenouillée sur le sol, jupes retroussées, parmi les seaux de sable et d'eau savonneuse. Près de la cheminée, Jude cardait la laine. Quand j'entrai, je notai la surprise de Susannah, et la gêne avec laquelle elle écarta les mèches lui retombant sur les yeux.

— Ah, mon frère, lâcha-t-elle, j'ignorais quand vous seriez de retour.

Je lui tournai brusquement le dos.

— Eh bien, me voilà. Toutes mes livraisons sont faites. Du moins pour quelques jours.

— Si j'avais su, j'en aurais fini avec ça plus tôt.

— Si j'avais su à quel moment je rentrerais, je vous en aurais informée.

Je jetai un coup d'œil alentour, saluai Jude d'un signe de tête.

— Où est Charity ?

Il y eut un silence. Jude baissa la tête et se mit à peigner la laine avec frénésie, comme si son salut dépendait de la pureté de la fibre. Je me tournai à nouveau vers Susannah.

— Elle est allée apporter du pain à la femme du pasteur, répondit-elle.

— À la femme du pasteur ?

Susannah conserva une expression impassible.

— Mme Parris est très malade, à ce qu'il semblerait. Du moins, d'après Charity. Elle s'y est fréquemment rendue, ces derniers temps.

C'était à n'y rien comprendre.

— Charity fréquente le presbytère ?

— Oui.

Je partis d'un rire amer.

— Amusant... Le comité de village se réunit ici cet après-midi pour réfléchir au meilleur moyen de chasser Parris du village, et pendant ce temps ma propre fille lui apporte de quoi manger...

— Elle m'a dit que Judith s'y rendait souvent, déclara Susannah d'un ton toujours très calme. Mais ce n'est peut-être pas vrai ?

Cette révélation me déconcerta tout autant que la première. Je n'en savais rien, cependant cela n'aurait rien eu de surprenant. Je me laissai tomber sur le banc.

— Je l'ignorais. Mais Charity n'est pas une menteuse.

Susannah ne répondit pas. Elle se baissa et se remit à astiquer le sol. Sans bien saisir pourquoi, j'avais le sentiment qu'il y avait dans cette histoire un élément que j'ignorais, que tout n'avait pas été dit.

— Il y a autre chose ? demandai-je.

Susannah trempa la brosse dans l'eau. Elle répandit sur le sol du sable provenant de l'autre seau, puis leva les yeux.

— Non, mon frère. Pourquoi serait-ce le cas ?

Elle mentait. J'en étais certain, même si je n'aurais su dire en quoi ni pourquoi. Elle soutint encore un instant mon regard avant de se remettre à la tâche. Gagnant précipitamment la chambre, j'y allumai un feu dans la cheminée, et restai assis sur mon lit à regarder les flammes en écoutant le frottement de sa brosse sur le sol.

Mes voisins commencèrent à arriver aussitôt après le repas. Quant à Charity, elle n'était toujours pas rentrée. J'étais furieux contre elle et je me sentais trahi – non seulement parce que ma fille prenait soin de la femme du pasteur, mais aussi parce que Judith en avait fait autant. Avec amertume, je considérais sous un jour nouveau la prière prononcée par Parris sur la tombe de Judith. Je n'y avais vu que des platitudes hypocrites, mais à l'évidence il avait eu de bonnes raisons de louer les qualités de ma femme.

J'eus du mal à rassembler mes esprits, lorsque se présentèrent les hommes du comité. Susannah prit leurs capes, pour les mettre à sécher près du feu. À peine avais-je eu le temps de leur adresser une seule parole que la porte s'ouvrit et que Charity s'engouffra dans la maison. Elle était à bout de souffle, comme si elle avait effectué tout le trajet au pas de course. Ses yeux s'arrondirent à ma vue.

— Charity, tu arrives au bon moment, lança Susannah. Remplis les chopes.

Ma fille se hâta de lui obéir, mais, comme elle passait devant moi, je la retins en la saisissant par le bras. Elle sursauta, et je fus surpris de constater qu'elle tremblait sous l'étreinte de ma main.

— Ta tante dit que tu étais au presbytère, dis-je à voix basse pour être entendu d'elle seule. C'est vrai ?

Elle avala sa salive, hocha vivement la tête.

Susannah l'appela :

— Charity, la bière !

— Nous en reparlerons plus tard, assurai-je à ma fille, la libérant pour aller m'occuper de mes voisins.

La réunion se déroula sans incident. L'inquiétude que suscitait la décision de justice relative à la plainte déposée par les membres du conseil paroissial pesait sur nous, et pourtant nous n'y fîmes guère allusion. Nous discutâmes plutôt des exigences toujours plus grandes de Parris en matière de bois, de sa condamnation du comité de village dans l'office de dimanche, de la lutte toujours plus violente que lui et ses partisans – en particulier Tom Putnam – menaient contre nous. La semaine précédente, Tom avait acculé son frère dans un coin, à la forge, et lui avait ordonné de modifier son vote et de faire ce qui était en son pouvoir pour modifier le nôtre.

— Il a utilisé la famille contre moi, constata Joseph avec stupéfaction. Il a menacé de rallier tous les autres... comme s'ils n'étaient pas déjà de son côté.

— Ça ne peut pas continuer plus longtemps, lâcha Daniel.

— Parris est un dur à cuire, glissai-je.

— Il préférerait voir le village s'entre-déchirer plutôt que de renoncer, affirma Joseph Porter.

Francis soupira.

— Il a beaucoup de partisans. À part Joseph ici, tous les Putnam le soutiennent, sans compter nombre de villageois. Je crains que Daniel n'ait raison : si on ne bat pas en retraite, ça risque d'être la guerre.

— On ne peut pas reculer, dis-je. Devons-nous céder à un tel homme, juste parce qu'il refuse de s'en aller ? Et Josué à Jéricho, alors ? Et David et Goliath ?

Un murmure d'approbation suivit mes paroles.

— Je suis prêt à faire la guerre, déclara Joseph Putnam avec un petit sourire. Après tout, elle se prépare depuis longtemps.

Nous nous penchâmes encore sur la ligne de conduit à adopter, et sur celui qui irait plaider notre cause devant le tribunal, si on l'exigeait de nous. Puis la conversation se porta rapidement sur d'autres sujets : l'expansion de la ville, les somptueuses demeures que se bâtissaient les commerçants ayant fait fortune, les espions français qui – à en croire la rumeur – avaient été envoyés parmi nous, les fréquentes attaques indiennes contre les colonies isolées. Le jour tomba sans que j'aie vu le temps filer, et nous étions passés de la discussion aux rires et aux plaisanteries. Je ne saurais dire combien de fois Charity avait rempli la cruche à bière. Susannah tira un pudding du feu et le découpa devant nous. Le parfum des pommes séchées, des raisins secs, du bœuf et des épices se répandit dans la pièce.

Au début, les hommes du comité considérèrent Susannah avec une admiration suffisamment discrète pour que je la remarque à peine. Daniel Andrews lui sourit lorsqu'elle se pencha par-dessus son épaule pour verser de la bière dans sa chope. Joseph Putnam lui chuchota à l'oreille quelque chose qui la fit se tourner vers le feu et éclater de rire. Joseph Porter la suivit des yeux, tandis qu'elle s'affairait devant la cheminée.

Seul Francis Nurse ne paraissait pas troublé – mais cela ne signifiait pas qu'elle ne le charmait pas, lui aussi. Loin de là. Susannah avait une manière de se comporter avec les gens, un mélange de naturel et de gentillesse, qu'elle partageait avec sa sœur. Il ne se passait pas un jour sans que quelqu'un me fît cette confidence : tout en se réjouissant de ce que Judith avait rejoint Dieu, il sentait le vide qu'elle avait laissé sur cette terre.

Susannah laisserait un vide semblable, je le savais, car je la voyais toucher le cœur de tous ces hommes mariés. Mais je constatais que, chez elle, le charme des Morrow produisait un effet quelque peu différent. Judith n'avait jamais été convoitée par un autre que moi – du moins pas à ma connaissance. Cela ne m'aurait pas échappé : tout homme sait reconnaître ce genre de signes.

En revanche, je les reconnaissais, ces signes, dans les regards posés sur Susannah. Au fur et à mesure que la soirée avançait, je me surpris à éprouver de la contrariété à l'idée qu'ils puissent chercher à attirer son attention, alors que cela m'était défendu. Je restais penché sur ma bière, à les observer en silence. J'avais hâte d'être seul, mais ils s'attardaient, enlisés dans cette fausse camaraderie que provoque un excès d'alcool. Et je sus aussitôt ce qui allait suivre, quand Joseph Porter lança :

— C'est un virginal que j'ai aperçu, en arrivant ?

Je me levai et tentai d'objecter :

— Il se fait tard. Peut-être...

— Lucas, tu nous avais caché ça ! s'exclama Joseph. Où t'es-tu procuré un virginal ? Laquelle de tes filles en joue ?

— Ce n'est pas moi, répondit Charity qui se tenait devant la fenêtre, en tirant sur le châle dont elle s'était entouré les épaules. Je ne sais pas en jouer.

— Qui, alors ? insista Joseph. La petite Jude ?

— Il est à moi, dit Susannah depuis la cheminée, tandis que je me laissais retomber, impuissant, sur le banc. Vous êtes un connaisseur, monsieur ?

— Loin de là, répondit Joseph en riant. Il y a bien longtemps que je n'en ai pas entendu. Il y avait une fille, autrefois, sur la route d'Ipswich, qui jouait à l'occasion...

— À la Taverne de l'Évêque, précisa Daniel. Je me souviens d'elle. N'était-ce pas une des filles d'Edward ?

Joseph haussa les épaules.

— Une lointaine cousine, à ce qu'il me semble. Elle venait d'Angleterre et avait rapporté l'instrument avec elle. Elle n'était pas très douée, en tout cas... Vous savez jouer, mademoiselle Morrow ?

— Oh, jouez pour nous ! s'écria Porter. Ça me fera oublier tous ces maudits ennuis.

J'en aurais bien empêché Susannah, mais tous réclamaient maintenant à grands cris de l'entendre, et j'aurais été accusé de grossièreté si j'avais tenté de l'arrêter.

Elle alla chercher le virginal dans le coin où il était rangé, derrière le rouet. Il n'était ni très grand ni très lourd, mais elle peina pour le transporter. Lorsque Daniel vola à son secours, je l'enviai.

Il posa l'instrument en bout de table et, avec un moulinet du bras, retira l'étoffe qui le recouvrait. Il était rare de voir un virginal, dans ce pays – du fait à la fois de son coût et de la difficulté d'en jouer. Si je n'étais pas surpris que Susannah en possédât un, je me demandais comment elle l'avait acquis, et où elle en avait appris le maniement. Pas chez elle, de toute évidence ; Ses parents étaient de pauvres fermiers, et ce virginal avait dû coûter fort cher. Son bois était poli et luisant, gravé de jolies arabesques sur les bords et l'arrière. Il y avait un beau pupitre – mais elle ne s'en servit pas. Susannah lissa ses jupes et, après une petite révérence, s'assit devant l'instrument. Ses doigts parcoururent délicatement le clavier d'ivoire, égrenant une délicieuse pluie de notes. Après quoi, elle se mit à jouer.

La musique était entraînante, obsédante. Elle jouait merveilleusement bien, comme si elle avait fait cela toute sa vie, comme si le son qui s'échappait de l'instrument était sa propre voix. Nous écoutions en silence, regardant la lueur du feu danser sur son visage et ses mains se déplacer sans peine sur les touches, attentifs aux accords les plus étranges.

Je sus soudain, et sans l'ombre d'un doute, où elle s'était procuré l'instrument et qui lui avait appris à en jouer. Les mots de Judith me revinrent à l'esprit : *Elle l'a quitté pour un acteur. Il jouait les premiers rôles, je crois, et d'après elle il était beau. Il devait l'être, pour lui avoir tourné la tête !*

Susannah m'avait dit son nom : Geoffrey. Geoffrey... Ce seul mot me déplaisait. Je me le représentais aussi blond que j'étais brun, aussi athlétique que j'étais nerveux. Je me l'imaginais lui apportant l'instrument, s'asseyant derrière elle, l'aidant à déplacer ses doigts sur les touches, lui montrant chaque note tandis qu'elle se laissait glisser tout contre lui et que, dans un rire, ils s'embrassaient...

Un gémissement dut m'échapper, car elle leva soudain les yeux et surprit mon regard. Je la vis sursauter – ce fut sa seule fausse note – puis elle baissa de nouveau les yeux.

Si Susannah se rendait compte de l'atmosphère de la salle, elle n'en montrait rien. Elle commença à interpréter un autre air et, cette fois-ci, entonna la mélodie d'une voix limpide et grave qui s'accordait parfaitement avec l'instrument. « *Sous le feuillage d'un arbre, qui aime reposer près de moi... ?* »

Charity étouffa un cri, et tous la regardèrent. Mais quand ils refirent face à Susannah, je ne les imitai pas, ayant perçu de la peur dans la voix de ma fille.

Elle se tenait toujours près de la fenêtre. Ses doigts tripotaient nerveusement les extrémités de son châle. Elle tirait dessus, encore et encore, comme si elle mourait de froid. Or, elle s'était déjà si bien emmaillotée que c'était un miracle qu'elle pût encore bouger. Elle regardait à travers la vitre. On aurait dit qu'elle parlait à quelqu'un, bien qu'il n'y eût personne dehors. Et elle tremblait.

Je me levai de table et me dirigeai vers elle. Me penchant, je lui murmurai :

— Tu te sens mal, mon enfant ?

Ma fille me foudroya du regard sans paraître me reconnaître.

— Mal ? Non. Non.

— Tu n'aimes pas cette chanson ?

Son regard devint fiévreux.

— Je ne l'écouterai pas !

Elle eut un vif mouvement de recul, comme si je l'avais touchée. Je n'avais pourtant même pas levé la main.

— Je ne l'écouterai pas ! Je ne l'écouterai pas !

Les mains de Susannah retombèrent sur le clavier dans une pluie de notes discordantes, et, dans le silence qui suivit, ces paroles résonnèrent comme dans un puits. Charity tendit la main vers moi, et le châle, en se desserrant, glissa de l'une de ses épaules.

— Tu ne peux pas te laisser tromper, Père, n'est-ce pas ? s'écria-t-elle d'un ton suppliant. Tu ne peux pas te laisser tromper ?

— Tromper par quoi, Charity ? Et de quelle manière ?

Elle me lâcha la main et secoua la tête, l'air de nouveau prise de folie. Puis elle contourna en sanglotant la table où étaient assis mes voisins et sortit de la pièce en courant. Je fixai, impuissant, l'escalier dans lequel elle avait disparu, tandis que Jude s'y engouffrait à sa suite.

— Elle a été un peu malade.

La voix de Susannah était réconfortante, dans ce silence inattendu. Lorsque je me tournai vers la table, je remarquai qu'ils la regardaient tous, partagés entre la torpeur et l'embarras. L'atmosphère avait changé. Gêne. Tension... Francis Nurse desserra ses doigts qui s'étaient crispés autour de sa chope et se dressa.

— Il nous faut rentrer, déclara-t-il. Il est tard et demain il y aura beaucoup à faire.

— Oui, approuva Joseph.

Il se leva lui aussi et adressa à Susannah une courte révérence.

— Vous jouez merveilleusement bien. Je serai enchanté d'avoir l'occasion de vous entendre une autre fois. Pour l'heure... merci de nous avoir fait vivre un moment aussi rare...

Ils se retirèrent, s'enfonçant dans l'obscurité comme un seul homme.

Je suivis des yeux Susannah, tandis qu'elle recouvrait le virginal puis, le laissant là, au bout de la table, ramassait les chopes pour les porter dans la bassine qui se trouvait devant le feu.

— De quoi souffre-t-elle ? demandai-je.

Elle demeura un moment silencieuse, comme si elle hésitait à me répondre, et j'en fus irrité.

— De quoi souffre-t-elle ? répétai-je. Je suis son père. Vous me cachez quelque chose. Dites-moi ce que c'est !

— Nous avons eu une explication ce matin, déclara-t-elle.

— Une explication ? À quel propos ? Vous parlez par énigmes.

Susannah poussa un soupir. Ensuite, elle se tourna vers moi et, adossée à la bassine, les mains posées sur le bord, elle me lança :

— Je lui ai dit que j'avais retrouvé Samuel Trask.

18

— Sammy ? m'écriai-je sans rien y comprendre, tant ce nom me paraissait surgi de nulle part. Vous avez retrouvé Sammy ?

— À Andover.

Elle plongea la main dans sa poche et en tira une feuille chiffonnée.

— J'ai une lettre de son patron.

— Son patron ? fis-je en fronçant les sourcils, de plus en plus perdu.

— Vous avez oublié l'histoire des cinq livres ?

— Les cinq livres ?

Cela me revint alors à l'esprit : cette étrange mention, dans le livre de comptes...

— Bon, et après ? Judith lui a donné cet argent. Je n'ai pas besoin d'en savoir plus.

— Mais pourquoi ? Quelle en était la raison ?

— La raison est avec elle, et elle est avec Dieu. Il me suffit de savoir qu'elle en avait une.

Susannah remit la lettre dans sa poche. Elle fit un pas vers moi.

— Vous n'êtes pas un imbécile. Pourquoi refusez-vous d'ouvrir les yeux ?

Je la regardai en biais.

— Je saisis mal...

— Il y a eu quelque chose entre Charity et Samuel Trask. J'en suis sûre.

— C'est une enfant.

— Et ce soir, elle vous a paru une enfant ?

— Oui. Une enfant prise dans un cauchemar.

— Quel genre de cauchemar, Lucas ? répliqua Susannah, s'approchant encore. Vous ne vous demandez pas pourquoi elle a si peur ? Ces ennuis auxquels Judith faisait allusion dans sa lettre... Je croyais qu'elle parlait de vous. À présent, je sais que ce n'est pas le cas, mais je me demande...

— Vous pensez qu'elle parlait de Charity ?

— Qu'est-ce que ça pourrait être d'autre ?

— Des milliers de choses.

Elle protesta, excédée :

— Je ne comprends pas pourquoi vous refusez de prendre cela en considération. Qu'y a-t-il donc, que j'ignore ? D'autres secrets ?

— Des secrets ? rétorquai-je en levant les mains. Il n'y a pas de secrets dans cette maison.

— Moi, je vous dis qu'il y en a !

Elle semblait si sûre d'elle que j'en restai figé.

— Je vous dis qu'il y en a, répéta-t-elle à voix basse. À mon avis, il vaudrait peut-être mieux... l'envoyer ailleurs. Il y a ici quelque chose qui l'effraie. Quelque chose qui...

Elle secoua la tête, visiblement déconcertée, et ajouta :

— Je ne sais pas quoi... Mais je pense... Je pense qu'il serait bon pour elle de passer un peu de temps dans un autre lieu, en ville par exemple... Elle a besoin d'aller se remettre quelque part, Lucas.

Sa franchise me laissa d'abord sans voix.

— Se remettre ? Se remettre de quoi ?

— De la mort de sa mère, pour commencer.

— Quel endroit pourrait mieux convenir qu'ici ? Avec sa famille ?

— Son état empire, ici... Ah ! Lucas, vous ne l'aidez pas. Je crois... je crois même que vous aggravez la situation.

J'avais l'impression de me tenir devant une fenêtre aux vitres sombres, de chercher à distinguer des silhouettes dans les taches de couleur qui passaient sous mes yeux... et de sentir le danger, tout proche.

— Comment cela ? murmurai-je.

— Je crois que la mauvaise conscience de Charity est en train de la rendre malade.

— Et pour quelle raison aurait-elle donc...

— Je crois qu'elle était amoureuse de Samuel, lâcha Susannah. Et qu'ils ont peut-être été... intimes.

J'étais abasourdi. Charity était encore une enfant. Pieuse, qui plus est. Samuel, à presque vingt ans, était trop éveillé pour s'intéresser à une jeune fille comme elle. Il devait se douter que je ne l'aurais jamais permis. Et pourtant... Judith m'avait, elle aussi, mis en garde.

J'écartai cette pensée. Furieux, je m'avançai vers Susannah d'un pas ferme, tandis qu'elle reculait.

— Je refuse d'écouter pareils mensonges au sujet de ma fille. Je ne le tolérerai plus. Ni dans ce village ni dans cette demeure !

Elle leva le visage vers moi, et son expression était désormais, elle aussi, pleine de rage.

— Dommage que vous ne puissiez pas me dominer comme vous vous dominez vous-même, Lucas. Vous dominiez aussi bien ma sœur ?

— Je n'avais nul besoin de le faire. C'était une bonne mère, et une femme respectueuse.

— Et elle vous mentait. Elle savait, pour Charity et Samuel. Il n'y a pas d'autre explication possible, concernant l'argent : elle lui a offert cinq livres pour qu'il s'en aille.

— Taisez-vous !

— Votre fille n'est plus une enfant, mais déjà presque une femme...

— Je refuse de vous écouter.

— Vous feriez mieux. Sinon, vous courez au désastre.

À présent le dos au mur, elle ne pouvait reculer davantage.

— Elle a besoin de conseils, Lucas. Pas de...

— Ça suffit !

Je dressai le poing et elle sursauta, tourna si brusquement la tête que son crâne percuta le mur avec un bruit sourd.

Aussitôt, je compris ce qu'elle s'était imaginé : que j'allais la frapper. À ma grande consternation, cette intuition m'ôta toute colère. Je desserrai le poing, et ma paume vint frapper le bois au-dessus de sa tête.

Elle rouvrit les yeux. Elle me regarda, puis regarda ma main, mes doigts qui se refermaient contre le mur.

Nous étions si près l'un de l'autre que ma manche s'accrocha à ses cheveux, tendus entre nous telle une toile d'araignée.

— Mon Dieu, murmurai-je d'une voix que je ne reconnaissais pas moi-même, et qui me parvenait comme dans un rêve. Mon Dieu, répétai-je. Ne me tentez pas ainsi.

Elle leva les yeux vers moi, et son expression était si sincère que j'en eus le souffle coupé. Alors, je compris : elle savait ce que je ressentais. Aucun doute là-dessus. Peut-être était-ce sa franchise qui lui permettait de sonder l'âme d'autrui... Toujours est-il qu'en voyant son expression je songeai à Geoffrey, je songeai à Robert, je songeai au fils du hallebardier. Ils se dressaient entre nous, tous ces hommes qui avaient foulé ce sol avant moi... et me lançaient, avec un sourire moqueur : *Vas-y. Elle n'attend que ça : que tu la prennes. Allez.* Je me sentis soudain écœuré. Par elle. Par moi.

— Vous m'avez prise au piège, mon frère, constata-t-elle doucement en bougeant la tête.

Je laissai retomber mon bras. Reculai d'un pas. Lorsqu'elle se dégagea, je baissai la tête.

— Pardonnez-moi, murmurai-je, davantage pour moi que pour elle, car je parlais si bas qu'elle ne m'entendait sans doute pas. Mais elle s'arrêta et, comme je levai les yeux, je croisai son regard plein de compassion.

— C'est à votre fille que vous devriez dire cela.

Le lendemain matin, j'attendis, assis à table, que Charity descendît.

Elle se figea en m'apercevant, avec une expression des plus étranges – l'air à la fois soulagée et terrifiée de me trouver là. Elle paraissait malade. Elle avait au menton des engelures que je n'avais pas remarquées la veille, et dont la rougeur ressortait sur sa peau pâle et terne. Sans doute avait-elle froid aux mains, car elle les entortillait frénétiquement dans sa jupe.

— Je t'attendais, dis-je. Viens t'asseoir.

Elle hésita. Puis, en silence, elle prit place en face de moi.

— Susannah m'a dit que tu t'étais souvent rendue au presbytère...

Charity marmonna quelque chose, des sons inarticulés que je ne saisis pas.

— Tu dois connaître mon sentiment sur la question, repris-je. Que trouves-tu donc, là-bas, dont tu aies tellement besoin ? Si c'est un confesseur que tu veux, tu trouveras mieux en ville. Laisse-moi t'y emmener. Nicholas Noyes est un bien meilleur pasteur...

— Non ! rétorqua-t-elle.

— Pourquoi ?

— Ce n'est pas... ce n'est pas ça... Je... je me suis occupée de... Elle est malade...

Charity laissa ces paroles tomber dans le silence. Elle tordait toujours les mains dans sa jupe, imprimant des secousses à ses épaules. Son front plissé trahissait son inquiétude. Elle pinçait les lèvres, serrait les mâchoires.

Elle ne me disait pas la vérité, admis-je avec un choc. Elle me racontait des histoires. Et me cachait quelque chose. Mais lorsqu'elle leva la tête, l'expression de son regard éteint me stupéfia davantage encore que son mensonge. J'y lus la peur – sinon de moi, du moins de quelque chose.

Je fronçai les sourcils et tentai de déchiffrer les mystères de son visage. À cet instant, il me parut se fondre avec d'autres visages. Tous ses traits évoquaient ceux de sa mère, en plus gracieux – et me rappelaient aussi ceux de ma mère. Surpris, je constatai que je n'avais jamais remarqué cela en elle auparavant. Et, plus étonnant encore, que j'avais devant moi le visage d'une femme. *Ce n'est plus une enfant, mais une jeune femme*.

Ridicule. Il s'agissait d'une petite fille, aux cheveux fins et aux mains potelées... Non, ses mains étaient fines, ses doigts longs et délicats. Sa chevelure était raide et fournie... Non, non... Impossible ! Le temps n'était pas passé aussi vite – *Sammy et Charity... Elle lui a offert cinq livres pour qu'il s'en aille*... Toutes ces pensées absurdes me donnaient le vertige...

On frappa à la porte.

Je me dressai d'un bond. Charity fit le geste de quitter la table.

— Reste là ! ordonnai-je. On n'en a pas encore fini.

Je me dirigeai vers la porte et l'ouvris toute grande. Samuel Nurse se tenait sur le seuil – en pleine tempête de neige. Voyant qu'il avait sa carabine au poing et non sur l'épaule, comme à son habitude, j'eus un soudain pressentiment. Derrière lui, George, son fils de neuf ans, était équipé d'une arme trop grosse pour ses mains enfantines, et scrutait les bois et les champs alentour, prêt à faire feu à tout moment.

— Sam ? demandai-je, n'en croyant pas mes yeux.

— Il faut que je te parle, Lucas, dit-il.

— Je t'en prie.

Je reculai pour le laisser passer ainsi que George, qui se hâta d'entrer tout en jetant derrière lui des regards inquiets. Je refermai la porte et, d'un geste de la main, leur désignai la table où Charity était assise. Jude et Susannah descendirent l'escalier.

— Vous avez mangé ? Je peux vous apporter quelque chose ? proposa Susannah.

— Non, non, répondit Sam. On ne peut pas rester longtemps.

Il la salua d'un hochement de tête, tandis qu'elle s'avançait vers lui, l'air inquiet.

— Qu'est-ce qui vous amène ici par un matin pareil, Sam ? J'imagine que ça ne peut pas être de bonnes nouvelles.

— Je crains que non.

Se tournant vers moi, Sam continua :

— Les Indiens ont attaqué Wells, il y a quelques jours. Et York, aussi. C'est grave, Lucas, à ce qu'il paraît. Une centaine d'hommes ont été faits prisonniers. On raconte que York...

Il s'interrompit en remarquant que tous les membres de ma famille écoutaient.

— C'est grave.

Wells était situé à moins de quatre-vingts miles. York à peine plus loin. Nous vivions déjà dans la terreur des attaques indiennes et des pillages perpétrés par ces forestiers français que l'on appelait les *coureurs de bois*. Représailles. Contre-représailles... Une attaque conduisait souvent à une autre, puis encore une autre, et encore une autre. Salem-Village s'étendait sur des champs et des collines indéfendables – face à n'importe quelle attaque, notre position était des plus vulnérables. Je songeai à toutes ces histoires que j'avais entendues, au fil des ans : des hommes avaient été torturés, des enfants capturés ou rendus orphelins. Il n'y avait pas un habitant du village qui n'eût été touché d'une manière ou d'une autre. De nombreux villageois du Maine ou du New Hampshire – où la guerre était la plus meurtrière – s'étaient réfugiés chez nous, et les souvenirs de l'attaque de Lancaster – à quarante miles de distance – restaient présents dans chaque mémoire. Soixante-dix hommes de Salem, parmi les meilleurs, y avaient perdu la vie.

J'étais hébété.

— Il va y avoir un jour d'exercices ? demandai-je.

— On est suffisamment préparés, répondit Sam. Le capitaine Putnam a ordonné qu'on monte la garde, pour le moment. Toi et moi, nous sommes de faction le soir.

— On ne va pas laisser nos familles sans protection ?

— Elles peuvent se rassembler dans la maison de mon père. Là, elles seront en sécurité...

— Regardez cette neige, interrompit Susannah. Les Indiens ne vont sûrement pas attaquer aujourd'hui ! On ne risque rien ici...

— Vous allez chez Francis, répliquai-je sèchement. J'irai vous y chercher à mon retour.

— Mais, Lucas...

Je lui jetai un regard destiné à la faire taire. Je n'en fus pas moins surpris de la voir s'exécuter, et acquiescer d'un signe de tête.

— Chaque homme du village doit apporter au presbytère toute la poudre qui est en sa possession. De là, nous la transporterons jusqu'au poste de guet, comme il semblerait que le pasteur soit très occupé...

— Occupé à quoi ? demandai-je méchamment, sans pouvoir m'en empêcher. À couper son bois de chauffage ?

— Un de ses enfants est brusquement tombé malade...

— Elle aboie, monsieur, intervint George.

Le petit garçon était visiblement incapable de garder le silence. La nouvelle était si stupéfiante !

— Elle aboie ?

Sam haussa les épaules.

— À ce qu'il paraît. À moins qu'elle ne miaule... Lorsque Père est allé annoncer au pasteur que Wells avait été attaqué, la fillette s'est mise à ramper sur les fauteuils et à courir à quatre pattes.

— Comme un chien, précisa George. Maman dit que personne peut la comprendre. Elle parle en charabia.

— Tais-toi, fils, gronda Sam avant d'ajouter en me regardant :

Ça durerait depuis quelques jours. Une crise passagère. Cette enfant m'a toujours paru fragile. Elle est sans nul doute surmenée.

— Laquelle des deux ?

Ces mots, à peine articulés, avaient été prononcés à voix basse. Charity ! Elle s'était levée et se cramponnait des deux mains à la table, comme si elle craignait de tomber. Ses joues avaient perdu toute couleur. Lorsque nous nous tournâmes vers elle, elle reprit :

— Vous avez dit « elle ». M. Parris a deux filles... De laquelle est-ce que vous parlez ?

Sam parut incertain, mais George répondit :

— Betsey... C'est Betsey qui aboie comme un chien.

Charity se laissa retomber sur le banc. Elle était si pâle que je craignis un malaise.

— Que se passe-t-il ? demandai-je. Charity ?

Au lieu de me répondre, elle enfouit son visage dans ses mains, et ses frêles épaules furent secouées comme si elle pleurait. Je jetai un coup d'œil à Susannah qui se précipita vers elle, l'air affligé. Elle posa la main sur l'épaule de Charity.

— Charity, tu devrais peut-être...

Ma fille se dégagea d'un geste brusque.

— Ne me touchez pas ! cria-t-elle, puis, d'une voix grave et pleine de rage, elle ajouta : Je sais ce que vous êtes... Je le sais !

Elle paraissait métamorphosée : mon enfant si douce et si calme avait cédé la place à une étrangère dont le visage était rendu méconnaissable par la colère et la peur. Elle tremblait de tout son corps et, bousculant Susannah, s'élança vers l'escalier. Nous entendîmes le bruit de ses pas, le son d'une porte que l'on claque.

Susannah semblait aussi ébranlée que moi, mais elle déclara simplement :

— Charity est un peu perturbée en ce moment.

Je me rendis compte qu'elle s'adressait à Sam, et sursautai en me rappelant sa présence. Que devait-il penser d'un tel spectacle, auquel je ne comprenais rien moi-même ?

— Et elle a passé beaucoup de temps au presbytère.

— Oui. Eh bien, je vous souhaite bonne chance avec elle, répliqua Sam. On viendra vous chercher cet après-midi pour aller tous ensemble à la maison de mon père. Et de là-bas, Lucas, nous nous rendrons au poste de guet, toi et moi.

Je hochai la tête, et Sam et George repartirent, dans le froid et la neige qui avaient redoublé depuis leur arrivée. Je fermai la porte derrière eux. La menace d'une attaque des Indiens s'évanouit vite devant l'inquiétude que j'éprouvais pour ma fille.

Susannah était assise à côté de Jude, qui ouvrait des yeux craintifs. Elle passa le bras sur l'épaule de l'enfant.

— On dirait que tu as peur, Jude, dit-elle. Qu'est-ce qui t'effraie ?

— Les Indiens, répondit Jude dans un murmure. Charity.

Susannah me regarda.

— Ton père et les autres hommes vont nous protéger des Indiens, affirma-t-elle à ma fille sur un ton rassurant. Tu n'as rien à redouter d'eux.

— Vous en êtes sûre ?

— Aussi sûre qu'il est possible de l'être. Mais pour ce qui est de Charity... qu'est-ce qui t'effraie, au sujet de ta sœur ?

Jude secoua la tête. Elle avait les yeux de sa mère, grands, bleus, et aussi expressifs que ceux de Judith – la moindre de ses émotions se lisait dans son regard. À cet instant, avec la coiffe soigneusement attachée sous le menton qui recouvrait ses cheveux châtains et soulignait l'ovale de son visage, elle me paraissait si petite, si fragile. Un minuscule être, dans un monde si dangereux. Je me surpris à murmurer une prière : « Protège-la, Seigneur Dieu, veille sur elle... » Puis je lui demandai :

— Charity est-elle malade, Jude ? S'est-elle confiée à toi ?

Jude baissa la tête.

— Elle... Si je le dis, elle sera en colère.

— Charity n'a pas d'ordres à te donner. Tu ne dois obéir qu'à moi, et à Dieu. Certainement pas à ta sœur.

— Pas si fort, mon frère, intervint Susannah. Vous l'effrayez.

— J'exige une réponse.

Elle me jeta un regard qui me réduisit au silence.

— Et vous l'aurez.

Se tournant de nouveau vers Jude, elle déclara :

— Si Charity a des ennuis, ce n'est pas en gardant le silence que tu vas l'aider.

Les yeux de Jude s'embuèrent de larmes. Elle me regarda, et les essuya rapidement.

— Elle... elle a peur.

— De quoi ?

— Je ne... sais pas. C'est Mary Walcott...

— Mary Walcott ? répétai-je. Qu'est-ce qu'elle a à voir avec Charity ?

— Charity la rencontre presque chaque semaine.

Dans les yeux de Susannah, je lus sa mauvaise conscience.

— Vous le saviez ?

— Je vous ai dit qu'elle ne devait pas fréquenter ces filles, répliqua-t-elle.

— Oui. Et je lui ai interdit de les fréquenter. Il y a de cela des semaines, précisai-je sans parvenir à maîtriser ma colère.

Susannah serra Jude plus fort.

— Doucement, m'ordonna-t-elle avant de se tourner vers ma cadette : Ou retrouve-t-elle ces filles, Jude ?

— Chez les Parris, répondit-elle de sa petite voix timide.

Je compris alors en quoi consistait ce mensonge que j'avais remarqué dans les yeux de Charity. Je sus ce qu'elle me cachait.

Percevant encore une mise en garde dans l'expression de Susannah, je maîtrisai ma fureur avant de lancer :

— Au presbytère ? Quelles sottises peuvent-elles bien faire là-bas ?

Je ne m'attendais pas à une réponse. Or, les larmes de Jude se mirent à couler pour de bon.

— Je crois... Je ne sais pas. Mais Charity a peur, et moi aussi. Je vous en prie... Vous pouvez faire qu'elle arrête ?

Susannah pressa Jude contre son cœur et se mit à lui caresser le dos. Ma colère disparut. Charity avait des ennuis, Susannah avait raison. Quant à moi... j'avais trop longtemps fermé les yeux.

19

Il me fallait faire quelque chose, je le savais. Mais quoi ? Ma fille m'avait désobéi : elle avait rencontré en secret des filles que je lui avais défendu de voir et avait menti à ce propos. Charity ne s'était jamais comportée ainsi auparavant.

J'attendis d'être en mesure de contrôler ma colère, puis je montai à sa chambre. Elle n'aurait pas le temps de trouver le moyen de m'éviter. J'ouvris la porte.

Charity se tenait près de la fenêtre et, les bras croisés sur la poitrine, tripotait les franges de son châle. Elle paraissait très seule, étrangement désespérée. Je dus forcer ma nature, pour pouvoir me montrer sévère.

— Tu as fréquenté ces filles, alors que je t'avais défendu de le faire, déclarai-je.

Surprise, elle se tourna vers moi et ouvrit la bouche. Je levai la main pour l'arrêter.

— Ne recommence pas à me mentir, Charity. Je sais que vous vous êtes rencontrées au presbytère.

— Mme... Mme Parris a été malade.

— Et quoi de mieux, pour la réconforter, qu'un troupeau de péronnelles ? répliquai-je en secouant la tête. Ça ne va pas, Charity. Je ne tolérerai pas ces mensonges. Je ne tolérerai pas une telle désobéissance !

Elle pinça les lèvres, comme si elle allait pleurer, et je m'obligeai à rester de marbre.

— Je ne te comprends pas. Que trouves-tu, chez ces filles, qui te pousse à me désobéir ? Tu es plus avisée que ça. Les leçons que je t'ai apprises n'ont donc servi à rien ?

— Non, Père. C'est juste que... Ne me... ne m'interdisez pas de les voir. Je vous en prie !

— Ta mère ne les aimait pas. Et même si je devais mettre ses sentiments de côté, je dois prendre en compte mes propres impressions. Tu ne m'as jamais menti, avant aujourd'hui.

Elle baissa la tête et se mit à sangloter doucement.

Je ne me laissai pas fléchir.

— C'est un péché. Je ne le prends pas à la légère, et tu ne devrais pas non plus. Tu resteras à la maison durant les quinze prochains jours, à étudier le texte que je te donnerai. Nous prierons pour que Dieu te pardonne. Tu ne dois plus rencontrer ces filles.

Je m'étais attendu à davantage de larmes, à des protestations... Mais c'était comme si j'avais prononcé une formule magique, un mot, qui l'avait miraculeusement calmée. Elle cessa de sangloter, puis leva lentement la tête. Je me trouvai alors plongé dans son regard encore mouillé mais curieusement calme. À nouveau, j'eus la sensation que ma fille était une femme : ce n'était pas une enfant que j'avais sous les yeux.

— Comme vous voudrez, Père, répondit-elle. Pardonnez-moi. C'est la mort de maman... Je me suis sentie si seule... Sans quoi je ne me serais pas tournée vers elles.

Elle avait arrêté net ma colère de justicier.

— Oui... Eh bien... Tu n'es pas seule, Charity. Dieu t'a donné une famille qui t'aime, et grande est Sa miséricorde, si tu acceptes de te soumettre à Sa volonté.

Charity hocha la tête. Et tourna son regard vers la fenêtre comme si quelque chose avait attiré son attention.

— Par ailleurs, ajoutai-je, cela me dérange de te voir te montrer si insolente avec ta tante. Elle est ici pour vous aider. Maintenant que ta mère est morte...

Je m'interrompis, troublé par l'expression effrayée de Charity.

— Charity, mon enfant. Qu'est-ce qui ne va pas ?

Elle avala sa salive.

— Rien, Père. Je comprends, Père.

— Très bien. Je te donnerai le texte ce soir.

Elle était calme, lorsque je me retirai. Je me dis que tout allait bien : je l'avais rappelée à l'ordre ; elle m'avait demandé de lui pardonner. Je retrouvais mon enfant. Et pourtant, plus tard, en recopiant le texte que je voulais lui donner à étudier, je n'arrivais pas à me débarrasser de la sensation que je ne l'avais tranquillisée en rien.

Durant plusieurs jours, les récentes attaques des Indiens furent au cœur de toutes les conversations. Les hommes, nerveux, sursautaient au moindre bruit. Nous nous déplacions en groupes, toujours prêts à tirer. Mais comme les nuits s'écoulaient sans incident, et que la neige continuait de tomber – en recouvrant les collines d'un manteau blanc, elle rendait toute avancée à travers champs facile à repérer de très loin –, la terreur céda le pas à une vague appréhension. Il est dans la nature de l'homme de se désintéresser d'une menace qui tarde à se matérialiser, si bien que le sujet des Indiens perdit de son attrait, remplacé par la petite Betsey Parris et son étrange maladie.

Quel que fût le mal dont la fillette était affligée, son état ne s'améliorait pas. Elle s'était retranchée dans un monde où nul ne pouvait l'atteindre. Elle s'exprimait dans un langage incompréhensible, marchait à quatre pattes tel un chien ou un singe, se cachait sous les chaises ou dans les coins sombres, et se mettait à hurler dès que quelqu'un l'approchait. Toutes ces choses, je les avais entendu dire, et non vues de mes yeux. Mais j'avais beau tenir pour de purs commérages les trois quarts de ce qui se racontait, sa maladie m'inquiétait, surtout du fait que Charity avait beaucoup fréquenté le presbytère au cours des derniers mois.

Comme les autres hommes du village, c'est sans crainte d'un réel danger que j'entrais désormais en faction. Bien que la menace d'une attaque des Indiens fût moins présente, nous continuâmes à monter la garde redoublée, et mon tour vint plus fréquemment. Cela me convenait. J'avais été content de tirer au sort par deux fois le tour de garde du soir, et de confier à Sam ou à d'autres le soin de veiller sur ma famille. Ainsi, j'avais été retenu hors de ma maison au moment où j'étais le plus vulnérable. Je me surprenais de plus en plus souvent à toucher Susannah, à faire en sorte de la frôler en passant une porte, de me pencher un peu en arrière lorsqu'elle me servait, juste pour sentir le léger frottement de sa jupe contre mon dos. Ce genre de contact était inévitable pour des gens vivant sous le même toit, et pourtant j'aurais pu l'éviter. Je le voulais, mais mon corps refusait d'obéir à mon esprit. La conscience de ce que j'avais lu dans son regard, l'intuition d'un désir réciproque...

Le fortin était un bâtiment peu élevé, aux murs épais. Nous gardions les lourdes herses relevées de chaque côté et, assis en boule, restions immobiles devant chacune d'entre elles, pendant que le glacial vent d'hiver, chargé de neige, s'engouffrait à l'intérieur. Un feu était allumé dans la cheminée, mais il ne nous protégeait pas du froid : il ne servait qu'à réchauffer la bouillie de haricots que nous allions manger à la hâte.

Daniel Andrew avait été tiré au sort pour monter avec moi la garde du soir, et nous avions depuis longtemps cessé de parler. Nous étions tous deux trop soucieux de nous maintenir au chaud et de garder un œil sur les champs qui s'assombrissaient à l'approche du crépuscule, ou sur ces formes qui, entraînées par le vent, imitaient le mouvement.

Je sentais à peine mes mains au travers de mes gants, et j'avais le visage transi, les lèvres sèches et gercées. J'étais complètement engourdi quand John Rea et Joseph Hutchinson vinrent prendre la relève.

— Nous n'avons rien remarqué d'inquiétant, dis-je à John, tandis que nous nous apprêtions à partir, Daniel et moi.

— Il semblerait que les seuls motifs d'inquiétude récents soient liés au presbytère, marmonna Joseph.

Daniel eut une expression lugubre.

— Comment va l'enfant, aujourd'hui ?

Toujours pareil, répondit Joseph en secouant la tête. En tout cas, une chose est sûre : Parris se fait vraiment du souci pour elle.

— Oui, bien sûr qu'il se fait du souci, répliqua John. Il ne voudrait pas entendre claironner que le Diable a choisi le presbytère pour se montrer.

Il avait lancé ces mots distraitement, mais je fronçai les sourcils et répliquai :

— Le Diable ? Qui parle du Diable ?

— Personne pour le moment, admit-il. Mais ça ne va pas tarder, si la nouvelle se répand. Les souvenirs ont la dent dure. Il y a encore des gens qui refusent d'approcher Sarah Good, à cause de cette rumeur selon laquelle elle a causé l'épidémie de variole, il y a plusieurs années.

— Ce n'est qu'une mendiante, une bonne à rien. Avec un sale caractère, pas de doute, mais le Diable n'a rien à y voir.

— Ce que je veux dire, c'est que... les gens sont perturbés. Ils sont terrifiés par l'éventualité d'une attaque des Indiens. Ils se retourneront vite contre Parris si on découvre ce qui se passe chez lui, surtout maintenant que l'aînée s'y est mise également. Il le sait. Je suppose que c'est pour cette raison qu'il paraît si bouleversé.

Mon anxiété grandit.

— La grande aussi est malade ?

— Oui. La nièce de Parris. Elle bondit, elle hurle, elle tremble...

— Ma femme dit que c'est quelque chose..., glissa John. Elle a failli mourir de peur en voyant ça.

Je croisai le regard de Daniel et lus dans ses yeux ce qu'il dut lire dans les miens. Ces nouvelles étaient troublantes, et pas simplement à cause de Charity. John avait raison sur un point : les gens du village n'étaient pas juste superstitieux, ils avaient en plus la mémoire et la rancune tenaces. Il y avait déjà bien assez de tensions entre nous tous, surtout avec la peur des Indiens. Mieux valait tenter de calmer le jeu.

— J'irai moi-même rendre visite au pasteur, déclarai-je. A-t-il songé à faire appel au docteur ?

Joseph haussa les épaules.

— J'ai eu l'impression qu'il préférait rester discret.

— J'ai bien peur qu'il ne soit trop tard pour ça.

Daniel et moi quittâmes ensemble le fortin. La nuit était tombée et nos visages étaient plongés dans l'obscurité. Notre souffle glacial formait un rideau de brume, et j'eus peine à distinguer l'expression de Daniel quand il me saisit le bras, me contraignant à m'arrêter sitôt que nous eûmes fait dix pas.

— Curieux, non, que tout cela arrive maintenant ? À point nommé, avec cette affaire qui attend d'être jugée...

— Et sa réserve de bois qui s'épuise. Oui, approuvai-je, c'est louche.

— Sa fille n'a que neuf ans. Et sa nièce... dix... douze ans ?

Je haussai les épaules. Je n'en avais aucune idée. Je me rappelais à peine de quoi elle avait l'air. Autoritaire, me semblait-il. Je la revis soudain, menant le troupeau des enfants Parris, le jour des funérailles de Judith.

— Je me demande s'il n'a pas fait appel à ses enfants pour l'aider... reprit Daniel.

— Nous sommes sans doute trop méfiants. Quel bien en retirerait-il ? John a raison : il est trop facile de soupçonner Parris. Impliquer sa propre fille... Trop risqué, ajoutai-je en secouant la tête. Non, je suis prêt à accepter son appréciation : une maladie étrange... à moins qu'on ne me fournisse de bons arguments pour penser autrement.

— Tu as peut-être raison, admit Daniel, l'air peu convaincu. Je n'ai pas encore de filles. J'ignore à quel point elles sont influençables...

Je demeurai silencieux, quoiqu'il attendît une réponse de ma part – en tant que père de trois filles. À la vérité, je ne savais que dire. Deux mois plus tôt, j'aurais ri à l'idée qu'une fille bien élevée pût inventer pareils mensonges. Mais à présent... je revoyais sans cesse le visage pâle de Charity, ses yeux cernés. Désormais, je connaissais la réponse : *Trop influençable.*

J'étais troublé en quittant Daniel afin de poursuivre ma route. Mon esprit était si préoccupé que j'en oubliais le froid. Je sais simplement que, en arrivant chez moi, il faisait noir et que j'avais effectué tout le trajet sans penser une seule fois aux Indiens, ma carabine nonchalamment glissée sur l'épaule. Lorsque je pénétrai dans la maison, le calme régnait, les chandelles étaient mouchées. Tout le monde dormait. L'heure d'aller au lit était passée depuis longtemps, et je ne m'en étais pas rendu compte.

Derrière moi, dans l'obscurité, quelque chose bougea. Il y eut un bruit. Je n'étais pas seul. Je suspendis ma cape et mon chapeau, puis, dépassant l'angle de la porte de la cave, débouchai dans la salle commune, où brillait la lueur d'une bougie.

— Susannah...

— Lucas, déclara-t-elle en se levant de table, visiblement nerveuse. J'ai pensé que vous auriez faim. Et... il fait glacial, ce soir. Vous devez être gelé. J'ai voulu allumer un feu pour vous, et n'ai donc pas pu me coucher.

Je demeurai un instant planté là comme un imbécile, puis recouvrai enfin mes esprits.

— Je vous remercie. Maintenant que je suis là pour le surveiller, vous pouvez aller dormir...

— Non, fit-elle en secouant la tête. Non, je n'ai pas sommeil. Laissez-moi vous préparer à manger.

J'étais troublé et fatigué ; j'acceptai donc et me dirigeai vers la table. Lorsqu'elle m'apporta une écuelle fumante avec une grosse tranche de pain et une chope de bière, je lui fis signe de s'asseoir en face de moi.

Nous restâmes un moment silencieux. La nourriture sous le nez, je me rendis compte que j'avais beaucoup plus faim que je ne l'aurais cru. La soupe était bonne et copieuse. Susannah attendit tranquillement que j'aie fini de manger, puis me lança :

— Quelles sont les nouvelles du village ?

— La fille Parris ne va pas mieux.

— Ah, soupira-t-elle. J'espérais qu'elle serait remise, à présent.

— Pire encore : il semblerait que la nièce soit atteinte à son tour.

— Abigail ?

— C'est ainsi qu'elle s'appelle ? Je me suis dit que je passerais demain au presbytère.

Elle hocha la tête.

— Je vous accompagnerai. J'ai travaillé comme infirmière. Je pourrai peut-être me rendre utile.

— Vous avez été infirmière ? demandai-je, surpris. Judith ne m'en a jamais parlé.

— Judith ne savait pas tout de ma vie. Bien qu'elle s'imaginât sans doute le contraire.

Elle s'était tournée en disant ces mots, comme si elle craignait de me montrer son visage.

— Un homme que je connaissais, un chirurgien qui étudiait juste à côté de chez nous, a eu besoin, pendant plusieurs mois, d'être assisté. J'ai été... contente... de lui apporter mon aide.

De n'importe qui d'autre, j'aurais pris cette explication pour argent comptant. Je l'aurais acceptée, sans revenir dessus, comme n'importe quelle autre pièce du puzzle. Mais là, tout ce que j'avais retenu, c'était : *un homme que je connaissais*, et aussitôt la connotation biblique de ce dernier mot me vint à l'esprit.

— Lucas...

— Allez vous coucher.

— Je sais que quelque chose vous tracasse, Lucas. Dites-moi ce que c'est. À Judith, vous l'auriez dit...

— Vous n'êtes pas Judith.

— Non...

Elle se tut un si long moment qu'en relevant la tête je m'attendais à ne plus la voir. Mais elle était toujours là.

— ... peut-être puis-je néanmoins vous aider, vous réconforter...

Je la regardai droit dans les yeux.

— Vous avez perdu l'esprit ?

— Allons, dites-moi...

Elle contourna la table. Fut près de moi avant que j'aie pu l'en empêcher, avant que j'aie pu bouger. Je sentis sa main, si fine, si douce, sur la mienne. Ses doigts, sa chaleur... Sans songer à me réfréner, je saisis cette main et la serrai. Puis, poussé par un instinct que je ne contrôlais plus, je la portai à ma bouche. Susannah sursauta, mais je ne relâchai pas mon étreinte.

J'embrassai l'intérieur de son poignet, m'attardant jusqu'à sentir son pouls battre contre mes lèvres. Je passai la langue sur sa peau légèrement salée. Elle poussa un gémissement étouffé.

Ce n'est pas ce bruit qui me fit réagir, mais le silence qui s'ensuivit. Car je compris qu'elle m'attendait, et c'est cette prise de conscience qui m'arrêta.

Lâcher sa main était au-dessus de mes forces.

— Allez-vous-en, dis-je. Je ne peux pas...

Comme elle cherchait à se dégager, je la libérai. Puis elle s'éloigna, et je laissai retomber ma tête sur la table, entre mes bras croisés. Ma vie partait à vau-l'eau. Je ne pouvais plus espérer ni paix ni rédemption. Et le plus effrayant, c'est que je m'en moquais éperdument.

Le lendemain matin, une épaisse couche de neige recouvrait le sol ; la route étroite n'était plus qu'un mélange de glace et de boue quand je me rendis au presbytère, accompagné de ma famille.

Nous formions un cortège étrange et silencieux, comme nous cheminions vers le village. Pâles et raides de froid, nous étions emmitouflés dans des capes de laine, nos épaules et nos têtes fermement emmaillotées dans des châles. Nous portions des gants et d'épais chapeaux de feutre aux bords rabaissés, si bien que seuls nos yeux étaient découverts. Quiconque nous eût croisés ne nous aurait pas reconnus. La température était si basse que l'on ne pouvait guère espérer être réchauffés par les vêtements. Le temps nécessaire pour arriver au presbytère nous parut à la fois trop long et trop bref. J'hésitai, m'efforçant de remettre un peu d'ordre dans mes pensées et d'oublier ce qui me préoccupait, avant de frapper à la porte. Elle fut ouverte par Tituba, l'esclave des Parris – une anomalie, au village, et l'une des raisons qui m'incitaient à ne pas tenir Parris pour l'homme de Dieu qu'il se prétendait. Posséder un autre être humain, fût-il inférieur, était considéré comme une hérésie par la plupart des nôtres.

Le regard de la femme glissa sur nous, et je m'apprêtais à lui exposer la raison de notre visite lorsque je vis ses yeux se poser sur Charity. Elle ne la ragarda qu'un bref instant, mais je notai qu'elle la reconnaissait et qu'il y avait autre chose dans son expression – de l'amertume, peut-être. Cela m'étonna tellement que je pensai m'être trompé.

Tituba recula.

— Entrez, déclara-t-elle d'une voix douce, avec un léger accent de la Barbade.

Susannah lui tendit son panier.

— Je vous ai apporté du pain, indiqua-t-elle. Et une part de tourte au poisson.

— C'est gentil à vous, madame, répondit l'esclave en prenant le panier.

Elle ferma la porte derrière nous. La pièce nous parut soudain très sombre. Parris sortit de la salle commune, passant une main dans sa longue chevelure noire. Il paraissait désorienté et tourmenté, et avait le visage gris de qui a passé une nuit blanche. Il sursauta en nous apercevant, puis reprit vite le contrôle de lui-même quand j'eus retiré mon écharpe et mon chapeau, et qu'il me reconnut.

— Frère Fowler, dit-il d'un ton qui me semblait trahir sa nervosité. Vous venez les voir, bien sûr. Comme tout le monde... Entrez.

— Nous n'avons pas l'intention de vous rendre les choses encore plus difficiles, glissa Susannah. Votre femme est à la maison ?

— Là-haut, répondit le pasteur en désignant l'escalier d'un geste vague. Elle n'a pas la force de quitter son lit. Cela a été... vraiment terrible pour elle. Vraiment terrible.

Nous le suivîmes dans la salle commune. J'entendis Jude lancer :

— Charity, avance...

Et Susannah faire écho, d'une voix plus calme :

— Allez, Charity, ne traîne pas !

Je concentrai mon attention sur la situation présente, et tentai de contenir mon habituelle indignation concernant l'appropriation par Parris d'une maison qui aurait dû appartenir au village.

Un feu flambait dans l'âtre. L'autre esclave de Parris, John Indian, empilait des bûches près de la cheminée. Je surpris Parris en train de me regarder de travers.

— C'est tout le bois qui nous reste, geignit-il. Je ne sais pas comment on va faire. Il fait si froid, cet hiver...

Mais à cet instant je les aperçus, assises sur le banc, qui avait été placé dos au feu. La fillette et la fille plus âgée étaient côte à côte, étrangement immobiles.

Je constatai également qu'il y avait d'autres gens dans la pièce. Quatre autres villageois : John et Nathaniel Putnam, Joseph Porter et Mary Sibley. Ils se tenaient en arrière, presque plaqués au mur, et semblaient être dans l'expectative, tels des spectateurs attendant le début de la représentation en ignorant s'il va leur plaire ou les terrifier. L'angoisse était si forte que nous ne prêtions même pas attention aux autres. À peine Joseph Porter nous adressa-t-il un vague signe de la main. Mary Sibley, en revanche se pressa vers Susannah.

— Vous êtes venus voir ? l'entendis-je murmurer. J'arrive moi-même à peine.

Jude se rapprocha de moi et Charity, de l'autre côté, fit de même. Mes deux filles étaient terrorisées, et je n'aurais pu les en blâmer, car l'atmosphère était propre à inspirer la terreur. Plongée dans la pénombre, la demeure n'était éclairée que par le feu, une ou deux bougies, et le faible éclat du jour filtrant par les fenêtres.

Une bible entre ses mains, Parris se dirigea vers John Putnam.

— Je leur ai lu les Écritures, expliqua-t-il à voix basse. Mais cela n'a servi à rien.

— Non ! Non !

Il n'en fut pas un, parmi nous, qui ne sursauta. C'était la petite Betsey. En gémissant, elle se laissa tomber sur le sol, puis se mit à aboyer – les jappements brefs et perçants d'un chiot – et à marcher à quatre pattes autour du banc.

J'eus un mouvement de recul involontaire et, serrant mes filles contre moi, je vins me coller au mur.

— Seigneur Dieu ! murmura Mary Sibley. Seigneur Dieu !

Charity saisit mon bras, crispant si bien ses doigts glacés que ses ongles courts pénétrèrent dans ma chair.

Je ne savais que dire, comment me montrer réconfortant. Betsey était horrible à voir, mais son affliction n'était rien, comparée à celle d'Abigail, qui se mit à hurler :

— Vous ne m'aurez pas ! Non, je vous dis !

John Putnam se précipita pour l'assister, mais elle le repoussa comme s'il n'était qu'un enfant. Il recula, stupéfait. Elle se leva alors du banc et commença à tourner autour, le dos courbé et marmonnant des paroles incompréhensibles, un babillage chantant.

Nathaniel Putnam s'approcha prudemment d'Abigail, mais celle-ci ne parut pas remarquer. Lorsqu'il tenta de lui barrer le chemin, je crus qu'elle allait lui marcher sur le corps. Il battit vite en retraite et, pivotant vers nous comme si nous avions réponse à tout, nous demanda :

— Qu'est-ce qu'elle raconte ?

— C'est une terrible maladie, dit Parris.

Par terre, Betsey geignait et, en rampant, se glissait sous le banc. Elle écarquillait ses grands yeux bleus ; comme si elle apercevait quelque chose qui nous restait invisible. Charity serra mon bras plus fort, au point de me faire mal. Jetant un coup d'œil à Jude, je la trouvai trop immobile, trop attentive – elle prenait cette scène comme tout le reste : avec une sorte de résignation fataliste qui m'inquiétait autant à présent qu'à la mort de sa mère.

Abigail fit volte-face ; Charity sursauta, poussa un cri, et enfouit son visage dans mon dos. Je regardai Susannah et notai la manière dont elle nous observait, nous – Charity, Jude et moi –, et non les filles frappées par le mal. Charity sanglotait dans mon dos. Je lui saisis la main et la repoussai fermement.

Visiblement bouleversée, elle tremblait de la tête aux pieds.

— C'est un mal passager, lui affirmai-je. Le docteur va trouver moyen de le guérir, j'en suis sûr.

Je m'adressai à Parris :

— Vous avez fait appeler Griggs ?

Le pasteur manifesta d'abord de la surprise, puis de la gêne et de la nervosité.

— Non. Non, pas encore. J'étais... Nous espérions que ça passerait.

— Il doit bien y avoir un remède à leur administrer...

— Oui, il y aurait bien quelque chose, dit Mary Sibley d'un air songeur. Mais je doute que le docteur y pense.

— Tais-toi, femme ! s'exclama Joseph, s'exprimant pour la première fois depuis qu'il nous avait salués. Surveille tes paroles !

Mary Sibley serra les lèvres et secoua la tête. J'étais content que Porter l'ait fait taire. Je préférais ne pas connaître son opinion. Je commençais moi-même à avoir quelques soupçons. Cela ne ressemblait à aucune maladie de ma connaissance. Plutôt à...

Je censurai cette idée, allant jusqu'à m'interdire de formuler le mot dans ma tête. Je saisis la main de Charity et murmurai une prière pour repousser les forces du mal, si palpable dans cette pièce. Surprenant le regard de Susannah, je désignai la porte d'un geste de la main.

— Nous devons partir, à présent, déclarai-je à Parris.

Il hocha la tête, l'air toujours aussi perdu, et répondit :

— Oui. Au revoir.

Comme si nous venions de nous rencontrer dans la rue, et non d'assister ensemble à ce spectacle terrifiant.

— Je viens avec vous, lança Joseph Porter. Je ne peux pas en supporter davantage.

Personne ne se donna le mal de nous raccompagner à la porte. Parris était trop occupé à serrer sa bible avec un air d'impuissance ; John Indian avait filé par la porte de derrière ; Tituba, adossée au mur, se contenta de nous regarder partir.

J'étreignis plus fort la main de ma fille. J'avais peur – pour elle, et pour mon monde qui, ces derniers temps, changeait trop vite autour de moi. Je pensai – c'était absurde – que si je ne lâchais pas sa main, elle ne deviendrait pas cette femme que j'avais commencé à voir sur son visage, et que rien de tout cela ne pourrait l'atteindre.

— C'est plus grave que je ne l'aurais cru, constata Joseph.

Il ajusta sa cape, resserra l'écharpe qui lui couvrait le visage.

— De quoi s'agit-il, d'après vous ? demanda calmement Susannah.

Joseph ignora la question et me regarda.

— Il faut qu'on fasse attention. Il vaudrait mieux que le comité cesse de se réunir pendant un petit moment.

— Oui.

Je ne pouvais que l'approuver. Ce ne serait pas une bonne idée d'attirer l'attention sur nous, pas maintenant. Le vent me sembla chargé d'une menace, tandis que Joseph s'en allait en pataugeant dans la boue glacée, et que je reconduisais ma famille chez nous.

20

Le sentiment qu'il me fallait reprendre les rênes de ma vie et de ceux qui la peuplaient ne cessa de se renforcer après notre visite au presbytère. Lorsque nous parvînmes à la maison, Charity était calme ; or, ce calme paraissait inquiétant. Son regard était lointain mais étrangement concentré, comme si elle voyait, au-delà de nous, une chose visible d'elle seule.

Ce soir-là, après nos prières et la lecture des Écritures, j'envoyai les filles se coucher. Puis je traînai devant la cheminée, peu désireux d'aller retrouver mon lit et de passer la nuit à m'agiter dans le silence de mes pensées.

Je mis une autre bûche dans le feu, bien qu'il fût déjà tard. Je l'attisai avec un tisonnier, regardai l'écorce sèche s'enflammer et jeter des étincelles, faisant jaillir les flammes toujours plus haut, jusqu'à sentir enfin leur chaleur. J'avais trop de sujets en tête : les attaques des Indiens, l'étrange maladie de la petite Betsey Parris, les yeux hantés de ma fille. Judith semblait me fixer, depuis le feu, son visage déformé par les flammes. Elle me méprisait, pensais-je, pour avoir si mal géré la situation en son absence.

J'étais tant et si bien plongé dans mes réflexions que, lorsque Susannah prononça mon nom, je sursautai et lâchai le tisonnier. Il tomba bruyamment sur les pierres du foyer.

— Pardonnez-moi, dit-elle. Je ne voulais pas... Vous semblez si...

Je me penchai pour ramasser le tisonnier et le remis en place, sur un côté de la cheminée.

— Vous semblez si seul, Lucas. Je me suis toujours demandé pourquoi.

— Je suis rarement seul.

— C'est peut-être ce que vous voulez croire.

Je haussai les épaules.

— J'ai deux enfants, et... vous... dans ma maison. Le comité de village me prend beaucoup de temps.

Je détournai les yeux, revins au feu et à ce que j'avais commencé de m'imaginer : ma condamnation par Judith. J'étais taraudé par la mauvaise conscience. *Plus que de tout autre bien, reste maître de toi-même.* Et pourtant, suivre cette ligne de conduite avait été au-dessus de mes forces.

— Vous êtes inquiet, remarqua Susannah.

— Je suis stupéfait que vous ne le soyez pas.

— Ce que nous avons vu aujourd'hui... Vous croyez que c'est vrai ?

— Oui, je le crois. Qui se comporterait ainsi volontairement ? Qui le pourrait ?

— L'esprit est capable de concevoir bien des choses...

— Ce ne sont que des enfants.

— La petite, oui, admit Susannah. Mais l'autre... À mon avis, vous sous-estimez les enfants, Lucas. Vous n'inventiez pas des histoires quand vous étiez enfant ?

Des images me revinrent à l'esprit : un taudis délabré, un toit de chaume s'effondrant par plaques pourries, une pluie glaciale formant des flaques sur le sol de terre. La rue grouillante de poulets malades et de chèvres décharnées, où l'on marchait dans une couche d'ordures si épaisse que mes jambes étaient crasseuses et parsemées de plaies qui ne guérissaient jamais. L'obscurité, l'exiguïté. J'étais blotti dans un coin, les genoux pressés contre mon torse, tandis que les pas de mon beau-père se rapprochaient, que le verre d'une bouteille se fracassait sur la porte...

— Non, répondis-je.

— Je vois, répliqua-t-elle comme si elle venait soudain d'avoir une révélation à mon sujet.

Que savait-elle de moi, en fait ? L'espace d'un instant, je tentai d'imaginer ce que Judith avait pu lui raconter à mon sujet, par quel filtre elle m'avait fait passer pour offrir à sa sœur un portrait susceptible de l'impressionner. Je soupçonnais ma femme d'avoir procédé de même pour me présenter Susannah Morrow. Quelles étaient au juste la part de vérité... et la part d'invention ? Judith n'avait-elle pas eu besoin de croire à certaines choses pour supporter ce qui était venu s'interposer entre elles deux : le fils du hallebardier ; leur père ; une vie de plaisirs et de frivolité, de haines mesquines, d'amours de rien du tout...

— Chaque fois que je me penche sur ce village, je ne vois que crainte et problèmes en tout genre, constata Susannah.

— Rien d'étonnant, nous ne sommes pas à Londres. Ici, c'est une terre sauvage : nous avons des ennemis à combattre.

— Vous les fabriquez vous-même, pour la plupart. Voilà ce que je redoute, Lucas : que tout cela soit une grande invention, un jeu. Les enfants se laissent si facilement entraîner...

— Vraiment ?

Susannah baissa la voix :

— Aujourd'hui, j'ai observé Abigail. Et puis j'ai regardé Charity. Vous ne pouvez nier qu'il s'est passé ici des faits assez semblables.

Elle avait lu dans mes pensées.

— Je ne le nie pas. Toute la soirée, je n'ai cessé d'y songer.

— Il faut que vous arrêtiez cela tant qu'il en est encore temps, conseilla-t-elle. Vous connaissez quelqu'un à Boston ? Quelqu'un en qui vous ayez confiance ?

— À Boston ? Pourquoi donc ?

— Pour le bien de Charity, je crois que vous devriez l'envoyer quelque part le plus tôt possible. Dans un endroit où personne ne lui bourrera le crâne de mensonges.

Je fronçai les sourcils.

— Je ne sais pas...

— Ah, Lucas !

Elle respira un grand coup, visiblement énervée.

— J'ai peur, continua-t-elle. J'ai peur, si vous la laissez dans ce lieu, qu'elle ne se détruise. Elle devrait être auprès de quelqu'un qui puisse veiller sur son âme.

— Cette tâche incombe à son père.

— Mais vous êtes *ici* ! s'exclama-t-elle en désignant la pièce. Vous faites partie de ce village et ils vous tiennent. Si vous envoyez Charity chez une famille pieuse de Boston, peut-être guérira-t-elle. Tout, ici, doit lui rappeler Judith. Et ces filles... Je n'ai pas confiance en elles, Lucas. Je ne dis pas que Charity est une menteuse... mais si elle accorde foi à des mensonges ? Que se passera-t-il, alors ? Je vous en prie, Lucas. Envoyez-la en ville. Cela vaudra mieux pour elle.

Quel qu'ait été mon désir de protéger ma fille et de la guider dans la foi et la vertu, j'étais conscient d'avoir déjà échoué dans ma mission.

— Oui, murmurai-je, c'est ce qu'il faut faire. Je vais l'éloigner d'ici.

Susannah était visiblement soulagée.

— Faites-le vite, Lucas !

Je levai les yeux vers elle. Nos regards se croisèrent, et nous nous fixâmes un instant – trop long, trop court – avant qu'elle ne s'éloigne à contrecœur.

— Je vous souhaite une bonne nuit, murmura-t-elle.

Après son départ, mes soucis m'accablèrent de nouveau. J'avais besoin de sa certitude calme, de sa conviction. Je voulais qu'elle revienne, et la force de ce désir me terrifiait.

J'étais résolu à me rendre en ville le lendemain, afin de trouver une place pour Charity. Mais les chutes de neige étaient telles qu'il était impossible de parcourir pareille distance. Cela ne me plaisait pas de remettre ma tâche à plus tard, mais je n'avais pas le choix. Je me rassurai à la pensée que personne d'autre ne voyagerait : il était donc peu probable que la maladie du presbytère se répandît davantage.

Pourtant, en fin de matinée, tandis que je coupais du bois dans la grange, Francis Nurse s'avança vers moi, couvert de neige et le nez rougi par le froid. Il avait la mine hagarde et l'air épuisé.

— Que se passe-t-il, Francis ? demandai-je aussitôt. Est-ce que Rebecca...

— Toujours pas remise, je le crains. Mais ce n'est pas la raison de ma venue.

— Le tribunal ? Ils ont rendu leur jugement ?

— Non plus... Griggs a examiné les filles Parris.

L'angoisse m'étreignit.

— Et ?

— Il dit qu'elles sont ensorcelées.

Ce mot avait un poids considérable. Je l'avais redouté. Je ne m'étais pas permis de l'évoquer, même en pensée.

— Il en est sûr ?

— Oui, répondit Francis.

Le vent reprit, soulevant les quelques mèches grises échappées de son chapeau.

— Il ne l'a dit à personne d'autre, Lucas, mais la nouvelle ne va pas tarder à se répandre. Les rumeurs de ce genre se propagent à une vitesse... à croire qu'elles sont portées par le vent.

— Et Parris... Que dit-il ?

— Il n'a pas paru surpris.

— Personne ne le sera. N'est-ce pas ce que nous soupçonnions tous ?

Francis hocha la tête.

— Oui. Parris a parlé de se tourner vers d'autres, pour leur demander prières et conseils. Peut-être John Hale, ou bien Noyes. À mon avis, il va le faire tout de suite.

John Hale et Nicholas Noyes étaient pasteurs des villes voisines, respectivement de Beverly et de Salem-Ville. Tous deux jouissaient d'un respect considérable. Je connaissais bien Noyes – il était pasteur de mon église, en ville – et je l'admirais.

— Bien sûr qu'il va le faire. Il n'est pas souhaitable pour lui d'être vu comme un pasteur qui accueille Satan dans sa demeure.

Francis me jeta un regard perçant.

— Ce n'est souhaitable pour aucun d'entre nous. Si le Diable est dans notre village, Parris fera tout ce qui est en son pouvoir pour le combattre. Sa position en dépend. Il ne peut pas paraître à l'origine de cela... Tu vois ce que je veux dire ? Il refusera de porter le chapeau, et Tom Putnam le soutiendra.

Je comprenais parfaitement. Parris avait trop d'intérêts en jeu. Sa position était déjà suffisamment menacée. Être perçu comme l'hôte du Diable ne pouvait que dresser les villageois contre lui. Il n'aurait d'autre solution que de rejeter la faute sur un autre.

— L'un de nous devrait assister à cette séance de prières, dis-je.

— Un seul ne suffit pas, dit Francis. Si cela s'aggrave...

— Parris ne va-t-il pas nous empêcher d'y assister ?

Francis secoua la tête.

— Il est obligé de nous le permettre. C'est une chose effrayante. Les autres auront besoin d'être rassurés.

— Alors, qui ira ?

— Pas Putnam. Sa présence ne ferait qu'exaspérer son frère. Et Porter... non. Il y a déjà trop de sujets de discorde entre leurs deux familles.

Je le regardai longuement, redoutant la suite.

— Il ne reste plus que toi, Daniel et moi.

— Daniel est conseiller municipal à Salem-Ville. Mieux vaut qu'il se tienne en dehors de tout cela. Thomas et moi avons nos désaccords, mais il n'y a pas d'animosité tenace entre nous. Quant à toi, tu n'as pas eu de conflits avec Parris qui dépassent le cadre du comité de village, et puis... ta propre fille a été aperçue au presbytère. On l'a vue avec les autres... Tu as donc une bonne raison de vouloir suivre l'évolution de l'affaire.

Ta propre fille.

Je répondis d'une voix ferme :

— Très bien. Ce sera nous deux, alors. Quand aura lieu la séance de prières ?

— Je ne sais pas encore. Je vais en parler avec Parris, dit Francis avec un soupir. J'avais espéré... Enfin, puisque Dieu nous impose cette épreuve... mais je me croyais trop vieux pour ça.

— Espérons que la situation ne va pas s'aggraver.

— Oui. Oui. Et... tu feras attention, n'est-ce pas, Lucas ?

— C'est possible, Francis ? Possible que Satan soit parmi nous ?

Francis eut une expression lugubre.

— Et quoi d'autre, sinon ?

21

Il continua de neiger pendant près d'une semaine. Puis, du jour au lendemain, les flocons se changèrent en gouttes de pluie. Sous l'effet du dégel, les arbres craquaient, et des stalactites se détachaient des toits pour se planter dans la neige ramollie. Le froid avait changé de nature ; l'humidité vous pénétrait les os.

À présent que les routes étaient de nouveau praticables, les voisins se rencontreraient, les commérages iraient bon train, et le diagnostic d'ensorcellement rendu par Griggs s'amplifierait au point d'être méconnaissable.

Il était donc plus urgent que jamais d'éloigner Charity du village. Mais, le matin où je comptais m'y rendre, je trouvai mon aînée déjà plantée devant la fenêtre – son poste habituel, ces derniers temps – lorsque j'entrai dans la salle commune.

Je m'approchai d'elle par-derrière, désireux de savoir ce qui accaparait son attention. Il n'y avait que des arbres dépouillés, le sol tapissé de neige, un corbeau, le goutte-à-goutte des stalactites pendant devant la fenêtre...

— Qu'est-ce que tu regardes ?

Elle sursauta comme si elle ne m'avait pas entendu venir. Son visage devint livide.

— C'est parti, répondit-elle en frottant méchamment une nouvelle engelure qu'elle avait sur le menton.

Je saisis sa main pour arrêter son geste.

— Je t'ai dit d'y mettre du baume.

— Je ne veux rien accepter d'elle !

— Je t'ai dit que je ne...

Elle leva les yeux. Regardant par-dessus mon épaule, je vis Susannah entrer dans la pièce. Charity se dégagea de mon étreinte avant de se pencher vers moi pour m'exhorter :

— Ne te laisse pas abuser par elle, Père. Le Diable a souvent un séduisant visage. Tu le sais, n'est-ce pas ? Tu le sais ?

— Bien sûr que je le sais.

Je lui pris à nouveau la main – un geste qui parut la stupéfier, puis l'effrayer. Elle dégagea sa main et partit en courant.

— Charity ! m'écriai-je, mais elle était déjà dans l'escalier et, parvenue à sa chambre, elle claqua la porte derrière elle.

— Vous devez l'éloigner de cet endroit, me redit Susannah d'une voix douce.

Accablé, je me laissai retomber sur le banc.

— Il a cessé de neiger. Je vais prendre des dispositions dès aujourd'hui.

— Elle mange à peine. Comme si elle s'imaginait que je cherche à l'empoisonner.

— Elle n'a pas confiance en vous, et pourtant j'ai fait tout mon possible pour la rassurer.

Susannah ne répondit rien. Elle s'affairait devant la cheminée, mais je la sentais nerveuse. La raideur de ses mouvements la trahissait.

— Qu'y a-t-il ? demandai-je. Je vous ai offensée ?

— Il n'y a rien.

— Dites-moi.

Elle se figea, puis pendit une marmite à la crémaillère avant de se tourner vers moi.

— Croyez-vous bien connaître votre fille ?

— Je la connais bien.

— Lucas... Savez-vous qu'elle est suspendue à chacune de vos paroles ? Que vous la blessez quotidiennement, par votre indifférence et votre manque d'attention ? Savez-vous qu'elle craint, au point de se rendre malade, vos sermons et vos prières, mais qu'elle les écoute parce que c'est vous qui parlez ?

— Je ne suis pas inattentif...

— Savez-vous, poursuivit-elle en se rapprochant de moi, qu'elle connaît suffisamment la vie pour comprendre ce qu'il y a entre vous et moi ? Elle sent que vous pourriez avoir des raisons de lui mentir à mon sujet. Peut-être ne lui avez-vous pas dit que je vous voulais du mal, mais elle ne peut s'empêcher de voir que c'est ce que vous pensez. Votre manière de m'éviter, la colère qu'il y a dans votre voix quand vous m'adressez la parole...

— Ça suffit ! m'exclamai-je. Vous en avez bien assez dit !

— Je commence à peine.

Son visage s'empourpra légèrement.

— Expliquez-moi, Lucas, parce que je ne sais plus ce que je dois m'imaginer... Expliquez-moi : vous reprochez-vous le désir existant entre vous et moi au point d'être vous-même arrivé à me voir comme la créature mauvaise que Charity croit que je suis ?

Ces mots... Ces mots... Je ne voulais pas les entendre.

— Nous... Nous ne devons pas... parler de ça... C'est... c'est impossible !

— Je ne souhaitais pas qu'il en soit ainsi. Mais vous avez tort de penser que nous ne devons pas en parler. Il est impossible de faire autrement.

Je pris ma tête dans mes mains. Susannah resta un moment silencieuse, puis se pencha vers moi.

— Devons-nous nous avouer ce que nous souhaitons l'un de l'autre, Lucas ? Ou continuer à le nier ?

Je la regardai.

— Je le nierai, même sur mon lit de mort !

La violence de ma réaction parut la surprendre.

— Nous ne pouvons pas vivre ensemble de cette manière.

Tout paraissait m'échapper, et je la détestais de semer le chaos dans ma vie bien réglée. Je me levai d'un bond, et le banc tomba sur le sol.

— Qu'est-ce que vous attendez de moi ? m'exclamai-je d'une voix pleine de fureur. Que je couche avec vous, pour que nous soyons tous les deux damnés ? C'est ce que vous voulez ?

Elle n'eut pas un tressaillement.

— Oui. Peut-être que ça permettrait à cette chose de disparaître. Mais vous l'entretenez, elle ne peut qu'aggraver la situation.

— Ne me... ne me tourmentez pas !

— C'est vous qui vous tourmentez, répliqua-t-elle d'une voix amère. Et moi avec, parce que vous refusez de faire quoi que ce soit.

Elle me laissa là. Se dirigea vers la cave et s'engouffra dans l'escalier. La porte claqua.

Une vague pensée me traversa l'esprit : il fallait que je parte. J'avais des choses à faire. Salem-Ville... J'allai vers la porte. Je n'avais pas l'intention de la rejoindre. Je désirais m'éloigner, de toute la force de mon âme. Et pourtant, lorsque je passai devant la porte de la cave, je l'ouvris. Descendis l'escalier. Laissai la porte se refermer derrière moi. Elle avait emporté la lanterne. Les marches étaient plongées dans l'obscurité. Je distinguai une faible lueur au-dessous de moi, et des ombres éparses. J'empruntai cet escalier tel un condamné, d'un pas lent et effrayé, comprenant que c'était la fin. Ensuite, mon âme serait vouée à l'enfer. Mais le Diable me tenait déjà enchaîné. Je ne pouvais plus m'arrêter.

Quand j'arrivai en bas, elle leva les yeux, visiblement surprise. Elle avait posé la lampe sur une barrique de porc salé. Elle tenait une cruche, penchée vers un tonneau de petite bière, mais elle se redressa en m'apercevant.

J'aurais voulu qu'elle dise quelque chose susceptible de me décharger en partie de ma faute. Qu'elle me fasse signe, me tende les bras, me provoque par la parole. J'aurais voulu pouvoir déclarer : *Je me serais détourné, si elle n'avait pas fait cela, ou dit ceci. C'était une tentatrice, une sirène qui m'avait si bien ensorcelé que je n'étais plus moi-même*. Mais elle se contenta de rester là, immobile, tandis que je m'avançais. Elle n'eut pas un mouvement de recul, n'essaya pas de s'esquiver. Bientôt, je fus si près d'elle que je sentis ses jupes frôler mes cuisses. Et quand je tendis les bras vers ses hanches, crispai mes mains sur l'étoffe et l'attirai brusquement vers moi, elle se contenta de lever la tête.

Je la plaquai contre le tonneau. Plongeai les doigts dans ses cheveux, tirant tant dessus que ses yeux s'embuaient sous l'effet de la douleur, puis je m'emparai de ses lèvres comme j'avais rêvé de le faire.

Ce n'était pas un baiser... c'était un assaut, mené bouche ouverte... Je la respirais, je la dévorais. Je n'avais jamais embrassé Judith de cette manière. Ni aucune autre femme, à la vérité. Et pourtant, je ne cherchai pas à calmer mon ardeur. Elle ouvrit sa bouche à la mienne et je goûtai ses lèvres, le cidre qu'elle avait bu et les feuilles de gaulthérie qu'elle avait mâchées, dont des petits morceaux restaient collés à sa langue.

La cruche tomba. Elle vint rouler contre mon talon. Je la repoussai d'un coup de pied et immobilisai de nouveau Susannah, la pressant fort contre le tonneau, ne laissant entre nous que la distance me permettant d'atteindre les lacets de son corsage. Je tirai dessus jusqu'à ce qu'ils cèdent, jusqu'à ce que le corsage s'ouvrît sous mes doigts. J'arrachai violemment le cordon de sa chemise qui tomba alors, révélant ses seins. Je les saisis à pleines mains, mais cela ne me suffisait pas : j'étais comme un démon, je ne me reconnaissais pas. Je rassemblai ses jupes entre mes mains et les retroussai, encore et encore. Jupons, chemise, jusqu'à la poche de sa jupe, qui se retourna. Clés, dés à coudre et pièces de monnaie s'éparpillèrent sur le sol. Ses cuisses nues étaient tièdes. Je la soulevai, et elle m'y aida en agrippant ma nuque. Elle poussa un cri lorsque sa hanche heurta la barrique, tandis que le couvercle balançait dangereusement. Puis elle fut assise dessus, les jambes écartées, refermées autour de mes hanches. Je défis mon caleçon, m'enfonçai en elle avec une telle force qu'elle gémit – mais ce n'était pas un gémissement de douleur –, et j'étouffai son cri. Je calai mes mains sur le couvercle, et la fis tanguer tellement que le couvercle se déplaça et la bière se répandit sur mes doigts. L'odeur de levure et de malt se mêla à l'air, avec son odeur à elle : citron, musc et sexe. Elle serrait ses chevilles contre le creux de mes reins et répondait à chacune de mes poussées. Nous joutions l'un contre l'autre, dans le plaisir et la douleur, le déni et la reconnaissance.

Je jouis, dans un abandon total – la volupté fut telle que c'en était presque une souffrance. Et lorsqu'elle-même poussa un cri, ce fut tout contre mes lèvres. Les halètements, le relâchement soudain, nos spasmes confondus. Je percevais nos souffles, courts et entremêlés. Je sentais le battement de son cœur contre ma poitrine.

Je fermai les yeux, enfouissant ma joue dans ses cheveux. Je ne pouvais ni reprendre mon souffle ni revenir à la réalité. Ce n'est qu'en entendant le goutte-à-goutte de la bière sur le sol que je recouvrai mes esprits. Mes mains étaient mouillées, l'odeur de l'alcool enivrante, et j'avais peur de moi-même.

— Pardonnez-moi, murmurai-je, sans bien savoir à qui s'adressaient ces paroles – à moi-même, à elle ou à... Dieu. Pardonnez-moi.

— Vous n'êtes pas seul responsable, affirma-t-elle en balayant les mèches que j'avais dans les yeux.

— Qui d'autre le serait ?

— Moi, pour commencer. Ou... le destin. Ou Dieu. Je ne peux m'empêcher de songer que... je n'aurais jamais fait un tel choix moi-même. Le mari de ma sœur...

— Votre frère.

— Non, répliqua-t-elle, secouant la tête tout contre la mienne. Non, je me refuse à vous appeler plus longtemps ainsi. Vous n'êtes pas mon frère. Je refuse que ce péché-là s'ajoute aux autres.

— Que vous le refusiez ou que vous l'acceptiez n'y change rien. La vérité est ce qu'elle est. Un péché ne change pas de nature simplement parce qu'on le souhaite.

— Et vous... pensez que c'est un péché ?

— Comment pourrait-il en être autrement ? m'écriai-je.

Je m'arrachai à elle, regardai les ombres de ses yeux, ses cheveux – à présent décoiffés, et retombant sur ses épaules, sur ses seins nus. C'était une erreur que de la regarder ainsi... Les moments qui venaient de s'écouler repassèrent aussitôt dans mon esprit et, dans le même temps, se manifesta un vif et implacable élan de désir qui me mit au désespoir. Je ne pourrais pas éternellement lutter contre lui. Ayant péché une première fois, je pécherais de nouveau... à présent que je l'avais touchée, goûtée.

Elle tendit les bras vers moi.

— Moi aussi, j'aurais souhaité que ça se passe autrement. Mais je me sens... attirée. Comprenez-moi bien – je ne l'ai pas voulu, et pourtant je n'ai pas pu m'en empêcher. Et je... j'en suis arrivée à penser... Peut-être est-ce pour cette raison que je suis venue à Salem ? Peut-être que Dieu nous destinait l'un à l'autre depuis tout ce temps ?

Je me libérai de son étreinte, et remontai mon caleçon.

— Je me refuse à croire une chose pareille.

— Parce que vous ne vous donnez pas le droit d'éprouver du plaisir, accusa-t-elle. Parce que vous aimez mieux être malheureux.

— Je ne suis pas malheureux.

— Ah, Lucas, regardez-vous !

Elle me désigna d'un geste, et je baissai les yeux sur mes doigts empêtrés dans les attaches de mon caleçon.

— Vous vous protégez déjà de moi. Ce qui vient de se passer entre nous... c'est si rare ! Vous avez déjà éprouvé quelque chose d'aussi puissant ? Même avec Judith ?

Elle avait raison. Mais j'en ressentais une mauvaise conscience écrasante.

— Satan a lu dans mon cœur, voilà tout. Il m'a présenté une tentation à laquelle il savait que je ne résisterais pas.

— Je ne suis qu'un suppôt de Satan, alors ?

Tout mon univers me parut chanceler.

— Je ne sais pas ce que vous êtes ! dis-je en baissant les bras. Je ne sais pas ce que vous êtes !

Elle resta silencieuse. Je ne bougeai pas, tandis qu'elle descendait du tonneau, ce qui fit retomber ses jupes. Son corsage était encore délacé, mais elle ne le resserra pas. Elle leva les yeux vers moi pour me déclarer :

— Moi non plus, je n'ai pas été heureuse, Lucas. Pas depuis longtemps. Cela me fait l'effet d'un... d'un cadeau. Ne serait-ce pas folie de le refuser ?

Je reculai, et répondit froidement :

— C'est une ruse du Diable, qui cherche à nous piéger tous deux. Nous ne devons surtout pas y voir autre chose.

Je lui tournai le dos et me hâtai de grimper les marches, avant qu'elle n'eût le temps de me rappeler.

Le bonheur... Ah, qu'était-ce, sinon la plus grande des illusions ?

22

J'émergeai de la cave et me précipitai vers la grange pour y harnacher le cheval, furieusement pressé de m'éloigner. Il fallut que je sois à un demi-mile de la maison pour me rendre compte que j'essayais de faire courir Saul sur de la boue à moitié gelée et de la neige verglacée.

Seule la pensée de Charity réussit à apaiser quelque peu mon âme. Je ne pouvais pas la décevoir. Du moins pas plus que je ne l'avais déjà fait.

Lorsque, glacé et haletant, j'arrivai enfin chez Daniel Poole, à Salem-Ville, j'étais suffisamment calme pour parler. Mais lorsque, en ouvrant sa porte, il me considéra d'un air soucieux, il me sembla qu'il voyait étinceler en moi le péché, tel un nouvel habit. Je fis tout ce qui était en mon pouvoir pour paraître normal. Pendant que nous déjeunions, je lui racontai ce qui s'était passé avec Charity.

— Tu m'avais paru troublé, Lucas, fit-il remarquer, pensif, et le fait qu'il n'en eût pas deviné davantage me fit éprouver un mélange de soulagement et de honte. Elle est affligée, rien de plus, ajouta-t-il en engloutissant une chope de cidre. Perdre une mère... c'est dur, surtout une aussi bonne mère que Judith. Amène-moi Charity. Elle guérira. On va y veiller, Alice et moi, et mes enfants seront contents de l'avoir à la maison. La petite Alice a toujours rêvé d'avoir une grande sœur. Amène-la-moi dans une semaine après ce samedi.

J'acquiesçai, libéré d'un poids. Daniel était un homme bon et sa femme était pieuse. Je n'aurais pu mettre Charity en de meilleures mains.

Il faisait sombre quand j'arrivai chez moi. Je reconduisis Saul à la grange et le brossai, prenant mon temps, avant d'entrer dans la maison. Aussi rapidement et discrètement que possible, je me dirigeai vers la chambre et refermai la porte derrière moi. Un feu était allumé dans la cheminée, à mon intention.

Je restai un moment planté près de la fenêtre, jusqu'à ce que me parvînt un bruit de pas dans la salle commune. Quelqu'un ne dormait pas. Je savais parfaitement de qui il s'agissait. Je quittai la fenêtre et m'étendis sur le lit, où je fixai les bouquets d'herbes suspendus. Je tentai de me rappeler Judith, mais ses traits s'estompaient dans mon esprit. Dix-sept années passées ensemble, et je l'oubliais déjà. Je me frottai le visage, comme si le geste pouvait me la ramener. Ce ne fut pas le cas, et je demeurai étendu là, à regarder les charbons d'un feu que je n'avais même pas la force d'entretenir.

Je perçus un rai de lumière, comme la porte s'entrouvrait, et Susannah apparut. La chandelle donnait à son visage un doux éclat, qui me rappelait la manière dont il était éclairé dans la cave. Si ses cheveux n'avaient pas été relevés et son corsage soigneusement lacé, l'image eût été identique.

Elle referma la porte derrière elle, posa la chandelle sur le manteau de cheminée et vint s'asseoir au bord du lit.

— Francis est passé, m'annonça-t-elle.

Une phrase si banale... À croire qu'elle était ma femme, et qu'il n'y avait rien de plus naturel, pour elle, que de s'asseoir sur mon lit afin que nous discutions des événements de la journée. Cela me surprit tellement que je lui répondis sur le même ton :

— Qu'est-ce qu'il a dit ?

— Les pasteurs viennent demain au village. Parris est d'accord pour que vous assistiez tous deux à la rencontre.

— Où ça ?

— Au presbytère... Il y a d'autres nouvelles, poursuivit-elle d'une voix hésitante. Annie Putnam s'est mise, elle aussi, à avoir des crises. Et Elizabeth Hubbard également.

Je me redressai.

— C'est Francis qui vous l'a dit ?

— Oui. Quoi que ce soit, c'est donc contagieux... Vous êtes allé en ville ?

— Oui. Daniel Poole est d'accord pour prendre Charity chez lui. Je dois la lui amener dans une semaine.

Nous restâmes silencieux.

— Je vous souhaite une bonne nuit, déclara-t-elle enfin en ramassant la chandelle et en se dirigeant vers la porte.

Si je la laissais faire, elle partirait...

— Venez dans mon lit, dis-je.

L'espace d'un instant, je crus qu'elle allait refuser, et je n'étais pas certain de pouvoir le supporter.

— Vous le voulez vraiment, Lucas ? demanda-t-elle.

— Oui.

Elle reposa la chandelle sur le manteau de cheminée, et la flamme vacilla et fuma.

— Déshabillez-vous, ajoutai-je.

Elle sourit.

— Ah, alors, vous voulez que ça se passe ainsi, fit-elle remarquer en passant la main sur ses seins, pour faire glisser le corsage.

Elle avait les doigts longs et gracieux, observai-je tandis qu'elle dénouait les lacets avec difficulté – elle les avait renoués, et je me souvins que je les avais déchirés en tirant dessus, dans la cave. Je tendis la main vers mon couteau – je n'avais pas encore retiré mes vêtements, et le portais encore attaché au ceinturon. Je le tirai de son fourreau. Le feu fit briller la lame, et Susannah se figea. Ses yeux plongèrent dans les miens tandis que je m'avançais vers le bord du lit.

— Viens, dis-je, et elle se plaça entre mes genoux, leva les bras pour me permettre de faire ce que j'avais à faire.

Je glissai le couteau entre les lacets, les tranchant sans peine. Puis je rangeai le couteau dans le fourreau et passai les mains sous l'étoffe relâchée. J'entendis son souffle, son léger gémissement lorsque je pris ses seins dans mes paumes.

— Je veux te sentir contre ma peau, murmura-t-elle en se dégageant.

Elle n'avait plus de temps à perdre. Elle retira son corsage et ses jupes jusqu'à se tenir nue devant moi, sa peau pâle irradiant dans la pénombre.

Puis elle se rapprocha, se glissant à nouveau entre mes genoux. Son odeur me parvint, si forte que je renversai la tête en arrière. Je touchai ses genoux, les écartai, posai les mains sur ses hanches, de manière qu'elle me chevauchât. Tout était comme dans mon rêve, et pourtant différent : elle était là, le couvre-lit rougeoyait autour de nous, colorant la pénombre ; mais, là, c'est moi qui étais habillé tandis qu'elle était nue comme au jour de sa naissance.

Elle tira sur ma chemise. Je sentis la chaleur de ses mains sur mon torse et retombai sur le lit, et elle suivit le mouvement. J'avais toujours le même désir de la posséder. Tout en me déshabillant avec empressement et en l'attirant vers moi pour qu'elle se remette à califourchon, je me demandai si cela changerait un jour, ou si nous étions voués elle et moi à toujours nous désirer avec une telle force. À ne jamais nous arrêter, comme si chacune de nos rencontres était la dernière, comme si nous risquions de nous perdre dans les instants qui suivraient.

Sa peau n'était pas parfaite, en fin de compte. Ses épaules étaient mouchetées de taches de rousseur. Elle avait des grains de beauté – un à l'intérieur du coude, un juste au-dessus du nombril, un autre petit et saillant à la naissance du cou, et un au-dessous du sein. Elle avait une seule cicatrice sur le dos, la marque laissée par un profond coup de fouet.

— Il ne me fouettait pas trop... m'expliqua-t-elle alors que nous étions étendus, toujours enlacés, dans le cocon formé par les rideaux de lit verts.

J'avais posé la chandelle sur l'applique, au-dessus de la tête de lit et elle grésillait, prête à s'éteindre.

— ... il préférait se servir de ses mains. Je pense... Il m'a dit un jour qu'il ne tenait pas à abîmer la seule chose de valeur en sa possession. Il voulait me faire faire un bon mariage. Pour assurer ses vieux jours.

— Mais tu t'es enfuie avec le fils du hallebardier.

— Oui. Enfin, je ne me suis pas vraiment enfuie avec lui. Il serait plus juste de dire que je l'ai suivi.

Elle changea de position, roulant sur le dos sans dégager ses jambes des miennes.

— Il souhaitait que je vienne. Il me l'avait demandé. Mais je crois... je crois qu'il a été étonné de me voir débarquer à Londres. Il ne savait pas quoi faire de moi.

D'un doigt, je caressai son sein. Je ne pouvais m'empêcher de la toucher.

— Et alors ?

— Je suis restée un peu avec lui. Pas longtemps. Un mois... Non, moins encore. Quand il m'a demandé de l'épouser, je suis partie.

— Pourquoi ?

Elle me regarda, stupéfaite.

— Je ne vois pas en quoi ça peut t'intéresser, Lucas.

— Je meurs d'envie de te connaître, avouai-je. Parce que je passe mon temps à penser à toi, sans arriver à comprendre pourquoi.

— Et tu penses en trouver la raison à travers mon histoire ?

— Non. Mais...

Je soupirai et fermai les yeux, cherchant les mots justes.

— Quand je fabrique un rouet, je peux dire, en prenant un morceau de bois dans la main, à quelle partie il va être destiné. Alors que pour les gens, je n'ai jamais su le faire. Les gens... je n'y comprends rien. Là, je veux que ce soit différent – pour toi, pour...

Nous. J'étais incapable de prononcer ce mot. J'étais incapable de prévoir l'avenir, au-delà de l'instant. Je la serrai contre moi.

— Dis-moi pourquoi tu n'as pas épousé ton hallebardier...

— Parce que je ne l'aimais pas. Parce que si je m'étais enfuie avec lui, c'était pour me venger de mon père. Parce que j'étais une fille du Lancashire et que Londres ne ressemble... que Londres ne ressemblait... à rien de ce que j'avais vu avant. Je voulais connaître la ville de fond en comble. L'épouser, ç'aurait été me laisser piéger. Je n'y étais pas prête.

— Tu n'étais pas prête non plus, avec Geoffrey ? Et avec Robert ?

Elle sourit.

— Tu as l'intention de les citer tous ?

Je ne lui rendis pas son sourire.

— Ce serait trop long, lançai-je.

— Oh, Lucas ! fit-elle en m'embrassant. Tu les as déjà tous cités.

— Il faut que tu saches, dis-je d'une voix prudente, qu'en ce qui concerne le piège dont tu parles je...

Elle conclut ma pensée, d'une voix douce :

— ... tu ne peux pas m'épouser. Je ne te l'ai pas demandé. Je ne le ferai pas. Je n'ai pas besoin du mariage.

— La loi est formelle : tu es la sœur de ma femme, et...

— Je le comprends. Je ne suis pas sotte, Lucas.

Elle posa la main tout contre mon visage.

— Ce n'est pas grave. Je suis heureuse d'être ici. Cela m'a fait du bien, de quitter Londres.

— Pourquoi donc ? demandai-je à voix basse, craignant sa réponse et ses révélations autant que ses secrets.

— Robert était mort, répondit-elle d'un ton neutre. Son fils ne voulait pas de moi dans les parages.

— Londres est une grande ville.

— Oui, admit-elle dans un soupir. Mais au fond, je suis restée une fille de la campagne. Je ne suis jamais parvenue à oublier le Lancashire. Alors je suis partie, pour le trouver ailleurs.

— Pour le trouver ici ! répliquai-je dans un éclat de rire.

Elle sourit.

— Quand j'ai quitté Londres, je n'étais pas sûre de rester ici. Je ne pensais pas au-delà de la prochaine lune.

— Et maintenant ?

— Et maintenant... je reste ici jusqu'à ce que tu me demandes de partir.

— Là tout de suite, j'ai du mal à m'imaginer faire ça.

Ses doigts s'attardaient entre les poils de mon torse, un geste tendrement provocant, quoique son expression demeurât pensive.

— Peut-être ne te connais-tu pas aussi bien que tu le crois, Lucas, dit-elle.

Comme pour adoucir l'effet de ses paroles, elle se pencha pour m'embrasser puis murmura, tout contre ma bouche :

— Encore une fois, Lucas.

Je l'enlaçai, l'allongeai sur le dos, et fis ce qu'elle me demandait. Mais même entre ses bras, me grisant de son corps, j'étais en proie au doute – dont se nourrissait cette mauvaise conscience que je n'arrivais pas à apaiser – et à une peur secrète.

23

Je me réveillai en entendant frapper à la porte d'entrée. La chambre était encore plongée dans la pénombre. Hébété, j'enfilai ma chemise de nuit, traversai péniblement la pièce glaciale, et tirai sur la porte d'un geste brusque. J'aperçus Susannah qui descendait l'escalier. Elle me jeta un regard interrogateur, et je secouai la tête en me dirigeant vers l'entrée, tandis qu'elle demeurait en retrait et nouait un châle autour de ses épaules.

— Qui est-ce ? criai-je.

— C'est Sam Nurse, Lucas.

Soudain parfaitement réveillé, je saisis mon fusil à silex et ouvris la porte, plissant les yeux pour mieux voir dans l'obscurité à peine atténuée par le faible éclat de la neige.

— Qu'est-ce qu'il se passe ? Il y a eu une attaque ?

— Non, Dieu nous en garde, répliqua-t-il avec vivacité. Rien de tel. Seulement il y a du nouveau. Chez les filles malades. Père m'a envoyé te chercher.

Je le regardai sans comprendre.

— Mais... la réunion n'est pas prévue avant cet après-midi.

— Les pasteurs ont déjà prié avec les filles. Et puis, tard hier soir... ils ont vu des sorcières, Lucas... du moins les spectres de certaines d'entre elles.

J'entendis, derrière moi, le gémissement étranglé de Susannah. Je fixai Sam.

— Ils ont vu quoi ?

— Habille-toi ! rétorqua-t-il. Je t'expliquerai en chemin. Il faut qu'on se dépêche.

J'allai aussitôt à la chambre, et m'habillai en vitesse. Lorsque je redescendis, Sam était en train de dire à Susannah :

— ... quand la fille Hubbard et Annie Putnam sont, elles aussi, tombées malades, ils ont pris peur. John Indian l'a dit à son maître hier soir, et les filles se sont mises à pousser des cris.

— Qu'y a-t-il ? demandai-je. Que s'est-il passé ?

— L'Indienne a fait le pain des sorcières.

— Le pain des sorcières ?

— C'est Mary Sibley qui le lui a suggéré. L'Indienne et son mari ont mélangé du seigle à l'urine des filles, puis l'ont fait cuire et donné à manger aux chiens. Il paraît que ça permet de démasquer les sorcières.

— Visiblement, ça a marché, fit remarquer Susannah.

— Oui, approuva Sam sur un ton lugubre.

— Tom Putnam est là-bas ?

— Sa fille fait partie des malades. Il est là-bas. Avec son frère Edward. Allons-y, à présent. Père assure que c'est une vision terrible, et qu'on a intérêt à s'y préparer.

— Ça ne peut pas être plus terrible que ce que j'ai déjà vu.

— Souhaitons que tu aies raison.

Sam et moi parcourûmes presque au pas de course la distance nous séparant du presbytère. Le sol était traître et glissant ; sous le verglas dégelé puis regelé, il y avait une fine couche de boue. Lorsque nous atteignîmes le presbytère, le jour se levait pour de bon, l'aube trouant un ciel couvert de nuages. C'est Parris lui-même qui nous ouvrit la porte.

— Entrez, entrez, déclara-t-il d'une voix faible et flûtée.

Depuis la salle commune s'élevaient divers sons, dont des cris, et la voix claire de Nicholas Noyes qui lança, puis répéta :

— Qui est-ce ? Qui te fait du mal ?

Parris nous tourna le dos pour regagner la salle commune, nous laissant le soin de le suivre. Je refermai la porte derrière nous, nous cloîtrant dans ce lieu qui évoquait davantage un asile de fous qu'un presbytère.

Dans la pièce, les quatre filles semblaient à l'agonie. Betsey Parris – qui, âgée de neuf ans, était la plus jeune – était blottie sous la table et ponctuait de ses aboiements les gémissements d'Elizabeth Hubbard, la nièce du docteur. Cette dernière serrait ses propres bras potelés et geignait comme si quelqu'un la pinçait impitoyablement.

Les prières que s'efforçait de réciter John Hale étaient couvertes par leurs cris. Sam et moi vînmes nous placer près de Francis, qui observait la scène depuis un coin de la pièce. Tom Putnam et son frère Edward étaient présents, ainsi que William Griggs et un ou deux autres villageois. J'aperçus aussi Tituba, l'esclave des Parris, tapie dans l'ombre ; son homme, lui, n'était pas présent.

— Qui te fait du mal ? demanda de nouveau Noyes en se penchant vers Abigail, mais celle-ci lui hurla au visage :

— Elle me pince ! Arrête de me faire mal ! ajouta-t-elle d'une voix trop aiguë, à peine supportable.

Elle serra son cou, ses yeux gris pâle sortant de leurs orbites tandis qu'elle suffoquait.

— Seigneur Dieu, c'est insoutenable ! s'exclama Parris.

Sous la table, Betsey continuait d'aboyer et de gratter le banc.

Parris pivota sur ses talons. Il fit deux pas en avant, porta les mains à sa tête comme si le bruit le rendait fou. Puis il foudroya Tituba du regard. Aussitôt, elle se recroquevilla dans son coin et leva les bras pour se protéger, dans un geste si familier que j'en frémis.

Mais Parris ne la frappa pas alors – peut-être était-ce notre présence qui l'en dissuada. Il se contenta de brandir le poing vers elle.

— Quel enfer avez-vous suscité, avec vos rituels démoniaques ?

— Je n'ai rien fait, maître. Je n'ai rien fait.

— Menteuse ! lâcha-t-il avec une brusque volte-face, comme s'il ne supportait pas de la regarder plus longtemps. Espèce de sotte ! Vous et Mary Sibley !

John Hale s'avança calmement vers Tituba.

— Racontez-nous encore ce qui s'est passé.

Elle releva la tête avec lenteur.

— Je vous ai déjà tout dit. Il n'y a rien de plus à raconter.

— Ce n'est toujours pas clair à mes yeux, répliqua Hale en lui touchant le bras. Personne ne vous fera de mal. Vous n'avez rien à craindre.

Elle dirigea son regard sombre sur les filles. Nul doute qu'elle pensait avoir beaucoup à craindre, dans un lieu pareil.

— Il y a de cela deux jours, Mary Sibley a dit que nous devrions, John et moi, faire le pain des sorcières, expliqua-t-elle. Alors, j'ai pris de l'urine de Betsey, je l'ai mélangée au seigle, j'ai fait cuire et donné à manger au chien. Mary Sibley était sûre que s'il y avait des sorcières le chien les désignerait.

— Et que s'est-il passé ?

Elle hésita. Son regard alla vers Parris, glissa de nouveau.

— Le chien. Il en a mangé. Pas tout.

— A-t-il manifesté des signes d'envoûtement ?

— Je n'ai rien remarqué d'étrange chez lui.

— Non, interrompit Parris, furieux. Au lieu de ça, deux autres filles se sont retrouvées possédées. Mes propres enfants voient des spectres alors qu'avant elles ne voyaient rien de tel !

Comme s'il lui avait donné le signal, sa nièce Abigail se mit à hurler, encore plus fort :

— Non ! Non ! Je ne le ferai pas !

Tituba frissonna.

— Je ne voulais pas cela, maître. Je ne savais pas...

Hale poussa un soupir.

— Il semblerait que vous ayez raison, Samuel. C'est le pain des sorcières qui a dû provoquer, chez elles, l'apparition de spectres.

— N'y aurait-il pas une autre explication ? demanda Parris. Cette sotte a invité le Diable à se manifester. Regardez-les ! Comment douter de la nature de leur mal ?

— Je ne signerai pas votre livre démoniaque ! rugit Abigail.

La petite Annie Putnam se mit debout, sa coiffe tombant sur le côté, ses cheveux d'un blond presque blanc lâchés sur les épaules. Ses muscles saillaient sur son bras tendu, tandis qu'elle désignait quelque chose.

— Pas moi ! Je ne veux pas signer ! Je ne signerai pas !

Noyes se rapprocha, les yeux avides.

— Qui te demande de signer ? Quel livre ? Que vois-tu ?

— Une femme ! Le livre du Diable ! gémit Annie.

Ensuite, elle aussi porta les mains à sa gorge. Tira une langue d'une longueur invraisemblable, qui se déroula jusqu'au menton. Nous fûmes tous saisis d'horreur.

Tom s'élança vers elle.

— Elle étouffe ! Aidez-la ! Pourquoi ne l'aidez-vous pas ?

John Hale lui saisit le bras et le retint en arrière.

— Restez là. Vous ne pouvez pas vous en mêler.

— Ce n'est pas votre fille !

— Restez là !

Noyes tonna :

— Qui te fait du mal ?

Annie écarquilla les yeux. Il était clair qu'une force, invisible de nous, l'empêchait de parler. Derrière elle, Abigail lança d'une voix étranglée :

— Regardez ! Regardez qui est à ses côtés !

Noyes se tourna vers elle.

— Qui fait cela ? Qui la fait souffrir ?

— Je ne sais pas. Oh... je ne peux pas le dire ! C'est le Diable... Oh ! Voilà l'homme noir...

Sous la table, Betsey se mit à hurler. Parris se précipita auprès d'elle, tombant à genoux, se cognant l'épaule au bord de la table. La fillette détala comme un chien désobéissant désireux d'échapper à son maître – elle se faufila sous le banc, tenta de mordre la main de son père. Lui-même ressemblait à un animal, tandis qu'il essayait de l'attraper.

— Qui te fait souffrir ? rugit une fois de plus Noyes.

— Tituba, venez ici tout de suite et aidez-moi ! grogna Parris.

Betsey poussa des cris et se recroquevilla, le visage dissimulé derrière ses boucles brunes.

— Oh ! Oh ! Titibee ! gémit-elle d'une voix déchirante. Titibee !

John Hale étouffa un cri. Parris se figea, de même que Noyes.

— De quoi parle-t-elle ? questionna Noyes. Qu'est-ce qu'elle a dit ?

Soudain, Abigail poussa elle aussi des hurlements et répéta, tel un perroquet, les paroles de sa cousine.

— C'est Tituba ! Oui, c'est elle ! Oh, laissez-moi tranquille ! Non ! Oh, elle pince Annie ! Oui, à présent, je la vois !

— Non !

Tituba ouvrait de grands yeux incrédules. Elle secoua la tête.

— Non, ce n'est pas moi. Elles se trompent. Regardez-moi : je suis là. Je ne suis pas en train de faire du mal à ces filles.

Annie Putnam poussa un cri à vous glacer le sang. Sur ses bras, la chair se boursouflait, rougie, formant des petits cratères. Cette vision me laissa bouche bée. J'étais incapable d'en détourner les yeux.

— Mon enfant, peux-tu nous dire qui te tourmente ainsi ? lança Noyes à Annie Putnam.

— Tituba ! mugit Annie. C'est elle !

L'esclave ne bougea pas, pas même lorsque tous les yeux se tournèrent vers elle. Elle n'essaya pas de s'enfuir lorsque Edward Putnam quitta le reste du groupe et se dirigea vers la porte de derrière, de toute évidence pour l'empêcher de filer. Elle ne cessait de secouer la tête. Ses mots ressemblaient à une mélopée :

— Ce n'est pas moi. Elles se trompent.

Sur le sol, Elizabeth Hubbard se tordait encore dans les convulsions.

— Qui tourmente Elizabeth ? demanda Noyes à Annie. C'est également le spectre de Tituba ?

Annie se figea. Elle regarda Elizabeth et secoua la tête.

— Non. Quelqu'un d'autre.

— Qui ? Une femme ?

— Je... Je ne... bredouilla-t-elle, visiblement confuse et malheureuse. Je ne peux pas le dire.

— Mais c'est un homme ou une femme ?

— Une... une femme.

— Une vieille femme ?

— Oui, fit Annie d'une voix hésitante. Une vieille femme.

— Sarah Good ! s'écria Abigail.

La peur passa comme un éclair dans les yeux d'Annie.

— C'est elle. Elle : Sarah Good. Elle fait mal à Betty !

Parris émergea de dessous la table sans sa fille, restée tapie sous le banc à frissonner et à gémir :

— Titibee. Titibee.

— Il y en a d'autres ? demanda John Hale.

Beaucoup d'autres ! dit Abigail, et son regard étrange brilla dans la pénombre. Oh, il y en a trois. Trois femmes : Tituba, Sarah Good et une troisième. Je les vois ! Elles dansent autour de Betty. Oh, arrêtez, arrêtez ! Laissez-la tranquille !

Trois femmes. Ceux qui assistaient à la scène reculèrent, comme mus par un fil invisible. Le mal pesait de tout son poids dans la pièce : l'air y était presque irrespirable. Songer qu'il y avait des spectres à quelques pouces de nous... Je ne voulais pas y croire, mais alors que penser ? Judith ne faisait pas confiance à ces filles ; cependant, y incluait-elle Betsey, qui avait à peine neuf ans ? Ou Annie Putnam, qui en avait douze ? Ces fillettes étaient plus proches de l'âge de Jude que de Charity, et je n'avais jamais aperçu Charity avec l'une d'entre elles. Et puis, je n'arrivais pas à me convaincre qu'elles simulaient. Les pincements avaient laissé des marques sur les bras d'Annie. J'avais vu sa langue atteindre une longueur inimaginable. Cela pouvait-il être un mensonge ? Cela pouvait-il être autre chose que les tourments infligés par Satan ?

Jetant un coup d'œil à Sam et Francis, je constatai qu'ils ressentaient ce que je ressentais, que leurs doutes – comme les miens – étaient dissipés : le Diable avait, de toute évidence, fait du village son lieu d'élection. Mon souci pour ma fille grandit au point que je ne fus plus capable de tenir en place. Je saisis le bras de Sam pour attirer son attention, et lui murmurai :

— Il faut que j'y aille. Vous avez encore besoin de moi ?

Il fit non de la tête et chuchota :

— Nous, on va attendre qu'elles aient cité la troisième.

J'eus le sentiment que le mal restait collé à mes pas, tandis que je quittais cette maudite demeure pour rentrer chez moi.

La forêt obscure était éprouvante, certes, mais les vastes champs de maïs en jachère semblaient eux aussi annoncer un désastre imminent. Le mal avait si bien contaminé l'air que le village entier devait le respirer. Je savais, désormais, que nous étions tous touchés par lui. *Des sorcières à Salem-Village. Tituba et Sarah Good, et une troisième*.

Arrivé au seuil de ma maison, j'étais glacé jusqu'à la moelle. Je tapai mes bottes sur le sol pour en retirer la neige, m'empêtrant les doigts dans l'attache de ma cape. Dans la salle commune, Susannah était devant la cheminée. Jude, qui balayait l'âtre, leva les yeux.

— Qu'y a-t-il ? souffla Susannah dès qu'elle m'aperçut. Lucas, que s'est-il passé ?

— Où est Charity ?

— En haut. Elle est allée chercher de la morue séchée.

Je me précipitai dans l'escalier, et faillis me cogner à Charity qui descendait à ce moment-là. Elle avait l'air égaré et malade, les cheveux ternes. Ses yeux d'un bleu délavé constituaient dans son visage la seule tache de couleur. Elle portait des filets de morue tout raides. En me voyant, elle s'arrêta net et faillit les laisser tomber.

— Vous êtes de retour, Père.

— Donne le poisson à ta tante et suis-moi dans la chambre.

C'était un ordre, et je lus de la défiance sur son visage. Cela me brisait le cœur de constater que ma propre fille avait perdu, j'ignorais comment, sa confiance en moi. Mais elle hocha la tête et s'exécuta.

Une fois dans la pièce, je refermai doucement la porte derrière nous, et fis signe à Charity de s'asseoir à mon bureau.

— Ces filles... Ces *amies* que ta mère et moi t'avions interdit de fréquenter... Qui sont-elles, au juste ?

Elle triturait l'étoffe de sa robe avec une telle frénésie que je craignais qu'elle ne la déchirât.

— Qui sont-elles ? répétai-je.

— M... Mary Walcott, répondit-elle lentement. Betty Hubbard et Mercy Lewis, et Mary Warren, qui travaille chez les Proctor. Et, depuis peu, Susannah Sheldon.

Pas Betsey Parris. Ni Annie Putnam. Ou Abigail Williams. Des quatre filles atteintes, elle n'en avait cité qu'une. Mais une seule pouvait suffire.

— Il n'y en avait pas d'autres ? insistai-je d'une voix posée. Lorsque vous vous rencontriez au presbytère, les enfants du pasteur n'étaient-ils pas là eux aussi ?

Elle fronça les sourcils.

— Je ne voyais guère la fille et le garçon.

— Et Betsey ? Et Abigail ?

Charity resta silencieuse. Son regard perdit toute expression, comme tourné vers l'intérieur.

— Charity, dis-je doucement. As-tu fréquenté Betsey ? Ou Abigail ?

Ses yeux se posèrent à nouveau sur moi.

— Oh, ne me dites pas qu'elles sont mortes !

— Elles ne sont pas mortes.

Elle tendit vers moi ses mains tremblantes, par-dessus la table.

— Il faut que nous quittions cet endroit, Père... Nous devons partir, vous et moi et Jude. Nous devons prendre Jude avec nous et fuir avant qu'il ne nous trouve nous aussi.

— Avant que qui ne nous trouve ?

— Il cherche... Chaque jour, je le sens fouiller mon cœur.

— De qui parles-tu, mon enfant ?

— Du Diable.

Sa voix faiblit et ses lèvres frémirent lorsqu'elle prononça ce mot. Elle était visiblement terrifiée.

— Que Dieu nous protège, murmurai-je.

D'une voix émue, elle chuchota :

— Vous êtes en danger, mon père. Nous sommes tous en danger.

Ce fut plus fort que moi : je la pris dans mes bras, et elle s'y agrippa comme si elle craignait qu'on ne vînt m'arracher à elle.

— Je ne le laisserai pas te toucher, Charity, lui assurai-je, avec en tête l'image de Betsey Parris filant à quatre pattes devant les bras tendus de son père et de Tom Putnam s'empressant – trop tard – de mettre sa fille en sécurité. Je suis passé en ville et j'ai pris les dispositions nécessaires : tu vas aller chez Daniel Poole.

Elle s'écarta, fixant sur moi un regard stupéfait.

— Je pense qu'il vaut mieux t'éloigner quelque temps du village, ajoutai-je. Alice sera contente d'avoir quelqu'un pour l'aider, et les enfants...

— Vous m'éloignez d'ici ?

J'aspirai une longue bouffée d'air.

— Oui. Maintenant que ta mère est...

— Vous ne m'obligerez pas à vous quitter, vous ne m'arracherez pas à ma mère !

— Tu ne me quittes pas pour longtemps, et ta mère t'a déjà été arrachée, lui rappelai-je d'une voix douce. Si tu veux te rapprocher d'elle, c'est au Paradis que...

— Elle n'est pas au Paradis.

— Elle a rejoint Dieu, mon enfant. Elle était trop bonne pour ne pas aller au Ciel.

— Elle n'y est pas, je vous dis !

Charity se mit à parler plus fort, d'une voix tremblante et haut perchée.

— C'est ma faute, si elle est encore là. Chaque jour, j'entends sa voix. C'est ma faute : mon péché la retient !

Elle tremblait à présent de tout son corps. Son visage était livide, son œil hagard.

— Charity...

— Désormais, le mal est ici. Je n'ai pas réussi à l'en empêcher. Mais je ne lui permettrai pas de vous prendre. Je ne peux vous laisser seul ici.

— Je ne suis pas seul. Il y a Jude, Faith est chez les voisins. Ta tante est ici.

Charity vacilla, comme si elle allait s'évanouir. Je tendis les bras vers elle, mais elle saisit le bord du bureau et retrouva son équilibre.

— C'est ce qu'elle veut. Être seule avec vous. Vous corrompre...

— Mon enfant, je ne te comprends pas.

— Vous ne m'obligerez pas à partir ! hurla-t-elle. Je ne partirai pas !

Il me fallut faire un effort sur moi pour déclarer aussi calmement que possible :

— Tu vas emballer tes affaires et être prête pour samedi prochain. Je ne veux plus entendre un seul mot à ce sujet !

— Non, non... Vous ne comprenez pas...

— Je comprends trop bien. Tu es ma fille. Tu feras ce que je te demande.

— Mais... mais vous avez besoin de moi ! Père, vous ne comprenez pas... Le... le mal est ici.

Elle plongea la tête dans ses mains et, prostrée, se mit à pleurer.

— Charity, dis-je en adoucissant ma voix. Crois-moi, je fais tout ce qui est en mon pouvoir pour te protéger de Satan...

Elle secoua la tête et leva vers moi son visage baigné de larmes.

— Je suis déjà perdue. C'est vous qui êtes en danger, Père. Vous !

24

Je n'avais pas vu pareille panique au village depuis que l'on avait craint une attaque des Indiens. Sarah Osborne avait été désignée comme étant la troisième sorcière. La vieille femme avait longtemps été l'opprobre du village : elle avait vécu dans le péché avec son serviteur avant de finir par l'épouser.

Certains voyaient Satan derrière chaque coin de porte : ils racontaient comment Sarah Good avait envoûté leur bétail ; ils parlaient des étranges et terribles bêtes qui suivaient Sarah Osborne partout, et disparaissaient dès qu'on voulait les observer de plus près. Et Tituba... N'était-elle pas indienne, après tout, même si c'était des îles Caraïbes qu'elle arrivait ? Ne pratiquait-on pas là-bas d'épouvantables rituels, susceptibles de provoquer des maladies, de faire venir le Diable, de prédire l'avenir ?

Je maintenais ma famille le plus à l'écart possible de toute cette terreur. Charity n'avait pas le droit de quitter la maison, pas même pour traire la vache. Je lui faisais étudier les Écritures afin de la tenir occupée et, depuis que je l'avais informée de mon intention de l'éloigner, elle semblait s'y appliquer avec ferveur. Elle avait cessé de parler du mal, et se tenait à distance de la fenêtre. J'avais le sentiment d'avoir retrouvé mon enfant, tandis que la fille effrayée de l'autre soir me faisait l'effet d'une usurpatrice.

Comme les autres villageois, j'éprouvai un soulagement lorsque Good, Tituba et Osborne furent arrêtées. Mais les choses ne furent pas réglées pour autant.

Les filles ne se remettaient pas. Elles continuaient à se plaindre de tourments endurés. Et voilà qu'il y avait deux nouvelles victimes, dont les noms me donnaient plus à craindre que ceux des autres : Mary Walcott et Mercy Lewis. Toutes deux employées par Thomas Putnam. Toutes deux amies de Charity.

Je n'en avertis pas ma fille. Je priai pour que la semaine s'écoule vite, afin que je puisse l'envoyer à Salem-Ville, à l'abri du danger. Le samedi sur lequel Daniel Poole et moi nous étions accordés était trop éloigné. Les sorcières accusées allaient être interrogées, avant d'être envoyées en prison dans l'attente de leur procès. Si Charity était encore chez nous à ce moment-là, il me serait impossible de la protéger de la rumeur, qui paraissait voler de ses propres ailes. J'espérais que l'interrogatoire n'aurait pas lieu avant quelques jours – et que j'aurais éloigné Charity dans l'intervalle.

Mais je n'en eus pas le temps. Le lundi après-midi, en rentrant à la maison, je trouvai Hannah Penney qui berçait la petite Faith, une expression lugubre sur le visage. Susannah se tenait devant la cheminée, visiblement hébétée. Quant à Jude, elle geignait en tentant d'échapper à Charity, qui la maintenait contre elle de force.

— Que se passe-t-il ? demandai-je.

— Hannah vient de nous dire que les interrogatoires doivent avoir lieu demain, chez Ingersoll.

— Demain ?

— Oui, acquiesça Hannah. John Hathorne va se déplacer exprès de la ville.

— Peut-être pourra-t-il remettre un peu d'ordre dans ce chaos, fis-je remarquer.

Charity avait les doigts crispés sur le petit bras de Jude.

— Lâche ta sœur, lui ordonnai-je.

— Il faut qu'elle reste ici, près de moi, répondit-elle, l'air effrayé. Sois sage, Jude. Ne bouge pas.

Juge gigota pour se dégager.

— Je veux Tantine.

— Eh bien, viens, lui proposa Susannah.

Se dirigeant vers le banc, elle tendit les bras, et Jude s'y précipita. Charity porta la main à sa gorge. Un geste simple... mais qui me rappela Annie Putnam, debout dans la salle commune du presbytère, les mains serrées autour de son propre cou, le regard plein d'effroi.

Charity me regarda.

— C'est vrai, Père ? C'est vrai, ce que dit Goody Penney ?

Je foudroyai Hannah des yeux.

— Pour sûr que c'est vrai, répondit-elle avec un haussement d'épaules. Mais maintenant qu'ils ont arrêté ces sorcières, j'espère bien que tous ces tourments vont cesser.

Je pris alors conscience de ce qu'elle avait révélé à Charity.

— Maudite femme ! Vous ne savez donc pas vous taire ?

Hannah parut stupéfaite.

— Je n'ai fait que dire la vérité.

— Alors c'est vrai aussi, Père ? insista Charity. Pour Mercy ? Et... et pour Mary ?

— Oui, c'est vrai, admis-je. Rentrez chez vous, lançai-je ensuite à Hannah, avec un geste de la main. Filez ragoter ailleurs.

— Mais je...

— Allez-vous-en !

Tout en bafouillant, elle prit mon bébé dans ses bras et s'empressa de gagner la porte. Lorsqu'elle fut sortie, je murmurai à Susannah :

— Fais en sorte qu'Hannah ne revienne pas avant la semaine prochaine.

— Il faut que je les voie, dit Charity sur un ton pressant. Il faut que je voie Mary !

— C'est bien la dernière chose que tu feras, lui répliquai-je. Tu vas rester ici jusqu'à samedi, puis tu partiras pour la ville.

Susannah fronça les sourcils à ces paroles, mais resta silencieuse et se dirigea vers la cheminée. Cependant, sa désapprobation pesait sur l'atmosphère de la pièce. Je me demandais pourquoi elle m'en voulait, alors que je faisais précisément ce qu'elle m'avait demandé en éloignant ma fille. Je me sentais assailli de toutes parts ; aussi, quand Charity sombra dans le silence, j'en fus soulagé, et quand elle alla à la fenêtre, je ne fis aucune remarque. Quatre jours, songeai-je. Plus que quatre jours avant qu'elle ne parte pour la ville.

Je me rendis seul aux interrogatoires. De la buée blanche s'échappait des bouches de la cinquantaine de villageois rassemblés, avec un flot de paroles vives, tandis que je montais la garde sur la route venant de la ville en compagnie d'autres membres de la maréchaussée. Nous attendîmes les juges, puis nous leur emboîtâmes le pas en contenant la foule. Pendant ce temps, John Hathorne et Jonathan Corwin chevauchaient jusqu'aux portes de la Taverne Ingersoll, où Samuel Parris et Tom Putnam se tenaient prêts à les accueillir.

— Qui aurait pu s'attendre à une telle audience ? fit remarquer Tom, comme nous nous arrêtions devant la porte.

Il paraissait tourmenté, hagard. Nul doute qu'il avait passé une mauvaise nuit.

— Il n'y aura pas de place pour tout le monde.

À ces mots, une rumeur souleva la foule. Derrière moi retentirent des vociférations.

— Tu ne nous empêcheras pas d'entrer, Putnam !

— Nous avons le droit de voir ça !

Parris se frotta le menton.

— Oui. Mieux vaut que tout le monde puisse voir.

— Il y a un bâtiment plus grand ? demanda Hathorne en mettant pied à terre.

Il avait un visage long, les yeux marron, une bouche sévère et l'air compétent, ce qui parut calmer les spectateurs.

— Le plus près possible, précisa Corwin. J'ai assez chevauché pour une seule matinée.

— Il y a le temple, dit Parris. Il nous est arrivé d'y accueillir le village entier.

C'était une exagération – jamais tous les villageois ne s'étaient réunis pour écouter l'un des sermons de Parris –, mais nul ne la releva. Hathorne et Corwin acceptèrent, et nous nous déplaçâmes jusqu'au temple. Mes voisins y entrèrent l'un derrière l'autre, et nous poussâmes la chaire afin de pouvoir installer la grande table apportée de chez Ingersoll, à laquelle devaient s'asseoir les juges et le rapporteur. J'entendis une clameur, au-dehors, accueillir l'arrivée des filles affligées. Elles n'étaient que quatre – Annie Putnam, la grassouillette Elizabeth Hubbard, la petite Betsey Parris et sa cousine Abigail Williams –, puisque c'étaient elles qui avaient accusé les femmes. La cadette des Parris avait l'air effrayé, mais les autres étaient calmes et posées tandis qu'elles se frayaient un chemin parmi la foule et se mettaient à l'endroit indiqué par Parris, sur la première rangée de bancs.

Aucun office du dimanche ou du jeudi n'avait jamais vu le temple aussi plein. Les bancs étaient occupés jusqu'au dernier ; des gens étaient adossés aux murs. Les tribunes craquaient, sous le poids d'un si grand nombre de témoins. Je me tenais aux côtés de Sam

Nurse et Joseph Putnam, et, comme eux, j'étais armé d'un fusil prêt à faire feu.

Soudain, un silence tendu s'abattit sur la foule. Puis un murmure se répandit dans le temple : « Elles sont là. Elles sont là. » Il y eut de l'agitation, au-dehors, comme l'on amenait les prisonnières. Hathorne et Corwin prirent place à la table, et Ezechiel Cheever s'assit près d'eux, pour officier en tant que rapporteur.

— Faites venir la première ! ordonna Hathorne en consultant la feuille qu'il avait sous les yeux. Sarah Good.

— La barre ! cria quelqu'un dans la foule. Où est la barre ?

Je regardai devant moi. Il n'y avait pas de barre. Putnam se précipita pour poser devant la table des juges une chaise, de façon que son haut dossier servît de barre.

— Tournez-vous ! ordonna Hathorne aux filles.

Toutes s'exécutèrent, baissant les yeux tandis qu'on poussait Sarah Good dans l'allée centrale, jusqu'au tribunal improvisé. Elle était menottée, et les chaînes paraissaient trop grosses et trop lourdes pour ses poignets, bien qu'elle fût loin d'être petite. Elle possédait une solide charpente, mais elle était trop maigre et, de toute évidence, enceinte de plusieurs mois. Ses cheveux gris-brun lui retombaient dans les yeux, et elle était crasseuse et négligée. On aurait difficilement pu dire si c'était dû à la saleté de la prison dans laquelle elle avait dormi, ou si c'était son état habituel. Furieuse et renfrognée, elle marmonnait tandis que le sergent de ville Locker la traînait devant une foule soudain réduite au silence.

Elle aurait dû se montrer docile. Cela lui eût attiré la sympathie de la foule, et la mienne. Mais elle résista lorsqu'on l'amena à la barre et qu'on la força à y poser les mains. Et, face à ses juges, il n'y avait que mépris dans ses yeux. George Locker et ses hommes se tenaient de part et d'autre, aux aguets.

John Hathorne se leva lentement, s'éclaircit la gorge et tira sur sa manche avant de la regarder. Depuis l'endroit où je me tenais, non loin d'eux, je distinguais son regard – aussi méprisant que celui de l'accusée.

— Sarah Good, commença-t-il d'une voix grave et forte qui résonna dans la salle. Sarah Good, avec quelle puissance démoniaque avez-vous commerce ?

— Aucune.

— N'avez-vous pas conclu de pacte avec le Diable ?

— Non.

— Pourquoi tourmentez-vous ainsi ces enfants ?

Elle cracha.

— Je ne les tourmente pas. Je rejette l'accusation.

La foule se tut, devenant très attentive. Je prêtai l'oreille, impatient d'entendre la suite.

Hathorne s'avança d'un pas.

— Dans ce cas, qui employez-vous pour le faire ?

— Je n'emploie personne, rétorqua-t-elle d'une voix stridente. On m'accuse à tort.

Un murmure s'éleva parmi la foule, le visage d'Hathorne refléta de l'irritation. Avec un geste du bras, il pivota sur ses talons, face aux filles qui toutes lui avaient obéi, en gardant les yeux tournés.

— Mes enfants, déclara-t-il lentement. Voulez-vous bien regarder l'accusée et nous dire : est-ce elle qui vous tourmente ?

Abigail Williams, la nièce de Parris, fut la première à le faire. À peine eut-elle posé les yeux sur la femme qu'elle se mit à gémir lamentablement :

— Oui ! Oui ! C'est elle ! Oh, pourquoi me tourmentez-vous, Sarah Good ?

Aussitôt, l'Enfer sembla déverser tous ses démons sur le temple. La jolie et rondelette Elizabeth Hubbard s'effondra, en proie à une crise. Annie Putnam tira sur ses cheveux blond pâle comme si elle cherchait à les arracher. Betsey Parris hurla qu'on était en train de la mordre et de la pincer. Certains des assistants s'élancèrent pour venir en aide aux fillettes. D'autres gagnèrent les portes à la hâte. Hathorne réclamait vainement le silence. Tout n'était plus que hurlements, pleurs et fuites précipitées. Les tribunes oscillaient et craquaient. De même que Sam Nurse, je saisis mon arme comme s'il s'agissait d'une attaque – mais il n'y avait personne à abattre, et nous ne pouvions que rester plantés là à regarder la séance s'en aller à vau-l'eau autour de nous. Sarah Good elle-même paraissait effrayée et impressionnée.

Parris se mit à hurler :

— Retournez-la ! Retournez-la !

Locker bondit et la fit pivoter de force, pour qu'elle fût dos aux filles.

Ce fut miraculeux... Les filles se turent immédiatement. Elizabeth et Abigail étaient couchées n'importe comment sur le sol. Or, à l'instant où la femme se retourna, elles se relevèrent en haletant, exhibant sur les bras des traces de pincements et de morsures. Annie Putnam, qui était prostrée dans les bras de Mary Sibley, se redressa elle aussi. Quant à la petite Betsey Parris, elle pleurait toujours, mais plus doucement, comme on le fait après une grosse frayeur. La salle parut se figer dans son chaos : les bancs renversés, la course des gens vers les portes suspendue. Mon cœur battait à tout rompre. Avec le soudain apaisement des filles, la séance finit par reprendre son cours, mais l'atmosphère avait changé : à l'attente avait succédé un sentiment d'épouvante.

Parris, habitué depuis plusieurs jours au même spectacle désolant, paraissait vidé de ses forces. À la table, Jonathan Corwin ouvrait et fermait la bouche comme un poisson... D'abord ébahi, John Hathorne s'adressa ensuite à Sarah Good avec une résolution manifeste.

— Sarah Good, pourquoi ne pas nous dire la vérité ? Pourquoi tourmentez-vous ainsi ces enfants ?

— Je ne les tourmente pas. Je rejette l'accusation.

— Dans ce cas, qui employez-vous pour le faire ?

— Je n'emploie personne.

Les mêmes mots qu'auparavant ; mais ils avaient perdu leur pouvoir, et elle sa colère. À présent, elle semblait craintive et désespérée.

— Comment se fait-il qu'elles soient ainsi affligées ?

— Qu'est-ce que j'en sais ? C'est peut-être à cause des personnes que vous avez amenées au temple...

— On vous a amenée, vous.

— Et deux autres aussi.

— Qui était-ce, alors ? Qui fait souffrir ces enfants ?

Sarah Good sembla déconcertée. Puis son visage s'éclaira.

— C'est Osborne.

Je fermai les yeux, horrifié. Les murmures de la foule – atterrée, troublée, épouvantée – m'assaillirent. Hathorne, tel un chasseur traquant sa proie, se pencha vers la femme.

— On m'a rapporté que vous marmonniez des choses, en quittant la maison des gens que vous n'aimez pas. Quelles choses, exactement ?

Perdue et effrayée, elle se défendit :

— C'est les Commandements. J'espère que j'ai le droit de dire mes Commandements.

— Quels Commandements ?

Elle hésita, plus perturbée que jamais.

— Vous êtes au service de qui ? reprit Hathorne.

— Au service de Dieu.

— Au service de quel Dieu ?

— Du Dieu qui a créé le Ciel et la Terre, répondit-elle d'un ton sec.

— Monsieur, par ici ! lança une voix, depuis les rangées de bancs.

Le mari de Sarah Good se leva. Cela faisait bien longtemps que je ne l'avais vu. Tout juste si je n'avais pas oublié son existence. Il était maigre et voûté, et les quelques dents qui lui restaient étaient pourries.

— Qui êtes-vous ? questionna Hathorne.

— William Good. Le mari de cette femme, que Dieu me garde.

— Qu'avez-vous à déclarer ? Cette femme est-elle une sorcière ?

— Si ce n'est déjà fait, ça ne va pas tarder.

— Pourquoi dites-vous une chose pareille ? Vous a-t-elle causé du tort ? Avez-vous vu quoi que ce soit susceptible de vous faire penser cela d'elle ?

— Rien de cette nature, répondit Good en désignant les enfants. Mais c'est une épouse désobéissante. Elle ne me respecte pas, ne me prête pas attention... Mon cœur saigne. Je vous assure : elle ne sait faire que le mal.

Son propre époux la chargeait... Elle pourrait bien protester, elle ne parviendrait pas à réfuter pareille déclaration, de même que les tourments endurés par les filles.

En assistant à la scène, on ne pouvait que croire le Diable présent parmi nous. Quand Sarah Good fut remplacée à la barre par Sarah Osborne, frêle et faible au point de s'appuyer sur le bras de Locker, je sentis un poids s'abattre sur mes épaules. Je ne pus détacher les yeux des filles, à nouveau prises de convulsions lorsqu'on leur demanda de la regarder. Dans toute cette agitation, je perçus la peur d'Osborne. En l'entendant raconter, d'une voix tremblante, comment un esprit mâle lui était apparu – « ... une créature semblable à un Indien, toute noire, qui me pinçait le cou... Je suis plus ensorcelée qu'une sorcière ! » –, je fus envahi par une terrible certitude.

Mais ce n'était rien, à côté de ce qui se produisit avec l'arrivée de Tituba dans la salle. Cette fois, rien ne put calmer les filles, en proie à de nouvelles convulsions. Pas même l'ordre de tourner la tête donné par Hathorne à Tituba. Il lui fallut hurler ses questions au milieu du vacarme et du désordre causés par ceux qui s'efforçaient de calmer les filles. Tituba avait les mains crispées sur la barre. La peur écarquillait ses yeux noirs. L'un d'eux indiquait qu'elle avait été battue.

Hathorne s'entêta à poursuivre en beuglant son interrogatoire, auquel elle répondit d'une voix de plus en plus faible, niant tout. Je ne doutais pas qu'elle fût une sorcière, et constatais que mes voisins étaient du même avis. Comment aurais-je pu penser autrement, vu les preuves que nous avions sous les yeux, ces contorsions et ces hurlements de douleur ? La séance me parut durer des heures, quoique ce ne fût sans doute qu'une impression. Le vacarme était insupportable ; j'avais mal aux oreilles, tant je faisais d'efforts pour entendre ; mon âme était assaillie par les souffrances des filles.

— Dites la vérité ! cria Hathorne. Qui les tourmente ainsi ?

Tituba hocha la tête et avala sa salive.

— Le Diable, à ce qu'on dirait.

— Comment se manifeste-t-il, lorsqu'il le fait ? Sous quelle apparence ?

— Pourquoi me pinces-tu ainsi, Tituba ? gémit Abigail Williams. Sarah Good, pourquoi me tourmentez-vous ?

— Sous quelle apparence se manifeste-t-il ? insista Hathorne. Et quand leur est-il apparu ?

Tituba sembla s'effondrer. D'une voix à peine audible, elle répondit :

— Sous la forme d'un homme... Hier, je crois.

Hathorne se figea. « Qu'est-ce qu'elle a dit ? » demanda quelqu'un, et un murmure parcourut l'assistance. Puis le silence se fit. Comme par miracle, les convulsions cessèrent. Les filles s'écroulèrent, épuisées, l'oreille aux aguets.

Mes mains se crispèrent autour de mon fusil – même si je n'avais pas la moindre idée de l'usage que je pourrais en faire.

C'est alors que Tituba se mit à déverser toute la vérité... des paroles si terribles qu'on les écoutait forcément avec horreur. Sarah Good lui avait ordonné de tourmenter les enfants, et elle avait été contrainte de le faire. Good et les autres étaient si fortes qu'elles l'avaient obligée à se rendre avec elles chez les Putnam. Elles avaient parcouru les airs à cheval sur une longue perche et l'avaient forcée à attaquer la jeune Annie avec un couteau – là-dessus, l'enfant renchérit, s'exclamant tout en tirant sur ses cheveux blond pâle : « C'est vrai, c'est vrai ! Elle a essayé de me couper la tête ! » La sorcière Good empêchait Tituba d'écouter les prières de ses maîtres ; elle possédait un oiseau jaune qui lui tétait l'intérieur des doigts et une créature velue évoquant un chien, ou un loup, qui lui était totalement dévouée.

— Qui encore était présent ? s'enquit Hathorne. Avez-vous vu Goody Osborne ?

— Oui, affirma Tituba. Il y avait un homme, aussi. Et... il y en avait d'autres.

— D'autres ? D'autres sorcières ? Combien ?

— Je... je ne sais pas.

— Beaucoup ? Quelques-unes ?

— Je...

— Plus de trois ?

Tituba avala sa salive.

— Oui. Plus de trois.

Un chuchotement terrifié parcourut l'assistance. *D'autres. Il y en avait d'autres.*

En dépit de son acharnement, Hathorne ne tira rien de plus de l'esclave. Au bout d'une heure, nous n'en savions pas davantage – ni sur l'identité des autres sorcières, ni sur leur nombre. Enfin, le juge parut avoir épuisé toutes ses questions.

À la barre, Tituba paraissait nerveuse. Ses mains étaient crispées sur sa jupe, ses poings liés par de lourdes menottes d'homme, en fer, si larges qu'elles lui glissaient jusqu'aux paumes. Elle courbait la tête, semblait épuisée. Je fus saisi de la même angoisse que les autres assistants lorsque Hathorne annonça la levée de l'audience.

— Nous reprendrons demain, annonça-t-il à Tituba. Pour le moment, nous vous confions au sergent de ville.

George Locker et ses hommes s'approchèrent, et je remarquai avec quelle répugnance ils la touchaient, préférant la faire avancer en la poussant du bout de leurs fusils plutôt qu'avec leurs mains. La foule garda le silence pendant qu'ils se dirigeaient vers les portes. Mais à peine eurent-ils franchi le seuil qu'il y eut une explosion de vociférations, de lamentations craintives, de murmures amplifiés. Je jetai un coup d'œil à Sam : il était livide, hébété. Je devais avoir le même air.

— Seigneur Dieu ! chuchota-t-il. Comment en sommes-nous arrivés là ?

Je fus incapable de prononcer le moindre mot. Les forces mauvaises qui s'étaient manifestées dans cette maison de Dieu en rendaient l'atmosphère irrespirable, et la terreur ne me quitta pas tandis que je suivais Sam hors du temple, dans la pénombre du crépuscule. Je restai là un moment, à regarder mes voisins s'éloigner par groupes compacts, à écouter les murmures. Ils s'observaient les uns les autres avec des yeux pleins de méfiance, et je repensai à la réflexion de Francis quelques jours auparavant : rien de bon ne sortirait de cela. *D'autres. Il y en avait d'autres*. Comment combattre un tel fléau ? Comment Satan avait-il pu exercer un tel ascendant sur nous à notre insu ?

Mais je connaissais déjà la réponse à cette question. Il n'en fallait pas beaucoup pour ouvrir toute grande au Diable la porte de son être. Il suffisait d'un cœur avide, d'une âme languissante...

— Viens, me lança Sam. Rentrons chez nous. J'en ai assez, de cet endroit.

J'acquiesçai. Il s'engagea sur le sentier, et je lui emboîtai le pas. Mais lorsque je laissai tomber un gant, je m'arrêtai et me penchai pour le ramasser. Ce faisant, une silhouette qui traînait autour de l'un des angles du temple attira mon attention. Son attitude furtive m'était familière. Je me redressai puis me retournai pour de bon. Alors je reconnus cette personne qui s'efforçait d'échapper à mon regard.

Charity.

25

Continue sans moi ! criai-je à Sam. J'ai oublié quelque chose dans le temple.

— Je t'attends, répondit-il.

— Non. Je ne veux pas te retarder auprès de ta famille. Cela risque de prendre un petit moment.

Il hocha la tête, quoique à contrecœur, et se remit en route. Je me hâtai de regagner le temple. Ma fille avait disparu, mais je me frayai un chemin jusqu'à ce point précis du bâtiment, plongé dans l'ombre, où je l'avais aperçue. L'air était froid, et le vent faisait danser des ombres devant mes yeux. La boue des marécages exhalait une puanteur infecte. Nulle trace de Charity. Je pressais le pas et m'apprêtais à revenir en arrière lorsque je la vis, blottie contre le bois comme si elle cherchait à se fondre dans les lattes défraîchies.

Levant la tête, elle m'aperçut. Elle se recroquevilla aussitôt dans sa cape et sous son chapeau à large bord, mais ne fit pas mine de bouger ou de chercher à s'enfuir. En m'approchant, je constatai que ce n'était pas parce qu'elle était docile et attendait bien sagement d'être punie, mais parce qu'elle était paralysée de peur. Elle avait les yeux écarquillés et l'air hagard, ses lèvres tremblaient, et ses mains, sous sa cape, ne cessaient de s'agiter.

— Ti... Tituba, murmura-t-elle comme j'arrivais à elle. Je l'ai entendue.

— Tu n'aurais pas dû venir, déclarai-je d'une voix douce. Je t'avais dit de rester à la maison avec Susannah.

Elle avala sa salive. Cela parut difficile et douloureux. Ses lèvres bougèrent, comme si elle avait l'intention de parler, mais aucun son n'en sortit.

Je soupirai et lui touchai le bras.

— Allons-y, mon enfant. On ferait bien de rentrer avant que la nuit ne tombe.

— Oui, approuva-t-elle d'une voix mal assurée. Oui.

Je lui offris le bras, et elle clopina à mon côté tandis que je contournai le temple pour regagner la route. J'avais hâte de m'éloigner. Sentant encore les forces mauvaises qui s'étaient déchaînées dans la salle, je pressais ma fille contre moi.

Elle grelottait et claquait des dents. Ses engelures au menton s'étaient couvertes de croûtes, tant elle les avait grattées. Impossible d'attendre samedi pour la conduire chez Poole. Après ce qui s'était passé aujourd'hui, je ne pouvais m'imaginer la garder ici plus longtemps, tourmentée par les aveux de Tituba et les convulsions de ses amies. Je décidai de l'emmener en ville dès le lendemain. Poole n'aurait aucun mal à le comprendre, une fois que je lui aurais relaté les affaires du village – à supposer qu'elles ne lui soient pas déjà parvenues aux oreilles.

— Qu'est-ce qui t'a pris, de venir ici ? lançai-je enfin.

Elle me jeta un rapide coup d'œil, plein de frayeur.

— Il... il fallait que je sache... ce qu'elle allait dire.

Avec un sentiment de malaise, je me souvins du regard que Tituba avait posé sur ma fille lorsque nous nous étions rendus ensemble au presbytère. J'aurais voulu en connaître la raison, mais j'avais peur. Et, comme si elle lisait dans mes pensées, les tremblements de Charity redoublèrent. Je resserrai mon étreinte, cherchant à les stopper.

— Que... qu'est-ce qui va se passer maintenant ? demanda-t-elle. Qu'est-ce qu'ils vont lui faire ?

Je haussai les épaules.

— On va la presser de tout avouer. Et puis il y aura un procès.

— On va la... on va la pendre ? Et les autres sorcières aussi ?

— Si elles sont coupables.

— Et le Diable, alors ?

Je m'efforçai de la rassurer.

— Satan quittera le village quand il verra que nous ne le tolérons pas ici.

Elle hocha la tête, contre mon épaule, mais elle ne me croyait visiblement qu'à moitié. Cela ne m'étonna guère. Moi-même, je n'en étais pas si sûr.

— Et vous, Père, vous ne le tolérerez pas non plus, n'est-ce pas ? Vous aiderez à le combattre ?

— Oui, lui affirmai-je. J'aiderai à le combattre.

Nous parvînmes rapidement chez nous. La maison embaumait le pain et le ragoût. On entendait le babil enfantin de Jude, ponctué par les calmes réponses de Susannah.

Il me fallut presque pousser Charity pour qu'elle franchisse le seuil. Jude se tut. Susannah se retourna.

Son regard se posa sur moi, puis sur Charity. Elle eut un sursaut de surprise.

— Charity, je croyais que...

— Je suis sortie en cachette, avoua Charity en baissant la tête.

Elle avait l'air penaud, mais ce n'était qu'en apparence. De même, son « Pardonnez-moi » n'eut rien de sincère. Mais, cette fois-ci, je me gardai de toute remarque.

Susannah cessa de s'affairer.

— Ne t'inquiète pas. J'imagine qu'il ne t'est rien arrivé de grave.

— La situation est grave, répliquai-je. Il semblerait que le Diable ait élu domicile à Salem-Village.

— L'interrogatoire...

— Il y a eu des aveux. L'esclave a reconnu qu'elle était une sorcière.

Susannah se figea.

— Elle a dit cela ? Elle a dit qu'elle était une sorcière ?

— Oui. Et qu'il y en avait d'autres. Parmi lesquelles Good et Osborne.

— D'autres encore ? En plus de ces trois-là ?

Je hochai la tête d'un air sinistre. Jude leva sur moi des yeux ronds comme ceux d'un hibou.

— Nous prierons ce soir, dis-je. Et je pense que demain nous devrions jeûner. Ce sera une journée de contrition.

— Nous prierons pour que Satan s'en aille, renchérit Jude.

— Si seulement c'était aussi simple, murmura Charity.

Susannah étouffa un gémissement. Je notai que l'inquiétude assombrissait son regard. Elle scruta mon visage, et je détournai la tête en espérant qu'elle saurait interpréter ma réserve comme le signe que nous parlerions de tout cela plus tard.

Ce fut à l'évidence le cas, car elle lança avec une légèreté affectée :

— Eh bien, si nous devons jeûner demain, autant faire un bon repas ce soir !

Tandis qu'elle disposait la nourriture devant nous et s'asseyait à son tour, le silence s'abattit sur la table. Même ma prière d'action de grâces sembla se dissiper aussitôt. Charity toucha à peine à son écuelle, et j'avais l'estomac trop retourné pour pouvoir avaler quoi que ce fût. De nous quatre, Jude était la seule à manger de bon cœur. Le repas fut donc achevé, et la table débarrassée, plus tôt qu'à l'ordinaire. Je m'assis devant la cheminée avec mes filles et, en guise de leçon du jour, leur fis la lecture du Psaume 78 : 49.

Les chandelles étaient presque consumées quand j'achevai ma lecture, et envoyai les filles se coucher. Je ne prévins pas Charity de mon intention de la conduire en ville le lendemain, mais la laissai aller dormir sous la protection de mes prières. Lorsqu'elle se retourna vers moi tout en montant à sa chambre, je lus de nouveau dans ses yeux cette supplication : *Vous aiderez à le combattre ?*

Après leur départ, je déclarai à Susannah :

— Demain, j'emmènerai Charity chez les Poole. Impossible d'attendre samedi.

— Ça a été vraiment terrible, alors ? Les interrogatoires ?

— Oui.

— Les autres ont-elles fait des aveux ?

— C'était inutile : les souffrances des filles suffisaient, comme preuves. Et après... Tituba...

— Mais tout cela est-il vrai, Lucas ? demanda-t-elle d'une voix douce.

— Qui aurait idée d'avouer des choses pareilles, si elles n'étaient pas vraies ?

— Les filles sont convaincantes. Le spectacle qu'elles offrent est éprouvant. Mais il se peut que...

— Tu penses qu'elles simulent ?

Susannah hésita.

— Certaines d'entre elles, peut-être. J'ai eu l'occasion de constater par moi-même que Mary Walcott en était capable.

— Comment ça ? répliquai-je. Comment peux-tu savoir ce qui se passe dans la tête d'une fille de dix-sept ans ?

— J'en ai été une, répondit-elle.

Elle m'observa attentivement.

— Tu es en colère contre moi, Lucas.

Je secouai la tête.

— Non, pas en colère, mais...

— Quoi ?

— Ce péché, entre nous... il faut que ça cesse. J'y suis plus déterminé que jamais. Le Diable a déjà pris suffisamment d'ascendant ici.

Elle resta un long moment silencieuse puis lâcha :

— Oh, fou que tu es !

Elle s'agenouilla à mes pieds, et ses jupes se gonflèrent autour d'elle.

— Ne me touche pas ! m'écriai-je en levant les mains pour la tenir à distance. Ne t'approche pas !

— Pourquoi ? protesta-t-elle.

Elle était déjà trop près de moi.

— Tu connais la réponse à cette question, bredouillai-je.

— Je ne peux pas plus cesser d'être la sœur de Judith que tu ne peux renier l'homme que tu es.

Quand elle me saisit les mains, je m'efforçai de les dégager ; mais elle me tenait fort, enfonçant ses doigts dans mes paumes. Elle se pencha, si bien que ses seins me frôlèrent les genoux.

— On pourrait s'en aller d'ici. Il en est grand temps, avec toutes ces... ces diableries dans l'air. On pourrait emmener les enfants et partir. Il doit bien y avoir autre chose dans ce maudit pays. Le Nord ? Le Sud ?

New York. Ce nom me traversa l'esprit, à ma grande surprise : ainsi, par cela aussi, j'étais tenté...

— Il n'y a pas d'autre endroit où aller, grognai-je. Lâche-moi !

— Je n'en ferai rien ! Tu crois pouvoir contenir cette terreur en mettant fin à ce qu'il y a entre nous. Mais tu n'y arriveras pas, Lucas. Ça ne ferait qu'empirer les choses. Je ne te laisserai pas le faire !

— Tu n'as pas le choix. J'ai pris ma décision.

— Non ! cria-t-elle.

Il y avait dans sa voix une force et une détermination qui m'en imposaient. Elle desserra son étreinte, mais se leva alors si brusquement que je ne pus anticiper son geste. Prenant mon visage entre ses mains, elle s'approcha tant que nos lèvres se touchaient presque.

— Dis-moi que tu peux résister à cela, Lucas, et je te laisserai en paix. Je te le promets. Dis-moi que tu n'as pas envie de m'embrasser, et je m'en irai.

Elle me mâchait la besogne. C'était si simple : *Je ne te veux pas. Je ne t'embrasserai pas...*

La bouche avide, je l'attirai vers moi, en poussant un grognement. Le désir que j'avais d'elle semblait absorber tout le reste : la promesse faite à ma fille et à moi-même, mes craintes. Tout cela disparaissait.

Elle répondit à la frénésie par la frénésie et, enlacés, nous dérivâmes ensemble jusqu'à l'entrée de la chambre.

Je refermai la porte d'un coup de pied. Ensemble, nous trouvâmes le lit et nous nous laissâmes tomber dessus. Sans penser à rien d'autre qu'à notre désir et notre hâte à le satisfaire. Je sentis ses jambes sur mes hanches. Je l'entendis gémir. Je n'avais plus mon haut-de-chausses. Ses mains pressaient ma peau, à la fois caressantes et rudes, agitées et mesurées. Je la chevauchai avec un plaisir purement instinctif que je n'avais jamais éprouvé auparavant. Elle gémissait sous moi. Soulevait ses hanches. Criait mon nom : « Lucas... Lucas... »

Quelqu'un poussa un hurlement.

Le son pénétra ma conscience au moment où j'atteignis la jouissance. Susannah se contracta au-dessous de moi et, comme dans un rêve, je me retournai. La porte était ouverte. La flamme d'une chandelle lança sa lueur sur le sol, puis vers moi, m'aveuglant. Je distinguai une silhouette, un visage.

Charity. Charity se tenait sur le seuil, le regard écarquillé, en proie à la stupeur. Elle leva des mains tremblantes et laissa tomber la chandelle, qui répandit de la cire sur les rideaux de lit avant de rouler à terre, toujours allumée. Puis elle poussa un nouveau hurlement, une plainte déchirante qui résonna dans la nuit.

Je bondis hors du lit, saisis mon haut-de-chausses et l'enfilai en vitesse.

— Charity... Mon Dieu, Charity !

Je tendis les bras vers ma fille ; elle se dégagea, horrifiée. Je la saisis et m'efforçai de la calmer, mais elle hurla contre ma poitrine, frappa, griffa... Je tins bon.

— Charity, dit Susannah. Ma chérie, ma chérie...

Charity tremblait tant que ses dents claquaient. Elle s'arracha à mes bras, et dévisagea Susannah, qui tenait sa jupe plaquée contre son corps nu. Ensuite elle tomba sur le sol et serra sa gorge. Son cri avait fait place à un gémissement inhumain, un son terrible, et elle suffoquait comme si elle était en train d'étouffer. Pris de panique, je lui saisis les mains et tentai de lui desserrer les doigts. Mais elle était plus forte que moi. Ses yeux roulèrent dans leurs orbites. Elle fut prise de convulsions, et je ne pus que rester là, impuissant, à la regarder.

Les convulsions. Comme Elizabeth Hubbard et Abigail Williams.

Je tombai à genoux près de ma fille et plongeai la tête dans mes mains. Il était trop tard. Trop tard. Le Diable s'était emparé d'elle.

Et c'était moi qui la lui avais donnée.

26

— Lucas, ne reste pas ainsi..., s'écria Susannah en enfilant ses jupes.

La pièce sentait la fumée âcre et l'étoffe brûlée. Charity suffoquait comme quelqu'un qui se noie, et son ventre gonflait sous sa chemise comme s'il contenait quelque chose de vivant.

— ... il faut que tu ailles chercher le docteur, et vite !

Je regardai ma fille, désespéré, déconcerté.

— Que pourrait-il faire pour elle, à présent ?

— Il doit y avoir quelque chose. Il a traité les autres. Sans doute connaît-il...

— Il prie. C'est tout ce dont il est capable.

— Eh bien, nous avons besoin qu'il prie pour nous. Va le trouver, Lucas.

Je tendis les bras vers Charity. Tel un chat, elle feula.

— Ne me touche pas ! cria-t-elle en me sautant au visage.

Ses ongles griffèrent mes joues. La soudaineté de la douleur me fit reculer d'un bond. Je n'avais là que ce que je méritais – et encore, une toute petite part.

Je me redressai, comme étourdi.

— Je vais chercher Griggs, déclarai-je, car je ne voyais pas ce que je pouvais faire d'autre.

Je me précipitai hors de la pièce. Susannah resta avec Charity, sans tenter de me suivre.

Je saisis mon fusil et ma cape et, dans l'obscurité, courus jusqu'à la grange, où je sellai puis montai Saul.

Je ne sais trop comment j'atteignis la maison de Griggs. Toujours est-il que je me retrouvai soudain à frapper du poing sur sa porte, et à crier :

— William ! William ! Réveille-toi !

En réponse à mon assaut, la porte s'entrouvrit dans un grincement, et William m'épia par l'entrebâillement. Ses cheveux gris étaient raides et hérissés comme ceux de quelqu'un qu'on a arraché au sommeil. Il tint son arme pointée sur moi jusqu'à ce qu'il m'eût reconnu.

— Lucas... dit-il alors. Que se passe-t-il ? Une attaque des Indiens ?

— Une attaque du Diable, rétorquai-je.

La porte s'ouvrit un peu plus, et je remarquai les cernes noirs sous ses yeux battus, tandis qu'il prenait conscience de mes paroles.

— Une autre fille atteinte ? demanda-t-il.

— Oui. La mienne. Charity.

— Je ne peux rien faire.

— Viens la voir, William, répliquai-je. N'essaie pas de discuter. Quelles que soient tes objections, je ne les entendrai pas. Je ne partirai pas d'ici sans toi.

Il soupira.

— Très bien. Un moment.

La porte se referma. Lorsqu'elle se rouvrit, il était prêt et tenait son fusil à la main. Mais, sous sa cape ouverte, il portait encore sa chemise de nuit, froissée et rentrée négligemment dans son haut-de-chausses, car elle y formait des bourrelets jusqu'aux genoux.

J'attendis impatiemment qu'il eût sellé son cheval. J'avais l'impression que des heures s'étaient écoulées depuis que j'avais laissé Charity se contorsionner sur le sol, avec Susannah penchée au-dessus d'elle. Nous effectuâmes le trajet à vive allure, et laissâmes les chevaux dans la cour.

Susannah était seule dans la salle commune.

— Où est Charity ? demandai-je.

Fou d'inquiétude, je me précipitai vers ma chambre tout en arrachant ma cape d'un geste brusque et en ajoutant :

— Pourquoi n'êtes-vous pas près d'elle ? Seigneur Dieu, elle pourrait se faire du mal...

— Elle dort, Lucas.

Susannah avait prononcé ces mots d'une voix calme, et je ne saisis leur sens qu'une fois parvenu à la porte de ma chambre. Surpris, je m'arrêtai et lui jetai un coup d'œil par-dessus mon épaule.

— Elle dort ? répétai-je.

J'avais du mal à concevoir pareille chose. Comment le Diable avait-il pu la quitter aussi soudainement...

— Oui. Elle a perdu connaissance juste après votre départ.

« Perdu connaissance ». C'était une étrange expression, aussi étrange que ce qu'elle me présentait comme une vérité.

— Qu'est-ce que vous lui avez fait boire ? Une potion ?

— Une potion ? répliqua Susannah, visiblement perdue. Non, je lui ai juste tenu la main, et elle s'est calmée.

Je me revis essayant de prendre ma fille dans mes bras, tandis qu'elle me repoussait. Je sentais encore, sur mes joues, la griffure de ses doigts. Je regardai Griggs, qui observait Susannah d'un œil soupçonneux, comme si lui non plus ne croyait pas à son explication.

À pas lents, je gagnai le seuil de la chambre, ne sachant à quelle vision m'attendre. Mais Charity était bel et bien là, couchée dans le lit où Susannah et moi étions étendus à peine une heure plus tôt ; bordée avec soin, sous la courtepointe rouge. Ma petite fille qui n'était plus une petite fille... Comme son sommeil paraissait paisible ! Je m'agrippai au chambranle et la dévorai du regard. J'avais du mal à ne pas me précipiter à son chevet pour lui prendre la main et la supplier de me pardonner.

— Elle dort profondément, murmurai-je.

Derrière moi, Griggs s'approchait.

— Oui. Ce n'est pas rare, dans les cas semblables, fit-il remarquer. Entre les crises, les filles paraissent se porter bien, sans rien pour témoigner de ce qu'elles endurent, hormis peut-être quelques morsures.

— Ne pouvez-vous rien faire pour elles ? demanda Susannah.

— Face au Diable, ma science est impuissante, répondit William. Sous mon propre toit, je veille à ce que Betty ne se blesse pas, mais en dehors de cela...

Il poussa un nouveau soupir, me donna une tape sur l'épaule tandis qu'il me dépassait pour entrer dans la pièce, et se pencha sur Charity. Soudain, l'énergie et la détermination qui m'avaient poussé à effectuer le trajet pour aller chercher le docteur m'abandonnèrent. J'étais vidé de mes forces.

Au bout de quelques instants, Griggs se tourna vers moi.

— Laisse-la dormir. C'est ce qu'il y a de mieux. Fais en sorte qu'elle s'agite le moins possible... La prière semble bénéfique à certaines d'entre elles. Pour d'autres, elle ne semble que les tourmenter davantage.

— Et en dehors de cela ? demandai-je, conscient de l'angoisse que trahissait ma voix. N'y a-t-il aucun remède que je puisse lui administrer ?

— Elle n'a pas de fièvre. Ce n'est pas un mal d'origine physique, Lucas, mais une affliction d'ordre spirituel. Quelle que soit la nature des créatures qui l'attaquent, aucun cataplasme ne peut les affecter. Elle se remettra, ou pas. Je ne saurais dire.

Il s'éloigna du lit. Sa visite était terminée. Je n'avais aucun moyen de le retenir ici. Je le raccompagnai à la porte.

— Merci d'être venu, William. Pardonne-moi de t'avoir tiré du lit.

— J'aimerais t'aider davantage, déclara-t-il en remettant son chapeau.

— Tu veux que je fasse le trajet avec toi ? proposai-je. Il fait noir comme dans un four.

— Non. J'ai un fusil attaché à la selle, et mon cheval est rapide.

Griggs alla jusqu'à la porte, mais se figea, la main sur le loquet. Il se retourna lentement, l'air troublé.

— Les a-t-elle nommés, Lucas ?

— Quoi donc ?

— A-t-elle donné le nom des spectres qui la tourmentent ?

— Seigneur Dieu ! murmurai-je.

— Elle n'a cité aucun nom, intervint Susannah.

Je m'étais habitué à son silence. Il me fut douloureux d'entendre le son de sa voix.

— Elle le fera, assura Griggs. Elles le font toutes. Amène-la chez Ingersoll, demain, pendant les interrogatoires. Qu'on voie si elle est affectée par les autres filles.

— Comment ne serait-ce pas le cas ? demanda Susannah. Je pense qu'il vaudrait mieux la tenir éloignée de ces filles : elles ne peuvent que s'influencer les unes les autres.

— S'il y a des sorcières dans ce village, répondit Griggs, il est de notre intérêt de les démasquer. Il y en a d'autres, affirme Tituba. Nous devons faire tout notre possible pour découvrir qui elles sont.

— Vous me surprenez, docteur, déclara Susannah. J'aurais cru que votre intérêt, c'était de guérir les gens.

D'une voix pleine de colère, Griggs répliqua :

— N'oubliez pas que ma propre nièce est impliquée. Je ne souhaite que son bien.

— Alors, peut-être devriez-vous l'envoyer en ville, ou à Boston.

— Vous laisseriez les sorcières errer librement ? Vous concéderiez un tel pouvoir au Diable ?

— Le seul pouvoir qu'il possède, c'est celui que vous lui accordez, rétorqua Susannah. Je ne pense pas que des jeunes filles soient en mesure de...

— Assez ! m'exclamai-je, furieux qu'elle ose s'exprimer sur des choses échappant à son entendement. Vous ne nous êtes d'aucun secours, madame, ni à nous ni à Charity. Taisez-vous !

Son tressaillement ne me toucha pas. Je voulais la punir comme je me punissais moi-même. Je me tournai à nouveau vers le docteur.

— Nous l'emmènerons demain. Bonne route, William.

Le regard de Griggs se posa sur Susannah, puis sur moi, et il hocha la tête.

— Bonne nuit, lança-t-il en sortant, avant de disparaître dans la nuit.

L'atmosphère de la pièce était pesante et figée, comme si rien ne l'avait jamais troublée. Comme si Susannah et moi étions dans la même position depuis une éternité.

— Je crois que ce serait une erreur d'accompagner Charity chez Ingersoll demain, dit Susannah. Tu avais l'intention de la conduire en ville. Dis-moi que c'est ce que tu vas faire.

J'étais écœuré qu'elle arrive à raisonner comme si rien ne s'était passé. Je n'arrivais pas à croire qu'elle songe encore à éloigner Charity. Je secouai la tête.

— Non.

— Lucas, tu ne peux pas...

— Tout cela me dépasse à présent, dis-je. Je ne peux pas l'aider, et toi, tu n'as rien réussi à faire pour elle.

— Je... je ne comprends pas, murmura-t-elle. Quelle soirée étrange... Essayons de nous réconforter l'un l'autre.

J'eus un mouvement de recul, et la fixai avec un mélange d'horreur et d'incrédulité.

— Tu ne comprends pas ? Le réconfort que nous nous sommes apporté est précisément ce qui a conduit à cette situation. Combien d'autres avertissements Dieu doit-il nous envoyer pour que nous mettions fin à ce péché ?

— Non, Lucas. Je... je ne te laisserai pas faire...

— Ce n'est pas à toi d'en décider ! J'ai eu *assez* de cela. Seigneur Dieu... Satan torture mon enfant, et nous lui avons ouvert la porte ! Comment oses-tu parler de réconfort ?

— Je t'en prie, Lucas...

Elle semblait avoir perdu tout contrôle d'elle-même : elle toucha mes cheveux et, lorsque je cherchai à me dégager, elle se rapprocha et sa main glissa sur ma joue. Inexplicablement, j'éprouvai du désir. Qu'elle pût avoir sur moi une telle emprise, qu'elle pût me pousser à la désirer, dans un moment pareil...

Je lui saisis la main pour la retenir.

— Non. Cela doit cesser.

Son regard trahissait sa détresse.

— Je ne le permettrai pas.

Je perçus la ferveur de son regard et, à cause de lui, je voulus la blesser. Serrant plus fort son poignet, je lui dis :

— Je te suggère d'aller en ville, pour assouvir tes envies. Il y a là-bas des dizaines de marins qui seraient heureux de les satisfaire.

Je vis, sur son visage, la douleur succéder au choc. Ensuite, je la repoussai, pivotai sur mes talons et, avec une terrible satisfaction, m'éloignai, tandis qu'elle restait plantée là. Je ne me retournai pas une seule fois en gagnant ma chambre. Là, je refermai solidement la porte derrière moi, lui barrant la route, la congédiant.

Je demeurai un moment appuyé à cette porte, puis m'obligeai à regarder ma fille, qui dormait d'un sommeil paisible et profond. Je m'installai à son chevet et y demeurai toute la nuit, à prier pour notre salut.

27

Charity se réveilla alors que l'aube cédait la place au jour. Elle n'avait presque pas bougé dans son sommeil, et je nourrissais le fol espoir que la crise de la veille n'eût été qu'un épisode isolé, causé par un choc temporaire. J'attendais avec inquiétude le moment où elle ouvrirait les yeux.

Quand elle le fit enfin, je ne la regardais même pas. Je fixais vaguement la fenêtre. Le mot « Père » qu'elle prononça me permit de réaliser qu'elle était réveillée, et je me retournai aussitôt.

Elle avait l'œil lucide : aucune vision ne l'habitait. Je lui saisis les mains et bredouillai une rapide prière à Dieu. Je comprenais à peine ce que je disais, mais les paroles me venaient droit du cœur.

— Charity, te voilà redevenue toi-même !

Elle fronça les sourcils, et lorsque l'inquiétude et la crainte apparurent sur son visage mon cœur se serra : je m'étais trop vite senti soulagé. Je la vis, soudain, se remémorer l'incident de la veille. Elle jeta un coup d'œil alentour – sur la porte, le dessus-de-lit... – et parut se recroqueviller. Elle retira ses mains des miennes, et les porta toutes tremblantes à son visage en gémissant :

— Oh, je suis arrivée trop tard. Je suis arrivée trop tard ! J'ai vu ce que vous avez fait, et maman aussi. Elle disait que vous saviez reconnaître le mal... Que vous étiez capable de... le combattre. Mais ce n'est pas vrai, n'est-ce pas ?

— Savoir reconnaître le mal est une chose, le combattre en est une autre, Charity. Je ne suis qu'un homme...

— Vous aviez promis... d'éloigner le Diable de cette maison. Vous aviez promis de m'aider à le combattre. Hier encore, vous l'avez promis !

— Je sais, dis-je, sentant les larmes me monter aux yeux. Je sais.

Elle sanglotait si fort qu'elle eut peine à articuler :

— Dieu vous a-t-il abandonné, alors, Père ? M'a-t-il abandonnée ?

— Il ne t'a pas abandonnée.

— « Si le Christ ne règne pas sur ton âme, c'est que tu vis sous le règne du Diable », récita-t-elle à voix basse.

Lui reprenant les mains, je les serrai dans les miennes.

— Nous prierons, nous irons au temple, nous jeûnerons en signe de contrition. Cet... envoûtement... auquel nous sommes en proie... nous le repousserons. Je te le jure. Charity, ma chérie, je te le jure !

— Vous ne pouvez pas tenir votre promesse. Le Diable vous a déjà perverti.

J'aurais voulu la contredire, mais je n'aurais pu le faire sans mentir, et je ne m'y résolvais pas. Je la fixai, accablé, réduit au silence. Je me levai et m'écartai d'elle, pour échapper à son expression accusatrice.

— Vous ne cherchez même pas à le nier, constata-t-elle.

Une telle tristesse, un tel désespoir.

Vaincu, je poussai un soupir.

— Non, je ne cherche pas à le nier. Tout homme a ses faiblesses et le Diable a trouvé la mienne. J'aurais préféré que tu ne voies pas cela.

Incapable de supporter sa réaction à mes paroles, je quittai ma chambre pour me rendre dans la salle commune. Jude et Susannah étaient en train de descendre l'escalier. Je me figeai, comme pris au piège : de toutes parts, mes faiblesses m'assaillaient : mes filles, Susannah...

— Lucas, demanda Susannah, que se passe-t-il ? Charity est-elle...

— Elle se porte bien, lâchai-je. Et sitôt qu'elle sera prête, nous irons chez Ingersoll.

— Lucas, tu ne peux pas...

— Ça ne te regarde pas, répliquai-je en la foudroyant du regard.

— Si, dit-elle en s'avançant vers moi.

Lorsque je m'écartai, elle bafouilla, désespérée :

— Tu es un fou de ne pas vouloir m'entendre.

— Non. C'est avant que j'étais fou. Regarde où tes bons conseils nous ont menés. Il est temps que j'écoute quelqu'un d'autre.

— Tu n'as pas tardé à te sentir coupable de tout. Je m'étonne que tu ne veuilles pas aussi prendre sur toi sa guérison.

— Et toi, tu ne te sens coupable de rien, rétorquai-je. Lequel de nous deux se trompe ? Seigneur Dieu, ma fille souffre... Durant des semaines, tu m'as tourmenté avec ton inquiétude. Je pensais que tu serais impatiente de la voir se remettre.

— Je le suis. Mais ce n'est pas le bon moyen.

J'eus un moment d'hésitation. Puis j'entendis Charity s'agiter, dans la pièce voisine, et je compris que les réponses à mes questions devaient me venir de Dieu seul.

— Je l'emmène chez Ingersoll, dis-je.

— Ne fais pas ça ! Je t'en prie, Lucas, conduis-la en ville. Les Poole l'attendent...

— Le village a davantage besoin d'elle.

— D'autres feront aussi bien l'affaire. Tu veux vraiment sacrifier ta fille à... à cette folie ?

— Je serai à ses côtés. Il n'est pas question de la sacrifier.

Susannah hésita. Elle jeta un coup d'œil à Jude, qui s'était installée devant la cheminée, et je fermai les yeux, mécontent. Car, dans ma détresse, j'avais oublié sa présence.

— Dans ce cas, je viens avec vous, déclara Susannah.

Je n'y fis pas objection. Lorsque Charity et moi nous mîmes en route pour la taverne, Susannah et Jude suivirent.

La foule se pressait, sur la pelouse boueuse et gelée. La porte de la taverne était grande ouverte. Les villageois s'attardaient devant l'entrée, en attendant le début de l'audience, dans le temple voisin. Les voix étaient fortes, les propos animés. Dans la moiteur de l'air flottait une puissante odeur de bière et de viande rôtie. Parmi mes voisins, il y avait autant d'impatients que d'inquiets. Au salut lugubre de l'un s'opposait le non enjoué d'un autre, comme si tout cela n'était qu'un joyeux divertissement.

Je les dépassai et me hâtai de faire entrer Charity dans l'auberge, en pensant qu'il était temps d'en finir avec *cela* même si je n'aurais su dire en quoi consistait ce mot. Et je ne savais pas davantage ce qui allait se produire, ce que je devais m'attendre à voir. Je bousculai la foule pour me frayer un passage, laissant Susannah et Jude suivre comme elles le pouvaient. À quelques mètres de la taverne, Charity s'arrêta brusquement et tira sur mon bras. Je remarquai qu'elle fixait un point, droit devant elle. Je suivis son regard, et eus le ventre serré lorsque je découvris sur quoi il était rivé. Ses amies. Celles qu'on appelait les affligées.

Elles étaient assises autour de la même table, serrées comme elles l'étaient le jour du baptême de Faith – une éternité semblait s'être écoulée depuis ! Elles étaient surveillées par Tom Putnam et son frère Edward, Samuel Parris, le Dr Griggs, Nicholas Noyes et John Hale. Assis à une table voisine, les juges mangeaient avec appétit. Les prisonnières n'avaient pas encore été amenées et, dans la taverne, on criait, buvait et trépignait d'impatience.

À cet instant, William Griggs leva les yeux, croisa mon regard et, d'un air sinistre, me fit signe d'approcher.

À la table, l'une des filles les plus âgées – Mary Walcott – se figea soudain. Jusque-là, elle tricotait : une bonne longueur de lainage vert traînait sur la table. Or, voilà que ses aiguilles avaient interrompu leur implacable mouvement. Elle pivota et dirigea son regard sur la foule. Puis, plissant les yeux, elle fixa Charity. Ma fille étouffa un gémissement et s'arrêta brusquement, si bien que je faillis trébucher.

Un murmure parcourut les villageois – je crus un instant que Charity en était la cause. Mais un cri me parvint du dehors, qui redoubla peu à peu d'intensité :

— Elles sont là ! Les prisonnières sont arrivées !

L'assistance se retourna dans un même mouvement. Une vague de bruit déferla de la porte à la table où les filles étaient assises. Une douzaine de villageois allongèrent le cou pour regarder par les fenêtres. Mais Charity ne quitta pas des yeux ses amies, et moi non plus. Soudain, on eût dit que la main de Dieu les frappait toutes d'un seul coup. Dans le même instant, la petite Putnam se raidit, et Abigail Williams commença à trembler et à pousser des cris. Mercy Lewis se serra dans un coin et se mit à gifler l'air comme si elle était attaquée de toutes parts.

Dans la foule, j'entendis s'élever un cri :

— Lucas, il faut que tu la sortes d'ici !

La voix de Susannah. À cet instant, Charity frissonna tel un malade en proie à une terrible fièvre. Son visage devint gris. Elle s'arracha à mon étreinte et s'effondra sur le sol en gémissant à la façon d'un d'un animal blessé.

La foule recula. Des exclamations d'effroi ou d'inquiétude se mêlèrent aux sons bestiaux qui sortaient de la bouche de ma fille et aux cris des autres. Je tombai à genoux devant Charity.

— Non, Charity, non, murmurai-je.

Son corps tendu était à présent inerte, si bien que je ne parvenais pas à garder une prise sur lui. En désespoir de cause, je la secouai en criant :

— Charity, Charity, reviens-moi !

Mais il était clair qu'elle ne me voyait plus, qu'elle ne m'entendait plus. En plongeant mes yeux dans les siens, je remarquai qu'elle était là sans y être – étrange contradiction, dont la nature m'échappait.

Un autre cri s'éleva, un peu plus loin. Puis encore un autre. Les juges se levèrent d'un bond, les chopes se renversèrent, et la bière gicla au milieu du vacarme. Corwin ordonna à la foule de faire silence – en vain. À peine percevait-on sa voix à quelques pas de distance. Parris se mit à prier à voix haute.

Ma propre fille luttait contre moi de tous ses membres. Elle émettait de nouveau cet affreux gargouillis. Comme sur le seuil de la chambre, lorsqu'elle frissonnait d'horreur devant ce qu'elle voyait : son père forniquant avec sa belle-sœur.

— Elle... elle me fait mal, gémit-elle.

— Qui te fait mal ? demandai-je, fou d'angoisse. Qui te fait cela ?

— Elle pince Charity ! cria la fille Putnam. Oh, faites-la cesser ! Faites-la cesser !

Noyes fronça les sourcils.

— Qui la fait souffrir ? Est-ce Sarah Good ? Osborne ? Est-ce Tituba ?

— Non, non, quelqu'un d'autre, répondit Annie. Quelqu'un d'autre.

— Qui ça ? demanda Parris.

— Je ne sais pas. Oh, je ne sais pas !

Charity continuait de me repousser. Désemparé, je m'écriai :

— Il n'y a personne qui puisse m'aider ?

Tous reculèrent. Tous, à l'exception d'une personne qui s'avança parmi l'assistance.

Susannah.

Je l'avais cherchée des yeux. Je me l'avouai, et cette prise de conscience me choqua. La colère que j'éprouvais en pensant à ce que nous avions fait était toujours aussi vive. Pourtant, à cet instant, je me sentis étrangement soulagé. Jude, sa petite coiffe de travers et ses cheveux châtains lui retombant sur le visage, s'agrippait à ses jupes, s'y cramponnant si bien que Susannah pouvait à peine marcher. Mais elle n'en vint pas moins vers moi.

Et puis, soudain, elle s'arrêta. Tournant la tête pour suivre son regard, je m'aperçus que Charity s'était figée, et fixait des yeux Susannah comme si son visage reflétait toutes les horreurs de l'univers. Ensuite, ma fille poussa un hurlement et se recroquevilla, repliant les bras sur sa tête en signe de protection.

Mary Walcott hurla :

— Oh, va-t'en, esprit maudit !

Elle se tenait à présent debout à la table, les yeux écarquillés. Elle brandit une de ses aiguilles à tricoter.

— Laisse Charity tranquille ! Cesse de la battre ! Oh, regardez-la se rengorger – elle se croit sur scène, ou quoi ? Ce corsage rouge qu'elle porte... Oh, femme frivole !

Mon sang se glaça.

— Qui est-ce ? questionna Parris. Qui la frappe ?

Charity se releva si énergiquement que la foule eut un mouvement de recul.

— C'est l'homme noir qui est derrière elle. Il lui chuchote des choses à l'oreille. Oh, Père, faites-la cesser ! Assez !

— Qui est-ce, Charity ? demandai-je, entendant à peine ma propre voix. Qu'est-ce que tu veux dire ?

Son regard parcourut l'assistance. Avec un sentiment d'horreur grandissant, je le suivis. D'une main tremblante, elle désigna Susannah.

— Laisse-la tranquille, Susannah Morrow ! s'exclama Mary Walcott. Ne l'as-tu pas déjà assez punie comme ça ?

Le nom jeté ainsi en pâture fit l'effet d'un coup de tonnerre, et résonna fort dans mes oreilles.

— Oui, oui, c'est elle ! renchérit Charity.

Mes voisins étouffèrent un cri, Jude eut un gémissement de protestation. J'étais incapable de faire un geste. Je ne pouvais que rester là, terrassé, même si je savais...

Oui, je savais que cela devait arriver. Je le savais... Et soudain m'assaillirent toutes les questions que je m'étais posées ces derniers temps – sur la crainte qu'éprouvait Charity à l'égard de sa tante, le fait que Susannah avait répugné à l'amener ici, la façon dont elle avait calmé la petite Faith. Et, plus terrible encore, sur ma propre incapacité à lui résister.

Je regardai Susannah. Elle me fixait comme si elle voulait puiser de la force dans mes traits. Mais lorsque nos yeux se croisèrent, elle blêmit et se recroquevilla, à croire qu'elle lisait dans mes pensées et se sentait impuissante contre elles.

Les filles reprirent, comme en écho :

— Susannah Morrow, Susannah Morrow...

Saisissant la petite Jude par la main, elle s'enfonça de nouveau parmi l'assistance. Je ne fis pas un geste pour l'arrêter, tandis qu'elle s'éloignait. Ma confusion était trop grande. Une partie de moi la pressait même de s'enfuir.

— Où est-elle allée ? interrogea quelqu'un.

Je me rendis compte qu'ils cherchaient Susannah et que Charity avait pris place à la table, avec les autres filles. Elle avait cessé d'être mon enfant pour appartenir à cette foule, à ces accusatrices, à Tom Putnam qui écoutait ses diffamations avec une expression sinistre.

Un cri retentit, depuis l'entrée de la taverne :

— Les filles ! On demande les filles, au temple !

Tournant la tête, je vis par la fenêtre Ezechiel Cheever s'avancer parmi la foule ; et j'aperçus, au-delà, la cape bleue de Susannah, avec Jude qui trottait à son côté sur l'allée en compagnie d'Hannah Penney. Je me sentis, non sans malaise, bizarrement rassuré.

Ezechiel arriva, tout congestionné et haletant, à la table des juges. D'une voix entrecoupée, il annonça :

— Les prisonnières attendent, messieurs. Il vaudrait mieux que nous commencions bientôt. Les gens...

Hathorne hocha la tête. D'un geste brusque et autoritaire, il désigna l'assistance.

— La séance se tiendra au temple.

Comme un fleuve, la foule se répandit vers la porte. En quelques secondes, mes voisins vidèrent les lieux, et les filles redevinrent soudain calmes, comme réconfortées par la main géante de Dieu. Edward Putnam et Tom les guidèrent jusqu'à l'extérieur, en même temps que les pasteurs. Seul à ne pas bouger, je saisis la main de Charity, lorsqu'elle passa devant moi, l'arrachant au groupe de ses amies.

Tom tendit le bras vers elle.

— On a besoin de témoignages, Lucas.

— Pas du sien. Pas pour ces femmes. Charity n'a rien dit au sujet des accusées.

— Elle pourrait...

— Non, répliquai-je d'un ton ferme. Elle n'ira pas. Pas aujourd'hui.

— Relâchez-la !

La voix de John Hathorne. Il s'était arrêté sur le seuil et, d'un geste impatient, m'ordonnait de libérer ma fille.

— Elle fait désormais partie des témoins. Nous vous la rendrons à la fin des interrogatoires.

Tom prit le bras de Charity, et je la laissai aller à contrecœur. Elle le suivit avec la docilité d'un agneau, ne se retournant qu'une fois pour me fixer – d'un regard troublé, sombre, perdu.

Ses bras étaient couverts de zébrures qui s'atténuaient déjà, comme si elle se remettait d'une terrible maladie. Mais je ne me faisais pas d'illusions : la rémission n'était pas pour maintenant. Ma fille était au beau milieu de son mal, et j'avais peur pour elle. Je ne pouvais la quitter.

Je m'empressai de les suivre.

Le temple était aussi comble que la veille. Peut-être même plus, songeai-je, car ceux qui n'étaient pas présents à la première journée d'interrogatoires s'étaient précipités pour y assister ce jour-là. Au début, je ne prêtai guère attention à ce qui se disait. Quand on amena Sarah Good pour la questionner à nouveau, j'observais Charity, qui hurlait avec les autres. Dans l'état misérable où je me trouvais, je ne parvenais même pas à écouter le témoignage. Je ne percevais que les cris de ma fille. Jusqu'à ce qu'Hathorne demande :

— Lequel d'entre vous est William Allen ?

William se leva, tordant son chapeau entre ses mains.

— C'est moi.

— N'avez-vous pas affirmé que cette femme était venue dans votre chambre, un soir, et qu'elle s'était assise sur vos jambes ? questionna Hathorne.

Je revis cette froide nuit d'hiver où Susannah s'était tenue à l'extrémité de mon propre lit, entourée d'écarlate. Un rêve, avais-je aussitôt songé. Rien qu'un rêve. Mais peut-être pas ?

— C'est vrai, répondit William. Il émanait d'elle une étrange lumière. Quand je... quand je lui ai donné un coup de pied, elle est partie.

— Qu'avez-vous à répondre à cela, Sarah Good ?

— Je n'ai jamais mis les pieds dans la maison de cet homme, rétorqua la femme. Il ment pour me nuire.

— Pourquoi ne pas reconnaître la vérité ?

— Cette vérité, je ne la connais pas.

J'écoutais avec une inquiétude grandissante. J'avais fait un rêve. Et pourtant, je ne pouvais oublier qu'il m'avait paru réel au point que j'avais bondi hors de mon lit pour suivre une chimère ; que j'avais trouvé ouverte une fenêtre auparavant fermée ; et que cette femme m'avait paru si vraie...

J'avais cru jusque-là que seules les filles atteintes voyaient des spectres, lorsqu'elles étaient en proie à leurs crises. Or, William Allen était un rude travailleur peu disposé à imaginer des choses, et son cas ressemblait suffisamment au mien pour que je sois forcé d'en tenir compte.

C'est alors que le mot me vint à l'esprit : ensorcelé. Et, désormais, il m'était impossible d'ignorer son pouvoir.

28

Une fois les interrogatoires finis, on fit sortir du temple les prisonnières puis les filles atteintes. Je me hâtai de rattraper leur groupe. Tom avait déjà oublié sa promesse de me rendre Charity. Il descendait l'allée à son côté en lui serrant fortement le bras. Quand je fonçai vers lui et l'arrêtai d'un cri, il parut à la fois déconcerté et légèrement coupable.

— Je te cherchais, affirma-t-il, mais je n'en crus pas un mot. Penses-tu qu'il soit sage de la ramener chez toi, Lucas, après ce qui vient de se passer ?

— C'est ma fille, répliquai-je. Tu m'estimes incapable de savoir ce qui vaut mieux pour elle ?

Tom paraissait nerveux.

— Absolument pas. Mais cette enfant a dénoncé la sœur de ta femme, qui vit sous votre toit. Tant que nous n'aurons pas enquêté sur cette nouvelle accusation, je ne suis pas sûr qu'elle puisse y rester sans danger.

— Qu'est-ce que tu suggères ?

— Il y a de la place chez moi.

— Non, rétorquai-je en saisissant Charity par l'autre bras. Je lui trouverai moi-même un endroit où loger.

— Comme tu préfères. Mais il serait bon de ne pas l'éloigner du village, pour le moment. Nous aurons besoin de toutes celles qui voient les spectres.

Tom s'écarta. Cependant, à peine avait-il effectué quelques pas qu'il se retourna et demanda d'une voix calme :

— Que penses-tu des derniers développements, Lucas ? On s'attendait tous à ce que ça s'arrête, après l'incarcération des trois premières. Mais il n'y a pas eu de trêve : Mary Warren est elle aussi atteinte, depuis aujourd'hui ; et ma propre femme...

Il s'interrompit, visiblement peiné.

— ... ma propre femme s'est mise à avoir des visions. D'après Tituba, il y a encore beaucoup de sorcières. Mais à présent, il ne s'agit plus de mendiantes ou d'esclaves. À mon avis... Il nous faut agir avec discernement. Devons-nous croire que ta belle-sœur est l'une des leurs ?

Je comprenais le sens de sa question : il voulait savoir si je contesterais les propos de ma fille, si l'accusation contre Susannah serait maintenue, si mon témoignage irait dans ce sens. Je n'avais pas encore de réponse à lui fournir.

— Laisse-moi m'entretenir avec Charity, déclarai-je simplement.

Tom hésita, et une lueur de méfiance passa dans ses yeux. J'en conclus que lui aussi s'interrogeait sur la nature de mes relations avec la sœur de ma femme, et qu'il craignait que je ne tente d'influencer ma fille afin qu'elle disculpe Susannah. Même si l'opinion de Tom m'importait peu, je fus blessé par ce que je lus sur son visage. *Ne me juge pas si vite*, aurais-je voulu lui dire. *Je suis tellement indécis* !

Je me mordis la langue, jusqu'à ce qu'il s'éloigne. Puis mes yeux se posèrent à nouveau sur ma fille qui se tenait près de moi, complètement apathique.

— On rentre à la maison, Charity ?

Ma question la réveilla. Je ne pus manquer de remarquer son expression d'effroi.

— À la maison ? Est-ce qu'elle y est ?

— Oui.

— Alors, je ne peux pas y aller.

J'avais l'intention de la questionner au sujet de Susannah, mais ses paroles m'indiquaient que ça ne servirait à rien.

Il soufflait un vent froid et humide, et Charity grelottait. Presque tous nos voisins étaient repartis. La taverne elle-même était quasi déserte. Je l'y conduisis donc, la fis asseoir sur un banc, au bout d'une table, et commandai à Sarah Ingersoll de nous apporter une cruche de bière. J'en versai pour ma fille et pour moi-même, mais Charity la refusa en disant que l'odeur lui donnait mal au cœur.

— Prions, proposai-je.

Charity fixa sur moi ses yeux pâles.

— Oui, prions pour la vérité, Père. Quoique je doute que... que vous soyez en mesure de la reconnaître lorsque vous la voyez.

Elle ne m'avait jamais parlé ainsi, et j'en demeurai interdit.

— Vous affirmez que le Diable a découvert votre faiblesse, continua-t-elle. Le croyez-vous sincèrement, Père ? Je... je ne pense pas pouvoir le combattre seule.

Soudain, les larmes ruisselèrent sur son visage, qui se mit à briller comme la surface d'un miroir. Elle retira sa main de la mienne et croisa les bras sur sa poitrine. Se déroba à mon contact.

Sarah Ingersoll vint vers nous.

— Tu désires manger quelque chose, Lucas ?

— Non, dis-je.

Elle s'apprêtait à repartir, mais je la retins.

— Sarah..., commençai-je tout en lui montrant Charity.

Elle jeta un coup d'œil à ma fille, qui avait posé la tête sur ses coudes repliés, visiblement épuisée.

— ... tu peux me la garder ici, pour le moment ?

Sarah n'hésita qu'un instant.

— Tu es sûr de le vouloir vraiment ?

Je saisis parfaitement le sens de ses paroles. Entre le propriétaire de la taverne et moi, ce n'était pas le grand amour. Nathaniel Ingersoll, le père de Sarah, était diacre dans l'église de Parris et l'un des meilleurs amis de Tom Putnam. Laisser Charity ici revenait à la laisser chez Putnam – sauf que Mme Putnam avait désormais elle aussi des visions. Mais ici, au moins, je pouvais compter sur les bons soins de Sarah. Elle et moi étions amis depuis de longues années, même si son père et moi étions opposés en matière de politique villageoise. Je n'éprouvais aucune crainte à lui confier Charity.

— Oui, dis-je. Si tu me promets de veiller sur elle.

Sarah hocha gravement la tête.

— Je m'en occuperai comme si c'était ma fille.

Ensemble, nous conduisîmes Charity à l'étage. Il y avait une petite réserve à l'arrière de la maison, avec un lit entouré de tonneaux de bière et de barriques de vin de Malaga. Lorsque Charity fut installée sur le matelas et Sarah redescendue, je passai un moment à regarder ma fille. Quand je déposai un baiser sur son front, elle ne cilla pas, et pas davantage quand je lui murmurai :

— Tu ne le combattras pas seule.

Enfin, je la laissai, silencieuse et épuisée, dans la petite pièce sombre.

Sarah m'attendait en bas.

— Je ferai attention à ce qu'il ne lui arrive rien, m'assura-t-elle de nouveau.

Je la remerciai d'un sourire et quittai la taverne.

À peine fus-je dehors, dans le crépuscule gris et froid, que mes pensées se portèrent sur la femme qui, sans nul doute, m'attendait sous mon toit. *C'était* une sorcière. Mary Walcott l'avait dénoncée comme telle. Rien d'étonnant à ce que Susannah ait voulu empêcher Charity d'assister à l'interrogatoire : elle savait que son nom serait cité.

Je me hâtai de regagner la maison, pressant encore le pas en m'imaginant Jude seule avec Susannah, et en réfléchissant à l'attitude à adopter. Lorsque, franchissant le seuil, je les trouvai toutes deux assises sur la banquette près de la cheminée – une parfaite image de bonheur domestique –, je priai pour qu'il ne fût pas trop tard.

M'apercevant, Susannah posa son ouvrage, se leva et s'avança vers moi avec un sourire mal assuré. Puis elle s'arrêta, et regarda derrière moi comme si elle s'attendait à voir quelqu'un d'autre. Son sourire céda la place à un froncement de sourcils.

— Où est Charity ?

— Je l'ai laissée chez Ingersoll.

— Ne serait-elle pas plus en sécurité chez elle ?

Sa fausseté m'était désormais perceptible. Le son de sa voix me fit un effet déchirant.

— Charity est-elle très malade, Père ? lança Jude depuis la banquette.

— Elle souffre ce que doit souffrir la véritable vertu.

J'ignorai le gémissement de Susannah.

Jude paraissait perdue.

— Elle a dit que Tante Susannah était une sorcière, mais ce n'est pas vrai, Père, je le sais !

Je ne répondis rien. J'en étais incapable. À entendre cette affirmation, j'éprouvai un désespoir sans bornes. Je remarquai avec quelle expression déroutée, avec quel visage suppliant, ma cadette se tourna vers Susannah.

— Dites-lui, tantine. Dites-lui que vous n'êtes pas une sorcière !

Susannah se figea. S'adressant à moi, elle articula :

— Je ne suis pas une sorcière.

Je la dépassai et allai vers ma fille.

— Il est tard, Jude. Je vais te mettre au lit.

L'enfant jeta encore un coup d'œil à Susannah. Je me déplaçai pour lui en cacher la vue, et ajoutai :

— Viens.

Elle me rejoignit alors, mais avec une répugnance qui me blessa. J'emportai la bassinoire après l'avoir remplie de charbons, et la plaçai au fond du lit gigogne une fois à l'étage avec Jude. J'attendis que ma fille se fût glissée entre les draps, puis nous récitâmes une prière, pour que Dieu nous accorde force et patience.

Comme je quittai la pièce, j'entendis de nouveau sa voix, à peine audible :

— Ce n'est pas une sorcière, Père.

Je redescendis. Susannah se tenait devant la table.

— Que se passe-t-il, Lucas ? Pourquoi me regardes-tu ainsi ?

— Comment veux-tu que je te regarde, après ce qui s'est passé aujourd'hui ?

— Allons, Lucas, tu ne crois tout de même pas...

— Ma propre fille ?

— Je ne suis pas une sorcière, dit-elle d'un ton calme.

— Good et Osborne non plus, à ce qu'elles prétendent. Si c'est vrai, comment expliquer les visions de ces filles ? Pourquoi Tituba a-t-elle avoué ?

— Peut-être parce que votre pasteur la bat.

— Mais les filles, alors ? Tu les accuses d'être des simulatrices ?

— Certaines... Mary Walcott, c'est sûr. La grande Parris, probable.

— Et Charity ? Qu'est-ce que tu fais de Charity ?

Elle eut la décence d'hésiter.

— Charity est... troublée.

— Oui, voilà : troublée. Comme n'importe quelle fille qui aurait vu son père...

Elle m'interrompit d'un geste de la main.

— Ne dis pas cela, Lucas. Ne te torture pas ainsi. Tu ne peux pas t'en vouloir.

— À qui devrais-je donc en vouloir ? À toi ?

Elle eut l'air stupéfaite, comme je m'y attendais – sans doute demandait-on rarement au Diable de répondre de ses actes – puis elle remarqua :

— Ne se pourrait-il pas que nul ne soit responsable ? Il y a des choses qui arrivent, un point c'est tout, Lucas. Il faut peut-être y voir l'influence des étoiles, ou le destin...

— Je ne peux pas attribuer cela au hasard.

— Les ennuis de Charity ont commencé bien avant hier soir. Il y a Sam...

En l'entendant prononcer ce nom, la rage m'envahit.

— Ne t'avise plus de salir ma fille à mes yeux ! Sam n'y est pour rien, tu es seule à blâmer. Les ennuis ont commencé le jour où tu es entrée dans cette maison.

— Tu ne peux pas penser cela !

— Je ne peux rien penser d'autre.

— Charity s'est fait des idées, déclara-t-elle d'un ton prudent, dénué de la moindre émotion.

— Le Diable ne répondrait pas différemment.

— Mais comment puis-je donc te prouver mon innocence ? s'exclama-t-elle, désespérée.

Je lisais la peur dans ses yeux, et son expression me rappela Judith.

— Je suis ta maîtresse, Lucas, poursuivit-elle. Que tu le nies n'y changera rien. Pense à ce que nous sommes l'un pour l'autre. Je t'en prie... Ne te laisse pas, toi aussi, leurrer par ta mauvaise conscience !

— Vivre avec un tel péché...

— Ce qu'il y a entre nous n'est pas un péché.

Je balayai ses mots d'un ricanement méprisant.

— Tu appelles ça comment, alors ? De l'ensorcellement ? De l'obsession ? Je sais ce que tu m'as fait : je croyais que ce n'était qu'un rêve, mais c'était ton spectre, venu me jeter un sort...

— Je ne vois pas de quoi tu parles.

— Mais si, tu le vois parfaitement ! rétorquai-je. N'as-tu pas ordonné à ton spectre de grimper sur moi en pleine nuit, de s'asseoir sur mes hanches, et de me serrer jusqu'à m'en faire perdre le souffle ? N'as-tu pas ordonné à ton spectre de me dire que tu m'aurais, que je le veuille ou non ?

— Non, murmura-t-elle. Non... Je ne comprends rien, Lucas. Je n'ai jamais fait une chose pareille.

Son déni nourrit encore le feu qui me consumait.

— Je m'étais demandé pourquoi tu n'avais pas laissé d'empreintes dans la neige, en repartant... mais Tituba m'a fourni la réponse. Sur quelle perche t'es-tu envolée ? Est-elle quelque part dans cette demeure ? Dis-le-moi, que je puisse brûler cet objet maudit !

Elle secoua la tête.

— Je n'ai jamais usé d'une perche comme monture. Je ne suis jamais allée dans ton lit, Lucas, pas sans que tu le désires. Tu as dû rêver.

— Quels rêves possèdent un tel pouvoir ? Je te sentais vraiment. Tu étais aussi tangible que tu l'es, là, maintenant !

— Dans ce cas, c'était un rêve très réaliste – mais un rêve tout de même. Les choses ne sont pas toujours ce qu'elles paraissent, Lucas. Tu le sais bien. Quand je suis arrivée ici, je croyais bien que tu battais Judith et les enfants...

Elle s'y entendait pour vous brouiller les idées en vous renvoyant la faute : une autre de ses ruses diaboliques !

— Je ne peux pas imputer cela à une simple erreur d'interprétation, répliquai-je, et toi non plus.

— Pour moi, tout est clair : c'était un rêve.

— William Allen a reçu la visite du spectre de Sarah Good, lui... Tu le savais ? Est-ce une ruse que pratiquent tous ceux qui servent le Diable ?

— Je ne peux pas répondre à cette question.

— Tu ne peux pas ? Ou tu ne veux pas ? Elle lui a fait ce que tu m'as fait : elle s'est assise sur lui. Elle l'a maintenu pendant une heure prisonnier dans son propre lit.

Susannah détourna les yeux.

— Quelle absurdité ! C'est ce qui s'est raconté, aujourd'hui, à l'audience ? Et voilà de quoi tu te sers pour me condamner ?

Ses yeux se posèrent à nouveau sur moi.

— Tu ne peux t'en sortir ainsi... Je sais ce que tu penses, Lucas : si je suis le Diable, venu tout exprès te tenter, cela te permet d'apaiser ta mauvaise conscience, de t'absoudre... Mais il n'y a pas péché, et je n'ai pas à être sacrifiée à ton Dieu. Je t'aime.

— Que connais-tu de l'amour ? Tu n'as même pas été capable d'épouser les hommes avec qui tu as vécu. Quand tu en étais lasse, tu t'en allais. Que peux-tu connaître de cet amour qui lie un homme et une femme pendant dix-sept ans ? Comment saurais-tu ce qu'est le sacrifice ?

Je décochai ces mots comme des flèches, la blessant au point qu'elle devint livide. Je noyais mon remords dans la brutalité. Le Diable aurait risqué de retourner mes émotions contre moi, si je lui en avais laissé la possibilité.

Pivotant sur mes talons, j'allais gagner la salle commune lorsque Jude me revint à l'esprit. Elle se trouvait là-haut, sans défense, exposée au danger depuis que Charity avait démasqué Susannah.

— J'exige que tu dormes dans la chambre, cette nuit. Ou dans la cave. Je ne veux pas que tu t'approches de Jude. Je coucherai là, sur la banquette, pour m'assurer que tu n'en feras rien.

Elle me regarda, incrédule.

— Tu n'es pas sérieux ?

— On ne peut plus sérieux. Qu'est-ce que tu choisis ? La chambre ? Ou la cave ?

Elle se figea, puis répondit d'une voix faible :

— La chambre.

Je m'écartai de la porte et lui fis signe d'entrer dans la pièce. Elle eut une hésitation en me dépassant. Je tins bon.

29

En me réveillant, j'entendis Susannah allumer le feu. Je m'assis, désorienté, le corps ankylosé après une nuit passée sur la banquette.

On frappa à la porte.

Susannah sursauta et se retourna brusquement, renversant dans sa surprise une poignée de farine sur l'âtre. De toute évidence, elle pensait qu'on apportait son mandat d'arrêt. Sachant que c'était possible, je me dirigeai d'un air grave vers la porte.

J'ignorais qui je devais m'attendre à voir. L'un des sergents, peut-être ; ou bien Tom Putnam. Je n'aurais même pas été surpris que ce fût Samuel Parris. Mais lorsque j'ouvris et découvris Nicholas Noyes sur le seuil, je restai perplexe.

— Monsieur le pasteur ! Quelle visite inattendue !

— Pardonnez-moi de me présenter chez vous si tôt, Lucas, répliqua Noyes. Je suis venu parler avec votre belle-sœur.

Je lui fis signe d'entrer et lançai :

— Susannah... voici Nicholas Noyes. Le pasteur arrivé de la ville.

Elle se leva, de manière contrainte, croisant nerveusement les mains.

— Bonjour, monsieur, déclara-t-elle.

Il s'ensuivit un silence pesant et embarrassant.

Noyes le rompit avec difficulté :

— On m'a demandé... on m'a demandé de m'entretenir avec vous, au sujet de nos malheureuses malades.

— Je suis informée de leurs accusations. Vous êtes là pour m'arrêter ?

Il secoua la tête et arbora un sourire piteux.

— Nous nous devons d'être prudents, comme vous le comprenez sans doute. Il n'y a pas lieu de se presser – nul ne souhaite arrêter des innocents. Le village entier admirait votre sœur. Même en ville, on connaissait les bonnes œuvres de notre chère Judith.

Je compris la raison de sa présence, ce qu'il espérait obtenir. Susannah n'était ni une mendiante, ni une femme de mauvaise réputation, ni une esclave. Ma famille était respectable, et elle en faisait partie. En dépit des soupçons pesant sur elle et des accusations catégoriques des filles, ils craignaient, dans ce cas particulier, de se tromper.

Je vis que Susannah était désorientée.

— Seriez-vous en train de dire que... que seule la bonne réputation de ma sœur me vaut d'être épargnée ?

— Nous traiterons cette affaire avec circonspection, insista Noyes. Et, à cet effet... je suis passé vous chercher pour vous conduire chez Thomas Putnam.

— Pourquoi ?

— Trois des filles s'y trouvent. La petite Annie, bien sûr ; et sa cousine Mary Walcott, ainsi que Mercy Lewis. John Hale et moi avons plaidé la prudence. Nous estimons souhaitable que vous parliez aux filles.

— Vous voulez que je leur parle ?

Le regard et la voix de Susannah trahissaient son scepticisme.

— Nous aimerions voir... s'il n'y a pas eu erreur. Cette rencontre nous permettrait de nous en assurer.

— Ai-je le choix ? demanda-t-elle.

Noyes la dévisagea.

— Il vaudrait mieux que vous parliez à ces filles, je pense.

— Vous n'avez pas répondu à ma question. Ai-je le choix ?

— Non. Je suis désolé.

Susannah respira un grand coup. Puis elle retira son tablier, lissa sa jupe, arrangea ses cheveux. À croire qu'elle se faisait belle pour sortir. Je ne pouvais m'empêcher de la fixer des yeux. Même lorsqu'elle se tourna vers moi une dernière fois, avant de saisir sa cape et de franchir le seuil en compagnie de Noyes. Son visage était aussi dénué d'expression que celui de Charity la veille. La familiarité de son regard me transperça le cœur.

J'étais trop faible, et tellement seul ! J'avais besoin d'aide. De conseils. De quelqu'un capable de m'insuffler la force nécessaire pour continuer à protéger mes enfants. Je ne pouvais confier mes craintes les plus profondes qu'à un seul homme : Sam Nurse.

J'emmenai Jude chez les Penney, où je la laissai avec Hannah et Faith. Je lui ordonnai de m'attendre pour rentrer à la maison. Ensuite, j'allai trouver Sam.

Je lui racontai tout. Mon ami écouta mon récit sordide jusqu'au dernier mot, puis eut un hochement de tête plein de compréhension. Je me sentais soulagé. Nous nous rendîmes ensemble chez les juges et je leur fis le même récit – mais sans révéler à Jonathan Corwin le point le plus important, car le fait que Susannah et moi avions été amants était un péché pour moi inavouable. En parler à Sam était une chose ; le mettre par écrit afin que mes voisins puissent faire des ragots à ce propos en était une autre... Je ne pouvais m'y résoudre.

Sam, qui était resté au fond de la pièce, me soutint en silence pendant les trois heures que je passai là-bas. Une fois que j'eus raconté mon histoire, Corwin s'assit sans mot dire et se mit à relire mes propos en frottant sa barbe bien entretenue. Les poils blond roux brillaient à la lueur du feu.

Enfin, il reposa le document que j'avais signé et leva les yeux vers moi.

— Tout cela est bien vrai ?

— Oui, je n'ai proféré aucun mensonge.

— Quand votre belle-sœur est-elle arrivée dans ce village ?

— Le 22 octobre.

— Vous avez bonne mémoire, constata Corwin avec surprise.

— C'est la nuit où est née ma benjamine, répliquai-je d'un ton amer. La nuit où ma femme est morte en couches.

— Elle fait partie de votre famille...

Je fermai brièvement les yeux.

— Je crains, à cause de la mort de ma femme, de ne pas avoir été aussi vigilant que j'aurais dû l'être. Satan a trouvé la porte ouverte – nul ne peut éprouver une honte comparable à la mienne. J'ai prié pour le pardon divin. J'ai fait de mon mieux pour armer ma famille contre ses attaques. Si j'y étais parvenu... je n'aurais aucune raison d'être ici.

Corwin me regarda attentivement et observa :

— Votre fille est très atteinte.

— Oui. Mon plus gros regret, c'est qu'elle m'a mis en garde contre Susannah, et que je ne l'ai pas écoutée. Je n'arrivais pas à croire que...

— Cela se comprend sans peine, affirma Corwin en s'asseyant et en tendant à Ezechiel Cheever le document que j'avais dicté. Judith était si bonne ! Penser du mal de sa sœur...

Je ne répliquai rien. Je songeais à toutes les histoires que m'avait racontées ma femme, à toutes les raisons pour lesquelles j'aurais dû, dès le début, voir clair en

Susannah. En vérité, je pensais du mal d'elle avant même de la connaître. Mais je ne pouvais pas non plus l'expliquer. C'eût été admettre à quel point j'étais mené par mes passions, et comment Susannah avait retourné cette faiblesse – ma lubricité – contre moi.

— Vous n'êtes pas le seul à déposer contre elle, ajouta Corwin. Depuis hier, il y a eu d'autres témoignages.

— Vraiment ? Qui ? demandai-je.

Corwin haussa les épaules et répondit :

— De nombreux témoins l'ont vue proférer des chants magiques afin de calmer un enfant pendant son baptême. Un homme déclare avoir eu une apparition semblable à la vôtre. Une femme affirme que son enfant a été pris de convulsions et en est mort peu de temps après que votre belle-sœur est passée. Il y a d'autres récits de ce genre. Je ne peux rien négliger, étant donné les circonstances. Nous attendons juste de voir si les filles persistent dans leurs accusations.

— Et après ?

Corwin soutint froidement mon regard.

— Si tout se passe comme c'est à prévoir, nous rédigerons demain le mandat d'arrêt.

Je me levai en bredouillant des remerciements.

— Merci d'être venu, monsieur Fowler, lança Corwin comme je m'en allais. Nous veillerons à ce que le Diable n'ait aucune raison de s'attarder à Salem-Village.

Oui, c'est ce que nous faisions, je le savais : nous rendions stériles nos terres, pour que les grains du Diable ne puissent y germer.

— Tu as fait ce qu'il fallait, m'assura Sam tandis que nous sortions. Tu n'avais pas le choix. Si c'est une sorcière, mieux vaut la dénoncer maintenant, avant qu'elle ait pu causer davantage de dégâts.

Au moment de nous quitter, je restai sans voix. Alors que je pensais me diriger vers chez moi, je me surpris à bifurquer vers le centre du village, en direction de la taverne.

Des hommes étaient attablés à boire de la bière. Une forte odeur de fumée et de ragoût flottait dans l'air. Dès que Sarah m'aperçut, elle se précipita vers moi.

— Charity demande de tes nouvelles, me chuchota-t-elle. J'ai entendu dire qu'ils ont emmené Susannah chez Putnam aujourd'hui. Elle l'a entendu elle aussi. Ce n'est pas le bon endroit ici, pour la préserver des nouvelles...

Je hochai la tête.

— Ce n'était pas mon intention, répliquai-je.

— Tom voulait que Charity descende, mais je lui ai conseillé de voir ça avec toi.

— Je t'en suis reconnaissant, dis-je bien que tout cela me parut désormais fort peu important, comparé à ce que je venais de faire.

— Où est-elle ?

— En haut.

Je me hâtai de grimper les marches et de gagner la petite réserve où j'avais laissé Charity, à peine un jour plus tôt – des années à mes yeux. Je frappai à la porte, entendis un frottement de pieds au sol, puis la vis regarder par l'entrebâillement, ma pâle fille aux yeux clairs.

— Père ! s'exclama-t-elle d'une voix dans laquelle je perçus de la surprise, du soulagement et une joie véritable. Oh, Père !

Elle ouvrit toute grande la porte et se jeta dans mes bras. Je fus si ébranlé par son accueil et me sentais si vidé que je la serrai contre moi.

— Comment te portes-tu, mon enfant ?

Elle se dégagea, avec une expression de tristesse.

— Je ne vais pas bien.

Je lui pris les épaules et la tins de manière qu'elle fût forcée de me regarder dans les yeux.

— J'ai contacté les juges aujourd'hui, et témoigné contre ta tante. Jonathan Corwin m'a dit qu'ils rédigeront demain son mandat d'arrêt. Elle ne te tourmentera plus, Charity. Elle ne pourra plus te faire de mal.

Ses yeux s'éclairèrent et s'embuèrent de larmes. Alors mon soulagement fut énorme, une véritable libération. Je compris pourquoi j'étais là et ce que j'attendais de ma fille. À la recherche de la rédemption, du pardon, et voilà que je les trouvais dans ses yeux – dans cette lueur qui réchauffait mon cœur, ce suprême réconfort. Tous les doutes que j'avais pu concevoir s'évanouirent. Il n'y avait pas de baume plus efficace que de voir Charity reprendre foi en moi.

De nouveau, elle jeta ses bras autour de mon cou en me pressant contre elle. Je la sentais heureuse et satisfaite – il y avait si longtemps que je n'avais pas vu ma fille éprouver de tels sentiments... Je me rappelai, avec bonheur, la tendresse qu'ils suscitaient chez moi, autrefois. Comment avais-pu m'en passer si longtemps ?

Mais, dans un murmure, elle me glissa à l'oreille :

— Assure-toi qu'ils l'enchaînent bien, Père. Leurs spectres peuvent s'échapper, si elles ne sont pas solidement enchaînées.

Et le plaisir de constater sa joie s'évanouit, tandis que je prenais soudain conscience de ce que nous avions fait, de ce que cela signifiait.

Susannah n'était toujours pas revenue lorsque j'allai chercher Jude chez Hannah et la ramenai à la maison. Il tombait de la neige fondue et la nuit arrivait quand le loquet de la porte d'entrée se souleva finalement. Susannah s'engouffra à l'intérieur. Sa cape bleue était mouillée au point de paraître noire, sa peau rosie par le froid, et ses mains avaient rougi en dépit de ses gants. Noyes n'étant nulle part en vue et aucun claquement de sabots n'ayant accompagné l'arrivée de Susannah, j'en conclus qu'elle était revenue seule.

Elle se montra discrète et silencieuse. Je ne lui demandai pas ce qui s'était passé : je ne devinai que trop bien, à son expression, à quoi avait dû ressembler sa visite chez Putnam. Elle paraissait choquée et effrayée, et, ne doutant pas de ce qui l'attendait le lendemain, je ne pus demeurer avec elle dans la pièce. Je me hâtai de coucher Jude et me pelotonnai sur le lit de Charity où, tout récemment, Susannah avait elle aussi dormi. J'eus des rêves sombres et obsédants, et me réveillai épuisé et anxieux.

Ils vinrent chercher Susannah peu avant midi. Jude et moi étions à table, tandis qu'elle coupait en morceaux la morue dessalée. Elle avait été silencieuse et préoccupée toute la matinée, avec des gestes précipités. Lorsqu'on frappa à la porte, le couteau lui échappa des mains. Il tomba dans la cheminée avec un bruit métallique, et elle le laissa là. Elle posa les mains sur la table et baissa la tête. La raideur de ses épaules trahissait son découragement – elle savait à quoi s'attendre.

Je me dirigeai vers la porte. Je m'attendais qu'on lui présentât un mandat d'arrêt ; néanmoins j'eus un choc en découvrant George Locker, l'un des sergents, sur le seuil.

— George, dis-je. Bonjour.

— Pas si bon, j'en ai bien peur.

Il me tendit le document qui contenait l'arrêt, et je le parcourus rapidement.

Attendu que les dénommés John Londer, Lucas Fowler, Thomas Putnam et Samuel, et Sarah Shattuck de Salem-Village, dans le Comté d'Essex, se sont présentés devant nous de leur plein gré et ont porté plainte, au nom de Leurs Majestés, contre Susannah Morrow, qu'ils suspectent de s'être livrée aux actes de sorcellerie par lesquels Mary Walcott, Charity Fowler, Abigail Williams, Ann Putnam Jr et Mercy Lewis, toutes de Salem-Village, l'accusent de leur avoir causé grandes souffrances, contraires à la paix de Notre Seigneur et de Leurs Majestés William et Mary, Roi et Reine d'Angleterre, etc. Vous êtes conséquemment sommé – au nom de Leurs majestés – d'arrêter et de faire comparaître devant nous, au temple de Salem-Village et à environ onze heures, la dénommée Susannah Morrow qui y sera interrogée. Celui qui déroge à cet ordre le fera au péril de sa vie.

Le texte était signé par John Hathorne et Jonathan Corwin, et en tout point semblable à ce que j'imaginais, hormis que mon nom y figurait. Cette constatation me causa un tel choc que George Locker précisa :

— Je suis désolé, Lucas, mais il faut que j'insiste...

Je m'écartai docilement. Susannah s'était retournée, livide. Cependant, elle nous fit face avec un calme et un sang-froid tels que mon nom, sur le document, me parut écrit en lettres de feu. George Locker me dépassa, dans un troublant cliquetis de chaînes.

— C'est mon mandat d'arrêt, n'est-ce pas ? demanda Susannah.

Je lui montrai le document.

— Je... Tout me paraît en ordre. Je ne peux rien faire...

— ... et tu ne *veux* surtout rien faire, de toute évidence, répliqua-t-elle dans un chuchotement.

Ses mots me mirent mal à l'aise, alors que je n'aurais pas dû m'en soucier. Son châtiment n'était que justice : je n'avais fait que suivre le Commandement de Dieu en favorisant son accomplissement.

George rejeta sa cape en arrière et chercha quelque chose. Du fer noir, des chaînes... Il me fallut un moment pour comprendre qu'il s'agissait de menottes.

— Mon Dieu, murmura Susannah.

Ses jambes parurent alors se dérober sous elle. Puis elle reprit contenance.

— Père ? demanda Jude depuis la table, d'une petite voix plaintive. Père, que se passe-t-il ?

— Ce n'est rien, Jude, dis-je.

L'enfant se leva en fronçant les sourcils.

— Tantine...

Susannah sourit, bien que cela semblât lui coûter un effort.

— Tu n'as rien à craindre, Jude. Il faut que je parte avec le monsieur. Je serai de retour d'ici quelques jours, tu verras.

— Je t'expliquerai tout plus tard, déclarai-je à ma fille.

Mais elle n'avait que faire de mes paroles. Son visage était blême et crispé. Elle ne quittait pas des yeux Susannah.

— Tu m'avais dit que tu ne me laisserais pas.

— Je ne le ferai pas. Ne t'inquiète pas.

Jude se mit à pleurer. Je me dirigeai vers elle et la serrai contre moi. Lorsque George enchaîna Susannah, Jude étouffa un cri. Je lui chuchotai une prière à l'oreille, mais elle ne me prêta aucune attention, et se figea quand George ouvrit la porte pour emmener sa tante.

— À présent, il faut que tu te présentes au temple, Lucas, me lança-t-il avant de partir.

Nous nous retrouvâmes seuls, Jude et moi.

— Où l'ont-ils emmenée ? me demanda-t-elle.

— Prions pour que ce soit sur la voie de la rédemption, répondis-je.

Jude se dégagea de mon étreinte.

— Ce n'est pas une sorcière ! s'exclama-t-elle en se précipitant vers la porte.

Elle l'ouvrit toute grande, avant que j'aie pu l'arrêter. Mais dehors, tout n'était que pluie, froid et ciel gris. Ils avaient déjà disparu, loin devant, même si l'on distinguait toujours dans le lointain un son sinistre et inquiétant : le bruit de ferraille que faisaient les chaînes de Susannah.

30

J'emmenai Jude chez les Penney, puis me rendis au village au pas de course. La foule était déjà rassemblée, et des membres de la milice villageoise étaient alignés devant les portes afin d'en protéger l'accès. Susannah et Locker n'étaient pas encore là, alors qu'ils étaient forcément arrivés avant moi. J'en conclus que Susannah était détenue quelque part pendant que l'on rassemblait les filles. À peine venais-je d'avoir cette pensée que, levant les yeux, je vis qu'on menait ces dernières de la taverne au temple. Je fouillai le groupe du regard, jusqu'à trouver ma fille, qui avait l'air tranquille et apaisé. Je me tenais devant la porte et pourtant, lorsque Thomas Putnam et son frère les firent entrer dans l'église, Charity ne parut pas me remarquer. Je les suivis, me frayant un chemin parmi la foule afin de gagner le banc derrière lequel elles étaient assises. Charity se retourna, consciente de ma présence.

— N'aie pas peur, mon enfant, la rassurai-je. Bientôt tout ira bien.

Un brouhaha provenant du fond de la salle signala sans aucun doute possible l'arrivée des accusées. Charity poussa un cri et, bondissant du banc, se laissa tomber à genoux, ainsi que les autres filles. Je la saisis pour la maintenir immobile, tandis que Thomas Putnam faisait de même avec sa fille et que des voisins s'avançaient afin de s'occuper des autres. Dans mes bras, Charity se débattait comme un beau diable. Tout n'était que bruit et fureur autour de nous.

J'aperçus la tête de Susannah, comme Locker la traînait dans l'allée centrale. Et j'entendis cliqueter ses chaînes. Ils la conduisirent au fond du temple, et elle se tourna vers les filles. Son regard passa de l'une à l'autre, s'arrêta sur Charity... puis alla au-delà. Elle me dévisagea.

Fit le geste de s'avancer vers moi.

— Lucas...

Locker tira sur la chaîne d'un coup sec, et elle vacilla en arrière. Elle n'en dit pas plus : les mots lui restèrent coincés dans la gorge. Mon prénom, prononcé par elle, me tintait encore aux oreilles. Les doigts de Charity se crispèrent autour de mon bras, telles des griffes.

— Faites en sorte qu'elle leur tourne le dos ! hurla Corwin depuis la table des juges.

Locker s'exécuta, faisant brusquement pivoter Susannah pour la pousser vers le simulacre de barre.

Joseph Herrick, l'un des sergents, s'empressa de se placer de l'autre côté, comme pour l'isoler du reste de la salle.

— Ne les regardez pas ! lui ordonna-t-il quand elle tenta de se tourner à nouveau. Regardez dans une autre direction !

Il lui posa les mains sur la barre. Elle se tenait à présent face aux juges, les yeux fixés sur eux, ne prêtant plus la moindre attention au groupe des filles déchaînées.

Celles-ci étaient toujours en proie aux convulsions, tandis que l'assistance se montrait bruyante et indisciplinée. Susannah était la personne la plus calme de la salle.

John Hathorne vint se placer devant elle et Susannah leva les yeux, paraissant juste s'apercevoir de sa présence.

La foule se tut, retenant son souffle. Puis quelqu'un lança :

— Seigneur Dieu ! Elle a souri !

Je remarquai l'expression confuse de Susannah, et cette manière qu'elle avait de nous considérer, comme si elle cherchait à comprendre quelle erreur elle avait commise. Hathorne parut lui aussi ébranlé, mais cela ne dura qu'un instant. Lorsqu'il s'approcha d'elle, il parla d'une voix forte et autoritaire, visiblement indifférent au rayonnement de Susannah.

— Susannah Morrow, vous comparaissez devant nous sous l'accusation de divers actes de sorcellerie. Les personnes atteintes sont, en ce moment même, cruellement soumises à vos pratiques.

— Je suis innocente, répliqua Susannah à voix basse. Je n'ai pas pratiqué la sorcellerie.

Hathorne s'adressa aux filles.

— Regardez cette femme, et dites-nous si c'est elle qui vous fait souffrir.

Mary Walcott s'écria :

— Oui ! C'est elle ! C'est elle !

Charity, se pressant contre mon bras, lança :

— Oh, ma tante ! Pourquoi me tourmentez-vous ainsi ?

— Qu'avez-vous à répliquer, devant ces accusations ? demanda Hathorne à Susannah.

— Je ne leur ai jamais fait de mal, répondit-elle. Je les connais à peine.

— Vous les connaissez à peine ? Vous connaissez à peine votre propre nièce ? L'enfant de votre sœur ?

— Elle si, bien sûr.

Elle leva une main tremblante. Les filles se figèrent soudain puis levèrent elles aussi la main. C'était un spectacle effroyable : on aurait dit des marionnettes à fils, actionnées par Susannah. La foule fit silence. Tous les regards étaient rivés sur les filles lorsque Susannah continua :

— Bien sûr que je connais Charity. Je l'aime comme si elle était ma propre fille. Je ne lui ai jamais fait de mal.

— Ce n'est pas ce qu'elle dit.

— Elle s'imagine des choses, alors. Je n'ai jamais eu l'intention de lui faire du mal.

— Quel pacte avez-vous conclu avec le Diable ?

Susannah secoua la tête. Comme mues par les mêmes fils, chacune des filles secoua la tête.

— Seigneur Dieu ! s'exclama quelqu'un. Qu'est-ce que cette monstruosité ?

Susannah essaya de regarder les filles, mais Herrick se rapprocha, et, avec un froncement de sourcils, elle fit de nouveau face à Hathorne.

— Quel pacte avez-vous conclu avec Satan ? insista-t-il.

— Aucun.

— Elle ment ! hurla la jeune Annie Putnam. Elle appelle Satan son Dieu !

— Elle m'a demandé de signer le livre du Diable ! renchérit Mary Walcott. Elle m'a pris la main, et a menacé de la couper si je refusais !

— Ce n'est pas vrai, répliqua Susannah, mais les autres voix couvrirent ses paroles.

Elle devint silencieuse et se mordit la lèvre.

— Regardez comme elle se mord la lèvre ! rugit Charity.

Elle déploya son bras, exhibant la preuve : une morsure si nette que j'en fus stupéfait. Comment le spectre avait-il pu faire cela, alors que je tenais si fermement ma fille ?

— Elle me mord ! Elle me mord ! Oh, regardez ça ! Regardez !

— Et moi aussi ! s'écria en bondissant Elizabeth Hubbard, la nièce du docteur.

— Et moi ! affirma Mary Walcott.

Hathorne se retourna, l'air soucieux, et s'avança vers nous. Il me fit signe de lâcher ma fille. Je m'exécutai. Charity, Elizabeth Hubbard et Mary Walcott s'élancèrent vers la table des juges, où elles se glissèrent entre Ezechiel Cheever, qui écrivait fiévreusement, et Jonathan Corwin. La foule demeura silencieuse, tandis que Corwin les examinait.

— Ce sont des morsures, déclara-t-il à Hathorne d'un ton sinistre. Ces malheureuses enfants ont été mordues.

— Non ! rétorqua Susannah.

À la table des juges, Charity et ses amies furent saisies de convulsions. Susannah leva la main comme pour les faire cesser. Chacune des filles leva alors la main – y compris celles qui étaient couchées par terre – en paraissant contrainte à exécuter ce geste.

— Seigneur Dieu, arrêtez-la ! cria Tom Putnam, terrifié. Maintenez-la immobile !

Joseph Herrick saisit la main de Susannah et la reposa de force sur la barre. Locker se pencha pour murmurer quelque chose à l'oreille d'Hathorne. Le juge hocha gravement la tête et se dirigea de nouveau vers Susannah.

— Comment se fait-il qu'une planche soit tombée du temple au moment où vous passiez devant ?

Susannah paraissait perdue.

— Je... je ne sais pas. J'imagine qu'elle ne tenait pas bien.

Hathorne fit signe à Locker, qui intervint :

— Le témoin dit qu'elle était correctement fixée.

— Je ne possède pas le pouvoir d'affecter les bâtiments.

— Quel pouvoir possédez-vous ?

— Aucun. Je n'ai aucun pouvoir.

Hathorne haussa la voix pour répéter :

— Quel pacte avez-vous conclu avec le Diable ?

— Je n'ai pas conclu de pacte avec le Diable.

— Elle ment ! hurla Charity en se redressant. Elle a fait entrer le Diable dans notre demeure. Elle m'a ordonné de mentir à mon père... pas une, mais de nombreuses fois !

Ces mots répandirent dans mon âme une telle tristesse que j'eus du mal à les supporter. Toute la salle résonnait de mon échec, de ces horreurs que j'avais autorisées sous mon toit. Tom Putnam me gratifia d'un regard à la fois compatissant et satisfait. Je détournai les yeux. J'avais hâte que tout cela soit fini, que Susannah ne soit plus là. Qu'on l'enferme quelque part, où je ne la verrais jamais plus.

— Que répondez-vous face à de telles accusations ? demanda Hathorne à Susannah. Ne pouvez-vous vous décider à dire la vérité ?

— Je dis la vérité.

Hathorne se retourna pour regarder ma fille.

— Qu'avez-vous à déclarer, Charity Fowler ? En qualité de témoin, qu'avez-vous à dire contre votre tante ? Quelle est la vérité ?

À cette question, Susannah crispa tant les mains sur le dossier de la chaise que cela fit ressortir ses articulations.

Charity se dressa. Elle était calme et parlait d'un ton posé, presque comme si elle récitait un texte, ou comme si les mots lui étaient soufflés par quelqu'un. Elle ne regarda ni moi ni sa tante. Ses yeux demeurèrent fixés sur Hathorne.

— Elle connaît des formules magiques. Elle les a apprises à ma sœur, pour réussir ses points de broderie et faire prendre le beurre. Elle m'a harcelée de visions. Elle m'a ordonné de me rallier au Diable. Elle m'a suivie partout où j'allais et m'a dit de mentir à mon père. Je l'ai vue avec l'homme noir... Il est là, à présent, à côté d'elle ! Oh, regardez comme il lui murmure des choses à l'oreille !

— Il lui caresse la joue ! renchérit Mary Walcott. Il lui a donné un petit oiseau à allaiter !

— Je n'ai pas d'oiseau, murmura Susannah.

Depuis le fond du temple, une femme lança :

— Vous avez vu comment elle a calmé ce bébé, le jour du baptême ! C'est la chanson du Diable qu'elle lui a fredonnée !

— Elle porte les vêtements du Diable ! Quelle femme vaniteuse !

— Non ! rétorqua Susannah – en vain, car les preuves s'accumulaient contre elle. Ces choses ne sont pas vraies.

— Comment êtes-vous parvenue à entrer dans ma chambre, un matin, et à m'y maintenir, en me serrant la gorge ?

L'espace d'un instant, il me sembla avoir posé cette question : c'étaient mes propres paroles. Je vis Susannah tourner la tête, et scruter la foule pour me repérer. Puis, apparemment déconcertée, elle dévisagea, au-delà de moi, l'homme qui venait de prononcer ces mots, John Londer. Les filles basculèrent en arrière, comme repoussées par son regard. Le sergent lui saisit le bras afin de la maintenir immobile.

— C'est un mensonge, lâcha-t-elle brutalement. Un mensonge !

Hathorne s'avança vers elle, le regard foudroyant.

— Si c'est un mensonge, pourquoi d'autres disent-ils la même chose ? Que répondez-vous à l'accusation de votre propre beau-frère ?

Si les mots de John Londer avait eu un certain effet, ceux d'Hathorne produisirent un choc. J'étais conscient des regards de mes voisins, de leurs soupçons. Et des yeux de Susannah, rivés sur moi. J'étais un lâche, un homme qui s'échappait à peine des griffes du Diable, et dont les vêtements sentaient encore le soufre. Je n'eus pas la force de la regarder.

— Qu'avez-vous à dire de cet effroyable acte de sorcellerie ? martela Hathorne.

— C'était un rêve. Rien qu'un rêve.

— Un rêve ? répliqua Hathorne sur un ton sarcastique. Un rêve, prétendez-vous ?

Il pivota sur ses talons pour m'interpeller :

— Lucas Fowler, n'avez-vous pas déclaré que cette femme vous avait possédé dans votre sommeil ? N'avez-vous pas expliqué qu'elle vous avait cloué à votre lit pendant environ une heure, avec une force si prodigieuse que vous n'êtes pas parvenu à faire un geste ? N'avez-vous pas affirmé que la fenêtre par laquelle elle s'était enfuie était ouverte, alors qu'elle était fermée quand vous étiez allé vous coucher ?

Je levai lentement les yeux et les fixai sur Hathorne, même si je voyais, derrière lui, Susannah trembler comme une feuille.

— Oui, chuchotai-je.

Puis, dans un coin de mon champ de vision, j'aperçus Charity qui se tenait là, qui attendait...

— Oui, répétai-je d'une voix plus forte.

— N'avez-vous pas raconté qu'un jour elle était revenue chez vous après avoir ramassé du lin et qu'elle était sèche de la tête aux pieds alors qu'avait eu lieu un terrible orage ?

Je hochai la tête. Je m'en souvenais bien, même si je n'y avais attribué aucune importance à l'époque ; c'était une réflexion faite par Corwin pendant ma déposition qui m'avait rappelé ce détail.

— Oui, c'est vrai. Elle n'était pas mouillée, contrairement à sa monture.

Susannah parut troublée. Puis elle jeta un coup d'œil à Charity, qui se mit aussitôt à trembler et à haleter comme si elle étouffait. Je vis passer quelque chose dans le regard de Susannah : un souvenir aussitôt dissimulé, un mensonge... et j'éprouvai une étrange impuissance, un sentiment de détresse dont je ne saisissais pas la nature.

Charity se serra la gorge. Ses yeux roulèrent dans leurs orbites.

— Tournez-la ! cria Corwin.

— Pas encore, intervint Hathorne. Amenez la femme devant cette malheureuse fille.

Les sergents saisirent chacun un bras de Susannah et la conduisirent de la barre à Charity. Susannah ne résista pas lorsque l'un des hommes lui prit une main pour l'appuyer sur la coiffe de lin couvrant les cheveux de Charity. À peine l'eut-elle touchée que ma fille se tut, comme toutes les personnes présentes dans l'assistance. J'assistai, incrédule, à la scène ; un épisode semblable me revint en mémoire. Je me souvins du soir où, ramenant William Griggs chez nous, j'avais trouvé ma fille dormant profondément, d'un sommeil paisible, étrange et régulier. Je pris soudain conscience de ce que Susannah avait dû faire. Horrifié, je levai les yeux vers elle.

— C'est vous qui l'avez fait dormir ! lui lançai-je.

Elle se recroquevilla, comme stupéfiée par l'expression de mon visage.

— Quand je suis allé chercher Griggs, c'est vous qui l'avez endormie... Comment l'avez-vous ensorcelée ? Quel sortilège est-ce là ?

— Je ne l'ai pas ensorcelée, répondit-elle. Elle était épuisée. Toutes ces crises la fatiguent.

— Comment le savez-vous ? tonna Hathorne.

Dans le regard de Susannah, je lus de la panique. William Griggs s'avança, depuis le fond de la galerie, et intervint :

— Elle m'a déclaré qu'elle ne se souciait pas de savoir combien de sorcières il y avait au village. Et que le seul pouvoir que le Diable possédait, c'est celui qu'elle lui accordait.

— Je n'ai rien prétendu de tel, protesta-t-elle d'une voix faible. Vous avez mal entendu... Lucas, dites-le-lui. Dites-lui mes vraies paroles !

Elle tendit les bras vers moi, mais les sergents la traînèrent de nouveau devant la barre. Les filles se mirent à pousser de hauts cris, si bien que la folie régna autour de moi.

— Ne voyez-vous pas qu'elles souffrent ? lança Hathorne à Susannah. Vous pratiquez la sorcellerie sous nos yeux. Ayez pitié d'elles et dites-nous la vérité.

— Je suis innocente, rétorqua-t-elle.

Elle tenta d'échapper à la poigne du sergent pour lancer encore un regard aux filles.

— Tournez-la ! s'écria quelqu'un.

— N'avez-vous pas consenti à ce qu'un esprit démoniaque agisse ainsi à votre place ? suggéra Hathorne.

Elle secoua la tête. Les filles firent de même. Le geste d'Elizabeth Hubbard était si exagéré que sa tête paraissait prête à se détacher du tronc. Avec un cri, William Griggs bouscula la foule pour parvenir jusqu'à sa nièce. Charity était désormais immobile, ensorcelée par Susannah, en transe...

— Non, non ! protesta Susannah.

Elle semblait désespérée, consciente d'être prise au piège.

— Je suis innocente ! Je ne suis pas une sorcière !

— Elles disent que votre double spectral vient les tourmenter et les incite à signer le livre. Quel est ce livre que vous voulez leur faire signer ? questionna Hathorne.

— Il n'y a pas de livre. Je ne sais rien de cela.

— Dites-nous la vérité ! rugit Hathorne.

Il frappa si fort du poing sur une table voisine qu'Ezechiel Cheever sursauta.

— Comment se fait-il que ces personnes soient ainsi affligées ? Pourquoi vous accusent-elles d'être responsable ?

Susannah vacilla comme si toute force l'avait abandonnée. Peut-être serait-elle tombée si les sergents ne l'avaient pas tenue.

— Elle va s'évanouir, constata Joseph Herrick.

— On raconte que vous avez été actrice. Est-ce sur la scène que vous avez rencontré le Diable ?

— Je ne suis pas une sorcière ! insista-t-elle.

Elle chancela. L'un des sergents la retint.

— Emmenez-la ! ordonna enfin Hathorne. Nous l'interrogerons à nouveau plus tard.

Je restai planté là, impuissant, tandis qu'on la traînait, trébuchante, dans l'allée centrale. Ses cheveux s'étaient libérés lorsqu'elle s'était débattue, et retombaient à présent sur ses épaules.

J'aurais dû me sentir soulagé : c'était fini. J'avais fait mon devoir, en soutenant ma fille et en débarrassant le village de la méchanceté de Susannah. J'avais succombé à la tentation, mais je m'étais racheté. Sans doute Dieu m'approuvait-il enfin.

Et pourtant, je ne pouvais oublier l'expression de Susannah quand j'avais prononcé les paroles de sa condamnation. Il me paraissait si étrange d'avoir pu agir ainsi – faire ce que ma fille et mes voisins avaient exigé de moi, et qui aurait dû me remplir de force et de vertu... Je n'éprouvais rien d'autre qu'une douleur aux tempes, un sentiment d'exaspération devant les cris de ma fille, et l'impression... l'impression terrible... que je nous avais tous trahis.

TROISIÈME PARTIE

Susannah

La conviction

Les hommes sont prêts à lutter avec autant d'acharnement pour une superstition que pour une vérité avérée – et même souvent davantage, car une superstition étant intangible, on ne peut l'atteindre et la réfuter, tandis que la vérité est un point de vue et qu'en tant que tel elle varie.

HYPATIE d'Alexandrie

31

Locker et ses hommes me hissèrent sur mon cheval et fixèrent les chaînes à la selle. Les hurlements des filles résonnaient toujours à mes oreilles. Le visage d'Hathorne me hantait l'esprit, avec ses yeux féroces, son long menton... un véritable démon. Mais le pire... le pire, c'était Lucas...

Lucas dont j'avais partagé la couche. Lucas, l'homme qui m'avait serrée dans ses bras et connue... et qui avait fourni les preuves de mon prétendu pacte avec Satan !

Seigneur Dieu, cela dépassait mon entendement ! Je m'attendais que Charity témoignât contre moi, ainsi que ses amies. Mais je n'en aurais jamais cru Lucas capable. Pourtant, j'aurais dû : ses souffrances n'étaient que trop réelles, tout comme son inquiétude pour sa fille, et je savais...

Il n'avait d'autre choix que de croire Charity.

De le savoir ne rendait pas pour autant mon angoisse plus supportable. Je n'en étais que plus furieuse de ne pas avoir prévu, de m'être si peu préparée à ce qui allait suivre.

J'avais eu peur lorsqu'ils étaient venus m'arrêter. J'avais eu peur lorsque je m'étais trouvée dans cette pièce, face à mes accusateurs. Mais voilà que je découvrais la terreur. Je m'étais dit que les villageois étaient des gens raisonnables et que, s'il n'en était rien, les juges sauraient distinguer la vérité. Mais il n'y avait pas de gens raisonnables : le village entier avait succombé à cette horreur... J'aurais dû voir ces choses. J'*avais* vu ces choses. La veille au soir, quand Nicholas Noyes m'avait emmenée chez les Putnam et que les filles s'étaient mises à hurler que mon double spectral faisait rôtir un homme sur le feu, j'aurais dû me douter de ce qui se passerait. J'aurais dû m'enfuir alors, loin de cette ville. Mais je n'avais pas voulu agir en lâche. J'avais pensé que, ensemble, Lucas et moi pourrions les dissuader...

Quelle folie ! Je n'avais pas d'amis ici. Pour tout, j'avais dépendu de Lucas. J'avais dépendu de son amour. À présent, je ne pouvais m'empêcher de songer à l'autre soir, où j'avais tant besoin qu'il me réconforte, et où il m'avait cruellement conseillé d'aller me trouver un marin en ville... Ces paroles me revenaient à l'esprit et m'en rappelaient d'autres, prononcées longtemps auparavant, mais sur le même ton. *Tu es plus faite pour être une putain que pour être une épouse*. Je me remémorai Geoffrey, se tenant sur le seuil et m'observant avec mépris tandis que je rassemblais mes affaires pour partir chez Robert. Peut-être avait-il dit vrai ? Qu'aurais-je donc vu, si j'avais osé plonger les yeux au fond de ceux de Lucas ? De l'amour, ou autre chose ?

Je m'affaissai sur la selle. Le cheval broncha contre une ornière. Le cahot me secoua violemment. Je me mordis la langue et poussai un cri. Locker se retourna brièvement sur sa selle pour me regarder, sans un mot.

Nous nous rendions en ville. Je le savais. À la prison.

Mais lorsque nous nous arrêtâmes enfin, ce fut devant une grande maison aux nombreux pignons. L'huissier mit pied à terre et attacha son cheval.

— Où sommes-nous ? demandai-je, déconcertée. Pourquoi nous sommes-nous arrêtés ? C'est la prison ?

— C'est la maison du juge Corwin, répondit-il.

La *maison de Corwin*. J'eus la soudaine vision de l'homme, plus petit qu'Hathorne, son homologue, et se comportant en observateur zélé tandis que ce dernier arpentait la salle comme un acteur.

— Pourquoi ?

— Un nouvel interrogatoire, répondit Locker, en détachant mes menottes de la selle.

Cette fois-ci, il me prit le bras pour m'aider à descendre de cheval – s'il ne l'avait pas fait, je serais tombée comme une masse et serais restée à terre sans pouvoir me relever. J'étais trop transie et épuisée pour réussir à tenir sur mes jambes. Le fer des menottes me glaçait la peau. Elles étaient tellement grandes que leur bord rugueux me meurtrissait les os en jouant sur mes poignets, et tellement lourdes qu'il m'était pénible de lever les mains, si bien que je n'essayais même plus.

Locker me traîna sur le sentier détrempé montant vers la demeure, et frappa sèchement à la porte. Elle fut ouverte par une jeune fille – domestique ou enfant de la maison.

— Sergent Locker, annonça-t-il.

Elle se recula pour nous laisser entrer.

— Le juge a dit que vous passiez dans son bureau.

Nous guidant dans la maison, elle disparut brusquement dans un escalier sombre et étroit. Le sergent me poussa devant lui pour me faire grimper les marches, car j'avais de la peine à bouger les pieds. La fille nous conduisit dans une petite pièce comportant un bureau, des étagères pleines de livres et deux chaises.

— Ils ne devraient pas tarder à arriver, déclara-t-elle en allumant les bougies d'un chandelier.

Elle se dirigea vers la petite fenêtre et ferma les rideaux. Ce geste me rendit nerveuse car je n'y voyais pas d'autre raison que de nous dissimuler aux regards.

Je me tournai vers Locker.

— Que veulent-ils encore de moi ? J'ai répondu à toutes leurs questions.

Il ordonna à la fille d'aller chercher de la bière, attendit qu'elle fût sortie et referma la porte derrière elle. Puis il me répondit :

— Ce n'était que le début.

Je le regardai avec inquiétude et il eut un sourire.

— Nous avons enregistré plus de plaintes contre vous que contre toutes les autres. Nous avons encore beaucoup de questions à vous poser.

— Je ne peux plus répondre à aucune question, rétorquai-je.

Mais alors j'entendis s'ouvrir la porte d'entrée et des voix retentirent, entrecoupées de lourds claquements de bottes et des chuchotements de la servante. Corwin était arrivé, accompagné d'une autre personne – voire de plusieurs. Anxieuse, je me recroquevillai sur ma chaise. Les nouveaux arrivants eurent tôt fait de gravir les marches et de s'introduire dans le petit bureau. Jonathan Corwin et le pasteur Nicholas Noyes.

Jonathan Corwin referma la porte derrière lui, et la pièce devint aussitôt sombre et étouffante. La fille revint presque aussitôt avec la bière. Corwin la lui prit, et la versa dans des chopes qu'il distribua à la ronde. Je me surpris à me pencher en avant, la gorge soudain sèche. Je n'avais rien bu depuis plusieurs heures.

Ils ne m'en donnèrent pas.

— Je vous en prie, dis-je en regardant Corwin. Je pourrais avoir à boire ?

Corwin s'interrompit entre deux gorgées.

— Vous avez soif ?

— Oui. Il y a longtemps que...

— Vous entendez ça ? demanda-t-il en jetant un coup d'œil à Noyes. Elle a soif.

Locker et Noyes, impassibles, me guettaient comme s'ils craignaient que je ne me transforme en démon sous leurs yeux. Corwin s'adressa de nouveau à moi :

— Si vous avez soif, pourquoi ne faites-vous pas apparaître de quoi boire ? Le Diable saurait sans doute apaiser votre soif.

Je fermai les yeux, épuisée. Répliquai d'une voix sourde :

— Je n'ai pas conclu de pacte avec le Diable.

— Pourquoi ne pas dire la vérité ? Nous savons que vous l'avez fait. Plusieurs hommes ont témoigné que vous leur aviez rendu visite, la nuit, dans leur chambre, et que vous portiez un corsage rouge. Mary Walcott affirme que vous avez ensorcelé Robert Proctor avec ce corsage. Votre propre beau-frère...

— Ils se trompent, déclarai-je d'une voix calme. Je n'ai jamais rendu visite à aucun d'entre eux. Je n'ai pas ensorcelé Robert Proctor.

— Toute une congrégation est prête à certifier que vous avez usé de formules magiques pour calmer un bébé, au cours d'un office. Cela n'est-il pas vrai ? Quel Diable vous a donné de tels pouvoirs ?

— Ce n'est pas vrai. Je ne connais aucun démon.

— Votre nièce affirme que vous vous êtes servie des démons de l'air pour la retrouver et la suivre.

— Elle se trompe.

— Vous l'accusez de mentir ? Vous accusez ces autres malheureuses filles de mentir ?

Je le foudroyai du regard, et répliquai :

— Si c'est le cas, elles sauront mieux vous répondre que moi. Pourquoi ne pas le leur demander ?

Il eut un mouvement de recul, comme si je l'avais frappé. Puis il se pencha vers moi, de manière que je puisse apprécier son haleine chargée de bière, et ma soif était telle que ma bouche s'assécha davantage encore.

— Lucas Fowler, le mari de votre propre sœur, affirme que vous l'avez ensorcelé.

Je me détournai, décidée à leur cacher ma douleur.

— Que répondez-vous à cela ? insista-t-il.

Devant mon silence, il prit une longue gorgée de bière. Puis il agita cette maudite chope devant mon nez afin que j'en sente bien l'odeur.

— Vos formules magiques font prendre le beurre. Samuel Shattuck assure qu'après votre passage près de son fils celui-ci a aussitôt été pris de crises et qu'il est malade depuis. Que répondez-vous à cela ?

— Je ne connais ni Samuel Shattuck ni son fils.

— Et Annie Putnam... vous la connaissez ?

— Je sais qui c'est. Mais je n'ai jamais parlé à cette enfant.

— Et ce jour où on vous a conduite chez elle, et où, soudain saisie de convulsions, elle a affirmé que vous faisiez rôtir un homme sur le feu ?

Je jetai un coup d'œil au pasteur Noyes, qui se tenait sur le seuil, silencieux et attentif, une expression sévère sur le visage.

— Je ne me suis pas approchée de la cheminée, affirmai-je.

— Oserez-vous nier que c'était votre double spectral qui tourmentait cette fillette ?

— Je n'ai pas vu ce qu'elle a vu, répliquai-je en désignant Noyes d'un geste du bras. Et le pasteur non plus, à ce qu'il semblerait.

Nicholas Noyes pinça les lèvres.

— J'ai vu une enfant qu'une force entraînait vers les flammes. Il a fallu deux hommes pour l'empêcher de se jeter dans le feu.

— Je suis loin d'être assez forte pour traîner Mercy Lewis dans le feu, rétorquai-je, les yeux fixés sur Noyes. Tirer deux hommes en plus me serait impossible. Je doute que mon double spectral trouve cela plus aisé.

— Vous reconnaissez donc avoir un double spectral ?

Corwin avait eu la répartie si prompte que j'en fus troublée.

— Non... je veux dire...

— Quelle est la fréquence de vos rencontres avec Satan ?

— Je n'ai jamais...

— Le Diable vous apparaît-il souvent ?

— Je...

— Pourquoi ne pas reconnaître la vérité ? Pourquoi ne pas tout nous avouer ?

L'odeur de la bière me poursuivait. J'avais trop soif pour parvenir à me concentrer.

— Je n'ai rien à avouer.

— Niez-vous avoir calmé l'enfant lors de l'office ?

— Non, je ne le nie pas, dis-je d'une voix lasse.

— Niez-vous avoir poussé votre nièce à mentir ?

Je tentai de déglutir. Ma gorge était si sèche que je toussai.

Corwin fouilla mes yeux du regard.

— Niez-vous ce fait ? Niez-vous aussi n'avoir prêté aucune attention aux prières dites sous votre toit et avoir préféré négliger la parole de Dieu ?

Ils continuèrent à me marteler de questions une heure, deux heures. La tête me tournait, et je sentais que je ne tarderais pas à m'évanouir si on ne me donnait pas à boire. Corwin tenait le pichet de bière hors de ma portée, mais suffisamment près pour que je le voie bien. Il le remplit à nouveau par deux fois, et se léchait les babines aussi bruyamment qu'il buvait. Le pasteur restait à l'écart et observait tout en glissant de temps à autre une question. Locker se taisait, mais il allait fréquemment à la fenêtre, tirant le rideau pour regarder dehors.

Le monde devenait gris et flou sous mes yeux. La colère déforma les traits de Corwin lorsqu'il se leva enfin, excédé, et agita brusquement le bras vers Locker.

— Menez-la à la prison ! Allez chercher le chirurgien, et dites-lui que j'exige un examen avec témoins de sexe féminin.

Locker m'obligea à me dresser. Je trébuchai et tombai contre son torse. Il me repoussa avec plus de force que nécessaire et, tirant sur ma chaîne, me traîna hors de la pièce et dans l'escalier, jusqu'au-dehors. Il faisait à présent presque noir, et l'air était glacial. Cette fois-ci, il ne se donna pas le mal de me hisser sur le cheval, mais se contenta de me tirer derrière lui dans la rue comme un cheval que l'on tient par la bride, ce qui me faisait trébucher et tomber sur le chemin boueux et raboteux.

Quand il finit par s'arrêter, j'étais maculée des pieds à la taille d'une boue froide et fangeuse qui transperçait ma cape, mes jupes et mes jupons, me glaçant la peau.

Nous nous trouvions devant un bâtiment qui me paraissait trop petit pour être une prison. Il n'avait pas d'étage, et ses bardeaux usés étaient aussi gris et décolorés que le ciel. Juste derrière, au-delà d'une étroite bande de terrain plat, on pouvait voir des collines et des tourbières envahies par les mauvaises herbes. La fange et les eaux peu profondes d'un estuaire à marée basse exhalaient des effluves nauséabonds.

— Cela ne peut pas être la prison, dis-je.

— Si, si, m'assura le sergent.

Il me tira violemment jusqu'à la porte comme si je me débattais, alors que je dérapais juste sur la boue verglacée du chemin.

Il ne me conduisit pas à la porte principale mais à une autre, plus petite, située dans un appentis, à l'arrière du bâtiment. Sans se donner la peine de frapper, il me fit entrer dans une pièce obscure, éclairée par une unique chandelle. La puanteur de l'urine et de la saleté m'assaillit aussitôt, ce qui était déjà assez terrible. Mais il s'y mêlait en plus des odeurs de chou bouilli et de hareng saur, ainsi que les émanations fétides de la vase saumâtre et des eaux croupies de la rivière.

— C'est quoi, ça ? lança la voix d'un homme, et je vis son ombre se déployer devant la table.

Son corps ne cachant plus le foyer, la pièce devint assez lumineuse pour qu'on pût en distinguer les contours. Elle était exiguë... Il y avait une cheminée, une grande table, et, alignées le long des murs, des barriques que je supposais pleines de cidre ou de bière.

— Susannah Morrow, annonça le sergent, près de moi.

— Ah oui. On vous attendait, ma belle, me lança le geôlier avec un sourire moqueur.

Il était grand et brun, vêtu de haillons crasseux, et ses cheveux étaient hérissés comme s'il ne les avait pas peignés depuis un bon bout de temps. Il se passa le bras sur le visage ; je remarquai la graisse sur ses doigts et, derrière lui, les restes d'un repas. Il avait un trousseau de clés accroché à la ceinture.

— Venez, ajouta-t-il en nous faisant signe de le suivre.

À la vue de la porte et de sa serrure imposante, mes genoux refusèrent d'obéir. George Locker dut me pousser pour me faire avancer.

— Tes amies ont été envoyées hier à la prison de Boston, me déclara le geôlier.

— Mes amies ? demandai-je.

— Les autres sorcières. T'en as, de la chance : tu as la cellule pour toi toute seule. Pas pour longtemps, cela dit : à ce qu'il paraît, les filles continuent à donner des noms.

Il ouvrit la porte, s'arrêta un instant pour allumer une chandelle, et s'engouffra dans les ténèbres. Le sergent me poussa encore une fois. Je trébuchai et manquai de tomber, tandis que le geôlier s'esclaffait.

Dans cette pièce d'environ vingt pieds sur vingt, divisée en trois cellules dotées d'une porte massive et d'une minuscule fenêtre à barreaux, l'odeur d'eau croupie était encore plus forte. Les cellules, très petites, comportaient deux lits superposés à matelas de paille et un seau de toilette. Il y avait des fenêtres dans l'entrée, mais elles étaient également minuscules. S'il ne faisait pas chaud dans la pièce précédente – bien qu'un feu y eût été allumé –, c'était le paradis, comparé à cet endroit horrible, le pire que j'avais jamais vu, et où le froid régnait en maître.

Je m'attendais que le geôlier ouvrît l'une des portes à barreaux, mais il s'avança jusqu'à une autre porte cadenassée, à demi plongée dans l'ombre, et m'adressa un sourire lubrique avant de l'ouvrir.

— C'est là qu'on va te mettre. Dans le cachot de la sorcière.

Il éclata de rire, et ce bruit sinistre résonna dans les ténèbres. L'air était chargé d'une humidité qui vous pénétrait jusqu'aux os. Je vis devant moi, s'enfonçant dans le sol, des marches de bois. Le geôlier, qui les emprunta, les connaissait visiblement assez bien pour ne pas être gêné par l'absence de lumière ; tenant sa lanterne en arrière, il nous éclairait, le sergent et moi.

Une fois encore, je regimbai. La terreur m'empêchait d'avancer. Locker tira sur l'extrémité de la chaîne qui me liait les poignets, et je descendis. De plus en plus bas, jusqu'à une pièce si froide, humide et infecte que je ne me résolvais pas à croire que j'allais devoir rester là. Elle était elle aussi divisée en cellules, dont certaines étaient trop petites pour qu'un enfant pût s'y tenir. L'humidité du sol de pierre pénétrait mes chaussures ; les murs bas de plafond – faits de brique et de pierre – exsudaient une substance qui évoquait les eaux stagnantes. Je distinguai un bruit de pattes dans l'obscurité, puis un couinement.

Il n'y avait pas de fenêtres. Juste de grosses appliques de fer, dans les murs, destinées à recevoir lanternes ou flambeaux. Je me mis à trembler.

Le geôlier dut lire l'horreur sur mes traits.

— T'inquiète pas, jolie madame, c'est pas si terrible que ça. Il arrive même que les rats viennent partager votre couche. Eux aussi, ils aiment avoir chaud.

Il se dirigea vers l'une des plus grandes cellules. Fit tourner la clé dans la serrure, avec un cliquetis de ferraille. La porte grinça en s'ouvrant.

— Vous voulez qu'on l'enchaîne au mur ? demanda le geôlier à Locker, qui secoua la tête.

— Pas la peine.

Le geôlier haussa les épaules.

— Comme vous voulez.

Il se tourna vers moi et ajouta :

— Mais au premier souci que vous me causez, comptez sur moi pour vous les remettre.

Je regardai le sergent.

— Vous ne pouvez pas me laisser seule ici !

— Vous ne serez pas seule, répliqua-t-il. Jem est là pour vous surveiller.

Le geôlier hocha la tête et me lança :

— Je t'aurai à l'œil, jolie madame. Pour ça, compte sur moi.

Ces paroles me terrifièrent davantage que les rats et l'obscurité, mais je restai silencieuse, tandis que George Locker refermait la porte de la cellule et tournait à nouveau la clé dans la serrure.

Alors, Jem emporta la lanterne, et je suivis des yeux sa faible lueur, pendant qu'ils grimpaient les marches. Puis la lumière disparut. Je me retrouvai plongée dans des ténèbres si intenses que je n'y percevais même pas l'opacité de mon corps.

J'entendis de l'eau couler goutte à goutte le long d'un mur ; puis un autre couinement, accompagné d'un bruissement de pattes dans la paille. Je reculai prudemment et, me rappelant où se trouvait le lit, tâtonnai dans cette direction jusqu'à sentir contre mon dos le bois dur de ma couche – un simple matelas de paille, sans drap ni couverture. Lorsque je m'y assis, une odeur de poussière et de moisi me parvint aux narines – la paille n'était même pas propre. Qui sait combien de personnes avaient dormi dessus ? Cependant, elle n'était pas à même le sol, et c'était déjà un soulagement... même si les rats – je ne le savais que trop – étaient capables de grimper.

En l'absence de tout autre son, mon propre souffle me semblait bruyant et irrégulier. Je serrai ma cape autour de mon corps, mais l'humidité glacée eut vite fait d'infiltrer l'étoffe. Je regrettai de ne pas avoir songé à emporter de châle ou de couverture. J'aurais donné beaucoup, aussi, pour avoir auprès de moi mes compagnes d'infortune – quelles qu'elles soient – à la fois pour avoir plus chaud et pour ne plus être seule.

Après être restée là je ne sais combien de temps, à essayer de me réchauffer, je finis par entendre une clé tourner dans une serrure et le grincement d'une porte en haut de l'escalier. Par la grille, je vis s'approcher une faible lueur. Mais alors, je constatai qu'il s'agissait seulement de Jem, et la lanterne ne fit que me révéler ce que les ténèbres avaient rendu invisible. Au fond, je préférais ignorer dans quel enfer j'étais.

Le geôlier souriait lorsqu'il entra dans la cellule. Dans sa main, je distinguai une bouteille, un pichet, et un seau exhalant une odeur fétide.

— Je me suis dit que t'avais peut-être faim, déclara-t-il. Tu as faim, jolie madame ?

Sans attendre ma réponse, il me tendit le seau, puis le pichet.

— Tes amies seront désolées d'avoir loupé ça.

Je descendis prudemment du lit.

— Qu'est-ce que c'est ?

— Le ragoût de la prison. Rien que les meilleurs morceaux, pour les sorcières, hein ?

J'avais faim, mais à peine eus-je pris le seau et retiré le couvercle que je perdis tout appétit. L'odeur infecte était celle du chou bouilli que j'avais sentie là-haut. S'y mêlaient des morceaux d'autre chose, tellement rongés par les vers que, même à la faible lueur de la lanterne, les trous qu'ils y avaient laissés étaient visibles.

— Je ne peux pas manger cela.

Jem haussa les épaules.

— Tu auras bientôt assez faim pour le faire, je te le garantis.

Je tendis la main vers le pichet. Au moins c'était de la bière, je reconnaissais l'odeur. Soulagée, je bus une gorgée. Je la recrachai aussitôt, tant elle était acide et salée.

— Elle est aigre ! dis-je dans un souffle.

— Les prisonniers n'ont droit qu'à ça. Bois.

Je désignai sa bouteille.

— Qu'est-ce que c'est ?

— C'est à moi, répondit-il en serrant la bouteille contre son cœur. Du bon rhum de la Barbade... Mais t'en auras pas une goutte. Bois ta bière.

J'avais soif – même cette bière valait mieux que rien – et je bus donc. Toutefois, elle me laissa dans la bouche un goût salé et, quand je l'eus finie, j'avais presque aussi soif qu'avant de la boire.

À peine eus-je vidé le pichet que Jem sortit de l'ombre un tabouret jusque-là invisible. Il s'assit dans un coin dessus, adossé au mur, la lampe posée à ses pieds. Puis il déboucha la bouteille et prit une longue gorgée. Je sentis mon gosier se serrer, tant le rhum me faisait envie.

Je m'essuyai la bouche d'un geste de la main.

— Que faites-vous ? demandai-je.

— On me paie pour vous surveiller, et c'est exactement ce que je fais.

Je désignai la porte.

— Je ne risque pas de m'échapper.

— On vous accuse d'être une sorcière. À ce qu'il paraît, vous pouvez envoyer votre esprit partout. Et je suis chargé de surprendre votre spectre, au cas où il vous ferait une petite visite.

— Je ne suis pas une sorcière.

— C'est ce qu'elles disent toutes, rétorqua-t-il. Mais j'imagine que les servantes du Diable font les meilleures menteuses.

Je m'écartai, abandonnant le ragoût putride et le pichet vide, et allai vers mon lit. J'y restai un moment assise, dans l'obscurité, à écouter Jem engloutir son rhum tandis que la soif me tenaillait et que ma vessie se tendait. Je le supportai aussi longtemps que possible, puis fus contrainte de me redresser pour aller au seau, qui se trouvait dans le coin.

— J'ai besoin de me soulager, déclarai-je à Jem. Retournez-vous.

Il se contenta de sourire et brandit la bouteille dans ma direction.

— Eh bien, allez-y, répliqua-t-il.

Et il me regarda effrontément, jusqu'à ce que je sois forcée de relever mes jupes et de m'accroupir au-dessus du seau sous ses yeux. Je retournai au lit, humiliée et horrifiée. Je ne pouvais plus que me pelotonner sur ma couche de paille et tenter de dormir.

Je m'interdisais d'évoquer Lucas ou Charity... De telles pensées étaient trop douloureuses, trop dérangeantes. Je songeai donc à Jude et à Faith, trouvant un réconfort à me remémorer la tête douce et duveteuse du bébé, son petit corps potelé. À peine quelques jours plus tôt, Hannah était venue et m'avait mis Faith dans les bras. Puis elle était allée s'asseoir à table avec Jude, et je leur avais enseigné à toutes deux un jeu auquel je jouais quand j'étais enfant – où l'on jetait pêle-mêle sur une table des bâtonnets de bois, pour les retirer ensuite un à un. Et voilà que je revoyais cet instant : le rire de Jude, Faith s'endormant le nez collé à ma poitrine... Ce souvenir me réchauffa comme nul feu ne l'avait jamais fait. J'en oubliai ma soif et m'endormis enfin.

J'étais au beau milieu d'un rêve où j'attendais, en haut d'une colline, que Lucas vînt me rejoindre. À travers le brouillard, je distinguais son ombre, sur un cheval. Il criait mon nom. Puis j'eus le sentiment d'être tirée en arrière, je tombai... et me réveillai brusquement, pour découvrir un homme penché au-dessus de moi, me soufflant au visage son haleine empestant le rhum, les doigts crispés autour de mon bras.

— Eh-eh, murmura-t-il. Réveille-toi, mon cœur.

J'étais sonnée, encore à moitié endormie. L'espace d'un instant, je me demandai où j'étais. Je sentais son poids sur moi, sa main sur ma hanche... La paille de ma couche était dure et râpeuse contre ma joue... L'homme me rit à l'oreille... Soudain, tout me revint : j'étais en prison et c'était Jem, le geôlier, qui fourrait ses mains partout sur mon corps. Avec un haut-le-cœur, je roulai sur le côté pour tenter de me dégager. Mais il restait collé comme une tique, et ses mains se promenaient partout sur mon corps. En roulant sur le côté, j'étais juste parvenue à me mettre sur le dos, si bien qu'il était maintenant sur moi. Il rit à nouveau et se détendit sans lâcher mes poignets, complètement plaqué sur moi.

— Ne me touchez pas ! criai-je.

— Pas si vite, pas si vite, rétorqua-t-il. Je voulais juste m'assurer que tu dormais pas.

Mais il tortilla ses hanches contre moi, et je sentis sa verge dressée entre mes jambes.

Il était plus fort que moi, bien que maigre et décharné. Je fermai les yeux et rentrai en moi-même, m'attendant que Jem relevât mes jupes et ayant hâte que tout cela fût fini. Cependant, il se contenta de se frotter contre moi et de me baiser à travers nos vêtements, en murmurant :

— T'aimerais trop ça, pas vrai ? Eh bien, tu ne m'ensorcelles pas comme les autres !

Il n'en demeura pas moins pressé contre moi jusqu'à ce qu'il donne une secousse, puis se fige. Alors il se releva en tirant sur son haut-de-chausses, et je l'entendis retourner au tabouret et s'y réinstaller. Là, il éclata de rire, et je sentis, sur moi, l'extrémité d'un long bâton taillé en pointe.

— Tu ne dormiras pas cette nuit, jolie madame, affirma-t-il, et son rire résonna dans ma tête comme celui d'un démon. Dis-moi, il vient quand, ton spectre ?

Jem s'en alla enfin, tôt dans la matinée, et je sombrai dans un demi-sommeil, durant sans doute guère plus d'une ou deux heures. Quand se rouvrit la porte de la cellule, je me réveillai péniblement, m'attendant à voir mon tourmenteur. Mais à la place apparut un homme que je ne connaissais pas, et qui portait à sa ceinture le trousseau de clés de Jem. Il était suivi par deux femmes et un homme d'âge mûr, aux cheveux gras.

L'homme au trousseau de clés, plus vieux que Jem, avait les cheveux roux grisonnants et il lui manquait les dents de devant.

— Voilà. C'est elle, dit-il à l'autre. Vous ferez vite, n'est-ce pas ? J'ai à faire.

L'autre homme et les deux femmes entrèrent dans la cellule. Les femmes étaient de respectables matrones, vêtues de drap tissé à la maison, et à la coiffe si bien enfoncée sur la tête qu'on devinait à peine la couleur de leurs cheveux. L'homme portait un pantalon rapiécé, et un gilet si taché qu'il eût été difficile de déterminer sa couleur d'origine – dans la pénombre, c'était de toute manière impossible.

Il s'arrêta juste devant la porte et me regarda. Un sourire passa sur son visage marqué par la petite vérole.

— Vous en êtes bien sûr ? On m'avait laissé entendre qu'il s'agissait d'une vieille femme.

Le remplaçant de Jem secoua la tête.

— C'est bien la sorcière.

— Que se passe-t-il ? demandai-je, déroutée par leurs propos. Il y a eu d'autres accusations ? Êtes-vous vous aussi des victimes ?

L'homme âgé éclata de rire. Les femmes parurent vaguement horrifiées. Sur le seuil, le nouveau geôlier grogna :

— Jem ne vous a pas prévenue qu'ils viendraient ?

— Non. Où est Jem ?

— Il dort comme un bébé, répondit-il en m'adressant un clin d'œil. Vous l'avez épuisé, cette nuit, il semblerait.

J'ignorai ses paroles, et me concentrai sur les inconnus qui l'accompagnaient. L'homme tenait une sacoche de cuir qu'il posa sur le côté, et j'eus un sinistre pressentiment.

— Qui êtes-vous, alors ?

— Je suis chirurgien, déclara-t-il. Ces deux femmes sont mes assistantes. Levez-vous !

Je me tassai dans le coin le plus sombre de ma couche.

— Pourquoi ?

— On nous a demandé de vous fouiller.

— De me fouiller ? Pourquoi ? Je n'ai que mes vêtements.

— Levez-vous ! répéta-t-il.

Comme je demeurais immobile, il jeta un coup d'œil au geôlier, qui soupira et s'avança à contrecœur.

— Allez, ma fille ! me lança-t-il en dépassant les deux femmes, qui n'avaient toujours pas pipé mot.

Il me tira du lit avec une telle brutalité que je poussai un cri.

— Lève-toi pour le monsieur, ou c'est moi qui vais te faire lever.

Je me dressai, avec toute la dignité dont j'étais capable. Mais cette dignité dura juste le temps qu'il fallut aux deux femmes pour venir s'occuper de moi.

Je ne comprenais pas ce qu'elles étaient en train de faire. Elles examinaient mes bras, passaient les mains sur mes hanches, cherchant quelque chose... Et puis soudain je me rendis compte qu'elles me déshabillaient : elles délaçaient mon corsage, dégrafaient ma jupe – et je commençai à me débattre.

— Ne bouge pas ! ordonna l'une des deux femmes, furieuse, en me giflant violemment.

Le geôlier me serra si fort que j'étais incapable du moindre geste. Lorsque les femmes firent glisser les manches de mon corsage et de ma chemise, la honte empourpra mon visage. Elles m'ôtèrent mes habits jusqu'à ce qu'il n'y eût plus rien entre ma peau et l'humidité glacée de la prison. Je me retrouvai nue comme un ver devant quatre parfaits inconnus.

Le chirurgien s'avança vers moi.

— Levez les bras, me commanda-t-il.

Il m'obligea à les garder au-dessus de ma tête, mais, dans l'état de faiblesse où je me trouvais, je ne parvenais pas à le faire sans trembler. Les femmes s'approchèrent alors pour me les tenir, et me forcer à rester immobile pendant que les mains de l'homme parcouraient mon corps. Il pinça mes mamelons, tira dessus, les tordit. J'entendais sa respiration haletante ; sentais son odeur de fumée et d'oignons, la graisse de ses cheveux. J'aurais voulu lutter contre lui, mais les femmes et le geôlier me maintenaient fermement en place ; j'étais si épuisée que je ne pus m'empêcher de tressaillir quand il souleva l'un de mes seins, et se pencha si près que je sentis sur mon mamelon la tiédeur de son souffle.

J'avais un grain de beauté, petit et saillant, à cet endroit. Il tira aussi dessus, d'abord doucement, puis plus brutalement. Ensuite, il tendit la main, et l'une des femmes me lâcha pour prendre quelque chose dans sa poche. Elle en sortit un petit paquet d'épingles, qui brillèrent à la lueur de la lanterne, et lui en donna une. J'eus le souffle coupé lorsqu'il s'en servit pour percer le grain de beauté.

— Ça fait mal ? demanda-t-il.

Je détournai le visage. Il remua de nouveau l'épingle, tant et tant que la chair fut engourdie et que je ne sentis plus rien, pas même quand il libéra enfin le grain de beauté.

— Ça m'a tout l'air d'un téton, déclara-t-il. Elle est insensible à la douleur.

Les deux femmes se penchèrent pour regarder de plus près.

— Oui, approuva l'une d'elles, dans un souffle. Voyez comme il donne l'impression d'avoir été sucé.

— Il est sec, à présent, précisa l'autre. Quand votre double a-t-il été nourri pour la dernière fois ?

Je compris enfin ce qu'ils cherchaient : les tétons monstrueux avec lesquels les sorcières nourrissaient leur double démoniaque.

— Je n'ai pas de double, répondis-je. C'est juste un grain de beauté.

Ils m'ignorèrent. Le chirurgien se remit à étudier mes seins.

— Voyez comme ils sont fermes et gonflés. Nous les réexaminerons ce soir, pour voir s'ils ont changé d'aspect.

— Ce n'est pas la peine, répliquai-je. Ils sont toujours comme ça.

— Penchez-vous, ordonna le chirurgien.

— Pas question, rétorquai-je.

Le geôlier me saisit les seins, les pressant si fort que les larmes me vinrent aux yeux.

— Penche-toi pour le docteur, m'intima-t-il. À moins que t'en veuilles encore.

Je ne pouvais rien contre eux. Comme je me penchais en me cramponnant au bord du lit, je perdis même l'envie de lutter. Quand le chirurgien entreprit de sonder mes parties les plus intimes, je ne fus bientôt plus en mesure de ressentir quoi que ce fût, pas même de l'humiliation. Et quand tout fut enfin fini, je ne m'en rendis même pas compte : je sus juste qu'ils étaient partis, me laissant seule dans le noir.

32

Plus tard ce soir-là, ou bien le lendemain matin – j'avais perdu toute notion du temps, dans ce trou perdu et humide –, on me remit les chaînes.

— Les filles se plaignent encore d'être pincées par ton spectre, me déclara Jem. Elles affirment que c'est parce que tu ne portes pas de chaînes que ton esprit est libre.

Il tira l'extrémité de la chaîne jusqu'à l'endroit où se trouvaient, enfoncés dans la pierre, des anneaux de métal et la fixa à l'un d'eux.

Elle était courte. À peine parvenais-je à atteindre mon lit et, lorsque je le faisais, je ne pouvais m'étendre confortablement que dans deux positions. Mais j'étais trop épuisée pour m'en soucier. J'étais soulagée de me retrouver seule, de me reposer enfin. Je ne pensais qu'à une chose : dormir.

Au fil des jours, je ne fus plus dérangée que par la visite des geôliers m'apportant à manger, ou me tapotant pour me réveiller afin de surveiller mon spectre. On ne me fit pas subir ce nouvel examen auquel je m'attendais et que je redoutais tant. J'avais l'impression croissante d'être engloutie par les ténèbres... J'étais désorientée. Je pensais souvent au soir où j'avais quitté le Lancashire pour toujours et vu ma sœur pour la dernière fois – avant nos malheureuses retrouvailles ici.

Étendue dans le noir, j'avais attendu que mes parents s'endorment, et que le souffle paisible et régulier de Judith m'arrive aux oreilles ; puis j'avais quitté ma paillasse dans le plus grand silence, pour ne pas la réveiller. Un peu plus tôt, j'avais rassemblé mes quelques effets – un second corsage, un tablier, deux paires de bas – dans un sac, que j'avais caché derrière un tonneau de viande salée. Je m'en emparai sans faire le moindre bruit, mais Judith remua et je me figeai, jusqu'à ce qu'elle me chuchote :

— Je leur dirai que tu es partie tôt pour aller voir le pasteur. Il s'écoulera des heures avant qu'ils ne pensent à te chercher.

Dans l'obscurité, je ne distinguais pas son expression. Mais je sentais sa bienveillance et, quoiqu'il me fût douloureux de la quitter, je ne songeais ni à rester ni à la supplier de m'accompagner.

— Merci, dis-je.

— Écris-moi, aux bons soins du pasteur Gibbs. Avec lui, il n'y a pas de souci à se faire. Je veux savoir où se trouve ma sœur. Je ne veux pas te perdre.

— Judith, je...

— Il faut que tu partes. Bon vent, murmura-t-elle.

Je l'embrassai rapidement, et m'apprêtais à sortir lorsqu'elle me lança, d'un ton légèrement amer :

— Dis à William... ç'aurait dû être moi.

Telle était la spécialité de Judith : me soutenir en faisant preuve de bonté et d'abnégation ; puis, une fois que j'étais confiante et vulnérable, me frapper de sa fureur, de manière que j'aie toute ma vie mauvaise conscience. J'avais acheté ma liberté au prix de son sacrifice, et elle ne m'avait pas permis de l'oublier. Mais c'était ma sœur, je l'aimais, et je n'avais jamais douté de son amour.

Et pourtant, nous avions passé plus de temps éloignées l'une de l'autre qu'ensemble. Ses lettres me parvenaient irrégulièrement : une ou deux parfois, et soudain un paquet entier, remis par un marin ou un négociant qui les tenait d'un navire marchand. J'enviais l'existence de Judith. Elle avait un mari, des enfants, une nouvelle vie, alors que je possédais seulement un ensemble de pièces encombrées et un amant volage. Quand je quittai enfin Geoffrey pour Robert, j'écrivis à ma sœur que j'avais trouvé l'homme que j'attendais. Mais en fait, Robert avait déjà un grand fils et ne désirait pas d'autres enfants, pas même avec la femme qu'il prétendait aimer. Je ne mis donc pas longtemps à aspirer de nouveau à une existence semblable à celle de Judith.

Dès qu'elle se plaignit de ses ennuis, je sus que c'était grave, puisqu'elle ne parvenait pas à les garder pour elle. Robert était mort à peine un mois plus tôt. J'étais libre d'aller la retrouver, et de lui venir en aide... Du moins, c'est ce que je me disais alors. Peut-être espérais-je simplement que la famille de Judith réussirait à combler ce vide que je sentais en moi.

Ce fut le cas. Lorsque Judith mourut, une partie de moi mourut avec elle. Mais j'étais reconnaissante au destin de la chance qui m'était donnée. Une fois de plus, je commençais une nouvelle vie au prix du sacrifice de ma sœur... Mais je m'étais montrée maladroite. J'étais arrivée avec mes gros sabots là où j'aurais dû agir avec délicatesse. Et voilà que je me retrouvais avec une nièce qui me prenait pour le mal incarné, et un amant qui était devenu mon ennemi.

Que connais-tu de l'amour ? C'est la question que Lucas m'avait posée, et je savais qu'elle était légitime. Car si je ne m'étais jamais trouvée sans amant, au cours des années qui avaient suivi mon départ du Lancashire, je n'avais pas non plus été véritablement amoureuse. Je souhaitais l'être, mais je faisais toujours le mauvais choix. Et mon espoir d'avoir un jour ce que je cherchais s'amenuisait au fil des ans.

Croyais-je vraiment ce que j'avais déclaré à Lucas – que notre amour était comme un cadeau du ciel... – ou était-ce juste l'enthousiasme d'un commencement qui me donnait l'impression d'avoir enfin découvert ce à quoi j'aspirais ?

Je n'avais pas de réponses. Mes questions tournoyaient dans l'air fétide, et j'avais la sensation que j'allais devenir folle.

Plus d'une semaine s'écoula – du moins, à ce que me dit Jem – avant que je comprenne pourquoi l'on ne s'occupait plus de moi. Salem-Village s'inquiétait visiblement de ses autres sorcières – qui proliféraient comme des mouches sur un cadavre. Voilà qu'on les amenait, une par une, dans ces ténèbres souterraines. Avec leur arrivée, mes propres tourments s'apaisèrent. On me laissa enfin tranquille, car les geôliers et le chirurgien s'occupaient des nouvelles venues. Je pus dormir, et alors seulement je sentis ma folie se dissiper peu à peu, sous l'effet de la compagnie et du repos. Je recouvrai mes esprits, en même temps qu'un désir de survie m'incitait à croire que, bientôt, une personne honorable et raisonnable saurait mettre un terme à tout cela. Mais, à la vue du désespoir des autres prisonnières, je me demandais s'il existait une telle personne à Salem.

Martha Corey arriva la première, furieuse et désorientée, et elle m'adressa à peine la parole tandis qu'il lui fallait subir les humiliations que j'avais supportées seule. Ensuite vint une fillette – Dorcas Good, quatre ans – dont la mère avait été transférée à la prison de Boston. L'enfant avait avoué être une sorcière. Quand on la confia à nos soins, elle poussa des cris et hurla des jurons. Mais, après plusieurs heures de terreur, elle grimpa dans mes bras de son plein gré, ses chaînes cliquetant contre les miennes, et s'endormit. Dans sa quiétude, elle me rappelait Jude, et ce souvenir me poussait à la garder près de moi.

Puis ce fut le tour de la vieille Rebecca Nurse – une femme dont j'avais apprécié l'hospitalité, à l'époque où l'on avait craint une attaque des Indiens. Je compris alors que le monde était devenu fou.

Peut-être en raison de son âge ou de son apparente fragilité, ils ne l'enchaînèrent pas au mur. Ils la mirent dans le cachot, et elle s'avança dans les ténèbres d'un pas trébuchant, visiblement déroutée.

— Rebecca, parvins-je enfin à articuler. Comment êtes-vous arrivée ici ?

Elle se laissa tomber à côté de moi sur la paillasse, et plongea la tête dans ses mains.

— Susannah, ce qui se passe est affreux... vraiment affreux !

— Mais qui peut vous accuser d'être une sorcière ?

Elle fronça les sourcils et porta un doigt à son oreille. Je me rappelai alors qu'elle était un peu sourde, et déclarai d'une voix plus forte :

— Je ne comprends pas ce que vous faites ici.

— Ces filles...

Dans un murmure, elle ajouta :

— Ann Putnam aussi s'y est mise. Elle affirme que je lui suis apparue, lors de ses crises...

— Cette enfant est...

— Non, pas l'enfant, interrompit Rebecca en secouant tristement la tête. La mère. Ce n'est pas le grand amour entre Francis et Tom Putnam. J'ai dit à Francis de ne pas se disputer avec eux. C'est trop de pouvoir dans les mains d'une seule famille.

Martha Corey, qui s'était endormie dans un coin, se réveilla à cet instant. Elle regarda Rebecca avec stupéfaction.

— Vous ? Ils vous accusent, vous, maintenant ? Mais quelle farce macabre ! Sont-ils tous devenus fous ?

Rebecca parut s'effondrer.

— Je me suis demandé, avoua-t-elle d'une voix basse, quel péché non racheté Dieu avait pu trouver en moi, pour m'accabler ainsi dans ma vieillesse.

— Ne vous tourmentez pas, répliquai-je. Vous avez mené une existence vertueuse.

Elle ferma les yeux.

— Nous devons prier Dieu de nous permettre d'en réchapper.

Nous ne parlâmes plus guère, restant toutes les trois assises là, comme pétrifiées. Lorsque la porte se rouvrit, Rebecca sursauta puis s'avança d'un pas incertain, comme si elle s'attendait qu'on lui annonce qu'il y avait eu erreur et qu'elle pouvait sortir.

Je fus surprise de voir un homme chargé de quelque chose suivre Jem dans la cellule. Jem leva sa lanterne, et je reconnus Sam Nurse, le fils de Rebecca, l'ami de Lucas.

Rebecca fut secouée de sanglots quand son fils s'approcha d'elle. Il avait dans les bras un paquet de couvertures et une lourde cape qu'il lâcha sur le sol pour serrer sa mère dans ses bras, lui caressant le dos comme à un bébé, lui chuchotant des mots apaisants à l'oreille. Lorsqu'il me remarqua là, tapie dans l'ombre, je sus qu'il n'était plus l'homme qui s'était détourné de moi, tandis que je m'avançais dans l'allée centrale pour subir mon interrogatoire : il fulminait contre les circonstances, il était prêt à se battre.

— Susannah, lâcha-t-il avec nervosité, pardonnez-moi de ne pas vous avoir crue. Cette période est si... troublée. Vous voyez ça ! Que même ma pauvre mère puisse être accusée d'une chose pareille, elle qui a toujours été un modèle de vertu...

— Oui. C'est inconcevable.

Il me regarda, et son expression s'assombrit.

— Jude parle de vous, m'annonça-t-il doucement. Il est clair que cette enfant souffre de votre absence.

— À moi aussi, elle me manque.

Je ne lui posai pas la question que j'aurais voulu lui poser.

Sam dut s'en rendre compte. J'avais toujours pensé qu'il se doutait de la nature de mes rapports avec Lucas. Et voilà qu'il me dit :

— Il est désorienté, Susannah. Sa propre fille est atteinte.

— Je sais.

— Que voudriez-vous qu'il fasse ? Qu'il la dénonce ?

Je répondis à cette question par une autre :

— Vous croyez les filles ensorcelées ?

— Elles sont... trop influençables, pour certaines d'entre elles. Je ne sais que penser.

— Je n'attends pas de Lucas qu'il fasse l'impossible. Il aime sa fille. Je pense... je suis certaine que Charity croit que ce qu'elle raconte est vrai.

Sam hésita, puis s'enquit d'un ton contraint :

— Et... c'est vrai ?

— Je vous l'ai déjà dit : je ne suis pas une sorcière.

Mal à l'aise, il insista :

— Mais pourquoi vous accuse-t-elle ? Vous, sa propre tante ?

— Charity a perdu sa mère le soir où je suis arrivée. Depuis, nous sommes en désaccord.

Il hocha la tête d'un air pensif, mais n'ajouta rien. J'écoutai d'une oreille tandis qu'il décrivait à Rebecca ce à quoi elle devait s'attendre : il y aurait un procès, mais il ignorait quand. Increase Mather n'était pas encore revenu de Londres avec la nouvelle charte. Pour le moment, le conseil général du Massachusetts n'était donc pas habilité à agir. Jusqu'à l'arrivée du nouveau gouverneur, il nous faudrait attendre ici, en prison.

Peu après, Sam s'en fut à contrecœur. Rebecca prit les couvertures, la cape et le linge propre qu'il lui avait apportés, et vint s'asseoir près de moi sur le lit.

— Nous ne resterons pas longtemps ici, m'affirma-t-elle d'une voix pleine de ferveur religieuse. Dieu nous rachètera, Dieu nous rendra la liberté.

Elle avait une telle force d'âme, une telle foi ! J'aurais aimé en avoir moi aussi ne serait-ce qu'un peu. Mais Dieu m'avait abandonnée, il y avait très très longtemps, lorsque j'avais reçu sans broncher la première volée de coups de mon père. Et, en vérité, il ne me manquait pas.

Lorsque de nouveau quelqu'un descendit les marches qui menaient au cachot, je n'y prêtai pas attention. Je ne levai même pas les yeux avant que Jem m'eût lancé :

— Une visite pour toi, jolie madame.

Redressant la tête, je découvris Lucas devant la porte.

Je me mis debout, et les chaînes que j'avais aux poignets firent un affreux bruit de ferraille en raclant le mur. Je vis que Lucas les regardait. Il était pâle et amaigri. Son visage creusé portait les marques de l'épuisement.

— Tu étais où ? m'enquis-je doucement.

Il se tourna vers Jem.

— Retirez-lui ses chaînes.

Jem secoua la tête.

— Les filles...

— Ma propre fille en fait partie. Je vous dis de les lui retirer.

Le geôlier hésita. Puis, traversant la cellule, il vint vers moi et détacha ma chaîne de l'anneau mural.

— Retirez-les, insista Lucas.

— Je n'ai pas le droit.

— Personne ne le saura. Je ne vous demande que dix minutes.

Le regard de Jem se posa tour à tour sur moi et sur Lucas. Enfin, il retira les menottes, qui tombèrent avec fracas sur le sol. J'avais pris l'habitude de me déplacer au bout d'une chaîne, de mesurer le moindre de mes gestes. Une fois libérée de toute cette ferraille, je restai sans bouger, incapable de désapprendre la contrainte.

Lucas se tenait toujours devant la porte. Il avait l'air complètement perdu.

— Sam m'a raconté qu'il t'avait vue.

— Oui. Quand ils ont amené sa mère ici, répliquai-je d'un ton amer.

Lucas tressaillit à ces paroles et jeta un coup d'œil à Rebecca, assise dans un coin.

— Tu as besoin de quelque chose ? me demanda-t-il. Des couvertures ?

— Oui. Des couvertures. Et des vêtements, si possible. Il arrive qu'il fasse rudement froid, ici.

Il hocha la tête, parcourut des yeux la cellule. Je lus l'horreur sur son visage.

— Je ne... je ne m'attendais pas à cela.

— Tu t'attendais à quoi ? Une maison à pignons ? Avec une cheminée ? Une servante ? Essaie celle du juge Corwin. J'y ai été questionnée, une fois, au beau milieu de la nuit, et je te jure que j'aime encore mieux être ici !

— Susannah...

— Que viens-tu faire, Lucas ?

Il s'approcha aussitôt ; mais, arrivé à un pas de moi, il sembla soudain se rappeler où nous nous trouvions, et qui il était. Il s'arrêta.

— Je ne cesse de penser à toi... Je ne supporte pas de te voir comme ça.

— Tu pensais que je serais comment ? répliquai-je.

Je me touchai les cheveux. Ils retombaient sur mes épaules, sales, emmêlés, et plein de petits morceaux de paille. Je savais que j'avais perdu du poids, car mes habits étaient trop larges. Mon estomac gargouillait à longueur de temps. J'avais soif en permanence.

— Que viens-tu faire ici, Lucas, alors que tu n'y es pas venu pendant si longtemps ? Pourquoi ne m'as-tu pas dit que tu allais témoigner contre moi ?

— Je ne peux pas te répondre.

— Tu ne crois pas que je mérite de le savoir ?

— Je ne peux pas te répondre, parce que je n'en sais rien... Mon Dieu, il règne au village un tel chaos ! Tout le monde a peur, tout le monde soupçonne tout le monde... J'aurais dû faire ce que tu m'avais demandé : j'aurais dû éloigner Charity, même après que... Parris a envoyé la petite Betsey en ville, et il paraît que ses crises ont déjà presque cessé.

— Tu ne peux pas faire pareil ? Il n'est certainement pas trop tard...

— Il est trop tard : son état s'est aggravé. Mais il m'est impossible de dire... Susannah, s'il y a des sorcières dans ce village, si le Diable est vraiment parmi nous, je ne peux l'arracher aux autorités qui ont besoin d'elles.

— Les autres feront aussi bien l'affaire.

Il demeura un moment silencieux.

— Elle et certaines des autres ont accusé Elizabeth Proctor.

Mes compagnes de cellule en eurent le souffle coupé.

Lucas hocha la tête, comme pour confirmer ses paroles.

— Je dis vrai. Et, Rebecca... on raconte que ta sœur Sarah va elle aussi être accusée.

— Ce n'est pas possible !

— Elle est sortie du temple au beau milieu du sermon de Parris, dimanche dernier. Elle était offensée par une citation qu'il a faite, de l'Évangile selon saint Jean : « Ne vous ai-je pas choisi tous les douze, et l'un de vous est un démon ? » Si peu de temps après votre arrestation, Rebecca, elle ne l'a pas supporté. Mais elle a ainsi attiré l'attention sur elle et, en ces temps troublés, ce n'est guère conseillé. Je pense que d'autres personnes encore vont être accusées. Les filles parlent d'un sorcier, à présent, un homme qui commanderait aux sorcières...

— Lucas, le coupai-je. Il faut que tu quittes cet endroit !

— Je ne suis pas menacé, affirma-t-il d'un ton impatient. Mais Charity raconte tellement de choses, je... Qu'est-ce que je peux faire ? C'est ma fille. Comment ne pas la croire ? Je la connais trop bien pour penser qu'elle ment.

— Dans ce cas, pourquoi es-tu venu ? répliquai-je. Que veux-tu de moi ?

Il eut un rire amer, puis se laissa tomber sur ma couche de paille et enfouit son visage dans ses mains.

— Qu'est-ce que je veux de toi ? Qu'est-ce que *je ne veux pas*, tu devrais dire.

Je m'assis à côté de lui et répondis :

— Tu sais que je n'ai pas fait ce dont on m'accuse. Ton rêve n'était qu'un rêve. Mon seul péché est de ne pas avoir pris la mesure du désespoir de Charity, ou de sa mauvaise conscience...

Il leva la main pour m'interrompre. Me lança d'une voix dure :

— Pourquoi n'avoues-tu pas ?

— Parce que je suis innocente ! m'écriai-je. Tu le sais, Lucas. Tu *dois* le savoir. C'est toi-même que tu cherches à sauver, pas moi. Tu devrais l'absolution... mais pour ton âme à toi !

Il se redressa d'un bond, pressé d'échapper à ma présence. Après son départ, je fermai les yeux et m'adossai au mur de pierre humide, tandis que mon avenir s'élevait devant moi, tout en noirceur.

33

Quelques jours plus tard, Jem m'annonça une nouvelle visite. J'espérais que ce serait encore Lucas, venu m'apporter les couvertures et les vêtements que je lui avais demandés. Mais il s'agissait d'Hannah Penney. Hannah, qui portait un sac sur le dos et la petite Faith dans ses bras.

Jem ne m'avait pas remis les menottes, après la venue de Lucas ; et, tous ces derniers jours, je m'étais tapie dans l'ombre sans quitter les limites où ma chaîne m'autorisait à me mouvoir, afin qu'il ne se rendît pas compte que je n'étais plus attachée. Cependant, à la vue de Faith, j'oubliai ma prudence et me précipitai vers Hannah.

— Vous l'avez amenée avec vous ! m'écriai-je en tendant les bras vers le bébé.

Hannah me le confia. Mais soudain consciente de la situation, je levai les yeux, croisai le regard de Jem, et fus persuadée qu'il allait me remettre les chaînes. Je ne supporterais pas de devoir renoncer à la petite Faith pour être menottée. À ce moment même, elle gazouillait en cherchant à saisir mes cheveux dénoués.

Cependant, Jem nous tourna le dos et sortit de la cellule.

— Qu'est-ce qu'il y a ? demanda Hannah. Qu'est-ce que vous regardez ?

— Rien. Rien du tout, répondis-je avec un sourire. Hannah, je suis si contente que vous soyez venue ! Et que vous ayez pris Faith avec vous...

— Elle est plus à vous qu'à moi, rétorqua Hannah sans me rendre mon sourire.

Elle tendit la main vers le sac qu'elle portait sur le dos.

— Je vous ai apporté des vêtements. Lucas a dit que vous en aviez réclamé, et il ne savait pas lesquels choisir. Je... j'ai farfouillé dans vos malles.

— Posez-les là, lui dis-je en la conduisant vers mon lit ; nous nous assîmes toutes deux sur la paille nauséabonde.

Je jouai avec les petits doigts potelés de Faith.

— Comment ça se passe, au village ?

— Oh, mal. Terriblement mal !

Hannah jeta un coup d'œil à Rebecca, qui dormait, pelotonnée sur sa couche, et ajouta :

— Ils ont arrêté Sarah Cloyce ce matin. Et Elizabeth Proctor aussi. Les événements ont pris une importance telle que le gouvernement lui-même ne peut plus les ignorer. Aujourd'hui, j'ai entendu dire que les interrogatoires se feraient en ville, afin que le gouverneur adjoint Danforth puisse y assister.

Je me penchai sur Faith et me pénétrai de son odeur.

— C'est peut-être bien, remarquai-je, que des esprits lucides se penchent là-dessus.

— Oui, fit Hannah sur un ton hésitant.

Levant la tête, je m'aperçus qu'elle m'examinait attentivement, comme si elle s'attendait qu'il me pousse des ailes et que je m'envole d'un instant à l'autre.

— Qu'y a-t-il, Hannah ? demandai-je.

Elle baissa les yeux sur ses mains, qu'elle tordait dans son giron.

— Si je suis venue aujourd'hui, c'est pour vous parler. Je me suis dit que... On a bien été amies, non ?

— Oui.

— Il s'est passé des choses... des choses que je ne m'explique pas.

— Je ne vous comprends pas.

Elle me fixa du regard.

— Je n'ai pas témoigné contre vous, Susannah, et je ne le ferai pas. Il y a déjà bien assez de preuves, assez pour que les juges vous mettent hors d'état de nuire...

J'eus un haut-le-cœur.

— Hannah...

— Vous avez trop longtemps vécu dans la frivolité. Il est clair que vous avez commerce avec le Diable. Qui d'autre qu'un démon réussirait aussi facilement à calmer un enfant ?

Je pressai Faith contre mon cœur.

— Elle aime les berceuses. Rien de plus.

— J'avais mis du laurier en travers du seuil... vous vous rappelez... Le jour où vous avez refusé d'entrer dans la maison, et où vous m'avez priée de vous remettre Faith ?

Je m'en souvenais. Ça remontait à plusieurs mois, au jour où j'avais pataugé à travers champs jusque chez les Penney, afin de leur apporter les habits que Judith avait cousus pour Faith. Des chiffons, des langes, d'informes robes de lin brodé, des petites coiffes chaudement rembourrées... Tous cousus avec tellement d'amour que cela m'avait presque brisé le cœur de les voir, de toucher du doigt les espoirs conçus par Judith...

— Mes bottes étaient pleines de boue, expliquai-je. J'avais traversé le ruisseau et glissé sur la rive. Vous ne vous en souvenez pas ? Le panier où j'avais rangé les vêtements était tout éclaboussé de boue. Vous étiez en train de balayer la maison et je... je ne voulais pas salir...

Elle secoua la tête avec une expression désolée, comme si elle ne me croyait pas, et me plaignait d'avoir à mentir ainsi.

— Vous n'avez pas réussi à enjamber le laurier ; aucune sorcière n'en est capable.

— C'était la boue...

— Oh, Susannah !

Hannah se pencha, le regard décidé, et ajouta :

— Vous êtes déjà démasquée. Les juges sont des hommes instruits, ils ne peuvent pas se tromper... Vous n'avez pas de raison de me mentir. Je sais que vous êtes une sorcière. Je le soupçonne depuis longtemps. Je suis venue vous supplier d'avouer. Il est grand temps pour vous de purifier votre âme et de vous tourner vers Dieu. Avant d'être pendue, vous devez vous repentir.

— Hannah, je ne suis pas une sorcière.

— Je vous en prie ! Au nom de votre âme, avouez la vérité. Désirez-vous qu'on pende une menteuse ? Qu'on vous pende sans que vous ayez été absoute ?

Ses mots me causèrent un choc.

— Je ne vais pas mourir. Tout cela est une erreur. Je serai disculpée quand on me jugera.

— Vous ne serez pas disculpée, à moins de dire la vérité. Avouez que vous avez livré votre âme à Satan... Je vous en prie, Susannah, au nom de votre âme !

— Comment pouvez-vous croire cela ? Comment pouvez-vous me mettre cette enfant dans les bras et croire, en même temps, que je suis au service des forces démoniaques ?

Les yeux d'Hannah s'embuèrent de larmes, et elle avoua :

— J'espère que l'enfant vous incitera à faire ce que vous devez faire. Lucas m'a donné la permission de l'emmener. Ne quittez pas ce monde en état de péché, Susannah. Purifiez votre cœur.

— Lucas... vous a donné la permission ? Sait-il... pourquoi vous êtes venue ici ?

Hannah poussa un soupir.

— Ma chère Susannah, aucun d'entre nous ne souhaite vous voir mourir en réprouvée.

J'eus du mal à accepter qu'Hannah, me connaissant, arrive à croire... Mais ce lieu, cette ville, tout était si sombre. Ses habitants avaient si peur !

— Lucas est au désespoir, continua Hannah. Témoigner contre sa propre belle-sœur... Ce serait tellement plus simple, pour lui, si vous reconnaissiez la vérité !

J'avais envie qu'elle s'en allât. Mais comme je souhaitais aussi garder Faith un peu plus longtemps, je supportai sa présence jusqu'à ce que le bébé s'endormît dans mes bras. Alors, je lui rendis Faith, et les regardai s'éloigner toutes deux.

Pendant un long moment, je sentis encore dans mes bras la chaleur de l'enfant. J'ouvris le sac qu'Hannah m'avait apporté. Il contenait une couverture, une jupe d'un vert profond, du linge de corps propre. Et, tapi au fond du sac comme une vipère maudite, se trouvait le corsage en taffetas rouge...

Le lendemain, Sarah Cloyce fut conduite à la prison, en même temps qu'Elizabeth Proctor... et son mari John qui, ayant traité les filles de menteuses lors de l'interrogatoire de sa femme, avait lui-même été accusé. Tous s'accordaient sur le fait que le transfert en ville des auditions – effectué à la demande de Thomas Danforth et d'un certain juge, Samuel Sewall, de Boston – avait transformé la confusion déjà existante en une indescriptible horreur. Danforth était désormais chargé des interrogatoires, nous apprit Sarah, et les séances étaient aussi débattues et courues que des exécutions capitales – lesquelles, ajouta-t-elle d'un ton amer, risquaient d'avoir bientôt lieu. Mes jours de solitude avaient pris fin. À présent, l'on nous rendait souvent visite. Des gens venaient nous épier à travers la grille comme si nous étions les pauvres épaves de l'asile de Bedlam, ou les animaux galeux des ménageries de la tour de Londres.

Je commençai à faire des cauchemars. Au beau milieu de la nuit, je me réveillais brusquement, pour trouver la petite Dorcas Good blottie dans mes bras, son corps pressé contre le mien. J'entendais les plaintes lasses des derniers arrivés, suppliant qu'on les laisse dormir tandis que Jem leur donnait des coups pour les réveiller, afin de les questionner ou de chercher un double qui ne se montrait jamais. Je n'avais plus qu'un seul mot en tête : *Avoue. Avoue.* Je m'éveillais épuisée et découragée. *Avoue.* Le mot résonnait sans cesse dans mon esprit.

Peu de temps après, Rebecca et les Proctor furent transférés à la prison de Boston, pour laisser place à quatre nouveaux arrivants. Giles, le mari de Martha Corey, se trouvait parmi eux. Et quelqu'un d'autre aussi que je n'aurais jamais cru voir jeter au cachot : la petite et discrète Mary Warren, amie de Charity et servante des Proctor.

Lorsqu'elle fut conduite au cachot et me vit, Mary se retourna vers la porte, comme si elle allait pouvoir se libérer à coups de griffe. Mais Jem lui referma la porte au nez. Alors, elle se laissa tomber sur le sol, plongea la tête entre ses bras et se mit à sangloter pitoyablement.

Sa présence était un mystère. La semaine précédente, elle voyait encore des spectres – Elizabeth Proctor lui était apparue, entre autres, à en croire les potins de la prison. Tout au fond de moi, j'espérai que... je ne savais quoi, au juste. Que la lucidité était en train de prévaloir, peut-être. Mais cette pensée s'accompagna d'une crainte : je me faisais déjà du souci pour Charity ; à présent, mon inquiétude se précisait.

Je m'approchai de Mary comme s'il s'agissait d'une bête sauvage que je craignais d'effrayer.

— Ne vous occupez pas de cette petite garce, lança Giles Corey d'un ton bourru. Laissez-la souffrir, elle n'a que ce qu'elle mérite.

Abigail Hobbs, qu'on avait amenée la veille, les cheveux en bataille et les yeux fous, gloussa et lâcha, de façon incompréhensible :

— Oui. Elle sait. Pour sûr qu'elle sait.

Je fis celle qui n'avait rien entendu et m'agenouillai près de Mary Warren. Elle s'écarta vivement de moi, dans un cliquetis de chaînes. L'épaulette de son corsage glissa, révélant les traces d'une terrible volée de coups.

— Que s'est-il passé ? demandai-je. Qu'est-ce que tu fais ici ?

Elle m'ignora résolument.

— Laissez-la pourrir sur place, intervint à son tour Giles. Elle est aussi menteuse que les autres. Proctor dit qu'il l'a battue comme plâtre et il a eu raison.

Mary darda sur lui des yeux brûlants de haine – un regard si intense que cette fille assez insignifiante en devint presque jolie.

— Elles affirment qu'elle a signé le livre du Diable, m'expliqua Giles. Aucun doute qu'elle l'aura également avoué.

— C'est vrai, Mary ? demandai-je. Tu as avoué être une sorcière ?

Devant son silence, je murmurai :

— Et Charity ?

— Quoi, Charity ? rétorqua-t-elle d'un ton si méprisant que j'en restai bouche bée.

Elle me tourna de nouveau le dos, et, tout en désirant lui poser d'autres questions, je sus que je n'avais plus aucune chance d'obtenir d'elle une réponse. Pour finir, je fis ce que suggérait Giles et la laissai tranquille.

Les juges ne tardèrent pas à venir la chercher dans la cellule. Mais ils ne la sortirent pas du cachot. Je les entendis ouvrir la porte d'une autre cellule. Ici, la pierre faisait résonner tous les bruits. Ils l'avaient donc mise dans une des autres cellules – je les avais toutes vues, et savais à quel point elles étaient petites. Mary Warren et ces hommes pourraient à peine s'y tenir ensemble.

Leurs voix retentirent, suffisamment fortes pour nous parvenir comme s'ils se trouvaient à l'intérieur de notre cellule.

D'abord s'éleva celle d'Hathorne, implacable.

— Abigail Williams affirme qu'Elizabeth Proctor vous a fait signer le livre du Diable. Quand était-ce ?

La voix de Mary était faible, presque un murmure. Je ne pus distinguer ses paroles.

— Vous avez avoué, insista Hathorne.

— Non, non, je n'ai pas avoué. J'étais troublée. Je ne comprenais pas.

— Quand avez-vous signé ce livre ?

— Je n'ai pas signé. Il n'y a jamais eu de livre du Diable.

— Vous avez vous-même affirmé qu'il y en avait un. Où est la vérité ? Y a-t-il un livre ? N'avez-vous pas déclaré que votre maîtresse l'avait signé ?

— Oui. Mais... ce n'était pas vrai.

— Pas vrai ? Elle n'a pas signé le livre ?

Il y eut un silence. Puis Mary se mit à sangloter. Un son si discret – et pourtant si bruyant, entre ces murs !

— C'est un mensonge, affirma-t-elle enfin. Tout cela n'est qu'un mensonge.

À ces mots, je vis mes compagnons de cellule se ragaillardir.

— Un mensonge ? Qu'est-ce qui est un mensonge ?

Jonathan Corwin. Je n'étais pas près d'oublier sa cruauté.

— Tout. Tout est inventé.

Mary pleurait maintenant tellement fort qu'il était difficile de la comprendre.

— Elles ont simulé... J'ai simulé. Vous pourriez aussi bien examiner une folle, et prêter attention à ce qu'elle raconte, que croire à la parole des affligées.

— Seigneur Dieu ! murmura Martha. J'ai bien entendu ce que...

— Chut ! lui fit son mari.

— Un mensonge ? Elle a dit que c'était un mensonge ?

Abigail Hobbs se dirigea vers la porte et colla son œil à la grille, comme si elle espérait distinguer quelque chose.

— C'est pas vrai que c'est un mensonge, tout est vrai ! s'exclama-t-elle. Je les ai vues, les sorcières, en train de danser dans le noir avec le Diable. Dans le bois, du côté du champ de Parris. On les entend d'ici, les grenouilles à pied fourchu, chanter la chanson du Diable... On les entend d'ici, les maudites créatures...

— Tais-toi, espèce de folle ! s'exclama Giles.

Mais j'étais aussi choquée par les mots de cette femme que par ceux de Mary. Lorsque je me tournai pour la regarder, elle me transperça de son regard noir et sourit comme si elle me reconnaissait.

— Oui, toi aussi, dit-elle. Je t'ai vue là-bas, pas vrai ?

J'en fus ébranlée. Les mots d'Hannah – *Avouez* – et de Mary – *Tout cela n'est qu'un mensonge... Elles ont simulé* – et, à présent, cette démente avec ses yeux qui semblaient voir par-delà les murs du cachot...

Hathorne insista :

— Vous avez témoigné contre votre maître. Était-ce un mensonge ?

— Je ne l'ai jamais accusé ! s'écria Mary. Je n'aurais jamais pu l'accuser !

— Dites-nous la vérité, Mary. Qu'est-ce qui vous empêche, à présent, de nous dire la vérité ? Qui vous a aveuglée ? Elizabeth Proctor ? Son mari ?

— Personne ! Personne, je vous jure ! Je dis la vérité. Le reste n'est que mensonges.

— Vos crises n'étaient que simulacres ? Comment serait-ce possible ? N'étiez-vous pas, en vérité, en train de lutter contre le Diable ? Ne vous attaquait-il pas lorsque vous lui résistiez ?

Elle fondit en larmes, et ses sanglots déchirants ne lui permirent plus d'articuler un mot. Ils continuèrent à lui poser des questions, mais Mary Warren n'y répondit plus, se contentant de pleurer comme si son cœur allait éclater. Enfin, les juges ordonnèrent à Jem de descendre, et le bruit de leurs pas résonna dans le couloir quand ils la quittèrent. Leurs ombres passèrent, fugaces, devant la porte de notre cellule.

Martha Corey soupira et regagna son lit. La folle se mit à faire les cent pas dans la cellule. Je regagnai moi aussi ma couche, leur tournant le dos à tous. Mais je restai longtemps à contempler l'obscurité, hantée par les mots de Mary. Et je me demandais : que s'était-il passé entre ces filles ? Quels secrets dissimulaient-elles ? Pourquoi s'étaient-elles ainsi liguées ? Qu'est-ce qui avait pu causer cela ? Qu'espéraient-elles ?

Et, plus que tout, cette dernière question : pourquoi nul ne le leur avait encore demandé ?

Je ne m'attendais pas à revoir Lucas. C'est pourquoi, lorsqu'il entra dans le cachot quelques jours plus tard, je le fixai avec surprise. Combien de temps s'était-il écoulé depuis sa dernière visite ? Deux semaines ? Davantage ? Il avait l'air plus perdu que jamais, les yeux rouges et hagards. Sa peau, presque diaphane, faisait ressortir les traits tirés, les joues creuses.

— Lucas, murmurai-je. Mon Dieu, que t'est-il arrivé ?

— Je ne peux pas supporter cela, avoua-t-il d'une voix étranglée.

— Tu ne peux pas quoi ? m'enquis-je d'une voix prudente.

Il jeta un coup d'œil aux autres, qui ne nous prêtaient aucune attention. Lui prenant le bras, je le guidai jusqu'à ma couche. Nous nous assîmes, et il m'expliqua, d'une voix mouillée de larmes :

— Quand Charity a accusé Rebecca, j'ai eu du mal à le croire. Et puis... hier soir, Charity m'a déclaré qu'elle avait vu Judith venir à elle enveloppée dans un linceul. Elle prétend que le fantôme de Judith t'a accusée d'avoir commis des meurtres – tu aurais noyé un petit enfant en Angleterre ; poignardé et jeté par-dessus bord un membre de l'équipage du *Sunfish* ; et tué un autre homme, un inconnu que tu aurais rencontré à Salem-Ville et étranglé de tes propres mains.

Je le dévisageai. Ces accusations étaient si folles que je dus me retenir d'éclater de rire.

Lucas ferma brièvement les yeux.

— Je ne la crois pas. Je sais que ça ne peut pas être vrai. C'est de... de la folie !

Il prit timidement ma main. Voyant que je ne la retirais pas, il la serra – ce qu'il n'avait jamais fait auparavant.

— C'est bien cela... de la folie, reprit-il. Et pourtant, à présent, ça me dépasse, Susannah. Ça nous dépasse tous. Les pasteurs ont beau prier et jeûner, ils ne peuvent plus rien arrêter. La semaine dernière, notre vieux pasteur, Deodat Lawson, est venu prier pour les filles, avec cet espoir. Mais sept personnes de plus sont désormais atteintes – pas seulement des jeunes filles, quatre femmes aussi... Et voilà que Rebecca a été accusée, ainsi que sa sœur. Alors je me demande : si les choses que Charity m'a dites hier sont fausses, si elle se... trompe... vraiment... y a-t-il quoi que ce soit de vrai dans tout ce qu'elle a raconté ?

Je ne sus que répondre.

— Que s'est-il passé entre elle et Sam ? ajouta-t-il.

Quoique surprise par sa question, j'y répondis de mon mieux.

— Je suppose que Sam a séduit Charity, qu'elle... qu'elle ne lui a pas résisté. Il se peut même qu'elle soit tombée amoureuse de lui. Je crois que Judith ne l'a pas jugé digne d'épouser sa fille et qu'elle lui a donné cinq livres pour qu'il s'en aille... ce qu'il a fait sans la moindre hésitation.

Lucas avait une expression sinistre.

— Judith m'avait dit quelque chose à ce propos, mais je... je n'en ai pas tenu compte. Je voyais Charity comme une enfant, et pourtant... ce n'est plus une enfant, puisqu'elle a seize ans. *Seize*... Les années ont trop vite passé, continua-t-il sur un ton plein d'amertume, et je ne m'en suis pas aperçu. Maintenant, je la regarde et je me demande : où étais-je, pendant tout ce temps ? C'était mon devoir, de la préserver du Diable, et je ne l'ai pourtant pas fait. Comment ai-je pu échouer à ce point-là ?

Dans un coin, Dorcas se mit à crier que les chaînes à ses poignets lui faisaient mal. Martha alla la consoler. Lucas leva les yeux vers elle et regarda l'enfant grimper sur ses genoux ; Martha se mit à lui caresser les cheveux et à lui chuchoter des paroles réconfortantes. Quand Lucas se tourna de nouveau vers moi, quelque chose en lui paraissait changé. Je n'aurais su dire quoi précisément. Mais il y avait une soudaine détermination dans la manière dont il serra ma main, la lâcha et se releva.

— Je ne te laisserai pas ici, murmura-t-il.

Alors, avant que j'aie pu réagir, il gagna la porte et ordonna :

— Geôlier, ouvrez !

— Lucas ! criai-je en me précipitant après lui.

Mais déjà il était sorti de la cellule, et Jem me referma la porte au visage.

Lucas s'arrêta. J'avais les doigts crispés autour d'un des barreaux de la grille. Il les toucha et sourit... Quelle chose stupéfiante ! Je ne lui avais jamais vu une telle expression – ni triste ni amère, mais douce et tendre.

Je le suivis des yeux jusqu'à ce qu'il eût disparu, tandis qu'il grimpait les marches à la suite de Jem. Ces révélations que Lucas m'avait faites, son inquiétude au sujet de Charity, ses doutes... Il n'y avait rien de simple dans tout cela, rien à espérer. Et pourtant, en m'en retournant vers les autres, j'éprouvais pour la première fois un étrange et merveilleux sentiment de plénitude.

34

Le lendemain matin, la petite Dorcas Good fut emmenée. Elle s'accrochait à moi en pleurant pendant que Richard, l'autre geôlier, tentait de l'arracher à la cellule. Elle ne se calma que lorsqu'il lui ordonna de se taire et annonça :

— Tu vas retrouver ta mère.

Elle aussi allait être transférée à la prison de Boston ; je me sentis seule quand ils l'emmenèrent, même dans cette cellule pleine de gens.

Une heure plus tard, Richard se fraya un chemin parmi les curieux qui se tenaient devant la porte, et leur ordonna de s'en aller. Ils obéirent avec force cris, jurons et éclats de rires. Ensuite, il agita le bras vers moi, accompagnant ce geste d'un clin d'œil et d'un sourire lubrique.

— Viens là, toi, la jolie. Amène-toi ici tout de suite ! Tu es convoquée.

J'en avais assez de leurs convocations.

— Dites-leur que je n'irai pas.

— Si, que tu vas y aller ! C'est Danforth en personne qui demande à te voir.

— Pourquoi ?

— Est-ce que je sais, moi ?

Richard ouvrit la porte et entra dans la cellule, balançant une paire de menottes au bout de sa main.

— Allez, par ici.

Je ne lui rendis pas la tâche facile. Il m'obligea à ramener mes bras par-devant et me mit les menottes de force, avec une telle brutalité que mes plaies à demi refermées se rouvrirent, ravivant la douleur. Je poussai un cri qu'il ignora. Il me fit lever, et me traîna hors du cachot et dans l'escalier.

La faible lueur provenant des cellules du haut me brûla les yeux, tant j'étais accoutumée à l'obscurité, et dehors l'éclat du soleil me parut insupportable. Il me fallait fermer les yeux, si je ne voulais pas avoir mal.

L'air était frais, mais non glacial comme la dernière fois que j'avais vu la lumière du jour. Pendant que j'étais en prison, l'hiver s'était achevé ; le printemps était dans l'air. Je m'étais habituée au remugle et aux relents de pourriture de ma cellule ; les odeurs de mer, de morue qui séchait, de laisse et de tannerie m'assaillirent de toutes parts. Je plissai les yeux et regardai le monde à travers mes larmes. Des dizaines de mâts se dressaient dans un ciel bleu pâle, si hauts que je les distinguais même au-delà des maisons. On aurait dit que le monde venait tout juste d'être coloré : les arbres bourgeonnaient, les pousses jaillissaient partout où le soleil posait ses rayons. La neige et la glace qui tapissaient le sol avaient fondu pour laisser place à la boue, et les chemins de terre étaient désormais de véritables marécages, pleins de flaques d'eau et d'ornières profondes creusées par les roues des chariots.

Il paraissait incroyable que les choses aient pu changer à ce point-là, que j'aie pu être emprisonnée pendant si longtemps. Quelle injustice, que j'aie raté la fin de l'hiver... Le temps suivait son cours – que j'y sois ou pas.

Cette pensée m'obsédait, tandis que je suivais Richard. Il s'avéra que nous n'allions pas loin – juste après le temple de Salem-Village, qui se trouvait de l'autre côté de la rue, en face de la prison.

— Où sommes-nous ? demandai-je à Richard.

— Au palais de justice, répondit-il sèchement.

Je m'arrêtai, surprise et accablée.

— On va me juger ? Je ne m'attendais pas à...

Il tira si fort sur ma chaîne qu'il me fallut avancer pour ne pas tomber.

— Allez, viens maintenant. J'ai pas de temps à perdre.

Il n'y avait pas d'attroupement dans la rue et, lorsque nous entrâmes, je notai que la table des juges, la barre et les bancs des témoins étaient déserts. Les Proctor avaient parlé de foules assistant aux interrogatoires de l'instruction. Sans doute en serait-il de même pour les procès. Pourtant, la salle était vide.

Richard hésita un bref instant, puis il tourna, et j'aperçus une autre porte à laquelle il frappa.

— La prisonnière est là, annonça-t-il.

J'entendis des pas. La porte fut ouverte par un homme qui avait les cheveux clairsemés, et une expression autoritaire propre à vous mettre mal à l'aise. Il me jeta un coup d'œil, recula ensuite pour nous laisser entrer. D'une voix grave, il indiqua :

— Amenez-la à l'intérieur.

C'était une petite pièce qui contenait un bureau et des chaises, et me rappelait terriblement le bureau de Jonathan Corwin. Comme pour raviver encore ce souvenir, le juge Corwin se tenait devant la table au côté de John Hathorne, qui m'avait si brutalement interrogée lors de mon audience. Je me figeai. Mais alors une voix déclara doucement :

— Il n'y a rien à craindre, Susannah.

Me retournant, je découvris Lucas. Avec, derrière lui, Thomas Putnam et Samuel Parris.

Je m'agrippai au dossier d'une chaise voisine. Mes chaînes s'y cognèrent avec un affreux bruit de ferraille.

— Que se passe-t-il ? murmurai-je. Qu'est-ce que je fais ici ?

— Je dois avouer que je me le demande aussi, fit remarquer l'homme à la voix grave. Qu'avez-vous à nous dire, Fowler ? Nous attendons vos révélations.

— Permettez-lui de s'asseoir, répondit Lucas d'un ton ferme.

Comme nul ne protestait, je le fis avec soulagement. Puis Lucas regarda l'homme qui avait ouvert la porte.

— Gouverneur Danforth, je sais que vous êtes un homme très occupé. Je ne vais pas vous prendre beaucoup de votre temps. Vous n'étiez pas là lorsque cette femme a été emprisonnée. Pourtant, ce que j'ai à déclarer à présent nécessite votre présence.

Danforth hocha la tête d'un air toujours aussi grave.

— Allez-y.

— Susannah Morrow est la sœur de ma femme. Ma femme est morte à la fin du mois d'octobre. Depuis lors, Susannah a vécu sous mon toit. Il y a six semaines, elle a été... accusée du terrible crime de sorcellerie. J'ai témoigné contre elle.

Lucas ne me regardait pas en prononçant ces paroles. D'un bras, il désigna Hathorne et Corwin pour préciser :

— Ces messieurs ont enregistré ma déposition, que j'ai ensuite signée de ma main.

— Je l'ai ici, déclara Corwin en montrant, sur le bureau, un épais registre.

— Tout y a été scrupuleusement consigné, affirma Lucas. Tout, sauf la vérité. Ce que je n'ai pas dit, c'est que j'ai désiré Susannah Morrow dès l'instant où je l'ai vue. Ce que je n'ai pas dit, c'est que j'ai été envoûté. Que je n'ai pas pu résister à la tentation...

— Mon Dieu, Lucas ! m'écriai-je. Je t'en supplie... Tu n'en as pas déjà assez dit ?

— C'est à ce sujet que vous voulez témoigner ? demanda John Hathorne. Sur le fait qu'elle vous a possédé ? Qu'elle vous a poussé au péché ?

Lucas secoua la tête.

— J'ai essayé de la rendre coupable de tout. Croyez-moi, j'ai essayé ! Mais la vérité, c'est que Susannah ne m'a poussé à rien. J'étais... j'étais obsédé par elle, et j'ai voulu croire que cette obsession n'avait rien à voir avec moi. J'ai voulu l'attribuer au Diable, parce que je ne supportais pas l'idée d'être capable de commettre un tel péché sans que Satan m'y eût poussé. Parce que je ne supportais pas l'idée de pouvoir... désirer... autant quelqu'un. Susannah est la sœur de ma femme. Ce qu'il y a entre nous est un péché, et je le sais. Mais ce n'est pas de la sorcellerie. Je me suis trompé, et j'ai tout lieu de penser que ma fille aussi. Je souhaite retirer ma plainte.

La stupeur rendit chacun de nous silencieux.

Puis John Hathorne s'enquit d'une voix posée :

— Avez-vous forniqué avec cette femme, Fowler ?

Lucas regarda Hathorne droit dans les yeux.

— Oui.

— Puisse Dieu vous pardonner, Lucas, lança Samuel Parris.

Ils se mirent alors à échanger des commentaires scandalisés.

Tom Putnam s'avança, ses yeux écarquillés dans son visage blafard.

— Cela ne peut être vrai. Vous êtes aveuglé par vos appétits, Lucas. Reconnaissez que la seule raison que vous ayez de vous rétracter, c'est que vous la désirez encore.

Lucas éclata de rire.

— Oui, je la désire encore. Y a-t-il parmi vous un seul homme dont ce ne soit pas le cas ?

— Elle vous a leurré.

— Non. C'est avant que je me leurrais. À présent, j'ai les idées claires.

— Comment osez-vous vous rétracter, alors que tant de personnes souffrent ? s'exclama Hathorne.

— Je ne nie pas qu'il y ait des sorcières, répliqua Lucas avec entêtement. Mais Susannah n'en est pas une. J'en réponds sur ma vie...

— Votre propre fille fait partie des personnes affligées, insista Tom.

— Elle s'est laissé abuser.

— Qu'en savez-vous ? demanda Samuel Parris. Comment osez-vous nous imposer votre opinion alors que les filles sont, de toute évidence, tourmentées par le spectre de votre sœur ? Elles l'ont nommée. Elles l'ont vue. Comment expliquez-vous cela ?

— Pour ce qui est des autres, je ne sais pas. Mais Charity était proche de sa mère, et sa mort l'a beaucoup perturbée. Je n'ai pas été... vigilant, et elle a cherché le réconfort dans des illusions... C'est ma faute, si elle souffre si horriblement.

— Votre faute ? tonna Hathorne. C'est vous qui causez les crises de l'enfant ?

— Si j'avais été plus attentif, je crois qu'elle n'aurait pas fait partie des affligées.

Corwin fronça les sourcils.

— Cette femme vous a-t-elle ensorcelé afin que vous nous teniez ces propos ?

— Non. Il n'y a pas de magie ici. Je suis venu de mon plein gré...

— Votre propre fille a accusé cette femme. Comment se peut-il qu'elle souffre autant et que vous, qui avez vécu sous le même toit et avez... forniqué... avec cette... cette *sorcière*, vous soyez aussi peu tourmenté ?

— Je viens de vous l'expliquer... La mort de sa mère...

— ... en a fait une faible d'esprit. Oui. Mais il y a peut-être autre chose. Vous dites avoir refusé de vous avouer les sentiments que vous éprouviez pour cette femme.

Se pourrait-il que vous refusiez aussi de vous avouer qu'elle a agi en suppôt de Satan ?

— Ce sont des mensonges ! rétorqua Lucas d'une voix exaspérée, puis il se tourna vers Danforth : Susannah Morrow n'est pas une sorcière. Je crois que ma fille le reconnaîtra elle-même dès qu'elle sera séparée des autres.

— Prétendez-vous que les autres sont des menteuses ? demanda Corwin.

Lucas secoua la tête.

— Je les connais à peine. Je ne suis pas en mesure de les juger.

— Mais vous dites que votre fille va se rétracter ?

— Oui. Je le crois.

— Avez-vous discuté avec elle, Lucas ? questionna Putnam.

— La dernière fois que je l'ai vue, elle m'a parlé de visions, répondit-il.

Je compris, à ma grande consternation, de quoi il s'agissait : du fantôme de sa mère et de l'accusation de meurtre portée contre moi. Charity n'avait jamais parlé de se rétracter. Elle allait de plus en plus mal. Les paroles de Lucas étaient inspirées par l'espoir et la détermination, non par les faits. Il parlait de ce qu'il souhaitait, non de ce qui était.

Danforth demeura un moment silencieux et, voyant comment les autres s'en remettaient à lui, je sentis mon sang se glacer.

— Où sont les filles affligées ? s'enquit-il enfin.

— Certaines sont ici, à la taverne. D'autres au village. Un interrogatoire devait avoir lieu aujourd'hui, mais il a été reporté. Toutes ne sont pas encore rentrées.

— Et votre fille, Lucas Fowler ? Elle est au village ou ici ?

— Je ne sais pas, avoua Lucas, et je remarquai à quel point il avait du mal à l'admettre. Elle n'habite plus chez moi depuis le début de ses crises.

Charity ne vivait même plus avec lui. Elle était soumise à l'influence de ces filles, s'enfonçant chaque jour davantage dans l'erreur.

Danforth lança à l'huissier qui se tenait derrière moi :

— Allez voir si la fille Fowler est à la taverne. Si c'est le cas, ramenez-la ici.

Je sus alors ce qui allait se passer, et, en regardant Lucas, je compris avec consternation qu'il le savait lui aussi.

Putnam se tourna vers Lucas et glissa, sournois :

— Sauf si Lucas préfère qu'elle ne vienne pas.

Lucas le foudroya du regard, mais répliqua :

— Envoyez-la chercher. Elle a seize ans, ce n'est plus une enfant. Je lui ai déjà caché trop de choses. Je ne veux pas lui dissimuler celle-ci.

Une fois l'huissier sortit, Hathorne lança à Danforth :

— Qu'attendez-vous de la confrontation ?

— Eh bien, une confirmation, répondit Danforth avec un petit sourire. La preuve que des actes de sorcellerie ne poussent pas Fowler à mentir.

Lucas émit un grognement furieux et se retourna. Parris, qui se tenait derrière lui, recula et marmonna une prière. Lucas lui dit, d'un ton amer :

— Il est trop tard pour prier, pasteur.

Parris baissa les yeux et se tut.

— J'ai une requête à vous faire, reprit Lucas. Je n'ai pas parlé avec ma fille depuis que la vérité m'est apparue. Elle ne peut pas encore connaître mes sentiments à ce sujet. J'aimerais que l'on m'autorise à m'entretenir seul à seul avec elle.

— Je ne peux vous l'accorder, déclara Danforth. Vous assurez qu'elle va se rétracter. Je veux être certain qu'elle le fera de son plein gré, sans avoir été influencée.

— Elle est toute la journée sous l'influence des autres filles.

Danforth haussa les sourcils et rétorqua :

— Mais vous êtes son père. Vous exercez votre autorité sur elle depuis son plus jeune âge. Elle doit déjà savoir quel crédit apporter à vos paroles.

Le silence se fit, tandis que nous attendions l'arrivée de Charity.

Lorsqu'on frappa à la porte, Lucas s'écarta brusquement de la fenêtre. Putnam et Parris se figèrent. Hathorne leva les yeux du registre. Danforth se dressa lentement du banc et lança :

— Faites-la entrer.

La porte s'ouvrit. J'étais assise juste derrière, et Charity ne pouvait donc pas me voir aussitôt. Je l'entrevis quand l'huissier l'introduisit dans la pièce. Elle paraissait aller beaucoup plus mal que lors de notre dernière rencontre. Elle était horriblement maigre, et ses os noueux ressortaient sur les poignets et les épaules. Ses pommettes et le bas de son visage paraissaient étrangement saillants. Les engelures y avaient disparu, mais elles avaient été remplacées par des rougeurs qu'elle ne cessait de gratter. Elle avait le teint cireux, les cheveux ternes. Et pourtant, elle conservait cette manière de se raidir à la vue de son père, cette soif de tendresse qui semblait tendre jusqu'à sa peau lorsqu'elle se penchait vers lui, comme dans l'attente d'une caresse qui ne venait jamais.

Oh, Lucas, ouvre les yeux ! priai-je en vain. *Serre-la dans tes bras*.

Peut-être l'aurait-il fait. Je pensais qu'il allait le faire. Mais Hathorne se mit debout, attirant l'attention de Charity ; elle se retourna et m'aperçut. Elle devint blême, la folie brilla dans ses yeux, et elle me désigna d'un doigt tremblant en hurlant :

— Oh, la voilà ! Voilà la meurtrière ! Où sont ceux que vous avez enterrés, Susannah Morrow ? Vous les entendez, leurs cris vengeurs ?

Elle vacilla en arrière. Elle serait tombée si le sergent n'avait été là pour la retenir. Mais elle se débattit tellement pour échapper à son étreinte que Locker eut pour seul choix de l'étendre sur le sol.

Les autres hommes eurent un mouvement de recul. Lucas se précipita vers elle.

— Charity ! s'écria-t-il.

Il s'agenouilla près d'elle et s'efforça de la prendre dans ses bras – et cette scène ressemblait tant à cette première crise, où je me tenais nue près de lui...

— Charity, reprit-il à mi-voix en maintenant à distance de son visage les poignets de sa fille, afin qu'elle ne puisse pas le griffer.

Il était résolu. Son expression était déchirante, tant elle trahissait un amour désespéré... C'était un homme qui luttait pour posséder l'âme de sa fille, et qui était en train de la perdre.

— Écoute-moi, reprit-il. Écoute-moi ! Il faut que tu cesses cela tout de suite ! Arrête ! Il n'y a pas de Diable dans cette pièce !

Charity fixa un point, derrière son père.

— Il y a un homme enveloppé d'un linceul ! Il dit qu'elle l'a poignardé ! Oh, comme il est livide ! « Meurtrière ! » Il l'appelle « Meurtrière ! »

Lucas la secoua légèrement.

— Ce n'est pas vrai, Charity. J'ai déjà dit à ces hommes que Susannah n'était pas une sorcière. Je leur ai raconté la vérité.

À présent, Charity tremblait et la chair de poule hérissait sa peau.

— Elle vous a ensorcelé ! répliqua-t-elle. Le Diable vous possède aussi ! Satan vous parle à l'oreille !

— C'est insensé ! s'exclama Lucas.

— Elle vous a avalé ! Je le savais ! Je l'ai vu ! Elle a avalé votre âme ! Oh, Père, comment est-ce possible ? Comment avez-vous pu la laisser faire ?

— Non, Charity...

— Oh, elle arrive ! Empêchez-la de s'approcher de moi !

Elle se démena violemment et leva les mains pour repousser un agresseur invisible.

— Elle est assise ici, sur la chaise, rétorqua Lucas. Charity, tu imagines...

— J'en ai entendu assez comme cela, intervint Danforth en s'avançant.

Il prit Lucas par le bras et ajouta :

— Relâchez-la.

— Non ! fit Lucas, en se dégageant de la poigne du gouverneur adjoint. Charity, écoute-moi. Si tu voulais bien le faire, tu verrais où est la vérité.

Danforth secoua la tête. Tom Putnam et John Hathorne s'élancèrent pour saisir les bras de Lucas. Il tenta de se débattre, de s'accrocher à sa fille.

— Charity ! s'exclama-t-il d'une voix désespérée. Je suis ton père. Mon Dieu, mon Dieu ! Je t'aime... Ne fais pas cela !

Elle se pencha et vomit. Ce n'était que de la bile, mais, dans le liquide visqueux, brillaient deux épingles.

Tom Putnam desserra son étreinte.

— Oh, Seigneur Dieu, regardez !

Lucas se dégagea. Il attrapa Charity et la serra contre son cœur. Elle était raide et réticente, mais il l'étreignit tout de même, et lui caressa les cheveux.

— Crois-moi, Charity. Crois-moi. Susannah n'est pas une sorcière. Comment pourrais-je aimer une sorcière ?

Aimer. Le mot fit, dans la pièce, l'effet d'un coup de tonnerre. Charity échappa à l'étreinte de Lucas avec une force effarante, au moment où Tom Putnam et John Hathorne parvenaient à lui faire lâcher prise. Lucas vacilla en arrière, fermement tenu par les deux hommes. Charity poussa un cri. Dans la petite flaque de bile, les épingles semblaient jeter des éclairs.

Danforth regardait Charity avec une affreuse pitié mêlée de dégoût. Quand il leva les yeux vers Lucas, j'y vis autre chose : l'expression d'un calcul. L'atmosphère de la pièce était lourde de soupçons et de frayeurs. Je pensai soudain à John Proctor, qui était venu assister à l'interrogatoire de sa femme en homme libre et en était reparti prisonnier.

— Laissez-moi la toucher, dis-je à Danforth. Laissez-moi la toucher.

Le gouverneur adjoint hésita. Il jeta un coup d'œil à Hathorne. Celui-ci hocha la tête et Danforth donna son accord. Me levant dans un cliquetis de chaînes, je me dirigeai vers ma nièce, et posai les mains sur elle comme on m'avait obligée à le faire lors de mon audience.

Elle se calma, ainsi que je m'y attendais et que cela s'était déjà produit. Lorsqu'elle fut apaisée, je l'attirai vers moi autant que me le permettaient les maudites chaînes à mes poignets. Tel un bébé sans volonté ni résistance, elle vint vers moi. Je sais ce qu'ils devaient s'imaginer : que je l'avais ensorcelée. Je la serrai contre moi comme j'avais rêvé de le faire pendant la longue traversée qui m'avait menée à Salem. Je la serrai contre moi comme si j'étais la mère qu'elle avait perdue, la mère que je ne serais jamais. Elle devint inerte, s'endormit dans mes bras et y demeura, jusqu'à ce que Samuel Locker vînt me l'arracher, pendant que Samuel Parris soulevait Charity et la portait hors de la pièce.

Je regardai Lucas. Sur son visage, je lus une foi sereine : sa foi en moi. Je savais ce qu'il éprouvait. Je connaissais la puissance de son sentiment, et avec quelle force il l'avait combattu. Si bien que cette victoire était le plus beau cadeau qui m'eût jamais été fait. Il m'aimait suffisamment pour s'attacher aveuglément à moi, pour accomplir un tel sacrifice, pour mettre sa vie en péril.

Je pouvais encore lui rendre la pareille.

Je me tournai vers Thomas Danforth.

— Ce qu'elle dit est vrai, déclarai-je. Je l'ai ensorcelée.

— Non ! s'écria Lucas. Seigneur Dieu, Susannah, ne fais pas cela...

Je l'ignorai.

— Je veux avouer, affirmai-je. Qui peut recevoir mes aveux ?

— Non ! Non !

— Faites-le taire ! s'exclama Danforth.

J'eus un sentiment de terreur lorsqu'il signifia à George Locker d'aller immédiatement aider Tom Putnam et John Hathorne à emmener Lucas hors de la pièce.

Il se débattit. C'est en le traînant qu'ils le forcèrent à franchir le seuil. Même alors, il se cramponna au chambranle et me regarda avec un mélange de fureur et de désespoir.

— Je ne te laisserai pas faire cela, Susannah !

Puis ils l'emportèrent et la porte claqua derrière eux.

35

À présent seule avec Thomas Danforth et Jonathan Corwin, j'étais terrorisée. J'avais simplement voulu sauver Lucas. Je n'avais pensé à rien d'autre.

— Vous reconnaissez être une sorcière ? demanda Danforth.

J'acquiesçai.

— Oui.

— Il faut que nous la fassions comparaître à la barre, dit Corwin. Nous devons la questionner comme nous avons questionné les autres.

Danforth hocha la tête.

— Allez chercher les filles. Y compris la fille Fowler.

Comme Corwin sortait, il ajouta en s'adressant à moi :

— Vous êtes consciente de ce que vous allez avouer. Vous savez que la sorcellerie est un crime capital ?

Je tentai de réprimer ma peur.

— Je sais.

Il me regarda pensivement, puis me conduisit à la barre, dans le prétoire, où je dus me tenir et attendre. Les filles furent vite amenées, depuis la taverne voisine, suivies par une foule avide. Je reconnus les amies de Charity dès leur entrée : Annie Putnam, Mary Walcott, Elizabeth Hubbard... Il y avait aussi deux filles que je n'avais jamais vues. Et puis, en dernier et en dépit de la terrible matinée qu'elle avait passée, on introduisit Charity.

Sitôt le signal donné, les filles et elle commencèrent leur spectacle – sans doute étais-je bien cynique, mais je n'en attendais pas moins d'elles. Charity cria plus fort que les autres, alors qu'une demi-heure plus tôt elle dormait paisiblement dans mes bras. Je me demandais si elle s'en souvenait seulement. Je me demandais si elle avait été sensible à cette paix que nous avions partagée, en cet instant.

Hathorne revint accompagné de Thomas Putnam et de George Locker, lequel se posta aussitôt près de moi. Je tendis le cou pour tenter d'apercevoir Lucas, mais il n'était visiblement pas là.

— Susannah Morrow, commença Danforth, vous avez, en ce jour, avoué être une sorcière, n'est-ce pas ?

Un silence inquiétant s'abattit aussitôt sur les filles. Dans la salle, la rumeur cessa. J'eus une impression des plus étranges : on aurait dit que j'étais sur une scène, et que les gens rassemblés sur les bancs n'étaient pas les auditeurs d'un procès, mais des spectateurs ayant payé leur place pour assister à une bonne représentation.

Les mots de Geoffrey me revinrent à l'esprit : *Il faut juste leur donner ce qu'ils veulent... Ils aiment l'exagération, mon amour. Ils veulent qu'on leur fasse peur ; ils veulent qu'on les fasse rire... C'est pas bien compliqué. Rien de tel que les bons gros effets, si tu veux les mettre dans ta poche...*

Voilà que je le comprenais comme je ne l'avais jamais compris. Pour la première fois depuis mon arrivée à Salem, je me sentais maîtresse de la situation. Ils étaient déjà impatients de m'entendre, captivés d'avance, ensorcelés... Soudain, je sus ce que je devais faire.

— Depuis combien de temps pratiquez-vous la sorcellerie ? reprit Danforth.

— Depuis un siècle.

Il sembla surpris.

— Un siècle ? Comment est-ce possible, alors que vous ne pouvez avoir guère plus de trente ans ?

— Mon esprit est très âgé.

— Vous prétendez que l'âge de votre esprit dépasse de soixante-dix ans celui de votre corps ?

— Le mal est éternel, n'est-ce pas ?

Un frisson d'effroi parcourut l'assistance. Charity me regardait sans ciller.

— Quel démon êtes-vous, pour exister depuis si longtemps ?

— Je ne suis pas un démon. Juste une servante du Diable, comme vous l'avez dit vous-même.

Danforth eut un air de triomphe.

— À quels intervalles rencontrez-vous le Diable ? Sous quelle apparence vient-il à vous ?

— Toutes les nuits. Il vient sous l'apparence d'un homme.

Ces mots déclenchèrent la fureur du premier rang. Mary Walcott, qui tricotait une seconde plus tôt, leva les yeux et s'écria :

— C'est la maîtresse du Diable !

— Silence, silence ! lança Danforth en levant la main. Et Lucas Fowler ? Le Diable vous a-t-il ordonné de l'ensorceler ?

— Oui.

— Comment avez-vous procédé ? À quels sortilèges avez-vous eu recours ?

Je pris le temps de regarder ces visages, ces gens pendus à mes lèvres, fascinés de voir leurs pires craintes et leurs plus folles curiosités prendre forme. Je compris ce qu'ils exigeaient de moi. Leur horreur allait au-delà d'une simple obsession pour Satan. C'était la peur de Dieu, et la peur de la destinée. Ils voulaient pouvoir tout expliquer, il leur fallait trouver raison à tout. Si les Indiens attaquent votre village et tuent votre mère et votre père, c'est que le Diable les y a conduits parce que vous avez fauté. Si le petit John meurt d'une fièvre étrange, c'est parce que je l'ai regardé en passant, et non parce que l'on n'a pas su le soigner. Il leur fallait exhiber, pour se sentir irréprochables, tout ce qu'ils jugeaient blâmable. Ils désiraient se rassurer eux-mêmes : *La prière, c'est efficace ; je suis l'un des élus de Dieu ; ma destinée est d'aller au Ciel, non en Enfer...*

Et pourtant, moi qui avais passé les dix-huit dernières années à Londres, je le savais : rien n'était assuré, les prières n'étaient que des prières. À cet instant précis, j'eus la certitude qu'ils me pendraient parce que je n'avais pas su leur apporter le soulagement, le réconfort dont ils avaient besoin...

— À quels sortilèges avez-vous recouru pour ensorceler le mari de votre sœur ? insista Danforth.

Je le fixai et éclatai de rire.

— À mes mains, répondis-je.

Lorsqu'il rougit, j'éclatai de rire à nouveau. Les yeux rivés sur Mary Walcott assise là, à tricoter frénétiquement, j'ajoutai :

— Je l'ai envoûté avec un corsage rouge, mes mains et ma bouche... Oui, je l'ai ensorcelé. Je l'ai pris contre sa volonté, aussi souvent que je le pouvais.

Mary cessa de tricoter et leva la tête pour s'écrier :

— L'homme noir est en train de lui parler à l'oreille. Regardez ! Il est là !

Charity, les bras crispés autour du corps, fut prise d'un tremblement irrépressible.

— Avez-vous vu cette femme avec un homme noir avant aujourd'hui ? demanda Danforth à Mary Walcott.

— Quand elle a été questionnée, répondit-elle. Il lui parlait souvent à l'oreille.

— Il se tenait à côté d'un homme blanc, ajouta Charity.

Danforth se figea.

— Un homme blanc ?

— Oui, assura-t-elle calmement. Il faisait frémir l'homme noir. Et devant lui toutes les sorcières tremblaient de peur.

— Et votre tante ? Elle tremblait aussi devant l'homme blanc ?

— Elle ne tremble devant rien. Même Dieu ne lui fait pas peur.

Danforth se tourna vers moi.

— Est-ce vrai ? Êtes-vous si démoniaque que Dieu lui-même ne vous effraie pas ?

Je croisai son regard.

— Le Diable m'a promis le réconfort et la vie éternelle. Je ne crains pas Dieu.

— Avec qui avez-vous frayé ? Qui sont les autres sorcières ?

— Je viens d'arriver ici. Je ne connais pas leurs noms.

— Abigail Hobbs affirme que des sabbats ont lieu, où vous vous réunissez pour boire du vin rouge et manger du pain rouge. Elle dit qu'un sorcier y donne le saint sacrement en une effroyable parodie du Christ, et qu'elle vous y a vue. Elle dit que vous chantez pendant que les autres dansent. Que vous chantez les chants du Diable...

— Oui ! hurla Charity. Oui. Elle chante les chants du Diable !

— Alors, me pressa Danforth en se rapprochant, est-il vrai que vous chantez les chants du Diable ?

— Oui. J'ai... j'ai chanté.

— Lors de ces sabbats ?

— J'ai chanté dans des lieux qui vous paraîtraient condamnables.

— Que se passe-t-il d'autre, lors de ces rassemblements ?

J'hésitai. Tous les regards étaient fixés sur moi.

— On dresse d'immenses feux de bois, on y jette des corps pour les brûler. Il y a de la musique, et l'on danse. On festoie pendant que les flammes s'élèvent. On mange de la viande qui semble rouge à la lueur du feu, et l'on rit, et l'on chante...

— Et c'est... c'est le sabbat des sorcières ? questionna Danforth.

— Non, c'est la Nuit du Pape ! rétorquai-je.

Dans le prétoire, il y eut un épouvantable remue-ménage. Seule Mary Warren continuait de tricoter. Je surpris son regard et, en le voyant brûlant de haine, je ne ressentis que pitié à son égard. Je la plaignais horriblement d'être prisonnière de tout cela, d'être désespérée au point de...

— Assez ! rugit Danforth. Vous vous moquez de nous, madame. Ainsi que le Diable vous commande de le faire.

On ne me permit pas d'ajouter quoi que ce fût. Danforth fit signe au sergent, qui m'arracha violemment à la barre. Les gens se levèrent en poussant force cris. On m'emmena au milieu de toute cette agitation.

On me traîna jusque dans la rue. Là, je fus houspillée et bousculée par la foule. Quelqu'un me jeta une pomme, et elle heurta si violemment ma joue que les larmes me vinrent aux yeux. Un autre me lança un chou à moitié pourri qui se brisa contre ma hanche, se décomposant en feuilles visqueuses et fétides. Locker me traitait sans délicatesse : je trébuchais sans cesse, et mes cheveux retombaient sur mon visage. Ils étaient sales, emmêlés, et sentaient affreusement mauvais, mais je ne pouvais les rejeter en arrière car Locker ne me laissait pas le temps de m'arrêter, et tenait le bout de ma chaîne de manière que je ne puisse pas lever les bras.

Malgré tout, j'avais le sentiment d'une victoire : grâce à moi, Lucas ne serait pas arrêté. J'étais parvenue à les manipuler suffisamment bien pour sauver la vie de mon amant.

Jem prit mes chaînes des mains de Locker et me reconduisit au cachot. En tournant la clé dans la serrure, il gloussait. Je le regardai sans comprendre, tandis qu'il ouvrait la porte puis me poussait à l'intérieur.

Là, je sus ce qui l'amusait tant.

Lucas m'attendait avec les autres.

Il était enchaîné.

Jem referma la porte derrière moi, et la clé tourna dans la serrure. Je tombai à genoux.

— Lucas, murmurai-je. Mon Dieu... Oh, mon Dieu !

Je sentis ses mains sur mes épaules tandis qu'il s'agenouillait devant moi. Puis il passa les bras par-dessus ma tête pour pouvoir me serrer contre lui.

— Pourquoi es-tu là ? demandai-je, désespérée. Je n'arrive pas à croire... Pourquoi es-tu là ?

— Ils m'ont accusé de pratiquer la sorcellerie, répondit-il à mi-voix.

— Mais ce n'est pas possible ! Je leur ai dit que je t'avais ensorcelé. Je leur ai dit...

— Tout s'est décidé à l'instant où j'ai retiré ma plainte. Avant même que tu ne fasses des aveux. Rien de ce que tu dirais ne pourrait changer le cours des choses.

— Ce n'est pas possible... Je ne peux pas les laisser faire ça !

Il sourit amèrement.

— Tu as bien vu, Susannah... tu as vu comment ils me regardaient. Je croyais... je croyais que ma réputation me protégerait, mais j'aurais dû me rendre compte... S'ils ont pu arrêter quelqu'un comme Rebecca Nurse, je n'avais aucune chance de m'en sortir.

J'eus envie de pleurer.

— Je n'arrive pas à y croire. Il faut que tout cela s'arrête... que quelqu'un réagisse. Il doit bien y avoir des esprits lucides...

— Où ça, Susannah ? répliqua-t-il d'une voix dure. Où sont-ils ? Les pasteurs sont abusés. Les juges sont abusés. Je t'ai dit qu'ils en avaient arrêté neuf autres ? Et parmi eux, Mary Easty, l'autre sœur de Rebecca.

Je le regardai, atterrée.

— Il y a une semaine, ils ont confisqué la propriété de Proctor, poursuivit Lucas. Ils ont abandonné les cinq enfants aux bons soins de la servante, sans lui laisser une seule marmite pour cuisiner. George Corwin a tout raflé. Il a vendu le bétail à moitié prix, et tué une partie du cheptel.

— George Corwin ? répétai-je.

— Le neveu du juge, expliqua Lucas avec dégoût. Il a été nommé shérif du comté il y a quelques jours. Ce n'est pas le grand amour entre Proctor et le reste du village. On raconte qu'il va être pendu comme sorcier... Ses biens ne devraient pas tarder à devenir propriété de la Couronne, il ne plane aucun doute sur leur intention de s'en emparer. Sont-ce là les agissements d'esprits lucides ? Est-ce que c'est ce qui m'attend, moi aussi ? Tu sais à quelle servante ont été confiés les enfants Proctor ?

Je posai la question à contrecœur :

— C'est qui ?

— Mary Warren. L'amie de Charity. L'une des filles qui a accusé Elizabeth Proctor d'être une sorcière.

— Mary Warren ?

Je fronçai les sourcils, perplexe.

— Mais... elle est ici ! Je l'ai entendue, il y a deux nuits... On l'accuse d'être une sorcière.

— Oui. Lorsqu'elle s'est élevée contre l'arrestation de John Proctor, les filles se sont retournées contre elle.

On raconte qu'il était un père pour elle. Cela n'a pas pu lui plaire de le voir se faire arrêter.

— Elle a été interrogée ici. Avant-hier soir. J'ai tout entendu. Elle nie être une sorcière, et affirme que les filles mentent.

— Qui peut distinguer la vérité des mensonges, désormais ? Le monde a perdu la raison, Susannah. Ne l'oublie jamais. Rien n'est plus comme avant.

— Et Jude et Faith ? Et Charity ? Que va-t-il advenir d'elles ?

— Faith est toujours chez Hannah Penney. Tom Putnam a promis de conduire Jude là-bas elle aussi. Il ne leur sera fait aucun mal. Quant à Charity... Je ne l'avais pas revue avant aujourd'hui, depuis qu'elle m'a confié avoir aperçu le fantôme de Judith. Elle est toujours à la Taverne Ingersoll. Ils ont fait de ma fille... une étrangère !

Il appuya son front contre le mien, et je sentis quelque chose de mouillé couler sur ma joue. Il pleurait.

— Tu n'aurais pas dû faire cela, me murmura-t-il. Je ne l'aurais jamais exigé de toi. Je ne le voulais pas.

— Il est trop tard, à présent. Ce qui est fait est fait.

— Ils ne te laisseront pas un moment de répit, tant que tu ne leur auras pas livré des noms, tu en es consciente ? Si tu refuses de coopérer, ils te pendront. Combien de temps pourras-tu te jouer d'eux, Susannah ? Ce ne sont pas des imbéciles...

— Jusqu'à ce que j'aie trouvé le moyen de nous sauver, toi et moi.

Lucas soupira.

— Notre destin est entre les mains de Dieu, désormais.

— Non ! protestai-je. Il est entre nos mains. Comme il l'a toujours été.

36

Cette nuit-là, ils amenèrent les neuf autres, si bien que nous étions désormais quinze dans une cellule conçue pour quatre. Il n'y avait pas assez de paillasses. Jem et Richard apportèrent de la paille, qu'ils étalèrent un peu partout en la pressant pour qu'elle pût faire office de matelas. Lucas partageait ma paillasse. Au milieu de tant d'autres gens, nous étions seuls, comme sur une île.

Le lendemain, Sam Nurse vint, avec des couvertures. Il ne m'accorda qu'un regard dédaigneux. De toute évidence, il était informé de mes aveux.

Je les suivis des yeux, Lucas et lui, tandis qu'ils se dirigeaient dans un coin et s'accroupissaient l'un près de l'autre pour s'y entretenir. Sur la couchette au-dessus de moi, la paille bruissa, et Giles Corey en descendit pour aller au seau de toilette. Lorsqu'il revint, je m'attendais qu'il remonte directement à la paillasse qu'il partageait avec sa femme, mais il s'arrêta devant moi.

— Alors comme ça vous avez avoué, lança-t-il avec un formidable mépris. Qui avez-vous dénoncé, chienne de sorcière ?

Je gardai le silence, et éprouvai une satisfaction coupable tandis que Giles se ratatinait.

Dans le coin, Sam se leva et Lucas fit de même. Ils se tapèrent sur l'épaule, puis Sam appela Jem, qui lui ouvrit la porte et s'en alla sans même me jeter un regard. Lucas tourna vers moi un visage triste et angoissé.

— Que se passe-t-il ? m'enquis-je. Quelles nouvelles t'a apportées Sam ? Les filles sont-elles... Oh, dis-moi qu'il n'y a rien de grave !

Lucas se laissa tomber sur la paillasse.

— C'est Charity... Lorsqu'elle a appris mon arrestation, elle a eu une crise qu'ils n'ont pas réussi à maîtriser, raconta-t-il sur un ton monocorde. Elle a essayé de se jeter dans le feu à de nombreuses reprises, et s'est blessée au poignet au cours d'une de ces tentatives. Elle a vomi des épingles et une clé, et s'est mordu la langue avec une telle violence qu'elle avait la bouche pleine de sang. Elle passe son temps les yeux dans le vide, et refuse de parler à qui que ce soit. Sam dit...

Là, la voix de Lucas s'étrangla.

— ... Sam dit qu'elle n'a plus toutes ses facultés. Son esprit est...

— Tu ne peux pas la laisser là-bas, Lucas. Il faut que tu demandes à Sam de l'éloigner. Les Poole seront certainement d'accord pour s'occuper d'elle, jusqu'à ce que tu puisses la ramener à la maison...

— Tu as plus de foi que moi, constata-t-il. Quitterons-nous jamais cet endroit autrement que les pieds devant ?

— Oui, Lucas. Il se trouvera bien quelqu'un pour entendre ce que nous avons à dire...

Lucas éclata d'un rire effrayant.

— Voilà des mois que tu n'as pas vu le village, Susannah. Tu n'imagines pas ce qu'il est devenu. Tout le monde soupçonne tout le monde... On ne peut plus enrayer le cours des choses. Ça ne cessera pas de sitôt, crois-moi : ça ne fait qu'empirer. Sam dit que Locker a confisqué ma propriété. Mes bêtes, mes outils... Tout a été détruit ou vendu. Il a vidé la cave et le grenier. A renversé les barriques de bière et de cidre dans la cour. Cette propriété à laquelle j'ai consacré tous mes efforts depuis seize ans a été transférée à la Couronne.

— Comment est-ce possible ? Tu n'as même pas été condamné.

— Qui s'en soucie ? Il m'arrive la même chose qu'à Proctor. Je... je n'ai pas su me taire. Après que Charity m'a raconté sa vision des meurtres, j'ai parlé avec trop de franchise. J'aurais dû me méfier, mais... j'ai vécu trop longtemps dans ce village. Je croyais ses habitants raisonnables. J'avais oublié le rôle que j'y avais joué, la place que j'y avais, les ennemis que je m'y étais faits. Il est presque certain que je serai condamné, Susannah. Condamné et pendu.

Je le fixai avec incrédulité.

— Parce que tu faisais partie du comité du village, tu veux dire ? Tu crois que c'est délibéré ? Que les filles dénoncent leurs ennemis ?

— Même si ce n'était pas le cas au début, ça risque de se terminer ainsi. Tu as entendu les aveux de Mary Warren. Et Sam dit que les gens commencent à jaser. Le bruit court que les filles seraient manipulées. Parmi les gens qu'elles accusent, il y en a qu'elles ne connaissent même pas. Bridget Bishop, par exemple, ne sait pas seulement à quoi elles ressemblent. Et George Burroughs pas davantage.

— Qui est-ce ?

— Un des premiers pasteurs du village. Putnam et lui ont longtemps été en désaccord... Il va leur falloir faire du chemin pour le retrouver : il vit désormais dans le Maine. Mais il se peut qu'ils aillent jusque-là. On raconte... Les filles prétendent qu'il est le chef suprême des sorcières. D'après Sam, Joseph Putnam lui-même ne se sent pas à l'abri. Il a averti Tom que si un seul membre de sa famille était accusé, ça irait mal pour lui. Mais il garde en permanence un cheval sellé et un fusil chargé...

— Alors, la situation n'est pas désespérée. Tant que des gens douteront...

— Susannah, ne te fais pas d'illusions : ceux qui croient sont trop nombreux. Le gouverneur adjoint y croit. Même moi, au début, je ne mettais pas en doute la parole de ces filles.

— Ils seraient prêts à faire de tes enfants des orphelins ?

— Si je suis sorcier, mieux vaut que je ne les élève pas.

— Mais tu n'es pas sorcier, Lucas.

— Non, reconnut-il avec un soupir. Mais le mal est ici, personne ne songe à le nier. J'y ai contribué. Ma fille fait partie des accusatrices. Tu es dans ce cachot à cause de moi.

— Ne dis pas cela. Je n'ai pas su comprendre votre monde.

— Je me suis choisi cette vie, insista Lucas. Et pourtant, quand j'y songe... Tu sais que je n'ai jamais entendu rire mes enfants ?

— C'est ce village...

— Non, fit-il en secouant la tête. Les enfants de Sam rient. J'ai entendu s'esclaffer ceux de Daniel Andrew. C'est moi : j'ai été guidé par la peur, et j'ai élevé mes filles dans le même esprit. Il est trop tard pour changer les choses, je le sais, mais j'aurais voulu...

— Il n'est pas trop tard, répliquai-je, et ces mots étaient une promesse que je lui faisais.

Une heure plus tard, Richard vint me chercher et je fus une fois de plus interrogée, dans une cellule encore vide de l'étage supérieur. Cette fois-ci, les pasteurs et non les magistrats s'en chargèrent. Ils rassemblaient les informations qui leur permettraient d'impliquer davantage de gens. Je le savais, et je leur offris des récits aussi colorés que possible. Le moindre détail éveillait leur intérêt. Les sabbats les fascinaient particulièrement. Je leur racontai l'histoire du dernier repas, brossant un tableau en rouge et noir, leur servant le Diable sur un plateau.

Je fis tout cela en ne songeant qu'à aider Lucas, et à trouver moyen de le faire. C'était mon seul dessein. Au fil des jours, je le voyais revenir livide et épuisé des interrogatoires, encore affaibli par l'impossibilité dans laquelle il était de voir sa fille. L'inquiétude creusait ses traits. Je brûlais de le faire libérer. Lorsque quatre nouveaux suspects furent arrêtés – au milieu des tempêtes de grêle qui, à la fin d'avril, s'abattirent sur Salem, telles les larmes glacées de Dieu –, on annonça qu'Increase Mather était sur le point d'arriver en Nouvelle-Angleterre, avec une nouvelle charte et un nouveau gouverneur – William Phips, qui avait combattu les Indiens. Je n'avais plus beaucoup de temps devant moi : avec une charte et un gouvernement tout neufs, la date des procès serait bientôt fixée.

Mais les nouvelles qui nous parvenaient de Charity étaient encore pires. Sam Nurse, qui passait aussi souvent que possible, nous apprit qu'elle avait sombré dans l'hébétude. Elle n'acceptait de consommer que du bouillon, et n'avait plus que la peau sur les os. À présent, elle se mourait. Je vis Lucas changer sous l'effet de cette nouvelle. Ses yeux se mirent à refléter le désespoir et l'horreur. Il perdit des livres et des livres de chair. J'avais beau le supplier de manger, la nourriture de la prison était impossible à avaler : du chou noir, des patates douces grouillantes d'asticots, du maïs gâté par les térébrants. Le dimanche, nous avions droit à une gâterie : une soupe trop salée, faite à partir d'un unique os de bœuf bouilli dans l'eau avec des pommes séchées.

C'était l'été, en Nouvelle-Angleterre. Et pourtant, dans cette prison régnaient encore l'obscurité, la stérilité de l'hiver. Les jours passèrent. Increase Mather arriva à Boston, accompagné du nouveau gouverneur. George Burroughs, le pasteur dont m'avait parlé Lucas, avait déjà été arrêté, ainsi que plusieurs autres. Mary Warren s'était rétractée une fois de plus, sans doute désireuse de retrouver son statut de victime après avoir passé trois semaines enchaînée. Elle figurait désormais parmi les principales accusatrices de Burroughs. J'entendis dire que les prisonniers étaient au total trente-six. Mais leur nombre augmentait sans cesse, et le rythme des arrestations ne semblait pas près de ralentir. Nos compagnons de cellule chuchotaient nerveusement, se demandant quand débuteraient les procès, et ce qui adviendrait une fois le gouverneur informé de la situation. Pour ma part, je ne me laissais pas inquiéter par de telles choses. J'avais avoué être une sorcière ; je me balancerais bientôt au bout d'une corde. Je m'étais faite à cette idée.

Cependant, je ne pouvais laisser mourir Lucas.

Deux jours avaient passé depuis le retour d'Increase Mather lorsque je trouvai le moyen de le sauver.

Je traînais près de la porte pendant qu'il dormait, quand j'entendis un bruissement dans le couloir, suivi d'un gloussement et d'un gémissement – non de douleur, mais de plaisir.

Je jetai un coup d'œil à travers la grille, curieuse de découvrir qui prenait ainsi du plaisir dans le couloir, au lieu d'aller chercher un peu d'intimité ailleurs. Je distinguai le bord d'une jupe, et, me rapprochant des barreaux pour mieux voir, aperçus une jolie fille, aux formes épanouies, à la coiffe de travers et au corsage délacé. Elle émit un nouveau gloussement, comme son compagnon la pressait contre le mur. Je reconnus Jem. C'était Jem avec sa bonne amie.

J'en fus aussitôt agacée. Toutefois, je constatai que la fille le repoussait, visiblement encore hésitante, tandis qu'il tirait sur les lacets de son corsage. Je remarquai aussi la couleur de la jupe qu'elle portait – un vert trop vif, trop voyant pour un endroit pareil. Et j'eus une idée, si soudaine que je devrais plutôt l'appeler une inspiration. En toute hâte, je me dirigeai vers le sac qu'Hannah m'avait apporté tant de semaines plus tôt, et y farfouillai pour y trouver ce que je cherchais. Le maudit corsage rouge.

Je le pris avec moi, repartis à la porte et cognai contre les barreaux.

— Jem ! Jem ! Venez ici !

Il enfouit son visage dans le cou de la fille.

— Jem !

Elle le repoussa un peu.

— Tu devrais pas t'occuper d'eux ? demanda-t-elle.

— J'ai mieux à faire pour le moment, répondit-il avec un sourire lubrique.

Je recommençai à frapper les barreaux, et donnai des coups de pied dans la porte.

— Jem !

La fille le repoussa de nouveau. Jem s'écarta avec un soupir et, rajustant son haut-de-chausses, s'avança jusqu'à la porte.

— Qu'est-ce que tu veux, bordel ? Je suis pas ton domestique.

— J'ai besoin d'aide, répondis-je.

Le geôlier lâcha un juron et, d'un geste brusque, fit joua la clé dans la serrure. Se tournant vers la fille, il lui lança :

— Ça te dit de regarder les sorcières de plus près, Pru ?

Elle hésita. Puis dans ses yeux passa un éclair de curiosité vulgaire, comme si elle s'attendait que nous nous métamorphosions devant elle. Jem ouvrit la porte et elle se glissa à l'intérieur, le dos plaqué au mur. Elle retint son souffle en découvrant la cellule aussi pleine de gens, le sol presque entièrement jonché de corps assoupis.

— On dirait des animaux ! s'exclama-t-elle avec stupeur.

Ce fut plus fort que moi...

— Oui, rétorquai-je, levant la main vers elle comme s'il s'agissait d'une griffe. Et si vous approchez trop, on vous mangera toute crue.

Elle étouffa un cri, se pressant un peu plus contre le mur. Jem se contenta d'éclater de rire.

— Qu'est-ce que vous voulez ? me demanda-t-il.

— J'ai renversé quelque chose sur ma robe. J'ai besoin que vous me retiriez mes chaînes, afin de pouvoir me changer.

J'exhibai alors le corsage écarlate, le tenant de manière que la fille l'ait sous les yeux.

Pru émit un léger gémissement, semblable à un miaulement. Soulagée et satisfaite, je notai qu'elle fixait le corsage avec un air de convoitise mêlé de fascination. J'avais vu la même expression dans le regard de Mary Walcott. Jem, qui s'était penché vers son trousseau de clés, se redressa en entendant.

Je montrai le corsage.

— Ça vous dirait, de le toucher ? demandai-je à Pru. Le tissu est d'une délicatesse incroyable.

Elle jeta un coup d'œil à Jem. Elle craignait de m'approcher, mais la tentation était trop forte. Prudemment, elle s'avança, et frôla la manche du corsage. Puis elle le toucha de nouveau, et cette fois-ci sa caresse s'attarda.

— C'est du taffetas moiré, dis-je. Fabriqué à Londres. Par Mme Beatrice. Vous la connaissez ?

Pru secoua la tête.

— Je suis jamais allée à Londres.

— Elle a un atelier magnifique. Ce corsage a été fabriqué pour moi, mais j'ai tellement maigri..., ajoutai-je avec un soupir. Dommage, il était vraiment beau...

— Il est encore beau, déclara-t-elle d'une voix tremblante.

J'étudiai Jem, la façon dont il fixait son amie avant de poser les yeux sur moi... Levant les mains, je secouai un peu mes chaînes. Il agita la tête vers Pru, pour lui signaler de sortir. Elle se faufila hors de la cellule et, lorsqu'il se pencha pour défaire mes menottes, je lui lançai :

— Que croyez-vous qu'elle vous donnera, Jem, en échange d'un tel corsage ?

Jem se figea.

— Tu viens, Jemmy ? glapit Pru, depuis le couloir.

— Tais-toi, répliqua-t-il par-dessus son épaule. Tais-toi un moment, tu veux bien ?

Il se retourna vers moi et demanda :

— Tu disais quoi ?

— Imaginez comme elle serait jolie avec. Elle est plus potelée que moi, mais je pense qu'il lui irait. Imaginez-la vêtue de cela, et de rien d'autre...

— Ça suffit, lâcha-t-il d'une voix rauque, haletante, en le saisissant. Donne-le-moi.

Je tirai dessus d'un coup sec pour le lui reprendre.

— Non, non. Pas question que je vous le donne pour rien, mon garçon.

— Jemmie ? appela de nouveau la fille, dans le couloir.

— D'accord, admit-il sur un ton impatient. Qu'est-ce que vous voulez en échange ? Une bouteille ? De la bière fraîche ?

Je le regardai droit dans les yeux avant de répondre :

— La liberté de Lucas Fowler.

Jem jeta un coup d'œil sur la paillasse où Lucas était endormi.

D'une voix calme, j'ajoutai :

— Vous pensez que ce serait compliqué de tourner le dos et de le laisser... de le laisser filer ? Vous ne trouverez pas un tel corsage dans toute la Nouvelle-Angleterre. Et songez à ce que votre jolie Pru pourrait faire pour vous, à quel point elle vous serait reconnaissante.

— C'est pas sans risques pour moi.

— Quels risques ? Vous êtes le geôlier. Le village ne peut exiger que vous gardiez les prisonniers gratuitement.

— Oh, je serai payé.

— Avec quoi ? Par qui ? Lucas a trois enfants. Aucun des trois n'est adulte, deux sont encore tout petits. Il n'a pas d'autre famille, personne pour payer ses frais d'emprisonnement, s'il est condamné. Sa propriété a déjà été confisquée par la Couronne. Quant à moi, j'ai reconnu être une sorcière... Je serai très certainement pendue, et nul ne se soucie assez de savoir où je serai enterrée pour vous racheter mon corps. Si Lucas est pendu lui aussi, on y perdra tous les deux. Chaque jour qu'il passe ici vous coûte de l'argent. Pourquoi ne pas prendre ce que vous pouvez dès maintenant ?

Il hésita.

Je baissai les yeux sur le corsage.

— C'est une belle couleur. Elle fera ressortir le rose des joues de Pru. Et elle en a envie, Jem. Vous avez vu comment elle le regardait ? Je crois qu'elle vous donnerait n'importe quoi pour le sentir contre sa peau.

Il avala sa salive.

— Oui, lâcha-t-il rapidement, comme s'il craignait de changer d'avis. Très bien. Marché conclu.

— Vous laisserez Lucas s'enfuir ?

— Demain, murmura-t-il. Dans la soirée, quand les badauds seront partis.

— Et les chaînes ?

— Faut qu'il fasse semblant d'être malade. Je lui retirerai ses chaînes et je le conduirai en haut, pour m'occuper de lui. Une fois là-haut, je tournerai le dos, et il pourra... faire ce qu'il a envie de faire.

— Le corsage en échange de sa liberté, alors ?
— Bon, Jemmy, tu viens ? gémit Pru.
— Donne-le-moi, me dit le geôlier.
— Une fois que ce sera fait, rétorquai-je.
Il était sur le point de protester, mais Pru le rappela et il fila.
Je regagnai la paillasse où Lucas dormait.
— C'est ta dernière nuit ici, mon amour, chuchotai-je.
Je le regardai dormir pendant un long moment.

37

J'écoutais les gémissements des autres prisonniers, le murmure continu des voix, les pleurs provenant d'une cellule voisine. Cet endroit n'était jamais silencieux. Il évoquait une tombe bourdonnante de corps enterrés vifs. Je n'osais penser à ce qui se passerait après le lendemain soir, lorsque je me retrouverais seule.

J'observais Lucas et Giles Corey, qui discutaient calmement dans un coin. Puis Lucas regagna la paillasse et s'installa près de moi. J'eus du mal à ne pas lui révéler de but en blanc ce que je venais de faire.

— De quoi parliez-vous ? demandai-je.

— Oh... de rien, répondit-il en appuyant la tête contre le mur. D'un jour où on était allés chasser tous les deux, il y a de ça plusieurs mois. De choses sans importance...

— Tu aimes bien Giles.

Il haussa les épaules.

— Le village est petit. Mieux vaut aimer les gens que les détester.

— Tu as été heureux, ici ? Dans ce village ? Ta vie a ressemblé à ce que tu espérais ?

Il me regarda bizarrement.

— Quelle drôle de question... Tu as été de si étrange humeur, toute la soirée.

— D'humeur pensive, plutôt.

Son pouce caressa doucement le mien.

— Est-ce que j'ai été heureux ici ?

— Tu aimais Judith...

Avant qu'il n'ait pu répondre, j'ajoutai vivement :

— Non, non, ne me dis rien. Quelle que soit ta réponse, elle ne pourra pas me faire plaisir.

Il demeura un instant silencieux. Lorsqu'il leva les yeux sur moi, ils étaient d'un bleu si perçant que j'en distinguais clairement la couleur dans la pénombre.

— Et toi, Susannah ? Tu as été heureuse à Londres ?

— Je me suis toujours sentie vagabonde, lui répondis-je avec sincérité. Le corps ou le cœur errant. Je ne suis jamais parvenue à... à la satisfaction.

— Et à présent... entre nous... il s'agit d'une nouvelle errance ?

— J'ai le sentiment que nous avons toujours appartenu l'un à l'autre. Ce n'est pas ce que j'aurais souhaité, et pourtant... je ne peux pas le nier. Et je te jure une chose : je n'ai jamais éprouvé un tel sentiment.

Il me serra les doigts. Une expression de tristesse passa sur son visage.

— Oui.

Je déclarai ensuite, en pesant chacun de mes mots :

— Il n'y a pas d'avenir ici. Pas dans ce village.

— Ce village n'existera peut-être plus, une fois que tout cela sera fini.

— Imagine cependant que si. Et imagine que tout s'arrange. Si tu avais l'opportunité de partir, est-ce que...

— Judith est enterrée ici, ainsi que nos enfants. Mais il serait temps, je crois, de bâtir une nouvelle vie ailleurs.

— Tu t'en irais, alors ?

— Oui. Si jamais on parvient à sortir d'ici.

— Lucas, promets-moi que tu le feras, si l'occasion s'en présente. Promets-moi que tu emmèneras les filles et que tu iras aussi loin que possible de ce village.

Il fronça les sourcils, visiblement déconcerté.

— Qu'est-ce que tu vas chercher ? Ils n'ont même pas encore fixé la date du procès...

— Mais si... si on t'acquitte, ne m'attends pas. Maintenant, jure-moi de t'en aller.

— Et de les laisser te pendre ?

— Oui, si cela devait en arriver là.

— Je ferai tout ce qui est en mon pouvoir pour les convaincre de ton innocence. Je ne te laisserai pas affronter seule la mort.

— Il le faut. Ce n'est pas à moi que tu dois penser, Lucas, mais à tes filles.

Je savais que j'avais choisi le meilleur argument possible. Il aimait ses enfants. Il finirait par faire ce qui valait le mieux pour elles.

— Je le jure, dit-il enfin. À condition que tu me jures toi aussi quelque chose.

— Quoi ?

— Que si tu trouves un moyen de t'en sortir, tu fileras également. Tu n'es pas une sorcière. Ne les laisse pas te pendre pour cela. Si je jure de te quitter, tu dois me promettre de faire de même.

— Oui. Je le jure.

Il se rallongea, satisfait.

— Ce sera bientôt fini, dit-il. Il le faut.

J'acquiesçai et posai ma tête sur son épaule.

— Quel avenir choisiras-tu, Lucas ?

— Ces derniers temps, j'ai songé à New York. Je pense que je pourrais y trouver du travail. Il y a la guerre à prendre en compte... Ce n'est pas une ville aussi sûre que Boston, mais pas non plus la Nouvelle-Angleterre. On y sera bien assez en sécurité, et j'ai pensé... pour nous... il y a des endroits où les lois ne répriment pas notre amour.

— Et ton cœur, Lucas ? Comment se fait-il à l'idée de ce que nous sommes l'un pour l'autre ?

— Je ne veux pas perdre le bonheur, déclara-t-il simplement. J'ai vécu trop longtemps sans.

Le lendemain matin, je me reprochais déjà d'avoir fait confiance à Jem... Comment avais-je pu compter sur la parole d'un geôlier ? Richard nous apporta à manger, mais je ne pus rien avaler tant je me maudissais pour ma crédulité. J'étais irritable et distraite.

— Qu'est-ce qui te prend ? me demanda Lucas à plusieurs reprises.

Je me contentai de secouer la tête et de m'éloigner.

Au fil des heures, mon inquiétude grandit. Quand enfin la clé tourna dans la serrure, et que Jem cria qu'il nous apportait le dîner, je faillis défaillir.

Le geôlier évita mon regard tandis qu'il entrait, portant un grand seau qui empestait la soupe. Il nous tendit les écuelles fêlées – il n'y en avait que six, ce qui impliquait que quelques-uns les vident avant qu'on les remplisse de nouveau pour les autres. Jem se plaça en retrait un instant. Puis il leva les yeux vers moi et, d'un hochement de tête, désigna Lucas qui, assis sur le bord de notre paillasse, attendait son tour. Je compris que le moment était venu. M'approchant de Lucas, je lui chuchotai :

— Fais semblant d'être malade. Tout de suite.

Il fronça les sourcils.

— Quoi ?

— Fais semblant d'être malade. Jem va retirer tes chaînes et te conduire là-haut. Dès qu'il aura le dos tourné, tu fileras. Aussi vite que possible. La porte sera ouverte. Et après, Lucas, tu devras prendre la fuite. Débrouille-toi pour récupérer les filles, et quitte cet endroit. Hier soir, tu as parlé de New York. Là-bas, fonds-toi dans la population. Ne les laisse pas te retrouver.

Il me dévisageait.

— J'ai acheté ton évasion, précisai-je vivement.

Je sentis mes yeux se mouiller, et ne fis rien pour retenir les larmes.

— C'est ta chance de fuir vers une vie meilleure.

— Tu as acheté mon évasion ? répéta-t-il. Comment ?

— Peu importe.

Je jetai un coup d'œil à Jem. Il donnait des signes d'impatience.

— Il faut que tu y ailles, Lucas. Vite !

— Je ne partirai pas sans toi. Ce sera nous deux, ou bien ni l'un ni l'autre.

— Nous deux, c'est impossible.

Par-dessus mon épaule, je regardai Jem, qui fronçait les sourcils. Saisissant la main de Lucas, je m'exclamai :

— Oh, Lucas, qu'est-ce qui t'arrive ?

Lucas se dégagea.

— Pas sans toi !

— Ne fais pas l'idiot, murmurai-je. Pense à Charity, et à Jude. Et à Faith. Pense à ce que nous nous sommes dit hier. Ta chance est là. Tu dois la saisir.

Il hésita, et je rapprochai mon visage du sien.

— Tu me l'as juré, Lucas. Hier soir, tu m'as juré de partir, si l'occasion s'en présentait.

— Je pensais qu'on parlait en l'air ! protesta-t-il. Tu avais déjà prévu cela. Et moi, je n'en savais rien.

— Que se passe-t-il ici ? demanda Jem.

— Il est malade ! criai-je. Geôlier, je crois qu'il est malade. Faites quelque chose !

— Je ne peux pas me résoudre à..., commença Lucas.

Je me redressai d'un bond.

— Geôlier, je vous en supplie !

Jem se précipita. Lucas leva les yeux vers moi. Je pleurai. Maudites larmes...

— Je ne...

— Il a la fièvre, j'en suis sûre, l'interrompis-je. C'est... c'est ce terrible endroit. Il faut que vous alliez chercher un docteur.

À l'intention de Lucas, je murmurai ensuite :

— Les enfants, Lucas. *Les enfants* !

Il hésita, puis se plia en deux, en poussant un grognement. Jem défit ses menottes, qui tombèrent sur le sol avec un bruit de ferraille. Ensuite, il saisit le bras de Lucas et l'obligea à se mettre debout.

Lucas m'étreignit le poignet avec une telle force que je fus contrainte de le suivre, d'un pas chancelant.

— Pas elle, lança Jem en desserrant les doigts de Lucas.

Lucas se retourna vers moi.

— Susannah...

— Tout va bien se passer, mon amour. Jem va s'occuper de toi.

Son visage était déformé par l'angoisse, tandis que le geôlier le poussait dans le couloir. Une fois la porte refermée derrière lui, je me laissai tomber sur la paillasse, encore tiède de sa présence. Je restai étendue là, dans l'obscurité, pendant que mes compagnons de cellule se pressaient comme une nuée d'insectes autour du seau de soupe fétide et que, depuis la couchette du haut, Giles Corey observait la scène de son regard trop sombre et pénétrant.

Je m'attendais que Jem le ramenât : Lucas allait regagner la cellule en vacillant, dans un cliquetis de chaînes auquel se mêlerait le ricanement du geôlier. Comme cela n'arrivait pas, je m'attendis qu'on le rattrapât : au moindre bruit ou à la moindre lueur provenant du couloir, je me dressais sur la paillasse, prête à le voir apparaître. Je ne dormis pas, cette nuit-là – en tout cas, pas plus d'une heure. Les cris de ceux qui souffraient me tinrent en éveil comme ils ne le faisaient plus depuis des semaines. Chaque fois qu'ils me tiraient de ma torpeur, j'étais déconcertée de ne pas trouver Lucas près de moi, jusqu'à ce que je me souvienne qu'il était parti.

Ils ne le ramenèrent pas cette nuit-là, ni le lendemain. Giles Corey me lança, d'une voix soupçonneuse :

— Faut-il que Lucas soit malade, pour qu'ils ne l'aient pas encore reconduit ici !

Je hochai la tête et pris l'air inquiet. Je n'avais pas besoin de me forcer : je ne cessais de me tourmenter au sujet de son évasion. Au bout du troisième jour, personne ne me posait de questions, mais je voyais parfois Martha et Giles s'entretenir fébrilement et baisser la voix dès que je tournais mon regard vers eux. Je tendais l'oreille, et pourtant la seule nouvelle qui me parvint concernait Sarah Osborne – morte à la prison de Boston, sa constitution chétive ayant été fatalement affaiblie par son emprisonnement. Après que j'eus donné le corsage à Jem, il s'appliqua à éviter scrupuleusement mon regard dès qu'il descendait à la cellule. Au cours de la première semaine, du moins. Ensuite, il redevint tel qu'il était auparavant, et je sus qu'il avait oublié Lucas.

La prison évoquait de plus en plus les entrailles de l'Enfer – même les cellules du haut étaient désormais occupées. Il y régnait une rumeur pareille à une forte houle, qui semblait ne jamais s'apaiser. Pendant dix jours, je n'entendis pas parler de Lucas, ni de Charity. Puis un matin Richard nous annonça à tous que le conseil général du Massachusetts avait décidé d'instaurer un tribunal d'exception – un tribunal temporaire, spécialement mis en place pour les affaires les plus graves et les plus inhabituelles – afin de nous juger.

Au cours des jours précédents, j'avais tellement pensé à Lucas que je n'avais pas eu le temps de penser à moi, ou aux aveux que j'avais signés. Je n'espérais pas survivre à l'été : ils me maintiendraient en vie juste assez longtemps pour condamner les autres, après quoi ce serait mon tour et l'on me pendrait.

J'étais perdue dans ces réflexions quand je levai les yeux, une heure plus tard, pour voir Jem ouvrir la porte à Hannah Penney.

Je ne la reconnus pas aussitôt. Elle n'avait pas la petite Faith dans les bras. Mais lorsque nos regards se croisèrent, je m'écriai :

— Hannah !

Mes chaînes heurtaient bruyamment mes jambes à chacun de mes pas. Son regard se porta sur elles, et il me revint en mémoire que je ne les portais pas, lors de sa précédente visite.

— Dieu du Ciel ! murmura-t-elle.

Elle récita en silence une prière rapide, puis me dit :

— Le Seigneur doit vous juger bien coupable, pour vous punir ainsi.

Ce n'était pas de la cellule qu'elle voulait parler, mais de ma personne, je le savais. Durant ces dernières semaines, j'avais commencé à m'intéresser à mes os. Pour la première fois de ma vie, je les voyais sous ma peau, et j'étais fascinée par leurs nodosités, leurs courbes en creux, leurs arêtes saillantes. Ceux de mes poignets étaient si anguleux que les menottes avaient raclé la peau se trouvant au-dessus, et formé des plaies qui ne cicatrisaient pas. Je m'attendais presque que jaillissent mes os. Je sentais mon visage désormais tout en angles – la mâchoire, les joues – et mes doigts, en s'y pressant, ne rencontraient plus aucune souplesse. Pourtant, cette constatation ne m'effrayait pas. Dans cette cellule, tout le monde était logé à la même enseigne : sans cesse exposés les uns aux autres, nous nous transformions en épouvantails squelettiques lentement et sans trop nous en rendre compte – alors qu'un tel spectacle atteignait Hannah de plein fouet.

Je ne fis aucun effort pour la rassurer.

— Vous avez des nouvelles de Lucas ? murmurai-je.

Son regard revint sur moi.

— Oui, répondit-elle avec réticence. C'est pourquoi je suis là.

— Il est parti ? Je vous en supplie, dites-moi qu'il est parti !

— Oui. Il y a déjà plusieurs jours. Je serais bien venue avant, mais il règne une telle folie...

Je serrai fortement son bras et la secouai un peu, ce qui fit cliqueter mes chaînes.

— Racontez-moi, dis-je, en l'écartant autant que possible des oreilles indiscrètes. Racontez-moi tout.

— Il est passé, un soir, chercher Jude et Faith. Je l'ai prévenu que la petite n'était pas encore sevrée... Ça va lui causer des ennuis, je vous le garantis. Je lui ai expliqué qu'une fois ma sœur avait nourri un bébé au lait de vache mélangé à du sucre, mais allez savoir si...

— Oui, oui... Quoi d'autre... Charity ?

Par-dessus mon épaule, Hannah jeta un coup d'œil aux autres, puis baissa la voix.

— Elle habitait à la Taverne Ingersoll. Malade, comme vous savez... et en train de dépérir – à ce qu'il paraît, car je ne l'ai pas vue moi-même. Elle était alitée, pauvre enfant, et incapable de prononcer son propre nom. Puis, un matin, quand ils sont venus lui apporter son petit déjeuner, elle était plus là. Disparue, sans laisser aucune trace. À croire qu'elle s'était volatilisée. Mais si vous voulez mon avis... Sarah Ingersoll était amie avec Lucas, et Charity s'est évaporée le lendemain du jour où il est passé chercher les deux autres chez moi. Sam Nurse n'a pas pipé mot, lui non plus. Il sait des choses, j'en suis sûre, mais il ne parlera pas.

— Vous n'avez rien dit à personne, n'est-ce pas ? Vous ne leur avez pas dit qu'à votre avis c'est Lucas qui a emmené Charity ?

Elle me regarda comme si j'étais une idiote.

— Susannah, qu'est-ce que je pourrais bien raconter ? Son évasion n'est un secret pour personne, et Jude et Faith ne sont plus chez moi, alors qu'il me les avait confiées. Je n'ai rien dit, mais tout le monde me soupçonne de l'avoir vu.

— Ils vont le poursuivre, vous croyez ?

— Le poursuivre ? Où ça ? Personne ne sait où il est allé. À part vous, peut-être.

— Moi ?

— Oui. Lucas m'a demandé de vous donner ce message : il est parti pour cet endroit dont vous aviez parlé. Ce sont ses mots.

L'endroit dont nous avions parlé. *New York*.

— Vous l'avez répété à quelqu'un ?

— Pas même à George, même s'il m'a posé la question. Le message était pour vous seule. Je vois pas pourquoi je le donnerais à d'autres.

— Merci.

Hanna soupira.

— Ils sont furieux qu'il se soit évadé, croyez-moi. Ils vont peut-être essayer de le retrouver, mais si vous voulez mon avis, ce sera pas avant un bout de temps. Il y en a tellement d'autres... Vous avez vous-même reconnu qu'il y en avait encore vingt, ou plus. Avec autant de sorciers et de sorcières, ils vont pas mettre le village en péril pour en reprendre un seul. Qu'est-ce qu'un seul homme, face à un tel pouvoir démoniaque ?

— Je vous remercie de m'avoir transmis son message. Ça n'a pas dû être facile, pour vous.

— J'ai volontiers accepté cette tâche, répondit-elle simplement. J'ai prié pour le salut de votre âme, Susannah. Je souhaitais avoir l'occasion de prier avec vous. Je suis soulagée que vous ayez avoué... Un tel repentir ne peut que vous aider à obtenir le pardon de Dieu. Vous avez dû endurer tant de tourments ! Quand une âme aspire à ce point au salut, elle est une proie facile pour Satan.

— Oui, lâchai-je en me détournant.

Elle me saisit le bras et le serra.

— Mais le Diable peut être vaincu. La seule manière, c'est de livrer son âme au Christ.

Pivotant de nouveau vers elle et vers ses yeux suppliants, je répliquai :

— Je ne me suis déjà que trop livrée, Hannah.

— Priez avec moi.

J'hésitai et regardai cette femme qui avait été mon amie. Si cela pouvait l'apaiser, que je prie avec elle, pourquoi ne pas lui donner satisfaction ?

— Très bien, dis-je.

Elle sourit et joignit mes deux mains.

— Ce ne sont pas ces chaînes qui vous retiennent prisonnière. Implorons toutes deux la grâce de Dieu.

Elle se mit à prier. Je fermai les yeux et écoutai ses mots. Toutefois, ce n'était pas à Dieu que je pensais, mais à Lucas... trois filles blotties les unes contre les autres, dans la joie et dans la crainte, il les conduisait hors de Salem, sur une route déserte aux ombres vivement découpées, à la lueur d'une brillante lune de printemps.

QUATRIÈME PARTIE

Lucas

La rédemption

Long et âpre est le chemin
Qui mène hors de l'Enfer et vers la lumière.

John MILTON
Le Paradis perdu

38

Je fis ce que Susannah exigeait de moi, même si mon âme était au supplice quand, Jem m'ayant tourné le dos, je me glissai au-dehors et filai dans l'obscurité. Je sentais que je ne la reverrais jamais, et ce sentiment donnait à ma fuite un caractère désespéré qui me faisait courir encore plus vite, même si m'éloigner d'elle était ce que je désirais le moins au monde.

La porte située à l'arrière de la prison débouchait sur les bords fangeux de la rivière. On était à marée basse. Les nappes d'eau stagnantes exhalaient une odeur fétide. Mes poumons n'avaient rien respiré d'autre que la puanteur de la prison depuis une éternité, me semblait-il. La nuit était calme et tiède. J'entendais les sons provenant d'une taverne voisine, le grincement des bateaux sur le port, le doux mugissement du vent dans les gréements.

Je restai tapi dans l'ombre... J'étais un fugitif dans ma propre ville. Conscient de l'ironie de cette situation, je courus, aussi furtivement et aussi vite que possible, jusqu'à la route qui menait au village. Au moindre claquement de sabots, je me cachais dans l'herbe et les roseaux. À un moment, mes efforts me valurent de réveiller des poules d'eau qui, effrayées, volèrent sur la route avec force gloussements et battements d'ailes. Elles désorientèrent tant un cavalier passant par là qu'il poussa un juron et arrêta son cheval. Inquiet, le souffle haletant, il scruta les champs, cherchant à apercevoir des Indiens ou des voleurs.

Mon temps était compté : les juges ne tarderaient pas à apprendre mon évasion, et l'on se lancerait alors à ma poursuite. Il faisait sombre lorsque j'atteignis enfin les environs du village. J'étais tout près de chez moi, et il me fallut résister à la pressante envie de m'y rendre, pour constater les dégâts causés à cette terre que j'avais passé seize ans de ma vie à cultiver à la sueur de mon front. Au lieu de ça, je pris un chemin que je connaissais suffisamment bien pour pouvoir m'y repérer, même dans les ténèbres les plus opaques, et me dirigeai vers la maison des Penney.

Je n'étais pas sans inquiétude. Je faisais assez confiance à Hannah pour lui remettre mes enfants, mais George Penney était à la botte du père d'Hannah... et celui-ci courbait le dos devant Nathaniel Putnam. Ils soutiendraient donc la cause de Parris et de l'implacable chasse aux sorcières. Ils devaient être depuis longtemps informés de ma rétractation, et ne pouvaient ignorer de quel côté j'étais.

Mais j'avais nourri de trop sombres craintes concernant mes enfants, au cours des semaines passées dans cette prison infecte. Il m'était impossible de partir sans eux.

Comme je m'approchais de la maison, je distinguai une faible lueur à l'intérieur. Devant la porte, je me figeai en entendant les pleurs d'un bébé. Étaient-ce ceux de Faith ou du petit garçon d'Hannah ? J'hésitai, soudain pris de peur. Puis je frappai à la porte de toutes mes forces.

— Du calme ! Du calme ! cria une voix.

George. J'entendis le plancher craquer sous ses pas, le bruit du loquet qu'on soulève, puis un silence.

— Qu'est-ce que c'est ? Qui vient à cette heure ?

— Votre voisin, répondis-je.

Ma voix, rendue rauque par l'effort, me parut méconnaissable. J'espérai qu'elle le serait aussi à ses oreilles, et qu'il ne refuserait pas de m'ouvrir.

— Je vous apporte une nouvelle, ajoutai-je.

La porte s'ouvrit.

— Qu'est-ce que...

À ma vue, George resta bouche bée. Il suffoqua comme un poisson qu'on sort de l'eau, et tenta aussitôt de refermer la porte. Avant qu'il ait pu y parvenir, je glissai un pied à l'intérieur.

— Laissez-moi entrer, dis-je en le bousculant et en m'introduisant dans la petite maison qui résonnait de cris d'enfants.

Depuis la cheminée, Hannah leva des yeux craintifs. Elle faisait frénétiquement sauter un enfant sur ses genoux – ce qui l'incitait à brailler encore plus fort.

— Dieu du Ciel ! s'exclama-t-elle en se levant. L'enfant serré contre elle n'était pas mon bébé, mais le sien.

— Lucas ! ajouta-t-elle. Mon Dieu, comment avez-vous fait ? De quel sortilège avez-vous usé pour...

— Où sont mes enfants ?

George vint se placer entre sa femme et moi. Il fronça les sourcils, et son visage gras se sillonna de rides.

— Ils vous ont libéré ? Nous n'avons rien entendu de tel.

— La nouvelle vous parviendra sans doute demain, répondis-je.

Avec quel air soupçonneux il me scrutait ! J'avais passé plusieurs semaines en prison. Ma peau empestait encore l'odeur fétide du cachot.

— Où sont mes enfants ?

C'est alors que des pas dévalèrent l'escalier. Je vis un éclair blanc, puis quelque chose vint me heurter si violemment que j'en eus le souffle coupé. Des petits bras entouraient ma taille, une enfant se pressait contre moi comme si elle ne pourrait jamais me serrer suffisamment fort.

— Père, s'écria Jude. Oh, Père, vous êtes là !

— Oui, je suis là. Habille-toi, ma fille, et conduis-moi jusqu'à ta sœur. On s'en va.

— On rentre à la maison ? demanda-t-elle, et je restai un moment sans réponse, submergé par la puissance de mon amour.

Je recouvrai enfin l'usage de la parole.

— On part dans une autre maison... Dépêche-toi, à présent. On n'a pas beaucoup de temps.

— Vous ne pouvez pas les emmener, intervint Hannah. Ils vont vous rattraper, Lucas. Et qu'adviendra-t-il d'elles, alors ?

— C'est à moi de m'en inquiéter, rétorquai-je.

George hocha la tête.

— Va chercher le bébé et les vêtements, lança-t-il à Hannah.

Devant son hésitation, il ajouta sèchement :

— Allez, vite !

Hannah parut sur le point de protester. Elle pressa son enfant plus fermement, puis serra les lèvres et s'élança dans l'escalier.

— Merci, déclarai-je à George.

Son expression était sinistre.

— Je garderai le silence aussi longtemps que possible, me déclara-t-il. Mais, tôt ou tard, je devrai reconnaître que vous êtes venu. Je peux pas faire autrement.

— Je vous demande juste de m'accorder quelques jours.

— Si c'est possible.

D'un geste de la tête, il désigna la porte.

— Elle est avec vous ?

À la pensée de Susannah, le désespoir m'envahit.

— Non. Je suis seul, répondis-je.

— Où est-ce que vous comptez aller ?

— Voyons, George. Vous savez que je ne peux pas vous le révéler.

Hannah revint dans la pièce. Elle n'avait plus son enfant dans ses bras, mais Faith, encore à moitié endormie. Jude se tenait derrière, avec à la main un sac de toile plein à craquer.

— Elle n'est pas encore sevrée, m'expliqua Hannah d'un ton inquiet. Elle va vous causer du souci.

— Il y aura des chèvres sur le chemin, répliquai-je.

— Elle n'en a pas l'habitude...

— Je ne la laisserai pas mourir de faim, Hannah.

Il était clair qu'elle rechignait à me mettre le bébé dans les bras. Mais George lui donna un petit coup de coude, et elle s'exécuta. Faith me contempla un moment, et je l'entendis soupirer de contentement. Puis elle referma les yeux et sombra dans le sommeil.

Je regardai Hannah et remarquai :

— Vous avez déjà rendu visite à Susannah...

— Oui, répondit-elle, non sans méfiance. On était amies, dans le temps.

— Je voudrais vous demander un service, si c'est possible...

— C'est impossible, Lucas, me coupa George. Vous nous faites déjà courir un risque. S'ils apprennent que nous vous avons vu, que nous vous avons aidé...

— Oui, bien sûr, déclarai-je avant de faire signe à Jude. Allons-y, ma fille. Tu veux bien marcher un peu ?

— Oui, Père.

— Alors, dis au revoir.

Puis je m'adressai à Hannah :

— Je ne vous ai jamais remerciée de vous être occupée de Faith. Eh bien, merci. J'apprécie tout ce que vous avez fait.

George se dirigea vers la porte, impatient de nous voir partir, et je me retournai pour le suivre. Hannah me saisit le bras.

— Laissez-moi dire au revoir à la petite.

Elle se pencha pour embrasser le front duveteux de Faith, et me glissa à l'oreille :

— J'irai la voir.

À mon tour, je lui murmurai :

— Dites-lui que je suis allé à l'endroit dont nous avons parlé.

Elle parut déconcertée, mais hocha la tête.

— Vous feriez mieux de vous dépêcher, lança George.

Je plaçai Faith sur un seul bras et tendit mon autre main à Jude, qui la prit – un tel acte de foi, que je méritais si peu... Ensemble, nous nous hâtâmes de sortir. Derrière nous, la porte fut close d'un geste ferme.

— Je promets de ne pas avoir peur, Père.

Nous n'avons pas beaucoup de chemin à faire ce soir, Jude, la rassurai-je en espérant qu'il en serait ainsi.

Il me restait encore une tâche à accomplir, et pour cela j'aurais besoin d'aide. Le village avait tellement changé que l'on ne pouvait plus être sûr de personne, et je tentais de dissimuler à Jude mon appréhension tandis que, la tirant par la main, je me dirigeais vers la maison de Sam Nurse.

Nous nous frayâmes un chemin à travers champs, parmi les rangées de maïs de Sam, sombres silhouettes dont les feuilles pointues nous raclaient les tibias. Les plants étaient rabougris. L'été promettait déjà d'être sec. Lorsque nous atteignîmes le bout du champ, la porte de la maison s'ouvrit comme si on nous attendait. Je m'arrêtai si brusquement que Jude me percuta. D'un geste, je lui enjoignis de garder le silence. Puis je vis Sam dans le rectangle de lumière. Lentement, j'émergeai des ténèbres.

Il tenait un fusil. À mon approche, il le leva.

— Qui va là ? Qui êtes-vous ?

— C'est Lucas, répondis-je à voix basse.

— Lucas ?

— Oui.

— Mais tu étais...

— Je n'y suis plus, dis-je en gardant mes distances et en maintenant Jude derrière moi, pour qu'elle fût en sécurité. Il faut que je sache, Sam : tu es mon ami ou mon ennemi ?

Il prit l'air profondément dégoûté et baissa son arme.

— Ton ami, ton ami, bien sûr. Comment peux-tu penser autrement ?

— Rien ne me paraît plus aller de soi.

— Oui, oui, tu as raison. Mais ici, tu es le bienvenu. Plus que le bienvenu. Je serais capable de tirer sur ceux qui voudraient te capturer, tant je suis fatigué de toute cette violence.

Je m'avançai avec mes fillettes.

— Je ne te mettrais pas ainsi en danger si je n'avais pas une bonne raison de le faire.

— Il y a des dangers pires que celui-ci. Je préfère qu'on m'abatte pour avoir défendu un ami, plutôt que regarder mourir des innocents sans bouger le petit doigt. Dieu du Ciel, dans quel Enfer sommes-nous tombés ?

Il nous fit signe d'entrer, puis referma avec soin la porte derrière nous.

— Mary, viens vite ! cria-t-il ensuite.

La femme de Sam descendit précipitamment l'escalier. En nous voyant, elle se figea. Porta la main à sa coiffe, dans un geste de surprise.

— Oh... Lucas... Dieu soit loué ! Ils t'ont libéré ?

— Susannah a acheté mon évasion, répondis-je.

Mary prit Faith dans ses bras.

— Laisse-moi coucher le bébé. Viens avec moi toi aussi, Jude. Tu as l'air épuisée, pauvre trésor.

Jude me jeta un coup d'œil interrogateur et je hochai la tête.

— Va te reposer, mon enfant. Suis Mary.

— Tu seras parti quand je me réveillerai ? demanda-t-elle d'une voix inquiète.

Ce que cette ville avait fait à mes enfants... Ce que *j'avais* fait...

— Je n'irai nulle part sans Faith et toi, affirmai-je.

— C'est promis ?

— Oui, promis.

— Et Charity viendra également ?

Je levai les yeux vers Sam, qui m'observait avec attention, et répondis :

— C'est mon intention.

Après, Jude suivit volontiers Mary. Quand elles eurent disparu, Sam me demanda :

— Quels sont tes plans ?

— Nous ne pouvons pas demeurer ici, pas au-delà de cette nuit. Ils vont me chercher. Peut-être le font-ils déjà... Je n'ai pas moyen de le savoir.

— Mary et moi pouvons veiller sur les enfants, jusqu'à ce que tu envoies quelqu'un les prendre, si tu le souhaites.

— Non. Je ne m'en séparerai plus jamais. J'ai déjà suffisamment négligé mon devoir envers elles.

— Cela peut être dangereux de les emmener avec toi.

— Plus dangereux que de les laisser ici ?

Le visage de Sam s'assombrit.

— J'aimerais pouvoir répondre que oui, mais ta remarque n'est que trop vraie. Dorcas Good n'a que quatre ans. Ma malheureuse mère...

Sa voix s'étrangla, et il lui fallut un moment pour la retrouver.

— Il n'y a plus un seul endroit sûr dans ce village.

— J'en suis désolé, mais j'ai encore un service à te demander, mon ami.

Son regard croisa le mien.

— Charity ?

— Oui. Je ne peux pas partir sans elle.

— Il ne va pas être facile de la récupérer chez Ingersoll sans que personne ne s'en rende compte.

— Et il ne faut pas qu'on me voie. Pardonne-moi de faire appel à toi, mais je ne me fie à personne d'autre.

Et je ne peux pas la laisser ici, pour qu'ils achèvent de la détruire.

Il me regarda avec tristesse et répondit :

— Il est peut-être déjà trop tard, tu comprends ? Voilà des jours qu'elle n'a rien avalé hormis du bouillon. Elle ne parle plus ; elle reste là, à fixer le vide...

Je fermai les yeux pour éloigner le chagrin et le regret.

— Oui, mais si elle meurt, au moins elle sera avec moi. Et non avec ces hommes dont le seul souci est de l'utiliser dans leur guerre contre la ville.

Sam hocha la tête.

— Allons-y tout de suite, alors. Avant que Sarah Ingersoll ne se mette au lit.

Notre plan était simple. Nous prendrions le cheval et la mule de Sam, mais pas de chariot, afin de ne pas perdre de temps ni faire de bruit. Une fois que nous aurions atteint la maison, j'irais me cacher derrière, à proximité du marais et des écuries, pendant que Sam débattrait avec Sarah de la meilleure manière de tirer Charity de la taverne.

— Il faut que tu sois prêt à repartir sans elle, en cas de nécessité. Si tu ne te protèges pas, nous pouvons renoncer à tout espoir de la récupérer un jour.

J'y consentis, même si je ne me croyais pas capable de la laisser là.

Il commençait à se faire tard, mais il y avait toujours de la lumière aux fenêtres de la taverne. La plupart des hommes du village étaient allés se coucher. Autrefois, ceux qui désiraient jouer au palet ou faire une partie de cartes allaient à la Taverne de l'Évêque, sur Ipswich Road. Mais je doutais qu'il en fût encore ainsi. Le village m'était devenu un lieu étranger, où je ne me sentais plus chez moi. À présent, je ne souhaitais rien d'autre qu'emmener mes filles loin d'ici, abandonner la tombe de Judith et les tombes de toutes ces petites âmes qu'elle avait portées. J'avais été en deuil presque ma vie entière, réalisai-je soudain. Ce village était un cimetière, un charnier... et j'avais hâte de respirer un air qui ne sente ni les os ni la poussière.

Quelque chose bougea, derrière les fenêtres. Sam hocha la tête et me chuchota :

— Vas-y ! Dépêche-toi !

Je conduisis la mule derrière la maison. L'odeur du marais et des arums bananiers était forte, et des nuages de jeunes moustiques formaient autour de nous des essaims inoffensifs. Comme je ne voyais rien, de là où j'étais, j'avais l'oreille aux aguets. Mais le bourdonnement des insectes et le chant des grenouilles s'accouplant dans les eaux voisines m'empêchaient d'entendre quoi que ce fût. Je jetai un coup d'œil aux fenêtres plongées dans l'ombre de l'étage, en particulier à celle qui me semblait correspondre à la chambre de Charity.

Lorsque des pas rapides résonnèrent, je m'enfonçai davantage dans l'obscurité.

— Lucas ? chuchota Sam.

Je mis aussitôt pied à terre et quittai l'arrière de la maison. Sam se précipita vers moi.

— William Allen ne voulait pas s'en aller, expliqua-t-il. Sarah a fini par le flanquer à la porte. Hannah est couchée, et Nathaniel chez Tom. Sarah ne sait pas quand il va revenir, mais dit qu'il ne devrait pas tarder. Nous avons très peu de temps.

Ensemble, nous nous hâtâmes de gagner la porte. Sarah avait tout éteint à l'exception d'une lampe, et elle nous attendait, visiblement mal à l'aise. Elle me sourit, mais plus en signe de compassion que de bienvenue.

— Oh, Lucas, bien contente de te voir ! Je suis désolée de ce qui lui est arrivé...

— Ce n'est pas le moment d'en parler, répliquai-je. Je sais que tu as fait tout ce que tu pouvais.

— Oui. Mais elle n'a plus que la peau sur les os...

Elle s'interrompit, secoua la tête et tendit la lanterne à Sam.

— Tu sais où elle est. Maman a le sommeil léger, attention à ne pas faire de bruit. Je reste à la porte pour monter la garde.

Sam grimpa l'escalier rapidement et silencieusement. Je lui emboîtai le pas. Il s'arrêta devant la porte et je le précédai pour pénétrer dans la chambre de ma fille. Je me jetai à son chevet et, agenouillé, cherchai à repérer son souffle. Lorsque je le perçus – quoique trop léger, trop court –, je fermai les yeux, soulagé.

— Viens, dit Sam en se tournant vers la porte toujours ouverte. Réveille-la et allons-nous-en.

Je secouai ma fille avec délicatesse.

— Charity, Charity, c'est moi, ton père. Réveille-toi.

Elle ne bougea pas, resta étendue là comme si elle dormait d'un sommeil magique. Je la secouai une fois encore, plus énergiquement, parce que j'étais gagné par la nervosité de Sam et que je ne pouvais m'empêcher de tendre l'oreille, à l'affût du moindre bruit signalant le retour de Nathaniel.

— Charity, il faut que tu te réveilles, murmurai-je à nouveau.

Elle ne remua pas davantage, et je me demandai si cette immobilité n'était pas propre à son état. Pour finir, je la pris dans mes bras, enveloppée dans sa couverture. Sarah avait raison : elle avait la peau sur les os, n'était plus que jointures saillantes et membres trop amaigris pour qu'elle pût longtemps résister. Néanmoins, elle demeurait difficile à porter, n'étant plus une enfant...

C'est alors qu'elle se réveilla. Ses yeux s'écarquillèrent et elle suffoqua de surprise. Plaquant la main sur sa bouche, je lui dis :

— Tu n'as rien à craindre, Charity. Je suis ton père.

Elle se raidit sous mon étreinte, tenta de se dégager. Je fus horrifié que mes paroles ne l'aient pas apaisée, mais il n'y avait pas de temps à perdre. Sam fit volte-face et descendit l'escalier. Je le suivis, pendant que Charity me repoussait en me donnant des coups. Sarah s'élança vers elle, la lanterne à la main.

— Du calme, du calme, murmura-t-elle. Tout va bien. Tu es en de bonnes mains.

Ma fille tendit les bras vers Sarah, qui lui répéta :

— Tu es en de bonnes mains, ma chérie.

Puis elle nous pressa de partir :

— Allez-y, à présent. Plus vite vous serez loin, mieux ce sera.

Sam et moi sortîmes en vitesse et regagnâmes l'arrière de la taverne, où j'avais laissé la mule. Je hissai Charity sur la selle. Elle essaya de sauter de l'autre côté, et y serait parvenue si je n'étais monté sitôt après et ne l'avais tenue fortement dans mes bras.

— Reste tranquille, lui glissai-je à l'oreille. Si on nous attrape, ça ira mal pour nous deux.

Je lui plaquai de nouveau une main sur la bouche et resserrai mon étreinte, en talonnant la mule. J'avais espéré qu'elle finirait par me reconnaître, une fois remise de son réveil brutal. Mais, à l'instant où la mule s'arrêta, Charity s'arracha à mes bras et se jeta de la selle.

Sa vivacité me prit de court. À peine eût-elle touché terre qu'elle se mit à courir, pâle silhouette fuyant dans l'obscurité. Je sautai et me lançai à ses trousses, sans oser l'appeler. Je la rattrapai vite, la saisissant avec une telle force qu'elle chancela et s'effondra. Je tombai moi aussi, l'enlaçai, et roulai sur le sol tandis qu'elle me martelait de ses poings.

— Lâche-moi, esprit ! cria-t-elle. Lâche-moi ! Va-t'en ! Va-t'en !

De ma main libre, je lui saisis le poignet et l'immobilisai.

— Je ne suis pas un esprit, Charity. Je suis ton père.

— Mon père est mort !

— Je ne suis pas mort !

— Si, je le sais ! Maman me l'a dit.

— Ta mère est au Ciel.

Je roulai pour l'emprisonner sous moi et, de mes jambes, la clouai au sol. Puis je contemplai son visage, si baigné de larmes que je les voyais briller même dans la nuit.

— Je ne suis pas un esprit, Charity. Je suis ton père, venu pour t'emmener loin d'ici.

Elle me cracha à la figure.

— Menteur ! Tu es le Diable, dissimulé derrière le visage de mon père.

Je ne pris pas la peine d'essuyer la salive sur ma joue.

— Voilà une ruse bien compliquée, même pour le Diable. Un cheval, Sam Nurse, Sarah Ingersoll... Tous seraient des esprits, alors ?

Elle hésita. Je sentis qu'elle me fixait attentivement.

— Père... Père, est-ce bien... vous ?

C'était une question, mais qui ne semblait pas exiger de réponse. Je remarquai son expression de détresse, puis elle s'exclama avec stupeur :

— Je ne vous ai pas tué ! Je ne vous ai pas tué !

Elle se mit à sangloter.

Roulant sur le côté, je relâchai mon étreinte. Ensuite, avec beaucoup de douceur, craignant qu'elle ne se dérobât à mon contact, je la serrai de plus belle dans mes bras. Nous restâmes ainsi un moment, jusqu'à ce qu'elle se blottisse tout contre moi comme la petite fille qu'elle avait été, en me passant les bras autour du cou et en collant son visage au mien. Je sentis couler sur ma peau la douce tiédeur de ses larmes, et me mis moi-même à pleurer pour toutes ces années perdues, pour cette enfant qui m'avait échappé afin d'entreprendre seule son voyage dans la folie... et pour l'homme qui l'avait laissée partir.

39

Sam nous laissa son chariot et sa mule, en dépit du fait que je n'avais pas d'argent à lui donner en échange et ne pouvait lui assurer quand il les reverrait. Il nous fournit assez à manger pour voyager plusieurs jours, me donna un fusil, de la poudre et quelque argent. Comme je protestai, il me répliqua d'une voix triste :

— Je voudrais tellement pouvoir aider les autres, accusés de façon si injuste !

Je savais qu'il pensait à sa mère. Aussi j'acceptai son geste avec humilité.

— Je t'enverrai des nouvelles dès que je serai arrivé.

— Mieux vaut que tu n'en fasses rien, Lucas, au cas où ils décideraient de te traquer. Il est préférable que je ne sache rien... Mais, une fois que tout cela sera fini, ajouta-t-il avec un sourire contraint, je te commanderai peut-être un placard.

Je lui donnai une tape dans le dos, et fis mes adieux les plus sincères à cet homme qui avait été un si bon ami pour moi.

Je partis aussi vite que possible – craignant, si je m'attardais, de mettre sa famille en péril. Le crépuscule approchait et c'était à ce moment-là que les routes étaient les moins fréquentées. Bien qu'il fût dangereux de voyager la nuit, je n'avais guère d'autre choix, vu mes compagnes de voyage : un bébé, une fillette de six ans, et une jeune fille tourmentée, tellement fragile qu'elle paraissait transparente, sous ses os saillants.

La route était mauvaise, et mes enfants semblaient trop anxieuses pour arriver à s'endormir. Charity ne cessait de scruter les alentours comme si elle voyait des démons tapis partout dans l'ombre. Peut-être était-ce le cas. Elle mangeait à peine ; et, à deux reprises, elle sombra dans des crises où elle se mit à appeler sa mère. Je ne parvins à la calmer qu'en la serrant au point de l'immobiliser.

J'avais eu l'intention de me rendre à New York, où je supposais qu'on ne nous poursuivrait pas. Mais je me trouvai incapable d'abandonner tout à fait Susannah, malgré le danger que cela représentait de rester dans les parages. Je me disais que le jour où j'irais là-bas, ce serait avec elle. Nous serions à l'abri, dans cette ville où dominait l'influence rationaliste des Néerlandais. Ils n'accordaient que peu de foi à ces affaires de sorcellerie. Encore récemment, un tel scepticisme m'aurait paru exécrable. À présent, il était ma planche de salut.

Et pourtant, si je ne pouvais pas aller à New York, je ne pouvais pas non plus demeurer dans le Massachusetts. Il nous fallait nous terrer – sinon pour moi, du moins pour Charity qui souffrait toujours de crises susceptibles d'attirer l'attention et les soupçons du premier venu. Je pénétrai très avant dans le Connecticut, où nous parvînmes à nous loger tous quatre dans une pension, en ville, au fond d'une baie étroite. Je comptais y rester le temps d'avoir suffisamment de travail pour que nous soyons en mesure d'emménager dans une petite maison.

Notre chambre, petite et sale, ne comportait qu'une seule fenêtre. Son mobilier était constitué d'une table branlante, d'un banc, et de deux paillasses couvertes de couvertures que je louai au propriétaire. J'installai Charity et Jude sur la première, et partageai la seconde avec

Faith. Elle geignait et s'agitait tandis que nous nous efforcions vainement, épuisés comme nous l'étions, de trouver le sommeil. Le voyage et le passage au lait de chèvre ou de vache – selon ce que je rencontrais sur la route – lui avaient donné des coliques. Mais si elle n'engraissait pas, elle ne dépérissait pas non plus. Jude se portait bien : elle s'adaptait si aisément à tout, et ce nouvel endroit faisait son bonheur.

Je m'inquiétais de plus en plus pour Charity. Je fus embauché dans une scierie voisine, mais je n'avais jamais été très doué pour me faire des amis, et à présent je ne savais vers qui me tourner. Je n'aurais pu m'adresser à qui que ce fût sans éveiller aussitôt les soupçons. Les événements de Salem alimentaient tous les ragots de la ville, si bien que je pris le nom de mon beau-père pour ne pas être repéré. Je ne pouvais pas non plus aller voir un pasteur pour lui faire part du mal dont ma fille était atteinte : on s'imaginerait aussitôt que l'épidémie de sorcellerie avait touché le Connecticut. Je fis de mon mieux. Les jours passaient, et dans la chaleur du mois de juin je priais chaque soir avec elles, mais d'une tout autre manière qu'auparavant, en prenant soin de ne mentionner ni le Diable ni le péché.

Je m'occupais de Charity ainsi que je l'aurais fait d'un bébé. À table, je m'adressais à mes filles comme si je parlais à des voisines curieuses de savoir ce qui se passait en ville – même si elles ne connaissaient guère les gens que je mentionnais. Faith avait désormais huit mois et était capable de tenir assise. Je l'installais sur un sac de toile, à même le sol, et me penchais sur elle pour la taquiner et lui chatouiller le menton en lui demandant par exemple :

— Tu crois que le beau temps va durer, Faith ?

Elle me répondait en gazouillant, on aurait dit qu'elle comprenait mes paroles. Cela faisait rire Jude, mais n'arrachait pas le moindre sourire à Charity. Elle était perdue dans des pensées dont son regard ne laissait rien percevoir...

Jusqu'à cette chaude journée de la mi-juin.

Je passai la matinée à scier, mes oreilles protégées du mieux possible contre le bruit par des chiffons noués autour de ma tête. Concentré sur ma tâche, le bois bien calé au-dessous de la lame, je prenais garde à mes mains – c'était un travail dangereux, nécessitant une attention de tous les instants. Et pourtant, comme cela m'arrivait souvent, je pensais à Susannah. Je m'inquiétais pour elle. Je rêvais d'elle telle que je l'avais vue la dernière fois : trop maigre, les épaules trop creusées, les côtes saillant sous mes mains.

Je me rassurais à l'idée que si elle était morte, je l'aurais su. Je priais qu'il en fût ainsi, sans parvenir véritablement à le croire. Dieu m'avait fréquemment fait faux bond, ces dernières années, et, dans mon amertume, je le croyais décidé à me punir en m'arrachant tous ceux que j'avais trop aimés. Mes enfants. Judith. Charity. Et à présent... Susannah. Je tendais une oreille avide chaque fois qu'on se mettait à parler, en ville, de Salem et des procès. Je savais que le gouverneur Phips s'était davantage soucié de mener la guerre contre les Français et les Indiens que de chasser les sorcières, et qu'il avait laissé Salem aux mains de William Stoughton, son lieutenant. Alors que le gouvernement avait mis en place un tribunal d'exception afin de juger les accusés, les filles poursuivaient leurs dénonciations, et les prisons continuaient de se remplir. Mais personne, ici, ne semblait connaître les noms des supposées sorcières. Je veillais à ne pas manifester trop d'intérêt sur ce sujet, par prudence. Et je priais pour que mes amis puissent échapper à ce fléau, et Susannah y survivre – si les personnes chargées de les juger se montraient plus sages que les villageois.

Par cette chaude journée d'été, je songeais à toutes ces choses en quittant la scierie pour regagner l'air libre, à peine plus frais. La poussière et la sueur dont j'étais couvert me plaquaient les cheveux sur la tête. Le grincement des scies et le bruit des moulins à eau résonnaient encore de façon désagréable à mes oreilles, si bien que je mis un moment à percevoir les cris de l'homme qui me courait après. Je ne l'aperçus qu'après m'être arrêté pour retirer mes gants et en secouer la poussière. C'était Edmund Ames, qui travaillait avec moi à la scierie.

— Tu as entendu ? Tu as entendu ? beugla-t-il. Ils en ont pendu une !

Je n'aurais pas dû saisir le sens de ses paroles : il ne m'avait rien dit du contexte. Et pourtant, je compris tout de suite. Ames fronça les sourcils et me regarda plus attentivement.

— Tu devrais rentrer chez toi, mon gars.

— Laquelle ? demandai-je. Laquelle est-ce qu'ils ont pendue ?

— Une femme, fit-il en haussant les épaules. J'ai pas retenu son nom. Qu'est-ce que ça peut faire ? Une de pendue, mille de retrouvées !

Il me dépassa, me laissant au beau milieu de la rue. Je fus pris du désir pressant de retourner à Salem aussi vite que possible. Je me mis à courir. J'avais parcouru la moitié du chemin menant à la pension lorsque je fus contraint d'admettre l'évidence, à mon grand désespoir : je ne pouvais revenir au village. Même s'ils l'avaient pendue, il me serait impossible de l'enterrer. À peine remettrais-je les pieds là-bas qu'on me jetterait de nouveau en prison. Et ici aussi, je courais le risque d'être reconnu.

Je m'immobilisai, aveugle à ce qui m'entourait. Les jurons d'un charretier qui dut faire un brusque écart pour m'éviter me firent l'effet d'un écho lointain. Puis je repris peu à peu conscience du monde alentour : des femmes s'arrêtaient pour bavarder avec leurs voisines rassemblées devant une boutique voisine, et les voix s'animaient au récit de la pendaison de Salem... Ce qu'Edmund Ames ignorait, ces femmes le sauraient, me dis-je. Elles étaient arrêtées là pour en parler.

Du groupe se détacha une vieille dame, qui transportait en boitillant un lourd panier jusqu'à sa porte. Je m'élançai à sa suite, puis ralentis en arrivant près d'elle, décidé à apparaître comme un simple voisin témoignant d'un légitime intérêt pour les ragots du coin.

— C'était qui ? lui demandai-je. Qui ont-ils pendu ?

Elle m'examina, et sa bouche se tordit dans un mauvais sourire.

— Une femme qui tenait une taverne. Je crois qu'elle s'appelait Beckett. Ou... Blister. Quelque chose dans le genre.

J'éprouvai un tel soulagement que je dus m'appuyer d'une main sur le mur pour ne pas chanceler. Une tavernière dont le nom ressemblait à Beckett ou Blister : Bridget Bishop. Je ne fus pas surpris qu'ils l'aient condamnée la première. Elle avait déjà été soupçonnée de pratiquer la sorcellerie, des années et des années plus tôt. Les preuves contre elle devaient être plus nombreuses que celles concernant les autres.

J'écoutai d'une oreille distraite ce que me raconta ensuite la femme, visiblement ravie d'avoir un public pour elle seule. Mais lorsque je la quittai pour rentrer chez moi, les mots prirent soudain vie, et je me représentai la scène comme si j'y avais assisté.

L'excitation était à son comble, m'avait affirmé la femme comme si elle parlait de visu – alors qu'elle n'avait certainement jamais mis les pieds à Salem. Même pendant que Bridget Bishop étouffait et luttait contre la mort, les filles n'avaient pas cessé leurs criailleries. Elles ne s'étaient tues qu'une fois la condamnée déclarée morte. La corde avait été coupée sans cérémonie, et le corps de Bridget Bishop jeté dans le creux d'un rocher. On avait commencé à le recouvrir de terre, mais le sol était trop difficile à creuser ; on l'avait donc laissé en pâture aux corbeaux et aux loups, une jambe et un bras dépassant, telle une plante insolite. Ils s'étaient éloignés sans même réciter une prière.

Cette image me hantait. Je me surpris à revoir Bridget telle qu'elle avait été dans la vie : vive et jolie, toujours parée de bouts de dentelle, et dotée d'une voix si basse et si rauque qu'on reconnaissait immédiatement en elle la tenancière.

J'étais triste et troublé, tandis que je me dirigeais vers la pension d'un pas lent. À peine saluai-je notre propriétaire avant de grimper l'escalier étroit, sombre et branlant qui menait à la chambre où m'attendaient mes filles. En m'approchant de la porte, je distinguai des sons – les mêmes que d'habitude : les pleurs intermittents de Faith, le chant monotone de Jude qui s'efforçait de la réconforter. Je m'arrêtai, me demandant ce que j'allais leur dire au sujet de la pendaison, et quelle serait la réaction de Charity. Je pénétrai dans la chambre.

Il y régnait une chaleur étouffante. Car bien que la minuscule fenêtre fût ouverte pour laisser entrer autant d'air que possible, la pièce était située sous le toit, chauffé toute la journée par le soleil. Charity se tenait là, immobile, son regard absent fixé vers l'extérieur. Elle ne se retourna pas en entendant la porte s'ouvrir. Jude, elle, se leva de l'endroit où elle était assise, sur le sol, penchée sur sa petite sœur, et me sourit. Quant à Faith, elle transforma ses geignements en hurlements lorsqu'elle m'aperçut. Elle leva les mains comme si j'étais son sauveur, comme si elle ne pouvait supporter d'être séparée de moi une seconde de plus. Je traversai la pièce et la pris dans mes bras, une fois de plus submergé et émerveillé par la puissance de son affection pour moi. Elle s'apaisa et s'agrippa à mon buste avec ses petites jambes, aussi heureuse à présent qu'elle avait été malheureuse un instant plus tôt. Si changeante, si aisément remise de ses peines... J'enviai la simplicité de ses émotions.

— On peut sortir, Père ? me demanda Jude.

Je secouai la tête, et lus la déception sur son visage.

— Pas ce soir. Il y a trop de commérages, dehors. Mieux vaut ne pas bouger.

À la fenêtre, Charity se retourna lentement.

— Des commérages..., répéta-t-elle d'une voix dénuée d'émotion ou d'inflexion. Je les ai regardés courir toute la journée, traqués par les démons...

— Il n'y a pas de démons ici, rétorquai-je d'un ton sec.

— Si, il y a des démons partout. Ne m'avez-vous pas dit que...

— Je n'ai pas toujours été aussi sage que j'aurais dû.

Elle parut surprise, puis fronça les sourcils.

— Ce n'est pas votre faute, Père. N'avez-vous pas toujours dit que le Diable pouvait conduire au péché même le meilleur des hommes ?

Ce n'étaient pas les mots à prononcer devant moi ce jour-là. Vraiment pas, vu ce que je venais d'entendre sur la mort de Bridget Bishop. J'en avais assez de craindre le mal. J'en avais par-dessus la tête, de Satan, de ses serviteurs et de cette superstition avide qui courait les rues comme un jeune homme fiévreux et impatient lancé à la poursuite d'une femme.

Soudain, l'idée que Charity passait ses journées à regarder par la fenêtre et à voir des démons partout me parut insupportable. Tout comme le poids qu'elle portait chaque jour sur ses épaules.

— Ça suffit, lâchai-je.

Puis, comme à mon insu, je haussai la voix.

— Ça suffit !

Charity écarquilla les yeux.

Je mis Faith dans les bras de Jude et lui ordonnai abruptement :

— Descends. Va voir si Mme Rich a un gâteau pour elle.

Jude se figea, hésitante, mais j'ajoutai :

— Allez, descends. Il faut que je discute avec ta sœur.

Elle s'exécuta aussitôt, et j'attendis qu'elle eût refermé la porte derrière elle et descendu l'escalier. Puis je me tournai vers Charity, qui me regardait avec une expression de crainte, les mains crispées sur le rebord de la fenêtre.

— Je veux que tu me dises la vérité, lançai-je.

— La... vérité ?

— Oui. Je ne sais pas pourquoi je n'ai pas pensé à te la demander avant.

— Je... je ne comprends pas, Père. Je vous ai toujours... dit la vérité.

— Vraiment ?

Je m'avançai vers elle, et elle se plaqua contre la fenêtre.

— C'est la vérité qui a livré Bridget Bishop au bourreau, il y a deux jours ?

Charity devint livide.

— Bridget Bishop ?

— Oui. Ils l'ont pendue vendredi, faisant de son mari un veuf et de ses fils des orphelins.

— C'était une sorcière.

— Vraiment ? Je me le demande.

— Si, Père, c'était une sorcière.

Charity s'avança vers moi, les mains tendues, la voix suppliante.

— Nous avons vu son spectre.

— Tu n'as jamais rencontré Bridget Bishop. Si tel était le cas, je t'aurais punie pour avoir fréquenté sa taverne.

Elle s'arrêta net.

— Tu la connaissais, Charity ?

— Je... j'avais entendu parler d'elle.

— Est-ce que tu l'avais déjà vue ?

Elle secoua lentement la tête.

— Alors, comment as-tu pu affirmer que c'était elle, le spectre qui vous tourmentait ?

— Elles... ce sont elles qui me l'ont dit.

Sa voix s'étrangla à ces mots. Elle se mit à trembler.

— Qui te l'a dit ?

— Annie. Annie Putnam. Elle a dit... elle a dit que son père connaissait Bridget Bishop.

— C'est aussi Annie Putnam qui a vu Rebecca Nurse ? Qui a reconnu son spectre ?

Les tremblements de Charity redoublèrent d'intensité. Elle avait les mains crispées sur sa jupe.

— Qui a reconnu son spectre ? insistai-je.

— Est-ce qu'ils l'ont... pendue ? s'enquit Charity d'une voix si faible que je l'entendis à peine.

Je me contentai de redemander :

— Qui a reconnu Rebecca Nurse ?

— Annie. C'est Annie.

— Et Susannah ?

Les yeux de Charity s'embuèrent de larmes. Ses tremblements se firent si violents qu'elle ne tenait plus debout. Je vis venir la crise. Les signes avant-coureurs m'étaient aussi familiers que les moindres recoins de cette chambre, je ne fus donc pas surpris de la voir s'écarter de moi en levant les mains. D'un ton haletant, elle cria :

— Ne me touchez pas ! Allez-vous-en !

Je m'approchai d'elle.

— Qui vois-tu, Charity ?

— Elle ! Susannah !

— Cela ne peut être Susannah : elle est en prison. Enchaînée. Son spectre ne peut parvenir jusqu'ici.

Elle me fixa d'un œil hagard. Puis son regard glissa vers la cheminée.

— Maman !

— Ta mère est au Ciel. Ce n'est pas une servante du Diable. Elle est avec Dieu.

Charity tomba à genoux. Ses yeux étaient écarquillés ; sa bouche grande ouverte, dans un cri silencieux.

J'éprouvai ce sentiment d'impuissance familier, cet élan de pitié qui me donnait envie d'aller vers elle, de la prendre dans mes bras. Mais je savais qu'elle me repousserait ; je connaissais la puissance de cette force invisible, contre laquelle je ne pouvais lutter. Alors, je fis la seule chose qu'il me restait à faire, que je n'avais pas encore tentée. Je me dirigeai vers le banc, m'assis et lançai :

— Aucun Diable ne te tourmente, Charity. Ta mère est morte et elle est au Ciel. Les seules forces maléfiques de cette pièce sont celles que tu produis toi-même.

Elle frissonna.

— Laissez-moi tranquille ! Oh, cessez de me faire souffrir !

— Je ne t'ai pas abandonnée, affirmai-je d'une voix calme et régulière. L'âme de ta mère est en paix. Il n'y a pas d'homme noir à côté de toi, Charity. Il n'y a que moi.

Peut-être cela ne se passa-t-il que dans mon imagination, mais la force mystérieuse qui s'était emparée de ma fille me sembla lâcher prise. Je ne pourrais même pas affirmer avec certitude que la tension perceptible dans son corps s'apaisa ne serait-ce qu'un peu. Mais je lus dans son regard une vague réaction à mes paroles, et je répétai :

— Je ne t'ai pas abandonnée, Charity, et je ne le ferai jamais, quoi qu'il advienne. Tu es ma fille. Je t'aime depuis ta naissance. Cela ne changera jamais.

Ensuite, je me levai pour m'approcher de la fenêtre, la laissant se tortiller sur le sol pendant que je contemplais la venue du soir, le doux crépuscule d'été. J'entendis des cris d'enfants, des rires, le grincement d'une corde de puits, tandis que derrière moi il y avait le silence... Mais je finis par me rendre compte que ce silence avait été rompu, et remplacé par des pleurs étouffés. Me retournant, je vis ma fille ramassée en boule, les épaules secouées par les sanglots, les mains sur le visage... Une jeune femme pleurant toutes les larmes de son corps, rien de plus. Plus de démons. L'atmosphère douce et paisible.

Je m'avançai prudemment vers elle et lui posai la main sur l'épaule. Ses sanglots redoublèrent.

— Je suis une si grande pécheresse ! haleta-t-elle entre deux sanglots. Comment Dieu pourra-t-il encore m'aimer ?

— Que s'est-il passé, Charity ? Dis-moi ce qui s'est passé.

Elle releva lentement le visage et me regarda de ses yeux rougis par les larmes. Puis, comme si je venais de libérer des mots coincés dans sa gorge, elle lança :

— Je ne voulais pas qu'on vous accuse. Je ne le voulais pas. Je vous le jure ! Quand j'ai cru que vous alliez mourir, j'étais prête à mourir moi aussi... Je serais morte, s'ils vous avaient pendu. Ce n'est pas ce que je souhaitais. Aucune de nous ne le souhaitait.

— C'était quoi, ton intention ?

— Je voulais juste vous sauver. J'avais... j'avais si peur... J'ai eu si peur...

Je restai assis là, et l'écoutai me raconter qu'elle était tombée amoureuse de mon apprenti, qu'il l'avait séduite. Et que Judith, horrifiée par ce péché, avait donné cinq livres au jeune homme pour qu'il s'en aille, sans rien me dire de ce qui s'était passé entre ma fille et Sam. Judith avait exigé de Charity qu'elle garde elle aussi le silence. Charity avait vécu dans la terreur que je découvre tout et, lorsque Judith était morte, elle s'était mise à redouter que la protection légitime de sa mère ne l'empêche d'aller au Ciel. Elle avait peur que son péché et le mensonge qui s'ensuivait ne maintiennent sur Terre l'esprit de sa mère, désormais entre les mains de Satan. Elle croyait que Susannah était venue à la demande pressante de l'homme noir ; et Susannah, avec ses mœurs londoniennes et son caractère franc et direct, n'avait fait que la confirmer dans ses soupçons.

Charity avait cherché le réconfort parmi ses amies, et elles avaient prédit l'avenir par des procédés de bonne femme qui constituaient en eux-mêmes un terrible péché. Et ce péché, plus encore que les autres, l'avait projetée dans une si grande misère et des ténèbres si opaques qu'elle n'était plus parvenue à y voir clair. Ensuite, j'avais succombé, moi aussi, aux envoûtements de Satan, malgré tous ses efforts pour m'en empêcher. Et voilà que l'esprit de sa mère avait cessé de lui apparaître, et que sa terreur était plus forte que jamais.

— Je n'en vois pas la fin, Père, m'avoua-t-elle enfin, en plongeant à nouveau son visage dans ses mains. Je n'en vois pas la fin !

Je ne supportais pas son état, ni de songer à ce que Judith et moi avions fait à cette jeune fille sensible. Je lui touchai les mains et, quand elle les laissa retomber, je lui déclarai :

— Dieu ne peut pas te punir d'avoir si cruellement éprouvé ces tourments, ma fille. Tu n'es pas vouée à l'Enfer. Tout cela va s'achever, et pas dans les flammes éternelles, je te le promets.

— Ce ne sont pas des flammes, Père, répliqua-t-elle avec simplicité. C'est la glace, et l'obscurité. Une grande ombre froide qui recouvre mon cœur.

— Oui.

D'une voix douce, je récitai :

— « Et bien qu'ayant marché dans la vallée de l'ombre de la mort je ne crains pas le mal, car Tu es avec moi. »

Elle détourna les yeux, mais demanda :

— Lorsque j'ai accusé ces gens, à Salem, j'accomplissais Son œuvre ? Ou celle du Diable ?

Je poussai un long soupir.

— Je n'en sais rien. Je te repose la question : tu voulais quoi, en donnant tous ces noms, Charity ? Tu disais la vérité ? Ou tout cela n'était-il que mensonge ?

Elle baissa les yeux et resta silencieuse – un si long moment que je crus bien ne pas obtenir de réponse. Enfin, elle leva sur moi un regard plein de tristesse.

— Je l'ignore, murmura-t-elle. Je ne pourrais pas dire.

C'était une vérité que je comprenais, bien qu'à elle, elle dût échapper – elle était encore si jeune ! Ce en quoi nous avons foi, ce en quoi nous voulons croire, les doutes suscités par l'expérience... Nous ne sommes jamais suffisamment loin de nous-mêmes pour voir les choses telles qu'elles sont vraiment.

La part du rêve, la part de la vérité, la part de la raison... Parfois, mieux vaut rester dans l'obscurité.

40

Les marées de Salem me manquaient. Ici, il y avait aussi des marées. Et pourtant... Dans cette ville, les marées ne m'appartenaient pas. J'avais grandi avec les rythmes de Salem. Je continuais, en pensée, à hanter ses rues. Ici, j'étais un homme libre, plus libre que je ne l'avais jamais été au village. Cependant, ma vie me faisait l'effet d'être incomplète. Ce sentiment n'était pas nouveau : je l'avais déjà avant la mort de Judith, du temps où je possédais une ferme, et où je chantournais des pièces de bois et les assemblais pour fabriquer des rouets. J'avais toujours eu un manque, et j'avais tenté de le combler avec Dieu. Mon péché était que cela n'avait pas suffi : j'étais un homme avec des désirs d'homme, et j'avais besoin d'une compagne à mes côtés. Me punirait-Il pour cette raison, lorsque s'achèverait mon séjour sur cette terre ? Ou bien le Dieu qu'on m'avait appris à vénérer était-Il différent du Dieu qui présidait à mon existence, qui en connaissait déjà le début et la fin, ainsi que le trajet allant de l'un à l'autre ?

Il me faudrait beaucoup de temps et de méditation pour répondre à ces questions. Pour le moment, j'étais trop occupé pour faire davantage que me les poser. Mes journées, je les consacrais entièrement à travailler à la scierie et à prendre soin de mes filles, qui étaient désormais mon seul bonheur. J'avais commencé à acheter du bois à la scierie, à emprunter autant d'outils que possible, et à en acquérir d'autres. Au milieu de notre chambre, à la pension, je me remis à pratiquer le métier que j'aimais. Tard dans la soirée, je m'asseyais à la lueur d'une bougie et, bercé par le souffle régulier de mes filles endormies, je travaillais le bois jusqu'à ce qu'il fût lisse et brillant. Je fabriquai un placard pour nos vêtements, une autre chaise, puis une autre encore, que je vendis. L'été s'écoulait, les nouvelles de Salem nous parvenaient par la fenêtre ouverte. Tenaillé par l'inquiétude, je travaillais le chêne et le pin, et pensais à Susannah. Je me demandais si elle était toujours en vie. Lorsque j'appris qu'ils avaient condamné et pendu la malheureuse Rebecca Nurse, j'eus peur. Un mois plus tard parvint la nouvelle que George Burroughs et John Proctor avaient eux aussi été pendus. Je me mis à redouter chaque nouveau lever du soleil. Sans doute ne tarderaient-ils pas à s'en prendre aux sorcières repenties. Mais on n'entendait guère parler de celles qui avaient avoué. Elles paraissaient avoir été ensevelies sous la pierre et la boue de la prison. Les seules rumeurs concernaient de nouvelles arrestations, dans un rayon s'étendant désormais jusqu'à Andover et Topsfied. Voire jusqu'à Boston où, chose à peine croyable, on venait d'arrêter le capitaine John Alden, fils de notre fondateur. J'entendis parler de fermes négligées par leurs propriétaires, qui passaient leur temps en prison, à rendre visite à leurs parents. Le désespoir s'était abattu sur toute la Nouvelle-Angleterre. Le mien me poussait souvent à me poster devant la fenêtre – telle Charity autrefois – et à contempler la mer, par-delà les toits et les rues étroites de cette ville, comme si mon regard pouvait traverser l'espace.

— Vous n'allez pas bien, Père, me dit Charity un matin, à la fin du mois de septembre.

En se réveillant, elle m'avait trouvé assis à la table, épuisé et occupé à tourner et retourner entre mes doigts la broche d'un rouet. Même de la voir, apaisée comme elle l'était désormais, ne me réconforta pas. Sur la paillasse, la petite Faith se réveilla et se mit à babiller. Charity la saisit dans ses bras et me l'amena.

— Vous ne dormez pas, poursuivit-elle. Vous mangez à peine. Vous me faites penser à...

... « à moi-même ». J'entendis les mots qu'elle n'avait pas prononcés. Je levai les yeux, reposai la broche et pris Faith.

— Il n'y a rien à craindre, la rassurai-je. Je ne vais pas si mal que ça.

Charity n'ajouta rien, et alla trancher du pain pour le petit déjeuner. Elle cria à Jude de se réveiller – le jour était levé, et il fallait qu'elle aille chercher l'eau. Faith se tortilla dans mes bras, et je la posai machinalement sur le sol pour qu'elle y joue avec une balle en ficelle.

Jude sortit, puis ses pas retentirent à nouveau, accompagnés du bruit de l'eau qui gicle, tandis qu'elle remontait péniblement les marches avec le seau. Elle entra et lança, haletante :

— Ils en ont pendu huit autres. Mme Harrison me l'a dit, au puits. Ils ont aussi pendu Mary Easty. Et pressé Giles Corey à mort parce qu'il ne voulait pas comparaître.

— Et les sorcières qui ont avoué ? As-tu entendu quelque chose au...

Je m'interrompis, surpris, lorsque Charity se retourna et me fixa.

— Qu'y a-t-il ? lui demandai-je. Pourquoi me regardes-tu ainsi ?

Elle porta la main à sa bouche.

— Je ne m'étais pas rendu compte... Oh, pardonnez-moi !

— Te pardonner quoi ? lui demandai-je avec impatience. Tu parles par énigmes.

— C'est... c'est pour Susannah que vous vous inquiétez, n'est-ce pas, Père ? C'est pour cette raison que vous n'êtes pas vraiment avec nous... parce que vous voudriez être avec elle ?

Je demeurai muet de surprise.

— Ce n'est pas si simple, Charity.

— Dites-moi, Père... L'aimez-vous ?

À la porte, Jude se figea. Faith continua de gazouiller, insouciante et innocente. Je m'attendais presque que Charity soit prise d'une crise, bien que cela ne lui fût plus arrivé depuis plusieurs mois. J'avais délibérément évité de mentionner Susannah devant elle. Au début, parce qu'elle était trop fragile, et ensuite parce que je m'y étais accoutumé. Et, comme une habitude ne peut que se renforcer avec le temps, j'excellais désormais à éviter toute allusion à Susannah. Mais voilà que je décelais à présent, dans les yeux de Charity, une compassion que je ne m'attendais pas à y voir. Soudain, je pris conscience qu'elle me quitterait bientôt, même si elle ne le savait pas. Bientôt, en levant les yeux, elle verrait un garçon se dresser dans les rayons du soleil, il lui couperait le souffle et elle le suivrait. Elle deviendrait l'épouse d'un pêcheur, d'un cordonnier ou d'un commerçant. Le temps qui lui restait à passer près de moi était compté. Et la vérité, c'était que quand ce temps m'avait appartenu tout entier, je n'y avais pas pris garde, et l'avais laissé filer.

À présent, à cette femme qui me regardait, je devais la vérité, qu'elle lui plût ou pas.

— Oui, répondis-je d'un ton prudent. Je l'aime.

De l'endroit où elle se tenait, Jude eut un soupir de soulagement. Mais je ne pouvais quitter des yeux ma fille aînée.

Charity s'assit lentement sur le banc et joignit les mains, sur la table, devant elle. Elle baissa la tête comme pour une prière et, lorsqu'elle la releva, je vis dans son regard de la sagesse – de la sagesse arrachée aux ténèbres.

— Alors, vous devez aller à Salem, Père. Et nous la ramener.

Je ne partis pas immédiatement. C'était impossible. La terreur qui s'était abattue sur toute la Nouvelle-Angleterre ne s'était pas encore apaisée. Revenir signifiait la mort, dans une ville où celle-ci était devenue chose quotidienne, et je ne voulais pas faire de mes filles des orphelines. Je n'avais pas d'autre possibilité que d'attendre. La Saint-Michael passa, octobre arriva. La chaleur de l'été laissa place aux feuilles colorées et aux matins frais.

Et puis, une nuit, je me réveillai soudain. Tremblante comme les reflets du soleil sur la mer, la lune brillait à travers la petite fenêtre et tachetait les couvertures qui nous enveloppaient, Faith et moi. Je distinguai le léger cliquetis de la porte. Tournant la tête, je m'aperçus qu'elle était ouverte. Étrangement, je n'éprouvai ni peur ni inquiétude. J'étais dans l'expectative.

Une silhouette se glissa dans la chambre et referma la porte. Avant d'avoir pu distinguer quoi que ce fût, je sus qui c'était. Je la regardai s'avancer au clair de lune et la vis, non telle qu'elle m'était apparue la dernière fois – dans un corsage taché et une jupe grise trop large pour son corps anguleux et décharné – mais vêtue d'un corsage bleu coupé comme elle les aimait, avec de la dentelle argent, des crevés aux manches et un décolleté mettant en valeur sa poitrine généreuse. Elle souriait en traversant la chambre.

Je me redressai, les couvertures autour de ma taille, tandis que le bébé continuait de dormir tranquillement à côté de moi. Je tendis les bras. Elle s'avança et s'assit à mon côté. Je sentis la chaleur de sa peau, sa fermeté, la douceur de ses cheveux qui retombaient librement sur ses épaules.

— Certains jours, j'entends encore les marées, me déclara-t-elle. On les dirait calquées sur le battement de mon cœur, et la seule chose que je puisse faire, c'est penser à toi. Il y aura des marées, là où nous allons ?

— Il y aura des marées, répondis-je. Il y a des marées à New York.

Elle éclata de rire.

— Oh, Lucas, comme nous serons heureux là-bas ! Viens me chercher. Je suis impatiente de te voir. Viens.

Et elle disparut.

Je me réveillai. Perdu, désespéré, les bras tendus, gémissant de regret et de douleur. Il n'y avait pas de clair de lune pour jouer sur les couvertures, juste l'obscurité d'une nuit nuageuse. Mais, dans les ténèbres, il me sembla percevoir le bruit des marées dont elle avait parlé. Le port de Salem. La rivière contournant la prison, dont les eaux montaient et descendaient avec la régularité d'une horloge. Je sentis l'odeur de la mer, bien que la fenêtre fût fermée, à présent que revenait le froid. Il y avait de l'orage dans l'air.

Le moment était arrivé, je le savais. Le moment de l'amener ici.

Lorsque le matin survint, en même temps que le vent et la première pluie cinglante de la saison, je dis au revoir à mes filles en leur donnant la presque totalité de mes économies et en leur recommandant de ne pas les gaspiller ; je demandai à Jude d'obéir à Charity, et à toutes deux d'attendre mon retour. Elles étaient joyeuses lorsque je les embrassai, et elles me donnèrent leur bénédiction et m'assurèrent de leur amour. Je m'en servis comme d'un bouclier contre la pluie en allant chercher à l'écurie la mule que Sam m'avait prêtée.

C'est alors que la nouvelle me parvint : la décision avait été prise de juger les sorcières repenties mais, avant qu'une date ait pu être fixée, Increase Mather s'était adressé à un rassemblement de pasteurs, à Boston, et avait condamné les procès ainsi que la preuve spectrale utilisée contre les accusés. Une lettre anonyme, circulant à Boston et à Salem, et dénonçant la manière dont se déroulaient ces procès, soulevait scepticisme et protestations. Le gouverneur avait ordonné leur ajournement et la suspension des arrestations.

Le vent avait tourné.

Tout en écoutant, je songeai à mon rêve, à la manière dont Susannah m'avait approché et appelé. Les mots qu'elle avait prononcés longtemps auparavant me revinrent à l'esprit : « J'ai le sentiment que nous avons toujours appartenu l'un à l'autre. »

Un an plus tôt, par une tempête semblable, j'avais chevauché dans les rafales et la pluie cinglante pour aller chercher la même femme.

Les lois de Dieu, ces lois qu'Il avait créées, comportaient-elles la notion de destinée ? Y avait-il une raison à notre rencontre, à chaque moment qui s'était écoulé depuis ? Un plan conçu par Dieu, menant à mon bonheur, à l'épanouissement de ma vie ? Ou tout cela avait-il été une coïncidence, un hasard, un caprice du sort ? On prend une route et l'on renonce à l'autre... Contre qui avais-je lutté pendant tout ce temps ? Contre le Diable, ainsi que je l'avais cru ? Ou bien contre Dieu ?

La réponse appartenait à des hommes plus sages que moi.

Je conduisis la mule sous la pluie, choisis la route qui menait vers le Massachusetts et Salem-Ville, et criai à l'animal d'avancer vite, encore plus vite. J'avais déjà laissé passer trop de temps.

Elle m'attendrait.

Note de l'auteur

À l'exception de la famille Fowler et de leurs voisins les Penney, la plupart des personnages de ce roman sont réels. S'agissant d'une œuvre de fiction, leurs dialogues et leurs réactions sont cependant imaginaires, et m'ont été inspirés par des transcriptions de textes de l'époque et autres documents.

L'expérience de Susannah Morrow en tant qu'accusée est fondée sur les expériences de plusieurs sorcières supposées, parmi lesquelles Martha Corey, Susannah Martin et Bridget Bishop. En réalité, Martha Corey fut la quatrième accusée. Elle fut interrogée au foyer des Putnam, examinée et arrêtée une semaine plus tard.

En octobre 1692, dix-neuf hommes et femmes avaient été pendus pour sorcellerie, un homme tué par écrasement, et des centaines d'autres emprisonnés et/ou accusés. Des propriétés furent confisquées par la Couronne lors de l'arrestation de bon nombre des accusés, dans la certitude d'un verdict de culpabilité. Des enfants furent abandonnés à eux-mêmes ou à la garde de voisins. Des biens furent détruits. Lorsque la panique cessa, le tissu économique et social de Salem-Village avait été taillé en lambeaux. La libération des prisonniers fut ordonnée en mai 1693, mais seulement après qu'ils eurent payé les frais de nourriture et de logement relatifs à leur emprisonnement. Pour la plupart, cette dette se révéla impossible à rembourser.

Leurs fermes avaient été laissées à l'abandon pendant un an, leurs enfants, réduits à mendier, et les membres de leur famille avaient déjà été ruinés par leurs tentatives pour les faire libérer. Si de nombreuses familles firent aussitôt des pétitions pour réclamer la restitution de leurs biens, c'est seulement en 1710 que la Cour suprême vota une loi annulant les conséquences des condamnations (mais uniquement pour les familles qui en avaient expressément fait la demande), et en 1711 qu'il fut procédé à des restitutions.

Samuel Parris demeura pasteur du village. En 1694, lors d'un office, il lut une déclaration où il reconnaissait avoir donné trop de poids à la preuve spectrale. Il fut évincé de sa fonction en 1697 et remplacé par Joseph Green, qui fit beaucoup pour réparer les dégâts causés par son prédécesseur.

En 1697, Samuel Sewall reconnut publiquement sa culpabilité en tant que juge lors des procès des accusés – l'une des rares occasions où un accusateur admit sa culpabilité ou son erreur.

Les filles de Salem-Village ne furent plus mentionnées dans les documents de l'époque, et l'on ne sait presque rien de ce qu'il advint d'elles.

En 1706, Ann Putnam Junior se repentit publiquement de ses actions. De toutes les filles, elle fut la seule à le faire.

Remerciements

Je voudrais remercier ma famille de m'avoir encouragée et soutenue – à la fois financièrement et moralement ; la toujours très avisée Kristin Hannah de ne jamais avoir cessé d'avoir foi en moi ; Marcy Posner, qui a cru en ce livre dès l'instant où elle l'a eu sous les yeux ; Jamie Raab, dont le travail d'édition et l'enthousiasme m'ont redonné confiance dans le monde de l'édition ; Frances Jalet-Miller, pour ses remarques incisives et éclairantes. Méritent également tous mes remerciements : Jill Barnett, pour sa générosité inébranlable – je lui suis redevable au-delà de toute expression ; Liz Osborne et Jena McPherson, qui ont sillonné le pays et écumé les librairies pour moi ; Elizabeth DeMatteo, Melinda McRae et Sharon Thomas, qui m'ont remonté le moral plus souvent qu'elles ne l'imaginent.

Enfin, je voudrais dire un grand merci à Patricia Krueger, un professeur vraiment inspirant, allant bien au-delà des exigences de sa profession, et à Barbara Dolliver, pour avoir passé un mardi sur deux à enseigner son art à l'écrivain en herbe que j'étais. À ces deux femmes, je me devais depuis longtemps d'adresser ces remerciements.

7788

Composition Nord Compo
Achevé d'imprimer en France (La Flèche)
par Brodard et Taupin
le 9 août 2005. 31088
Dépôt légal août 2005. ISBN 2-290-34235-1

Éditions J'ai lu
87, quai Panhard-et-Levassor, 75013 Paris
Diffusion France et étranger : Flammarion